从古老的河道醒来

重庆晚报副刊优秀作品选(2016—2017)

下卷

重庆晚报文艺部 | 编
胡万俊 | 主编

西南师范大学出版社
国家一级出版社 全国百佳图书出版单位

目录

超时空恋人

云雾深处山茶香

灵魂栖息之地

下　卷

岁月深处

下卷

XIAJUAN

岁月深处

圆似月魂堕　轻如云魄起

于宪平

“圆似月魂堕，轻如云魄起。”这是唐代大诗人皮日休对邢窑瓷器的赞美。说的是唐代邢瓷，就像是天上的月亮坠落在人间的精灵，又像是天上飘浮的白云有神气。

邢窑遗址位于河北省内丘、临城、邢台三县境内，是我国古代最早烧造白瓷的著名窑场，也是我国历史上最早的官窑，始烧于北朝，盛于隋唐，衰于五代，终于元代，烧造时间为900多年。我国的陶瓷泰斗耿宝昌称：“邢窑白瓷的发明，在我国陶瓷发展史上具有划时代的意义，它不仅结束了自商周以来，由青瓷为主导的历史，形成了我国陶瓷史上‘南青北白’争奇斗艳的两大体系，更重要的是为后世各种彩瓷的发展奠定了坚实的基础。”

邢窑瓷，胎质细洁如糯，釉面雪白如玉，油润光亮。敲之音如琴，妙音悦耳。造型庄重丰腴，雍容华贵，形态极为美丽。将大唐盛世饱满的艺术风格展现得淋漓尽致。每一件器物，无论是生活用具的罐、碗、盘，还是佛教用具的瓶、壶、炉，都蕴含着邢窑先人们的审美意识，不仅具有实用价值，还具有欣赏价值和艺术价值。

诗仙李白在《客中作》中写道“兰陵美酒郁金香，玉碗盛来琥珀光”。诗中的玉碗说的就是似玉非玉的邢窑碗。端着玉柔晶莹的邢瓷碗，碗里盛着郁金醇香，透着琥珀光的美酒与友人开怀畅饮，一醉方休，那才是赏心乐事。这是诗仙将质美如玉的邢瓷碗刻画到了极其美妙的境地。

唐代著名诗人元稹，在《饮致用神曲酒三十韵》中写道“雕镌荆玉盏，烘透内丘瓶”。这是元稹对邢窑瓷器吟出的千古绝唱。说的是精雕细刻烧出来的邢窑内丘瓷器，透光能见装在里面的酒，与和氏璧一样是宫藏珍品。

邢窑瓷器胎质细洁如糯，釉面雪白如玉，油润光亮，是邢窑人化泥为玉的创新之作，体现了中国人的审美人格化、道德化，是传统玉文化的一种新形式、新发展，深受帝王将相才子佳人的喜爱。邢窑器物中，刻有“盈”“翰林”等款的精品瓷器，是我国历史上将瓷器作为精美的玉器而入贡大唐宫里的金银财富库——大盈库，专供皇亲国戚使用，是我国历史上第一代官窑。

邢窑瓷器敲之音如琴，妙音悦耳。说的是邢窑不仅作为生活日常用品，法事供器，还可以当宫廷的乐器使用。据史料记载，唐朝宫廷乐师郭道源，有一手绝活儿，他能用越窑碗和邢窑碗，分别加进不同量的水，用筷子一敲，就能奏出美妙的音乐来。现代高科技测试表明，邢窑烧制的温度高达1380度，胎釉结合牢固，紧密坚硬，瓷化程度与现代瓷不分伯仲。“白如雪，质如玉，薄如纸，声如磬”，音质高于越窑瓷器，当时越窑碗用于低音部，邢窑碗用于高音部。哪怕经过一千多年风霜和时光的洗礼，每一件闪亮登场的邢窑瓷器，她那刚劲、清脆、悠扬的瓷之声，都会绕梁三日，不绝于耳。

隋唐是中国封建社会的鼎盛时期，当时的中国是世界向往的中心。国力强盛，文化繁荣，对外开放，丰衣足食，人们有条件吃饱穿暖，保持丰满健硕的体魄，女子以丰腴的体态为美，瘦弱的形象可能成为疾病、贫穷的标志，而杨贵妃式的丰满圆润便被当作美丽的象征。唐代艺术中一个十分重要的审美特点——圆曲性。以圆曲为美，是一种全方位的审美理念，不仅仅反映在绘画上，建筑上，戏曲上，书法上，瓷器当然也不例外。邢窑瓷器造型庄重丰腴，雍容华贵，形态极为美丽。给人既雍容饱满，又凝重大方的美感，与唐人追求健康向上的精气神密切相关，裔裔皇皇的盛唐气象，在瓷器上也尽显华丽。这一切体现了一个民族进入高度成熟、处于生命力最旺盛阶段，洋溢出的蓬勃朝气和高度自信。唐人崇尚并醉心的这种气魄、力量和美，传递给我们的是一种扑面而来的时代气息——热烈放姿、开拓进取。

中国古陶瓷鉴定第一人，文博界尊称为“人间国宝”的耿宝昌先生是这样评价邢窑瓷器的：“类银类雪，莹泽如玉，盛唐风韵，盈库珍奇。”

1998年，在印度尼西亚海域打捞的唐代“黑石号”沉船上发现67000多件各窑口生产的中国瓷器中，有100多件邢窑瓷器。有专家表示，“黑石号”沉船中的众多窑口瓷器，唯独邢瓷少有因海水长期侵蚀胎釉分离、剥落的现象。故得出结论：“邢瓷天下第一。”

2015年5月，三峡古玩城开交易会，迎来了八方宾客。我穿梭在琳琅满目的摊位中，像猎人一样寻找着猎物。不远处一个角落里，一道灵光在我眼前一闪，整个身子便被吸了过去。一件白瓷罐发着油脂的宝光，我顿时被她那磅礴的气势所震撼，真的是你吗，我朝思暮想的邢窑瓷器？幸福不会来得这样突然吧。俗话说：“瓷器久不久，上手就知有没有。”我轻轻地将她一掂，轻重适度，手指从她身上滑过，就像“温泉水滑洗凝脂”似的光滑，翻看底部，瓷胎细洁油亮。“哇”，喉头里一声闷雷差一点儿炸了出来，刚劲有力的一个“盈”字刻在底部正中，当我将邢瓷的所有特征都锁定在这件白瓷罐身上后，闪电般地与卖方交割。

这可是我朝思暮想的神器！

夜晚，案桌上的台灯的光与邢瓷白罐发出的宝光，交相辉映，整个寒舍蓬荜生辉。在罐的釉面上，我仿佛看见一帧帧大唐盛世的宏大画卷在我眼前闪过。

世界最大的都城长安，宫殿高峻宏伟，宽阔的马路上骠满臀圆的汗血宝马上骑着剽悍的勇士，迎接着五湖四海的宾客。看那诗圣杜甫，正挥毫用他那肥硕而浑厚的书法，写下“稻米流脂粟米白，公私仓廪俱丰实……”诗仙李白斗酒后，正摇头晃脑地吟着“兰陵美酒郁金香，玉碗盛来琥珀光……”

哦，当我从梦幻中清醒时，又一幅崭新的画面展现在我眼前。今天的中华大地上，正在书写着新丝绸之路的那种创新、开拓的精神和意志。

（2016年1月13日）

神秘的金佛山

刘建春

古人曰:“朝看金佛山,暮看金佛山,金佛何崔嵬,缥缈云霞间。”今人叹:“山即是佛,佛即是山。”金佛山何来这令人神往的诗句?它的奥秘何在?它有什么神奇的魅力,竟在2014年6月,被成功列入了“世界自然遗产”名录?

耳熟能详的中国四大佛教名山,如山西的五台山、四川的峨眉山、浙江的普陀山、安徽的九华山,早已成为蜚声中外的宗教、旅游胜地。五台山五峰凝翠岚,奇峰灵崖;峨眉山山高峻灵秀,梵宇遍布;普陀山一叶慈航度,紫照竹林;九华山九峰如莲华,神采奇异。而金佛山呢,据说在夏秋晚晴时,落日斜晖把山崖映亮得金碧辉煌,霞光万丈,远观金佛山就像一座睡佛,闪射出万道霞光,人称“天下第一大睡佛”。奇怪的是,四大佛教名山的名字却与“佛”一点儿不沾边,唯独金佛山以“佛”命名,其中的玄机更令人遐想联翩,心驰神往。

八月,重庆燠热难耐,而金佛山则凉风悠悠,清爽宜人。漫步在绿树葱茏的林间小道上,目睹那漫山遍野的郁郁青青的茂密树林,感觉自己已与山林融合在一起了,仿佛自己就是山里的一株树,一棵草,甚至一片绿叶,一朵花瓣,闻岩谷水声,与梵音对话,真正的空灵、心静。

金佛山怡人的景致太多,几乎是一步一景,一景一画,看得人眼花缭乱,美不胜收。那树木蓊郁,青藤摇曳,山泉环跌,水韵悠悠的碧潭幽谷;那山体形似等待千年的神龟,沐浴在云雾升腾,绿波荡漾中的金龟朝阳;那令人惊心动魄的悬挂在千仞峭壁、险峻山崖上的一线绝壁走廊;那造型各异、妙趣横生，宛若一幅幅天然的水墨画的生态石林……你怎么看都有一种步入仙境之感，整个心灵都被这童话般的景致所浸染，真的是跌入金佛山的怀抱，依存在大山温馨的怀抱里，不想回家了。

“前面就是古佛洞了，这个洞真值得进去看看。”当地朋友指着前面的一个不大的洞口说。

近几年，我曾经到过普陀山的古佛洞，古佛洞庵坐西朝东，揽大海于庵前，远观海境，近听涛声，别有意境；敦煌千佛洞，历代壁画内容非常丰富，规模巨大，技艺精湛，令人叹为观止；张家界的观音洞，气势恢宏、奇景叠生，一个个观音菩萨像，似人似物，栩栩如生。

金佛山属典型的喀斯特地质地貌，山势雄奇秀丽，峰峦峻俏奇伟，峰谷崔巍绵延，天然溶洞星罗棋布，大小佛洞林立，古佛洞、金佛洞、明佛洞等构成金佛山佛洞系列，也因其以佛洞命名而更添传奇色彩。其中，以古佛洞最为著名，号称“天下第一佛洞”。

走到洞口，还真有点忐忑。听说若干年前，曾有人进去出不来。如今，人来人往，进进出出，其兴旺之景象，早已把那段历史抛到爪哇国去了。

眼前的洞口不大，但进去的路却十分狭窄，曲折回环，甚至有一段路只能容纳一个人通过。据说，这叫“七十二道拐”。走过每一道拐，我们跫然的足音在孤独的回响，我感到每一步都沐浴着佛的光芒，从远处空灵幽静的洞穴口而来。

“哗！好大的洞厅。”走出七十二道拐，眼前豁然开朗，一座近五万平方米、可容纳上万人的大厅赫然在目，宽敞的大厅里，幽暗的灯光下映照出一尊巨大的石佛，那在“七十二道拐”里感觉到的佛光就是从他身上散发出来的。这是一尊天然形成的石佛，他最初的形态极像佛的背影，也因为百姓对他的崇拜，把他雕刻成了现在的样子。古佛洞才因此得名。

还有一尊石佛更叫人称奇，名叫“天降大佛”。传说在古老的地质年代，由于山体运动，一块巨石从天而降，落在地上便是一尊外形极像佛的石佛。我们抬头仰望洞顶，果然看见洞顶一个巨大的窟窿，石佛从天而降，稳稳地落在地上，成就了这尊天降大佛。

“这洞也真有灵气，从天而降的石佛简直就是神话故事，不是亲眼所见，真让人难以置信。”我惊叹道。

“还有让你更惊异的凤凰指路图。”朋友抬头指着石壁上的裂缝图像请大家猜猜，有人说看去像凤凰，有人说有点像孔雀，还有人说像天鹅，七嘴八舌，莫衷一是。“其实具体像什么全凭你的想象，通常大家都叫它‘凤凰指路图’。因为古佛洞有很多支洞，以前很多人走在里面经常迷路，但是你只要走到这个地方，看见凤凰的头部朝向哪边，出口就在那里，你就不会迷路了。”

这也太玄乎了。大自然的许多奥秘人们无法穷尽，甚至有些都无法解释，像这凤凰指路图，你能解释它的神奇和奥妙吗？当年那些无法辨识凤凰指路图的游客，最终没能走出古佛洞，便成了永久的谜团。

越过大厅，我们继续往前走，两边排列着千姿百态、形态各异的五百罗汉。这五百罗汉听说是从重庆罗汉寺请来的，自然使古佛洞更增加了佛的灵气，也增添了古佛洞的神秘感。

一路走一路望一路找寻出洞口，在这充满了灵性的古洞里，仿佛每一步都沐浴着佛的圣光，导引你走向阳光照进洞口的那一瞬。越走近洞口，那阳光越来越亮，心胸也越来越开阔。当我们走出洞口，那浩荡的逶迤山脉，葱绿的无边原野扑面而来，感觉自己就像是立于天地之间，祥云在身边环绕，雾岚在头顶摩挲，景象万千，气象非凡。

这就是金佛山的最高峰凤凰岭，洞口居于万丈悬崖之上，极目天宇寥廓，群山低下。据称，随四时变化，可以在此一览金佛山的四大独特景观：金佛晚霞、金山云海、金山烟雨和金山残雪。但面对神秘莫测的古佛洞，它们又能胜出几多呢？

金佛山因有睡佛而神奇,金佛山因有古佛洞而神秘。无论是传说、神话,还是新近发生的故事,都离不开一个“善”字。因为善,金佛山才能佛光高照;因为善,古佛洞才能佛光异彩。不知是谁,唱起了南川民歌:“金山凤水南川美,金佛山上最动情;哥要问我动啥情,妹妹带你山上走一回。”我豁然悟到:那些为金佛山的美丽和神奇做出了点点滴滴贡献的南川儿女,才是一尊尊沐浴金光的佛,一尊尊大爱的佛!

(2016年1月20日)

理想的温暖

李小强

大多时候，温暖是一种直觉的感触，带来一种相处时的关爱，传递着人与人之间的情感。而有一种温暖，每一次总是触动着深处的心灵，引领着我们一步一步走向前进的地方，那就是来自理想的温暖。

行走在人生的时光之中，岁月总会在某个时候带来不约而至的寒意，比如，每年的冬天。

随着一股寒流的入侵，夹杂着冰雪的细雨瞬间告诉你冬季来临的消息。在这个长期天气阴沉的日子里，也有着一份暖冬的温存。忽然某一天，久违的阳光穿过门窗照射进了房间，它告诉你，你不要再继续积蓄那些埋怨和彷徨，还有那些忧伤，就该走出去，坐在阳光下一处宁静的角落，静静地任随冬日阳光的抚摸，在这时，理想随着冬日的暖意，照射进心灵的每一处缝隙，驱散那些深藏于怀的阴霾。暖意在体内酝酿着，理想的流动如同大洋深处的暗流，不停地涌动，急剧地涌动。在这一时刻，环视四周的山野，似乎看到了即将要到来的那个春暖花开的时节。那时，一山的烂漫野花，一地的油菜花开，一池的碧波荡漾……你笑了，在嘴角，也在心底，理想随着春光在摇荡，在散发着向往的力量！

随着一个季节又一个季节的过去，深藏于内心的理想驱使着每一次行动。在人生那恰是同学少年的时光里，或许，你压抑着年轻的激情与冲动，在一处小得不能再小的房间内，埋首于杂乱的书堆之中，在每一个夜晚，忘却窗外的一切，在那一盏微弱灯光的台灯下，心无旁骛专注着一个个问题。在这里，将自己凝固成一尊雕塑，似乎一位老年的学者般皓首穷经，不知春秋。而往往烦躁与希望伴随、交织，那久久郁结于心的愤慨，往往在某一个时刻，莫名其妙间反复砥砺着情绪，理想轻轻地用手抚着你的心口，一次次地带领你走出那纠结的情绪。或许，他们正因如此的经历，才有陈子昂谢绝门客后“经史百家，罔不该览”，于幽州台上发出“前不见古人，后不见来者”的盛唐之音；才有岳飞“莫等闲、白了少年头”之后，“驾长车，踏破贺兰山缺”的豪迈气概。

一次走在自身向往的旅行，无疑是人生中一件惬意之事。旅途的完美，往往需要有着一些意想不到的感触。

我曾期冀着敦煌、克孜尔那些洞窟内，由色彩和线条演绎而出的传奇般的故事。一个夏天的清晨，我第一次在前往昔日西域的火车上醒来，足足用了一个小时的时间凝视着窗外同样的风光，平坦的沙地之后，依旧是平坦的沙地；远处的天边总是一望无际，依旧是下落的天空与大地相衔接的一线。忽然，一丝凄凉连自己都没有想到浸透全身，刹那间，无助、无望的种种字句和情绪弥散在眼前，而自己的渺小在那时，感觉还不如一粒微小的沙砾。火车依旧前行，沙地依旧延续，而在天边的阳光，却逐渐升起，大地呈现出一片金黄色。而一些人影，在阳光的变幻中，不停地闪烁，这其中就有这样的一位，公元627年的一天，一位28岁的年轻僧人，走出了大唐都城长安高大的城门，他没有选择前往风吹草低见牛羊的北方，也没有选择东方和西南，他一心凝视着梵音传来的方向，一路向西走去，也走在这样的沙地，义无反顾地走着，每天升起的太阳，擦拭着他心中的理想。从此，历史铭记着这位名叫玄奘的僧人。火车依旧前往昔日西域的路途中，那一瞬间的字句和情绪在此刻消失殆尽，我也继续沿着昔日玄奘前行的方向，寻找那些迄今仍闪耀着光芒的文化遗产。

有人说，人生的历程也就是一次旅行，在这漫长的旅行之中，种种愉悦与辛酸伴随前行。这其中，就有我们都曾走过的那段如同青春般的岁月，或许你曾经遇到这样的经历——

在那样的日子里，总有一个人的名字默默地念在嘴边，呵护在心而从来不敢说出，即使走在他乡看着风景、望着路人，也仿佛见到了她的身影。或许你在康定城外的跑马山下游走之际，一个人尽情地在荒郊外的细雨中，大声唱着康定情歌，大声呼唤着那个名字；也或许你静静地坐在凤凰古城沱江边，心不在焉听着酒吧内传来的歌声，耳边总是传来她无意之间说出的温情的话语。每一段感情，都有一个历程，在猜测中回旋，在回旋中又萌生一份希望，在希望中又带着些许的苦闷，而就在那苦闷之极，理想带着你，开始孕育着重生。于是，你选择了理想给予的方向，继续追随着真正属于你的人生。

理想如一双温暖的手，紧紧地拽着我们，携带着一步一步地前行；理想也如一束温暖的阳光，在行至水穷之时，引领我们卧看云起的景致；理想还如那一树一树的花开，温暖的花香弥漫在心间，也在明天！

（2016年1月20日）

长江边的上新街

林克于

渝中区望龙门正对的长江南岸上新街，曾是南岸区的政治中心，区委区政府办公地设在这里，商业繁荣，文化兴盛，不但有大型国有百货商店、粮店、煤店，还有电影院、新华书店，极大地方便了老百姓的生活。

如果继续追根溯源，上新街还是一块风水宝地：它前临长江，背靠南山，风光无限；它辖内的马鞍山，历史上商贾云集，兴盛一时；它上首的海棠溪、下首的周家湾有厚重的开埠文化……

在我的记忆中，南岸区委区政府的办公地，如今已三易其址。新中国成立后办公大楼在上新街，直到20世纪90年代末期才搬到南坪南城大道，2013年再次迁至茶园。上新街老居民告诉我：区委区政府的办公楼分别在两个地方，即区委在原隆茂洋行大楼，而区政府则在与它一步之遥的原法国领事馆。到了上新街龙洞天正大门，穿过马路沿着那条略有坡度的支路上行，不到两分钟就到了区委旧址。

因区委区政府在上新街办公，自然这里成了区里的政治、商业和文化中心，各方面都较为发达，远胜于其他街镇。上新街辖内不但有大型的国有百货商店、粮店、食品店、煤店，还有新华书店、电影院，同时还有区立医院——二院……给我印象最深的是新华书店和电影院。由于爱读书和弄文舞墨，光顾新华书店和电影院是经常的事。如今时过境迁，但在那里读书购书、看电影的情景，仍历历在目，时常带给我温馨的回忆。

上新街辖内的马鞍山，自19世纪末期至民国时期，因南岸临长江一线工商业发展迅速，国内外商贾云集，这里遍布不同时期、不同风格的建筑：不但有当时名声赫赫的马嘉礼别墅、万国医院旧址，还有上海益丰电池厂老板贺师能别墅、益丰电池厂旧址，以及开埠后设立的英国盐务办事处、亚细亚火油公司、南洋兄弟烟草公司、华福卷烟厂宿舍等旧址。

马鞍山的具体位置在弹子石开往南坪方向的上新街公交车站背后（上自原区二院，下至老区府）那座长条形山。据说形似马鞍，因此得名。如果顺着那条石梯小道而上，马鞍山独具特色的老街区定会让你分享到沿街房屋的旧日风采。

树林密布、环境幽静的马鞍山，随处可见曾经的建筑遗址和仍存的文物建筑。在这些建筑中，犹以英、法商人和教会修建的公共建筑、花园式洋房和抗战时期内迁公司修建的高级员工住宅以及各国大使馆居多。不过最令人兴奋的是68号，这个不起眼的小楼就是马嘉礼别墅。小楼的罗马柱、歇山顶，别有韵味。该别墅建于20世纪20年代初，为著名美国传教士、慈善家、医生马嘉礼修建。

因家住上新街之故，我曾无数次从这里走过路过，发现在这树叶掩映之下的三层小楼的建筑风格在当时绝对是独具特色：中西合璧，砖石结构、青瓦白墙。罗马柱是欧式风格，歇山顶有中式味道。虽然现在外墙已经破旧，有的地方露出夹壁，但昔日的风采仍清晰可见。

细心观察，马嘉礼别墅的建造方式也有山城特色，依山就势。从石阶一侧进入别墅，就是3层楼的最底层；背后另一侧的平台要高些，通过石廊进入别墅则是最顶层。小楼每层都有宽大的露台，作为休憩、观景之用。从露台往外看，可以看到长江。

（2016年1月21日）

学霸与“学渣”的那些往事

杨蜀云

最痛彻心扉的爱，不是放弃，而是曾经的所有回忆，现在都陪着你难过。多年以后，最珍爱的那一部分，早在心里长出芜杂的野草，而植入灵魂的那部分，都终将被时光雕琢成泛黄的照片。

——题记

2013年冬天，刚会用微信的我，常常游荡在各个朋友圈。他是叫“双子座”的微信群主，我是叫“云淡风轻”的一枚女子。从那个时候起，他唤醒了我的微信之旅，并成了我朋友圈的“不可一日无君”的第一人。

最早听说他，是偶然听几个打篮球的男生念叨，大意是有一个很火的微信群主，勤奋且自律，口碑相传的力量，感动了我，让他的名字在我的心中显得闪耀无比。凭借一首《你的世界我来过》的接龙诗，“双子座”男子眨眼般成了我的知己，亲热度犹如360杀毒软件不断升级。

“双子座”和我有着同样爱好文字与诗歌的情怀，北京市区人，“宁”是真名最后一个字。也许是梅开四度，两个人聊得都很投入，除了从早上好聊到晚安，从唐诗宋词聊到市井小事，每天轮番微信上百条。

2014年春天到了，路过大学校园篮球场，沿着小伙伴的手指头朝向，认识到了线下的“双子座”，看起来清秀无比，但也不是帅哥胚子，好在，也不让人反感。

没过多久，在一堂古汉语公开课上，我们偶然相遇。在临场考试中，当老师问“出于其类，拔乎其萃，自生民以来，未有盛于孔子也”是出自

“四书五经”中的哪一部时，他秒答问题，在没有好学上进基因的前提下，我是被问题秒答，也无怪乎，有人说，内因才是事物发展的决定因素，纵然我在课前临时抱佛脚也无济于事。

由于答对率占99%，他的答卷被当成了全班学习的范本，而我的答卷自然成为不认真学习的负面模板。为了让落后分子看到希望，“双子座”主动邀约我，经常去一些稀奇古怪的小镇，在途中，还突然问我：你知道这个石碑为什么刻在这里吗？你知道这句古诗出自哪里吗？一瞬间将我好玩的心荡到了谷底。不甘服输的我，立马用弱智问题挽救：“我不是回答你的第一人，但是可以给你最全面的答复。”就这样，稀里糊涂地躲避了问题。

可我记得，回去以后，我马不停蹄地到图书馆铺天盖地地查资料，连一个细节都不放过，然后用最精准的答案忍不住在他面前炫耀了一番。他听后直噘嘴，一面表扬一面又极力向我推荐各个版本的史籍，我从书店抱着厚厚一摞书回家，翻了不下七八遍，甚至都有种冲动写一篇《看天下奇闻》。

几个月后，正是初夏，没有经过他的批准，“硬闯”进了他筹办的个人网站“山野小竹”，一面公开和他对着半句唐诗“微凉堪话旧”，或者宋词“东南妩媚，雌了男儿”，一面私下积极为他的网站努力填空——“铺在路上的碎石/依旧还是当初的模样/被繁星擦亮的黑夜/一声不响/写下时间的陌生……(《时间痕迹》)”

“我是冬季最后的花儿/我见过黑夜深处的世界/我见过温暖火炉的光辉/自由的火焰/在身上来回飞跃……(《自由》)”

有缘无分仿佛是天注定，因为“双子座”一向成绩优异，毫无意外，大学毕业后，他被保送为某985高校的研究生，而我勉强通过论文答辩后，加入了找工作的队伍。

2014年9月临行前一夜，我们最后一次在电话中长谈，他戏说我俩是“第三种感情”——比朋友多一点，比恋人少一点。记不得谈了多久，我哭了，泪湿了一晚上，筋疲力尽地睡过去，得了重感冒。第二天醒来后，收到了他离开重庆前给我发的一条信息：“鱼儿，有一天我回来找不到你，我就在各个报纸、网站上刊登寻人启事。”

但是在那之后，“双子座”彻底不见了，连微信号也注销了。我花了大半年的时间，用各种方式寻觅——手机、邮箱、QQ，却再也没有一丝踪迹。

2015年12月22日是冬至，等了一整天，那一整天，我流连在大街上看着川流不息的各色男女。当白昼渐渐褪掉，我才终于明白，那个熟悉的身影不见了，一切都已经落幕。

昙花一现的感情始终无法忘怀，也许柔肠太需要缠绕，也许信仰无力支撑，我突然想写诗，虽然他听不到，但我可以告诉自己，可以大胆放心地默默地吟。晚上八点二十分五十秒，我在微博上写下《我还爱着你》：

我路过了你的春天
却与你分别于冬季
时光匆匆来又去
网络缤纷而凌乱
我用足够的时间深情地
而你永远不知道的方式爱着你
很想抓紧你的手
悄悄地，悄悄地就好
曾经以为你的温柔
是为我一个人而来
可人去楼空

才知道天荒地老是多么苍白
世人都在传说爱情的魔力
然而我只能选择永远的背影
深夜的尽头
不经意敲下了五个字：
我依然爱你

（2016年1月24日）

雪落无声

杨小霜

世间没有什么比它更轻灵优雅，它的到来需要沉淀整个冬季。它的纯洁，容不得任何淤泥垢染。

睁开睡眼惺忪的双眼，不用打开窗户，就知道它昨夜来了。披衣而坐，闭上眼睛，去想象它的世界。

田埂上已经垫上厚厚的一层了，阿黄踩在它身上的脚丫子，盛开在整个冬季。它的幽香溢满整座村庄。

田野中的稻草垛从金黄变成洁白，只需要一个夜晚的时间。秋千上，石凳上，整个村庄里，都被一层洁白覆盖着，可它并未发出任何一点儿声音。

它就那么飞速地飘下来，一千片，一万片，不，这些都不够，它要的是整个村庄乃至整个世界都安静下来。现在还用说吗？狮子头已经白了，房顶上的黑瓦不见了，就连黄狗的梅花脚印也丢了。可它仍旧没有声音！

你见着它了吗？知道它去了哪里吗？它飞速地来了，夹着几分西北风的张狂，落寞地拥抱整座村庄。再也没有人记起这村庄里胡须发白的老人了！可它年年都来，它知道拥抱老人的那一刻，便是消亡，可它仍旧愿意，不嫌弃这座被北风横扫过的村落。

牛圈里的牛儿不吃草，猪圈里的猪儿不打呼噜，鸡圈里的鸡也不打鸣。它们都站着迎接它。它从千里之外的北方飘落而来，最终在这里安家。

它是没有形状和痕迹的。落在山谷,它便是山谷的痕迹,落在房顶,它便是房顶的形状,落在你的心里,它就是故乡的形状和轮廓。它是安静乃至无声的,世间任何事物都不会对它反感或是抗拒。

它是一种白,世间最自然而又纯洁的白。这种白足以净化和洗濯尘世那些污垢和杂质。它来得微弱,从不大张旗鼓,敲锣打鼓,但有分量,足以让那些痴人,迷途知返。

窗户外再听不到一丁点儿声音,整个世界都在为它安静。它慢慢地飘落下来,像是在抹去这座村庄所有的回忆一般。它那么努力地飘落,那么优雅地舞蹈,这个季节是属于它的,它要用生命去捍卫和珍惜,这一份专属于它的静和轻灵。

(2016年1月30日)

一栋上锁的老屋

孙小芳

锁，还是三十年前我离家时的模样。

只是三十年，对谁都是沧海桑田。它和这栋楼一样，早已失了青春的容颜，锈迹斑斑。

漫长的岁月里，母亲总是紧握那把小小的钥匙，它只轻轻一扭便会洞开母亲大半辈子的光阴。

檐下的晾衣竿空洞地横在那里，它一直都在等待，等待主人的色彩和温暖，还有那双在岁月里渐渐苍老的手。

在长久的静默里，它绝望地发现，自己早已尘满风干。偶有鸟儿前来讨扰，鸣叫跳转，或静静呆立，而后在杆上的尘土里留下清晰的爪印，那是它留给竹竿的慰藉。

墙头那些锄把，它们本该战天斗地，哪怕披荆斩棘。漫长的等待里，它们离自己的舞台越来越远。主人偶尔到来，或许会用它们去对付墙角的老鼠，算是职业客串。

曾经豪情万丈的锄头表情日渐沮丧。先前它们还会凑在一起展望原野拉拉家常。当我再次见到它们，东倒西歪，站姿不正。它们已颓丧地接受了既定的命运。一辈子的对错，无须思量，都是宿命！

开门吧！带我到过去的光阴里！

堂屋，那把黑黢黢的太师椅算是这栋屋真正的老人了，他的神色是岁月披拂的光芒。经过他的身边，我甚至听到他浑浊的咳嗽从许多许多年前的祖上传来，时间太远，模糊不清。

昏暗的灶间，屋顶的烟囱早已倒塌，就像一个耄耋老人狗窦大开。没了阻碍，明亮的光线直接抵达。这里曾是小小的佛堂！

子孙走远，一个孤独的老人晨昏定省，与佛对语。我相信，祖母一路走来定有佛光的照耀，她的脸庞和内心才会那么淡定和安详。

灶间最浓重的一笔，当数宽宽斜斜的楼梯了。他和堂屋的太师椅一样是这个屋子绝对的老人：漆黑如炭，梯步斜斜。历史的尘烟已让我无法看清它曾经的容颜。我一直无法理解父亲何以大动干戈请人从大老远的地方搬回那架楼梯。在当时崭新的屋子里，他像一位从史书中出走的老人，面色沉重而突兀。

卧室，案几上那只残缺了耳朵的青花瓷坛静静地蹲在原地。当我靠近，我们都在记忆里张望，费劲地回想当初彼此曾经饱满的模样。

艰苦的岁月里，母亲魔术师般朝里面蓄积杂糖。那些粗劣干净的杂糖通过母亲的手甜蜜了整个童年及一生。天下所有的母亲都是潜力巨大的魔术师，让我们向这些伟大的灵魂致意！

瓷坛里显然没有了杂糖，探眼一望，瓶底居然有两枚古钱。它们俩沿着历史的小路走到这里，偶然相遇，最后相互偎依。

案几的角落，我看见了马灯。它默默地站在那里，像一个功遂身退的将军。

在那些围绕粮食和土地的年月，无数昏暗的夜晚，它像将军一样陪伴一个柔弱但又必须强大的女人，走过田野走过风雨走过四季，最后被老屋牵着衣襟一直走下去，走进历史！那些匮乏忙碌的岁月，是它的光芒给了母亲无比的勇敢和力量！

自从祖母走了以后，她那双蹀躞的小脚几乎带走了所有的声迹，包括房顶袅袅的炊烟。

各色小虫小兽渐次登堂肆意上场，先是谨小慎微而后堂而皇之。蜘蛛在屋子的各个角落织网，丝丝缕缕，井然有序。那些蛛网就像盛开在空中薄如蝉翼的花朵，蜘蛛就是小小的饱满的不时游走的花蕊。屋顶模糊的亮瓦照进一些幽暗的光，那些密致的蛛网就像一个个神秘的意象悬浮在那里。许多年前，我就心生疑窦：蜘蛛是否是下凡的织女，每张网都那么天衣无缝？

屋顶的亮瓦是老屋的眼，曾经清澈无比，由它传达的光线明亮而温暖，在熠熠生辉的光晕里，无数微尘在飞扬。它让阳光穿过自己把老屋照亮，虽然这许多年，老屋少人行走，更没了穿针引线。它一如既往地用那越来越晕花的眼，打探屋里的一切，好似受了主人的重托，它得看护好这栋空洞的屋子。

再说说那张雕花床吧！

传承多年，在我离开时骨架已显虚弱。如今，那些凸凹虚实的生动图案依稀可辨，但我已经不敢在床榻边上哪怕轻轻地坐一下，我怕稍一发力尚且完整的床顷刻土崩瓦解，我分明看到一个曾经光艳无限的容颜在岁月的进程里衰朽不堪。

就让它作为一个历史的标本，同老屋一同老去！

上锁，离开。

让老屋更像老屋吧！

（2016年2月18日）

父亲的旱烟斗

子民

父亲是大巴山一个普通的农民，不识字，少言语，只知一天到晚地劳作。虽然如此，我家仍只有几间土墙泥瓦的破屋。父亲去世后，他的儿女们也没有为他的遗产而争执，并非儿女们个个都高风亮节，确因那些东西不值几何。

但父亲确有一件珍贵的遗物——伴随他大半辈子的旱烟斗。那的确可以称得上一件精致的艺术品：黄亮的竹烟管，漆黑的铁锅头，润泽的铜烟嘴儿，烟嘴儿下面挂着一个用猪尿泡定型烘干后涂上生漆制作而成的烟荷包，乌黑闪亮，每一个部件都显示出玉石的档次。抽旱烟是父亲生前唯一的嗜好。仿佛那星星烟火缕缕青烟能帮他摆脱贫困、消除疲劳、化解矛盾……

父亲的旱烟袋从没离过身，不抽时别在腰间，睡觉时放在枕边。我有一个感觉：父亲爱他的烟斗胜过爱我的母亲。

这普通的烟斗说它珍贵，还得从头说起。我初中毕业那年，要缴15元的报考费，我从学校赶30里山路回家向父亲要钱。父亲不作声，也不看我，皱着眉头一个劲儿抽他的叶子烟，一锅接一锅地抽，那好似父亲无声的回答：没钱！我满含期盼地望着那浓浓的烟圈从烟锅里悠悠升起，变大、变淡、破碎……仿佛那烟圈就是我的理想。我的泪水夺眶而出，从脸颊簌簌滚落，偶尔有一滴钻进嘴里，略带苦咸。这时，我好恨，恨我家穷，恨父亲没用、冷漠，恨桌子、凳子、恨书……见什么恨什么！想什么恨什么！我蒙着头睡，睡着哭。

第二天黎明，母亲拿给我18元钱，说："娃儿，好好考，考个工作回来！"我迷惑不解："这钱？"母亲说："昨晚你老汉把几十斤叶子烟连夜背到街上便宜卖给了摆摊儿的……"当时我有说不出的幸福，有使不完的劲儿，我接过钱飞也似的狂奔，疯狂地喊："老汉万岁！老汉万岁！……"这18元钱对我太重要了，它足以改变我的一生，也的确改变了我的一生。我当时就没想到这18元里所饱含的艰辛、忍耐、希望……

父亲竟然把玩儿了一年的空烟斗(这期间不知有多少尴尬、辛酸的插曲)。第二年新烟叶出来时父亲还老样子抽烟。

父亲去世后，我把这旱烟斗挂在我家堂屋里父亲的遗像旁。既是一种思念，也是一种鞭策。

(2016年2月18日)

我在巫溪等你

施迎合

表妹静美丽端庄，性格泼辣，是个典型的重庆妹子。自从去年她嫁给一位巫溪帅哥成为巫溪媳妇后，隔三岔五便在微信里对我说，到巫溪来撒，这里的烤鱼巴适惨了，保证让你吃了这回想下回。最后还抛下一句："我在巫溪等你……"静的这句话，一下子勾引起了我这个"好吃狗"对巫溪的向往。

说老实话，以前，对地处巴渝东北部的巫溪我知之甚少，只晓得它位于大巴山麓大宁河畔，是巫文化的发源地，在地理坐标上为渝、陕、鄂三省交界，是中国地图之"鸡心脏"。再后来，又通过媒体报道不断知晓，巫溪美景同样了得，红池坝国家森林公园、宁厂古镇、阴条岭自然保护区等等，自然风光旖旎，景色异彩纷呈，给纯净秀雅的巫溪平添了几多妩媚、几多神奇。当然，于我来说最具诱惑力的还是巫溪美食。

淋浴着2016年春天的阳光，我驱车沿奉溪高速公路一路奔驰仅四个多小时就到了巫溪县城。见了在那里等着我的静，我开玩笑说："在巫溪等到了撒，还不带我去品尝你吹嘘的那些地道巫溪美食……"三言两语的说笑间，我们来到被称为巫溪烤鱼一条街的巫溪县城漫滩路。但见长约一公里的街上，分布着大小数十家烤鱼店，店铺或富丽堂皇，或古朴典雅，木质招牌和红色旗幡交织出一缕缕最炫民族风，在不经意间撩动着我们的食欲。静静侧卧于街畔的大宁河则如碧水一潭，缓缓流淌不带潺潺声响，与我眼中群山环绕、韵味浓郁的巫溪小城一样，都是天然纯朴的模样。

在一家名为“烤鱼王”的店铺内落脚不久，随着一声响亮的“来啰——”的吆喝，一大盘金黄油亮的烤鱼就端上了桌。举筷一尝，果真是奇嫩无比，麻辣鲜香。与我吃过的万州烤鱼还真不一样。同桌的巫溪朋友娓娓而谈道：巫溪烤鱼源于大宁河边，距今已两千余年历史。古时，巫溪的宁厂古镇因盐而兴盛，紧靠大宁河，船运非常发达，不少人以当纤夫、船工为生。当时船工往下游运输货物，中途没什么吃的，饿了就向大宁河撒网捕鱼充饥。一日，一船工将随身携带的咸菜、豆豉加入鱼中，边烤边吃，味道竟然鲜美无比，此方法很快广为流传。加上巫溪以前是产盐地，鱼的保鲜和腌制又需要盐，这就为随时吃烤鱼提供了条件。如今，经过一代代巫溪人的发扬光大，巫溪烤鱼已拥有麻辣、酸菜、豆豉、渣辣子、葱香青花椒、仔姜等9个味型。其中，巫溪特色花椒鱼在2011年被中国烹饪协会评为中国名菜，巫溪石板鱼在第五届重庆火锅美食文化节上被评为重庆名菜，成为巫溪美食一张响当当的名片。

此时，已是下午。巫溪的阳光暖融融地斜照过来，给巫溪城蒙上一层金黄色的釉彩，像上古的浮雕一样生动。大宁河畔，那一排排烤鱼摊点的老板们已经忙碌起来。可以想象，待夕阳西下、灯火闪亮之时，劳累了一天的巫溪人相聚于此，临江听着溪流细语，隔岸观赏灯火阑珊，举着透明如琥珀的啤酒，吃着鲜嫩奇香的烤鱼、油炸土豆片儿，那该是一种何等壮观的景象！因静表妹一句“我在巫溪等你”的呼唤我来到了巫溪。我当会把一颗奔走的心安放在这儿，不仅仅是为巫溪特有的美食，还有那些牵挂着我的山山水水——那大宁河的清澈，红池坝的花海，宁厂古镇盐的颗粒凝聚的巫巴文化，以及阴条岭原始丛林集聚、散落的巫溪纯正、上古之魂……

（2016年2月26日）

两位老人与我的街道辞赋

赖永勤

徐老题词

“以辞树碑，小巷历史源远流长；借赋立传，街衢底蕴丰厚悠久——细读永勤撰老重庆街道系列辞赋有感，特书以存念。”这是著名历史学家、书法家徐文彬先生，在看了我写的老重庆街道系列赋之后给予的评价。老人家尽管已经九旬高龄，仍然用一幅六尺整的宣纸，为我留下了珍贵的墨宝。我想，这既是老人家对这些文字的肯定，也是对我的鼓励。

那是2012年冬天，在完成了对徐老的采访以后，我们彼此聊起了家常。

“你最近写了些什么？”老人问我。

“应几个街道的邀请写了一些街道赋。”我回答老人。

“啊，非常好，有哪些街道？”

“有白象街、人和街、大溪沟、领事巷……”

“有没有沧白路？”不待我说完，徐老立即接过话头。

“有，有呢！”我如实回答。

“沧白路的历史底蕴非常深哦，那是我年轻时经常去的地方，可惜现在腿脚不方便，去不了啦……”须臾，老人又对我说，“你下次来，把这些辞赋带来。”

遵照老人的嘱咐，次日，我将当时已经发表在《重庆日报》《重庆晚报》的《白象街赋》《沧白路赋》《领事巷赋》《人和街赋》《大溪沟赋》等5篇赋给老人送去。

不几天，我接到老人的电话，叫我到他家里去一趟。那是一个洒满冬阳的上午，我一走进老人的客厅，就看见阳光从窗外直射而进，整个客厅显得分外明媚。见我到来，老人从座椅上吃力地欠起身子，然后走到书案旁，拿出一卷纸，一边微笑一边展开了他的题词："为街道写赋，就像为它们树碑立传，让后人知道这些街巷的来龙去脉，这样的形式非常好，你做了一件大好的事情哦。"

作为一位资深的历史学家，徐老看问题总是能够看到本质，我之所以有了这些文字，初衷就是要为重庆母城的小街小巷树碑立传。看到这珍贵的题词，我紧紧地握住老人的手，一时竟感动得说不出话来。这毕竟是出自一位九旬老人之手啊，就在那苍劲的一笔一画之间，浸透着老人多少的期冀与厚爱啊！

岳父赠书

我年近九旬的岳父得知我开始创作辞赋后非常支持，希望我能够在这条路上走得更远。

岳父出生在河北保定清苑县一诗书之家，从小读私塾受到了良好的旧学教育，具有较扎实的古文功底。他在初读了我先期创作的街道辞赋之后，很是感到意外。

"你怎么想到要写这些辞赋的?"他问我。

"是因为工作呀。"我道。

"因为工作？……"他眼里露出狐疑的神色。

"是啊，通过这些辞赋，挖掘出这些街巷的历史底蕴，让居住在这些街巷的市民更有归属感，也让我们的后代记住、珍惜这些财富。"

岳父于1950年从甘肃古城平凉来到重庆时，还是一位20出头的青年，一直生活工作在渝中区，先后居住在华一坡归元寺，七星岗金汤街，十八梯下回水沟，在重庆60多年的时间里，和岳母一起含辛茹苦地抚育着5个孩子，一直为生计奔忙的他，对重庆的古往今来还无暇顾及。是这些街道辞赋，让他对老重庆街巷的历史有了一些了解。

不善言辞的岳父非常支持我的辞赋创作，2011年11月5日，他特地去书店买了一本辞赋学家曹道衡著的《汉魏六朝辞赋》送给我，在扉页上这样写道："永勤：我之所以购这本古籍，是希望你能从中得到点什么。"

岳父早年患有高度近视，近些年又患上白内障，他购买此书时已经是84岁高龄，在书店浩瀚的书海里，要淘到这本书，不知花费了他多少时间。

我十分喜欢岳父为我选购的《汉魏六朝辞赋》，将它置于我的案头经常翻阅。这本书让我重温了中国的辞赋史，使我集中而系统地领略到了古代辞赋的精品，可谓受益多多，我至今还经常翻阅。

（2016年3月3日）

母亲八十

梁奕

我的母亲选择了一年中最好的季节，最好的一天过生日。1936年3月8号这天她来到了这个世界。都说春天生的人最热爱生活，最懂得感恩，情商、美商都特别高，这些，我在我母亲的身上真的看到了。

八十年的风风雨雨，八十年的悲欢离合，其中的苦涩，她会精心调制后静静自饮；那些生命中的美好和甜蜜她会窖藏于心，幻化为形，慷慨地与身边的亲人、朋友分享，即使到了生命的晚年，虽是开始一步步下楼梯她也一直保持着最优雅的姿势。

每个人心中都有一个关于母爱的故事。在今天这个特殊的日子里，我想讲两件我与母亲间的往事。

应该是在我七八岁的年龄吧，那个周末的晚上我被允许可以挨着母亲睡，第二天清晨，我被一阵轻吻惊醒，睁眼见母亲坐在床边，眼里满是盈盈的温情。母亲是20世纪60年代的知识分子，自有她们那代人表达爱的方式，但这个在我有记忆以来唯一的一次亲吻，留在我心里的温度却从来没有因时光的流逝而褪色，反而随着年龄的增长，随着自己也做了母亲，更感到了她被岁月包裹着的滚烫和甘饴，她让我懂得了中国式的母爱静水深流般的绵长和含蓄。

在后来的岁月里，母亲一直是我生命中的那道坚实的墙，每当遭遇沙尘雷暴，只要一站到墙后，一切都会雨过天晴。直到有一天，我忽然发现我成了母亲的墙，母亲需要扶住了才能平稳地走过余生。于是我记住了母亲的话：人生总有风雨，与其被狂风带走，不如原地坚守，等待彩虹。

还有一件事，让我至今难以原谅自己。16年前，我现在的住房落成，先前承诺给父母的一个单间被书房占去。有一次，父亲在我这里小住数日实感不便，被母亲无奈地接走。母亲搀着步履蹒跚的父亲一步步走远，望着他们的背影消失在暮色中，一阵刺痛涌上心尖，我想冲上去叫着二老："爸妈，你们回来！"但是我没有，我怎能原谅自己的疏忽、世俗或者是无情、不孝……父母为我们所做的和我们为父母所做的，虽然是许多人都无法平衡的人生等式，但这个场景留在我心中的隐痛，十几年来一直挥之不去……

这件事总让我想起毕业那年，家里搬了新居，正装修，我因被分配到县城情绪非常低落，母亲指着一间清爽的小屋对我说：这是你的房间，什么时候这里都是你的家。母亲给我的这间小屋，给我的家，让我以后无论走到哪里，都走不出她的思念和爱。

"慈母手中线，游子身上衣。临行密密缝，意恐迟迟归。谁言寸草心，报得三春晖。"一直认为这是写得最真情，最好的一首古诗。我想把她献给我的母亲和所有的长辈——祝幸福、健康、开心；也赠予中年朋友们——用父母最乐意的方式去尽你们的孝心，"一万年太久，只争朝夕"；再送给年轻的朋友——你们的父母在不太远的一天也会成为老人，继承中华孝文化传统美德，"更待后生"！

在今天这个"三八"节，我想对花开的大地，对春天的阳光说一声："妈，生日快乐！"

（2016年3月8日）

被时代拣选

范稳

都说生于20世纪60年代的那一拨人是最幸运的,他们中的一部分人不但躲过了时代的厄运,还在国家改革开放、浴火重生的年月成为“八十年代的大学生”。其实所谓幸运,是比较而言,当时,我想也没几个“60后”认真打量过“幸运之神”,许多人更情愿在浪漫的大学校园里一头撞见“爱神”。

我们入学的1981年开创了中国教育史的一个奇迹——“五代同堂”,那时77级、78级的学长们都还没有毕业,校园里既可看见胡子拉碴、已过而立之年的父亲,也有我们这些少不更事、弱冠之年的愣头青。我那时认为那些串过联、下过乡、当过工人的大师兄大师姐们才是最幸运的。他们阅历丰富、能言善辩,仿佛世上的好事情都让他们赶上了。校方有时组织高年级的师兄师姐和低年级的学弟学妹联欢搞活动啥的,他们就像刚从战场上下来的老兵来到一群新兵蛋子中间。本年级的小女生们流波转兮、顾盼有情,把我等恨得牙痒痒。到大三时,放眼一望,班上的漂亮女生都被大师兄们“捷足先登”了。

不过,我第一次为自己能进这所大学感到庆幸,不是在课堂上,也不是在图书馆,而是在食堂。我承认自己的大学时代是在痨肠寡肚的半饥半饱中度过的,这不仅仅指知识,还指伙食。两毛五分钱的一份肉,再加五分钱的小菜,其实已经是很奢侈的“大餐”了,许多女生一份肉都喊吃不完,一些家境困难的农村同学甚至只要小菜不吃肉。但我们这些几乎天天在球场上闹腾的家伙却恨不得一顿吃两份肉。当然这是个美梦,最现实的还是指望哪位好心的掌勺大师傅发点儿慈悲多给一点儿。但你和他又不是哥子兄弟伙，他凭什么“心慈手软”呢。更有甚者，嫌掌勺师傅给的肉少了，争执起来，继而一帮早就心怀怨恨的饿痨鬼们从跟着起哄到与食堂师傅两军对垒，战火一触即发。那些食堂里的大小师傅，也多是我们的同龄人。他们是本地人，但不是大学生；我们是大学生，却来自五湖四海，互相都有点儿瞧不起的意思。我就亲眼看见一个穿军大衣的学生哥嫌师傅给他饭碗里的面少了，竟然翻过窗口冲进去论理，那掌勺师傅也不含糊，用长长的筷子从大锅里抄起一撮面就塞进他的军大衣口袋里，说“你龟儿饿死鬼投的胎，拿切(去)吃嘛”。学生食堂那时是个饭菜飘香、和漂亮女生打秋波的地方，但时而也会充满火药味。

有一天，我去学生三食堂打饭，眼巴巴地希望那些掌勺的大师傅能往饭碗里多打一片肉，哪怕手抖一抖，多一点油汤汤也好，不过这样的指望几乎百分百地落空。就在这种心神不定中，我忽然望见食堂里面的一个女厨子，圆圆的脸，梳两根齐肩小辫，和善沉静的面容，丰满壮实的身躯。她正把一大盆回锅肉从灶台搬到窗口这边来，她没有看窗口外的我。我使劲咽下一口口水，把冲到脑海的回忆压进胃里。

我那天打好饭，没有像往常那样回到宿舍去吃，就站在食堂的一个可以看得见那女厨子的角落，就着回忆下饭。那顿饭的滋味，迄今不能忘怀。

大约在六年前，我还在上初中，我的母亲生病住进了县城的医院，同病房里有一个重庆女知青，和母亲相处甚恰，成了病友。她比我的姐姐还大两岁，母亲让我们唤她唐姐。唐姐是个机灵漂亮、心直口快的大城市来的知青，又没有什么架子，自然大家都很喜欢她。重庆知青到我们那个地方插队落户之始，县人开初还报以某种新鲜感和厚望，我记得每当他们被一车一车地拉来时，学校还组织我们去城外迎接，彩旗招展，锣鼓喧天，全然不管人家沦落天涯的感受。但时间一长，县人的麻烦就不断了。这些重庆崽儿在淳朴清贫的乡间打架斗殴、偷鸡摸狗，穿着裤腿尖尖的小裤脚到县城里来妖娆，和女娃儿勾肩搭背，看得没见过世面的县人直摇头。但唐姐似乎是重庆知青中的模范，温婉、朴素、谦逊，一点儿也没有重庆知青的那种“超哥超妹”的霸道和招摇。我还依稀记得她身上散发出来的雪花膏的香味，那仿佛是另一个陌生遥远地方的气味，代表着气派和洋盘。唐姐出院时，母亲和她还拉着手流了一阵眼泪。母亲说得空时来家里耍，唐姐爽快地回应说要得。但没想到这样一句简单的邀请后来让我们家吃尽了苦头。一个月后，唐姐来城里赶场，找到我们家，不是一个人，而是七八个重庆女知青，完全是来吃大户的架势。这下热闹了，母亲犹豫许久，拿出一斤肉票来让我姐姐赶快去买肉。那时我们家一个月也就二斤肉票，此大方一操，后半月我们就将不见油荤。但母亲是要面子的人，大约也心疼这些重庆知青的艰难。

我记不得后来唐姐还来了几次。有时她是一人来的，有时也带几个知青朋友，有次还带来一个蓄小胡子的男知青来，那家伙太能吃了，连甑子底都被他吃穿了。他们每次来几乎都是空着手来，吃得饱饱的而去。我们得到的最有指望的一句客套话就是：你们到重庆来找我们耍哈。啊，重庆，我去过的，那是个会让我迷路的城市。

现在唐姐就在食堂里忙碌，她的面前有我垂涎欲滴的回锅肉，但这已经不重要了。尽管我们晚上经常在宿舍拍着空空作响的肚子说，要是和哪个掌勺的大师傅交上朋友就好了，顿顿打饭时满满一大瓢肉。但那一刻我没勇气去和她打招呼，我甚至不希望她认出我来。我年轻的心灵，第一次感受到了命运无常。

曾几何时，我们家倾其所有接待素昧平生的唐姐，是因为她来自大地方。尽管是知青一枚，但在那个年代还是光荣的，是有文化的代表，有优越感的一群。我家的邻居家就有四个知青，可小地方的知青和大地方的知青是不一样的，是怎么个不一样呢？很抱歉，我现在也说不清楚。

就像那时我说不清楚我和唐姐的关系。我们是社会上的姐弟关系吗？是熟人老朋友吗？好像都不是。当年对她的暗羡、倾慕、仰视，多年以后洇浸成一名大学生在食堂对一个女厨子淡淡的忧伤。她为什么不考上大学呢？我的上铺兄弟就是一个西师子弟，据他讲，西师搞后勤的大多是校内教职工的子弟。唐姐，你有多好的学习条件啊。你如果考得上，你就是我的师姐了。

我现在感到后悔的是大学四年我没有主动去找过一次唐姐，尽管时常在食堂里还见得到她。我没法帮她什么，更不指望从她的大勺下多吃几片肉。我害怕某种不平等在我和唐姐之间倏然闪现，哪怕只是一秒钟，就会粉碎我少年时代对一个重庆女知青的美丽幻想。大三时我们从李园搬到桃园，换了学生食堂，我就再也没见过她了。大学校园里的生活丰富多彩，从白发的先生到漂亮女生，从学术思潮到球场上的喧嚣，需要我们去关注的人和事情太多太多，谁会去对一个食堂里的女教工耿耿于怀呢？

那个时刻我才痛感一个人一生中如果少了一段重要的求学时光，是一件多么无法弥补的遗憾。这不仅和个人努力相关，还跟时代相涉。我们是被命运拣选的一群人，幸运地搭上了时代的列车，而像唐姐、我姐姐她们那一代人，她们的人生少了一张车票，也就少了一段青春的精彩，少了一种人生发展的可能。

（2016年3月18日）

吟唱巫溪

唐文龙

一

宁河之水兮,天上来。奔流向东兮,不复返!

盐,还是那么白。可产盐的古镇却逝去了热气腾腾的盐烟。七里半长的石街上,歪歪斜斜的吊脚楼向后人讲述着过去的故事,故事里除了盐,还有盐民子孙的悲欢离合……

寺,还矗立在山顶。可修行的却非当年的和尚。佛和道的禅意都被新来的游者参走了,唯有留在山顶的古钟,回荡了千年,那钟声,从昨天飘到了今天……

棺,还摆在石缝里。可抬棺的人却不见了踪迹。悬崖之上的千年守望,是一种固执还是虔诚?直到今天,无人能读懂你千年风霜雨雪中的内涵……

当厚重的历史,铺满一山又一山,只有百年的水车,还在吱吱呀呀地转动,扬着永远也流不尽的宁河水。

二

在无垠的红池,地里归来的巴山汉子赤裸着黝黑的双臂,斜扛在肩上的锄头被黄土磨出了白光。明月之下,四方院里盛满水酒的土碗醉了整个山野。

在缠绵的红池，宁河妹子的渔歌随着河水荡了一波又一波，轻轻挽起的裤腿露出盐一样白的脚踝。炊烟又起，鲜嫩的烤鱼香了大半条宁河。

这山望着那山高，这水流去那水来。逍遥巫溪，安逸之旅……守望巫溪，心灵回家……纵情红池我为仙？纵情红池，我欲成仙！

凌晨5点，在浓浓淡淡的云雾缥缈中你我邂逅。我踏雾而来，徐徐而落，每一步都小心翼翼，生怕脚痕玷污了你圣洁的躯体。

太阳升起，雾淡了。你用姹紫嫣红的热情拥抱我。雾气湿润的，又何止我的眼眸？还有你飘逸的发丝，随风而动。

你用你全部的激情，在这个季节绽放出所有的灿烂。我知道，你爱上我了，跟我，爱上你一样。你用漫山遍野的花朵，皴擦出水墨丹青的神韵。

你用手，将我们拥抱时流下的泪水捧起，就成了青池；你用手，将我们吻破嘴唇的鲜血捧起，就成了红池。

我不忍将雾散去。我把她撕成一缕一缕，轻轻围在你的颈上。我站成一棵白桦，和你一起成为风景。

我的红池，在你无垠的坝上，为何只听见我一个人在吐气纳息？我的红池，在你无垠的坝上，为何只看见我一个人在舞动身躯？

我吐出气，你的所有花儿就沾满了露珠；我舞动风，你的所有花儿也翩翩而动。在这无垠的坝上，你成了我，我成了你。

我们用万千的鲜花，勾画爱的信符。我们彼此祝福，花儿就越开越旺。山无棱，天地合，乃敢与君绝。

花开有期情无期。当我们的爱情，站成海拔两千米的高度，还有谁不为之动容？纵情红池我为仙！

（2016年3月19日）

李白万州深夜会佳人

张老侃

万州城中太白岩，海拔不过400米，因李白曾在此读书而得名。所谓“山不在高，有仙则名”，故此山又有“白岩仙踪”一说。这个仙便是诗仙李白。仙家过此，留有诗否？没有。这就怪了，太白岩上古今名家题刻无数，其中尤以宋代大书法家黄庭坚的《西山碑》闻名遐迩，怎么会诗仙竟然无诗呢？这就叫人疑惑了。于是将目光投向荒草石岩，投向明朝嘉靖年间刻下的八个怪怪的汉字，是字不像字，横七竖八，歪歪扭扭，大小不一；有的长有的短，有的缺一笔，有的多两画，有的只有半边……用重庆方言讲，纯粹是乱劈柴！

经专家考证，这是诗，是“神智体谜象诗”。这种诗既高深且古怪，以意境作画写字，悟人悟己，设想新奇，靠字形的变化，大小、粗细、长短、笔画增损、缺笔等技法形成异常外观，引人揣测猜谜，故称“谜象诗”；读之能启人神智，故叫“神智体”。太白岩这首谜象诗，由“竹、岩、亭、门、夜、事、有、来”八个变形汉字和错别字，组成了一首五言诗。诗中每个汉字均不成字，却又暗藏玄机，几百年来，无数人对它揣测猜想，寻找合理解释，但是对于每一种解释，人们又莫衷一是，于是把这八个字的山石称为“诗谜碑”。

世上无难事。人中自有高人在。众人竞猜中，较为统一的解释是这样：第一字“竹”写得很小，谓之“小竹”；第二字“岩”，压扁了横着写，谓之“横岩”。这两个字构成诗的第一句，叫作“小竹横岩栽”。第三个字“亭”，却缺了两画，显出空隙，所以谓之“空亭”；第四字是个难认的古体字,像是半开的门。此二字连起来读:“空亭门半开。”第五个“夜”字写得很长,谓之“夜长”;第六个是“事”字,却缺了一画,也就是缺了个“一”。这就构成第三句:“夜长无一事”。第七个是“有”字,偏着写,叫作“偏有”;第八个是繁体的“來”字,一个來字三个人,但碑上的文字在一横下面缺了个“人”。连读构成“偏有一人来”句。这个“一”,也可解释为“佚”,没有的意思。所有八个怪字,连成完整句子是——“小竹横岩栽,亭空门半开。夜长无一事,偏有佚人来。”

行文至此,这座属于巴渝奇景、中国名胜的万州太白岩,怪字、怪诗之谜已然破解,只是缺少点文采和诗意。然而,高人之中更有高人,其见解从诗仙与太白岩的关联入手,反复对神秘的八个字揣摩,拈须沉思,终于从那个“来”字揣测出新意。“来”是简体字,繁体是“來”。碑上残缺,少了一个“人”,啷个办?简单,加上个“人”就行了。“加人”!嘻,“加人”不就是“佳人”吗?才子配佳人,这一破解,谜诗成爱情诗了。再则,第一字“竹”,不就是“烛”吗!这样一来,怪怪的八个字,演变成这么一首情诗:“秉烛上横岩,空亭门半开。深夜待一事,顷有佳人来。”

破译者还说,在太白岩上留下这八字谜象诗的不是别人,正是李白自己。不好意思明说,写几个谜象诗怪字让人猜。大约1300年前,25岁的李白出川前在万州停留近半年,浪漫少年郎,曾与一美貌佳人深夜约会……果真?若真,与李白同时代的唐宋文学大家杜甫、白居易、苏轼、黄庭坚……几乎所有大腕名流,都到过三峡名城万州,到过万州城中太白岩怎没见提到过如此带娱乐味的史料?正所谓姑妄言之,姑妄听之,“一壶浊酒喜相逢,古今多少事,都付笑谈中”。

(2016年3月22日)

人梯送我登高台

郑京鹏

对老师有许多美称，譬如园丁、蜡烛、春蚕等等。这些称呼，我是打心眼里举双手赞成的。若从学子这个角度讲，我感受最深的还是“人梯”的美誉。1979年9月至1984年7月，我参加了西南师范学院(简称：西师)汉语言文学专业的在职学习。在漫长的5年里，那些授课的老师们，在我的脑海里打下了深深的烙印。

教文艺理论课的雍容老师，个子不高，一身儒雅。我印象最深的是那次在万县地区的教学点上，当他讲到文学是现实生活的形象反映时，有同学问：那《西游记》是神话故事，怎么是现实生活的反映呢？雍老师微微一笑：这个问题后面要讲，既然有同学提到了，不妨提前在这里讲一讲。从雍老师的讲解中，我们知道，神话故事也是现实生活的反映。由于古代生产力水平极其低下，人们没有足够的能力去改变自然环境，只有借助神话故事去表达人类的意愿和理想。孙悟空的形象，就是集合了现实生活中许许多多个敢于反对邪恶势力的人物特点塑造出来的。还有唐僧、猪八戒、沙和尚，都能从他们身上看到现实生活中一些人物的影子。这样的讲解，让我们心胸豁然开朗！我个人后来创作的长篇小说《红干人传奇》《走出荒原》《天降大任》，中短篇小说集《怪盗》等文学作品，就从这些理论中，受到了不少的教益。

雍容老师的美学概论课也讲得不错。经过雍老师在西师美丽如画的校园里给我们的生动讲授，我们知道了美学是一门严谨的科学。美是客观存在的，它不仅包括灿烂的朝霞、流动的白云那样的自然美，还有优美的旋律、曼妙的芭蕾那样的艺术美，以及高尚的品德、为国家为民族为人类的利益而表现出来的奋不顾身的行为那样的生活中的美。这让我们探寻到了美学宝库中的无尽宝藏，我居然喜欢上了美学。在忠县师范学校做讲师的时候，我还给同学们在课外开设了美学讲座。真是教学相长啊！讲座下来，有不少心得，我便写了不少谈美学的文章，发表在报刊上。

教现代汉语课的翟时雨老师，不仅人长得帅、个子高大，而且知识丰富、普通话讲得标准，在我们同学中有不少"粉丝"。当他在万县地区教学点上讲授普通话与重庆话语音的差异时，同学们就会聚精会神地学着他的口型和舌位的变化，纠正自己的方言发音。课后我们得知，翟老师曾经是中央普通话研究班早期的学员。由此我们更加敬重，因为能进那个班学习的人是少之又少。回单位后，我便学以致用，在课堂或在公共场合讲话，都坚持说普通话。没想到，长进不小。后来随着影响的扩大，引起了上级有关部门的关注。1982年4月，我被推荐进了中央普通话研究班第四期进修学习。而这个班的前身，就是翟老师学习的那个班。这样一来，我和翟老师不仅是师生关系，而且还成了班友，心里自然免不了高兴和自豪。学习结束后，我又被借调到四川省教科所帮助工作，做了半年的教研员。

老师们那种兢兢业业、任劳任怨的敬业精神，也感人至深。记得在西师上古典文学课时，老师因为胃癌，刚住院做了手术，出院后，他顾不得休息，带着切除后留下的半个胃，来到课堂，为我们传道授业解惑，给我们讲授魏晋南北朝的文学。当时他脸色苍白，说话缓慢。望着站在讲台上十分虚弱的老师，我们感到十分难受。课后，同学们自发地前去看望他。深感遗憾的是，由于年代久远，记不得他的姓名了，只记得他那特征鲜明的浓重的自贡或泸州一带的乡音。因为打下了较为深厚的古典文学底子，我在后来的教学中，在做《重庆名人》杂志副主编的工作中，都没费什么大力气，便解决了不少古典文献中遇到的难题。

在函授学习期间，给我留下深刻印象的，还有老师们在生活上无微不至的关怀。有一年暑假，万县地区学员集中到云阳老县城，参加几门课程单科结业考试。为了让大家有足够的体力考出好成绩，在物质条件极其匮乏的那个年代，每天早上，西师的监考老师都专门交代，要在早餐中为每人增加鸡蛋和牛奶。那份苦心，着实让人感动。现在一想起那些场景，心里还是热乎乎的。在万县地区教学点的毕业典礼上，雍容老师含着热泪致辞："你们是苦尽甘来。5年中，同学们吃了许多苦，现在毕业了，甘甜的日子就要到来了！"的确，就我个人而言，经过5年的在职学习，我收获了许多。我先后在工作岗位上，做出了一些有益的事情，得到了大家的肯定。

在母校西南大学的校庆来临之际，每当回想起那段生活，我就会深深感到，我们能攀登上知识水平、业务能力以及工作业绩的高一级台阶，能饱览到成功的美景，是因为有老师——这些无怨无悔的"人梯"的托送！

我忘不了老师，忘不了我的母校！

（2016年3月27日）

女儿的成人礼

赵瑜

女儿就读的班级——重庆市11中高三3班全体同学的成人礼定在三月初，植树节的后一天。

三月的倒春寒，让穿上薄衫的同学们又被迫添加了厚衣，但爱美的女同学们仍然在穿戴上用了些小心机，有的棉袄下露出一圈荷叶边，有的牛仔裤脚有意地短上一截。女儿悄悄地把刘海放下来，遮住了光洁的额头，脸蛋上有了可爱的弧线。

此时，11中CBD高三校区的操场边，几株粉白的玉兰不畏料峭春寒，恣意地绽放着。

11中也是我的母校，1991年我上高三，只知学习复习，整天灰头土脸，心情黯然。

而如今，离高考不到一百天的紧张冲刺时刻，3班的班主任袁撸老师竟然还给同学们筹办了一场成人礼。她为制作VCR忙碌了一周，VCR里，有老师们的鼓励，家长的祝福，孩子的笑容。微信群里，家长们忙着翻找旧照、写上抒情语传给袁老师。然后奔来校园，齐聚。

能与孩子并肩坐在一起，回忆他们度过的美好成长岁月；能让孩子们在操场快乐地合影，玩耍，畅谈未来——每位家长心里都在对老师说着谢谢。

教室里有音乐，有玫瑰，有蛋糕，一场十分用心的聚会。男孩子们总是那样的帅气，女孩子们嘻嘻哈哈忙着自拍。照片、寄语、宣誓……忽然有人哭了，我环顾四周，不是孩子，是教数学的吴畏老师。

递去一张纸巾，百感交集。我明白吴老师的眼泪里有什么，那是母亲的眼泪，有感动、喜悦、不舍、欣慰……成分复杂。

VCR里女儿的照片巧笑嫣然，那是她儿时，酒窝很大。

一瞬间，我也泪眼蒙眬。

泪眼中，看见女儿刚满3岁、第一天去上幼儿园——眼神里充满了惶恐，数次不愿前行，可怜的央求让我心软，但最终我还是甩开了她的小手，铁起心把她留在教室里。老师向她走去那一刻，她哇哇大哭着找妈妈，我拼命忍住眼泪，落荒而逃。

泪眼中，女儿10岁了，去参加人生中第一场全国拉丁舞比赛。我抱着她的衣服坐在看台上，聚精会神地看她在空旷的体育馆里，带着骄傲的笑容，高昂着头，与胖胖的小男生舞伴跳着伦巴，一圈，又一圈。

泪眼中，她15岁，第一次离家住读高中。我把行李搬去宿舍，铺好床后不愿离开，千叮咛万嘱咐。比我还高的女儿不耐烦我的唠叨，潇洒地给我挥手“快点BYE BYE”。

此时，女儿18，如花年华，6月高考，9月大学。

流光碎影，岁月如歌。

我高三毕业时唱的歌，是《友谊地久天长》：怎能忘记旧日朋友，心中能不怀想？而孩子们成人礼时唱的歌却是《我相信》：想飞上天，和太阳肩并肩，世界等着我去改变！90年代初的愁绪迷茫，变成了他们此时的阳光自信。我听得热血沸腾，谁还说“90后”的独生子女是被宠大的一代？博文修德、精益求精，11中的孩子们，正奋力超越着他们的父母与前辈。

同样的站台，不同的列车，18岁，从11中启航，未来，鲜花开满。

（2016年3月30日）

合川赋

盛筱华

濮族旧地，巴子故城，蜀都要害，天府膏腴。秦取巴而亵江，汉书误而垫江，东宕渠而合州，隋开皇而涪陵。西山诸峰，势南绵延；华蓥万仞，形北位东。马门溪龙，右涪左渠，嘉陵神化，三江合川一流。奔腾长江，弄潮上海。水甲西部水中城，半城山色半城湖。盐井桑耕，天星通天朗照；洪流沃野，地泉全境畅流。

巴山渝水，古多英望。赏心于碧波浩渺之上，理穷于泽被万物之中，道悟于水灵山秀之下。顿觉古州八景，外秀风采，内美硕德。昨夜涪江晚渡之客，今朝驾小车桥上；往昔金沙落雁之碛，已返还老龙宫中。东津渔火，画舫楼船。濮岩禅寺，乔松山领。濮人祖灵岩上，流泉成湖岩下。濮湖夜月，波光潋滟。文木瑞山，叶绘天下太平；瑞映清风，襟袖心旷神怡。学士山禹王文命崧彼泉水，化甘泉灵乳幽婉悦耳；八角亭周公敦颐理学鼻祖，运神妙万物清静养心。鱼城烟雨，秀削天然。十万军民，众志成城。胜迹巍立，蒙哥伤首殒命；独钓中原，裨将束手寡筹。巴渝金瓯，全蜀关键。炎宋延祚三十余年，欧亚祸止历史改写。至今澹烟微抹，经常细雨轻霏。如龙洞沱照镜涵波，千古此江山；嘉陵江砥柱中流，万代此镜石。

春风桃李，兰鲜筱碧。文峰白塔，接龙天街。清华擎天，古楼揽月。文昌宫，此地斯文盛；凌霄阁，何人浩气凌。涞滩二佛寺，登福地以参玄，同归觉路；叩禅关而悟道，共驻慈门。龙凤龙多山，念从容可炼丹，天地无私；志淡泊而修仙，圣贤有教。仙道人道，我心佛心。天人合一，大海合川，德佳天下。心无茅塞，为胸臆广化混沌之奇；眼不花生，因眉睫宽调风云之变。故观涞滩之水则波澜不惊，登龙多之山则世难无畏。

到此无论主客，同展贤道弘法。厚德复本我，全心应本性。为官望民怀，立于成龙之像于合阳之滨，以正官气。张森楷[①]振兴乡学勘史为郭沫若之师，创办蚕桑实业收卢作孚为徒。十二时中莫欺自己，廿四史内当比何人。保路运动，化四川玉昆干戈，提速辛亥义举，民国纪元首任铁路总理；卢作孚实业救国，开业创业。功成乡村建设，名齐敦刻尔克；周恩来访古圣寺，赞陶行知捧着一颗心来，不带半根草去。育才教人，学真做真；慰刘文学忠魂于双江之岸，以树英雄，奠少年模范。会江楼头杜甫诗，盛名千载；合宗书院濂溪祠，师表万世。

太和风云，龙市风华。儿童画卷纸扎，隆兴峡砚云门。桃片肉片，驰名中外。二郎风情高跷，三汇风土橙糖。双槐善书风雅，黄杨木雕风物。狮滩肖家风骨[②]，三庙大石风景；渭沱燕窝风味，双凤小沔风韵。官渡风清自生，南津蓝翠自留，高楼林立都市伟观。铜溪沙鱼傍水，秀色烟黛；钱塘香龙依山，芳馨俊伟。名域胜境，承继中华秀灵清淑之气；仙迹奇踪，更为英杰佳人实业之区。恢文明之极轨，任圣贤之仔肩。风流唯实干，乾坤唯民生。工农新园，全面小康，百花争艳；清平土场，天顶组团，万木凌云。启草街航电之枢纽，驾北汽银翔之幻速。创新型工业之城市，开旅游休闲之胜地，建幸福宜居之家园。

（2016年3月31日）

---

①张森楷（1858—1928），历史学家，在合川创办四川蚕桑公社，后参加保路运动，民国元年（1912年）任成都铁路局总理，是郭沫若和卢作孚的老师。

②张森楷老家狮滩，卢作孚老家肖家。

嘉陵江上歌悠扬

张望

嘉陵江水清又清，
党的恩情比水深。
打鱼归来船似箭哟，
满船鱼儿赛黄金……

初秋的天气里，暮色初降的时候，位于重庆市合川区草街航电枢纽的嘉陵江上，飘来了悠扬的歌声。

歌声中，一只柳叶似的小渔船，划破平静的江面，缓缓驶向江岸。船上，一位五十多岁、瘦小精悍的打鱼人，一边使劲划着桨，一边高声唱着歌。船快抵岸时，他止住歌喉，手持长篙朝岸上一点，船便稳稳靠了岸。老人躬下身，从船舱里提起两只沉重的大鱼篓，一根扁担往肩上一挑，一步一步，踏上岸来。那一尾尾的鲜鱼，在鱼篓里，活蹦乱跳。

打鱼人名叫李富民，是嘉陵江上唱歌人。

要说，李富民只在村里上过几天扫盲班，斗大的字不识几个。可不知为啥，在他的心里，却装着特别好听的词儿；那些词儿，从他的嘴里唱出来，又成了特别好听的歌儿。我听说后，感到好奇，几次从城里跑来找他，因他下河打鱼去了，几次都没有找到。今天，碰巧，找到他了。

老人放下挑鱼的担子，同我聊起了唱歌的事。

他乐呵呵地告诉我，他在嘉陵江上打鱼二三十年了，“嘉陵江水清又清，党的恩情比水深”这句话，可以说比谁都领会得要深。三百里嘉陵江，是长江流域含沙量最大的一条江，一年四季，黄水滔滔。每年夏秋两季，嘉陵江都要涨洪水，两岸的庄稼遭殃不算，合川县城也年年遭淹。人们担忧合川城将会变为废城，最好在嘉陵江上修建一座水电站，擒住泛滥成灾的黄龙。三峡电站动工后，政府决定在滩多水急的嘉陵江合川草街段，修建一座集航运、发电、灌溉、渔业等功能为一体的大型水利工程——草街航电枢纽，作为三峡电站的配套工程。十年后，草街航电枢纽建成了，嘉陵江上游成了湖区，江水清清，波平如镜。泛滥成灾的黄龙，被高高的大坝，掌控起来了。两岸的庄稼，生机蓬勃，茁壮成长。过去仅有几万人口的合川县城，十年间变成了一座拥有近五十万人口的中等城市。高楼林立的合川城区，从此被明亮的湖水轻轻拥抱，被粼粼的清波温柔环绕……于是，又有人说，合川是秀美的江城；也有人说，合川是东方的威尼斯。不管怎么说，合川的风景，的确很美！

说到自家的事，李富民更是眉飞色舞。从古至今，嘉陵江上，飘荡着一个特殊的群体——打鱼人。这个群体，虽然不占多数，但上下游加起来，少说也有几千人吧，光说合川这一段水域，就有上百渔民。李富民的祖上，也是嘉陵江上的打鱼人。他的爷爷奶奶，就是在下河打鱼时，船触暗礁，葬身江底的。试想，这条江，吞噬了多少打鱼人的生命啊！草街航电枢纽建成后，打鱼人的劳动方式，从过去单一的划船捕鱼，变成了在水面上进行网箱养鱼。打鱼人的收入大幅度增加了，他们在嘉陵江畔修建了渔民新村，几十户渔民搬进了新房。新房亮堂，打鱼人的心啊，更亮堂！

李富民说到这里，站了起来。他把担子重新挑上肩，看来，他是要回家去了。我朝前望去，看见嘉陵江畔，有一排漂亮的白色房子。我想：那是他们的新村吧？

“我没啥文化，但打鱼人热爱劳动，热爱劳动的人心中就会有歌儿！面对这好风景，面对这好生活，我怎能不把心中的歌儿，唱出来呢？”李富民望了望远处的航电枢纽，望了望波光荡漾的江面，望了望两岸金黄的稻田，一口气说出了最后这番话。说完，他一边踏上回家的路，一边唱起了心中的歌：

嘉陵江上好风光，
唱支歌儿表心肠。
渔家走上致富路哟，
航电枢纽帮大忙……

（2016年3月31日）

垫江三月牡丹开

黎美剑

三月，是花开的季节。

垫江的三月，是牡丹盛开的时节。每到这个时候，明月山麓绵延三十多公里的丘陵地带，或一片一片，或一块一块，或一丘一壑，或一山一岭，到处都开满了五颜六色的牡丹花。

垫江的牡丹品种很多，有以太平红为主的本地品种三十多个，加上从洛阳、菏泽、亳州以及全国各地引进的品种共有六十多个。繁多的品种开出的花也色彩各异，红、白、黄、粉、紫，五彩斑斓，红的像火，白的似玉，绿的如珠，粉的像霞。尤其是那传说中的黑牡丹，其实就是紫色的墨玉，紫得黑里透红，紫得高雅富贵。走进牡丹园，无论你在山下仰观，还是在山上俯视，那壮观，那色彩，都会让你和这个春天一起陶醉！

据我所知，垫江牡丹本不是用来观赏的，它是山民们用来制药养家的经济作物。牡丹的根叫丹皮，是一种药用价值十分广泛的中药材，药农只取根不要花，所以，垫江的牡丹花在明月山中沉寂了上千年。十几年前，随着乡村旅游业的兴起，牡丹花才具有了观赏价值。

而垫江牡丹与我们熟知的洛阳、菏泽牡丹有很大的不同。洛阳、菏泽的牡丹生长于肥田沃土的大平原上，枝高花大，富贵艳丽。垫江牡丹却是生长于山野之中、竹石之间，与山相伴，与水相依，与竹同生，与树为友，与石相亲，娇小玲珑，自然质朴，生命力强。我突然想到一个很形象的比喻，如果把洛阳牡丹比喻为高贵大气的贵妃，那么，垫江牡丹就像林中采蘑菇的小姑娘，溪边浣纱的小媳妇，含羞默默，清纯淡雅，端庄灵秀，让人心生爱意，流连忘返。我知道这个比喻不一定恰当，却能较贴切地反映两种牡丹的内涵和气质。

三月去垫江看牡丹，是踏春郊游的绝好选择，除了观花赏景，还能深入了解牡丹文化。尤其是新民镇把牡丹和樱花组合打造了西南地区最大的牡丹樱花园区，开发了以牡丹为原料的食用牡丹油、牡丹香皂、牡丹护肤品系列，在几千平方米的透明生态餐厅，还能坐在牡丹花丛中品尝丹皮炖鸡等系列牡丹宴，眼福口福同饱，惬意享受春光。

三月的牡丹很美，有牡丹的垫江很美。

（2016年4月1日）

回望

杨恩芳

阳春三月，正值我们支边45周年。几位当年的知青劳模相聚，不见难忘，一见惊心！

当年那一头浓密的青丝，如今是霜雪稀疏；当年那紧致阳光的脸庞，如今已沟壑纵横；当年那清朗挺拔的身姿，如今已佝偻臃散。这时光究竟是何等无情幽灵？竟不露声色地把青春揉捏成如此模样！

此时，我们仿佛听见了时光的呼啸！自然时空看似亘古不变，实则片刻不息；听似悄然无声，实则惊涛骇浪。历史长河的每一时段，时空与社会都交汇一波波浪潮，把万众卷入其中，人们不及思索便被推涌着一往无前。没有人可以抵挡时代的大潮！也没有人不被汹涌的潮水侵蚀磨损！

每一潮，都会卷起浪花，推向峰巅的水滴，便是那个时代的刻度；推上峰尖的人，便是那个时代的典范。知青大潮浪尖上的，便是那几个全国知名的楷模。那位扎根原始边寨的上海知青，我们曾佩服他躬身甘为山民孺子牛，后知他瞬间沉落、销声匿迹在历史的深谷。如今见他，已然一位宁静祥和带着浓浓书卷气的老人！我问：当年是出于同情之心，还是理想追求？他说：是回报，他们对我太好了，直到今天。

浪峰上的水滴，原本只是沧海一粟，只是被万千水滴涌了上去。历史的逻辑总是后浪盖过前浪，尤在时代转折时，前浪之花总被后浪无情粉碎而压到谷底。而峰谷摔打、粉身碎骨的剧痛，只能由那一个个人独自承受！从他的手机照片和淡淡回忆中得知，大潮碾过，我们曾熟识的知青典型，有的劳苦过度，早年夭折；有的出家，皈依佛门的清静消磨昔日围绕她的喧嚣；有的凤凰涅槃成了亿万富翁。真是推得多高落得多深！如此跌宕人生路，岂不是那个时代的驱使与规制？真是顺潮流则平，随大流则安，弄潮儿多难啊！难怪曾国藩读《易经》悟出“顺应”的真谛。

大潮卷过，万千知青如沧海滴水，沉落辽阔海域，昔日的激烈在瀚海中发出沉闷的回响，谱成一曲青春的挽歌。之后，人们各逢际遇、各行其道，任时空经纬把人们分隔天涯海角难以相见，生活重负让人们无暇喧嚣呐喊而埋头务实。几十年过去，曾整齐划一的知青群体分道扬镳，尝尽人生甜酸苦辣，成败迥异。

无论今天站在哪一个层面，知青生活都是永远的情结。人在不同时空有不同视觉，不同际遇有不同感受，不同阅识有不同认知。浪尖俯瞰，谷底仰视，漩涡左顾右盼，真可谓“横看成岭侧成峰，远近高低各不同”。如今有识庐山真面目，只缘走出庐山中。磨难无论以上山下乡还是别的形式出现，一样既造就人，也毁灭人。你怨，实在也怨不了谁，那是一个时代的推涌，个人实在渺小而无奈！你悔，也只能悔自己扛不过磨难。唐僧取经一事，都要经九九八十一难，何况我们一生。

人可选择道路，无法选择时代。时代走向必有它的动因，走过了，无论必然偶然都是自然。短距离评说历史及其人物，或各执一端的论辩，实在是浪费光阴。百家争鸣那么轰轰烈烈，是非还靠千年后的今人评说。但无可否定的是，知青生活让我们知晓了天有多高地有多厚，那种匍匐大地诚实耕耘的特质渗透灵魂，成了我们登高望远造就人生的基石。

我们这一代，生活在现实的物化空间，只会靠劳动创造生活。今人却能在虚拟的网络空间，靠意念创造财富，有形世界原本可以向无形空间无限延伸！今人陶醉在异彩纷呈的网络世界寻求种种新奇，我们却倾心于古朴无华的原始村落品味乡愁怀想青春。如果说，知青生活深化了勤劳坚韧的民族性，让改革的中国走得如此坚实；那么，如我们这代人能正常延续学业科学武装，文明的中国或许走得更快更好！

渺小个人，短暂人生，载不动，历史长河的得与失。眨眼间，16变成了60！儿时，盼快快长大，每一天都嫌长；青年时，盼快快成熟，每一年都嫌久；中年时，盼儿女快快成人，每一刻都觉劳累；壮年时，盼快快退休，每一分都觉难熬。如今重负释然，万事无忧，人却老了！

老了方知，人生的每一时段原本都那么美好，我们怎把最美的生命狼吞虎咽匆匆耗过！留得老来酸楚地反刍咀嚼。

人多回忆，真是老了。正因老了，回望的人生路尤为清晰而深刻，不像年轻时，憧憬的人生路总是高远而模糊。

人生行路，步步有痕就实，出淤不染就正，于人有益就乐，回首无憾就值！

（2016年4月9日）

樟树林之恋

邹安超

看见香樟树，就想起樟树林。人生中第一次遇见樟树成林，便是上大学报到时。

20世纪80年代中期的一个九月一日，天气酷热，几经辗转坐了一天火车和汽车，来到西南农大的神圣殿堂，当迎新车停靠在樟树林前，迷茫又困顿的我被眼前绿茵茵的一片树林唤醒，虬劲的枝，繁华的冠，密林幽境，瞬间把周身的疲乏和风尘洗却，心也瞬间明媚。

扔掉随身带来的行李，急切地找张石凳坐下，让凉爽的风吹拂着湿漉漉的头发，让炽热的心慢慢沉静，感受着绿意盎然的惬意，欣赏起眼前秀丽的风景，自豪之情从心底翻腾：我一个跳出“农门”的农村丫头，能进入这众人羡慕的高等学府，是祖辈修来的福，我一定不辜负这美妙的景致和幸福好时光。

入学手续办好，我漫步在校园的各个角落，走东边看西边，进大门出校门，更惊奇地发现校园内的众多高大乔木，也是清一色的香樟树，仿佛，这样高大的树木把整个校园严严地遮蔽着，成了校园的庇佑。行道边，操场旁，宿舍楼，教学楼，实验楼，图书馆……所有的房前屋后，都密植着樟树。

后来，慢慢才知，樟树林又分左右两林，是农大校园的快乐天堂。林内小径，曲径通幽，石桌石凳，舒畅惬意，聚会，交流，看书，学习等大多活动，都选择在樟树林。树林后的池子，叫荷花池，池前的公园叫中心花园，是师生踏青，赏花，品荷的理想天地。

考取大学的兴奋和拼凑学杂费的艰辛，如阴晴不定的天气在母亲脸上交错转移，家中光景，清贫见肘，额外的一切费用，都是对母亲汁液的榨取。深知家境贫寒的我，每月依赖着学校的生活补贴，从此，再也没有向家里伸过手。生活的困苦，激励着我更加努力地求学，利用课余时间勤工俭学。

每当在学习中，生活里遇到困难，我都会走出宿舍大门，步行十几分钟来到校园里，过溜冰场，绕过高大的铁树，来到我心中这块伊甸园——樟树林，沿着林荫小道走一走，看看挺拔的樟树，嗅嗅空气中氤氲着的水韵气息，望望周围的宿舍楼，偶尔还会去数一数哪幢哪栋教学楼，以此减轻心中的压力，排遣生活的困苦。等到夜色初起，心绪慢慢舒展，校园内的香樟味随夜风慢慢袭来，爽心润肺，所有的烦恼和忧愁，就此消散和忘却，在灯盏还未熄灭之时，又身轻如燕地往宿舍楼折返，那时，就觉得这樟树林美得不行，而我们优美的校园因有了这两片林子的映衬，一年四季总散发着质朴的馨香。

尤其是夏天，燥热一天的热气还未消退，樟树林里已是凉风悠扬，此时，静已伴随热浪的退却悄悄浮上树梢，从食堂吃完晚饭，来不及放下碗筷，就匆匆地步入樟树林，感受林中飞鸟的惊扰，触摸凉风逐夏的欢畅，望着一枝正在拔节的新绿嫩芽，深深地吸一口带着香气的空气，感觉人生是多么美妙。

转眼，樟树林30余载不见，思念随着自己的眼界、学识、事业成就的增长日渐丰满，人生中，自从有了与樟树林第一次相见，就难以忘记那清秀端庄质朴的情怀，那幽静，那温情，那透亮，那清凌凌，都深深地注入每个学子的心海。因此，提及你——樟树林，总是心有所依地想念。

（2016年4月9日）

雪至思亲

何鸿

乙未年腊月十四,晨起,窗外恍若飘起了白色的雨。

雨乎,雪乎?身在冬季极难见雪的山城重庆,真不敢相信今日雪至,就像是一次突如其来的恩典,总让我产生本能的迟疑和逃避。

出于这样的犹疑,我并不急急地去窗前张望,以认清天上飘的到底是雨是雪,而是一如往常地钻进厨房,张罗着为家人煮一顿母亲在家里常做的冬日早餐红糖鸡蛋。几样普通的食材,红枣、枸杞、桂圆,沸融在一锅红糖水里,海浪般的白色蒸汽温暖地扑面而来,我迷茫的双眼很快热流含涌,处于一种多年来习惯性的克制,我抬头努力地望向厨房的窗外。

在重庆第一次看雪,还是在我小学的寒假里。那时爸爸还在很远的矿山工作,母亲第一次把我和4岁的弟弟锁在家里,自己外出上班。我带着弟弟爬上厨房靠窗的小桌子,半跪着用力推开木窗,透过狭小的墙角空间,竖耳倾听街上小孩游戏打闹的声音。“下雪啦!下雪啦!哈哈哈哈!”院子里传来大人孩童齐齐的欢呼声,我扶着弟弟透过窗玻璃看那屋檐之上飘来一点点、一片片的雪花,像白绒花般地飞舞,真羡慕院子里的小孩自由自在地玩雪啊。一直到午后,母亲才回到家来。

“妈妈,妈妈,带我们看雪去!看雪去吧!”母亲刚放下包,我和弟弟就迫不及待地左右拽着她的衣角往外拉,母亲也只好心疼地笑着,牵着我们冻红的手走出院门,奔向歌乐山下一片片早已覆雪的菜地……

童年大雪的记忆,就恍若仍然身在歌乐山下老屋的小窗前。时隔数十年，难得又是漫天大雪时。望着窗外飘飘洒洒的洁白雪花，心里荡起一股浓浓的牵挂：下雪了，妈妈知道吗？

电话拨出许久，家里的座机才接通。听到我的声音，母亲开口就问："你们，回来看雪吗？"她的声音糅合着欣喜、期待甚至恳求，似乎我和她之间遥隔千里万里，而实际我们母女相距不过一顿早餐的距离。

母亲的问话，在我心口上来了一下闷雷似的狠击——无论当下如何卑微，温暖的亲情永远蕴蓄于心；纵然下雪的时光，离我们这个城市已经久远，不该远去的是儿时母亲手把手教会我将珍藏一辈子的炖煮记忆。

今日，体感温度零摄氏度以下，生命温度37.6度。一生的行走真是又慢又快，一晃许多年，我们埋头在自己的世界里走走停停；一晃许多年，我们同在一座城市却忘了回去甚至懒于回去。许多年来，我们的城市没有大雪降临，没有白雪覆盖的菜地；唯有眼前的一锅红糖水，黏绕着浑厚洁白的荷包蛋，咕嘟咕嘟地，像儿时雪地里依偎在劳累的母亲的怀里，听到的那种心跳的声音。

只愿雪中的北风卷起麻木的生活，纷飞的雪花打进游子的眼里，具有某种使命的一场大雪正在来临，我要推掉所有朋友同事盛情的邀请，迎着漫天的大雪，回到那个熟悉又陌生的地方，陪母亲静静看雪。

（2016年4月9日）

童年如玉

耕夫

五十而知天命。人生忆，最忆童年时。数十年尘踪辗转，一直难以割舍的爱好，除去商海拼搏，逐鹿中原的人生苦旅之外，实在算也就是枕边的几卷书页，砚边的几行笔墨。

我出生在20世纪60年代，那时百分之九十的中国人都在为衣食忙碌。一个普通的农村孩子，能够把书念到高中已是庆幸了，再接受古典文学与书法启蒙教育，简直是天方夜谭了！而我的童年，因为有家婆、舅父的呵护，却深受惠泽，是家婆和舅父的悉心教诲，使我的童年更多了文化的色彩，是两辈亲人用博爱开启着我幼小的智慧之门。

童年毕竟是生命画卷中最初的金色年华，尽管日子过得普遍吃力，到我这辈人成长时，在父母、舅父的辛勤操持下，已经能够勉强维持温饱。“年少的情怀总如诗”，初始的生命与世间万物是那么的亲密无间。说实话，我不大懊丧自己的童年没有书房，因为有外公、舅父一大堆线装书围着我！我不懊丧自己的童年没有湖笔、宣纸，没有手风琴，却十分庆幸拥有蓝天、大地、田野、溪流、稻谷、泥巴。

饱含泥土芬芳的纯真童年，冥冥之中仿佛有某种默契，让我日后对书籍、文学、笔墨，对醇香悠长的古典情怀，才下眉头却上心头地魂牵梦萦。回眸半百人生一路走来的足迹，在不识愁滋味的懵懂年少，艺术之梦就在父亲田间地头挥锄的热汗，母亲灶台上热气腾腾的米饭，弟妹们舍不得吃一块的糖果，邻家伙伴掰递过来的半团锅巴，老师一句鼓励的话语中；在门前的淙淙流水，柔柔细沙，在戏水的乳鸭，撒欢的家狗之中；

在庭中的皓月，西天的彩霞，在墙角的青苔，门前碧野之中；在宽大的牛背上，蓬勃的蛙声间……所有纸条，形体、色彩、节奏、韵律，都在大自然四季流转中生机勃勃地呈现出来！这一切，带给刚刚苏醒过来的幼小心灵对美的朦胧直觉和最初向往，注定了他对真善美的执着和深情书写。

怀揣着童年纯真的快乐出发，穿风沐雨，泪笑歌吟，转眼就步入知天命之年。不必复述罗素“三种纯然的情感强烈占据内心”的经典名句，回首红尘，几十年来我无限欢喜，牵挂不已的还是案前的一方砚，枕畔的半榻书，手中抒发心声的笔。“万卷古今消永日，一窗昏晓送流年”，奔波商海的我，常常从浮云舒卷的凡俗日子逃离，躲进东篱下的怡心阁，一书在手，如对至尊，纸页挲摩，神游万古，日子也因此变得安足而厚滋。西窗桌面上几本古帖，伴着一管柔毫的起伏顿挫追寻先贤的悠悠文心，灵魂在濡墨使转间泊入永恒的精神家园，仿佛已跨鹤登仙的家婆、舅父又回到了身旁，我的神思便回到了童年，二老慈祥唠叨的场景如昨，这是我半百人生最甜蜜的追忆。

社会时代今非昔比，现在的孩子童蒙未开，就被望子成龙成凤的家长重重包装起来，赶场子般学书画、拳术、音乐、舞蹈，直至奥数、外语等，可怜天下父母心！其心可感，其情可悯，其行未必可取。“春有百花秋有月，夏有凉风冬有雪。”四时节物规律不可逆转，人的一生各个阶段亦当如是。儿童的天性也应自如舒展，缺少无邪快乐，纯真向往，瑰丽梦想的童年，无疑是苍白的人生。

立品如白玉，读书到青云，因有了家婆、舅父才使我童年如玉，有了如玉童年，我这半百人生才有了一路坎坷的坚定。

（2016年4月24日，获璧山高新区杯第二届重庆晚报文学奖）

诗意红池坝

苏发灯

最热的夏天,去了巫溪的红池坝。

不骑马、不坐草坪、不拍照,只谈心、只赏美景,用我们自己的方式,看这个海拔两千米的山野、绿地、房屋、炊烟,倾听来自深山的欢声笑语。来到这里,我们的内心如这里的一切,被山泉洗过一样干净。

转过一条条依山盘绕的乡村公路,翻越一座座绿毯一样的大山,城区的拥挤和喧嚣被我们甩在近百公里之外,这里,只属于沉静和清凉。少了旅行团的嘈杂和束缚,我们找着一个依着草坪的农家,和主人家商量好,吃你家的饭,赏你山的美景,听你家的鸡鸣狗叫,睡我们自己的帐篷。

不知是累了还是这里瞌睡格外香甜,这一夜格外好睡。山沉默寡言,父亲一样威严、慈爱。山民也和大山一样,早早就起床了。蟋蟀们一夜未眠。它们是红池坝山上永不失声的天然歌唱家,哪里有了蟋蟀的吟唱,哪里就有了诗意的生活。

丝茅草上,几粒刚好凝结的露珠被初升的阳光猛然惊醒,咕噜一声慌忙滑进满含草香的泥土里,刚好给蟋蟀们润了下喉咙。

红池坝的人们勤劳,一大早,吱呀一声,门开了。在袅娜的柔晨里,一个中年女子就着大门背后的圆镜子拢了拢头发,背了背篓提了水壶往山上走,去扯一背清甜鲜嫩的野菜,或是去挖一篓山味扑鼻的野党参。

蹲守一夜的狗早已等候在门外,摇着尾巴跟着主人一起进山。中年女子的男人一大早就下城采购去了,今年儿子争气,考上了重点大学,过几天城里亲戚就要来这里庆贺，女人进山采点野货，让亲戚们尝尝鲜。靠山吃山，大山是他们永不枯竭的源泉。

阵阵山风吹来，向日葵对着太阳的光晕频频点头。几个穿着连衣裙头戴遮阳帽的年轻女子手挽着手在云中花海里照相，不时地变换着POSE，笑脸如开得正旺的向日葵。

农家小院里，几个小孩正在骑脚踏车，比赛谁最快。见有挎了相机背了背包的生人来，有的立即躲进了屋前废弃的水泥缸里，胆子大的，对着镜头扮鬼脸。

傍晚，天边又有了一抹红晕。进山寻野货的女人回来了，两尺高的背篓里，有野菜，有野党参，还有一些鲜嫩的野蘑菇。由于政府大力发展中药材种植及农家乐，人们已经摆脱了靠纯苦力艰难度日的岁月。

饭桌上，中年女子考上大学的儿子拿到爸爸新买回的智能手机，欣喜地玩个不停，被母亲爱怜地骂了几句。小伙子憧憬着大城市的大学生活，赶紧将一大口饭扒进了嘴里，将妈妈夹给他的爆得香香的腊肉夹到了妹妹碗里，心里却乐开了花。

进山民家避暑采风听老人讲红池坝传闻逸事的人们回来了，到险峻的山野追晚霞的人们也回来了，出去什么也不做，瞎转悠的人们也回来了，来这里就是避暑吸氧的，吸了满身满肺的高山氧气，这不就是最大的收获吗？

夜深人静，人们围坐在火堆旁，就着炒野菜、烤土鸭、烧苞谷和自然冰镇的啤酒，聊着在红池坝的感受，有人唱了起来，有人跳了起来，有人笑了起来。

（2016年4月26日）

村庄的春天

杨明安

春天来到村庄，来到这熟悉而陌生的地方。

村庄的春天，色彩斑斓。春雨，洗掉灰白天幕，洗亮蔚蓝天空。春风，吹走满眼枯黄，吹来姹紫嫣红。从迎春花到杏花、桃花，从白玉兰到杜鹃、茉莉，热烈的红色，靓丽的黄色，宁静的蓝色，清爽的白色，纯情的粉色，庄重的紫色……五光十色的花朵渲染出了春天的风情万种。河畔的垂柳，梳理着鹅黄的发辫，不经意间就已绿影婆娑。苍茫的大地，探露出新绿的温情，哺育着世间的万物精灵。村里的人们，脱掉厚重的冬衣，换上多彩的春装，寻回了久违的轻松惬意。

村庄的春天，芳香弥漫。春天犹如一个刚刚打开的百宝箱，花香喷涌而出，直扑鼻端，沁人心脾。这里，有桃花的绚丽，杏花的浓郁，梨花的清雅，槐花的甜蜜……有了花香，春天才显得丰盈圆满，让人沉醉其中，流连忘返；有了花香，春天才显得生意盎然，让人心旷神怡，激情满怀。细雨浸润过的泥土，暖阳抚摸过的草木，像是一个个怀孕的村妇，散发着迷人的幽香，孕育着新生的蓬勃力量。站在这芳香弥漫的村庄，感觉自己就要成为一棵树或一株草，长成春天的模样。

村庄的春天，味道鲜美。山坡上，田野里，院落角，树根旁，各式各样的野菜星罗棋布，随处可见，唾手可得。朴实纯净的野菜，可烹饪成风味独特的美味佳肴，让人大饱口福，唇齿留香。万紫千红的鲜花也可入馔，色香味美的花宴，让人垂涎三尺，目酣神醉。有的花还可酿酒，清香幽雅，韵味深长。河中的鱼虾，或熬汤或煮粥，皆鲜嫩润滑，清爽可口。在春光里采撷和品尝美味，养心养眼，养生养颜。春天的美味，是自然的无私馈赠，是生活的幸福味道。

村庄的春天，旋律悠扬。春雷隆隆，像是春日的战鼓，敲打着豪情万丈。春雨沙沙，像是春日的短笛，吹奏着柔情似水。燕雀鸣啾，传播着春天的讯息。蜜蜂嘤嗡，酿造着春日的甜蜜。家禽聒噪，描绘着热闹的田园景象。孩童欢唱，述说着朝气蓬勃的理想。田野中，农具声脆，黑土下，种子音细，合奏着春早人勤的民谣，合奏着春播秋收的希望。村路上那远行的背影，院坝里那送别的目光，似是两根低音琴弦，流淌亲情与爱情的音符，饱含思念与祝福的泪花。春天的村庄，如诗如歌，拥有唐诗的节拍、宋词的韵脚。

春天，在村庄的怀抱里恣意绽放。村庄，在春天的摇篮里拔节生长。

（2016年4月26日）

给女儿的信

杨莉

亲爱的女儿，明天你就15周岁了。知道妈妈与你同龄时是什么样子吗？你小小年纪已游历了祖国的名山大川，并独自走出了国门，而妈妈那时枯瘦如柴，除了三峡和重庆，再没见识过外面的世界。如今的你，既懂得谦让宽容，也有了独立的思想与个性，敢于通过辩论甚至争执的方式，来表达自己对于世界的认知，尽管这认知并非那么精准与全面。这一点，你不知比当年柔弱怯懦的妈妈强过多少倍！

一次，听别人夸你有气质，你居然淡定地冲我撇撇嘴：气质是什么？不就是不漂亮的代名词呗。

不，宝贝。气质是一个人受过的教育、经历的环境、内在的修养等等阅历，经时光磨砺而积淀的宝贵资源；是一个人把读过的书、弹过的琴，受过的伤、走过的路，经年累月之后由内而外自然散发的独特光芒。因此，别人口中的气质，于你而言目前尚属未曾拥有的奢侈品。

你漂亮，这毫无疑问。对此妈妈从不掩饰满足和骄傲。但是宝贝你知道吗，漂亮远不能与美丽画等号。因为这天赐的财富保质期太短，短到宛若雨后彩虹般稍纵即逝，唯美丽与魅力方可历久弥新，与女人相伴终生。

什么是美丽？这个命题太大。但妈妈知道，失去健康，一切关于美的愿景皆是镜花水月。这一年，火箭班的学习强度让你倍感压力，面对无休无止的海量作业、数不胜数的大考小考，你心火上蹿，光洁的额头冒出了一颗又一颗淘气的痘痘。

妈妈好心疼！可除了陪伴照顾、鼓励引导，妈妈真的无法为你做更多。请不要埋怨妈妈每日逼着你跑步运动、做好营养早餐强迫你吃完……少女时代的妈妈体弱多病如一只灰灰的丑小鸭，哪里谈得上什么美丽？为何妈妈至今仍坚持打球锻炼？因为唯有身体健康才有精力去面对困难，也才可能拥有一切幸福快乐，包括美丽！

何为魅力？妈妈的理解是，除了身体的健康，还有心灵的健康。当女人拥有一颗向上向善的心灵，拥有全方位感受美好的能力，拥有直面困难的坚韧心态时，她才获得了拥有魅力的资格与能力。

还有几十天就迎来中考了。妈妈非常理解你目前面临的压力，但也希望你懂得：这世界，总是压力与动力并存，机遇与挑战从来都贯穿于人生的每个阶段。妈妈要做的，是尽力为你减压减负，给你的心灵注入更多动力。妈妈不想拿你与班上任何一个优秀的个体去比较，也不想为你设置什么奋斗目标，妈妈只希望你能在压力中磨炼心志，在挑战中提升自己，在选择中懂得释怀、学会放下。

所幸的是，宝贝，这一年里，虽然有时你也抱怨压力山大，但事实上你正在变得越来越强大坚韧，这已经是一种令人欣喜的胜利。让妈妈陪着你，让我们用勇敢、耐心和彼此的宽容，一起慢慢成长吧。

宝贝，时间好快，你就这样从嗷嗷待哺，到牙牙学语，到蹒跚举步，再到今天的小荷尖尖，豆蔻年华。妈妈好不舍，好想你不要长大，好想你还像小时候一样赖在妈妈怀里撒娇……

可再怎么不想，你依然会长大，依然会在某一天彻底离开妈妈的怀抱，去寻找你的未来、你的世界、你的爱。你的妈妈只想趁自己尚未老去之前，把全部的人生经验都一一教给你，趁我，还能牵你的手，抚你的肩，让你学会面对人生的风霜雨雪。将来的路，终究是要你独自去走，眼下多操心，正是为了将来能放心，所以，请理解和体谅妈妈的唠叨，以及偶尔的急躁与训斥吧。

宝贝，生日快乐！愿你的一生美丽而幸福！

（2016年4月27日）

敬畏劳动

张承凤

自从劳动节开始给劳动者放假以来，我家从没有为怎么过节的都市病而烦恼。在农村长大的我们，劳动就是一生的本能和最深刻的记忆。后来高考上榜，洗了泥巴脚杆，却一直洗不了劳动的基因。

父亲当年曾是川藏线的老汽车兵，转业到位于三峡的丰都航道段，退休后又回到农村，跟母亲一起再次成了地地道道的农民。每年五月是栽秧的农忙季节，“父母在，不远游”，五个儿女回家，一年年地，人口由一桌变成了三桌。在雾霭炊烟的水墨画中，父亲领着三个儿子两个女婿，穿戴着草帽或者斗笠蓑衣，走过蜿蜒盘升的田埂，走到自家的水田，一字儿排开，接住从田埂上抛过来的一把把秧苗。随着男人们拿起秧苗弓下腰，儿子们一边温习“横四退六”的技术口诀，一边手脚并用地忙活起来，有节律地从左到右插，从前往后退，秧苗在滑溜溜的、黏稠的泥浆中稳稳地站好。等他们直起腰，扶一扶眼镜时，看见身边的父亲已经到老远，隔着一横一竖队列整齐的一畦鲜亮绿色，父亲的草帽低低地在尽头移动着。

插秧难，插秧苦，一天下来腰酸背痛，还可以熬过去，有时淋雨，衣裤湿透，有时中午毒热的太阳当头暴晒，头晕目眩，两眼直冒金星。宋代杨万里《插秧歌》描写道：“田夫抛秧田妇接，小儿拔秧大儿插。笠是兜鍪蓑是甲，雨从头上湿到胛。”插秧就如一场紧张激烈的战斗，一家老少齐齐上阵，分工合作。女儿媳妇儿干着打杂活儿，磨豆花儿，做饭；大一些的孩子跟着大人提秧苗，端茶递水；小孩子们摘了橙子树上的白花挂在衣服上,或者编了花环戴在头上,脸上少不了泥土或者土灶的烟灰,满山疯跑,活脱脱一群“山鬼”。

我们总以为“再苦不能苦了孩子”,“不让孩子输在起跑线上”。人类的起跑线是劳动,我们的孩子真的没输吗？昨天,已经读博士的女儿随着我们去后山掰苦竹笋,突然提起卖报的经历:在小学三年级的时候,她和同学黎静一起去卖《重庆晚报》,妈妈们许诺赚的钱都归她们花,一算,批发价三角二分,卖五角,利润很诱人啊。两人早上4点去南坪东路的批发点拿报纸,一开始不敢叫卖,只是站在路边等待别人主动来买,心里害怕得“咚咚咚”地跳。终于盼到一对姐弟买去了第一份报纸,别提多高兴了。马上自信起来,忽然觉得卖报纸原来这么简单呀！在路上,每逢有路人经过身旁,她们会一个挨着一个问:“您好,买报吗?”可是问了好几个人,他们都不买报纸,甚至有一些人看都不看一眼。到下午3点,才卖出去12份报纸,赚的钱吃碗面后就没有了车费。女儿从南坪走回四公里外的家中,扑向外婆哇哇大哭,控诉妈妈虐待自己。妈妈当然被骂了,反问外婆:“您忘了小时候怎么‘虐待’我们的?”

女儿的回忆,也瞬间打开了我记忆的大门:就在这个山垭口上,歇脚的石头还在,那是11岁的我在暑假里,走这十几里山路砍柴背回来总坐着歇一口气的地方,也是在这里,我第一次摸到脸上有沙粒一样的东西,放在嘴里咸咸的,后来才知道汗水结晶成了盐。可是现在,生活好了,孩子们的起跑线上,劳动都被人们扔得越来越远。殊不知,不磨其筋骨何以砺其心智?

在我的记忆中,五年来,我们子女费尽心思要父母不再种地,毕竟人生七十古来稀,更何况五个子女都在外工作脸面挂不住,生怕别人以为我们不孝。妈妈每次都不吭声,暗地里指使老实憨厚的父亲,每次我们都发现秧苗育好了,田整平犁好,肥料撒到地里了。只好一边抱怨,一边跟着父亲下田,一年又一年。今年,母亲年前骨折没全好,父亲也七十有五，终于没撒秧了。我们今天只收割了菜籽，种了点儿大豆。吃饭时，父亲不在，我习惯性地扯开喉咙喊，突然想起他近来听力很差了，循路找去，发现他站在田埂上。头上稀稀拉拉的白发，如镜的水面，云和山倒影如画。

我默默陪在父亲身边，泪如雨下。

敬畏父亲，敬畏劳动。

（2016年5月13日）

童年记忆:耗儿屎

黄英

六一儿童节到了,儿子在我的床头柜上放了一瓶“耗儿屎”,还附上一句留言:“妈妈,儿童节快乐!”乖乖,我也成儿童了,也要过儿童节了。我好快乐哦!欣然起身,将这瓶“耗儿屎”拧开,倒出几粒放进嘴巴里。甜甜的,酸酸的,咸咸的,还有点涩涩的味道,那是一种久违了的快乐味道,好温馨,好亲切。一股纯真如清泉般的感受涌上心来,一下子我的思绪就穿越了时空,回到了天真烂漫的童年时代。

记得20世纪70年代,重庆很流行吃这种零食,那时市面上没有现在这么多的美食让我们享用,我们随身携带的零食就是“耗儿屎”。其实,这个“耗儿屎”实际上就是用多种废弃的果皮,如陈皮、柚子皮再加上青梅、山楂等用糖和盐经过蜜制而成的一种健脾消食的儿童零食,它的学名叫润梅丹或盐果粒。由于样子像耗儿拉的屎,我们私下就叫它耗儿屎。那时物质匮乏,我们就把它当成了宝贝。在熬更守夜背书做作业整得筋疲力尽时,我们就用它提神醒脑;在炎热的夏日,口渴难耐又一时没有水喝时,我们就用它生津止渴;而且,它还是同学、邻里间孩子们增进友谊的一种食品。它的价格很便宜,2分钱一袋,10克左右。当然,如今物价大不同了,60克一瓶的“耗儿屎”卖到了10元。呵呵,小小的“耗儿屎”也伸出了腾飞的翅膀,其身价也扶摇直上。

记得那时的“耗儿屎”,一般都在商场或合作社里面卖。儿时,每到儿童节这天,父母就给我们几姊妹每人五毛钱,我们拿着它可以买好多包“耗儿屎”,好多瓶汽水。儿童节这天,公园的门票和里面的娱乐设施都是免费的，我们就跑进去使劲儿地疯，可劲儿地玩，儿时的快乐如此的简单，却又如此让人难以忘怀。

还记得有一年的儿童节，正在文化宫学习京剧唱老旦的我，被老师们打扮成小老太婆的有趣模样推到台上，我便故作老沉、神气活现地来一段“痛说革命家史”和沙家浜联唱“军民鱼水情”。表演后我能得到一朵纸做的大红花，还有几包“耗儿屎”作为奖励。我拿着它就像如今的孩子们唱“小苹果”那样的快乐，高兴得一溜烟地往家跑，那份喜悦和惬意，让我至今难忘。

我真想时光倒流回到童年，再快快乐乐地过一回儿童节！

（2016年6月1日）

童年野趣

唐利春

我的童年,在20世纪七八十年代的乡下度过,村外那一片绵延数里的山坡是广阔的乐园,回味无穷的,还有那些足以穿透舌尖味蕾的乡间野味。

早春时节,家乡的沟壑、野岭中就蹦出一簇簇、一串串熟透了的“刺泡儿”。“刺泡儿”色泽鲜艳,玲珑剔透,闪着亮光,挤着媚眼,招摇着挂在枝头,令人心馋嘴馋。但“刺泡儿”树藤刺多,且一窝一窝的有高有矮,相互交叉地生长。摘的时候,得一只手轻轻地牵着“刺泡儿”梗,防止它弹起来伤手,另一只手温柔地、慢慢地避开刺,然后轻轻摘取果实,稍有不慎,便会刺着手。许多性急的男孩子,常因急不可待地去采摘,弄得胳膊手背伤痕累累。我们小心翼翼地钻进刺架,找个地方站定,边拽边往口里送,一副狼吞虎咽的馋相。然后扯下两张桐子叶编成一个结实的漏斗形容器,装上满满的“刺泡儿”慢慢享用。一个个肚皮撑得鼓鼓的,还不忘取笑对方脸上衣服上留下的紫不溜秋的“刺泡儿”汁。

一阵春风拂过,山坡上的茅草就开始发芽,绿油油的一片,散发着沁人心脾的清香。此刻,更让人垂涎欲滴的却是深埋在土里的茅草根。我们拔起一丛茅草,用刀子挖泥土,把像竹子一样一节节的根刨出来,用手把泥土拂掉,摘掉细细的胡须样的碎根,剥开外面一层绿色的皮,用指甲掐断白白胖胖的茅草根,放在嘴里大嚼一番,甜甜的汁液就在口里轻轻蔓延,空气中也浸润着泥土的芳香和淡淡的甜味。

春夏之交,雨水丰足,是油茶树叶长得最旺盛的时候,也是采摘“油茶片”的最佳时节。“油茶片”，是油茶树上一种变异的新叶，果肉一般厚实，长在油茶的枝节处，与新发的嫩叶片混在一起，却比树叶厚得多，如同泡足了水的木耳，叶肉呈半透明状，白白的，嫩嫩的。一群孩子像猴子一样在山里攀爬，眼睛滴溜溜地四处搜寻，树林里到处是激动的声音："我找到了！我找到了！"急不可待地摘下来就往口里送，肥厚乳白的“油茶片”吃起来脆生生、甜丝丝的，还带有茶叶的清香气息。我们采一片吃一片，半天下来，肚子撑得滚圆滚圆，鼓鼓的裤袋也被“油茶片”撑得鼓鼓的。嬉戏打闹间，随手摸出一片塞到嘴里，那细脆甘甜的滋味从舌尖直沁肺腑。

午后的阳光带着淡淡的宁静，轻风吹来，一望无垠的挂苞玉米便飒飒作响。我们偷偷地溜进玉米地里，东瞅瞅，西瞧瞧，撇上几根玉米秆，一溜烟儿地窜到田埂的小土坎下，将玉米秆掐成几截，用嘴巴撕裂外皮，放到嘴里咀嚼。玉米秆对于农村的孩子来说就相当于甘蔗，但并不是所有的玉米秆都是甜的，越是看上去翠绿浓郁、粗壮高大的玉米秆儿，越索然无味；而那些叶子黄黄，茎秆细弱的玉米秆儿，像甘蔗一样口感清脆，汁水甘甜。可我们这些孩子自然很难准确判断哪一根玉米秆儿是甜秆，只好折上几根尝试。遇到甜的，就歪着嘴剥掉秆秆的皮，贪婪地将甜汁咽到肚子里过过馋瘾，废渣随口吐到地上喂蚂蚁，即使被锋利的皮划破嘴，也不吱声。如果不甜，就咂咂水水扔掉，继续溜进地里扫荡那些看起顺眼、感觉甜的玉米秆儿。突然传来一声断喝“哪些小兔崽子，又在糟蹋粮食”，大家纷纷作鸟兽散，一路狂奔，直到后面没人追赶了方敢停下来呼呼地放肆喘气，然后面面相觑，忍俊不禁。

我的童年，就这样肆无忌惮地在山乡里撒野和狂欢，那些飘香在童年的野味，是大自然的真诚赐予，充满任性与快乐，更让我懂得了珍惜、知足和感恩！

（2016年6月5日）

合川有座鸭子桥

邱书航

听说过没,合川有一座会学鸭子叫的小石桥?

小石桥会学鸭子叫,这未免太神奇了,神奇得我也不敢相信,一直把它当作一个民间传说。

我曾在《参考消息》上读到过国外的一些报道,有的高楼会吹口哨,比如英国曼彻斯特的“比瑟姆塔”、荷兰的博临展览馆,都会发出尖利的口哨声,道理其实很简单,那是风力大小、速度、方向与建筑物设计的形状、外部环境产生共鸣发出的噪声。北京天坛的回音壁也能模仿人的声音,但它只是声波的折射。国内国外,我这大半辈子真还没有听说过哪座小石桥会学鸭子叫。

后来,嘉陵江上新建草街航电枢纽,据说大坝蓄水后,神奇的小石桥就会永久地淹没。这一下,我急了,管它是不是传说,我得亲眼看看这座小石桥,当然,能够亲耳听听它学鸭子叫更好!

于是,我来到了位于合川利泽嘉陵江边的小石桥,人们把它称为鸭子桥。

到鸭子桥必须经过利泽古镇,走进吊脚楼密布的古镇小街,浓浓的怀旧气息扑面而来。临街门槛上,坐着理菜剥豆的老太太;黄葛树下,老头们嘴上含着长长的烟杆;小街中间,大花狗居然仰叉巴叉躺在地上晾晒肚子,一切都那么宁静、幽闲而安详。这实在是让久居闹市的人们羡慕嫉妒爱。

我不知道鸭子桥的具体位置,只得向人们打听。让我纳闷的是很多当地人竟然也不知道。在利泽路口向一位老者打听，他连连摇头，又热心地替我向周围的人打听，人们也是摇头。直到走进犁头村，一个正在晾衣的村妇告诉我："鸭子桥早就不叫了，几十年来都不叫了。"这，犹如给我泼了一盆冷水。

鸭子桥已经近在咫尺，即使已经不会叫了，我也得看看。

正在公路上溜达的犁头村六社村民李达建说："我带你去鸭子桥，我也有好多年没去鸭子桥了。"

在小石桥上，今年52岁的老李一跺脚，桥的另一端果然响起"嘎嘎嘎"的鸭子叫声。我听了好几次，真真切切。我又在桥的另一端跺脚，同样听到了"嘎嘎嘎"的叫声。

这座长24.2米，宽2.62米，高6.4米，单卷、单孔石结构的小拱桥建于距嘉陵江岸200米的黄家溪上，桥面条石铺成，两端依据地势对称地砌有垂带式阶梯14级。据老李介绍，传说鸭子桥里有两只金鸭子，过去一跺脚，两只鸭子都会叫，而现在只有一只鸭子叫了。也有人说，两只金鸭子是一公一母，母鸭子跑了，还剩下公鸭子。因此，鸭子桥过去叫起来像母鸭般清亮悠扬，而今叫起来像有点沙哑的鸭公嗓。

没想到，我居然意外地发现了一块石刻碑记，这应该也是了解鸭子桥的唯一依据，是老李告诉我的。他说，这块石刻和鸭子桥有关，是村里的刘黑娃前不久才清洗出来的。他带我找到了这块石刻碑记，距离鸭子桥相当远，难怪当地文物部门也未能发现。遗憾的是风化程度较严重，我读出了大概意思，这是一块捐资重新修葺鸭子桥的碑记，介绍了为何修葺鸭子桥，留下了许多捐资人的姓名，落款位置的字迹基本风化完了，只有"清乾隆"几字还清楚。乾隆年间是1736年至1795年，由此推断，此桥重新修葺至今已有两百多年的历史，而最初建桥的历史自然更加久远。

那么，鸭子桥为何会学鸭子叫，这是一个由来已久的谜，我大胆地作一点推测：声波传入建筑结构内不外乎“空气传声”和“固体传声”两种。“空气传声”有两类，一是由空气直接传播，即通过围护结构的缝隙和孔洞传播；二是在声波的作用下，建筑物产生振动发出声音。而“固体传声”是由于建筑物中机械的撞击或振动的直接作用，使围护结构产生共振而发声。很明显，鸭子桥不存在风力引起共鸣，也不存在地下水流的虹吸现象，应该是“固体传声”。

进一步推断，我估计，当初建桥时可能也没人知道这鸭子桥会学鸭子叫。此桥究竟是最初建成时就会叫，还是重新修葺后会叫的，恐怕已经无人能解开这个谜底了。

合川鸭子桥没有被草街航电枢纽淹没，至今仍会学鸭子叫，真的，小石桥学鸭子叫，值得一听！

（2016年6月7日）

生息

程彧

立夏过后，夜色沉寂，小区树丛深处孤单的布谷鸟稀松叫起来，其声苍远，引得人内心空旷，动了归乡看大地金黄麦子成熟的心思。

布谷也叫杜鹃鸟，种类较多，唯有四声杜鹃特别胆大，喜欢独来独往落在人烟密集的高树顶上日夜啼血。老家散在山巅的布谷，一定不是这类吧。

程家坝凹在U形地貌底部，靠近出口，与三面高山保持了较远的距离。每年芒种前后，村庄炊烟缥缈，乡亲都下田忙起来，躲在山里的布谷鸟陡然热闹，把时节叫得湿漉漉的。龙通嘴那边刚刚叫过，甑子岩的赶紧呼应，阴坡石又紧着响起来，田里弯腰栽秧的男人没有空余的心思理会，只当作熟人又回；坡上麦地里薅苞谷的女人们，就有了欣赏音乐的趣味，心情愉悦地跟着哼起跑了调的串烧歌曲。

这时节耀眼的一定是田土里的麦子了。一湾一片规整的地里，麦秆依旧傲然直立，略微沉重的麦穗娇羞低头，对季节表达出敬畏，整个麦苗从根到顶到须，在阳光下披一层金色。远处看去，本来青葱的绿色大地被耀眼的金黄麦子轻轻分割，满心的丰收喜悦啊！

已经记不起来这样的壮丽是多少年前的风景。

周末回乡，走遍村里山水，所见情景让心里的牵挂顷刻烟消云散。空了一冬的水田秧子刚刚栽完，稍微缺些生机；土里的苞谷还在一茬一茬，稀疏拔节，中间那些湿润的肥土空着，偶尔有些蔬菜，或者洋芋，清冷地坚守寂寞。布谷鸟有一声没一声地叫，多少让人情绪零乱。

那些从小把我震撼到长大的麦子去了哪里？乡亲说麦子毛多肉少，看着大块田大片土逗人，打出来的产量却不高，不花心思种植了。毕竟半年的劳心费神，不是为了欣赏那点气势和色彩，如今劳力也不够，都只种一季稻谷。四顾茫然，满眼的绿，绿得人心紧，绿得痛，唯一绿色之外的色彩，只有稀少的油菜将熟，泛起浅黄。

村里的青壮年们，加上各种亲戚二三百人，好多年前就跟着侄儿更亮外出建筑工地做工了。村里无数高低的新楼，大多是他们赚钱建起来的。农忙时候邀约回家栽秧打谷，活路一完又走，过年的时候才回家齐聚。差不多两代人，在外追寻多年，顾不上恋家了。

更亮是他们的主心骨。那些男人们文化不高，却是都有气质的，挣来的钱，成家的都交回去，没成家的担心留存不住，一律规规矩矩把银行卡交给更亮媳妇保管。

村里的土地，就这样荒芜下来。前些年房前屋后坡上坎下橘子树茂盛，橘子红时，密麻麻压弯树枝，味道甜，香气重，任谁都可以伸手摘几个吃。树龄一过，再没人换苗，旧枝残乱凋零，老树倒斜枯萎。

茅草杂树加速疯长。小时候常年去岩下割牛草，草跟粮食似的，最需要的时候偏要慢吞吞长，凡是可以长草的地方都干净，背篼总也装不满当；烧柴就盼石牛河涨大水，石缝里夹的木柴，捡回家晒干后特别肯燃。如今站在下岩的唯一险要路口梯岩看下去，树木紧密透不出气，茅草齐人多深，小路久无人至，再没胆子拔草下去，保不准冒出什么凶险野物来。远看清亮的河水幽深的绿，游泳时爬上去跳水歇气的菜板石、帽子石、跳石，遮掩在密草和香樟树叶后面，若隐若现。

五一节更亮又领一些人去了贵阳，村里新房子还在修，认识的人屈指可数。几个年长的，筹划着把以前拆掉只剩下庙门的石龙庙重新恢复起来，自来水正常了，沙石公路换成了沥青大路。后来成长起来还留在村上的男女，见了我都尊敬地称呼，我却是全不认识的，分不清是哪家的孩子或媳妇。乡音未变，日月流转，世事已新。

土地从忙碌变得悠闲，年复一年被榨干了的养分，终于被外出的青壮年们留在家里，休养生息，重新肥沃。人不再是那些人，自然地更替，没有谁刻意地关注，坦然自若。

龙通嘴的布谷跟着节气准时催促，阴坡石的呼应依旧，甑子岩却没有附和了。岩上的风景，被开发出来度夏的别墅替换，一条大路直通岩上。

小区树丛里的布谷，不会引起忙碌的城里人家的注意，却让我落寞猜想，这只声高音魅的布谷，是不是从老家乡村飞来，告诉我时已五月，麦子又该金黄？

（2016年6月17日）

爸，女儿来看您了

张俭

一缕晨曦穿过窗帘的缝隙跌落在床前，几声啁啾翻越玻璃窗钻进了耳膜，正在梦境里神游的我被拽回现实。我沉浸在美梦里不愿睁眼，梦中，父亲宽厚的背上驮着已经上小学的我去看露天电影——那只是我童年记忆中无数个片段之一。

揉揉惺忪的睡眼，伸一个大大的懒腰，突然想起今天是父亲节，连忙从床上翻身跃起，急匆匆地洗脸、梳头、刷牙，因为今天，我要去看望父亲。

哦，对了，还要化妆。淡淡的眼影，遮盖眼角细细的皱纹，不能让父亲看到女儿老去的痕迹；涂一层薄薄的粉底，抹亮灰暗的皮肤，一脸的倦容会让老父亲担心；用晶莹的唇膏装饰有些发紫的嘴唇，否则我的心脏问题会暴露无遗……要知道，曾经有过十四年军旅生涯的父亲，有一双能够穿透五脏六腑，看到人心底秘密的“鹰眼”。很多年前，同学的情书搅动了花季少女的一池春水，就是父亲的“鹰眼”窥破了女儿的秘密，将尚未萌芽的早恋扼杀在摇篮里了。

化完妆，扭扭脖子，将生活的压力抛在脑后；换上一套新潮的衣服，抖落满身的疲惫。再对着镜中人笑一笑，还好，挺精神。带上父亲喜欢吃的糕点水果，再去买一束鲜花，一切准备就绪，我出发了。

这条路我太熟悉了。五年来，记不清去看了父亲多少次，但是超级路盲的我却知道，前面什么地方有一座立交桥，什么地方有一个公交站，什么地方该转弯了，什么地方要分路了，哪儿有个小区，哪儿有所学校。

是的，每年我都要多次看望父亲，而每次看望父亲的路上，我与父亲的点点滴滴，都会在脑海里放映。

记得刚刚参加工作那几年，我工作的学校离家较远，那时候没有双休日，只有星期天才能回家和父母团聚。每一次回家，都很辛苦。父母所在的乡村小学没有通公路，下了公交车，必须在坑坑洼洼的乡间路上步行一个多小时才能到家。更痛苦的是，我下车以后，步行到家，已经天黑了。我这个一千多度的高度近视眼，至少要在夜色里跌跌撞撞，走半个小时的夜路。我生性胆小，那半个小时的夜路，是在胆战心惊中熬过的。

从小就是父母的掌上明珠，我对家有着超乎常人的依恋。在那个物资匮乏的年代，爸妈总是把好吃的留到周末，等我回去才吃。每次回家，内向寡言的父亲眼里会闪现喜悦的光，外向开朗的母亲会情不自禁地哼起小曲，我也会甜醉在家的温馨中，在外面打拼磕磕碰碰的诸多伤痛，在家里不治而愈。家的温暖盖过了走夜路给我带来的恐惧。所以，我每个周末都回家。

在临近家的路上，必须经过一个水塘，那个水塘淹死了一个我小学时隔壁班的同学，那个同学后来就被草草掩埋在水塘旁边。每次经过那里，我就要想起那个早夭的同学。乡村的夜晚静得可怕，黑暗中，我总觉得后面有人跟着。我听得到自己急促的脚步声，粗重的呼吸声，还有自己那“咚咚”的心跳声，偶尔传来夜风吹拂树叶的沙沙声、猫头鹰的叫声或鱼儿跃出水面落入水中的声音，无不令我心惊肉跳。我不敢出声，更不敢回头看，全身起了鸡皮疙瘩，硬着头皮快步前行，紧紧握住手电筒就像抓着救命稻草一般，手电筒不仅能照亮前进的道路，危急时还可以作为防身的武器。

父亲知道我胆小，每到星期六下午傍晚时分，就拿着手电筒，到学校后面的操场上遥望。他不时挥舞手电筒，在空中画着圆圈。只要看见我回家的方向有手电筒光，父亲就会气沉丹田，双手合成喇叭状，大声喊着我的乳名："俭——俭——"父亲的声音穿过茫茫夜色，在空旷的田野回荡。惊恐万状中的我听见父亲的喊声，便会一边叫着"爸爸"，一边小跑着奔去。父亲听见我的回答也跑过来接我，回到了家，我才长长地松了一口气。

母亲告诉过我，有一次，我因为临时有事情没能回家，也没有写信告诉家里人(那时候电话还没有走入寻常百姓家中)，父亲在寒风中站了好几个小时，一直等到深夜，才拖着冻得发僵的身子，闷闷不乐地回家。今天，父亲一定又在遥望我的身影吧？因为他老人家知道，每年的各种节日、他的生日忌日，他心爱的小女儿都会去看望他的。

下了车，走进陵园大门，这是父亲的新家，他离开我们独自在这里已经整整五年了。我仰望对面的山岗，轻声说："爸爸，今天是父亲节，你的俭俭来看你了……"

(2016年6月19日)

父亲和酒

王家魁

在一个贫瘠的山村,一个身材并不高大的人靠勤劳的双手养活了一家八口人,这个人就是我的父亲。那时,父亲白天在农业社挣工分,晚上伴随父亲的除了月色就是酒。

父亲年轻的那个时代,酒要靠配量。绝大多数人吃饭都成问题,哪里会有多少粮食被用来酿酒呢。父亲的哥哥是医生,能接触到勾兑酒的东西——酒精。不过那是医用酒精,现在来看,那是根本不能喝的。父亲年轻时喝酒就远近闻名,准确地说是臭名远扬。有次父亲在外喝酒,醉得不省人事,捎信来要他的父亲我爷爷去接他回来。爷爷开始怎么都不去,在家大骂他这个嗜酒的儿子,后来拗不过奶奶。奶奶是小脚,走路总有点一颠一颠的,她就俩儿子,大儿子是个医生,小儿子我父亲因为命运不好,参加过两次吃公家饭的工作,都被别人用各种手段炒了鱿鱼。所以奶奶心疼我父亲总要多于她的大儿子,听说父亲在外醉得不可收拾,更是心痛。爷爷还是去背回了我父亲,却骂了他一路。

真正的喝酒,父亲是从我们五个孩子都从学校走了出来才开始的。那时父亲喝酒在当地方圆好几里都是很有名的,因为他在他们那一帮酒友中从来都高调,比如:这回我从酒厂接了一挑最好的酒,你有空来坐坐?我大儿子从外面给我带了几瓶好酒,今晚过来尝尝嘛;大女婿前天从乡政府下班回来,顺道来看我,给我捎来一壶老白干,那个味儿,霸道……高调得其实已经完全是在炫耀了。母亲一点儿都不喜欢父亲喝酒,灌嘛,总有一天会把自己灌到那边去的,母亲诅咒地说。每次父亲喝完酒神吹海侃地吹嘘着他的那些说过无数遍的传奇经历时，母亲都要狠狠地数落他一顿。可是下一顿饭，饭菜准备好了之后，母亲还是会把他的酒瓶子放到桌上。

父亲能喝酒的那个时代我们家也一直都不宽裕，即使国家把土地全部分给了种地的人，而我们也都结束了学业，他也没觉得一下就轻松了好多。只不过再不用去喝酒精勾兑的酒了，苕渣酒也早退出了历史舞台。但是父亲没有那个实力或者说我们这些后人没有那个实力，他直到自己不能喝酒时，都没有机会品尝到国酒里面最经典的几样酒。作为一个酒龄几乎跟饭龄差不了多少的资深酒客，这肯定是父亲一生最大的遗憾了。

父亲的身体就栽倒在喝酒上。因为嗜酒，母亲不能干涉，强行干涉的话父亲会跟她急的，弄不好还会借着酒劲儿骂人甚至打人。而我们这些晚辈也只能是每次都劝说他不要每顿饭都喝那么多，父亲在他得病之前那几年每天几乎要喝一斤酒。起床时就着床头的酒瓶，连杯子都不用，那一口下去就要喝掉一两，早中晚三顿每顿需要二三两，到晚上上床时还要省了又省，那一斤酒才会留下一口陪伴他进入梦乡。父亲的衣服、枕头、被子，还有他呼出的每一口气里，都弥漫着无数的酒分子。实在劝说无效了，我们只有帮他偿还前半辈子欠下的酒债。无论平时还是节假日回家，带回去的都是酒，尽管我们也不想让他这样毫无节制地喝酒，可是一想起他年轻时为我们吃的那些苦，就觉得还是让他喝吧，以前是没条件喝，现在有条件喝了，如果又不让喝，父亲的心里该有多难受呢？

可是最终还是因喝酒出事了。2011年的春节刚过完，初四那天父亲的哥哥我的伯父去世了，无法想象父亲的心里有多难受，他是硬撑着把伯父送上了山。连续几天熬夜，加上喝酒有点儿多，送走了他的哥哥之后，他一下子病倒了，而且连说话走路都不行了。去医院检查，说是脑梗阻，医了好长时间，也没能让父亲恢复到病前的状况，连说话都要使好大的劲儿才能勉强说出一句，而酒是再也不能沾了。父亲就这样和陪伴了他一生的酒挥手告别了，尽管以前感觉离开了酒父亲将会难以生活，但是为了生存，父亲也不得不带着无尽的遗憾挥手告别大半生的酒精岁月，从此不再有在微醺状况下各种吹嘘以麻木自己被当时生活一次又一次诓骗灵魂的那种日子。

父亲的日子从原来的平淡无奇陷入更加平淡无奇，我知道，除了酒这个占领了父亲大部分岁月的东西，所有人都再难以进入进父亲的深邃和沧桑。

（2016年6月19日）

最难忘，那初为人父的日子

肖中全

女儿呱呱坠地的日子，恰是传统的重阳节。那天风和日丽，蓝天澄净，我的心亦如天空清爽。以前看见别的同学个个做了父亲，心里也怪痒痒的。无数次感慨无数回幻想，终于梦想成真，个中欣喜难以言喻。

初为人父，胜吃蜜糖。可不久就尝到了“火石落脚背”的滋味。单是忙，就够呛。那时我在村小教书，蔬菜都是自己种。女儿降生后，忙工作忙照顾妻子忙烦琐的家务，弄不好一天到晚晕头转向还不知所忙，早起床，晚睡觉。生火，煮蛋，煮饭，弄鸡，还得去课堂教识生字分析词语段意归纳中心思想辅导作文。学校的钟声是条件反射的信号，提示忙碌的去向。家务稍息，哄了肚子，然后提两桶黄黄绿绿让人翻胃的尿布悠悠晃向水库，等尿布如万国旗般随风舞蹈时，下午的钟声又响起。就这样告别了打打呵欠伸伸腰的懒觉，告别了甩手甩脚无羁无绊的日子。

女儿极淘气。打出生那天起，她就成了家里的不安定因素。小时候是哭，白天不哭晚上哭，而且是那种惊天动地的哭，一哭便得抱着她哼哼着来回走动。有好多次，都隆冬深夜三四点钟了，窗外农户家的竹子冻得沙沙叹息，屋里大人冷得瑟瑟直颤，她却睁着水汪汪的眼睛一副沉着冷静城府很深的样子看着你“表演”，等到终于哄得她合眼睡去，脚已经木得让你怀疑没长在身上了。再就是屙尿，你抱她屙时等得她小屁股都冰冷了也不见动静，可等你一放在床上就“水漫金山”，于是换毯子换垫絮甚至转移床铺，只苦了我这为人父的，实在没床可换只得用温热的身体把湿漉漉的床铺睡干，保证她下一次尿床时有地方可睡。最头疼的是她一生病就是肺炎和长时间腹泻，这不仅让父母操碎了心，也为她自己埋下了祸根。

带孩子苦，更多的是乐。只有当拥有了孩子时，才觉得有一个完整的家，才觉得有完整的一生。女儿出生时个不大，可越长越乖。我给她取名潇，希望她能少受些拘囿，活得潇洒自在些。虽然她在某至亲长辈眼中是个“女孩儿”无足轻重，但是我捧在手里怕摔了、含在口里怕化了的心肝宝贝。略显文静的潇潇没让我失望，她五个多月就会清晰地喊爸爸妈妈，七个多月就能分辨出家人谁是谁，睡着了也是甜甜地笑着，让你忍不住朝她的粉腮亲一口。最讨人爱的是满了一岁后，她会抱着布娃娃哦哦地拍，会拿着花花绿绿的书咿咿呀呀地指指点点，会噘着嘴告诉我她妈又骂了她，会不顾及她妈的脸色无比热情地把糖塞进奶奶嘴里，当然也会因偷偷摸摸捉桶里的鱼打湿了衣袖。多少个黄昏，她会倚着楼道栏杆，朝我归来的方向声声呼唤爸爸；等到了，就一脸惊喜跌跌撞撞地扑进怀里，理胡子，取眼镜，咿咿呀呀地说着话。好几次，眼镜被她摔碎了，她妈埋怨不已。

一岁零三个月，潇奇迹般不再生病，人也愈发漂亮，愈发聪明。那时，我真是觉得每天都是阳光灿烂的日子，每天都有甜蜜的希望，每天都想对着苍天喊一声：“感谢上天，我苦尽甘来了！”我盘算着购买当时最时髦的早教材料《零岁方案》，以期培养倾注了全部心血与希望的女儿，谁料她却猝然永远地离去了。

一九九二年的春节，是我铭刻于心的黑色节日。乖巧伶俐的潇潇，在爷爷奶奶家度过了除夕、迎来了新年，成天笑呵呵的，正月初三去了外婆家就突然生病，上吐下泻，然后求医又因人为原因而耽误，直到初五才在县人民医院急诊住院，初八凌晨就悄无声息地永远离开了我们！一岁零四个月，共485天的生命，在人世间留下的最后一句话，竟是她回光返照时苍白着小脸在我怀里无力地喊的一声“爸爸抱”！

女儿走了，走得那样急促，甚至没来得及为她穿上新年的新衣裳；女儿走了，走得那样彻底，连一个小小的坟茔都没留下，让我常常在漆黑的深夜锥心地疼、长长地叹息、无声地流泪！我永远忘不了自己在凌晨的医院那撕心裂肺的哭泣，永远忘不了女儿最后看着我那无限留恋的眼神，更永远忘不了因为挂念孙女，连续五天踏着泥泞从老家赶到场镇车站翘首盼望我们归去的父母，在面对三人离家两人回的情景时他们那深深的绝望和痛楚！我无颜面对在大街上撕心裂肺失声痛哭的父母，甚至认为自己罪孽深重无颜苟活在人世间。

在潇潇离去15年之后，疼爱她的爷爷奶奶相隔三个月先后离世。我不知道，潇潇是否会在天堂与爷爷奶奶相会？是否正享受着爷爷奶奶一如既往无微不至的关心和爱护？

直到现在，那段日子还历历在目，潇潇的样子还清晰如昨。即使心如残酒，我也依然刻骨铭心地记得那初为人父的日子，记着我曾全身心爱着的女儿潇潇，虽然那段日子那么短暂。

【后记】往事并不如烟。算来潇潇离开我们已经快25年了。在她离去的那年深秋，她的妹妹筱筱出生了。筱筱的农历生日居然与离去的潇潇的阳历生日为同一天!!! 这也许是上天垂怜及时给予我们安慰吧。筱筱聪明、活泼、倔强，有点男孩性格，重要的是比姐姐更健康，她轻松地读完小学、中学，直到考上重点大学，又通过“国考”有了一份稳定的工作，没让我们操多少心。但在这25年里，离去的潇潇是我一直不敢去触摸的深及骨髓透及心底且开始结痂的伤痕。今天捉笔，聊寄思念，只希望潇潇在另一个世界花香四溢笑声四溢欢乐四溢，没有病痛没有苦难没有泪水，一如闻一多先生的《也许——葬歌》：“也许你真是哭得太累／也许，也许你要睡一睡／那么叫夜鹰不要咳嗽／蛙不要号，蝙蝠不要飞//不许阳光拨你的眼帘／不许清风刷上你的眉／无论谁都不能惊醒你／撑一伞松荫庇护你睡……”

（2016年6月27日）

故乡的老屋

刘德

自从离开故乡的那一天起,已经有十年没有回去了。思乡的情愫,在与日俱增的思念里,像自然界中春天里的野草一样疯长。

经过几次火车汽车的辗转,故乡终于出现在了我的眼前。

小镇还是那座小镇,只是时光在悠悠岁月里变得更恬静。小镇桥头上那棵大黄葛树依然还是那样的葱茏。十年不见,树身更粗壮了,树伞更巨大了,枝叶更繁茂了。

我的家是一个很大的四合院,要进四合院,先得经过一道大门。由于四合院高出小巷青石板街面几米,中间就修了一条十级的石梯来衔接。由于长年行人的踩踏,石梯的中间部分已经踩出一条浅浅的凹痕来。

石梯两旁的石缝中顽强地生长出了一丛丛茂盛的小草,与石梯浑然天成,相映成趣。

沿着石梯拾级而上,轻轻地推开那虚掩着的大木门,木门顿时发出阵阵悦耳的吱吱声。顷刻间,那熟悉的景色扑面而来。那一刻,我的眼眶湿润了。

进得大门,右侧还是和从前一样,是一块很大的菜地。菜地上依旧种满了各种时令的蔬果,五颜六色的。明亮了我的眼睛,勾引着我的食欲。

菜地旁的那棵大皂角树依然屹立在那里。十年的光景,树身粗壮了不少,树伞越发变大了。高大威霆,枝繁叶茂。

记得小的时候，每当皂角树上挂满了长长的、像风铃一样成熟了的皂角时，那，就是我们小孩子欢乐的时光。在外婆的带领下，四合院里里外外的街坊邻居家的孩子们就蜂拥而动，兴高采烈地拿着长长的竹竿，来到皂角树下打皂角。

因为那个时候，外婆她们那一辈的老年人还有用皂角洗衣服的习惯。

当长长的竹竿在空中欢快地飞舞，当长长的皂角夹杂着枝叶应声落地的时候，当孩子们蜂拥着去捡皂角的时候，笑意荡漾在孩子们纯真的脸上，爽朗的笑声回荡在四合院的上空，那种纯真年代里无忧无虑的感觉，至今温暖。

故乡的老屋，是我永远的回忆，每当我想家时，它就会满满地占据了我的心房！那种感觉，幸福的，甜甜的！

（2016年7月3日）

五月天天端阳节

吕玉宏

“来来来，请吃粽子，一定要吃哟，端阳节到秭归，到屈原故里，这个是必需的。”2016年6月26日，岁在丙申，农历五月二十二，在湖北省宜昌市秭归县城茅坪镇，中共秭归县委常委、纪委书记、宣传部部长、总工会主席周华玉指着端上饭桌的大盘粽子，热情地招呼着。

端阳节？今天？不是已过去快20天了吗？

也许是看到来自全国各地的媒体老总们齐刷刷地瞪大了眼睛，坐在主位的当地县委书记卢辉接着解释，在秭归，只要不出农历五月，都是端阳节。

自以为走南闯北见多识广的媒体老总们，只有继续瞪大眼睛，你望着我，我望着你，在一片“呵呵”声中接过半个拳头大小的粽子，低头剥起来。

在老辈人的述说中，在我们接受的有限书本知识里，端阳节就是端午节，就是农历五月初五，与春节、清明节、中秋节并称为汉族四大传统节日。十年前，国务院将它列入首批国家级非物质文化遗产名录。七年前，联合国教科文组织正式审议并批准中国端午节列入世界非物质文化遗产，成为中国首个入选世界“非遗”的节日。从八年前开始，每年农历五月初五，也是国家法定节假日。大江南北，长城内外，五湖四海，只要是黄皮肤黑头发黑眼睛，无不是在这一天过端午节。日本人把端午节拿过去，尽管把农历改为阳历，也是5月5日啊！

“不管别人端阳节为啥过，咋过，秭归人从来用都自己的方式过。”

《三峡晚报》一位同行继续补充，这里习惯把端午称作端阳，农历五月三个端阳：初五、十五、二十五，分别叫头端阳、大端阳、末端阳。秭归人民，不，宜昌人民就是为祭祀屈原而过端阳节，过去现在，战乱盛世，概莫例外。

历史上为什么过端阳节，现实里怎样过端阳节，这些年，秭归以外似乎没有停止过争论。有人搬出一堆故纸信誓旦旦，屈原抱石投江前几百年，长江流域以南古百越族龙子龙孙们，就开始图腾崇拜地吃粽子划龙舟。也有人从文字记载的只言片语中挖出证据，端阳节其实是后人纪念掘开楚王墓鞭尸三百以报父兄之仇的伍子胥、十四岁投江以命寻回父亲尸体的孝女曹娥。还有人更干脆直接，彻底否定屈原在历史上的存在，认为这是那位史学家、文学家司马迁在《史记》中的杜撰，是在民间道听途说之余的臆想，目的是“替统治者人为打造出来的忠君爱国榜样”。

不论是不是空穴来风，不管外界噪音此伏彼起，秭归人民统统充耳不闻。“屈原也是我们移民代表。”屈原故里景区讲解员李玲介绍，历史上，屈原祠较大的搬迁有三次，复原扩建规模一次比一次大。这次搬到县城，建在三峡大坝前，塑像落成在最高处，就是为了让他日夜看着家乡的变迁，看着移民子孙发家致富。

中共秭归县委副书记、县长杨勇告诉我们，兴建三峡工程，秭归淹没一座县城、八个集镇、六个场镇，动态移民超过十万人，淹没综合指标占全库区一成。

“光争日月”“孤忠流芳”，秭归人民对家乡大山深处走上国家级领导岗位的这位诗人、政治家、思想家极尽奢华修辞。在他们心中，屈原就是一位才华横溢、忠诚可靠、以死抗争的英雄。走在大街小巷，随处可见可感对前辈的敬仰和崇拜。“中国诗歌之乡”“中国龙舟之乡”，一串与屈原沾亲带故的桂冠，几乎是当地人向外来客人推荐家乡的口头禅。屈原辞赋，刻写在街头、小区、酒店、车站、码头。最有名的《离骚》，雕刻在青铜上，于高峡平湖观景平台徐徐打开，人人过而诵之咏之。“屈原有贤姊，闻原放逐，亦来归……因名曰秭归。”秭者，姊也，就连县名，也是与屈原渊源深厚。

《中国三峡》执行主编任红感叹，秭归端阳比年大。五月第一天，屈氏后裔各族即选派代表前往屈原祠朝祖。除初五那天举行隆重庆典仪式外，整个月都沉浸在节日的氛围里。就像我们许多地方过春节一样，只要还在正月里，尤其是元宵节前，无论走进哪家哪户，主人家都会热情地奉上茶水、香烟、糕点，摆上大鱼大肉，斟满美酒，邀你入席。“还没出节呢，一定要吃了才走。”逢年过节，咱老百姓高兴，天下一家亲。

与庆祝丰收、辞旧迎新之节日不同，在秭归，端阳节是一个祭祀的日子，人们见面少了几分快乐欢喜，多了几分静穆哀婉。即使是吃粽子、划龙舟，也是不同寻常。屈原投江后，为了不让鱼虾吞噬他的躯体，当地人纷纷用竹筒装米投入江中。在制作粽子时，亦特意在其中放置一枚红枣，编唱别致《粽子歌》：“有棱有角有心有肝，一生清白，举世煎熬。”以此纪念屈原忠贞爱国、含冤负屈而死。

秭归龙舟更有讲究。农历三月前后，官方或民间开始筹备建造。看中谁家林木，谁家荣幸。在祭祀活动前，全家沐浴更衣。江岸供台摆好三牲瓜果，点上香烛，燃起纸钱，众人向屈原塑像行跪拜大礼，齐咏屈原诗作，高唱《招魂曲》，痛讼《公祭祝文》。白色孝龙，划手白服白帽。“三闾大夫魂兮归来”招魂幡挥舞，敲锣打鼓号子响起：“屈原啰大夫啊，嗨嗬嗬；我哥哟回哟，嘿嗬哟……”悠长，沉重，悲怆，场面震撼，身处其中无不动容，连小孩也不会奔跑打闹，不敢嬉笑发声。

渝东鄂西，地杰人灵。也许自幼受屈原文化浸染，当地人说话有韵味，吐词是平仄。篾匠、瓦匠、石匠、木匠，以及那池塘边的洗衣妇，锅灶旁的烧茶女，出口能成章。中国第一个农民诗社——骚坛诗社诞生在这方水土。忙时耕田犁地，闲时吟诗作赋，秭归县境内登记的诗社高达14家，成员300多人。每年端阳节，全县诗社聚会颂诗、吟诗、赛诗。“海内外前来拜谒的，每年近100万人，灵气越传越远。”湖北省三峡平湖旅游发展有限公司总经理、党委书记谭祖柏笑言。

“端阳节里，一定多吃粽子。”离开秭归时，当地书记、县长冒着纷飞细雨送我们上车，一一握手告别，还让随行人员递上一大包粽子。

（2016年7月4日）

本色女人最美丽

曾静

与白开水亲吻，是我每天要做的第一件事。清晨起床，倒一杯白开水，走到阳台上，晨风习习，望着徐徐流动的长江水，慢慢把那杯白水吞饮，已成习惯。那种顺流而下入胃穿肠的感觉既清爽又温润，仿佛掺杂在日子里的所有污浊与浮躁，都在一杯清水的作用下变得洁净安然，一天的日子就在那一刻起蓬勃鲜活。

我曾经喜欢喝茶，也爱喝些红酒，偶尔还泡杯咖啡。茶水清香宜人，有一种沁人心脾的美。然而，时日久了，渐渐发现它缺失当初的味道，便毫不吝惜地束之高阁。如果说茶被抛弃得些微缠绵，那么红酒则摒弃得干净彻底。这妩媚橘红的液体，除了味道浓烈，还富有浪漫情愫，对青年男女具有特殊诱惑力，就像一朵火焰般的玫瑰。一个已被时光斑驳得面目全非的女子，一杯红酒只会带来更多的惆怅。凤凰涅槃的奇迹断然不会在一杯红酒里重生的。而咖啡这东西却是一针兴奋剂，本不正常的神经会被刺激得更不正常，在扑朔迷离的状态下，无法享受睡眠的安逸和美好，不喝也罢。是故，便热恋上了白开水。

在文人墨客笔下，茶、酒、咖啡并不仅仅是饮料，更是一种颜料，他们借用这些斑斓的色彩，妙笔生花，为女人们涂脂抹粉，于是，书本上影视中的女人便一个个绚烂夺目，光鲜靓丽。那种出神入化的意境，让很多稍能识文断字的女人一番欣赏叹羡之后，便沉醉其中不知身在何处，以至找不到自我，随波逐流开始盲目追求，模仿，甚至顶礼膜拜地为了清茶、红酒、咖啡而让自己失去了最天然的本质。可谓有了滋味没了原味，有了墨味没了纯味，有了茶味、酒味、咖啡味，唯独没有了女人味。

一杯白水，无色，无味，透亮，清澈。一个女人，恰似一杯白水，那才是最本色最真实的女人。我很是欣赏曹雪芹笔下的女人。《红楼梦》中的女人，都显露出各自最真实的本性，王熙凤的聪明狡诈，宝钗的睿智圆滑，黛玉的痴情自私，晴雯的伶俐张扬……都是那么的真，那么的活，美与丑淋漓尽致地展现在读者面前，不虚伪，不矫情，不夸张，每一个女人都是原汁原味的女人。在她们身上你找不到茶、酒、咖啡的色调，看到的就是一个个或可爱或可怜或可畏或可恨的女人。当然，她们未必都是最美丽最可爱的女人。我想说的是，无须锦罗绸缎，无须浓墨渲染，无须犹抱琵琶，无须云遮雾障，做一个本色女人，才是最美丽最可爱的女人。

我喜欢与白水亲吻，我不喜欢与杂色亲近。无须赘言，你尽可品优雅的名茶，喝高贵的红酒，饮浪漫的咖啡，做摩登的女子，这些东西无关乎本色。

（2016年7月8日）

外婆的桐叶麦粑

曾维惠

从小到大，我都喊外婆为“家家”。而今，去到金沙寨，走一段黄沙小路，还没进院门，便如小时候一般，习惯地大喊：“家家——我来了哟，家家——我来了哟。”

听到我的呼唤，小院里便会传出九十岁的家家的声音：“惠儿，丫头，来了呀！”而后，家家便会拄着拐杖，到小院门口来迎我。

想起家家的时候，特别容易想起家家的粑粑，那香啊，难以忘怀。

“丫头，想吃桐叶麦粑不？”家家问我。小时候，家家一直喜欢叫我丫头。“想。”我说。

家家从大瓦缸里舀出一些麦子，来到石磨旁。我自然也跟了过去。当年，我是家家的小尾巴，家家走到哪里，我就跟到哪里。

“丫头，来，添磨。”家家说。

在那个以麦面、苞谷面、高粱面等为主食的年代，添磨绝对是我的特权，谁也不会和我抢。而且，家家通常会在晚饭后推磨磨面。

“哗啦——哗啦——”石磨唱着歌，把一勺勺的麦子磨成了带着麦麸皮的面。

“丫头，不要打瞌睡。”家家轻唤。

或许是白天玩累了，或许是添磨的时候已经夜深了，抑或是石磨唱的歌太枯燥了……总之，我就是爱在添磨的时候打瞌睡。有时候，我在迷糊中把麦粒、苞谷粒或高粱粒往磨眼里塞的时候，一不小心，只听“啪”的一声，勺子打在家家推过来的磨架上，麦粒、苞谷粒或高粱粒便撒在了磨槽里。这时候，家家会停下来，把磨槽里的粮食粒儿捡起来，重新推磨。每当这时候，家家会絮絮叨叨地说：“谨防打疼你的手……”

麦面磨好后，除了水以外，我不知道家家还往里面放了些什么(现在想来，应该是酵头和糖精)，她一边加水一边搅拌一边揉，直到把面揉成一个团儿。

第二天一大清早，我从睡梦中醒来的时候，家家已经从地里割了不少猪草回来，她一边往背后背空背篓，一边对我说：“走，丫头，摘桐子叶。”

摘桐子叶和清洗桐子叶，都是我非常喜欢做的事情。

“要洗干净。”家家说。

“嗯。”我回答。

桐子叶都洗干净了。

“丫头，烧火。”家家说。

待在家家家时，基本上是家家在灶前忙碌，我坐在下面烧火。经过家家的调教，我已经是烧柴火的好手。我用青冈树叶引燃了那些风干了的青冈柴块，青冈柴块很快便在灶膛里“呼呼呼”地欢笑着。

“咦，火在笑，有客来。”家家说，“要来赶早饭？那就走快点哟。”

家家是最好客的，每当饭桌上有客人的时候，她都会非常开心。

那个大大的面团，被家家抠成一小团一小团的，放进桐子叶中，卷成漏斗一样的形状，放进了已经在冒着滚烫的热气的蒸笼里。

“丫头，记住哟，桐叶边要压在下面，不然的话，蒸出来的粑粑，散开来粘成一大块，下不了嘴。”家家说。

我自然是听得非常认真。因为家家经常说：“丫头长大了，要会做各种粑粑，嫁到婆家，才不会被嫌弃哟。”

就在桐叶麦粑的香味儿从蒸笼里飘出，弥散在金沙寨上空的时候，客人真的来了。

“戴幺娘，我赶早饭来了。”还未见到客人，便听到了一个男子的声音。

“哟哟哟，稀客稀客，进屋来坐。”家家边说边端过来一个凳子，用衣袖擦了擦上面的灰尘，递了过去。

进屋来的，是一个胡子拉碴的中年男子，头上缠着一块白帕子，嘴里叼着旱烟，还没坐定，便听到了他“吧嗒、吧嗒”地抽旱烟的声音。

“戴幺娘，我赶个路，翻上寨子来，看看你们。”那中年男子说。

“好好好，想到来坐坐就好。今天赶上吃桐叶麦粑了。”家家说。

“好好好，桐叶麦粑，寨里寨外，只有戴幺娘做得最好吃。”那中年男子说。

“丫头，喊大表叔。”

每当有我不认识的客人来，家家都要教我如何称呼别人。

“大表叔。”我怯怯地喊了一声。

“哎，乖。”我心里甜滋滋的，因为有人说我乖。

家家从蒸笼里捡出两个刚蒸熟的桐叶麦粑，盛在盘子里，递到大表叔跟前。

“咳咳咳——”里屋传来咳嗽声。那是家公(外公)在咳嗽。家公喜欢整日整日地躺在床上，或坐在床沿上，整日整日地抽旱烟，整日整日地咳嗽。

“哦，戴幺叔那咳，好多年了吧，还没好转啊？”大表叔又抽了一口旱烟。

“老毛病了，恐怕要等进了棺材才能好。”家家说。

“我进去看看，跟戴幺叔换口烟抽。”大表叔端着那两个桐叶麦粑，朝家公的屋里走去。

“丫头，来，吃一个。”家家递给我一个桐叶麦粑。

刚出蒸笼的桐叶麦粑，那个烫啊，烫得我把它从右手换到左手，再忍不住把它放在了灶台上。我轻轻地吹着桐叶麦粑冒出来的热气,然后又把它拿起来,剥着桐子叶,露出麦粑的一个角来,便轻轻地咬了一口,慢慢地嚼着……

桐叶麦粑那个香啊,让你迫不及待地想把它咽进肚子里,却又舍不得把它咽下去,总想让那香那软,久久地停留在嘴里。

大表叔从家公的屋里出来了。不知道是因为尝到了桐叶麦粑的美味儿,还是真的和家公换了旱烟来抽,总之,大表叔的脸上挂着满足的笑容。

"戴幺娘,我要赶路了,还很远呢。"大表叔说。

这时候,家家已经捡出好几个桐叶麦粑来,装好,递给大表叔,说:"路上吃。经常来哟。"

大表叔也没有客气,接了桐叶麦粑,一边抽着旱烟,走了。

"丫头,再给家公端两个桐叶麦粑进去,他喜欢吃。"家家说。

我端着桐叶麦粑,怀着忐忑的心情,朝家公的屋里走去。

我一直害怕家公,不管在他身边做什么事,我都忐忑着。正因为如此,所以,我更喜欢黏着家家,简直就是家家的小尾巴。

"家公,吃桐叶麦粑。"我站在家公的雕花老牙床前,怯怯地说。

"咳咳咳——"家公咳嗽了一阵后对我说,"放在柜子上。"

我走上雕花老牙床那可以睡得下我的大塌板上,把桐叶麦粑放在了榻板一侧的雕花柜子上。

"昨天就想吃这桐叶麦粑啊,想得要命。"

我从雕花老牙床的塌板上下来,转身离开家公的屋子的时候,听到家公这么说。

家公想什么想得要命的时候,我的家家,自然会知道。

(2016年7月10日)

惊天大案与我擦身过

李显福

人的一生有许多机缘巧合。1983年10月，湖南长沙发生的惊天大案因时间的基本契合，差点儿把我牵连进去。

20世纪70年代初，考古工作者在湖南长沙马王堆先后发掘了3座西汉时期的墓葬，共出土丝织品、帛书、帛画、漆器、陶器等文物3000余件，其中，薄如蝉翼的曲裾素纱禅衣，重不到1两，是当时缫纺技术发展程度的标志，震惊了世界。我一直期盼着有机会去湖南长沙，亲眼看看这些古人留下的奇迹。

机会终于来了。1982年，重庆作家黄济人的《将军决战岂止在战场》出版后引起巨大反响。1983年秋天，湖南人民出版社得知他正在创作长篇纪实小说《崩溃》，就请他去长沙写作，以在该社文学刊物《芙蓉》首发并在该出版社出版。我当时所在的报社闻讯，派正在重庆采访的我去该社洽谈，取回《崩溃》的复印稿，拟在《四川日报》连载。

经过多次洽商，我于10月22日上午去长沙拿到了《崩溃》的复印稿，准备下午去湖南省博物馆参观马王堆出土文物，第二天登岳麓山，下周一即返回。但这天是星期六，下午闭馆学习。正踌躇时，因复印稿而熟悉的文印室小刘见我为难，立即给她同学打了个电话，然后对我说："李老师，安排好了。你自己去，只要出示记者证就行了。"

我摊开双手，无奈地说："我的记者证交给你们办公室，帮我买飞机票了。"小刘只好让她同学——省电影公司小安陪我去。

偌大的省博物馆只有我和小安两人。站在马王堆出土文物前，我为那些2000多年前的物件及工艺惊叹。大饱眼福后，回到住处，我在日记上写道："这是中国的骄傲！"

23日，我顶着霏霏秋雨，去爬了岳麓山，游了橘子洲。24日，我在出版社办公室等票。25日，我坐飞机顺利返回报社，交了《崩溃》复印稿后又坐火车回到重庆采访。蹊跷的是，没过几天，正在重庆忙碌的我又被报社突然召回，让我做一段时间机动记者。期间，记者部主任钟华叫我和他一道去攀枝花钢铁公司采访，直到第二年年初，因父亲病重才让我回重庆。此事我百思不得其解：当时社领导让我驻重庆记者站就是因为我小孩才一岁多点儿，方便照顾家庭，如今在寒冷的冬天，却让我离开女儿。报社机动记者有好几员干将，不差人呀！

直到后来在采访中偶然碰见黄济人，我才明白了个中缘由。他严肃地说："显福，你那次去参观马王堆出土文物后，30多件特别贵重的文物就被盗了。一个惊天大案，惊动北京，查得可严了！我都被盘问了几次，报社没有找过你？"

我张大眼睛，使劲摇头。

原来，23日早上8点零5分，湖南省博物馆解说员国红刚打开陈列厅大门，就发现厅内文物被盗。陈列的312件文物中，被盗走的包括珍贵文物31件，复制品3件，线装书4本，其中最为震惊的就是那件仅仅48克的曲裾素纱禅衣。案子惊动了公安部，部长刘复之亲自过问，长沙市市长齐振瑛牵头成立了5人专案领导小组并任组长，下设专案组。案件代号为"特二二案件"。与此同时，公安部发出紧急通知，全国各海关、港口、飞机场、火车站等实行严格控制，一些必要的堵截、追击等防止文物出口外流的措施也迅速布置完毕。一张抓捕嫌疑人、追回被盗文物的大网在全国悄无声息地撒下。

我和小安首先成为怀疑对象。博物馆平时戒备森严，那天下午只有我和她去过。专案组找了出版社，找了黄济人，当然也找了小安、小刘，还有放我进去的小刘的朋友……至于专案组是否派人来过报社了解情况,没有谁正面告诉过我。

12月12日上午,作案人许反帝被抓住了。他原来是一个惯偷,任大学法律系教师的母亲不但不教育儿子守法、投案,反而每次都替儿子窝赃、销赃,成为盗贼儿子的庇护人。10月22日晚8时,早就瞄准这些文物的许反帝跟在一个推自行车的人后面,悄悄混进了博物馆,在现场附近搬来一张梯子,爬上陈列厅北面的通风窗户,击破玻璃,爬窗入室,实施了盗窃……

时至今日,每想及此事,我仍不禁心生感慨。

（2016年7月15日）

芬兰的西贝柳斯公园

邢秀玲

未到北欧之前，我对芬兰了解很少，当我们乘坐邮轮从圣彼得堡到达赫尔辛基，才发现芬兰是一个多么幽静、美丽的国度！那天早晨，下着小雨，波罗的海一派迷蒙，海水变成了青灰色，岸上的城市在雨雾中影影绰绰，仿佛披上了一层轻纱，带给人一份朦胧感。

听导游介绍，芬兰国土面积33.81万平方公里，略小于挪威；人口500多万，仅次于瑞典。由于1/4的领土在北极圈内，冰天雪地成为一大景观。也由于冰川的作用，形成6万多个大小湖泊，享有“千湖之国”的美称。

芬兰历史上未出现具有世界影响的作家，却诞生了一位伟大的音乐家，他的名字叫西贝柳斯，和挪威的音乐家格里格常常排在一起，为19世纪显得有些寂寥的北欧星空平添几缕璀璨，几束光芒。

1865年，西贝柳斯出生于芬兰的海门林纳，他从小学习钢琴、小提琴，梦想成为一名小提琴演奏家。19岁的他如愿进入赫尔辛基音乐学院，大学毕业后，又赴柏林、维也纳进修，学习作曲理论。1891年回国后，在赫尔辛基音乐学院任教，同时从事创作。西贝柳斯的才能和兴趣主要表现在管弦乐方面，他写出了独树一帜的杰出作品。他所崇拜的偶像是贝多芬，受这位乐圣的影响，西贝柳斯的音乐作品凝聚着炽热的爱国主义感情和浓郁的民族特色，既有富于英雄气概的激昂音符，也有表现田园风光的柔曼旋律，题材多样，风格迥异。其代表作品是交响诗《芬兰颂》，被誉为“芬兰的第二国歌”。同时，他还创作了七部交响曲，四部交响传奇曲、多部小提琴协奏曲、交响诗《萨加》、忧郁圆舞曲、弦乐四重奏并为莎士比亚的戏剧《暴风雨》配乐；此外，还有大量的钢琴曲、歌曲等。

1900年，他的《芬兰颂》首演，深沉凝重的序曲，引出了抒情悲叹的主题，随着乐曲的变化，情绪趋向高昂，充满战斗的激情，最后以辉煌壮丽的尾声结束。这部世界著名的音乐作品，将芬兰人民经历的苦难，抗争的意志和必胜的信念融为一体，获得了极大的成功。

西贝柳斯是音乐家中的长寿者，活了92岁，1957年在他隐居的艾诺拉别墅去世。为了纪念这位杰出的音乐家，赫尔辛基每年举行一次西贝柳斯音乐节；赫尔辛基音乐学院也以西贝柳斯命名。

最引人注目的是，赫尔辛基还建造了一座西贝柳斯公园，园内树立了一座由600多根不锈钢管组成的纪念碑，仿佛一架巨大的管风琴。这是芬兰女雕塑家艾拉·希拉图南的作品，在一天之内就建成了这座气势恢宏的纪念碑，每个钢管的处理都表现了不同的特殊工艺，堪称大手笔，高速度。在管风琴之旁，雕有西贝柳斯硕大的头像，英俊而威严，是他中年时代的形象。

一个音乐家，只要为祖国发过声，人民是不会忘记他的。我看到西贝柳斯公园内游人如织，膜拜者络绎不绝。我相信，他们都有一颗热爱祖国，渴望和平的心！

（2016年7月15日）

我又梦见您

琚雪

昨夜梦见您，我知道是您又在托梦给我。七月在炙热的流火中悄然而至，在这静美的夏夜，你设置的场景宛若一幅幅绝美的山水画在眼前静静绽放……是啊，走了这么多年的您，为何每个七月总会出现在我的梦里？

屈指算来您已离开我们20多年了，我的童年，就在一场场"夺营盘""打仗"和"捡石子"的游戏中度过。印象深刻的是在游戏中，因为太小又跑不快，我总是成为哥哥姐姐们嫌弃的对象。我喜欢爬上高高的碉堡，可矮矮肥肥且稚嫩的我任怎样踮着脚尖伸长脖子也难以达到观察窗口，幸运的是解放军叔叔会友爱地抱着我从细小的眼洞从高处放眼远眺，除了苍茫的群山，翠绿的茶林，还有大片小片的庄稼地，近观可见错落有致的办公区、监舍，还有大大的操场坝。

父亲是一个极其平凡的狱警，记忆里好像他一直坚守在大山里。幼时父亲就把我抱上马背，任我如何惊惧，如何哭闹，却视而不见，脸上毫无怜爱之情，他淡然地牵着马走自己的路，我的小手死死地抓着马鞍上的手环。而上小学时，远离子弟校的我们因为山路陡峭，崎岖难行，哥哥们会被允许单独骑着马，而我与其他同龄小孩会被马驮着。每每想起，犹在昨昔，过往的点点滴滴并不因为时光的流逝而褪色。

父亲的脾气并不好，嗓门大，训斥起兄弟姐妹时会令我胆战心惊，出手教训也无轻重。记得他曾经一脚踢得哥哥好几天上不了学。然而无论他如何暴怒，每每哥哥挨打，在母亲也无法劝解之时，我会毅然决然地站在他面前昂着头示威似的表示——要打就打我！尽管他气急败坏、铁青着脸，也会放下举起的手，这就是他对我的宠爱。

父亲最骄傲的是自己不仅仅是一名共产党员，而且能成为中国人民志愿军，高喊“抗美援朝，保家卫国”的口号奔赴朝鲜参战！父亲有很多军功章，在每一个适当的时间，父亲总会不厌其烦地拿出他的这些宝贝，如数家珍地向我们兄妹几人讲述那段战火纷飞年代里的那些往事……家里从来没有出现过一丝一毫公家的物件，这让我想起电视剧《激情燃烧的岁月》里那个石光荣，他与父亲是何等相似。而更甚之处，是他教育我们的方式完全是军事化管理，在每一个清晨与黄昏兄妹三人必然会被要求排排站立高唱革命歌曲，其中《东方红》《国际歌》《三大纪律八项注意》必不可少，否则不准吃饭睡觉。离休后的父亲整天坐在那把老旧的藤椅上朗读《毛泽东选集》。在弥留之际，还不忘记给母亲交代，继续为他缴纳党费并不得向组织提出任何要求！

恍然间，又是一年七月到，这炙热而多愁的七月与您有着千丝万缕的关系。七月是党的生日，七月是您来到这个人世间的日子，七月也是您走完人生、离开尘世的忌日！在细数您的点点滴滴中，执笔落寞，满怀惆怅，不禁感叹我们早已在20年前的七月就阴阳相隔，在不同的世界里细数忧伤与寂寥，任这七月流火在离你越来越遥远的地方感怀，任故事在回忆里沦陷，任爱在心间隆起，在夜色阑珊中深深怀念！

这就是我的父亲，一个老共产党员在平凡工作岗位的平凡一生！七月，我又梦见您！……

（2016年7月22日）

我读了六天大学

马恩泽

我是一名高中生，却读了六天大学，这是怎么回事，且听我细细道来。

浙江大学是一所声名远扬的百年学府，我这次因为参加2016年青少年高校科学营活动，有幸走进浙大，并当了六天大学生。

7月17日，一进校园，好一派绿色——道路两旁的行道树皆是郁郁葱葱，各类灌木也都展现着蓬勃生机，嫩绿色的草地更是让人觉得炎热的天气都清凉不少。在老师的安排下我们先熟悉宿舍与食堂，晚上便与其他小组交流感情，同时熟悉同伴。我的大学生活开始了。

第二天，科学营开幕了。专家学者们为我们传授从事科研的方法，应届毕业生也为我们现身说法，讲述他们的学习经历以及丰富多彩的大学生活。这一切让我对今后两年的高中学习有了更明确的目标，同时我也对好几个专业萌生了兴趣。

第三天，我们乘车来到浙大的玉泉校区，参观浙大的控制科学与工程、地理科学、化学工程与生物工程等学院。教授们为我们细心讲解，教学视频、实验模型及实物让我们大开眼界。通过参观学习，我了解到初高中所学的知识在大学学习当中的不同用处，那众多的学科内容以及令人惊奇的科研成果都使我深深沉醉。

第四天，我们亲身参与了两个实验，分别是对细胞减数分裂观察的实验以及关于微生物发酵的实验。在农业生物实验教学中心，我们先是亲手提取小麦及吊兰的花丝细胞，再放置在显微镜下观察，最后制成永久样本。接待我们的肖教授详细地为我们讲解细胞减数分裂的科学原理及实验现象,为我们亲身示范,时时给我们指点迷津。在生物实验中心,杨老师带我们做了一项十分有趣的实验——学习做面包!在同学们的齐心协力下,我们成功地做出了美味可口的面包,同时了解到相当多的关于微生物发酵的知识。

在经历头脑风暴后,第五天,我们乘车来到风景如画的西湖旁,走进浙江省博物馆,其旧馆址的一部分为江南著名藏书楼——文澜阁,走在曲折回环的院落内,遐想明清时分这里挑灯夜读的场景,令人十分神往。在这里我们还欣赏了河姆渡文化的陶器、漆器、木器、骨器和象牙制品,良渚文化的玉器和丝织品,越国的青铜器,越窑、龙泉窑、南宋官窑等窑口的青瓷,会稽镜和湖州镜,明清浙籍书画家的作品等,件件都是瑰宝,让人咋舌。下午,我们参观了杭州工艺美术博物馆,其中又包含刀剪剑博物馆、伞博物馆、扇博物馆三座分馆以及众多文化体验中心。我们流连忘返,想不到刀剪伞扇这些平凡物件竟有这般厚重的历史积淀。

第六天,我们又来到浙大的校史馆。走进校史馆,厚重的历史感扑面而来。看着墙壁上陈列的一位位著名专家学者的照片,我不禁联想到我们南开中学科学馆内光荣墙上展示的一位位杰出校友的肖像。重庆南开中学被誉为“人才的沃土,院士的摇篮”,浙江大学则是“院士的发源地”!唯学无际,勤学有我!感慨之余,自豪感油然而生。

回想短短六天的科学营之旅,我感慨良多。这六天的大学生活不仅拓宽了我的视野,更是帮助我树立了长远的目标;使我们牢记科学研究来不得半点儿虚假:要有科学的探究与实验精神,持之以恒,不轻易放弃,同时要勇于质疑,不能盲目听从权威……在这次活动中,我还结交了许多志同道合的好友,也了解了大学的学习生活……最后,我要特别感谢我们的“营长”蒙勇老师、科技辅导员陈盛斌老师和班主任许黎老师的辛勤付出!我想,这难忘的不平凡的六天,无疑会照亮我未来的人生之路!

（2016年7月27日）

残荷断想

梦桐疏影

冬日下午,太阳冲破阴霾,露出灿烂无比的笑脸。一片斜晖,映照着楼房对面的山峦。那层透明的金,让山川披上一层温暖的纱衣。

荷塘四五个,还在老地方等我。

一路奔去,天朗地寂。下午四点的残荷,真实地出现在我的视野里。

那一刻,我很震惊。

记得上次来时正值初秋,盛夏的灯盏全都熄灭。像是与岁月作战后,留下的一地斑驳残片。蜷曲的叶片,像征战已久的疲乏战士,低头无言。借倒影之手,给远方故园写一封单薄羸瘦的长信。有的又像颓破的旧喇叭,再也吹不响昂扬号角,只借秋风,呜呜地哼着老歌。那一段时光,偶尔也遇见散步路人,一律沉默,枯荷一样,或许心里藏着些许伤感。

好时光都过去了,都过去了。

想初夏,一点点绿从水波里蹭蹭探出头来,亮晶晶的水珠滚动着,翠绿的小裙子迎风舞蹈。早有爱慕者立于枝头,为她送去绵绵不绝的情歌。盛夏时,烟波浩渺,绿衣仙子擎着红色、白色的荷花盏,照亮诗人、画家、隐士、俗客纷至沓来的路途。那情境,那风光,繁华热闹到极致。赞美,逢迎,欣赏,自况,矫饰,自省……千般人生,无一不有。你看:十里锦香看不断,西风明月棹歌还。你看,荷叶五寸荷花娇,贴波不碍画船摇。你看,涉江弄秋水,爱此荷花鲜……这般光景,很容易让人忘乎所以。

突然想起张爱玲的一句话:你年轻吗?不要紧,过两年就老了。这里,青春是不稀罕的。是的,等不了两年,也不过几个月,青春就褪去艳光,成了一件皱巴巴的旧衣服。人生百年,良辰美景,不过云烟。它是忘了,云烟散尽后,苍凉和寂寞,才是人生悠长的回响。

隆冬时节的荷塘,寂寥无边,再也无人问津。那些曾经丰盈如玉的叶子,现在缩小为一条条干枯的线条。曾经明艳润泽的花,如今只剩下一颗饱满而干净的莲心。千奇百怪的几何图形,像极了人生,无解的形形色色。

风过处,静水生波。荷立于水,冷水燃烧着夕阳。悲哀早已粉碎,一袭清净简洁的傲气和孤独肆意而来。几只鸭子划开水波,涟漪荡开的,是眉间的意,是流动的心。

记得白居易当年路过龙昌寺荷池时看见半池残荷,凉意顿生,写下这样的诗句:冷碧新秋水,残红半破莲。从来寥落意,不似此池边。还写衰荷:白露凋花花不残,凉风吹叶叶初干。无人解爱萧条境,更绕衰丛一匝看。应该说,大诗人看到的只是秋意枯荷,而非深冬残荷。倘若他见着今日之荷,又会吟出怎样的萧瑟枯槁?

三毛说:岁月极美,在于它必然的流逝。春花、秋月、夏日、冬雪……

老,是一段岁月,一种历练;是一种态度,一种品格;是一种风骨,一种精神。

活着,要那么多干吗?要得越多,失去也越多。流逝的,是必然要丢掉的东西。需求越少,内心越坚实,越饱满,越有骨力。繁华带给我们的是迷离的假象,剔除繁芜之后的才是生命的真实。

想起塔莎奶奶,一个一直生活在老式农场的妇人。她建造花园,种下花树,自制衣服,烹饪食物,用心去感受生命中原始的美好和自然,过着最简朴艰难的农耕生活。“只在年少时拥有年轻,是件可怕的事。”她说。时光在她身上,优雅地老去。90岁的塔莎奶奶在时光的流逝里成了一株残荷。没错,她像极了她池塘里暮冬的残荷。可是她懂得,用一颗童心去享受生命中的每一天。

也曾看到画家徐震的“残荷”系列，与想象中的残荷大相径庭。今天见着，心有戚戚焉。独坐池边，脚下是清亮可鉴的水，夕光无声流动，一株株残荷诉说着生命的秘密和尊严。梦幻和思想，是无字的歌，从水中升起。此刻，似乎扬州八怪来了，周敦颐、林逋来了，张爱玲、陆小曼也来了……他们穿越时空，与我对坐，用寂寞，热烈地进行交谈。

《红楼梦》里有这样一句话：“耳边如闻萧瑟秋风，心头顿生苍凉霜色。”

不，没有，没有，哪怕是刀风剑雨。

“真正懂得欣赏荷的人，才真正懂得爱。”洛夫说。

残非寥落意。清澈的深度，辽阔的宁静，足以照彻天地暮色。说不尽的薄凉，是超然，是豁达，是坚实和傲骨。

（2016年8月1日）

感谢战友

焦芬

在部队里，当兵的人把军嫂亲热地称为嫂子；在地方上，当过兵的人把军嫂亲热地称为战友。战友，多么亲热的称呼啊！

我不是军人，不能用战友一词在我和战友之间画等号；我没当过兵，只是一个随军家属，一个曾跟随丈夫在部队里待了十多年的军嫂。随着岁月的流逝，我已回到地方十多年了，但战友们仍亲热地叫我战友。所以，我要感谢战友，是他们让我有了很多难忘的记忆！

不会忘记，在我第一次去部队的时候，他们提前为我收拾屋子、布置房间。尤其是那粉红色的床单、粉红色的枕头、粉红色的拖鞋和那军绿色的被子，让我这个文学小青年领略到了什么叫浪漫。战友，感谢你们，虽然事已过去了二十多年，但那不起眼的房间和粉红色的回忆，却一直定格于我心中，那是一种甜蜜的回忆、浪漫的回忆！

不会忘记，我在部队探亲的日子里，你们给我讲部队的纪律和生活。尤其是在"每逢佳节倍思亲"的日子里，我们围在部队的操场上，谈论着自己的家乡和理想的情景。那时，你们个个精神抖擞，豪情满怀，立志要为部队建设多做贡献。战友，感谢你们，是你们让我这个原来对部队毫无了解的人有了新的认识！

不会忘记，在我去炊事班取菜、称米的时候，由于地方语言的差异，我不敢去你们那里取菜。但是你们调皮的话语、滑稽的手势、变调的声音让我们变得熟悉起来。致使我经常跑到炊事班帮忙择豆角、洗白菜、切辣椒、扫厨房……战友，感谢你们，是你们让我在部队里寻找到了另一种快乐！

不会忘记，在我夫君去世的这些年里，你们仍然没有忘记我。我有困难的时候，是你们帮助我；我悲观的时候，是你们鼓励我；我孤独的时候，是你们陪伴我。还有那些我的军嫂战友们，这些年来，你们对我更是照顾有加。战友，感谢你们，是你们给了我活下去的理由和信心，也是你们让我在困难中学会了坚强和感恩！

人要知恩，也要感恩。这种感恩并不是说每天给他们买什么好吃的东西、贵重的礼物，而是要用我们的心去感恩他们，感谢他们。这犹如一朵盛开的鲜花，需要我们去细心护理、精心照料。

感谢我的战友，虽然这种战友间的感情不像亲情那样有血缘关系。但是，它却胜似亲情。因为，战友情本身就包括了生死之情，相依之情。那是一种无法用语言描写、用彩笔描绘的情，只有当过兵的人或者当过军嫂的人才会明白。在战场上，他们冲锋陷阵、生死相依，他们是一个完整的集体，也是最完美的生死搭档；在军营里，他们一起挥洒汗水，是一群摸爬滚打的亲兄弟；在生活上，他们互帮互助、团结亲密、肝胆相照，是那种把困难留给自己的知心人……

虽然我不是军人，但我很幸运地嫁给了一个军人，让我在军营里受到军营文化的熏陶，享受着那种熏陶带来的快乐。所以，军人，是我写作中不可缺少的话题，也是我一生中最敬仰和爱慕之人！

（2016年8月1日）

被打湿的喀斯特

常克

如果不是碰巧下了小雨，不是因为细雨霏霏山岚飘缈，那一天我恐怕就会错过喀斯特睁开眼睛，错过喀斯特轻声说话，错过喀斯特巨大身影透露出来的呼吸。

喀斯特不是一个人的名字。

最漫长的时间，用一种最嶙峋的神态在群山间流露，这就是喀斯特，至少我更愿意这样来理解。

而武隆最不缺的就是喀斯特，在任何一个季节，武隆最骄傲的也是喀斯特。我甚至假定，就算武隆什么都不出产什么都不耕种什么都不制造，只要喀斯特在，武隆就是一个永远矗立的时间标本。

印象中，重庆武隆的出彩主要就是因为喀斯特。天生三桥、芙蓉洞以及天坑，它们组成阵列，像王者一样归来，不间断地撞击世人的眼球与耳膜。

寒武纪，第四纪更新世，距今260万年，光是这些字眼就寒冷到直刺骨髓，遥远得近乎渺茫，武隆的喀斯特就是从那个时空慢慢变身，慢慢走过来的。每一回想到这些，心里面除了颤抖与惊叹，就是敬畏。

武隆华丽登场，是2007年6月27日。新西兰基督城，13点15分，在联合国教科文组织第31届世界遗产大会上，武隆喀斯特正式列入世界自然遗产名录，包括芙蓉洞、天生三桥和后坪冲蚀型天坑三个喀斯特系统，武隆喀斯特成为中国第六个、重庆市继大足石刻之后的第二处世界遗产。

有一点毋庸置疑，喀斯特独钟情于武隆，它的三大景区代表了中国喀斯特地貌中三个独立的喀斯特系统，据说，这种现象在世界上极为罕见。

比如天生三桥，它被证实是世界上规模最大的串珠式天生桥群，是峡谷喀斯特的典型代表。在羊水河峡谷上，1.5公里的范围内，天生三桥次第延展分布，150米、200米、300米以上的高度、宽度和跨度，将大自然山川峡谷的奇、险、峻塑造到了无以复加的地步，地球上亦无出其右者。难怪当地朋友告诉我，几百米之间，就有如此宏大的三座天生石拱桥，再挟两个巨大的天坑，是当之无愧的“世界天生桥群之最”。

天龙桥、青龙桥、黑龙桥，我相信此天生三桥绝非偶然出现，那种独有的悬崖万丈，那种惊世的峭壁千仞，根本就是上苍偏爱得有些过分。

并且，这还不够，还捎带把一个芙蓉洞也给了武隆。这可不是一般的洞，这是号称“天下第一洞”的洞，是科学家眼里的一座洞穴科学博物馆。洞内，清澈见底的池塘，令人眼花缭乱的钟乳石，壮观的崩塌堆积，目不暇接的各种溶蚀形态，亘古未见。洞体气势之恢宏，洞内化学沉积物之丰富，令人叹为观止。

而后坪冲蚀型天坑更像是一个幽深的谜。椭圆形的大开口，近300米的深度，绝壁陡直如削，坑底深不可测，当得起国内外独一无二的天坑巨无霸。

苍穹之下，一峡、二坑、三桥、四洞、五泉，中国南方喀斯特地貌的典型代表，大气磅礴的山川，雄奇壮美的土地，美妙绝伦的河峡，武隆几乎被赋予了一层神话的色彩。

不知道应该说是喀斯特的武隆，还是武隆的喀斯特，总之，每年成千上万人蜂拥而至，壮观如同朝山问道。

在天生三桥的谷底，一路走，一路不停地拍照片，有一种朝圣的意味。我明白，我是想把内心的种种震撼，都恭恭敬敬地保管好。

仰望那些从远古走来的巨大岩壁,或深褐或青紫,我觉得那已经不是喀斯特山崖的颜色,那是它千锤百炼而打磨出来的性格。忽然觉得,眼前的喀斯特开始活了,正从亿年万年的睡梦中醒来。

我不知道该说它是壮硕的汉子,还是娉婷的美人,这一点其实并不重要。总之,我忽然发现,被雨打湿的喀斯特才是活着的喀斯特。雨和水,这本来就是它的路,它的历程,它就是从雨露中慢慢发育的,一步步地渗透,一点点地溶蚀,假如缺了它体内那种无孔不入的流动,它或许就永远只有野性,而不可能变成现在的千姿百态,变成时间的活化石。

天生三桥的山麓,几处飞瀑凌空而下,掀起巨大的水声,犹如喀斯特在雨中喊话。溪流一路狂奔,形成一个硕大的湖塘,波光粼粼,我总觉得那就是喀斯特在这个早晨睁开的眼睛,明亮而清透。此时仰望半山腰,雨雾迷蒙,蜿蜒而动,那该是喀斯特一呼一吸之间带出的长长的气流了。

以前只知道水滴石穿,现在才明白,何止石头,只要雨和水愿意长途跋涉,再大的山川也照样可以凿穿。只不过,那个过程是一场犹如天荒地老的溶蚀。

喀斯特的日子,是一段极其漫长的发育。最初,它需要有致密石灰岩,然后是足够的雨水,然后是水在地下的渗透和循环。

最早发现这个道理的,有两个人。瓦尔瓦泽,17世纪中叶斯洛文尼亚学者,他很早就对喀斯特岩洞进行研究,1687年,他向伦敦的皇家科学院提交了关于喀斯特的论文。斯维季奇,19世纪末的地理学家,是他正式提出了喀斯特概念,并在1893年和1918年分别发表了他对喀斯特的研究成果,他被后来者称为“喀斯特之父”。

当年,他们一前一后,站在斯洛文尼亚的卢布尔雅那,站在意大利的里雅斯特,还有南斯拉夫的伊斯特拉半岛,那个地方的石灰岩就叫喀斯特。很多年以后,那一带被看作最经典的喀斯特地区,喀斯特这个名词像狂风一样,掠过全世界那些险峻的高山与峡谷。

地球上两个神奇的人，瓦尔瓦泽和斯维季奇，也许，他们的前世就是一道斑斓而高耸的喀斯特。

“夫天地者，万物之逆旅也；光阴者，百代之过客也。”站在喀斯特的脚下，我不能不感叹李太白眼里的时间，它那么天长地久，又那么来去匆匆。不过，与喀斯特相比，我们所谓的时间，真的微不足道。

我记住了一个专用名词，溶蚀。溶蚀成就了喀斯特。而我现在发现，其实地球上最好的溶蚀，是让一个人的心灵嫣然一笑，然后破茧，生长，峻峭。那种境界，竟可以超过喀斯特的风华绝代。

这个新秋，我浑身布满雨雾，我看见的喀斯特也是水灵灵的。

还有大型实景歌会“印象·武隆”，也是浪涛汹涌，它的震撼不仅因为执导者是张艺谋团队。高低落差达180米的桃园大峡谷，闻所未闻的山林大舞台，100多位特色演员，2700多个观众座位，它如此磅礴与澎湃，它能够在一个夜晚犹如闪电击穿你的心魄，是因为它几乎等同于喀斯特在这个纪年的一声微鼾。

后来我看到的珠子溪，在略显僻静的浩口乡，距离天生三桥有三四十公里，溪水绿得干干净净，颜色如画，都想直接舀一口来喝。但最惊动我神经的，仍然是珠子溪的喀斯特地貌，绿溪两岸，绵延数十公里，如野兽獠牙一般锋利的岩壁，垂直，陡峭，两三百米高，老树青藤环抱，飞泉瀑布任性地跌宕，完全就是喀斯特兴奋得手舞足蹈的样子。

喜欢被淋湿的感觉。

被淋湿的时候，实际上那是一种汲取，一种容纳，一种胸怀。之后，那种鲜活感，那种真正的思接千载，那种与穹隆相连接的挺拔，虽然需要很多个一万年的熬炼，但我愿意经历。

喀斯特对我说。

它的声音，湍悍而茂盛。

（2016年8月10日，获璧山高新区杯第二届重庆晚报文学奖特等奖）

写意真武场

邓玉霞

不知哪个偷偷下凡的仙女，匆忙间飞入天宫时，掉下了她的一条绿色裙带。裙带飘落在群山之间，悠婉缠绵。从贵州桐梓流入重庆江津境内的綦河，就是这条绿色的裙带，她平静而不休地流淌缠绕在山间，所到之处，两岸土地肥沃，竹秀树茂。登上高处远望，綦河九曲回肠，泛着银光。

綦河沿岸，有大大小小数不清的乡场。喝着綦河水生长的人们，把对生活的全部热情都倾注给了乡场。于是，乡场就成了他们文化的根据地，精神的乐园，商贸的集散区，交换生活物资和传播茶余饭后新闻的场所。

在綦河与笋溪河交汇处，有一个叫真武的乡场。我在江津本土作家庞国翔先生所著的《江津往事》一书中，初识到它并对它产生了极大的兴趣。昨天，趁着天气晴好，便去了真武场，一睹她的芳颜。

读书中那几篇与真武场相关的文字时，只当是作者把那些破旧的遗迹添油加醋，一炖一炒就出锅。而当身临其境，当我一踏进真武场那古风犹存的天地，便不得不由衷地佩服作者独具慧眼、匠心秀笔写下的这些文字。我的心在犹近犹远的深处大声叫好：好一个从远古走来的锦绣真武！

与真武场有一条公路之隔的西面，有一座叫寒岭的小山，山顶有一座望乡台。站在望乡台的七步石梯上可以看见真武场的全貌。真武场地处綦河西岸的一片低洼地带，地势平缓，场中草木肥硕，绿树成荫。场上没有高大的建筑，远望过去，大多数房檐屋顶都若隐若现地掩蔽在绿荫之中，只有三层高的马家洋楼稍稍露出了头脸，让初来乍到的人欣喜地感觉到：远山深处有人家！

怀揣着好奇走进真武场，眼睛也不够用了。乡场去过不少，几乎相同的格调，一两条小街，横竖一两里，就把整个乡场囊括完毕。真武场却不一样。真武场小街小巷横竖交错，青石小道弯曲纵深而悠长，街中有街，巷中藏巷，街巷两边店铺林立，似乎依然保持着世袭的繁华。

在小巷中行走，常常以为到了尽头，哪知峰回路转，一回头，侧旁总会有一条小路通往另一个巷道，像迷宫一般，要是不熟悉地形，转来转去就又回到了原地。真武场满街巷里都是古老的树木，有的枝繁叶茂，有的遍体沧桑，如同在向世人昭示：人生也是如此，早已被命运注定，无须强求。

沿着场边的綦河河岸，大约每隔十多米，就能看到一棵粗壮的黄葛树，据说都是些上百年的老树了。树影倒映在静悄悄的水面，被水温柔地拥抱着，恍然间我悟到，这些树便是綦河娶回的世纪新娘，她们年复一年地陪伴着綦河，看水起水落，看日消月长。

走进真武场，不论是在街巷、路边，还是在民居的屋角院坝，经常可以看见充满古味的石雕石刻的零头碎脑，奇怪的造型和难以辨认的文字，似乎都在告诉人们这里发生过的我们或许永远都不可能知晓的某些往事，突然之间就让人平添了几许怀古的情思。

最引人意欲探幽的还是真武场上的南华宫、万寿宫和天上宫，它们分别坐落在真武场的三条街上。史料中有“湖广填四川”的记载，此三宫便是明末清初广东、江西、福建移民在这里修建的会馆，分别供奉着南华佛祖、许真君、妈祖等他们心目中的尊神。三座宫的结构基本相似，都是四四方方的院落，内有戏台、看楼等设置，是一方移民聚会议事朝拜庆典的重要场所。在它们的风华年代，每逢节日，戏楼上是一戏未终一戏迎，一曲未落一曲来，把移民们身在异乡艰苦创业并快乐生活的人生表现得淋漓尽致。只是经过“文革”“破四旧”，宫内供奉的诸神已经遭到了破坏，院里的石雕木刻房梁也有不少毁损。2010年，在热心人士和当地政府的努力下，这三座宫已经被纳入重庆市文物保护之列。

当我们推开南华宫紧闭的柴门，一股带着潮湿气息的幽幽的古风扑面而来，若真有时光隧道，真想就此来一次穿越，回到那谜一样遥远的古境，去领略那时那地那些人那些事。

我常常惊叹琥珀的美丽，更惊奇琥珀奇异的形成方式。当千亿年前那一滴被太阳烤化的树脂恰巧掉落在那一只小昆虫或小土块、小花小草什么的物件上，包裹着它深藏在地下，化身为一块奇异美丽的晶体时，这块小小的琥珀足可以让人对悠远的过去充满丰富的想象。

真武场不正是这样一块落在綦河岸边的美丽的琥珀吗？它胶合着历史与自然、偶然和必然，足够我们长久地探索和寻味。

（2016年8月12日）

记住爷爷

石子

我们这地方，称呼爷爷为公，称呼奶奶为婆。

公在弟兄中排行老二，我父亲他们兄弟几人喊公为二爷，不知道他们为什么不喊爸。我对公的一生没有多少了解，因为父亲叔伯们没有对我说过公的人生。只听父亲和大伯说，公年轻的时候，干农活是一把好手。割谷子，别人都要两只手才能放成一个谷把子，而公，一只手就是一个谷把子，比别人快了许多。还说公年轻的时候，人长得很英俊。以至于我大公说媒时，媒人让我公顶替大公去相亲。

公特别喜欢喝酒。父亲说，他们七弟兄加上公，八人坐一桌，5斤酒在桌上转几圈就没有了。这一点，从公晚年的生活中也看出来了。他晚年直到去世都保持了酒瘾，顿顿饭前必须喝一点。

对了，我还知道公没有读过书，不识字。不过，他认得到钱，账也算得清楚。

公在我心中的形象：长须冉冉，清癯精干，慈祥和蔼。公对我的关爱，我是铭刻在心的。

我父亲在煤矿工作，家里就母亲、小弟、我母子仨。由于没有劳动力，家中从生产队里分得的口粮少，所以，我们一年四季粮食不够吃。每顿饭，我们只能吃半饱。由于我们房屋少，没有猪圈，所以，也没有肉吃，我们一年难得打几顿牙祭。我家就一间半屋子，厨房和公他们共用。父亲每周回来，我们一家四口只好挤在一张床上。

那时，公已经72岁了。他的言语不多，显得很稳重，对我的关怀体现在一些生活的细节上。

已经过了吃午饭或者晚饭的时间了，我母亲不知道有什么事情，还没有回家。我一个人饿得慌，虽然看见五娘家的堂弟在公他们那里快乐地吃着香喷喷的饭和菜，但是，我十分要强，宁愿自己饿着肚子躺在床上睡觉，也不主动到公他们那里去蹭饭吃。因为，我知道，婆不太喜欢我们一家，她喜欢的是五娘家的堂弟，因为五娘是她的亲侄女。我去蹭饭，婆很不高兴。此时，是公默默地来到我身边，把我叫到他们的饭桌上，给我盛饭又夹菜。这饭，吃得我百感交集，心中五味杂陈。

我每天读书之后，要打猪草、挑水、淘菜、洗苕，有时，这些家务还没有干完，累得很，就倒在床上睡了，是公，帮我把没有做完的家务做了。

家里没有米了，我找到公，说借一点儿。公毫不犹豫地给我舀上几碗米，并对我说，不用还哟。要知道，公是和大伯、三叔们生活在一起的，有6口人等着吃饭，把几碗米给我，是要顶住压力的。

每一年春节，我们弟兄姊妹都要给公拜年，但是，我知道，公对我特别关照，每次给我的压岁钱，都比其他堂弟堂妹的多。也许，在公的心目中，我是长孙，家里又最困难，而我却是最听话的孩子，最勤快的孩子，学习成绩最好的孩子，所以，公对我另眼相看。

有一个场景永远定格在我的记忆里。春天来了，公的年龄也大了，此时的他，喜欢一个人静静地坐在院坝里，衔一根长烟杆，慢慢地吮吸叶子烟，默默地晒太阳。有时，浑浊的眼光久久地凝视着远方，灵魂也仿佛出窍了。很多时候，他就这样一动不动地坐着。而这个时候，如果我没有事情，就来到公的身边，给他裹叶子烟，给他点燃叶子烟，摸一摸他那蓄留了很长的白胡须，给他说一些我们读书的事情。

还有一个场景也让我记忆犹新。冬天到了，公大多数时候都戴着毛帽子，穿着长衫。长衫之下，永远提着一个竹篾烘笼，公整个冬天就用它来取暖。我放学回家，或者是在池塘里淘了菜、淘了猪草，手冻僵了，一回屋，就把手伸向公的长衫下，一股暖流立刻就传遍了我的全身。

公是1988年去世的，去世的时候，他的曾孙也就是我的儿子已经一岁了。但是，他逝世的时候，我在外乡教书，没有能见他最后一面。当我得到消息回到家里，公已经躺在棺材里了。出殡那天，在清棺的时候，我见了公最后一面。青灰色的脸，清瘦，安详，这是公留给我的最后印象。

公出生于1899年农历十月十九，他的名字叫欧中金，又名欧金山。

（2016年8月14日，获璧山高新区杯第二届重庆晚报文学奖）

新米饭

沈定顺

农历七月的乡村，是用黄金铺就的。站在院前向田野望，目之所及一片金黄，稻子成熟了！成熟的稻子低垂着头，随风摇曳，等待人们去收割，空气里弥漫着诱人的稻香。

“手插秧苗等百天。”这句农谚是说，从插秧到收割，要经过一百天时间。漫长的三个多月里，在农民精心耕耘和护理下，稻子经历长壮、分蘖、抽穗、扬花四个阶段，逐步走向成熟。

立秋后要不了几天，原本青翠的稻田便开始变黄——由浅到深，最后满田闪着金灿灿的光。

儿时，收割稻子那段时间是最开心的日子，因为可以美美吃一顿新米饭。母亲说：“你们要想早点儿吃上新米饭，就得勤快点儿下田去捡谷子。”

每天，我们兄妹提着竹篮跟随打谷的人一道下田，仔细寻找那些遗落在田间的谷穗。看见了，弯腰捡起来，捏下谷粒放进竹篮，眼睛又四下搜寻。往往一个掉了的谷穗被几个人同时发现，要想得到它，就要看谁跑的速度快了。

掉的谷少捡的人多，一天能捡斤把谷穗算运气好了。但新米饭的诱惑实在太大，我们不怕烈日暴晒，也不怕被水田蚂蟥咬伤，天天下地捡谷穗。有时，我们借帮打谷人推打斗的机会，悄悄把手伸进挡席的缝隙，抓出斗里的谷粒放进篮子中，如果被发现了，少不了挨一顿训斥。

我们把捡回的谷倒进簸箕里，搭上楼梯放在房盖上晾晒，因为放在地坝上晾晒会被鸡鸭偷吃——那是很痛心的事儿。

三五天后，捡回的谷子足够全家吃一顿新米饭了，我们就将谷子倒进碓窝里舂。这是个技术活儿：力用大了容易把米舂碎，力用小了舂不去谷壳，用力得适中才行。

待谷壳舂掉后，用簸箕将谷壳簸去，再用筛子把米粒筛出来，又倒进碓窝舂。舂熟的米粒，一颗颗白生生油亮亮的，散发出令人馋涎欲滴的新米清香。

我们围着灶台，看母亲把米淘净放进锅里煮。水开了，新米在锅里跳着舞，不一会儿，满屋充满浓浓的米香。

母亲把煮得快熟的米从锅里捞起来，倒进筲箕沥水。看着筲箕里堆得小山一样雪白的米粒，闻着直冲鼻腔的新米香味，我们馋得口水都快流出来了。

母亲接着把米倒进甑子蒸，为了节约柴火，她将摘回的南瓜砍成坨放进锅底，上面饭蒸熟时，锅底的南瓜也煮熟了。

盼星星，盼月亮，终于盼到将新米饭吃进嘴里的时候了。我们围桌坐定，捧着碗不停地把饭粒往嘴里刨，新米饭饱含阳光雨露泥土的芬芳，香甜得难以用语言形容，令人满口生津食欲大开。尽管下饭的只有南瓜和咸菜，但我们吃了一碗又一碗，胀得肚子都生痛了还舍不得放筷子。

多么令人难忘的新米饭哟！

（2016年8月17日）

一只草鞋

段仁平

时光荏苒，不知不觉我已步入中年。记忆中有一抹红色从未消失，那便是外婆给我做的有红蝴蝶结的草鞋。

五岁那年，一个冬天的下午，妈妈叫我去外婆家耍几天。慈祥和蔼的外婆就住在邻村，我兴高采烈地走向外婆家。

外婆见到我很高兴，立即烧柴火煎鸡蛋下挂面给我吃，我一边吃着香喷喷的鸡蛋面，一边打量着外婆的土墙房子。灶的后上方墙壁开裂了，但灶里柴火闪着光，烟往上空弥漫，我感觉处处充满着温馨。

冬季的天黑得早，又冷得人直哆嗦，洗完脸和脚，我和外婆早早就躺在床上。洗脚时外婆说："幺儿，你的鞋子都补了三层了啊。"我说："我只有这一双了，是二姐嫌小嫌旧了，前几天才给我的呢。"外公早逝让外婆养成了爱回忆往事的习惯。漆黑的夜里她滔滔不绝地讲村外社里的事，听着听着我就睡着了，醒了时她还在讲，我又继续听……

几天后我恋恋不舍地告别外婆，外婆说："幺儿，慢慢走哈，二天又来耍。"

一晃眼到了春天。那时是生活很艰难的年代，我们家好久没吃肉了。有一天，外婆给我家端来一大碗红烧兔子肉，可给我们姊妹几个解馋了。外婆离去时又看了一眼我的鞋子。我看着她远去的背影感到分外亲切。

夏天到了，算准我家该掰苞谷了，外婆不请自来帮忙了，她拿着平口螺丝刀钻苞谷米，苞谷米"哗哗"地掉进箩筐里，她一个人顶我们几个人的速度，可一不小心，螺丝刀划破了她的手掌，鲜血直流，用纱布包好后她又继续干。“嘎嘎(外婆)，你的手很疼吧？受伤了就歇几天嘛。”“没事，多年来习惯了，幺儿，这点儿小伤不算啥。”听妈妈说，外婆当年可是外公用大花轿抬来的娇小姐啊，现在外婆忙完地里农活和家里杂活，还要赶紧做草鞋拿到街上换钱。

秋天快入学时，妈妈一脸笑容对我说：“幺女，过来，这是外婆给你做的草鞋。”哇！崭新的小草鞋，鞋面光洁发亮，鞋梆上用一根红布带子系了蝴蝶结做装饰，太漂亮了，当时记忆中我还没穿过真正的新鞋呢，尽是捡姐姐穿不下的旧鞋。我才舍不得穿呢，把草鞋用报纸裹着放在石磨旁边珍藏起来。

看见女同学们没穿草鞋，我也有点不好意思穿。第二年我想穿一穿我的草鞋了，可是只剩下一只在原地，报纸有个破洞，我傻眼了，肯定是被老鼠弄走了！我轻轻地蹲下，拾起剩下的这只草鞋，无助地捧在怀里，眼泪在眼眶里打转。我一次都还没穿过的新草鞋啊！我亲爱的外婆给我亲手做的草鞋啊，就这样没了……

多年来我一直保存着这只草鞋。总觉得现在买的无论哪双鞋，都不会有那双草鞋温暖。

我读初中时外婆就过世了，想念外婆时，我就拿起草鞋来细看一番，将草鞋抚摸一遍又一遍。每过一年，想念外婆的思绪就会更多一点儿。

（2016年8月21日）

人和风顺

张华

这一方神奇之地，曾经有一个美丽的传说。

有一户农家，家里有三个儿子。三个儿子相继娶妻生子，小家庭的日子开初过得也还有滋有味。然而，上牙也难免有磕碰下牙的时候呢。三个妯娌之间，为鸡毛蒜皮般的小事，渐渐生发了肚皮官司，继而慢慢有了口角自然便有了隔阂。妯娌间的隔阂，当然会在兄弟间发酵。如此这般，家中的家务，妯娌们你推我拒；地里的活路，兄弟们你拒我推。八仙桌上，少了饭菜香；大屋檐下，更少了欢声笑语。

日子还得过。某日清晨，大妯娌起早推豆花，独自泡黄豆，独自往磨眼添黄豆，独自旋其磨儿推黄豆。见状，二妯娌来到水盆前泡开了黄豆，三妯娌来到石磨前同大妯娌肩并肩一起推石磨。磨之内，流出了白灿灿的豆汁；磨之外，众妯娌的脸上，也笑开了水灵灵的汗花。自此，料理家事，三个妯娌日出而作日落而息。侍弄庄稼，三个兄弟日落而息日出而作。一个小家庭，其乐何融融。一个其乐融融的小家庭，带动了左邻右舍众多小家庭。自此，和谐之风，吹拂于邻里之间，山水之间。

和顺镇由此得名。

然而，和顺镇今人杨秀昌的故事，却肯定不是传说。

在座山雕观景台，我们同杨秀昌老人不期而遇。杨公人称“座山雕”，这座观景台，便是以他的江湖人称命名的。身边的老人，身健脚健，耳聪目明，思维敏捷如电，说话有板有眼，哪像耄耋老人。

杨公主讲，和顺镇的王刚书记、徐军镇长不时插话补充，杨氏家族大手笔实施旅游开发的万千气象便在我们眼前立体起来，鲜活起来。

杨公原为煤矿工人，干得兢兢业业，年年都是模范。后来承包煤矿，做得风生水起，很快富甲一方。饮水思源，他的感恩情愫与日俱增。于是，他率领子孙，投资两百多万元，打通大山隧道，搭建人行天桥，为本地人出山，为外地人进山，辟出坦坦通途。同样值得大书一笔的是，他的家族还耗资一百多万元，硬是在一片乱石交错的山地之中，建起了花草丰茂林木葱郁的威武山公园。伫立观景台，仰望顶上碧空，俯瞰脚下乌江，只觉得上下天光，一碧万顷。快意何之，舒畅何如！

杨公精心制定且严格实施的杨氏家训，更是一笔非物质范畴的无价资产：“不赌博，不吸毒，要勤俭，要和谐。”如此家训，朗朗照四方，光芒万丈长。

人和，当然不仅仅体现在邻里之间；人和，有时候，还体现在主客之间。

西南大学美术学院丹青圣手刘增宪教授，走过东西南北，游过上下四方，走来走去，游去游来，最终，他把消夏之地确定在和顺镇，确定在和顺镇上崔永梅的采风农家乐。刘教授当然不仅仅为消夏而来。他的画艺已然炉火纯青，又常存将其画艺发扬光大的高远之志。于是，在这里，他耳提面命，带出了一批批美术特长生。奇人刘教授，不仅身怀丹青绝艺，且颇有旅游经营的心得。一边厢，他向镇政府献上了一条条旅游开发的锦囊妙计；一边厢，他还视当地百姓为至爱亲朋。比如，他从北碚三溪口请来名厨，手把手教崔永梅做成了名肴“旺夫鱼”，同时，在他悉心指导下，崔老板的爱子还阔步跨入了重庆师范大学美术学院。刘教授早已不把自己当外人，当然，这里的百姓也把他当作了自家人。

人和，更多的时候，还体现在干群之间。

同样是在采风农家乐。当王刚书记、徐军镇长领着我们采风团一干人刚刚落座，白衣白帽的老板兼掌勺人崔永梅便自伙房抢步来到饭厅，在围裙上匆匆揩揩手，一手拉着书记的手，一手拉着镇长的手，一边向他们连声道谢，一边向我们表示热烈欢迎。

在当地拥有床位一百余个、席桌三十余张的农家乐——名扬山庄，年逾古稀的汪国良老板闻声而来，满脸荡漾着敬意，满眼流淌着深情。他也一手拉着书记的手，一手拉着镇长的手，絮絮叨叨着，没有书记的鼎力支持，没有镇长的悉心指导，就没有他名扬山庄的热热闹闹，红红火火。党和政府对他的关心，汪国良不能忘也绝对不敢忘。汪老板再三邀请我们共进晚餐，我们一推再推，告诉他接下来我们还要观览另外的景点。无奈之余，汪老板只得叫服务员端来一大盆煮得又糯又甜的苞谷棒，硬要我们品尝。

在杨永昌的观景台，在崔永梅的农家乐，在汪国良的农家乐，我实实在在地感受到了，我真真切切地感受到了，这里的官员尽职尽责也尽情，这里的百姓生活不缺关怀、生意不乏关照。

和顺之地，不仅有人和，而且有风顺。

年均气温21度，常年四季如春，负氧离子高出主城几百倍，空气质量优良。在这里，酷暑不需冷气，严冬不需暖气。需要温暖，温暖悄然袭人；需要凉爽，凉爽不期而遇。

温暖之外，凉爽之外，还有千亩石林古韵悠扬，万亩竹海生机盎然，五十五座可借风力年发电五万千瓦的大风车，悠转，悠转，不舍昼夜。所以然，不管是白日还是黑夜，这里都是光明一片，一片光明。

人乃仁人，风是蕙风，仁人和，蕙风顺。

小镇人和风顺。看似小道理，却直通全球“和平与发展”的大道理。

（2016年8月26日）

揣一块达坂城的石头回家

范志民

我的老家在中原腹地，那里山远水远，几乎很难见到一块像样的石头。小时候，温饱不济，畏惧冷的东西，不大亲近石头。稍大，帮大人田间劳作，偶见一颗小石子，或砖头瓦片之类，会学着长辈的样子，认真而庄重地捡拾起来，奋力投掷到田野以外远远的沟里，以免妨碍耕作和庄禾生长。

参军入伍后，驻守山城，山高江长石滩多。身边战友，有酷爱收藏石头的，每每邀去赏石，也只礼貌性地一看，从未改变过我对石头的石头般冷漠。

然而，达坂城的石头是个例外。

和许多朋友一样，虽然从未见过，一旦说起唱起，便会立马生出些许的向往。于是，这次乌鲁木齐文联承办的第六届中国西部散文家论坛安排的达坂城采风中，我留意了这里的石头。

走上烽火台这个达坂城的制高点，我们登高一望，石头支撑着这片美丽而神秘的土地。这里，究竟有多少石头，多少种石头，恐怕自古至今，无人说得清楚。在这山的峡谷，云的壶口，风的脚步快到每秒六米，几乎能把任何东西，像箭一样射出去。风能刮走一切，唯有石头，坚韧厚重沉着的石头，一块紧挨一块，手挽手肩并肩，团聚着留下来，然后，又堆积出一切。

在达坂城，不时可见堆积的石头形成河床，托起清流。溪水从天山的雪里融化，洁净的雪魂被水载着，踩着石路，去向近处和远方。

我似乎留恋着什么，便从采风队伍中故意悄悄落单，停在白水镇一个叫白杨河的小桥上。抬望仲夏天山的雪峰，俯视脚下湍急的流水，顿生猜想：水里躺着的石头，是和这水一道，来自那高高的天山吧！只是一起走着走着，有些石头不舍地停下来居住了。居住下来的石头，又会阻留下一些水，浸洇储存；阻留下一些沙，堆积土壤，孕育出生机。

正想着，听到前行队伍里有人惊叹："多么美丽的草原！"我急忙往前赶。

穿过一家落满熟杏子的小院，转过故垒遗址，开阔无垠的空旷里，铺展着"风吹草低见牛羊"的奇幻图景。我有些惊愕，甚至开始怀疑眼前的真实，便从专修的蜿蜒木廊步道上，跳进草原，像投入湖水一般，亲身感触和验证那绿色的草的波涛。

我毅然向深里进发，走近牛群、羊群和马群，看它们悠闲地吃草。它们随便哪一口，都能吃到肥嫩的鲜草。

我就地躺卧下来。天空云朵如棉如雪。我闻见草香中花香的味道。循香侧过身子，一簇野花在脸旁开着，莫名的花香，不知不觉地填满了呼吸。

那花丛盘卧在一堆青石上，光滑的青石驮着花藤，举着花朵，反射着阳光，显出通身的光彩。

我起身回走中，悠然听见叮咚的水流，如琴如瑟。草丛密匝，不见水的深浅，不敢贸然，好在不时脚下有石。

就这样，我似梦非梦地踏着石头，揣着石头，迎着野花走出了草原。

返途路过古堡，欣然登顶，坐在无数石头筑成的高墙上，望望远处和近处的群山，看着草原和河流，想着它们底下的石头，一种亲近之感油然而生，于是又不由自主地把腰弯下，一地石头，随便捡起一块，宝贝般紧紧攥在手里，揣进衣兜。

中午采风团在达坂城生态科技园围桌吃炒饭，一位陈姓老作家面带含蓄的喜悦,同桌知情者透露,他已经有了可喜的收获。大家一定要他讲讲,他推托不过,便小心翼翼地从胸前的衣兜里掏出一块石头。哦,是玉。两寸多长的一柄半棱半圆形的玉柱上,三分之一处有一枚天然的绯红唇印。“瞧!我管这叫‘天山一吻’。”他不无自豪地说。众人定睛一看,顿时爆发一阵大笑,“哈哈!哈哈!干脆就叫‘达坂城姑娘的一吻’吧!”“哈哈!这个好!”大家笑得更灿烂了。

这让我想起当天从乌鲁木齐来达坂城途中的一幕:兰新高铁,西气东输,吐乌高速和数百架风机一路伴行,甚是蔚为壮观!然而,路两侧开阔的大地上,由于布满沙石而半是荒漠。我看到一大片黄色空地,像是收割后的麦田,有两人戴着草帽在地上捡拾,我不由得一阵欣喜,“这儿有人捡麦穗哩!”我说。

前面座位上响起一个坚定有力的声音:“那是在捡玉。你看他们手上拿的,那是只水壶,捡一块石头,用水一冲,便知是玉是石。”我一下子兴奋起来:“玉还能随便捡,我也想去捡玉!”前面的笑笑,说那得有特别的经验和眼力哩。我暗想,莫非陈老作家早已有这经验,这眼力,这绝技了?

晚餐后回到住处,想着一整天尽看石头了,心里似乎生有惯性,又小心地将白天捡回的那块石头,从包里取出,一石在手,百般琢磨。

这才发现,人与石语,其乐无穷。尤其在相望两默默,以眼以心对话时,浑然有了出世之悟,宇宙天真的雅趣。

石与人,虽不能语,却因了千万里路,千万次可遇而不可求的周遭因缘才在这戈壁滩上等我,等我弯腰那一瞬,一拾。或许,这漫漫旅途中的偶遇在这看似木讷沉默,却温热坚硬的石头心里早已望眼欲穿。难得一遇,难得在这个时候静下心来,听一块石头的脉搏、心跳,看一块石头的皱纹和微笑。难得在一次寻常的旅途中被一块石头照见,石不语,但谁说一块石头听不懂我的欢欣我的沉默我的喃喃低语呢?

我想称它“缘石”再恰当不过。

这与它天生材质如何，市价如何，成色品相如何，统统无关。

一石一知己。灯下端详，它大小恰好一拳包握，个如鹅卵，青灰的颜色，粗看活像一块硬橡皮泥，而且已经被拿捏得好似一只手模。我的掌心和五指与之恰好吻合，只要我一把拿起它，我的手心手指的每一处，都贴切在那石头上了。饱浸了油脂般的浸润，握着温暖妥帖，颇有肌肤之质。这方产油，且日照时间长，紫外线充足，想想这戈壁的精灵，在风里洗，沙里埋，河里磨，任漫长的岁月淘洗，它该是一种腹中蕴着火和光明的油石吧！

哦——原来石头里每一条生命线都是有故事的，难怪这世上偶有石痴。人为石狂，多少人为了一块石头，着了魔，丢了魂儿，倾家荡产，甚至舍了至爱至亲，拼了性命去寻它，护着它，守着它……这石头的传奇，石头的缘分，多情的石头，我虽算不上石痴，但因了这块缘石，多少对世间爱石者多了一份理解。

“鉴石先用水洗，再看石质、石形和图形图案。”同行的陕西女作家一面说着一面十分利索地把我的缘石拿去用水冲洗，回头忍不住赞赏：“好一幅美女问路图！”

我接过一看，还真是。她说：“粗心是发现不了美的，即使美就在你身边，你手里。”

我自愧不如，自己揣了一天，琢磨了半天的石头，居然没发现个中秘密。

循声而望，在石头光滑平展的左下方，竟然栩栩如生地站立着一老一少两位女性，她们相对而立，正亲密交谈。老者胖些矮些，圆盘子的脸溢着慈祥。少女个儿高挑，脸蛋儿秀丽，穿一套洁白如云的孔雀连衣长裙。她腰身紧束，亭亭玉立，裙裾如飞，飘逸绵延成身后一条雪白如练的河流，身后是空旷无际的茫茫草原。她站在老者面前，像个刚刚参加完草原舞会的新娘，微微颔首，向那长者打听回家的路。她打听到了吗？

我安静地问，可我的石头没告诉我答案。

此时此刻，夜已深了，回想这一天，我感到在达坂城，石头像神一样存在。她年年被一场场大雪覆盖，风吹不走，水冲不掉，在茫茫戈壁，在天寒地冻，冰雪融化，野花盛开的地方沉默着坚守着；她日晒不惧，叠筑堡垒，铺设大道，驻扎草原，托起河流，栽种风机，围守湿地、森林和良田；她不正是这里世世代代多民族同胞团结坚强奋进的生动写照吗？

如果有来生，让我也变成达坂城的一块石头吧，和我捡拾的那块石头一起，在草原的深处，在戈壁滩上，枕着大地的脉搏，枕着伊犁的月光，枕着草原人的梦，神一样，守护着这片宁静。

（2016年9月7日）

陶家桥韵

阿黛

大凡名镇，都有一些可供人景仰的地方。九龙坡区陶家镇素有汉韵陶家、古桥陶家、椒乡陶家、英雄陶家之美称。别看这个人口还不足两万的小镇，却有着创建全国重点镇的宏大目标。

陶家镇有两条河始终贯穿其间：大溪河经西向东、磨刀溪河由北向南，两条蜿蜒的河水从镇中流淌而过，成为陶家不可或缺的一道风景。河水漫漫，每隔一段距离，就能看到点缀在河上的古石桥，曾经达25座之多，它们为两条河流增添了无穷的韵致。

大溪河上有两座古桥至今保存完好：观音滩石墩古桥，为清朝初期修建，迄今约有四百多年历史。最为壮观的是九龙桥，此桥临河上游一侧，并排有九个龙头，"九龙桥"因此而得名。石桥上的龙头，有金口难开的，也有瞪目或张大嘴的，翘首昂视，形态各异，栩栩如生。据考证，早在明末清初，横跨大溪河两岸的九龙桥，是陶家镇一位黄姓乡绅为报答师恩和父老乡亲所建，距今已有五百年的历史了。

沿着石板路自自在在地走走停停，闲情雅致的感觉不言而喻。可是，大溪河上游看似平静的河水触碰到九个龙头的一刹那，即刻形成强劲有力的旋涡，咆哮着冲过桥洞，在稍显低洼的下游激起层层浪花，奔流而去。坐在窄窄的九龙桥上，听着轰鸣般的河水声，看着青山环抱，绿水萦绕，田园清秀的小镇风光旖旎……陶家一动一静的景致，让人无不感慨，这一切都是那样的和谐，那样的古雅，真叫人不忍离去。

顺着垂柳一直走下去，蓦然回望，九龙桥像一朵睡莲，躺在大溪河潺潺的流水中，温言软语里，恬然若梦。我想，应该感谢岁月对她的遗忘，让我们在五百年后的今天，仍可以看到她古典安详的睡容。

数百年来，凡是来陶家镇的游人，都要到九龙桥来，一睹她饱经大溪河洗礼的尊容，感受她深深的文化内涵，追寻那“水不在深，有龙则灵”的悠远意境，寻找当年黄姓乡绅无私给予给陶家后人的那一份博爱。正是乡绅的那份深情厚谊，使得今天的陶家人更加懂得感恩，把陶家最鲜香的花椒，虔诚地奉送到海内外的餐桌上，令多少美食增味。

这些风格迥异并流传着美丽故事的古石桥，经受了漫长岁月风风雨雨的侵袭而变得温柔多情起来。她们便是陶家活的历史。

行走在陶家，墨黛远山，青绿荷叶一点红，小桥流水窄石板，陶家人饱享着自然的倾心赐予。陶家，就这样美丽着，幽静着。在这种幽静从容里，你分明可以看到回忆如沙漏，一点点流入心田。那些渐行渐远的回忆，也在九龙桥激昂的气氛和垂柳拂面的阴凉里，夹着湿润的河风，慢慢归复平静。

（2016年9月13日）

巫溪的文化密码

张涛

巫溪一直是一个神秘的所在。它是古老的巫文化、巴文化的发源地，巴人之谜，巴盐古道之谜，古栈道之谜，悬棺之谜……这里，留下了无数先民的文化密码。

美丽的巫溪，深藏在大巴山与神农架交汇的连绵不绝的群山之中，地处重庆、陕西、湖北的交界，它自然也是连接西南、西北、华中三大区域的重镇。中国的版图，像一只雄鸡，巫溪就处于雄鸡的心脏。神奇的是，三省交界之巅，是一个雄浑的山岭，状若鸡心，以形得名，就叫“鸡心岭”，亦被称为“自然国心”。

相传远古时代，猎人带着猎犬，追捕一只白鹿，白鹿奔至宝源山下，忽然不见了，在白鹿消失的地方，猎人在崖壁上发现了一股喷涌的盐泉。自此，“一泉流白玉，万里走黄金”，宝山盐泉成就了大宁河流域五千年的辉煌，历代先后在此设立过监、州、郡、县。《华阳国志校补图注》曰：“当虞夏之际，巫国以盐业兴。”

至今我们还能看到沿河的悬崖峭壁上的引卤栈道留下的方孔，《大宁县志》中有“石孔乃秦汉新凿，以用竹笕引盐泉到大昌熬制”的记载。悬崖峭壁之上，距河面10余米，与水面平行，栈道孔30厘米见方，深约50厘米，间距1.5—2米，规整有序，绵延三百里，用于搭建竹笕(引水的长竹管)引流盐泉。2000多年前的工匠，如何运用最原始的工具，在沿河的峭壁之上开凿栈道，架设竹笕，引流盐泉，建造了如此宏伟、浩大的工程，至今也是个谜！

巴盐古道就隐匿在这千峰万壑之间。穿越大巴山进关中;沿大宁河而下,出三峡达楚地;翻过武陵崇山,至湘西。如今已被荆棘湮没的古盐道,纵横交错长达数千里,崇山峻岭,穿云破雾,高峡深谷,陡峭曲折。几千年里,成千上万的盐背子(背盐工)翻山越岭,披荆斩棘,肩挑背驮,负重前行。他们一路面对的不仅仅是道路的艰险,还会遇上猛兽和土匪。一条条盐道就是一条条的生命线,在盐背子的脚下艰难延伸。山林间,留下了盐背子编唱的歌谣:“金盐巴,木扁担,压得扁担两头弯。野山行,老林穿,阎王鼻子鬼门关。滴滴血,滴滴汗,一条盐道血泪染。砍根桑木做扁担,扛起扁担上四川,挑担盐巴下宁陕,讨个幺妹回深山。”被誉为“南丝绸之路”的巴盐古道,成为沿线区域经济和文化交流的主要通道,它送到各地的除了盐,还有神秘的巫文化。

大宁盐场的灶火,延续到20世纪末才渐渐熄灭,龙池的盐水依然喷涌不息。而今已经渐渐沦为废墟的七里半边街,断垣残壁、满目疮痍,数千年的喧嚣与繁华已然远去。走在商周或者汉晋层层铺就的青石板街道上,那些古色古香的深宅大院和风雨飘摇的吊脚楼鳞次栉比。曾经,这里的戏院、寺庙、酒肆、茶馆、青楼、赌坊……一应俱全,南来北往的商贾,走过万水千山的盐背子,后溪河上穿梭的舟楫,昔日摩肩接踵、歌舞升平的景象仿佛在眼前。碧绿的河水无声流淌,漾起点点金色的波光,没有繁华落尽的哀怨,静静地陪伴着这个曾经“两溪渔火,万灶盐烟”的上古盐都。

这里就是《山海经》中所记载的巫咸古国,巫文化的发源地。这支古老的巴人部落,因为宝贵的盐泉而日益兴盛起来。先民们对自然的恐惧,对生命的敬畏,让他们相信万物有灵,并幻想出各种人格化的神灵形象,幻想出征服自然、拯救人类的神秘力量!《说文解字》释曰:“巫,祝也,女能事无形,以舞降神者也……觋,能齐肃神明者,在男曰觋,在女则巫。”

巫能沟通天地，成了神与人之间的一种媒介。他们降神、占卜、招魂、驱鬼、祭祀、祝咒；以歌舞的形式通天、通神、治病、救灾；以观星、占卜的形式辨析天象，记录自然。大概巫就是当时最有文化的人吧！在商周时期，巫的地位非常高，有的大巫既是部落的首领又是精神领袖。巫咸就是灵山十巫之首，在这里建立起巫咸国。在那个蒙昧的石器时代，巴人已经开始了迈向文明的第一步。

翻开《楚辞》，让我们跟着行吟的屈原，去感受一下巫文化的辉煌吧！

战国时期，巫文化盛行，屈原诞生在距巫咸古国不远的丹阳。他的作品充满了波云诡谲、荒诞神秘的色彩，呈现出狂放无羁、奇艳缤纷的浪漫主义特点，这些作品正是被巫风浸染而帮我们全景式记录下来了灵巫文化的盛况！

《九歌》就是巫师礼神、祭神的赞美诗。灵巫降神时要斋戒熏沐，身披奇花异草，装扮得瑰奇艳丽，光彩陆离，如同想象中的神灵形象，进行着具有音乐、唱词、舞蹈等综合艺术形态的原始宗教仪式。如东皇太一“吉日兮辰良，穆将愉兮上皇。抚长剑兮玉珥，璆锵鸣兮琳琅”。显得肃穆庄严，至高无上。湘夫人“帝子降兮北渚，目眇眇兮愁予。袅袅兮秋风，洞庭波兮木叶下”。刻画得如此风姿绰约，凄清动人。大司命“灵衣兮被被，玉佩兮陆离。壹阴兮壹阳，众莫知兮余所为。”其形象神秘莫测，亦神亦人。而山鬼则是“既含睇兮又宜笑，子慕予兮善窈窕”。描写了美丽清纯，眉目含情的神女形象。《九歌》中均使用“予”“余”“吾”等第一人称，这就是典型的“灵巫降神，神附巫身”的灵巫文化的特征。

《离骚》是巫文化产生的杰出史诗。龙螭凤鸟、香草美人、飘风云霓在屈原肆意的想象中接踵而至，时而驾龙飞天，时而瑶象为车，时而转向昆仑……展开了通灵、迷幻般的瑰奇壮丽的神游。

屈原三次失意被贬，在苦闷彷徨之中“索琼茅以筳篿兮，命灵氛为余占之”（“琼茅”为茅草，“筳篿”为竹制的占卜道具），直接运用起了占卜术。《招魂》一诗，从素材到语境，屈原更是直接使用了巫觋的招魂词形式，充满了奇异的神话色彩。难道屈原亦精通巫术？

其实，在《离骚》中屈原就自豪地道明了他的身世。“字余曰灵均”，“古之所谓巫，楚人谓之曰灵”（王国维《宋元戏曲考》）。当代出土于湖北云梦的楚国时代简牍《日书》中有“凡庚寅生者为巫”和“男好衣佩而贵”的记载。屈原生于摄提年，孟陬月，庚寅日，《九章·涉江》中屈原亦称“余幼好此奇服兮，年既老而不衰”。“三闾大夫”就是一个主持宗庙祭祀的官职。

屈原问卜于“灵氛”，再求示于“巫咸”，最后选择在五月初五抱石沉江，以身殉国。这天正是舜帝的祭日，也是当时的鬼节。近年韩国以“江陵端午祭”成功申报了世界文化遗产，核心内容是巫堂祭祀，主要为傩舞表演和巫术活动。可见巫文化传播之深远，影响之广大！

英国人类学家——弗雷泽在《金枝》中阐述了文学起源于巫术的观点。泰勒在《原始文化》中，最早提出艺术源于巫术。鲁迅先生甚至认为文字起源于巫术：“连属文字，亦谓之文。而其兴盛，盖亦由巫史乎。巫以记神事，更进，则史以记人事也，然尚以上告于天；翻今之《易》与《书》，间能得其仿佛。”可见巫文化在远古文明中的影响和在人类文明进程中的作用！

物盛则衰，时极而转。随着历史的进步和文化的发展，这种人神杂糅的原始宗教逐渐被边缘化。原始的图腾已经化成文明的碎片飘远，但古老而神秘的巫文化已经深深植入民族文化基因之中。

巫溪山川逶迤，峰峦叠嶂，幽壑深谷，风物灵秀，就是这样美丽而神秘的地方孕育了璀璨的远古文明，留下了先民们迈向文明的足迹。这里是巴楚文化的源头，是长江文明的发祥地，这里有无数的文化基因和文化密码，深藏在它的历史深处！

（2016年10月12日，获璧山高新区杯第二届重庆晚报文学奖）

养阳虫

陈益

对现在的年轻人说养阳虫，他们会瞪大双眼，惊讶得仿佛从古罗马的废墟里发现苹果手机一般。可对年过半百的人群来说，他们一点儿都不陌生。

阳虫，是一种喂养在瓶子里当宠物玩耍的昆虫。背有壳，呈黑色或黄褐色，比谷粒大一点。腹部有六条细腿，爬行。公的稍长，母的略圆。阳虫是绝对的痴情动物，一只死了，另一只会不吃不喝直至饿死。所以，喂养时必须雌雄成对。

阳虫一般半月左右发情，它们的爱情很热烈，相互紧紧搂抱在一起，一动不动坚持一整天。第二天，雌性产卵，一般四至六粒，形似小米。大约十二小时后，小米粒破裂，爬出一条条米白色的小虫，六天后，小虫长大，蜷曲身子成球状，只一夜，就蜕变成了带壳爬行的成虫。

阳虫主食爆米花、炒花生、红苕干或油炸麻花。过冬时要在瓶内塞些干燥棉花，并将小瓶藏于贴身衣裤。周末，同年级或同村的同学，最愉快的事情就是拿出阳虫瓶相互比赛，看谁养的阳虫多，谁的个头大，谁的瓶内干净，并交流喂养心得。相互之间也有买卖，一般公的每只五分钱，母的要一毛。有一天，一个女同学带我等去看她表哥养的阳虫，差点儿把我们惊得背过气去。只见一只可装八斤高粱白酒的大瓶中，五颜六色的阳虫少说也有上百只，而且喂养它们的全是稀罕宝贝，如白芷、人参、党参、沙参、红枣、枸杞等。那些阳虫，个头硕大健壮，或追逐嬉戏，或纵情交欢，或上蹿下跳，看得我们眼花缭乱，羡慕不已。

这是发生在20世纪70年代初，流行在农村或乡镇初、高中学生中的一段趣闻。

相对于那个物资贫乏文化贫瘠的年代，现在的青少年可说是万分幸运的了。他们才不会藏着掖着去养什么阳虫，而是正大光明地想养什么就养什么。比如养猫啊狗啊兔啊鱼啊鸟啊什么的，甚至养小松鼠、小鹦鹉、小变色龙等都平常得很。要放过去可了不得，那叫玩物丧志！记得有次课间休息班主任发现我在给阳虫清理粪便，不禁勃然大怒，说我有资产阶级的小情调，并列举了封建社会纨绔子弟玩斗鸡斗蟋蟀等荒淫之例，最后罚我做一个礼拜的卫生，进行劳动改造。

后来书读多了，才知道，历史上不仅有玩物丧志的，还有玩物丧国的。《左传》载：卫国有个卫懿公爱鹤入迷。他给鹤穿精美刺绣做的衣裳，让鹤乘华美的车子，鹤所享受的待遇超过王公大臣。有一天，狄人军队兵临城下，卫懿公流着泪求臣民们一起抗敌。臣民们说："还是派你的鹤出战吧！"于是打开城门四散奔逃。不得已卫懿公只好赶着鹤出城迎战，差点把敌人笑死。就这样，卫国被灭掉了。

至于玩物丧命的则更多。稍远的上了教科书的要数二战时期，盟军前线侦察员发现德军阵地后山一坟包上，每天下午三四点时都有一只波斯猫出来晒太阳。据此分析，能养名贵波斯猫的绝非一般军官。进而判断，坟包附近应该隐藏着德军高级指挥所。于是调来重炮一阵猛轰。事后得知盟军的判断分毫不差，是那只漂亮的波斯猫葬送了德军前线司令部的司令及其随从的性命。近的就更多了。报载一些巨贪肆无忌惮地接受小象、小虎、小豹、小熊猫等名贵动物贿赂，最后翻船进了铁窗，活活断送了政治生命。

纵观古今中外，其实养什么并不重要，重要的是养心怡情，培养高雅的情趣和高尚的人格。如王羲之喜欢鹅，郑板桥喜爱竹，陶渊明偏爱菊，陈毅独爱松等，不仅留下千古佳话，而且他们高尚的人品也影响了一代又一代人。

也有称奇的另类。有一次，到一富豪家中做客，未进屋就被领去参观他的锦鲤池。好家伙，光是从美国进口的高级净水设备就价值百万。池中锦鲤有的重达八十余斤，颜色五彩斑斓，一问大多是从日本专购，每条价格都在百万以上。不知为何，坐在他的观锦亭，品着高级茶点，心里很不是滋味。他这是在干啥？分明在炫富卖肥！还有一次，在海拉尔大草原，朋友带我参观了一个大庄园。主人领着我们依次参观了他养的鹰、狼、藏獒、蒙古马等，末了，老板自豪地宣称每年能赚千万。盯着这老板满脸的横肉，我心头怎么也生不出敬意来！

我认为，养心怡情的最高境界应该是克己为人，造福于社会和人类，而不是借动物之名抬高自己的身价，更不是靠动物来牟取暴利甚至残害动物！这是为人所不齿的！这些年，神州大地涌现出了无数带领乡亲们脱贫致富奔小康的模范典型，如养野鸡状元、养野猪状元、养牦牛状元等；又如养蚂蟥致富能手、养苍蝇致富能手、养竹鼠致富能手等；还有养土元专家、养白鹅专家、养多宝鱼专家等；更有养蝎子大王、养娃娃鱼大王、养甲鱼大王等等，不一而足。毋庸置疑，他们才是真英雄真豪杰，不仅自己养殖致富，而且带动整个村整个镇甚至整个县致富！他们是我们这个时代的领跑者，就像一面面鲜艳的红旗，不仅飘扬在天空，而且映红了人们的心！

（2016年10月19日）

从古老的河道醒来

郑劲松

任何一处山川，不管她多么陌生。其实都没有沉睡，而是我们，我们的眼睛没有醒来。无疑，这是一条古老的河道。她正在醒来，我走进她，我也渐渐醒来。

一

初秋，重庆依然炎热。因为河床两岸即青山，顺着河风走，倒有几分清凉。

我就是这样沿着一品河——桥口坝国家森林公园那段河床，走进一品的。或许因为森林的涵养，河水很清澈，但也很浅，有的地方，水流埋在石下，走一段，又从别的地方“咕噜噜”冒了出来。

河床上堆满大大小小的鹅卵石，光滑、泛黄，满身各种印记。这便是时间的象征，是沧桑的见证。年年岁岁，河流会随着季节消涨，而大多时候，河床都这样：石头般沉默，守望一方水土。

卵石便是时间与流水镌刻的产品，多少春秋，一块鹅卵石才能这样的圆润？就像河流，必须逆流而上，才能抵达她的源头；历史，也同样如此，逆着时光行走，我们才能寻觅它真正的前世今生。

一品，目前只是重庆巴南区的一个街道，也就是一个镇的建制。巴南，就是重庆直辖前的四川巴县，再往上两千年，又是巴郡属地，再往前——公元前三四百年，此地是西周巴国区域。公元前316年，秦就灭了巴国。国灭，而文化依然在演变中存在，巴蜀、巴楚、秦巴大地等的名分都还在。《山海经》中保存的“巴蛇吞象”依稀可见巴“蛇”图腾的文化密码。

很多神话都在流传中演变成功利主义的鸡汤——在巴南，这个传说还有另一个版本：从前，一个穷人救了一条蛇的命，蛇为了报答救命之恩，就让这人提出要求，满足他的愿望。这人一开始只求简单的衣食，慢慢地，贪欲渐起，要求做官，蛇也满足了他，一直让他做了宰相，还不满足，还要做皇帝。蛇终于明白，人的贪心是永无止境的，于是一口就把他吞吃。所以，蛇吞掉的是“宰相”，而不是“大象”，“人心不足蛇吞相”的谚语便传了下来。

走在弯弯曲曲的像一条巨蟒卧在山间的河床上，我突然猜想，两千多年前，“礼崩乐坏”，周王朝已徒有其名，列国早有“吞并”中原的野心，而后秦灭巴国——“巴蛇吞象”是不是讽喻着当时小小的巴国也有着称霸的野心呢？成王败寇，传说或许成了战胜者对失败者的揶揄。——这是不是隐含了上千年的文化密码？都说，精美的石头会唱歌，走在一品河古老的河床上，我不时捡起一块鹅卵石，想读出远古的历史。回望河滩，清风吹过，一团团石块，仿佛在排兵布阵。洪荒之力在这山间潜滋暗长。难怪曹雪芹能以一块女娲炼石补天的遗漏石头起笔，写下惊天地泣鬼神“千红一窟（哭）”“万艳同杯（悲）”的石头记——《红楼梦》。

二

继续沿着河流行走，继续进入一品的时光隧道。

来到一品夫人墓前——虽然已经没有墓，只有一对威猛的石狮子昂首仰望苍天——这是一品镇得名的原因或由头。据传清代，此地曾出过一位一品大员——正国级，其妻逝后被皇帝封为一品诰命夫人归葬原籍。这里的集市就得名一品场。

这个官员究竟是谁？有何政绩？一品夫人又是谁？究竟是否巴县原籍？我很想弄个明白。不查不要紧，一查就慌了——有类似情形——夫荣妻贵，被皇帝封为一品诰命夫人而归葬，也留下“一品夫人墓”的，全国有十数处之多。所以，没找到文字依据或文物佐证之前，我不想列出他和她的名字。只想抚摸着有历经几百年风雨的石狮子，打量打量夫人墓地的风景——毋庸置疑，这确是一处好景致：一品河在这里呈“几”字形怀抱墓地所在的山丘，茂林修竹，“隔篁竹，闻水声，如鸣佩环”。沧桑的石狮子陡然凝固了时间，让你不得不相信，必有一段历史发生在这里而后夷为平地。此刻，长势良好的玉米、红薯又将时空切回了现实。因为原生态保护，尚未开发，除了少数专门的游客，这里几乎人迹罕至。树林、杂草掩映的一品夫人墓太安静了。当地百姓都传说，一品夫人善待百姓，乐善好施……那么，不开发也罢，让她继续安静吧。

三

一品夫人墓并不是一品得名的唯一原因。

据查，一品成为场镇，也就两百多年的历史。清代有个高官到此巡视，也迷恋上了一品河旖旎的农家风光，他看到这条河流拐来拐去，在巴南境内，正好绕成了三个“口”字——“三个‘口’字是什么？那就是一个‘品’字嘛。”一品因而得名。我猜也是一种附会：一山一水，久而久之，人们总想观其形而命其名，虽早有发现，但平头百姓命名就不能名正言顺，所以会找官员、文人、名家名之，这种文化心理，古今一脉。

但另一个名称却令我肃然起敬——依然是传说，但可以相信——清同治元年（1862年），太平军翼王石达开部“经此而西，时乡人尚演戏，市集如故，石军呼之仁义场”。要知道，石达开西征，已是太平天国“南京事变”之后，西征是迫不得已的“逃窜”。虽然是农民起义军，但在清政府的“宣传口径”里，就是“乱党”“流寇”，其“流窜”之地，乡民应唯恐“避之不及”，一品地区人民却能“市集如故”，对太平军十分友善，一来是“巴”文化的忠勇，二来，则是乡民的淳朴大义。所以，石达开部队把这里呼为“仁义场”。诚如是，失败的石达开，终究有一项精神胜利的遗迹馈赠给了重庆，给了巴南一品。大渡河记住了石达开的失败，一品记住了石达开到此的欢愉。一品的名分保留至今，我想，是不是有一品夫人真墓已经不重要，重要的是一种忠勇、仁慈、善良的义气尚存，一品，便是一种品行或品性、品德、品格、品位！

四

一品值得品味的地方还很多。其中，被列为文物保护的七田石刻画尤为神秘。七田村的川黔老公路右侧，长280米、宽90米的山崖上有阴刻画千余幅(对)，一般形制、规格、图案都以两幅(一对)基本对等，多数为上下“斗”形，中间由一轴相连，轴经上“斗”中部出头。中轴顶端呈龟头形或圆形，部分呈火焰形。这些石刻画在1985年的文物普查中被发现，众多文物考查组现场考查后结论不一，我赞成多数人的“生殖图腾”说。延续生命，祈求吉祥，这是任何一种文化都有的俗念。是不是也隐隐包含着巴文明过早消失之后后裔们本能的祭奠呢？我想应是兼而有之。

真正能留住生命的，应该是文化，包括文化的重要载体文字。仓颉字成，鬼神哭泣——因为，文字可以通达灵魂，勾连天地，直达鬼神。一品的“字库”“字塔”，尤值得品味。

一品镇有一座明万历年间的燕云字库塔，滨河公园还有一座清代的四桥字塔。据介绍，该字库塔修建于光绪六年(1880年)，20世纪60年代，由于特殊的历史原因，字库塔被拆除，今天看到的是近几年修建的。一品当地政府官员的文化意识值得称道，他们坚决主张修旧如旧的原则，不仅形制如旧，材料也如此——采用了清代的砖。这些砖，都不是仿制品，而是远在成都的大慈寺拆迁时，政府派人从那里买过来的。看这心，有多么的虔诚。

“字库塔”又叫“惜字宫”“敬字亭”“惜字塔”“焚字炉”等，就是先民对文化、文字的崇拜与敬畏。传统文化中有“惜字如金”“敬天惜字”的观念，因而形成一种习俗。巴南，当然包括整个重庆的民间，早年有种说法：读书人废弃的字纸不能随意丢弃，更不能有将之擦屁股之类的污秽举动，糟蹋字纸会生疮害病、瞎眼睛，受到惩罚并祸及子孙，所以，用过的字纸或废书，都要统一收集起来，放到一个地方集中焚化。焚烧字纸时非常郑重，不但有专人，还有专门的礼仪，并且建有专门的场所和设施。这就是字库塔的来历。

只是，曾经遍布的字库塔，大多被当作“四旧”除掉。除掉的不仅仅是塔，当我们已经对文字、对文化失去敬畏和崇拜的时候，是多么的恐怖。

五

有一种文化，却顽强地流传在巴南的民间，谁也不能够将之销毁。

清晨，走在一品河河床上，见一处宽阔的滩涂，停着几条木排和小游船。也许太早，还没有游客登船。两个导游小妹却坐在船头，轻轻地哼着歌谣，分明还在练习，不是很熟。但那些歌词，我却十分熟悉，不禁大吃一惊：这不是20世纪80年代，我跟随导师采集民歌民谣时听到的巴县情歌吗？

大河涨水沙浪沙，
一对鲤鱼一对虾。
只见鲤鱼来戏水，
不见情妹来采花。

另一个哼唱的是：

月亮出来照山坡，
长夜更深梦又多。
梦见天上七姊妹，
槐荫树下请媒婆。

那女孩一看就是“90后”，能够唱起古老的民间情歌，而不是流行歌曲，我很欣慰：不管是不是旅游服务的需要，能够这样传播，自然是好的。

三根竹子一样高，
中间那根好雕箫。
白天吹得阳雀叫，
夜晚吹得妹心焦。

难怪鲁迅先生评价民间歌谣有种“刚健、清新”，民间也说“山歌无本句句真”。真，就是一种力量，一种美，一种自然，一种品位。相比于已经毁掉的字塔，歌谣的口耳传播有着“复制生命”的意义，况且它是如此的活泼、生动而浪漫。

我凝神定气地听着美丽的导游姑娘哼唱，一边用眼睛望着一品河静静的流水，那些鹅卵石在阳光下发出一些昏黄的光泽，青山倒影下来，有不知名的小花也在倒影中盛开。

一品河在歌声中苏醒，古老的河道也随着歌声醒来。

六

植物界醒来的一定是鲜花。一品最好看的花,也最浪漫。因为,她叫云燕花语。

真佩服取名人的创意。一品本来就有一个燕云村,这名字已经够漂亮了,还将她倒过来,开发了一种自然景观,命名“云燕花语”,真是妙绝。有云,有燕,且是一种吉祥鸟——云燕:自然、生态、浪漫、柔情的文化诗意已经跃然纸上。

大凡好看的花,不用一字,就在和人说着美丽的话。看,紫红色的三角梅门廊、童话色彩的蓝色风车、田野间的稻草人、五颜六色的油纸伞、造型各异的风筝、上下翻飞的各式蝴蝶——围绕着这美丽舞台上的主角——成片成片数百亩盛开的向日葵……即使没有太阳,即使下着小雨,当一片金色在眼前无边无际地展开,你也觉得阳光普照,或者说,已不用阳光,她们就在燃烧。

这是真正醒来的风景,醒来的文化!在花海的边缘,我看到一条高达十余丈的人工水渠,这也是特定时期快成文物的遗迹,但它却没锈成历史——而是继续发挥着灌溉的作用。上有水库,源头与一品河相接。一品河水,也就连接着一大片一大片的向阳花。是一品河的灵性浇开的向日葵吧?

不,是一种不低头的精神。青山绿水之处,往往有可能是“穷山恶水”——这里,虽然现在离大都市重庆仅仅40多公里的高速路程,但十几年前也曾经是贫困乡镇之一,是脱贫致富的梦想催开了幸福之花。

走访一品之前,或者准备写这篇文章之前,我去网上搜索。嵌入“一品”,马上看到很多整治污染的新闻。曾经,一品河两岸也有很多小企业或者家禽养殖、渔业等其他经营,生活垃圾和污水直接排放,一品河床臭水流淌,几乎无人涉足。今天,走在河岸上,却香风阵阵。那些小企业或污染生产已经“关停并转”了:还一品河清洁与宁静,也才让一品河真正醒来,如同这一朵朵向着太阳睁开眼睛的向日葵。

生态,就是一种鲜活的文化,一种与人类生命攸关的文明。云燕花语,就这样“无中生有”地在一品落地生根。街道负责人介绍,这里的向日葵,不仅仅用来观赏,它是高油脂的油葵品种,一举至少两得:花开之时,游览观光;花谢之时,葵子成熟,榨出香喷喷的、亮晶晶的葵花油,土地集约化转型的农民,那一张张笑脸,才是真正的向日葵呀!

我想,这才是云燕花语的真谛吧。向着太阳,也就坚信了一种梦想。梦想,才是一种亘古不灭的洪荒之力。

走在一品河河床上,我感到了这种力量。那些历史传说、文物古迹、民歌民谣,甚至鹅卵石,都在哗啦啦的水声中,在古老的河床醒来,我也醒了。

(2016年10月23日,获璧山高新区杯第二届重庆晚报文学奖特等奖)

跟着羊群去旅行

刘雪梅

小时候，新疆是大人嘴里一个遥远美丽的地方。纪录片里面的新疆，常常代表风格迥异的服饰与歌舞。感谢王洛宾先生的歌曲和电影《冰山上的来客》，真假古兰丹姆还有阿米尔，花儿为什么这样红，它是用了青春和血液来浇灌。我们新疆好地方，天山南北好牧场，不到新疆不知道新疆的大与祖国的辽阔！

记得在上高中的时候，我看过一部香港电影，已记不起电影的名字了，只记得演的是新疆牧民的生活与爱情。看到电影里美丽的牧羊姑娘在辽阔草原上骑马放牧，我深深地被吸引了，当时就滋生出要到新疆去当牧羊姑娘的想法。牧羊姑娘在蓝天白云下的辽阔草原放牧，诗意又自由。可生在山城重庆的我，命运也由不得自己安排。参加工作的前几年，一有不顺心，我就会赌气般地对同事说，如果我哪天失踪了，就是到新疆放羊去了，你们不用找我。尽管后来在工作或写作采风中南来北往、走京闯沪，行遍大半个中国，可就是一直没有机会到新疆。

这次跟着重庆散文协会到新疆采风，虽然时间有限只参观了几个景点，但初步感受到了新疆的大美，知道了维吾尔族、哈萨克族、乌孜别克族、达斡尔族和俄罗斯族等13个民族的不同语言和风情，还有奇特的音乐舞蹈和美食。

天山大峡谷

天山大峡谷，也就是乌鲁木齐大峡谷，旅游旺季之时游客众多，络绎不绝。乌鲁木齐市区出发到那里有48公里，约1个小时车程，导游介绍景区面积有1000多平方公里。从车窗望去一路辽阔深远。陪同的乌鲁木齐市文联熊主席引吭高歌，边疆处处赛江南，此情此地此景，能不让各地的男女作家情绪高涨，手舞足蹈吗？接着，我们坐的车从平坦草原拐上阶梯式的盘山公路，我们接受了不同于长江三峡的太阳下雪山冰川的洗礼。

整个峡谷海拔2000余米，三面环山，温度适宜，我们主要游览了十二连湖、神布拉克瀑布、甘沟乡、亚洲大陆地理中心等景点。而天山大峡谷囊括了除沙漠外新疆所有的自然景观，我们只担心时间不够。

我们一行站在天山大峡谷天门峰顶。迎面送来的雪山冷风，立刻使人感到深秋似的透凉。蓝天衬着高耸的雪峰，几块白云在雪峰间投下云影，就像白缎上绣上了几条银灰的暗花。从上往下看，褐色石山耸入云端的千仞峭壁有白白的一道道斧痕，闪烁如刀口，尖峭而美丽！再往山下走，天山越来越美。白皑皑群峰的雪线以下，是蜿蜒无尽的翠绿原始森林，密密的塔松像撑天的巨伞，重重叠叠的枝丫，只漏下斑斑点点细碎的日影。如果说进到天山大峡谷感觉像在秋天，那么再往下走就是春天。山色逐渐变得柔嫩，山形也逐渐变得柔和。柔美的牧场逐渐取代了山峰的粗犷。

来到甘沟乡西白杨沟草原景区，满眼是一片绿色的海洋。青草丛中的野花，像织不完的锦缎那么绵延，像高空的长虹那么绚烂。绮丽的千里牧场展现在眼前。虽然现在不是春天，但是有哪一个春天的花园能比得过这西白杨沟的繁华呢？牧场有男女两队人马在表演赛马，只见骏马奔驰，雄姿英发，男女身着红蓝民族服装，驰骋草场。我看不清谁胜谁负,只觉印证了我少女时代想当牧羊女的想象。

想起一首民歌:我骑在马背上,身上沐浴着银色月光,寻找我的往事,往事踪影迷茫。感叹人生,太阳下山明天依旧爬上来,花儿谢了明年还是一样地开,珍惜光阴又骏马奔驰似的追求爱情和幸福,怎么不令人称赞呢。

看完赛马,当地人热情地将我们引向那闪烁着白光的蒙古包进行午餐。走在太阳光下的我,早已按捺不住满心欢喜疾步奔向蒙古包,因为一路上看到蒙古包我就很想进去看看。果然,蒙古包里有歌舞表演,还有新疆美食。我晓得的新疆美食只有陈佩斯小品里的羊肉串,街头流行的大盘鸡。其实新疆美食还有手抓饭、酸奶子、烤全羊、馕饼,都十分好吃。穿着彩裙绸衣,头带羽毛帽子的哈萨克族姑娘招呼我们脱鞋上大床,盘腿围着摆满美食的长条桌坐下吃饭。

席间,作家们讲的感谢话热情洋溢充满哲理幽默,而当地的朋友更是以酒相劝,笑声不断,普通话成为联系感情的纽带。大家举着马奶酒欢庆,我亦兴奋地对旁边文友说,这饭吃得太美啦!不喝酒的我已经心醉。

达坂城

我想象中的达坂城,就如西部歌王——王洛宾的歌《达坂城的姑娘》那样美妙。“达坂城的石头硬又平啊,西瓜大又甜呀,达坂城的姑娘辫子长啊,两个眼睛真漂亮。你要想嫁人,不要嫁给别人,一定要嫁给我,带着你的嫁妆,领着你的妹妹,赶着那马车来……”从歌中就可见达坂城的快乐、浪漫。这首歌的快乐与浪漫,让小小的达坂城名扬四海,吸引了不知多少人到达坂城来。漂亮姑娘带着妹妹和钱财嫁过来,马车晃荡车铃叮当,这是何等美好的想象啊。这歌甚是好听动人,现在成为享誉中外的旅游名片，是王洛宾先生始料未及的吧。

达坂城区位于天山东段最高峰博格达峰南边，距离乌鲁木齐市区86公里。据《西州图经》介绍：白水涧道，右道出闪河县界，至西北向处月以西诸等，足水草，通马车——大概，那个时候就有姑娘奔嫁的习俗了吧。

早晨乘车路上，达坂向导给大家介绍着达坂城的历史人文，这里有古城遗迹、王洛宾艺术馆、奇石馆和文史馆，还有著名的车马店等。行至烽火台，大家下车跟着往一缓坡上的烽火台走，狂风吹得紧。冲到烽火台制高点，观望风力发电站，能看到一排排，一行行，一眼望不到边的风车在工作。风车那白色的杆身直冲云霄，巨大的扇页不停地旋转。远望，宛如一片洁白的花朵在这黑色的戈壁滩上随风绽放，仿佛幻化成成千上万的达坂城姑娘，穿着洁白的衣裙，跳着欢快的舞蹈。

达坂城古址，虽然只有一个庄园那么大，但还是能依稀识别在戈壁滩旧时达坂城的战火痕迹。转身走进古色古香的达坂城镇，发现很有西域风情的木屋绿树，小桥流水。整个街道古朴，没有一般街市的繁华热闹。我安静地参观王洛宾艺术馆，重温西部歌王风采，耳边响起那些经久不衰的优美歌谣，自然有一种心底的共鸣。

沿小溪再往下走，是达坂城古镇著名的龙门客栈，随时都有歌舞表演。当我们一大群人涌进客栈，热情好客的老板娘招待我们坐下，端来了又大又甜的西瓜。之后，一位很有艺术范儿的维吾尔族帅哥出来表演。帅哥抱一把吉他，稍作调试后就唱起了《达坂城的姑娘》，声情并茂，温柔婉转，撩人心弦，年轻的维吾尔族姑娘伴起了舞。这美妙的歌舞看得大家如痴如醉，每个人都手舞足蹈。早闻新疆自古以来就有“歌舞之乡”的盛誉，今儿真正欣赏到了维吾尔族歌舞的开朗、奔放。

或许我和好多人一样，喜欢新疆的雪山草原大牧场，更喜欢新疆的优美歌舞。新疆，确实是一个可以放开胸怀、放开歌喉，酣畅淋漓自由自在尽情歌唱的地方。一马平川的平坦，一望无垠的空旷，站在天地之间，仿佛站在唯我独高的歌台，歌声可传千里，那种悠远，那种幽深，那种高扬，那种跌宕起伏，那种铿锵有力，让人觉得，宽广辽阔的原野，使胸怀变得坦荡荡，无拘无束，全然释放。

新疆，牧歌般美好，令我感动常在。我喜欢新疆，感谢新疆，感谢我能实现一个梦想。感谢还有可能选择另一种生活方式。还因为现在，在天山和更北的阿尔泰山里，随牧道的发现有了一种新的旅游方式——牧游，旅行者跟随牧民转场迁徙，跟着羊群去旅行。人生不能重来，相逢只有一次。可我和新疆，从少女时候到步入中年，好像就有一个约定，向往到新疆跟着羊群去旅行，迟早实现我去当牧羊姑娘的愿望。如果说我年轻时向往诗意和远方的生活，那么现在的我，早已厌倦都市的喧嚣困扰，念想着能在雪山草原天地之间自由地放歌行走。

（2016年10月25日）

一城山水一卷诗

李剑东

这是一座地处渝东边陲大山里的小城，她叫巫溪，这处少有凡间烟尘的仙境，处处凸显着勃勃生机。

走进坐落在大宁河畔的巫溪县城，沿着河岸无论向东还是向西，脚步无论是急是缓，撞入眼帘的无不是那些形态各异绵延不绝排闼而来的群山与溪水。

让我们来看看巫溪的山吧。巫溪的山是丰富的，有的层峦叠嶂、秀丽妩媚；有的雄浑磅礴，虎踞龙盘。山间古木稀疏，浓荫匝地，绿意盎然。山上除了郁郁葱葱的杉木、挺拔的松树外，还生长着银杏、珙桐、红豆杉等名贵树木。

那些山脉勾勒出百态千姿的曲线，是那样高峻雄奇，蔚为壮观。时而雾霭缥缈，时而清辉笼罩，宛如一幅幅大气磅礴的水墨画。

走进这些山里，行走在林荫道上，枝叶遮天蔽日，却处处听得见鸟的啾鸣。它们美妙的演唱慢如行云流水，婉转悠扬；长如山涧泉涌，令人荡气回肠。

有山必有园。最让人流连忘返的就是白杨河湿地公园了，它位于巫溪县马镇坝白杨河两岸，长2.2千米，总面积33万平方米，公园内现有白鹭、野鸭、鸳鸯、大鲵、甲鱼、宁河野鱼等湿地动物和柏杨、水麻叶、芦竹、麻柳树、银杏等数十种湿地乡土植物，构成了和谐、稳定的生态体系。

只要走进巫溪，看到的都是绿色的画面，听到的都是绿色的韵律。

让我们来看看巫溪的水吧。有“天下第一溪”的美称、千年流淌不息的大宁河悠悠地绕着老城而过。而如她孩子般的支流白杨河、后溪河、西溪河等则调皮而欢快地簇拥着她。还有湾滩河、分水河等众多溪流将巫溪与外地的山水串成了一片。

那些溪河里的水清澈透底、河床上都静静地躺着彩色的卵石。游鱼追着激浪的小舟戏玩,或跳出水面蹦跶。不时变幻着色彩的流水时而波平浪镜,如舒缓的小夜曲;时而惊涛拍岸,变成了磅礴的交响乐。

飞瀑、幽峡、险峰、怪石都因水而声名远播,营造出巫溪独特的自然美;盐泉、奇洞、岩棺、栈道都因水而含蓄内敛,丰富了巫溪的神秘美;更有古寺、古观、古城、古镇因水而延续,渲染了巫溪的古朴美和浓郁的巫巴民俗风情美。

巫溪也是一座古老的小城,独特的盐巫文化历史赋予了它不可替代的文化底蕴及艺术气息,增添了这座小城别具一格的魅力。

你听过巫咸古国的传说吗？你知道宁厂古镇那一眼出泉如瀑的盐泉吗？很久很久以前,这里悬崖危壁,水薄山瘠,不见良田与牧场,鸟兽虫鱼也所出有限。可就靠着一孔不绝水流的盐泉,这里竟成为《山海经》里记载的繁荣极乐的世外仙国。那个被称为"巫咸国"里的国民,"恃盐以易衣食",可以"不绩不经,服也;不稼不穑,食也"。

再后来的公元210年,这里有了城池。为控制这股天赐福泉,历代统治者都在这里派驻官员。宋时设大宁监,元为大宁州,明清皆置大宁县;民国时候,更名巫溪县。

现在的大宁古城里还有东南西北四门的遗迹,是清代光绪年间修建的。东曰"宾作",南曰"阜时",西曰"宣成",北曰"拱辰"。虽历经百年风雨,今天我们还能看见东门上的"宾作"二字。而英国著名探险家、自然学家威尔逊先生曾经在百年前拍摄过的北门城楼,今天也以怀旧却弥新的姿态修复后走出历史面世。

北门城楼周围那几株见证了古城百年风雨变迁的黄葛树,古老的虬枝上点缀出清新的绿叶，仿佛昭示巫溪这座小城在古风古韵里流动着耀眼的新意。

城的四周是山，城的怀抱是水。巫溪，就是一座山环水绕的美丽小城。巫溪的人，生在大山里、长在森林中、活在清流旁。

巫溪，是一座山中有城，城里有山的森林之城；是一座世外桃源般远离世俗纷扰的宁静之城；更是一座山水相依、天人合一的灵动之城！

（2016年11月5日）

工地即景

阳莉

清晨，一抹朝阳洒向人间，淡淡清清的雾气慢慢蒸腾，沉睡的大地霎时苏醒过来，走在工地上，润润的湿湿的泥土气味，裹着江风扑面而来；脚手架、塔吊耸入云霄；挖掘机、搅拌机，伴随着人员的喧嚣声，唤醒沉睡一夜的工地，忙碌的一天又开始了。

一进入施工场地，热火朝天的施工场景总是令人振奋，偌大的空地上，挖掘机、推土机的轰鸣声震耳欲聋，运土卡车来回穿梭，荡起滚滚烟尘。这繁忙的工地，虽然杂乱、嘈杂，但是透着激情和充实。

这里没有白皙的皮肤。原本有的，也被强烈的阳光晒成了棕色。忙碌在这里的人们，已经成为“再也晒不黑的人”。

这里没有轻言轻语。他们的交流，大多是“雷声和着雨水”。即使在简陋的会议室里，交流也是那样的大嗓门。人们的笑声总是那样爽朗，笑容也是那么灿烂。人们的交流于是变得也很直接。

这里没有从容的时间可以挥霍。到吃午饭的点了，工地变得相对安静。但是这种安静非常短暂，有的几乎就是“一支烟的功夫”就完成了一顿伙食的交接。

下午的太阳把工地晒得辣辣的，工人们一个个脸油红油红的，豆大的汗珠，一颗颗流入眼睛、嘴角。头顶上的安全帽映着蓝天白云显得格外耀眼，在工地到处跃动。

太阳西下，到收工的时候了，听到几位工人在商量，今天发工资了，大家凑凑，吃个热闹饭，笑声一片，大家都响应着。这时，他们电话响了，要赶工期，晚上要加班，定的聚会饭只有先搁置，囫囵吞枣后，他们又去了工地。

现场的照明灯与公路上的路灯，照得原本很黑的夜，变得却如白天。

当雾霾开始弥漫开来，工地越来越影影绰绰的时候，他们终于完成了当天的工作，看到他们远去的背影消失在朦胧的夜色之下，你不得不对他们产生由衷的敬意。

明天，他们又将转战到另一个需要他们的地方，那里或许就只有一片荒地：没有路、没有水、没有电，但是，只要有了他们的身影，随着脚手架的搭建、随着机器的轰鸣、随着道路的延伸、随着各种管道的延长、随着喧嚣声的响起，那里将同他们走过的地方一样，崛起新的楼群。当他们的身影远离这崛起的城市的时候，城市便灯红酒绿、霓虹斑斓起来……

当我们居住在宽敞、舒适的房子里的时候，当我们享受现代商业街购物的便捷时，当我们在生态公园与花草树木间休闲徜徉的时候，我们的心底是否闪现过这些建设者的身影呢?!

（2016年11月5日）

三峡江湖

文猛

在我们生活的这片远东大陆上,长江是最雄浑的河流,三峡是长江上最激荡的河段。所以,我们要述说的三峡江湖不是文化上的江湖概念,文化上的“江湖”与河流湖泊并没有多大的关联,文化上的“江湖”是一个隐形的社会,是相对于主流社会的边缘社会空间。我要说的三峡江湖应该说是三峡“江湖”,江指长江,湖指今天的高峡平湖,我想表达三峡从江到湖的江湖之变。

华夏的名山大川、江河湖海何其多也,但如今最让人揪心最让人关注的莫过于长江三峡。为什么?因为那条江河万古流的大江,在一个叫三斗坪的地方,被一道世界上最高的大坝拦腰截断,那里蓄积着世界上最大的一汪水而成为茫茫的平湖。

面对这江湖的沧海巨变,大家不禁要问:曾经“两岸连山,略无阙处,重岩叠嶂,隐天蔽日”的三峡,曾经“两岸猿声啼不住,轻舟已过万重山”的大江,曾经纤痕粼粼、渔歌唱晚的巴人后裔……今天是否依然?明天去向何方?

三峡,怎不引得世界关注?

不管是告别游、寻根游、朝圣游、故园游,大家都一脸的虔诚与惶恐。面对心灵故乡这方奇山秀水的三峡江湖巨变,每一个人的心灵都会震颤。主观的生命情调与三峡客观景物交融互渗,物我相融。但曾经的山景、水景、峡景,因江水上涨,大江截流,其妩媚其情貌都会在心灵故乡中闪烁出新的渐变。这个时空最能表达心情的莫过于写下中华第一思乡诗的诗人崔颢那句诗:“日暮乡关何处是?烟波江上使人愁。”

面对三峡江湖之变,我们怎能不愁?

黄河和长江是华夏文明的摇篮,这是大家不争的共识。如果说黄河催生了中国人政治、道德、经济等意识的话,那么长江在为中国人提供美的意象、塑造审美意识方面贡献巨大,如果进一步问,长江上哪一部分贡献最大,无疑是三峡。就美的密集度、对中国人影响的强烈度和河流对人类的贡献度而言,三峡是独一无二的。

2006年,我有幸参与重庆市万州区文联编写《三峡诗词大观》一书,全书收录了444位历代文人墨客写三峡的诗词1100多首。我们再翻开《唐诗三百首》。其中写长江的有54首之多,占六分之一多,直接写三峡的有12首。想中国之大,亿万中国人捧着那本《唐诗三百首》,三百首诗歌中竟有12首写三峡,谁还会怀疑三峡在中国人美感世界中的高度和地位。

三峡就像上天发给我们的一幅长卷,他要看看中国人对美的悟性到底有多大。无数中国大诗人来应试了。屈原、李白、杜甫写啦,后来的白居易、李商隐、李贺、苏轼、黄庭坚、范成大写啦。一直到现代的毛泽东、陈毅、郭沫若等都写啦,皆如唐代诗人繁知一所言“行到巫山必有诗”。

无数诗人从三峡走过,留下了万千诗篇,中国人在吟诵这些诗篇中长大,我们的美感意识、关于美的诸多遐思在吟诵这些诗篇中生成,这就是三峡的贡献。

三峡是幸运的,上苍不仅将奔腾的江水和陡峭的峡谷,高度集中在这约200公里的地段,而且还把人世间最敏感、最天才的诗人集中赐给了三峡。此曲只应天上有的美丽诗句实在太多,一次一次地诵读,一次一次地感动。我想知道这些经历了时间无情筛选,影响了一代又一代中国人的诗句能告诉我们什么。

在这些壮美的诗词中,我们最能够记住的应该有两首——

一首是李白的《下江陵》:“朝辞白帝彩云间,千里江陵一日还。两岸猿声啼不住,轻舟已过万重山。”

顺长江而下,三峡的起点在白帝城。唐朝那个叫李白的大诗人一句“朝辞白帝彩云间,千里江陵一日还”,给三峡启开了漂亮的扉页和优美的导游词。诗人站在白帝城上,忘却战争失败的刘备“白帝托孤”的郁闷,忘却尸横遍野马萧萧的凄凉,只是那么潇洒地一挥手,就让一叶扁舟划入激流,以一种恬淡的幸福,在两岸猿声中览尽瞿塘峡、巫峡、西陵峡之美色。

一首是伟人毛泽东的《水调歌头·游泳》:“风樯动,龟蛇静,起宏图。一桥飞架南北,天堑变通途。更立西江石壁,截断巫山云雨,高峡出平湖。神女应无恙,当惊世界殊。”

“截断巫山云雨,高峡出平湖。”伟人因为一首诗词的想象让三峡改天换地,给了三峡从江到湖的江湖之变,给了三峡新的时代和新的山河——

1997年11月8日下午3时30分,随着最后一车石料倾入江中,伟大的三峡工程实现大江截流,有那么多人哭泣,有那么多人疑惑,中国人心灵的故乡实在割舍不去这条大江这方三峡。

“无边落木萧萧下,不尽长江滚滚来。”“遥想五百年间事,只有滩声似旧时。”……

没有人去指责忧伤和预言,因为三峡江湖之变已成现实。三峡美景依旧,不再怀疑,三峡那汪清水,同样不再怀疑和担忧。国家的富强,国家的行动,民族的精神,民族的力量。长江上游大部分地区退耕还林,退坡还草的措施已实行数年。沿江所有的城市建起了一大批大中型污水处理厂和垃圾处理厂。更为坚决的是,曾经厂矿林立的库区城市,三峡库区的建设让这些城市建设提前了50年,但是为了这汪水这片湖,他们把建设三峡库区生态涵养发展区作为自己的市情区情县情镇情村情,放慢经济发展的速度，清澈高峡平湖的亮度。关注那汪水，关注那片湖，成为大家最坚决的行动。一汪水改变一个民族对自然的敬畏对水的敬畏对未来的敬畏，这应该是无法计算的三峡贡献。

高峡平湖，江湖之变，神女峰依旧，很多的三峡美景依旧。就连三峡那两位特殊的移民——屈原和张飞，在他们就地后靠、水涨庙高之后，游客依然络绎不绝，香火依然缭绕旺盛，没有问天问地问鬼神，没有瞋目横矛长坂坡不让移民销号。更为让我们欣喜的是，江水上涨之后，除了在三峡之中形成比西湖大40倍的江湖外，在流经长江的支流中，因为江水的反哺，在小三峡之外形成了小小三峡，形成了神农溪，形成了汉丰湖、天仙湖等许多美丽的江湖。

沧浪之水清兮，可以濯吾缨；沧浪之水浊兮，可以濯吾足。这片清湖，足可以濯吾心。三峡毕竟不只是中国人文精神中的一方题满诗情画意的画屏，越过精神之上它应该是一方水土，而这方水土应该有渔歌、有白帆、有牧归、有炊烟。如果说华夏文明是半山腰中几间茅草屋，三峡应该是茅屋前的菜园、小溪、捣衣石，应该是携伴精神的物质的东西。

我们为了蔽风寒建造房屋，会伐几棵树来作栋作梁，你会因为失去几声鸟鸣、几方绿荫而放弃？

我们为了喂养生命的粮食而开垦几方山地，你会因为那枯萎的几星野花、那散落的几滴露珠而挂锄？

失却和拥有，的确是一对矛盾。

江水上涨，高峡平湖，我们有了从容地从江到湖嬗变的一个伟大沉思，和沉思后水涨船高的新的高度和俯瞰！关于再造三峡，关于我们新的三峡江湖，我们应该从精神的种种羁绊中走向物质的现实，走向今天目光和思维中的“高峡平湖”，给心灵精神的画屏之外营造一方丰衣足食、炊烟袅袅的田园……

三峡江湖，是水的汇集，是大美的汇集，是人心的汇集，更是中华民族伟大复兴力量的汇集。倾听水的呢喃，这里是我们停泊的港湾，是我们梦的港湾，也是我们启程的码头，高峡平湖的阔爽，水涨城高的豪迈，我们拥有了征服者胜利的喜悦。

“两岸连山，略无阙处，重岩叠嶂，隐天蔽日，自非亭午夜分，不见曦月。”郦道元的笔只能如实描述急流险滩的三峡，并没有给征服这山这水亮出一道美丽的花环。

“无边落木萧萧下，不尽长江滚滚来。”杜甫也只能触景生情，把自己身世沉浮融于三峡之山之水之悲壮而感叹。

“肃何千千”“磐石险峻……交加累积，重叠增益。”宋玉也只能借助《高唐赋》俯视江涛水流汹汹洋洋湛湛，“感心动耳”。

屈原说“路漫漫其修远兮，吾将上下而求索”，诗人探索光明幸福之路，但这种探索只是从诗到诗，从叹到叹，没有一些实际的行动和效果。

从这个意义上讲，诗人们无法撑一支巨篙将饱受战乱、水患、疾苦的三峡点拨出一片风平浪静、艳阳高照、欣欣向荣的喜悦。文人感动了三峡，却无法拨动三峡，只有我们今天盛世中的中国人，只有我们今天当惊世界殊的中国力量才有“截断巫山云雨，高峡出平湖”的征服。

一条江奔流激荡了几千万年，也应该累了，也应该停下来思考了。一个民族走到一定的历史、上升到一定的高度应该有个宁静的沉思过程，我们守望了几千年的中国人曾引以为豪的“历史悠久，地大物博”的缥缈虚无的精神家园，如热血般奔流激荡了一代代的精神河流，早应该来一片湖之类的实用美学，给自己精神之外的家园以思考的宁静，给走过的风雨阳光以明镜的映照。

然而，不管怎样，三峡蓄水后，作为一条河流的三峡已经不复存在，三峡将成为一个巨大的人工湖，从江到湖的巨变，我们会失去许多关于河流、关于三峡的东西。

譬如江的流动，湖的静止。

譬如江的方向,湖的无所谓方向。

譬如曾经的江峡在江水的奔流中一种汹涌澎湃的险峻和高高在上的巍然,如今的湖峡因为奔流速度的减少、江水的上涨拥有了近观的从容和高度。

譬如曾经的三峡那种开拓、冲破、闯关的精神。三峡险峻,自古天堑,险滩乱礁,狂风巨浪,三峡在相当长的一段时间里都是生死路。于是在老船工的眼中"闯过去是运气,闯不过去就再无回头路"。古人下峡,长篙短篙拄在礁石上,每到激流就用篙将船从逼近礁石的角度撑开,生死毫发,无数中国人就在苏轼"古人篙眼似蜂窝"的诗句中闯过去,改变着中国人封闭保守的民族形象,这种探索的激情、闯关的精神构筑了三峡精神的高度和力度还会继续吗……

真的就这样逝去了？不！那只是纸上谈江谈湖谈峡者的闭门狭思,只有真正置身于那惊世的伟大工程,那惊世的伟大平湖,那拥有了新的高度的伟大三峡,你思想的野马才会挣脱缰绳,有了纵然一跃的沉思的升华和阔爽。

注目连绵的群山茫茫的平湖,一条又一条长江的支流,跨越时空,奔流不息,汇入高峡平湖。每一条支流都是每一担水的合计,都是忙着去三峡赶集。那汪水盈盈上涨,让我们的情感变得柔软,因水而心如明镜。少了曾经的火爆,少了曾经的浮躁,少了曾经的疑惑,在湖的潋滟波光里,我们看自己的倒影,看自己的前世今生。我们看水,我们听水,我们听到是来自乡村的滴答声。那是乡村屋檐的滴答声,那是父老乡亲血管的滴答声,那是三峡的滴答声,汇成这样一个浩渺大湖,不单是水滴的汇集、浪花的汇集、鸥影的汇集,水之下,是三峡古村古城的魂魄,是三峡人岁月的重量。站在湖边,船舷比车高,古城在水下。在湖边洗手,所用的是片大湖,而且是很大很大的湖。坐在车上拍着船舷,鸟儿在滨江路上的树林和船的桅杆中翻飞,三峡人就有这般的从容和奢侈。

江水上涨，峡的险峻秀丽的变化可能触动不了诗人们惯有的那种对奇景奇物的创作冲动，我们会失去一些诗化的三峡，然而，伟大的平湖毕竟打通了川江的道道鬼门关，天堑变通途，万吨巨轮可以畅通无阻。毕竟聚众水之力造就了一座世界最伟大的电站，提前50年造就了沿江几十座美丽的新城，让诗化的江水变成了托起中国人新的富裕、繁荣的银水。毕竟长江下游过去一年一度紧绷的洪灾之弦舒缓如一支小夜曲。

站在这个高度，作为与时俱进的诗人墨客应该有新的创作冲动和激情。唐代诗人繁知一说"行至巫山必有诗"。倘若繁知一活到今天，目睹今日繁荣的平湖三峡，他依然会说"行至平湖必有诗，有诗必有新佳句"。

站在茫茫平湖边，我们拥有三峡人开拓、闯关、探索的新的激情。我们为传统的三峡精神感动，那是开拓的三峡人与自然、与命运、与意志的抗争。他们面对天下雄的夔门，面对急流险滩的生死考验，没有"躲进小楼成一统"的封闭与保守，而是举着篙、扛着帆去冲出夔门天地宽，在鸥影、阳光的指引下，让长江变成自家屋前的大路，一直走到今天——这是伟大的开拓，这是伟大的精神。

今天，当我们筑起一道大坝驯服长江，当江水淹没故园，三峡儿女以一个沉甸甸的叫"移民"的名字告别故土再造家园，创造新的文明幸福时，前面没有鸥影的启示，没有阳光的引路。

走进大江两岸高坡上繁荣美丽的新家园，回眸百万三峡移民扶老携幼外迁他乡开创新的生活。水在哪里，路便在哪里。山在哪里，身便在哪里。人在哪里，情便在哪里。我们怎能不为今日三峡人开拓、闯关、探索的激情与智慧叫好。

大自然之美，有些美令人敬畏，有些美令人沉沦。三峡的美让人爱恋，让人震撼，想拥抱，想带走，想珍藏，想高喊，想天人合一，想源远流长。

三峡江湖，山连着山，山连着水，水盛着水。

三峡江湖，山是青山，水是清水，土是黄土，地是沃地。

三峡江湖，那里的热闹叫轻舟已过万重山，那里的哀婉叫清明时节雨纷纷，那里的豁达叫唯见长江天际流，那里的忠勇叫宁割吾头不割城，那里的欢歌叫太阳出来喜洋洋，那里的奉献叫告别故土再造家园，那里的力量叫不尽长江滚滚来……

鲁迅说：其实地上本没有路，走的人多了，也便成了路。三峡人恰恰是走出这条通天大路的第一人啊，这种熔铸了奉献、牺牲、大局的精神能不让世界为之感动？

“神女应无恙，当惊世界殊”，遗憾的是我们敬爱的伟人没有看到……

有了这样沉思的高度和顿悟，我们就会卸去心灵底片上很多愁思，望着平湖上轻松往来的大船小船，望着湖周伸手可及的神奇美妙的峡景，望着湖岸座座新城新村，我们的精神世界忽然逝去了积纳已久的莫须有的沉重，于是耳边回响起这样的文字：“望得见山，看得见水，记得住乡愁。”

这是一个伟大而负责的政府在严肃的工作报告中的文字，其实就是一首壮美的诗，我们感觉描画的就是今天的三峡，更是我们今天的美丽中国。

（2016年11月6日，获璧山高新区杯第二届重庆晚报文学奖特等奖）

老屋边的竹林

何君林

父亲在我这里住了才两天，就咕哝着要回老家。问他为什么，他回答说：你住的小区看上去很干净，也很漂亮，有花有草也有树，就是没有竹林子。这大夏天的，没有竹林子遮阴乘凉，这日子还怎么过？我一时愕然，说我这里不是有空调吗？难道空调不比竹林子更好？听我这么说，父亲就把头转向客厅的阳台，望着对面的楼房沉默了好一会儿才说，反正我要回老家。

很明显，已经七十多岁的父亲，有返老还童的嫌疑。我不能说他固执、任性，更不能说他矫情。事实上，为了证明自己不是无理取闹的农村老头，父亲还盯着我的眼睛问，你记不记得小时候在竹林乘凉的事？一到夏天你成天都泡在竹林里，是不是自由自在很舒服？你屋子里的空调是凉快，但门窗都关得紧紧的，你不觉得很憋气吗？反正我很憋气，浑身上下都不舒服，我得回去。

看来父亲是跟竹子纠缠上了。其实，仔细想想还真不能怨父亲多事。古往今来，有数不胜数的文人墨客对竹子情有独钟，比如"竹林七贤"，好像没有竹林，他们连酒和茶都没法喝，更没法高谈阔论；还有那个人称"扬州八怪"之一的郑板桥，好像没有竹子连画都不会画了。而最出名的莫过于大诗人苏东坡，他信誓旦旦地说：宁可食无肉，不可居无竹，无肉使人瘦，无竹使人俗……

当然，父亲不可能有文人墨客的情怀，他对竹子的看法简单而朴素，就是比空调舒服、安逸。我显然没有能力给父亲弄出一片竹林子来，但我对他说，你回去又能怎样呢？老屋边的竹林已经没了，被修高速公路的人铲掉了，没法乘凉了。父亲就有些黯然，再次把头转向阳台，目光像是要穿过对面的楼房，飞回远在川北的肆房沟老家，回到已经消失的老屋和那片四季常青的竹林。

一

我老家虽然在川北，但仍属于南方，南方多竹子，我的老家自然不会例外。打记事起，我家老屋边就有一棵高大挺拔的核桃树，还有一片竹林。核桃树虽然高大，但显到得有些单调，甚至有些孤独，看多了就乏味，不像竹林那般繁杂热闹。只有到核桃可摘食的季节，我才会围着核桃树打转，而其他时候，自己更愿意钻进竹林，消磨无拘无束的童年时光。

其实，钻进竹林的不只有我和我的小伙伴，还有我家和邻居家的鸡、鸭、猫、狗、小猪仔什么的。自己整天在竹林里摸爬滚打，和这些家禽家畜混在一起，身上从来就没有干净过。

在母亲眼里，肆房沟足够大，似乎哪儿都比竹林好玩。母亲忙天忙地，一天到晚不是干农活就是忙家务，她根本就不知道竹林其实比任何地方都好玩。这么说吧，就算没有小伙伴，我一个人在竹林里也会玩得不亦乐乎。

确实，竹林对我来讲，就是天然的儿童乐园。就说跟蚂蚁玩吧，我每天都能捣毁多个蚂蚁洞，还喜欢把蚂蚁放到竹节上面，让它往上爬，或者往下爬。有时，我会把蚂蚁放到竹叶上面，然后用手指狠狠一弹，看它到底能飞出多远。

在竹林里，最好玩的莫过于和小伙伴们一起办锅锅窑。所谓办锅锅窑，就是过家家，但不是那种你当爹我当妈的游戏，而是真刀真枪地做饭办伙食。当然，办锅锅窑都是趁大人们上坡干农活的时候，否则是绝对被禁止的。道理很简单，办锅锅窑需要生火，而在竹林里玩火在大人们看来,绝对是一件很危险很可怕的事情。

在我们幼小的内心,压根没有危险这个概念。为了办锅锅窑,小伙伴们有明确的分工,有人偷偷从家里弄点儿油出来,有人弄点儿盐出来,有人弄点儿菜出来。办锅锅窑当然得有锅,我们不可能真把家里的锅搬出来,事实上也搬不动,于是就拿金属罐头盒当锅用。办法其实很简单,就是在竹林里挖一个小土坑当灶,把罐头盒搁在上面,再把干竹枝或竹叶当柴火点燃,就可以炒菜或者炒豆子什么的了。虽然我们不是把菜和豆子炒得半生不熟,就是炒过了头,但大家都吃得欢天喜地,感觉比家里大人炒得更香,吃起来更爽口。

每次办完锅锅窑,我们都会小心翼翼地用土把小坑填上,把灰烬埋掉,再往上面撒些竹叶,似乎一切都恢复了原样。大人们干完农活回来,看到的只是我们在竹林里追逐打闹,没有任何异常。幸运的是,我们办过无数次锅锅窑,居然一次都没有引起过火灾,所以,自己记忆中的那片竹林始终茂盛无比,并充满了欢乐。

二

对我和小伙伴们来讲,竹林一年四季都是乐园。到了夏天,竹林就不再只属于我们,而是混进了大人们的身影。尤其在中午和晚上的时候,竹林几乎被大人们霸占,他们成了主角。

农村人没有午睡的习惯,而夏天的中午正是烈日当空,那种时候上坡干活是不可能的,于是,大人们吃过午饭跑到竹林乘凉便成了一种本能的选择。有人甚至吃饭的时候,都会端着碗跑到竹林里来。用他们的话说,这叫吃饭乘凉两不误。到竹林乘凉的几乎都是男性,老老少少有不少人,但女性很少跑到竹林里来乘凉,除了小女孩。原因很简单,男人们吃过饭把碗一放就没事了,妇女们还得洗碗做家务,再说了,很多男人到竹林时都只穿个大裤衩子,这样会更凉快一些,看上去更像是故意把妇女们挡在竹林之外。

中午在竹林乘凉，很大程度上就是扎堆摆龙门阵，有搬来凉椅的，有搬来小凳子的，更多的是随地而坐，勤快点儿的在屁股下垫块石头，懒点儿的直接让屁股着地。除了摆龙门阵，也有聚堆打牌的，有的打扑克，有的打川牌。不管打什么牌，都纯属娱乐，绝对不会跟钱沾边，一是那阵谁都没钱，二是那阵压根儿就没赌钱的风气。

到了晚上，竹林再次热闹起来，很多家里除了女主人，几乎是全家出动跑到竹林里来。比如我们家，除了我母亲不往竹林凑，其他人都到竹林子去，包括我日渐年迈的爷爷。晚上是不可能打牌的，因为看不清楚牌面，就算月光再亮堂也不行。于是，小孩子们只能在月光下追逐打闹，大人们继续扎堆摆龙门阵，天南海北地吹牛。也有人不愿扎堆，比如我爷爷，他喜欢把凉椅搬到竹林更远的边上，独自躺在椅子上抽叶子烟。他那长烟杆的烟斗里总是一闪一闪的，像是天上的星星掉到了地上。

其实，晚上在竹林里，最让人兴奋最吸引人的，无疑是听收音机。收音机是我们本家一位远房爷爷的宝贝，听说他参加过抗美援朝，收音机就是他退伍时带回来的，是村里唯一的收音机。收音机已经很旧了，声音也有些吱吱啦啦的，但这并不妨碍播新闻，唱歌，讲故事。有那么几天，这位远房爷爷生病了，收音机没有出现在竹林，于是大家心头就像缺了点什么。当几天后远房爷爷病好了重新出现，收音机再次在夜晚的竹林响起，我们都欢呼起来，惊飞了夜宿的一群麻雀。

三

有年冬天出奇的冷，还下了一场大雪。在我幼小的生命记忆中，这是自己见过的第一场大雪。那天清早起来，站在房门口往竹林看过去，我不禁大吃一惊，发现很多竹子都被厚厚的积雪压断了。

我吃惊不是因为雪大，而是猛然意识到竹子都被压断了，竹林就没了。没了竹林我以后上哪儿玩去？我赶紧回头跑到父亲跟前，急吼吼地对他说，很多竹子都被雪压断了，竹林没了。父亲瞪了我一眼，说，你大呼小叫干什么？竹子断了就砍掉，可以划成篾条，还可以当柴烧，有的是用场。再说了，竹子断了还可以再长出来，竹林还是竹林。见他这个样子，我实在是想不明白，竹子都断了又怎么能长出来呢？

不过，竹子真的重新长了出来。那是第二年的春天，当几场春雨过后，先前砍掉那些断竹后变得有些光秃的竹林，像是睡醒了似的，突然就冒出一大片尖尖的竹笋，探头探脑直往天上蹿。尤其令人惊讶的是，这些竹笋每过一个夜晚，就会往上蹿高很长一截，笋壳像衣服一般脱落，一根根新鲜的竹子呼啦啦地伸展开来，曾经眼看着就要消失的竹林又神气活现站在自己面前。

望着竹林里的那些笋壳，夏天很少到竹林乘凉的妇女们开始行动了。比如我母亲，就从竹林里捡拾了一大堆笋壳，能装几背篓。笋壳易燃，可以当柴火引子，就是在生火做饭的时候，先把笋壳点燃放进灶膛里的柴火中间，很快灶膛里就是一堆旺火。不过在母亲那里，笋壳还有一个很特别的用途，那就是用来做布鞋的鞋底子。那个年代因为生活条件差，没钱买鞋，几乎家家户户都做布鞋穿。做布鞋时，母亲把笋壳压平后剪出鞋底形状，再把好几片笋壳鞋底重叠在一起，然后上下两面铺上多层布壳子，用麻线密密匝匝地穿刺，一只厚实耐磨的鞋底就做成了，最后做成的布鞋穿起来格外轻便。

当然，父亲并不关心笋壳，他更关心竹子本身，关心竹子能派上什么用场。记得我七岁那年的夏天，父亲突然对我说，你马上就要上学了，也应该学会为家里做点什么了。父亲所谓的做点什么，就是要我学会捡柴打猪草。捡柴打猪草不能空手，需要背篓才行，于是他到竹林里砍倒一根成年竹子，编了一个小小的竹背篓。他说这个小背篓就专供我捡柴打猪草用。从此，小背篓就像长在了我的背上，成为自己成长史上最深刻的乡村记忆。

对父亲而言，老屋边的那片竹林子，不只是可以用来乘凉，给我编小背篓，事实上，家里只要用得上竹篾的地方，都离不开那片竹林子。记忆中，每年夏天，父亲都会编上几把竹扇子，虽然没有街上买的好看，但自己编的不花钱。就在前几年，到了夏天的时候，父亲还会有意无意地给我带几把竹扇子来。前两年修高速路把老屋边的竹林铲掉后，他就再也没有给我带过竹扇子。他说，竹林没了，没法编竹扇子了。

其实，父亲以前给我带来的竹扇子，我从来就没用过，当然也没有扔掉，只是有些随意地将它们搁到了杂物间。现在父亲咕哝着要回老家，我突然想起这些竹扇子来，觉得应该把它们找出来让父亲使用，权当把老屋边的那片竹林给他找回来了。

（2016年11月9日，获璧山高新区杯第二届重庆晚报文学奖）

三与习惯

刘先畅

一个“三”字有时让人很受累，很受苦。成语说，事不过三，说的是过了“三”，就过了，过了就让人难受，甚至让人受罪。

十四年前走上区县领导岗位，立刻遭遇“三习惯”：习惯想法，习惯说法，习惯做法。这抱残守缺、因循守旧、陈陈相因的三习惯，对推进改革，推进创新，提高效率，提高质量，极为不利。

下属的三习惯，曾让我苦口婆心去转化，还让有的下属心里不爽，有时很不爽。我自己也不爽，有时很不爽，因为下属的三习惯，让我多次承受上级领导的严厉批评。

在外遭遇不良的三习惯，真有点悲苦。如果回家再“有幸”面对家人的不良三习惯，那就得歇菜，甚至彻底悲催了。

习惯想法，那是一种思维定式，固有的思维模式。如果是陈旧的、落后的、保守的、狭隘的想法，那就很难开明、开通、开化、开放，会成为改革创新的阻力，成为偏激观念的温床。比如，一提官员，就是庸官，就是贪官，就是贪污受贿包二奶。一提老板，就是不择手段，偷税漏税，坑蒙拐骗，化公为私。一提离婚，就是第三者插足，有婚外情，道德败坏，品质恶劣。一提优惠，就是暗箱操作，优亲厚友，就是想法捞钱，中饱私囊。一提升职，就是拉关系，走后门，裙带风，买官卖官，如此等等，不一而足。这种习惯想法被人称为反向思维，逆向思维，还被人斥为病态思维，变态思维。对此，很多人认为不可取，不可信，因而反感，反击，甚至当头棒喝，深恶痛绝。

习惯说法，那是一种口头禅，或者习惯用语，说话腔调。受习惯想法的驱使，有些人往往不假思索，自然而然，冲口而出，表演“脱口秀”。比如骂人，不打腹稿，出口成“脏”，满口粗话，臭话连篇，非常顺口，还理直气壮地说“生活化”“接地气”，这让人心生烦忧，暗生厌恶。又比如明显不雅，还振振有词；本身不妥，还滔滔不绝；明显有误，还自以为是；绝对不当，还浑然不觉；有失偏颇，还固执己见；粗声粗气，还心安理得；恶言恶语，还强词夺理；只图痛快，还竭力辩解。这样的习惯说法，有时真让人无可奈何，深感素质让人着急，品味让人倒胃。

习惯做法，那是一种行为模式，条件反射，自觉不自觉地照旧做了。明显落伍了，还乐此不疲；明显错误了，还执迷不悟。比如大吃大喝，铺张浪费，乱丢乱甩，乱吐乱拉。比如打官腔，说官话，拿腔拿调，装腔作势。又比如门难进，脸难看，事难办，自由散漫，油懒疲软，吃拿卡要，表面文章，形式主义。再比如乱性、赌博、吸毒、偷窃，胆大妄为，肆无忌惮等。这些习惯做法往往让人头疼，让人心烦，矫正起来很费时间，很费功夫。

如果一个人的不好习惯过“三”了，说明坏习惯多了，烂习惯不少，言谈举止，举手投足，往往情不自禁，不由自主，结果别人就觉得麻烦，自己也觉得恼火。不过，有人点化，有人帮助，幡然醒悟，改过自新，则是另一种新境界。将不良三习惯转化为良好三习惯，必然释放出巨大而持久的正能量，让人受益匪浅，并且终身受益。

重复成习惯，习惯成自然。习惯是一种内生力量，也是一种内驱力量。如果养成了三种好的习惯，会让人蒸蒸日上，上不封顶。比如，为他人着想，为大局着想，为未来着想，这绝对是良好的习惯想法。又比如，言之有理，言之有物，言而有情，言而有信，实在而新鲜，实用如箴言，这绝对是良好的习惯说法。再比如，言必信，行必果，严谨细致，精益求精，雷厉风行，善行天下，这绝对是良好的习惯做法。

成语又说,举一反三。一生二,二生三,三生万物。如果一个人下决心改过自新,坚持不懈,持之以恒,历练过三,就会养成好习惯,而好习惯过三了,那对自己,对家人,对他人,对工作,对事业,都是大有裨益的。管理者、领导者更需要养成良好的三习惯,只有如此,才会让一个单位、一个地方井井有条,欣欣向荣,蒸蒸日上。

好习惯之所以大有裨益,功能强大,是因为好习惯能结善缘得善果。古今中外,很多成功人士、优秀人士、高雅人士都是好习惯的受益者。曾经的某些下属早已举一反三,触类旁通,茁壮成长,不断受益了。他们和我都明白:原来,三与习惯的联系如此紧密,如此精巧。因此,我们都应该努力做好习惯的主人,不做坏习惯的奴隶。

(2016年11月14日)

立冬日

毛晓丽

昨夜哗哗啦啦一场雨，冬天就迫不及待地赶来了，没有前奏，出人意料。而夏的脚步声还在不远处回响，完全不给秋喘息的时间。

雨停了。今日立冬。

清晨，天气陡然冷了起来，风里带着浓起来的寒意，慢慢浸过衣服，穿透皮肤，深入骨髓里，将人凉透，在外面多待些时候，忍不住会打寒噤。

我喜欢在这样的清晨，在这样僻静的地方走走，享受那尚且算不得凛冽的寒冷一寸寸渗透的过程，让心里慢慢晕染一点点淡淡的莫名的感伤，可能会想起一些人、一些事，但只需这样静静地想一想就好了，你会明白一些，有些则永远糊涂；之后，又慢慢将它们放下，便觉得心里轻了，轻得步履也因此而畅快起来。

山顶的广场上冷冷清清，空无一人，只有凤凰塔上的风铃在风中叮叮当当地响个不停，清脆而幽远，弥漫着一丝秘而不宣的气氛，令人想起“红丝密缀系风铃，风吹玉振赠佳人”的诗句。

城就在我脚下，此时却离我那么远。只有山，从眼前向远方铺展开去，被雨洗得干干净净，一重重层次分明。近处的山似乎更矮些，跃过长江横亘在眼前，是如此的清晰。那些庄稼已经收割还未长出新苗的田块露出淡淡的红色，那些没有落叶的常绿的树呈现出更深的青黛的颜色，那些尚未红透还有些斑驳杂乱的红叶——呈不规则的自然状态，懒洋洋地在清晨的微微流动的空气里静默。再远一点的山，已在天的尽头，被淡淡的雾气萦绕，在深墨的底色之上又泛着一点乳白，仿佛是水墨五色中的淡灰，山顶的天洞开，向下透射着更亮的光线，使那些山虽远却轮廓分明，显得幽深梦幻，仿佛传说中神秘的海市蜃楼。

在这样的天底下，空气仿佛被抽去补了天空的不足，稀薄了，加上清冷而似乎一下子空灵起来。空气又如此的洁净，仿佛不含一点点的杂质，就如那些将冻未冻的软软的水，在微风中凝固着。江面偶尔传来低沉浑厚的汽笛，划破天地间的宁静，在耳边萦绕不去。

风大了些，这来自西伯利亚的风，带着冬的气息，缓缓地拂过，风铃响得更欢了。

风拂过，树枝轻摇。那些树依然倔强地绿着，或浅或深，只是少了昂扬的姿态，树叶耷拉着，无精打采地左右摇摆。它们自己说，这是在蕴蓄力量，为来年能长出更多的新叶，抽出更长的枝条。

风拂过，那些依然蓬蓬勃勃开放的花，艳丽依然，完全不理会，立冬已至，应该收敛含蓄，却要一直妖娆至那场初雪的降临。冬天的花，红色似乎更多些，这是生命的主色调，尤其是在这样寒冷日甚一日的冬天，热情虽然少了些，但奔放的姿态还在。

风拂过，似乎能看得见它在空旷的天空里流动的痕迹，能感受它在冰冷的指尖流动的速度，一伸手，抓住满把满把的风，在手心握暖了，放进口袋带回家。

在有些烦闷的冬日夜晚，当蛐蛐儿也唱得有些不耐烦的时候，放出来，在房子里流淌，那该有多么的惬意啊。

我喜欢冬天，这蛰伏的季节，安静的季节，这只有清风拂过风铃的清晨。

（2016年11月15日）

风雨正阳桥

熊芯

故乡的大溪河上，到底有多少座桥，谁也不曾认真地去统计过。

从凤嘴江到鱼跳峡，在有限的流域范围内，大溪河及其支流上随处可见造型美观、形式多、工艺精湛的石桥、木桥、铁桥、吊绳桥、跳墩桥、板板桥。

桥，记载着一段历史，传递着一种文化，承载着人们的精神特质和美好的生活追求。

在众多的桥中，古老的正阳桥堪称历史悠久。据史料记载，正阳桥建于清同治九年(1870年)，光绪二年(1876年)竣工，迄今有一百四十多年历史。

正阳桥孤独地横亘在峰岩乡正阳村合口河上，是峰岩、民主、骑龙三乡交汇地，历来是涪(涪陵)南(南川)边界交通要道。

寻踪正阳桥，鱼跳峡是首站。

鱼跳峡位于南川、涪陵、武隆三区县交界处，百米高的大坝把大溪河拦腰截断，使鱼跳峡呈现出“高峡出平湖”的壮丽景观。

站在大坝远眺，大溪河就是浑然天成的湖泊，两岸高矗的石壁与岸边葱郁的林木相互交融辉映，宛若一条青绸绿带，蜿蜒盘绕于万山奇峰之间。更远处，碧水连天，天水合一，山峰倒影、碧水青山若隐若现。

登上“平常号”机动船，开船的金大伯介绍，要探访正阳桥，必须乘船沿大溪河逆流而上。

金大伯和他的父亲在鱼跳峡开船几十年。金大伯讲鱼跳峡的鱼品种繁多，跳鲢常常因水下鱼多拥挤受惊，从水里跳起来。每当涨水季节，不用撒网自己跳进船舱的鱼就有几十斤。因地势逼仄，这里被当地人称为鱼跳峡。此刻，船的行驶打破了平静的湖面，不时有鱼儿从水中蹦出，欢快地翻个筋斗再跌入水中。

船行约半小时，河两岸石壁上的一个个小洞引起我的注意。这样的小洞大概有十余个，洞口正方形，径深多少不得而知。金大伯介绍说：这是当地人称的仙人洞。传说，有上年纪的老人进入洞内，七天七夜不吃不喝，出来后便返老还童。

在我惊异于传说的时候，船行至余家寨。余家寨有百多年的历史，部分房屋保存完好，至今还有人居住。余家寨地势险要，结构坚固。居住在此的周昭海老人介绍，很多年前，对岸土匪猖獗，经常过河来抢劫村民粮食和钱帛。于是，为防御土匪，修建了余家寨。

沿岸边陡峭的石梯拾级而上，余家寨寨墙便映入眼帘。高大的寨墙高约15米，宽约20米，据说当年由64个村民一手一肩抬青石堆砌而成。青石布满青苔，偶尔有几株小草，顽强地依附在夹缝中。部分寨墙顶部有些许破损，几处外窄内宽的射击小洞依稀可辨。

越过寨子，空旷的余家四合大院敞亮在眼前，大门的青条石门框上刻有两句话：“得守艰难土宇，当思简朴衣冠。”家园、土地来之不易，要想守住它们，理应勤劳简朴。石刻的文字经过风雨的侵蚀，更添了一丝古韵。

余家大院内，廊坊雕花，风貌犹存。这里，仍居住着10余户人家。余家后人余泽厚老人说：“余家寨是用来防御土匪的，这里才是余家真正的居住之地。”从左边的戏楼，右边的书楼，可以想见曾经的辉煌。

曾几何时，这里书声琅琅。有人说戏剧大师梅兰芳曾带弟子经过此地，在戏楼上唱过三天大戏。无法考证的事实，让人在思绪中抽身，寻原路返回，继续向正阳桥进发。

船在河面上继续穿梭。古老的正阳桥，在迷蒙的烟雨中，好似饱经沧桑的老人，伫立在迷蒙、深邃、春寒料峭的大溪河上。石板铺砌的桥面，一行行刻着岁月的年轮，石条桥墩像远航归来，停泊在港湾的船只，带着沧桑岁月的厚重，穿越历史从清同治九年驰来。

说起正阳桥的修建，不得不提到一个人——陈永恩。陈永恩系南川石溪人氏。据县志记载，南川合口河是涪陵通往贵州的要冲。由于河水湍急，渡河不便，众议建桥，但缺资金。陈永恩倡议“量力输金，工成取偿”，并变卖田产自己垫纳三百金。工程进入后期，资金缺口甚巨，他即环游邻县，激劝富户捐助数千金。继后，他又以银制大小响铃若干挂于胸前游走叫卖：“买响铃子孙得福，小铃五金，大铃二十金，最大者五十金。”遂集结了万余金。桥成，人皆取偿获利，他却弃而不取。百多年来，古桥为乡民福祉，造福子孙。

踏上正阳桥，一眼就能看见桥正中的石碑，上刻“正阳桥”三个楷书大字。碑后靠上游的石栏板上，有一约两米高的镂空石刻龙首，口含宝珠，昂首凌空，张牙舞爪，栩栩如生。龙尾则在靠下游一面的石栏板后，同样也为镂空石雕。远远望去，宛若游龙穿桥而过，有腾云驾雾之势，有摆动飘逸之感。桥的两端，各有石狮一对，虽已残破，但依稀还能看出雕工的精致。左岸岩壁上刻有玄真道人钱文炳的题诗：“正阳桥上搓牙石，合口河边蛟龙哧。千秋万岁卧长虹，水碧山青风月白。”

正阳桥所在的地方称合口河，也叫合口逢。凤嘴江、鱼泉河两条小溪在此交汇入大溪河。鱼跳电站修建后，抬高了大溪河的水位，正阳桥多数时间被淹没在水中，只有枯水期方能一窥其真容。孤寂的正阳桥，慢慢剥落，风化裂缝。作为南川最古老的桥，它最终将成为人们久远的记忆。

水悠悠，草青叶黄；天苍苍，雁回又叫；古桥在，岁月沧桑。青色的石板，承载了多少孩提的欢笑；剥落的栏杆，倚靠过多少有情人的遐想；椭圆的石拱,似一双深邃的大眼,凝视着余家寨的朝朝暮暮和起起落落。

站在正阳桥头,透过历经岁月冲洗后的古朴桥身,我仿佛看到了曾经车水马龙的繁华景象。仿佛还能看到北桥头那大大小小的古驿站,还能听到久远的马蹄声、桥下浣衣女清脆的笑声,看到那凭栏眺望的梦中客。此刻此景,任思绪流浪,历史上的枫桥,唐诗里的精灵,在“月落乌啼霜满天”的意境中荡漾。

而今,正阳桥淹没在水中,以“正阳桥”名字修建的汉白玉石拱桥横跨在大溪河上,成了人们浩渺愁思的寄托,怅惘怀古的象征。

横跨盈盈一水间的正阳桥,给人留下了太多刻骨铭心的记忆,这座淹没而又复生的桥,还是原来的正阳桥吗?这座桥既是建筑,也是风景,洁白如玉的桥身,碧绿清亮的河水,迎风摇曳的垂柳,那种宁静惬意的舒服感迎面扑来的时候,我的思绪绵绵而远,恰似春草,更行更远。

正阳桥,成为城市里的一道亮丽风景,也是市民饭后散步,观花赏月的好地方。

许多时候我在想:桥,给人的感觉,就是合与分的节点。如牛郎织女相会的鹊桥,许仙与白娘子相识的断桥,还有令克罗宁和玛拉断魂的蓝桥。

我把对正阳桥的记忆化成一串串心事,让它穿越历史,穿越岁月,永远定格在心里。

人生漫漫长路,不可能没有桥,但愿桥的那边,是幸福,而不是遗憾。

(2016年11月29日)

那棵蟠桃树

王凡尧

这是真人真事。主人公是名“80后”,重庆大学研究生毕业,现就职于重庆海关,获得过重庆市优秀共青团干部等多项荣誉。他的讲述让我想起了那些为了工作远离家乡和父母的人们,我敬佩他们,于是以第一人称写下这些文字,以此向他们致敬。

我叫陈远军,家在陕西汉中,那是我梦来梦往的地方,家里有我年迈的父母,我却不能常回家看看。

今年清明。我提前买了回家的火车票,带着妻和一岁半的女儿,如期登上火车。我这个异乡游子,回到老家,站在这棵蟠桃树下,有温暖有酸楚,我紧闭双眼,微风吹拂我的面颊,像妈妈的手轻轻地抚摸着,也像梳子梳理我的记忆,记忆的波浪从内心涌出眼眶,小时候,我经常在这蟠桃树下赏花纳凉,傍晚邀约小伙伴玩耍,啥都不想,就这样渐渐地长大了,读书再到重庆工作,一步步接触着陌生的城市、社会和人,有了工作、事业和家庭,有了责任和抱负,日复一日地工作,加班是常事,回家却是一件很难的事,一别就两年、五年、十年。好几回深夜,我梦见家门前那棵蟠桃树枝繁叶茂硕果累累,我立即起床推窗向着家乡的方向遥望,可惜只能看见无边的夜空。

去年,爸又打电话说,蟠桃丰收了！可惜我没口福,只有打电话叫外甥女替我品尝!

异乡游子,说多了满脸都是泪!

记得1990年,爸买来二十几棵桃树和杏树种在房后自留地里,原本打算经营点副业，不知为何不结果，可能是不懂技术吧，大概在1996年之后这些树子就被陆续砍掉了，爸只留了一棵蟠桃树，移栽到房前院子花坛靠近水池一角，那些年，蟠桃树年年结大桃子，伴我走过年少求学路。我最深的印象是读小学时，一到五月，我书包里都装着桃子，带去和小伙伴享用。2001年我在成都大学毕业后继续在重庆大学读研，毕业后我考入重庆海关工作，随后，我就再也没有在桃子成熟的季节回过家了。蟠桃树依旧守护着家，陪伴着我爸妈，我很感谢它，把那么多快乐和满足给了我爸妈，我在蟠桃树下自责，我还真不如这棵蟠桃树，我爸妈养个儿子不如栽棵树子。

我静静伫立在蟠桃树下，眼睛在每一根枝条上游弋，尽管爸年年精心维护它，生怕树子生虫病死，但曾经硕果累累现已水桶粗的蟠桃树真的老了，枯枝和空洞仍然撑着巨大的树冠艰难地吸纳着雨露，风吹日晒花开花谢，静默谦卑地老去，留下的却是我们许多的牵挂和遗憾，有朝一日，它将枯骨成灰孑然回归大地，它的一生给人们奉献果实，留下了人们对它的遥想。

父母不同于树，除了奉献还有牵挂。父母终身都牵挂着你。儿子一出生，父母会牵挂你脆弱的生命会不会生病，牵挂你吃饱没有穿暖没有，读书了牵挂你用不用功，长大了牵挂你何时娶妻生子，成了家牵挂你小日子过得怎样，就像担心这株蟠桃树今年会不会开花结果，是结得多点儿还是颗粒无收。

平时几天没打电话，父母就觉得不踏实，父母就这样被牵挂折磨着。可怜天下父母心哟，虽然父母老了儿子也长大了，但这份牵挂永远不会改变，爸妈也如同树子一样渐渐老了，头发花白老态龙钟，终究也会变成泥土，我们做儿女的能为他们做点啥呢？我母亲前年出过一次车祸，腰总是撑不直，平时走路很不方便，现在听力也下降了，要靠助听器才能勉强听到声音，家里就爸妈俩，我和妻又三天两头出差，平时又加班，无法尽孝，想着这些，在树下我情不自禁潸然泪奔，小女儿嘻嘻哈哈跑过来："爸爸你在干什么呀?"问后，仍在这树下无忧无虑地玩耍。

这个清明节细雨纷纷，我心情很沉重，爸似乎看出了点什么，堆着笑对我说，你们安心在外工作嘛，现在党的政策好，出行赶公交车都是政府给钱，月月有社保医保金，还有老党员补贴，合作社邻居们都很关心我们。我们日子过得很好，蟠桃树下是孩子们的乐园，每天都有孩子们的笑声，每年蟠桃成熟时张家一篮李家一篮孩子们吃得开心得很，我们也快乐幸福得很哟，哪需你们牵挂呀，年轻人好好在外干吧。

（2016年12月4日）

野趣青山湖

万承毅

波光点点幽，野花遍地撒。万盛青山湖深得古拙之意。山湾处处，人家点点。你看山湾的名字，什么张家湾、李家湾、伍家湾，什么野猫湾、蝴蝶湾、白虎湾，什么槐树湾、杉树湾、泡桐湾，什么烂泥湾、叫花子湾、裤裆湾……在青山湖，你怎么走都感觉走在老家，走在村落，走在你永远走不出的乡愁中。就这样，青山湖让人找回了童年，找回了故土。

一群人，六七个，约在湖畔闲走。一种不知名的小花落英缤纷，静躺在水汽氤氲的湖面、湖畔、小径、土坡，那些米粒大小的花瓣蜷缩成一个小圆圈，白嫩的肤色，清浅的身躯，好像在缎带上点染出的淡淡墨痕。没有明确的路线，没有确凿的目的，一行人就用脚步轻轻地踏踩那青色的石子路，那泥团状的水泥路，那齐整的石板路……都是崭新的，却又绕着山湾与山丘原始生成，只在表面上重新铺设，更宽厚，更素净。人踩上去，踏实而喜欣。

小径原是山湾里人家的必经之路，或通向一两片油绿的菜地，或经过一两块盈水的稻田，是乡人耕作劳动的桥梁。如今，路虽焕然一新，但那些灰瓦房子仍在山湾里散落着，在层层的水田或畦畦的菜地里静坐，成一位荆钗布裙的女子，成一位遗落乡村的仙女。人走在路上，空气是清凉的，草木是清凉的，远山近水是清凉的，仿佛跌进了一口古井中，抑或一个深山宅院里，古意盎然，凉意幽幽，真是爽透了心尖。

现在的青山湖，游人渐盛、湖岸线渐长，山湾睁开蒙眬的眸子醒来。但她初心不改。她生性温柔恬淡，适宜淡妆点染。一座小桥，一曲廊桥，一个凉亭，一处平台……湖畔的小景，无论从哪个角度看，都是一幅淡墨画。春夏秋冬，很多垂钓者随意散开在湖畔。有的在绿树浓荫里支出一两支钓竿来，有的在廊桥上甩下一根鱼线，有的在凉亭边坐上半天一天，有的在大石墩上太公钓鱼般哼歌唱曲……湖风徐徐，碧波粼粼，一条条小鱼儿不时被拎进水桶中，飞珠溅玉，欢愉了一个个垂钓者。湖中鱼儿颇多，多是野生，能在此处得此“独钓青山湖”的野趣，令人艳羡。

沿着湖畔小径，上了小岛。岛上新种下的棵棵植株绿叶簇簇，梢顶嫩红，全都齐人高，像壮硕的少年，像长成的少女，娇俏可人，精神抖擞。站在岛顶往远处眺望，一个个小岛在湖中耸立，岛岛相邻，丘丘隐逸，也不知这偌大的青山湖中到底有多少岛屿林立，成为一眼看不到边的百岛、千岛之景。不过，因为岛屿的你遮我挡、含羞带笑，青山湖天然就拥有了园林技艺中的遮隔之妙，达到了“湖景深深深几许”的意韵；更兼岛上的林木深深、藤蔓处处、花草遍布，岛景本身也就若隐若现、若明若暗了。虚与实、浓与淡、显与隐，分寸适当，惹人幻想。

沿着岛间小径下行，过一小桥，到了又一座岛。岛上全是格桑花，星星点点，散落全岛，除了蜿蜒山间的青石子小路之外，这里几乎成了格桑花的天堂。它们有的在路边携手而立，有的在高树下摇曳生风，有的在水湄顾影自怜，有的在木椅下探头探脑，姿态各异，灿烂如云。颜色也是五彩缤纷，有紫的黄的红的白的，仿佛天女散花，仿佛彩云碎片，在这座小岛上堆簇成云霞，斑斓成童话。

细雨忽来，飘在水面，这雨就像小猫的爪子，在水面挠啊挠，在心里挠啊挠，一颗心立刻被融化了、软化了。如丝如缕的小雨令湖面蒙上了一层淡淡的绿意，湖边的青草、田埂上的菜畦、瓦楞上的蛛网、古井边的一棵野李子，全都换上了一件油光光的衣裳。沾衣欲湿的雨呵，令人不禁小小惆怅。一段段堤岸上，荷锄而过的农人在湖面映下黛青倒影，斜斜的雨丝在他们头上、肩上、身上浸入，飞入衣衫无处寻。而那些散落湖畔的垂钓者呢，依然左一个右一个地驻守原地，悠闲淡然，丝毫没有被细雨惊动。斜风细雨不须归，大概就是这个场景吧。步履匆匆的我们远远不能比了。

赶紧走到湖畔一人家避雨歇息。白墙黑瓦，阶檐坎下，是成捆的柴火，还有晾晒的苞谷，主人正慢腾腾地端起盛装苞谷的簸箕进屋去。看见我们，露出一口大白牙招呼："被雨淋了吗？进来坐。"于是跟进去。主人热情地拉出几根长条凳，端来茶水，提醒我们："这个天经常一会儿晴一会儿雨，你们要记得带把伞。"我们坐下来，喝着热腾腾的茶，跟主人有一句没一句地闲聊。据他说，青山湖声名远播，如今，很多重庆主城的人周末也会前来游玩，晚上还要在湖畔农家歇一晚。"是不是哦？青山湖有恁个好耍呀？""青山湖可以钓鱼、观景、散步、赏花、呼吸新鲜空气，哪个不好耍呢？"主人又露出一口大白牙，也流露出一种由衷的自豪与赞美。

聊了一会儿，细雨停歇。我们起身又游走起来。青山湖中，氤氲起蒙蒙烟雨朵朵水汽，静美灵动得如同一幅古意水墨画。大家不时对着湖畔举起相机、手机，把自己和伙伴装进这幅画里。

（2016年12月5日）

仰望夔门

苏更生

连绵起伏的群山之间，一道江流奔涌而出，是鬼斧的穿凿，还是神工的杰作，让你巍然屹立？

如果说与你相依相伴的白帝城是诗情与战火凝聚的历史，那么你便是厚重与沉雄的化身。

第一次近距离看你，是在30年前。走近你的那一刻，我惊诧于你的巍峨，你的伟岸。奔腾咆哮的长江，从上游呼啸而来，一入瞿塘峡便遇上气势非凡的你——夔门，把滔滔大江逼成一条细带，蜿蜒于深谷之中。这里河宽只有一二百米，最窄处不过几十米，而两岸主要山峰高达千米。这里峡深水急的江流，绵延不断的山峦，构成了一幅极为壮丽的画卷。

长江，喧哗着从你脚下路过，那惊涛拍岸的气势，和你静静屹立的形象，形成了鲜明的对比。陡峭的山峰，壁立千仞，拔地而起，仰望中，你的魁梧扑面而来，你用厚重和沉雄霸占了仰望者的心灵空间，留下的是强烈的震撼。

夔门，又名“瞿塘关”，瞿塘峡因此也有“夔峡”之称。长江劈开此门，浩浩荡荡向东逶迤而去，正如我国唐代诗人杜甫在《长江》一诗中所描写的：“众水会涪万，瞿塘争一门。”咆哮的江流穿过迂回曲折的峡谷，闯过夔门，呼啸而去。作为长江三峡的西大门，夔门固守着出入四川盆地的咽喉要道，一夫当关，万夫莫开，因此素有“夔门天下雄”之称。

诗人眼中的夔门，是威武雄壮的。“白帝高为三峡镇，瞿塘险过百牢关。”夔门的威武雄壮，瞿塘峡的滩陡流急，高江急峡，雄伟壮丽，险比汉中“百牢关”。而“滟滪大如马，瞿塘不可下；滟滪大如袱，瞿塘不可触；滟滪大如龟，瞿塘不可窥；滟滪大如鳖，瞿塘行舟绝”的描绘，使夔门显得更加雄浑，更加险峻，更加挺拔。

战争中的夔门，雄关如铁。“踏出夔巫，打走倭寇”，表现了抗日战士的豪情壮志，每每隔江远眺这八个大字的时候，祖国河山不容侵犯的情感便油然而生。古炮台的沉稳、锁江铁柱的坚毅……无不见证了当年川军团血战到底的气概与把侵略者赶出中国的决心。

如今的夔门，因为三峡工程长江截流蓄水，江水高了，夔门矮了。再看夔门的时候，依旧雄壮，依旧挺拔，却又平添了几丝妩媚和柔和。清晨，当太阳在夔门之巅探出头来的时候，夔门沉雄、巍峨的身影倒映江中，迎送着夔门内外那些仰望的游人；傍晚，当夕阳落山的时候，赤甲山沐浴着金黄的余晖，白盐山吸纳着天地灵气与日月精华，滋润着这方土地上的众多生命。历经战火洗礼的这一方热土，孕育了远近知名的奉节脐橙、夔柚、杜甫晒枣……就连那坚硬的石壁上，瞿塘两岸漫山遍野的红叶也能让人一饱眼福。

而今，历朝历代的侵略者早已作古，古炮台依旧在，锁江铁柱依旧在。夔门内外，春意盎然，一派蒸蒸日上的景象。

（2016年12月9日）

岁月深处

吴丹

那年大山的天空，澄澈得像她清亮如水的眸子。

二十多年前一个夜晚，我们深陷一片黑暗。朋友开着货车，行驶的道路，上坡下坡，左拐右拐，不是悬崖就是绝壁。我突然产生了一种恐惧，将手移到上衣兜里，不自觉地掏出香烟。这鬼天气！没想到千里迢迢从重庆到邻省的一个乡拉货，遇上罕见的暴雪。虽然坐在驾驶室里，仍然冷得上下牙直打战。

理智告诉我们，必须赶快走出这段打滑的道路。车又开始前行，车窗玻璃上结了薄薄的一层冰，漫天飞舞的雪花，没有丝毫的美感，如粉如沙如尘。风，肆无忌惮地摇撼着一切……夜，像张开的一张硕大无比的网。黑暗中的大山异常诡秘，仿佛隐藏着深深的未知。

货车突然停了下来，一阵焦躁急切的发动机声响之后，依然纹丝不动。"车子陷进去了！"朋友告诉我，"等天亮再想办法吧。"好在这里已经离拉货的地方不远，于是，我们只好决定在此处将就一晚。

冷，此时侵入骨髓。窗外已是"渊冰厚三尺，素雪覆大地"的景象。熬了一会儿，手脚麻木的感觉告诉我，我们正在冰天雪地里和自己的体力进行着较量。实在受不了，我让朋友启动了发动机，燃烧散发的暖意让人的知觉一点一点恢复。过了一会儿，怕耗油过多又不得不关闭了发动机。不过，驾驶室内余温犹存，于是，饥饿疲倦的感觉袭上心头，我的眼皮已经开始打架了，很快，两个衣着单薄的大男人进入了梦乡。

恍惚中，一片云彩轻轻飘落在我身上，那么柔，那么软，仿佛童年时贪恋的棉花糖，抑或母亲温暖的怀抱。我沉溺其中，飘飘然不知置身何处……我是在光晕的刺激下醒来的，梦中的温暖真真实实包围了我，我甚至摸到了身上盖着的柔软的东西：一床崭新的、蓬松的棉被！红色的牡丹花，深深浅浅，绽放在光滑的丝缎面上，秀韵多姿，溢彩流光。

我一定还在做梦！我不敢相信自己的眼睛。二十多年来，我从未经历过如此离奇的事情。这荒山野岭，莫非我也遇上了鬼怪狐仙！

我下意识地拧了拧大腿，确定不是在梦中。旁边，朋友正鼾声如雷。我没有惊醒他，起身打开车门，跳了下去。

冬天的山村非常萧瑟、冷清，我看了看，四面青山，白雪皑皑，在阳光中，异常耀眼。天空中没有鸟儿掠过的身影，前方，道路的尽头，有一条隐隐约约的小河。

我向着那条河走过去。近了，一位少女在河边洗衣，身上穿着一件大红底、小黑点图案的灯芯绒面料的小棉袄，格外醒目。衣服在她藕一样洁白而又冻得通红的手里翻腾揉搓，和着哗哗的流水声，便在河上荡漾出极富美感的韵味。

听到脚步声，她略略偏过头来。于是，我看到了生命中美的极致：温柔恬静的妙龄女子，头发漆黑，肤如凝脂。也许是生活在乡间，她的那双眼睛清澈透明，眼波流转，顾盼生辉。这浑然天成的美，简直让我无法直视，我的灵魂也经过了一次净化与洗礼。

收敛心神，我猜了个八九不离十：她就是昨夜给我们送棉被的人。这时，她主动站起来微微一笑："你好！你们昨天这么晚进山来干什么呢？"于是我和她攀谈起来。原来，她昨天夜里被一阵汽车发动机的声音惊醒，十分诧异，因深山里极少有车来，何况这大雪纷飞的夜晚！过了一阵，又没听到车的动静了，莫非出了什么意外？她于是出了家门，打上手电，朝着发出过声响的地方寻找，发现一辆车陷进雪地里了，车上还有两个熟睡的男子。担心人被冻坏，她赶紧回去抱了一床她妈妈新做的棉被，悄悄给我们盖在身上……

昨晚，零下十几摄氏度，如果没有这床棉被，后果不知会是怎样。

我说："妹子，你等我会儿，我这就回去把被子拿来还你。真的不知怎么感谢你才好……"等我奔跑回货车停的那个地方，朋友还在呼呼大睡。我摇醒他，也不理会他的询问，抱起被子就向河边跑去。

河水无语，少女伫立。只有无边的宁静与微弱的太阳光影。河水从少女清澈而略带迷茫的眼眸，流进我微微开启的心灵。细碎如鱼鳞的波光，在少女灿若朝霞的脸颊轻轻荡漾。

一种莫名的情愫在我心中暗自生长。那些关于生命、关于爱的思绪仿佛一下有了答案。我抱着被子送她回家，我们并排走着，她身上分明有一种淡淡的幽香。河流在身后依然绵延不绝，那般柔情而执着。

到了河岸上，三间瓦房出现在眼前，虽简陋，却收拾得十分整洁。她告诉我，这三间瓦房有两间是乡政府办公用的，有一间是教室，而她就是学校里的一名教师。

许多小孩子陆续来到学校了，他们的脸蛋冻得红扑扑的，每个人手里还提着一个竹篾编的小篓子，篓子里放着个小陶罐，里面还装着热乎乎的炭。

除了中午到车上吃了点干粮，我一直在教室外徘徊，时不时地向窗里张望。

她们那里，早上十点钟上学，下午两点钟放学。恰好，那天正值周末，下午要放学的时候，一位端庄慈爱的中年妈妈来到了教室门外。她应该是少女的母亲吧！孩子们热情地叫着："婆婆好！"

她收拾书本，又仔细关好了门窗，近前对我说："我妈妈来接我，我要和她回家了。"她的眼睛极大，黑白分明。此刻，眸子里好像有一种淡淡的不易察觉的失落。

她和她的母亲开始动身回家。我好想和她说说话，不知什么原因，话到嘴边，竟不知如何说起，只好鼓足勇气问了她的名字。“我叫秋月。”她轻声说道。于是，这个名字，成了我心头永远抹不去的记忆。

我看着她越走越远，直至变成一个小红点。我突然意识到了什么，一口气爬上山顶，想再看看她的背影。她又走远了，我又爬上一个又一个山头，直到红点完全消失在我的视野里。此刻，天边的云朵被晚霞映照得好像要燃烧起来，粉红、玫瑰红、绛紫……如同一幅飘动着的织锦画，瑰丽无比。我呆呆地站在那里，直到夜幕慢慢降临。

我失魂落魄地回到车子装货的地方，货已装好，天却完全黑了下来。此时，在我与她相遇的小河边，一片宁静随着水银般的月光洒在大地上，柔柔的波浪包裹的身影，仿佛还在我心头回荡。看来，我是爱上这一方水土了。从此，我的梦境里，常常有一丝淡淡的幽香。

二十多年过去，命运未曾再给我见到她的机会。然而生命中那一份悸动与不染尘埃的真情，却因怀念而更加美好。想必她也早已为人母了。山川无言，岁月静好。那件大红底小黑点的灯芯绒棉袄，那场漫天飞舞的大雪，那床轻柔的牡丹花缎面棉被，却一直珍藏在我心中，从未离去，也从未改变。

（2016年12月16日，获璧山高新区杯第二届重庆晚报文学奖）

西沱古镇的儿时记忆

张树金

最近在《重庆晚报》副刊阅读了几篇描写古镇的文章，它们是一道道靓丽风景线。我想到我的家乡。

石柱县西沱镇。那座距今已有2000多年历史，在2003年被国家建设部、国家文物局公布为第一批中国历史文化名城的古镇，已多年不见。但小时候刻在记忆深处，那一块块青石板铺成的云梯式街道，那层层叠叠、大小不一、色调各异的竹木吊脚楼，用碱石灰把不规则的石头砌成的“干打垒”墙面，以及蕴藏在商贾云集中的别样风情，总是难以忘怀！

每每站在西沱中学校大门左前方俯瞰，青灰色的古镇宛如一条巨大的鲤鱼，从江边腾空而起，跳过“龙门”，欢快而有节奏，厚重而有力度。斜阳西下，但见长江水从上游的石宝寨拐了个弯，横着身躯冲小镇扑面而来，到古镇下方突然停住步伐往岸边回流而上，轻柔温情贴着古镇赖以生存的巨型石坡侧身挥手致意，依依不舍北下万州而东逝——西沱“一脚踏三县”由此得名。

我出生在西沱镇管辖的七八公里外的农村张家坝。周围都是大小山坡，唯独我们那一大片地势平坦，土地肥沃，号称全镇闻名的“鱼米之乡”。一条大河和一条小河在此交汇，在石宝寨的正对面汇入长江，跟流经西沱古镇的长江回水首尾相连。没有公路，没有汽车，当年我完成插秧、挖地、犁田、割谷、脱谷，经过在石灰、炭渣、石子搅拌碾成的“三合土”地板暴晒之后，用木制风车吹去空壳杂质，装进粗麻线编制的专用口袋，吃过母亲准备好的稀饭红薯咸菜，顶着清澈透明的月亮和星星，背上一小麻袋稻谷或高粱或玉米从张家坝步行去古镇交公粮。走过一段平路，爬上一段陡坡，翻越一段长长的石板斜坡路。清晨，进入弯弯拐拐的平路，一眼看到石宝寨，豁然开朗。再下坡，再上坡，就来到西沱中学的大门口。我把背篓靠在旁边土坎上再一次歇口大气儿，大人们则直接用丁字形拐棍顶住背篓底部当歇气坎，面对古镇大声吆喝“嗨——呀”，令人荡气回肠，舒经活血，忘掉疲劳。那感觉就像一尊武将在昭告古镇上刚刚起床的“城里人”：“我来啦！”然后一鼓作气，直下一段陡峭的羊肠小道，掠过西沱小学静谧的校园，蹚过古镇漫过石板的溪流，踏过旁边那棵裸露在石板上盘根错节的黄葛树根，经过两个小时的奔波，终于到达靠近江边的西沱粮站。那一路上留下的“嘿着嘿着”的吆喝声，那一串串被背篓自然磨成的“歇口气儿”再走的台阶印，那一棵棵自然生长在路边岩石上硕大茂盛如风向标式的黄葛树——已然成为送粮队伍的最美风景。排队、验收、称重——人山人海一片繁忙，中午时分，太阳火辣之时，收获也来了。金黄色的粮食纷纷送进用石头砌成的一排排仓库，母亲蘸着口水一毛一元清点纸币露出灿烂笑容，我却惦记着出发前母亲承诺带我吃泡粑的事了。

现在想起来，那是张家坝与西沱古镇的渊源，是农村人的一种成就感，一种荣誉感，一种对城市人的美好向往，一种对古镇美食的渴望产生的巨大动力！

母亲总说我是家里的“好吃狗”，只要想吃，总有办法。六岁那年一个冬天，都晚上十二点了，突然想吃汤圆。父母不让。我独自用饭碗和面搓成了汤圆，用老茶壶放在烤火盆里烧水硬是把汤圆煮来吃了。那个年代小孩打蛔虫吃的一种香甜香甜的“宝塔糖”，忌油腻。可偏偏奶奶正在用菜籽油炸汤圆面，里面包的“酸渍肉”是我的最爱。抵不住的诱惑。站在灶台旁假装陪奶奶说话，帮她干活，在奶奶忙着炸第二锅的时候，迅速绕到奶奶身后抓上一块刚起锅尚在滴油的汤圆饼放在衣服包里，若无其事出门,一拐弯,狼吞虎咽下肚——当然后果极其严重:肚子疼得在地上打滚儿,胃里翻江倒海吐得死去活来。酸渍肉是西沱一绝。每逢过年吃自家喂的"粮食猪",母亲总是要弄一大盆肥瘦兼搭的肉片,用家里的石磨子把自产的大米推成粉末,自制的作料加井水搅拌,然后一层层地放入干净的大瓦罐中,中间用当地的一种青冈树枝隔离封口,然后倒立在瓦罐盖里,定期给瓦盖里加水与外面空气隔离,时间一到,那种发酵后的独特酸味儿就出来了。

中考结束时,我超过录取线10分,父亲让我填报了四川农业学校,说容易录取,回来当个农技员就是城里人了,不用种田下苦力了。第一次带我去当时古镇中部那家最好的食店吃饭,酸渍肉蒸嫩胡豆,酸渍肉汤圆饼,红苕粉条炒回锅肉,四季豆洋芋筊饭……后来不知道什么原因没被录取,但那顿饭着实让我开了"洋荤"! 小学就读于张家坝那条大河对面的彭家院子,小学四年级就提前到西沱念初中了,一直到高中毕业。每周从家里用背篼带足红苕大米土豆等食物,自己动手洗干净装进大瓷碗里做个记号放进食堂的大蒸笼里,开饭时间到了自己去认领。学校提供一份汤菜,能看见舀到碗里的汤多几颗油珠已经是奢望。看到现在吃的大鱼大肉大油既幸福又实不敢恭维,作料比食物还多,馒头比白糕还白,就是感觉不到食材本味儿! 还是觉得当年吃的才是真正的美食。

古镇上,最让我留恋的还是位于"平街"的那个做"泡粑"的铺子。所谓"泡粑",其实就是现在通俗的白糕,把大米磨成面粉发酵后做成的,从蒸笼热腾腾地出来,保持大米本色,路过店铺闻到那个酸甜味儿就令人垂涎三尺。一口咬下去,嫩鲜有磁性,里面有气泡,像少女脸上的小酒窝。

张家坝那条河是从西沱后面祁曜山脉深处冒出的一股清泉,流经李生坝、喻家沟、黄龙桥、太平桥,最后汇入长江,水流清澈,水量充足,沿途劳作后的农民走进河里直接用手捧起来就喝,那叫一个爽! 烈日炎炎时下河泡澡游泳，下雨涨水时抓鱼，有人夸张地说，现在要到城口才有这福气了。而张家坝那段河流开阔，深水区域多而长，水质更好。岸边泥土黏稠性强，从上游冲刷来的龙骨石多，是烧制石灰的好材料。古镇上的人常来选奇异怪石，学我们农村娃摸鱼捉螃蟹打水仗。后来从出水口附近一个叫跳脚石的位置截流一半，新修水渠和水库，让全镇绝大多数乡村都用上这股水。并成立了专门的管理处。父亲从管理处调到西沱新成立的乡镇企业办公室工作，我正好上初中，从此就借住在父亲工作的地方，当上了古镇“居民”。乡镇企业办公室的“饭堂”，对外营业，因为地理位置处在街道人流最大的十字路口梯坎上，包子馒头做得好，生意不错。每逢赶场天，农民种植的各种农副产品都在这条街上沿路摆放叫卖。道路狭窄，人潮涌动，有要把人挤抬起来的感觉。卡车通过时常常把农民的背篼、箩筐挂住，但绝对没有人去拦车扯皮：西沱多的是竹子，坏了回家编一个就是。看书累了我喜欢站在十字路口石阶上看热闹。卖包子馒头的是个嘴甜人漂亮的小妹子。久而久之，小妹和我之间由不说话到点头微笑到偷偷多拿个馒头或包子放我碗里，到后来居然有人来提亲——其实我也挺感激的。可我知道不行啊，“走出农门才算有出息”，家训可是代代相传根深蒂固。姑娘圆圆的脸，大大的眼睛，一头浓密的秀发，透出一种端庄优雅的气质。好几次看到她洗头后坐在门口的石台上梳头的样子，特别舒服大方。特别希望她甩头发的瞬间能四目相对点头示好——高攀的心又总是被整得拔凉拔凉的。心里总是不服：你们城里人吃的不都是我们村种的嘛。倒是同桌的女同学，家里种了不少果树，为给我偷偷拿水果来，居然把花书包换成了厚厚的帆布包，底下装水果上面放书，不易被人发现。我却始终找不到那种感觉，还是忘不了在十字口的“打望”。

小学升初中读的是“农中”，全名叫西沱东方红中学，算是西沱镇第二大中学，学生主要是古镇周边几个村的农民的子女。教室门窗有些破旧,教学用具大都是老师自己做的。没有学生宿舍,晚自习后都回家。中午时间基本都在教室,有的睡觉,有的看书,不准互相影响。那天,我和另外一个同学在教室里打算盘珠子比赛,快要分输赢的时候突然伸过来一把扫帚,我以为是同学开玩笑,头都不抬直接用手拦开,一边说"莫搞哟",引来哄堂大笑。抬头一看,原来是我们公认的最凶的数学老师刘中慧检查来了,赶紧收起算盘趴在桌子上大气都不敢出。后来她成了我们这个学校的校长,后来又成了全县管教育的局长,再后来成为全国"十大女杰"!太长"农中人"志气了。我跟农中不少学生考进了西沱中学,农民子女和城里人就这样成为同学了。巧了,那个石阶上梳头的女孩居然跟我同班!刚开始我都不敢正面看她!西沱中学不愧是当年的佼佼者,数学、化学、物理、英语、语文老师不仅在全县甚至在当时的涪陵地区(黔江地区组建之前)都是很有名气,20世纪70年代末恢复高考后连续几年升学率全县第一!那年遇到干旱,连续五十天不下雨,学生劳动课就是到几公里外的水库用洗脸盆端水,洗脸水、开水都凭票供应,贵如菜汤里的油珠!当时正好学习老舍先生写的文章《在烈日和暴雨下》,我有感而发随手在黑板上写下一段文字,被说成是反动言论要受处分。同学赶紧帮我擦掉。我不服,用笔记下那段文字找到自己的班主任陈贵芝老师评理。我见他半天不说话,"哇"的一声哭了。他站起身走到我跟前很严肃地说:"不要哭。我看不出有什么问题,如果有人提出要处分,我第一个站出来为你说话。"掷地有声!感觉老师就是我的天!高中毕业那天,全班同学一起在草坪上喝啤酒,好多都是第一次喝酒,都喝醉了,我和她还有他都紧紧相拥。若干年后回忆这件事大家都感慨万千:怎么一点邪念也没有呢?!

西沱中学的地势相对平坦。食堂是一栋仿古建筑,青砖青瓦,分上下两个台阶。上面有厨房有堂屋有卧房,堂屋前面有半人高的石墙,墙上有雕花。两边石梯下去是天井,天井两边厢房用作老师的办公室兼卧室,中间有个圆形大石缸,里面有满满的水生植物,常有青蛙跳来跳去。地面全是石板铺的,平展细腻,偶尔能见到青苔。门口就是古镇上有名的月台坝,也是用石头从外边垒起来形成的一块坝子,估计有几百平方米,形状酷似弯弯的月亮。上面栽有槐树,碗口粗大,呈月亮状一字摆开,夏天,绿油油如竹叶般茂密的树叶迎风摇曳,树枝盖过月台边缘,给坐在边缘石板上乘凉的人遮阳挡雨,通透而灵性十足。这里居高临下,一眼掠过长江直抵石宝寨顶。月光下,月台坝,常有青年男女窃窃私语、海誓山盟。礼堂左上方还有一个月台坝子,我曾经兴致勃勃爬上梯坎就赶紧停下,感觉很幽静神秘。围绕礼堂旁边的这几个院子彼此独立又浑然一体,想来一定有不少美丽的传说。

沿古镇石板阶梯一直往上走到尽头,就是古镇街道的上出口。那里有一棵巨大的黄葛树,树干需要几个人合围,树丫均衡地向四面分叉,枝繁叶茂,形成一个巨大的宝盖,与几十公里以外绵延不断气势雄伟的祁曜山脉最高峰遥遥相对,像西沱古镇的定海神针!回头望去,背靠大树、依东山而伴长江的回水沱是名副其实的“西”沱。记忆中,西沱古镇上下左右几乎所有进出口都有黄葛树,从船上望去,好似朵朵嫩绿、深绿的宝石镶嵌在古镇里,晶莹剔透,与青灰色瓦房很相搭。每一棵黄葛树对应一条走向周边乡村的道路,沿途山与山之间的脊梁上都有一棵巨大的黄葛树矗立着,像灯塔,像驿站,好似西沱古镇的天然经幡,让城市和乡村浑然一体!

就在古镇上端的黄葛树旁,跳脚石大堰的一路来水,流经后面一座水库稍作休息,沿着古镇左边的溪沟流淌,在小镇的中部隆起的石坡上形成一道长长的瀑布,水流穿过小桥转向古镇的右边,漫过交公粮路过的大片斜面石板,从粮站旁边悄然奔长江而去,刚好构成“Z”字形结构图。似乎在提示我们,西沱粮食也由此转运到了全国各地。也许,重庆市民都吃过我们家乡的原生态粗粮呢!

“平街”，顾名思义，就是平坦的街道，全长100米左右，正位于溪流中部转换的位置。那家“泡粑”店就骑在转换处的溪流上。我曾经进去看过，黑漆漆的条状木板楼下能清楚看到溪流翻动的水花，算是平街的上起点。赶场的人基本上都要去平街，因为那里就是西沱的解放碑，百货公司就是重百新世纪，老百姓需要的各种绸缎布料齐全，各种型号色彩的文具很吸引学生光顾。没听说过“假货”这个词儿。街上有刻印章的，修手表、修风扇的，卖“包面”（馄饨）的，开旅店的，人气很旺。全镇最好的理发店算是平街的下起点，店面宽敞明亮，顶级师傅我已经记不起名字了，留着分头，油光粉面，笔挺西装加外套风衣，剪刀在手上快速翻转，咔嚓咔嚓清脆有韵律。那是古镇的潮人！绝对的高颜值。理发店旁边是西沱中医院，纯木质结构的瓦房，门诊大厅几根大圆木柱子涂着红黑色的油漆很有厚重感。院长姓王，父亲带我找过他看病，特别热情。后来还亲自带队到我们村给小娃儿“种豆”（种疫苗），就在他把针头指向我手臂的一瞬间，我突然挣开父亲的手跑了。只听见啪的一声，猛然倒地，小腿处留下长长的高粱秆做的扫帚血印，再次被父亲抓回去补上那一针。从此学会了面对！

平街左上方就是电影院，三面围墙一面楼房，正大门旁边还设有卖票的窗口，张贴有电影海报。我去看过两场战争片，最喜欢待在放映员旁边，看他手把着机器，目不转睛盯着转动的胶片轮，仔细听那吱吱的声响，像在完成一种神圣使命。

在我记忆里，邮局、粮站、农中、泡粑店、铁器厂、理发店、中医院、电影院、月台坝、黄葛树，以及七曜山脉脚下形成的溪流河流等都是古镇上不可或缺的名片，都是我心中的历史文化博物馆。跟粮站相邻的街道叫车坝，当年西沱镇邮局就在那附近，十来步石梯走上去，很洋气的一栋小楼，我去那里订过报刊、寄挂号信，仅邮电员那身工作服就让人高看一眼。三峡大坝建成后，估计这些都成水中宝贝了。再往下游走，就是陶家坝了，长江西沱港务站坐落于此。我高中毕业，居然考进重庆河运学校，学的轮机专业。那个时候，乘大型客轮去重庆“一票难求”时有发生。好在那里的欧先生是我老师的亲兄弟，跟河运学校有缘，关键时刻常能“贵人相助”。其实每个人在不同的节点，都可能遇到帮助关心自己的好心人。这也是我难忘初心、难忘古镇、难忘“农门”的原因。

最近听说古镇旅游要重新开发。却又总听到身边朋友“慕名而去扫兴而归”的牢骚话。近日在网上看到新华社记者发的一张照片，称西沱古镇已淹没在城市中，“只剩千步云梯”，顿时萌生嘘唏感怀。总希望能为古镇做点什么。方便的时候一定约上几个同学回西沱古镇，去追寻儿时的感觉，探究那几座神秘院落的故事，在黄葛树下乘凉喝茶，去露天电影坝看放映员雕塑般的神情。

（2017年1月1日，获璧山高新区杯第二届重庆晚报文学奖特等奖）

书房

艾晓林

书房，是读书人家中藏书、读书、写作的一隅，是放飞希望实现梦想的地方。

读书人给这个私人空间赋予一个名字，有的叫斋、室，有的叫轩、居，还有的叫堂、屋。而这些名字，往往体现出主人的性情、志趣、喜好和追求。

唐代大诗人刘禹锡把自己的书房叫作“陋室”，还写了一篇脍炙人口的散文《陋室铭》。“斯是陋室，惟吾德馨”，体现了诗人安贫乐道的人生坚守。《明史·张溥列传》记载，张溥自幼勤奋好学，他读书，一定要亲手抄写，抄完一遍，朗读一遍，烧掉，再抄，再读，再烧，反反复复六七次。他的书房就叫“七焚斋”，也叫“七录斋”，表达了他刻苦读书、严谨治学的态度。文学家归有光，以他的百年老屋“项脊轩”作为书房名，彰显了怀祖思乡之情。《项脊轩志》中结句：“庭有枇杷树，吾妻死之年所手植也，今已亭亭如盖矣。”睹物思人，让人感叹唏嘘。乾隆皇帝读书的地方，因收藏大书法家王羲之、王珣、王献之三人的字帖，是三件稀世之宝，所以名叫“三希堂”。著名语言学家王力教授著作等身，既有丰富的专著，又有精美的小品。他曾说：“古人有所谓雕龙、雕虫的说法，在这里，雕龙指专门著作，雕虫指一般的小文章、小意思。”龙虫并雕，两样都干。他将自己的书斋取名“龙虫并雕斋”，非常风趣。

陆游的“老学庵”、袁枚的“随园”、蒲松龄的“聊斋”、梁启超的“饮冰室”、梁实秋的“雅舍”、张恨水的“北望斋”、贾平凹的“静虚村”等等，无不是书房主人品性的写照。

我也有我的书房梦。

童年和少年时,母亲和我们兄妹四人住在很破烂的房子里。

老家是一个姓彭的地主修建的四合院,他们住了正房,厢房住着给他当佃户的我外公两兄弟。新中国成立以后,彭家的房屋被没收成了公房。父亲在城里工厂上班,母亲和父亲结婚以后只能住在老家。按照农村的风俗,外公外婆不会分房子给母亲住。父母刚结婚,没钱修屋子,便借了外婆的两间屋子,楼下煮饭吃饭,楼上睡觉。后来,父母借了二十多平方米的两间照壁房的公房,就用竹片夹起来做成墙,再在竹片上抹上泥土。因为年久失修,竹片上的泥土脱落,好多都有了裂缝,破烂不堪。两间屋子,一间煮饭,堆放杂物、吃饭,另一间楼下是母亲的住处,我和弟弟就爬上木梯住在楼上。在多少个漆黑的夜里,我都在做着关于房子的梦,老是梦见我们家有了新的土墙房,宽敞、清洁而明亮。

我自小酷爱读书。小学课本的文字和内容都很简单。母亲是初中生,她的语文课本保留了下来,就成为我的课外读本。每天放学后,我一般会到坡上打一背篼猪草回家,然后搬出木板凳,在院坝里或屋檐下,抓紧时间把本来就很少的作业做完。母亲收工回来,她忙灶上,我在灶前烧柴火,娘俩一起做简单的晚饭。

同院子堂房大舅舅家,有四个表兄弟。他们住在一个木阁楼里,有一张老式的书桌,可以把书放在各自的抽屉里,然后轮流坐在书桌前做作业。我们家连一个多余的桌凳也没有,更没有书桌了。读初中时,我写了不少读《毛泽东选集》的心得体会,大多是坐在床头上,借着煤油灯昏暗的灯光,在被子上面写成的。那时,我心里就特别羡慕他们,梦想着有属于自己的一间书房、一张书桌。

上大学期间,我读了很多书,也买了很多书。1982年,我分配到一个山区农村中学当老师,和一同分配去的四个大学生住在一间大教室里。床前用两张学生的课桌拼在一起，看书、备课，那些书籍只能用纸箱装着放在床边。一年以后，学校分配了一间不足十平方米的房子给我。虽然小，但毕竟是一个人住了。我回家请了两个木工，做了一个柏木作框、杉木做板的书柜。当我把书柜安在狭窄的房间里，将一本一本书放进去的时候，心情格外兴奋。我终于可以在自己的房间，在整整洁洁的书柜里取书、放书，可以坐在书桌前看书，在方格纸上写出一行行文字，记录生活和人生的感受和感悟了。青春的热血涌动，生命之花绚丽绽放。

1996年，我在重庆市巴县中学任教，学校为职工建房，我分到了顶楼的三室一厅的房子。我把阳台用铝合金窗封好，与卧室相连，做了一个满壁的书橱，才很舍不得地把原来的书柜送给了别人。每天，我在教研室备好课、批改完作业，到学生寝室检查督查完学生休息后，回到家里，就会坐在书桌前。在八瓦日光台灯下，翻开书阅读，或者奋笔疾书，写下我对生活的感恩和感动。疲倦的时候，推开窗，夜风徐徐吹拂，遥襟甫畅，逸兴遄飞。或者来到房屋的顶上，小城的灯光倒映在长江里波光粼粼，蓝蓝的夜空繁星满天，心格外宁和旷远。

1999年，家里买了一套四室两厅的房子。我用一间屋子作为书房，设计了两壁满墙的书橱。在宽敞的书房里，我泡上清茶，看书、写作，满室茗香，满室书香，日子也溢满着温暖和温馨。

2012年，在南坪的闹市里，我住在28楼上三室一厅的居室里。我又用了一间房子作为书房，特制了两架书橱。所谓特制，就是自己设计款式，书橱的搁板用两张木板合在一起做成，特别能承重。还定做了一张书桌，买了一把藤椅，挂上自己喜爱的字画，书香墨香满屋。闲暇时，在书房里惬意地喝喜爱的茶，惬意地阅读喜爱的书，随意地抒写源于内心的文字。如果再有悠闲心情，做几样可口的饭菜，香香地吃。书香墨香茗香菜香，安静祥和，日子便特别简单温馨幸福。

每当夜深人静，在温馨的书房，推开窗，凭栏眺望。城市灯火闪烁，长江大桥上彩虹样的华灯璀璨。就这样伫立窗前，心不复波涌潮动，静静地享受这慢慢的时光。重回到书桌前，坐在藤椅上，在书中和哲人交谈，在纸上与自己的灵魂对话。世事浮华，都沉浸在书香墨香之中。

本质上我就是一个书生，骨子里对书房、对墨香、对书香有特别的喜爱和追求。

生命如舟，在岁月的河流动，唱响如歌的行板。小小的书房，延绵着千载的思绪，心域如海洋一样宽广。

（2017年1月3日）

带泪的狗肉

柳清风

很小的时候，养了一条狗，是当时在修铁路的妈妈从农村带回来的一条土狗。它的毛很长，我就给它取了个名字叫“狮子”。

家里平时只有我和年迈的婆婆，因为一直是我在喂养它，所以它对我特别亲。

有一天，肯定是一个星期天，因为住读的哥哥姐姐也回家来了。我要上街去买铅笔，它一直跟在我的后面撵，我捡起一块石头，使劲儿往一片树丛中扔了进去，于是它也紧跟着追进了树丛；于是我撒开脚丫子就开跑，然后为我的阴谋得逞哈哈大笑了很久。

等我从街上买了铅笔回家，看到坝子头那棵法国梧桐上挂着一条狗，一条已经剥完皮的狗。我顿时感觉不妙，带着哭腔连声问道：“‘狮子’呢？‘狮子’呢？我的‘狮子’呢？”我满屋子、满坝子地找着，当然没有找到我的“狮子”。

在那条剥了皮的狗旁边站着的哥哥终于冷冷地说出了真相：“刚才在公路上遭车轧死了。”旁边的姐姐还告诉我：看到有车子从坡上下来，我们一直在大声喊“狮子”，但是它始终头也不抬，也不晓得躲。

我放声大哭，然后跑到屋前面那条急下坡的公路上去寻找。我看到了一摊血迹，还能看到属于“狮子”的皮毛。我知道再也看不到我的“狮子”了，我后悔着，我自责着，我现在才知道不该欺骗我的“狮子”，不该往那片树丛中扔那块要了“狮子”的命的石头，我还认为就是因为我欺骗了“狮子”，“狮子”才伤心地不愿意躲避车子。

我冲进屋子,扑到床上号啕大哭。哥哥走了进来,站在床边又冷冷地说了几句:"现在哭还有啥子用!一会儿弄好了,你喂的狗,你多吃几坨。"

厨房传来阵阵香气,然后"狮子"的肉被端上了桌子。那年代虽然长期缺吃少肉,我仍然只是哭着,埋头刨着饭,始终没有伸出筷子,努力想抵挡那一阵阵诱人的肉香。哥哥往我碗头狠狠地夹了几坨肉,大声说:"快点儿吃,多吃两坨,再不吃就没得你的了哈。"

虽然满脸是泪,虽然眼眶里也还有泪水在打转,我终究还是挡不住那肉香的诱惑,开始慢慢地、轻轻地吃了起来。一直阴沉着脸的哥哥也轻轻地笑了:"这就对了嘛。肉还是香哈!"

这就是我和我所养的第一条狗的故事。在那个年代,我的"狮子"最后的贡献就是进入了我的肚子。

(2017年1月16日)

老街

谭长军

老街坐落在海拔不过三百来米的山梁上，顺着鱼背形山脊由北向南一字拉开，一里有余，远远望去，犹如一条浮游在大海中的巨鲤的脊背。站在山头远眺，四野空空旷旷，莽莽苍苍，数不清的乳峰状山峁如大海波涛，隐隐约约，烟波浩渺，长江游船的笛声，远远传来。

老街因地势而得名“坡口场”，是石柱土家族自治县坡口乡政府所在地。

我家住在老街北面五里的小村庄。儿时，每天清晨迎着朝阳直奔老街小学。20世纪六七十年代，生活紧张，要想改变生活，只有靠读书考学跳出农门，端起“三两钵钵”铁饭碗才是出路。为了上学不迟到，往往连早饭都不吃，出门一路小跑，来到山下，望着山峁上的学校，瘦弱的身躯很是无力。但为了梦想，忍着辘辘饥肠也要往上爬，上到山头，早已满身虚汗，经过场口乡医院低矮的檐下，由学校后门而入，赶上早读的钟声。

小学是一座低矮的土墙瓦屋，后靠一块巨大的石梁，石梁上立着一棵巨大的古树，农民叫其黄葛树。古树枝苍叶茂，树荫半顷，赶场的人们，无不来到树下乘凉，舒缓赶路的疲劳，再往场上做生意。那年夏日，午夜惊雷，风雨大作，第二天，人们只见古树枝干被劈去一半，黑影树桩如火烧一般，冒着青烟。雷打坡口黄葛树的新闻，很快传遍十里八乡。从此，古树更加苍老。

从树下沿着石板路上到约百米高的山头，就是一楼一底、四合天井、坐西向东的乡政府。伫立乡政府檐下，老街尽收眼底，两边青瓦木房一幢接一幢依山取势，鳞次栉比，青条石铺成的台阶一级接一级顺山而下；老街中部，陡然隆起一土峁，石梯铺上铺下。土山峁将通直的老街分成上段与下段。街两边有邮政所、食品站、信用社、供销社等政府部门；中街土峁后面是铁匠铺；翻过土峁往下街，到场尾石板坡，是畜牧交易市场。

老街逢三、六、九赶集，方圆十里的乡民会集弹丸之地，胡同老街里摩肩接踵，人头攒动，很是热闹。那年月，物资匮乏，各种生活必需品都凭票供应，有粮票、油票、盐票、肉票、糖票、布票等。每逢传统佳节，货物紧缺，买货的人排着长长的队伍，阻断街市。饥荒年月，大多数老百姓一年到头只有在春节、端阳节、中秋节才能吃到肉，叫“打牙祭”。每到这时，街上的肉铺子很是俏火，卖肉的屠夫，厚壮敦实，提刀割肉，起眼看人，三亲六戚，熟识，割宝肋肉，旺秤，还酌其亲疏搭点“带头”；眼不熟的，割给瘦肉及边头角料，还短斤少两“耍秤杆”。除肉铺子外，就要数卖煤油、盐巴、红糖、白糖的门市热俏。

老街拥有百十家农户，自然组成了一个村，叫丰水村，加上乡政府各部门的干部同志，全街有千余人。坡口乡辖十个村一万余人。丰水村家家户户虽也是种田的农民，但他们毕竟住在乡政府所在的街上，得天独厚，开门做生意，面馆食店、药铺、剃头铺、日杂百货小卖部，有生意就有经济收入，手头活络，加之与政府机关的干部同志早不见晚见，人熟，购买供应品不用排队。甚至，家有出色的闺女还可找个端“三两钵钵”的机关同志做女婿。老街的女孩大都桃红水色般漂亮，都嫁的是机关同志，在乡下男孩心中，她们就是天上的星星和月亮。

小学毕业，老街渐渐淡出了我的视野。一别四十余载，老街如今怎样？借国庆长假，我直奔老街而去。

沿着当年上学的山路到学校，只见球场边孤零零立着一幢小巧的砖瓦楼，校后石梁上那棵大树早已消失，石梁变成了升旗台。钻过尺宽的院墙铁栏门，寻着当年的路去街上，乡政府早已垮塌，老街模样依旧，但人去楼空，顺街而下，不见一个人影，满街死样寂静。走在街上，感觉阴森，耳边隐约传来当年鼎沸的市声。陡然，小巷走出一老妪，背驮满篓沉甸甸的南瓜，见有生人，她惊奇地打望片刻，径直去到檐下，“吱嘎”一声推开木门，走进屋去。踏着满街萧瑟，行至下场口，倾斜的屋檐下，房门半开，一老翁探出头来，打望左右，将蹲在门外的小黑猫唤进屋去，接着“吱嘎”一声关了房门。一切又归于宁静。

老街犹如一位历史老人，穿过千年篱笆墙，挺着脊梁，几经跌宕起伏，一路走来。然而，随着城镇化进程的步伐加快，人们的思想发生了变化，年轻一代不再满足于抱着门槛的小生意，外出打工，进城经商，城里买房，山下建房，移居他乡，搬的搬、走的走、散的散，自 2012 年腊月以来，老街不再赶场了。

告别老街，阳光从西边斜斜照来，我想：过不了多少年，这最后的老街可能就不存在了。就像太阳一样，从东边升起，又从西边落下。或许老街也在遵循着宇宙万物兴衰的规律！

（2017年1月21日）

极光春晚

罗夏

我完全没有免疫力，对于那些转瞬即逝的美好，譬如流星滑落的刹那，譬如烟花在夜空炸开的时刻。这些无论怎么用力都抓不住的瞬间，如梦幻一般的惊艳，让人生变得轻盈了许多。

这个春节，我终于可以为这样的瞬间再加上一次，到北方之北，看极光漫天飞舞。

我是1月28号去的，也就是鸡年的初一，我的目的地是位于北纬62度的加拿大西北特区的黄刀镇。它被视为全球最佳极光观赏地之一。所有的旅游攻略都说，在黄刀只要连续待上三晚，就有95%以上的机会看到北极光。如果待了三晚却仍然抱憾而归呢？对不起，你属于那5%的少数，可以试试买彩票去吧。

于是与绝大多数游客一样，我与同行的同事们选择了停留三晚的行程。第一个夜晚，看着越下越密的雪，我们所有人的内心都是崩溃的。第二个夜晚来临，雪倒是停了，厚厚的云层铺满整个天空。到达野外空旷地带的观赏点时，四周一片漆黑。躲进临时搭建的避寒小木屋里，我们比任何时候都更加期盼，老天爷，刮一场突如其来的北风吧，越猛烈越好。忽然有人在屋外大喊，极光来了。迅速冲出去，什么都没有，只听见导游正在解说：看见这突然微微放亮的天空了吗？是的，就是被北极光点亮的，虽然你们的肉眼看不出任何色彩，但是毫无疑问，这是一次极为强烈的爆发，因此光线才能够透过云层抵达眼前。不相信吗？来看看相机拍出来的效果吧。果然，背景呈现出碧玉一般的极光之绿。可惜我的眼睛没有自带相机镜头功能。最终,这个夜晚仍然在失望与希望的交替中黯然度过。

幽蓝深邃的极地冬夜一片静谧,繁星在苍穹的最深处闪烁,哦,这是高纬度的天空,星星还是那些星星,位置却有了一些改变。北斗七星几乎占据着夜空的最中心,但它也只是今晚的配角。

第三个晚上,我们终于等到从极地出发的舞者,它仿佛知晓自己前面两个晚上的缺席,让多少人心碎了一地。所以今晚它盛装而来,奉献一场完整的演出,而且没有任何中场休息。在视线所能触及的整整半个球形天幕上,不断变幻队形和强弱的荧光绿镶嵌着肉眼不易察觉的紫边,此时相机不管选择哪个角度,呈现的画面都十分有限,完全无法反映北极光的气势如虹与辉煌壮观。

当我忍不住把“终于看见极光”的消息通过微信向远方的家人朋友报告时,有懂行的便问道“看到几次”。这问题着实让我困惑:一直都有啊。什么叫几次?原来,北极光的演出,太多时候,都只是时断时续的。而我们很幸运,我们在远离祖国的北方之北观赏了一场持续四小时的极光春晚。

有人说,当极光来临,保持静默是对这只应天上才有的美的敬畏,也有人说,哨声与尖叫会激发它的表现欲,极光将会更加活跃地载歌载舞。而我就是后者,我相信我的掌声和尖叫就像在音乐会上一样一定能够迎来大师的返场。

我们就这样在漫天起舞的北极光里,在零下三十多摄氏度的雪地里,尽情地撒欢!没有三脚架,我无知无畏地举着相机对天空不断地拍拍拍,虽然相机镜头不给力,但总归有胜于无。不懂如何设置参数,也不要紧,关键时候智商上线,我机智地把自己的存储卡塞进导游设置好的稳稳放置在三脚架上的专业数码相机里。玩到高潮处,我们一行六人,打开各自手机的手电筒功能,用延时摄影的方式,来个自拍。以精灵一般的绿色极光作背景,写下北极光的英文单词:AURORA。不多不少,六个字母,刚刚好。

如果可能,一生之中,找个机会去看看北极光吧。去感受一下那种从发梢到足尖的席卷整个身心的震撼与战栗吧。不曾亲身体验过,你不知道,它有多么美妙迷人,多么让人终生难忘。尤其在当科学家们冷静地将生命定义为“无非就是自由的电子寻找到的安身之处而已”的今天。我们来自于偶然,我们短暂的存在没有轨迹可以预测,我们需要这样的时刻,面对大自然的永恒之美,感受心脏的跳动,带着微微的疼痛。

这个春节,在黄刀镇,我只有三晚。两晚用来绝望,一晚用来痴狂,以喊破嗓子的方式,尖叫,用尽肺腑所有的气息,像个不会说话的孩子一样。

(2017年2月4日)

鸽群从蓝天飞过

杨著

竟恍若隔世。

被隆隆炮声震得半聋的耳朵,在喷溅成汪洋的鲜血中窒息而亡的眼睛,终于在蓝天下还了魂。

天很蓝,蓝得通透,蓝得没有一丝杂质,蓝得安静而干净。活着真好,在这样的一片蓝天下活着,真好。

几分钟前,我置身于电影院,置身于抗战时期的宜昌。天空之晦暗,日军飞机之肆无忌惮,那一枚枚炸弹、毒气弹,发了狂,发了癫,在将耳朵撕扯得生痛的轰鸣声中,暴雨一般冲刷着宜昌城。桥梁、房屋被击碎,被炸飞,城市沦为焦土,生命如同蝼蚁,不管男女,不论老幼,成片成片地倒下,路边、树的枝丫上,横陈着血肉模糊的胳膊与腿。

作为入川门户,宜昌自然成了侵华日军的关注重点,从1938年到1943年,大规模轰炸宜昌达95次之多。在狂轰滥炸中,历史悠久的宜昌城几乎成为一片废墟,10多万人的一座城,最后仅存不到两千人。1940年6月11日,日军出动上百架飞机不间歇地轰炸宜昌,次日,宜昌沦陷。

民国宜昌县政府所编《宜昌县抗战史料》中记载,“我机关、军队、学校、住户、商店、舟车、人口、牲畜等项,因此归于毁灭者,实不可以数计。而市区同胞为避寇机,须不时逃往郊外,谋生乏术,情形之苦,亦概可想见矣”。

1938年到1943年,被轰炸被蹂躏的城市,又何止宜昌?自鸦片战争起,近代中国的历史就是一部浸泡在血泪中的屈辱史。落后就要挨打,就是这么简单，没办法。

我慢慢地走着。影院外面是闹市，车流，人声，商场音响震耳欲聋，小贩电喇叭里一声不赶一声的吆喝……和往日无二，闹哄哄的，可今天竟觉温和许多，也不再像往常那样皱眉撇嘴。这才是烟火人间，人们的奔忙是为了生活得更好更充实，而不是避寇机，向郊外逃去。

走过广场，已过完大年的一盏盏灯笼，在绿树间依然那样红。白的玉兰、红的贴梗海棠接替了退场的蜡梅，在阳光下开得如痴如醉。就是在这个时候，我眯缝起眼睛去获取那种种温暖与美的时候，一群鸽子，轻捷地飞过蓝天。

谁料就在那一瞬间，行走中渐渐丢至身后的一幕又纵身跃出，覆盖了鸽群，赫然出现在我的头顶：布满阴霾的天空，敌人的飞机，鸟群一样密密麻麻，轰鸣、盘旋，羽翼掠过之处，城非城，人非人，光明与美好，自由与尊严，通通荡然无存。不过还好，这令人壅阻的一幕也就一瞬间，那群鸽子，与炮火与屠杀离题十万八千里的鸽子，便迅速击退了来势汹汹扑至我眼前的敌机。

只是一群鸽子。想来，它们的小脑袋里装的，应该是哪个品种的玉米粒儿更香，是如何才能飞得更高，怎样飞行才会更舒畅。此时，一个个着灰蓝外套的小家伙，正热衷于对一个傻乎乎地仰着头、半张着嘴、眯缝起双眼的老家伙炫技，它们潇洒地拍打着翅膀，轻灵的身子不断在空中变换阵形，斜飞、滑翔、腾起、俯冲……倏地一下散开，又倏地一下聚拢，倘若它们也会唱歌，蓝天之上，定然流淌着欢快的、童趣十足的歌声。这几十羽鸽子，是不是几十个在教室里坐了很久的孩子，扑啦啦奔了出来，在操场上，在一望无垠的草地和沙滩上，追逐奔跑，踢踏腾跃？想来鸽子们已在房顶上晒足了太阳，已咕咕咕地咬够了耳朵，是时候去消化那一肚皮金黄的玉米粒儿了，于是翅膀一扇，扑啦啦冲向天宇。

天澄澈地蓝着，一群鸽子自由自在地飞着，在我的神经被日寇的飞机轰炸了九十分钟之后，它们，如同天使，慈悲地飞过我的头顶。

花鸟固然值得凝神细看，但，我从来没有这么长时间地看过一群飞翔的鸽子，从来没有像今天这样，仿佛乘了时光之舟或过山车，在魔幻与现实之间，凝望一群从蓝天飞过的鸽子。——多好啊！那是一群可爱的鸽子，而不是，一群面目狰狞的侵略者的飞机。

天很蓝，配一朵鲜亮太阳，还有，一群鸽子无羁地飞翔。

（2017年3月1日）

梁平合兴李子园记

吴佳骏

不能说没到过梁平,如果擦肩而过也算是一种缘分的话。

我第一次坐车路过梁平,是前年秋天。目的地是哪儿,忘了。只记得路过。有时候,人坐车不一定非要去往何处,就是坐坐而已。坐满一圈,又回到原处。

没有目的,也是一种目的。

但这次不同,我不允许擦肩而过的事情连续发生两次。所以,才在缘分的撮合下,与梁平来了一次亲切的拥抱。拥抱是一个"果位",是人与人,或人与物在擦肩的过程中修得的"正果"。

或许正是为表达对这一"正果"的敬意吧,我刚到梁平,便收到梁平人民献上的鲜花。不是一朵或一束,而是漫山遍野。那么洁白和芬芳,这让我有点受宠若惊。

花是李子花,远远看去,像谁在山腰上放了一条白纱巾。阳光从空中照下,白里面就裹着一层温暖,犹如在粽子上撒了白糖。我沿着盘山公路步行而上,越往上爬,李子花越繁茂。偶尔有几株桃树点缀其间,好似心灵手巧的农妇在白裙子上绣出几朵大红花。

花丛里,有几位摄影师扛着"长枪短炮"窜来窜去,对着几个姑娘按动快门。姑娘们欢声笑语,笑得李花簌簌而下,仿佛一场"花瓣雨"。而在摄影师身后的岩石上,却站着一个村妇,手里抱个孩子,不动声色地看着眼前这些为花而疯狂的人。村妇不懂艺术,可她的眼神又分明在告诉你:艺术就是被摄像机所忽略或过滤掉的东西。

大约走了一个小时后，我感觉两腿有些发软，想歇一歇。抬眼前望，正好花林里坐落着一户农家。走近察看，发现院坝里没有人，只放着一张长板凳。我顺势坐了下去，不料，这一坐，竟然坐进了“筲箕”里（因此地形状似筲箕，故当地人称其为“筲箕湾”）。大概是躲在屋檐下睡觉的狗见到了陌生人，朝我狂吠不止。我被吓了一跳，正要起身逃走。这时，从屋里走出来一个农妇，身上围着围裙。看样子，她正在灶房里忙碌。我正欲解释，农妇却笑着先开了口。一边招呼我坐，一边呵斥狗噤声。而且，她还跑进屋里，端出一杯热茶，提出一袋广柑请我品尝。农妇说，这广柑都是自己树上摘的，可放心吃。我尝了一个，果然口感不错。这年头，能遇到如此热情好客、憨厚质朴的人，让我很是温暖了一阵子。

离开李子园时，已是夕阳西下时分。看李子花的游客也都逐渐散去。他们边走边聊，脸上挂着观赏美景后的满足感。我跟在他们身后，像一个收尾的导游。待走到一个拐弯处时，我突然发现道旁的一树李花上，有两片花瓣在舞动。出于好奇心，我拉下树枝看个究竟，原来是一只蝴蝶。我用手指触碰它，它也不起飞。仿佛一个舞者，正陶醉于李花制造的幻觉中。我不想打扰一只恋花的蝶，转身悄悄地走了。

身后，夕阳与李花正在“受孕”。

（2017年3月11日）

世上的路

刘冲

其实地上本没有路，走的人多了，也便成了路。

写实，象征，或隐喻，鲁迅先生的这句话都堪称经典。因为，论虚论实，大致都的确如此。

反之，似乎也可以这样说，地上即使已有了路，若走的人少了，也会日渐荒废、湮没。

从大处讲，驿道，中国古代陆地交通主通道，同时也是重要的军事设施之一，主要用于运输军用粮草物资、传递军令军情的通道，其重要性自然不言而喻，车来人往、扬鞭狂奔亦为常景。但随着岁月的更替，历史的变迁，交通工具的创新，如今哪里还找得到一条完整畅通的古驿道？最多不过是尚有些残留的古驿站名，向后人表明这里也曾是交通要塞，也曾粮草云集车马喧。而后来的废弃，过程当然比较缓慢，原因自然也很复杂。不过，复杂的事情简单说，本质的问题从现象看，最直接的缘由就是走的人越来越少了呗。

从身边的小处看，因各种原因改道、变道、换道的事例那就更多了，而在这改、变、换之中，有些路因走的人越来越少，渐渐就人迹罕至了，而有的路可能直接就被人为地关闭或铲除了。就我个人的切身感受，一条路的冷热度也是变化不定的。我出生于四川沱江边上的一个小坝子上，处于县与县交界的偏远地区，交通极为不便。当年外出到重庆求学及后来工作，须渡河并沿着成渝铁路步行16里路，到一个叫临江寺的小站赶火车，每年至少要来回走两趟，对这一段路熟悉得都有些生厌了。等到镇上到县城的公路修通后，往返都坐公共汽车了，从此就再也没有走过那一段原来非走不可的路了，到如今掐指一算，竟然已有将近30年未曾涉足了。

一段曾经的热路，尽管现在依然还在，但对我来说它早已经冷寂了，印象模糊了，夸张点说，对我而言它几乎已经死了。类似的情况，水路客运交通曾是重庆的黄金通道，而随着公路、铁路以及航空线路的日益扩展与延伸，水路客运线路单一、运力不足、速度缓慢等诸多不利因素就愈加凸显。曾经天天人头攒动、热闹非凡的朝天门码头，现在已较为冷清，更多的是供外地游客上下船时的匆匆一望。许多路的遭遇与命运，其实都与社会的发展和进步产生的种种变化休戚相关，其盛衰也都是优胜劣汰的结果。路是人走出来的，也因少人走而落寞，甚至因无人走而消亡，想想似乎也没有什么好哀叹沮丧的。

路，虽然都叫路，但路与路也是有所区别的。从属地讲，有水路、旱路，这是古已有之的，源远流长。而新开辟的空中之路本该叫空路，可既然新就不能落入俗套，于是叫空中航线。从功能属性讲，路与路的差别就更大了，比如，公路有国道、省道和乡村机耕道之分，铁路有普列、动车、高铁之别。由于各自道上(或航线上)的交通工具不同，速度差异大，传统意义上的远和近的概念也就需要重新定义和判断了。从绝对里程上说，若从重庆去北京，肯定比我从重庆回老家不知要远多少倍，然而，我到北京却比回老家快，因为飞机的速度远远快于汽车。因此，在现代人的观念里，客观里程的长短已不是判断远与近的唯一标准，而主观心理的认同显得更为重要。只要主观意愿想到达也能到达的地方，再远也近；而内心不想去也没有去过的地方，再近也远。

尽管如此，各种各样的路(或航线)依然和谐共处，相安无事，从未听说过有人建议用空中航线完全取代所有水路、旱路。因为许多地方、许多时候，单一的快并非就能解决一切问题，有时反而难有用武之地。因此，在高速发展的今天，在追求速度讲效率的当下，即使是那些田间小路、荒山野径，仍然有它们存在的理由和价值，那被踩得发白发亮的路面或脚印，就是无声的证明。尺有所短，寸有所长，同样适用于形形色色的路。古人早已总结出来的智慧箴言，让我们不得不叹服。

更何况，不同路径的快与慢，也是相对的，而且因具体情况还会有所变化。飞机绝对速度快，但若乘坐高铁可在三四个小时内到达的地方，很多人会放弃飞机而选择高铁，一是乘坐飞机前后耗时太多，在某些时间段内，未必就比乘坐高铁省时；二是在航班延误已成普遍现象的情况下，乘坐高铁稳妥准时。

如果稍加留意，就不难发现，到任何地方去，几乎都不会只有一条路，不同的路给了不同的选择和可能。在权衡中，又会发现，所谓的最佳路线，也是相对而言的，而且是否最佳，很大程度上取决于自己所拥有或搭乘的交通工具以及个人的喜好。客观的实际情况，往往是最近的路，可能也是最难走的路。在此，不得不再次佩服古人的智慧，捷径为什么叫捷径，而不叫捷路或捷道？这是有道理的，径者，小路也，崎岖坎坷，甚至若有若无。欲抄近路、走捷径，可借助的工具就会很有限，行程自然免不了要艰难许多，但这对于无车马代步者来说，至少也是一种不错的选择，虽不一定能让他们感到公平，却至少有调剂心理的功效。至于那些好走的路，虽然远一些，但对有车一族也算不得多大的事，不过是多轰几脚油门而已，也没啥好抱怨的。所以，错综复杂的路，不仅各有其存在的理由，还各有其优势。

两点之间，直线最近。这是基本常识。但不合常理的是，所有走过的路，似乎从未有过绝对的笔直。从这一点到某一点，或因依形就势，或为利于串联，往往免不了弯曲、转折，每每走过再回头张望，总免不了一番抱怨：要是走一条直线，该减少多少里程，节省多少时间！当然，这都是站在自身角度的个人感慨，众行之路，绝不会因个人之需而改道。所以，理论上的最近快捷，也许只能是一种美好的愿望罢了。想想一生的跌宕起伏，岂不正好与路的蜿蜒曲折暗合？不过，以积极的心态来看，若没有路的百转千回，何以有曲径通幽之意境，又哪来别有洞天的惊呼，更不可能有柳暗花明又一村的狂喜。

一路走来，蓦然回首，有时会惊讶地发现，一些路的走或者不走，跟需求有关，与远近无关。大江南北、长城内外甚至大洲大洋也许都有了你远涉的足迹，而小区内的一些路径可能却从未涉足。其实，这也没什么可大惊小怪的，天下之路何其多，哪能统统走完？能走的路，走好；不得不走的路，走稳；可走可不走的路，不必强求；确信没必要走的路，不用勉强；实在无法走到的路，不要遗憾；闲人免进的路，切勿擅入……如此行来，便走得伸展，走得轻松，走得洒脱。

（2017年3月19日）

一树花开

胡学英

晨起开窗，顿觉眼前白晃晃一片。定睛细看，窗下花园里一株梨花开得正欢。雪白雪白的花团在几株绿树的映衬下，更显娇俏。

她们什么时候开的？昨天，前天？若不是我今天休假，一觉睡到自然醒，又极悠闲地开窗，会发现她们吗？

她们潇潇洒洒地开着，好似无数张白白净净的小脸，对我巧笑嫣然。

我突然有了歉疚之感，觉得辜负了这些花。她们，积蓄了一夏一秋一冬的能量，只为今春绽放在我窗前。我却忽略了，犹如前世与某人约好今生相会，我却爽约。

有晨风吹过，几片花瓣恋恋不舍地从树上飘落，那旋转而下的身影，好似台上边舞边谢幕的美女，让我的心纠结无比——舞女也许还有上场的机会，而那些凋落的花呢？我和她们，只匆匆一面啊！以前，我总觉得黛玉葬花有些矫情，现在，终于理解黛玉。

是啊，今天绽放的喜悦，也许是明日凋零的绝望。那些花，太过短暂！

我决定今天什么也不做，就陪伴这一树灿然盛放的花。我裹紧睡衣，坐上窗台，舒服地靠着，静静地欣赏一树花开。

她们寂静地开着，除了我，几乎没人注意到她们的存在。是啊，现在的人都忙，谁又舍得停下匆匆的脚步，看一眼路边开得神采奕奕的花、长得绿意盈盈的草呢？

我突然心生感慨：长在人烟密集的居民小区的花都如此寂寥，那些开在山野的花呢？一春又一春，一世又一世，也许永远没人看见，但她们还是傲然绽放于红尘之外。猛然想起“芝兰生于幽谷，不以无人而不芳”这句话。是啊，有多少蛮生野长的无名小花，也许从来没人赞美她们的姿容和香气，却各自应时而动，欣然绽放，用满身繁华装点了山崖，陪伴了溪流，吸引了阳光，妩媚了蓝天。

时光静静流淌，阳光穿过树梢，投射到花树。两只蜜蜂嗡嗡而至，流连其间，真应了“花若盛开，蜂蝶自来”的话语。呵，原来花儿们不孤独——她们，邀清风做伴，携春雨欢歌，招碧草为邻，与蜂蝶共舞。

我不再为她们叹息，也许今天枯败的花朵，蕴藏着明天新生的种子。我，为何还要伤感呢？明年春天，不，每年春天，我们不是还能相见吗？

静静地看一树花开，只为记住她来生的模样。

（2017年3月22日）

一座城，三道拐

龚会

对于长寿城，说起它的历史，老人们的记忆多是停留在河街、码头、三道拐。河街已经没有了踪迹，码头也不再是从前汽笛长鸣、人头攒动、挑夫穿梭的码头，唯有三道拐，还用古朴的姿态，留存着人们对这座城市的感叹。

自古巴山蜀水被称作“四塞之国”，东障巫山，北隔大巴山、秦岭，唯有一条大江涌通外界。大江奔腾到长寿，遇着雄奇险峻的石岩巨峰，桀骜不羁似乎有所收敛，江面宽阔展开。人们顺江而行，逆流而上，走出去、请进来的欲望，繁衍成了商贾云集、百物萃聚的码头。望着码头上方巍然山势，凭着被地域逼出来的自强精神，人们在怪石嶙峋、峭壁屏列中，凿石、铺路、修房建舍，三千余级石阶，依山就势，拾级而上。时间，定格在大清嘉庆年间。

三道拐，初起凭的是人们正视现实、不惧艰辛的胆识。用惊人的毅力、忍受力和智慧，取青石垒砌，竹木支撑，一级级，一间间，如针挑沙，燕衔泥，接力赛般修建而成。在这座城市的发展历程中，人们又用勤劳、善良、节俭和热情豪爽，演绎成了三道拐的茶馆酒肆，饭店商号。竹篾篱笆墙，树桩木梁青瓦，转过一道拐，挑夫货郎吆喝一声，卷起粗布衣袖，抹一把汗珠，捡个石坎，暂且小憩。再转一道拐，看那老婆婆小媳妇，挽着发髻，插着银簪，在石垒堡坎边，劈一扇小窗，开一小店。针头线脑，锅碗瓢盆，泥巴夹壁墙淹没不了她们健壮却不失窈窕的身影。还转一道拐，转出一片天！俯瞰长江滚滚，江上客船渔舟往来，码头行商步履匆匆，游客比肩接踵,江南烟雨迷蒙,村落依稀。

不要以为这里只是俗人吃喝拉撒的所在,这里同样有文明的音符。不过那些文明因子都隐含在每一级石阶上,每一间穿斗房的木纹里,每一件拙朴的家什淡然的光泽中。别小看这曲径通幽的三道拐,如果走进向石街两边延伸而建的低矮房屋,你会发现那里面别有洞天。勤劳的人们在巴掌大的地方,也可以经营得有板有眼,有滋有味。错落有致的门窗,飘逸出一段素雅的布帘,结实朴拙的桌椅柜橱泛着幽幽的光泽。逼仄的厨房里,主妇魔术师般变幻着食材,那些取自三道拐慢坡石坎间泥土里自栽自种的青菜、萝卜、茄子、辣椒,齐聚厨房,鲜嫩清新,油盐下去,每一丝空气里都酝酿着温馨的生活气息。三道拐,一座城,精打细算,节衣缩食,长年累月,日将月就地过日子。青石板被无数双赤脚、草鞋、布鞋、胶鞋、皮鞋磨过,磨成光溜的凹凸,磨成一块块岁月苍茫的印痕。

我曾走进三道拐中段的一户人家,是一位八十多岁的银发奶奶热情相邀。她枯老却有力的手牵着我,穿过一条狭窄幽暗的楼道,来到她的后院。后院实则是个天井,不大,阳光从天井上方斜洒下来,暖暖的。靠后壁有个洗衣池,几块青石搭成,洗衣池外壁的苔痕昭示着它的漫长岁月。一根晾衣竹竿一头在主屋檐口下,一头在矮小的厨房顶,晾着几件布衣。一棵歪脖子黄葛树靠着厨房(抑或是厨房靠着黄葛树),枝繁叶茂。吸引我视线的是洗衣池旁边的一丛花卉,硕大奔放的绣球花开得正旺,还有一盆栀子花,馥郁芬芳。尽管有树有花草,小小院坝却干干净净,清清爽爽。老人祥和的面容,密致的皱纹,朴素的布衣,亲切的话语,和这清雅的后院如此协调,如此般配。老人说,她从小就在这里,牙牙学语,长大成人,出嫁生养,几十年都在这三千多级石阶上走走停停。而今老伴走了,儿女各自安家在老城新城,住进了高楼大厦。她觉得自己还健康,生活能自理,就不去和儿女住电梯楼房。几十年不挪窝,闭着眼也熟知家里的每一个角落。一个人住在这里,自在,清静,最重要的是这里还有一群相伴多年的老邻居。一家做饭十家香,端起碗,几把木椅,家长里短的龙门阵，摆了几十年都摆不完。老人乐呵呵地笑着，银发丝丝都透着知足、安详与自在，就像绣球花的奔放，栀子花的馥郁。这就是生活的哲学，生活的智慧。守着老屋，守着三道拐，守着大江，守着日月，心比天高比江远，脚却坚实地踏在一条青石街上。

三道拐繁衍过麻辣火锅、石磨豆花、茶馆、旅社，也停留过工商联、川剧院。不知道当年的川剧院里，那些清越高腔是否还能穿越今天的DJ或者震荡的坝坝舞？不过一次三道拐夜游，让我深深感受川剧院在这里留存下来的艺术魅力。三道拐的夜，街灯昏黄，隐约能见石阶，明亮的是隔着滔滔江水的江南。

和我同行的是两个喜欢文字的好友，顺街而下，转悠在巨大的“之”字形古街上，如同踏着蕴含“之”字的古典辞章。拐进和平街，正漫谈着，一声悠扬的二胡漾出旁边的穿斗房，直灌入耳膜，浸入心扉。如泣如诉的二胡声，时而低回婉转，时而高昂激越。一阵紧锣密鼓后，又清风拂柳，月洒江郊。我们驻足静默，侧耳倾听，大气不敢出，生怕惊扰了一个个小小音符。昏黄的街灯，灰暗的房宇，幽寂的古街，伴随浸润着民间特质的二胡弦乐，带着我们的灵魂挣脱城市的车水马龙、繁华盛宴、浮躁喧嚣，静静地回荡在三道拐的夜空。几颗疏星在茫远的夜之上，长江压抑着它的低鸣。三道拐大写的“之”字，在一把二胡的丝弦轻颤中，越显得神秘幽深。

一座城，三道拐！也许它代表的是过去，但不能拂去它的历史功绩。繁华的都市，也会有日趋完美的现代文明。我们不能苛求每个人都一定要舍下过往，就像我们不能苛求那位八旬老人舍下她的老屋，舍下她的三道拐一样，他们生活的圆心和原点都很具体实在而生动。夜里拉着二胡的乐者，我们也不必知晓他的职业、年纪，他们生活的态度，从生活的缝隙里汲取的快乐，无论从哪个角度阅读，都是耐人寻味的。

（2017年3月28日）

猪蹄煨在鼎锅里

刘云霞

我家的鼎锅很有些年头了。父亲说我出生前就有了,是他分家另立门户时的家当。它浑身圆滚滚黑黢黢的,有长长的两根提绳,是扎实的铁丝做成的,用老丝瓜瓤擦洗粗糙的内壁时,能听得到带劲儿的滋滋声。父亲喜欢用它煨腊肉皮、腊猪蹄、腊排骨。

物质匮乏的年月,一头年猪一户人家要吃整整一年。尤其是用鼎锅煨腊猪蹄吃简直就像过节。泡桐树开花浸谷种,三月清明忙插秧。往冬水田里撒下种子,便种下一季的希望。之后,总能找得到一个闲适的空当,父亲望着灶壁上被柴火熏得黑乎乎的猪蹄说:“煨只猪蹄来吃吧。”弟弟会兴奋得在地上翻筋斗,我也想着煨猪蹄的味道流口水。

煨腊猪蹄的工序很繁杂的,从做出决定到吃进肚子至少要等一天一夜。

早上,父亲爬上木梯从灶台一旁的墙壁上把腊猪蹄取下一只来,做早饭时用火钳夹住放在灶膛里用明火烧,直烧得黄澄澄的,裂开一道道口子了,再放进潲水缸里,随着“呲”的一声,水上立即飘起一缕黄白色的油烟。

早饭过后,父亲吩咐我:“去接你的祖父和祖母来吃猪蹄吧。”

我就拉着弟弟,唤着家里那条大黄狗沿着蜿蜒起伏的山路飞也似的跑。接到讯息的祖母,会赶紧张罗完家务事,像要参加什么郑重的仪式一样,换上干净的衣衫,别上闪闪的银簪,和祖父一起神采奕奕地带领着我们返回家里。一路上,碰见大叔大婶的,忍不住要说:“大儿子和儿媳妇请我们吃猪蹄啦。”

晚饭过后，在一家老小的快活谈笑中，母亲把猪蹄从溯水缸里捞起，用刀小心刮着，用丝瓜瓤仔细擦洗干净，不砍断也不切开，一整只猪蹄直接放锑锅里，再盛上水、加入生姜、花椒等作料，加柴烧沸以后，锑锅端出灶膛，再倒进清洗得干干净净的鼎锅里，盖上锅盖。接着，把结实耐烧的树根砍成小块儿，在灶膛里垒成一个小柴堆，把鼎锅落入灶膛搁放在柴堆上慢慢地熬。这最后一道工序往往是父亲来做。他提着提绳，小心翼翼地把鼎锅落进灶膛里，再用双手扶着鼎锅摇一摇，看看有没有放平。然后，一大家子聊着家常，美美地睡上一觉。

第二天早上，我们全家准保会在满屋扑鼻的腊香中醒来。嚼着软软糯糯的腊猪蹄肉，喝着热腾腾、香喷喷的腊猪蹄汤，满满的幸福从心田里溢出来，与家门外冬水田里探头疯长的秧苗一起，苍翠一片。

（2017年4月2日）

沉甸甸的麦粒

费丽

自从十几岁离家，就很少在农村耕作了。但对老家的回忆却是有增无减。特别对于麦子的记忆，更像是对父亲的感情一样，深植于心灵深处了。

昨晚的梦境里，老家和麦子一一出现了。

我的父辈，是土地下户后通过耕种土地而获得幸福的人。是地道的农民，长年累月地靠耕作土地为生。他们热爱生活，勤劳，善良。他们给自己做事，一辈子辛苦，但自由自在。不像我们四处漂泊，宁愿出去打工，也不愿待在家里种地。

小时候，农作辛苦，一到晚上，好不容易可以休息了，我和哥哥们都是懒得煮饭的，父亲更是。自从哥哥学会煮饭，他就完全依赖我们了。所以，晚餐基本就是煮面条了。相比20世纪80年代的伙食，面条简单，有油、盐、韭菜、蒜苗等作料，吃起来是非常美味的。我们都非常喜欢。

面条很重要，而一年到头的面条，全靠自家种麦子换。家里一年会收一两百斤麦子，大部分都是我们兄妹背到镇上的面房，换了面条又背回家的。

穷人的孩子早当家，何况我们这样没娘的孩子，负重就更早了。

从山上家里到山下的镇上有十多里路。家里劳动力就父亲一个，所以父亲很少有时间去赶集。农村娃都很喜欢赶集。但我们必须征得父亲的同意才敢去。父亲好不容易答应了，就要装一小背篼麦子，让我们背到镇上去换面条。大哥十二三岁，大概能背二十来斤。二哥比我大一岁多，个头还没我高，所以，我就和二哥轮流背十二三斤。

跟现在的宝贝孩子不一样，我们小时候，父母的话是具有绝对权威的，我们唯命是从。所以，即使知道麦子很沉，也只能勉为其难背着去。

早晨背着麦子走下坡，累了，就把背篼靠在路边歇一会儿，又走。一般要歇十几次才能到达镇里。

到了镇里，我们首先忙着到面房去排号，拿张面房自制的小纸片，然后就安心等着换面条了。有时候天气不好，面条没晾干，就要等。但面房离街上还有一里多路，又懒得往返走，就只好待在面房等。有时候会等到下午。于是，街上都去不成了，只得背着面条往家返了。原想着赶集看“西洋镜”，结果，完全成了换面条的苦旅！

记得当年二十斤麦子大概能换三捆半面条，一捆是三斤。所以，回家时背上轻一些了，但是上坡路更难走，再加上我们兄妹又饿着肚子，少了力气，走起也很困难。

竹子编制的背篼，背系也是篾条编织的，很硬。衣服穿得较薄，面条一沉，我们就把背系背篼不停地在肩背上挪来挪去。时间长了，肩膀、后背甚至尾骨就会磨出伤疤来了。

来回三十几里路，二哥也懂得照顾我，总是会多背一段路。记得有一次，由于等面条等得太晚了，我们又饿又累，走得很慢。太阳渐渐偏西，一会儿隐到山背后。赶集的队伍都看不见影子了，可我们还在山谷里。走着走着，二哥突然哭了……大哥停下，不问原因，把二哥背篼里的面条拿一捆去放到他的背篼里，才跟二哥说：“二娃，歇一会儿就走啊，怕天黑了，没有火把，怕野猪……”二哥答应着，把衣领往下拉了拉，我看见他肩膀上红红的，破皮了，渗出了好多小血珠子。再看看面前的大山，山顶上堆着几大朵灰黑的云，还有阴森森的灌木丛……不知为啥，我也哭了。大哥耐心地哄了我们几句，又继续走……

那是个不冷不热的秋天，爬完上坡，离家还有七八里平路，天就黑了。大哥精神还挺好,没话找话不停唠叨。我和二哥恹恹地只闷头走路。三个参差的影子深一脚浅一脚地在朦胧的月光里往前移动……

至今,我和二哥对那次赶集的苦仍记忆深刻,但同时也是获得惊喜和幸福感的一次。因为好像从来不关心我们的父亲居然拿着火把走了五六里路来接我们!听见他喊我们那一刻,月亮和空气都变得欢呼雀跃了,脚下立刻轻盈起来!

整个村里的人都是走那条山路去赶集,有时候下了雨,人一多,泥路就被踩得特别滑,我们就会摔跤,也因此把麦子撒到了稀泥路上,只得尽量把干净的捧起来。面房的师傅会说麦子不好,于是按次品算,就少换一些面条了。回家被父亲责问的时候,还不好意思说出原因。

时代不一样,我们的父辈很辛苦,我们的童年也很辛酸,回想起来,麦子也好,面条也罢,即是童年记忆,更是无娘娃的辛酸泪。至今想起,肩背仍疼痛。心里亦留下被磨砺的茧疤。

就这样,一年到头,家里的一两百斤麦子,基本都是我们三兄妹背完的!

(2017年4月10日)

道角赋

黄济人

道角者，道之角落也。

因之得名，传承秦代巴郡，北周巴县，而又巴南，隶属龙洲湾街道所辖，沿袭至今。八千里路云和月，三千余载风与雨，道角行不改名，坐不改姓，与山水相依，与天地共存。改革春风，唤醒山村，社会发展，经济转型。万亩土地，悉数征用，七千村民，转为居民。天随人意，境由心生，上下一心，众志成城。君不见，工业厂房，老年公寓，农贸超市，惊鸿一瞥；君不见，安置小区，窗明几净，和谐谦诚，繁花似锦。今之道角，东靠山脉，西临长江，南接鱼洞，北抵花溪，实乃巴南中心；轻轨线，巴滨路，渝南大道，上界高速，堪称交通要津。大道至简，小康在望，道角人立足创新，弘扬精神。道无止境，不忘初心，道角人怀揣梦想，直指辉煌！

道角者，道无角落也。

（2017年4月12日）

春光常驻

李锡琴

朋友在QQ上留言说:“窗外桃花开了,希望春光常驻你心!”我这才猛然醒悟,又一个春天来了。可是,从忙碌中抬头来,却不知道春天在哪里。真是愧对朋友的问候,因为,春天不但没能常驻我心,近些年里,似乎还常常被我忘在了脑后。

其实,这样说也不全对,记得今年大年之后的某个夜晚,我正在电脑上赶一篇编辑催得急的文稿,不经意间听到闷闷的“隆隆”声从天宇滚过,听得分明,那不是年节里的鞭炮,而是今年的第一声春雷。但只是听到而已,很快地,就埋头于赶稿的忙碌中,全然把季节的更替遗忘在了生活的背后。

但是,对于春天,曾经有过美好的记忆。

师范毕业后,我被分配在一所笋溪河畔的山区学校。每到周末,家在附近的老师们都离校了,校园里只有鸟鸣和山岚的共鸣,十分幽静,却也十分清冷。

那是一个初春的周末,我沿着笋溪河岸踽踽独行。偶见桐树、梨树、桃树、李树,光秃秃的枝丫上,有了或粉或白的点缀,斜着身子将倩影倒映在溪水中,像是在自我欣赏那沉寂了一冬,终于盼得俏丽的身姿。我的到来,惊起几只水草丛中觅食鱼虾的翠鸟,它们展翅一飞,便让宁静的溪水荡漾起来,树们便像大姑娘般,将姿影婆婆娑娑地隐入层层涟漪,渐渐消去。

对岸,有条草径通向集镇。那天是一个赶集的日子。一对男女青年赶集归来，姑娘背着个小背篼，不太沉，青青绿绿的，大概装的是什么秧苗，小伙子手里提着两把新买的锄头，准是为春耕备置的。来到岔路口，两人大概该分道而行了，便一人站一道口，嘀咕嘀咕了好一会儿，小伙子先是牵了牵姑娘的衣角，后便伸手去拉姑娘的胳臂，姑娘忸怩了一阵子，便在小伙子半推半搡之下与小伙子同路而去。

呵呵，一对恋人！这让我想到我的恋人，但他在遥远的地方，此时此境，只有将思念化为岸壁上的青藤，在山间春息中绵延。

分享着别人的甜蜜，失意着自己的凄清，我惆怅地徜徉在草径上，独自品嚼着愁绪，如缠绕在山腰的云烟……

春天在哪里呀，春天在哪里，春天在那青翠的山林里……

我抬头张望，那清脆而纯真的童声，从山崖下那片淡黄的油菜地里滚荡而来。

那是三年级的一个小男孩，就是上课总是爱捉弄女同学、左鼻孔总是管不住鼻涕的小男生。我曾在教室角落罚过他站，曾怨他这么大孩子还擦不干净鼻涕，曾将他在音乐课上折的纸撕毁扔到垃圾筐里……现在，那男孩背着一只硕大的背篼在割草，大概是累了，正放下背篼，坐在一块大青石上，拉着嗓子，面对莫大的山间，尽情地唱着——

我们的田野，美丽的田野……

红蜻蜓，是益虫，飞到西来飞到东……

星星星星满天撒，我和星星打电话……

小燕子，穿花衣，年年春天来这里……

他一首接一首地唱，俨然陶醉在自己的演唱会里，同时挥动着手中的割草刀当指挥棒，自顾自地陶醉得不亦乐乎。

这些儿歌，全是我教的，因为我不只是四年级的语文老师，还是全校的音乐老师。在课堂上，对于学生，关注最多的，就是谁又在走神不听讲了，谁又在讲话，违反纪律了，而此时，在春天的旷野里，欣赏着学生忘情的歌唱，那情那景，让我第一次感受到了做老师的快慰。

进城已是好多年了。春天的脚步，竟然没有跟我从山里一同进城，似乎只有在不得不退脱冬衣时，才知道季节的变换。

也曾想过把春天搬进城里12层楼高的家里。阳台上，刚买来的茶花欣欣然挂了十几个蓓蕾，结果只开了一朵半，其余的都凋落在蓓蕾时；爱人弄来一棵黄葛树盆景，这生灵很适应重庆气候，我们又像对待儿子似的宠爱着它，但也只活了两年，大概是在逼仄的居室里耗尽了气血，没等到春天的到来，便在冬天的凛冽里逝去。迁新家时，也有朋友、学生送过一些花草盆景，却是一棵也不曾活到现在。

这也难怪，我们不是园林家，即使是园林家，也不见得能把春天搬进斗室里来。

在有春天的山野里，却向往着城市的繁华；在忘却季节的城市里，却又怀想着山野里的春天。生活大凡就是在这样的失意与追求中尽显其本真的意义吧，因为每个人都祈盼春光常驻。

（2017年4月16日）

火烧黄鳝

廖成江

“鸡鱼面蛋，当不了火烧黄鳝。”这是儿时常听到的一句戏谑话，意思是鸡鱼面蛋这样的美味佳肴，都没有火烧黄鳝好吃。其实这是反语，火烧黄鳝在那时被认为是最下贱的东西，是猪狗吃的。

遥想儿时，那一块块低洼的梯田里，冬天关着清澈明亮的水，像一层层镶嵌在大地上的明镜；夏天，这些田块种着稻谷，秋收时稻菽千重浪，风景煞是好看。这些低洼地蓄水的田块，我们就叫冬水田，一年四季关水。收割稻谷的时候也是在水田里收割，泥水淹没过小腿。

冬水田，是小鱼、小虾、泥鳅、黄鳝和青蛙的集聚地。冬天，在清澈的水田里，时常看见一群群小鲫鱼游来游去；第二年插秧时节，犁田耙地，人们看见鲫鱼、泥鳅和黄鳝很多。鲫鱼在浑水中仰头，泥鳅、黄鳝在泥巴里乱钻。

夏天雷阵雨后，层层梯田，水漫田缺奔流。那些喜欢凑热闹的小鲫鱼，如白色的纸片在流水前跳跃飞舞，我们称之为鱼儿“斗滩儿”。那田缺边的杂草丛中，一溜溜泥鳅逆水而居，密密麻麻，一抓一大把，时而摇头摆尾。每年清明节前后，晚上下田用自制的竹夹夹黄鳝，夹到的黄鳝也用来喂猪。

犁田耙地时，出于好玩，干活儿的大人们顺手捉住一条黄鳝，往坡地上乱甩。出于好奇，我将那黄鳝弄回家里，煮饭的时候丢进柴灶里烧；等到香味溢出，用火钳夹出来，放在地上；等温度降了，撕下一点儿肉来尝尝，觉得味道好香。但犯疑不敢再吃，急忙给猪圈里的猪捎去。那猪见了火烧黄鳝，立刻欢叫起来，大嘴巴一张，有滋有味地将火烧黄鳝嚼烂吞了，还仰着头盼望再来一条。后来，我在水田缺口用筦箕撮的“斗滩儿”鲫鱼，白花花地倒进猪食锅里煮熟，让猪儿吃鱼。

那时，我们那地方生活并不富裕，很多人家都在温饱线之下，但人们普遍不吃鱼虾、黄鳝、泥鳅，觉得腥味重，吃起来犯疑；吃青蛙，那更是不可思议的。所以，那时没人捉黄鳝泥鳅，没人捕食青蛙。春天的夜晚，青蛙“呱呱呱”满田里鸣叫：清晨，水边到处都是青蛙跳，吃草的牛不小心就会踩着青蛙。

而今，农药化肥的施用让田里的鱼虾早已绝迹，有的冬水田抛荒变成了荒地。鱼虾、黄鳝和泥鳅没有了生存的环境，青蛙几乎被捕捉绝迹；就连过去人们害怕的蛇类，也被人捕捉得渐渐稀少。生活好了，人的口味变了。吃虫、吃蛇、吃牛毛肚，人的口味似乎正在变异。

贪口福，生态环境就会遭殃。如果现在谁吃火烧黄鳝，就像吃叫花鸡一样，恐怕是一种高级的口福享受了。

“鸡鱼面蛋，当不了火烧黄鳝。”一语成谶，假话成真，看来正应了儿时那句戏谑的话语了。

（2017年4月16日）

王者牡丹

李钢

印象中,牡丹似乎城里乡间少有人养。想来,牡丹号称花王,花开富贵,一般城里人家的小阳台上若弄来几盆,反倒把自己显寒酸了;如果养的还是名贵品种,赵粉二乔,甚至青龙卧墨池什么的,那么自己也就变得像个侍从。一个人好好的干吗要像侍从呢?所以,要把牡丹养出气派,还得配套购置一座庭院,这成本显然高了点儿。而乡村虽然广阔,但田头土垄都是只适合开些野花的地方,没来由种上几株牡丹,把花王弄得跟草头王似的,也不像话。要我说,若想让牡丹开得华丽显赫,环境仍然当为宫苑;若想让牡丹开得气势磅礴,那就必须动用一座山。

此番专程前往垫江观赏牡丹,那儿就有一座牡丹花山。谁知气温偏冷又逢下雨,花期推迟了,满山的牡丹只开了零星几朵。我前年曾经看过一回,其时天气大好,可惜行期稍晚,花儿又有些谢了。由此可见,牡丹这种花不迎人,不等人,傲慢任性,盛气凌人,这就是王者。

花无错。本来就是人要看花,又不是花要看人,因此牡丹与花客的关系,是接见与被接见的关系。花客来早了,我王高卧未起,只能在外恭候;而如果来得太迟,王退朝了,下回再说吧。

春天不是从牡丹开始的,我认为,春天应该从树上开始,比如桃李梅。树的躯干是春天的骨架,支撑起春天,然后,繁花满枝,展开了春天。初春之际,基本上便由桃李梅三分天下。

花朵如人,性格各异。梅花生性高冷,且孤芳自赏,自古格调既定,改也难。桃花花开随处,亲切宜人又妖艳含情,掺和了世间太多的事,以至于弄出了“桃花运”“桃色事件”这样一些敏感词。李花是路过春天的诗侠，一夜怒放满树皆白，直开得意气风发，神采飞扬，像毫不掩饰的才华与豪气。

而牡丹，天生就是来做花王的，卓然绽放之日，即是其君临春天之时，自有百花簇拥，好比百鸟朝凤。牡丹完全不屑于与谁争春，春色渐浓迟迟不发，那是有意让天下先热闹一阵。如此一来，江山无主，局面明显失控，各路的鲜花似乱世英雄竞起，拥兵自重，借势东风，争奇斗妍，逐鹿中原；此间花事纷扰如战事频仍，姹紫嫣红，层出不穷，一时世上多少颜色。这是春天最好看的战争，花国诸侯的大规模混战，有割据的，有问鼎的，有火并的，有捣蛋的……直至牡丹傲然出世，雄视八荒，所及之处，六王毕，四海一。

确实也无花能与牡丹相争。牡丹花朵硕大，花色夺目，王气逼人，那种端庄堂皇的气派简直与生俱来。此花别说一睹真容，就是让画家工笔重彩临摹在纸上，挂在墙壁上当背景，也可使人间的王者更像王者，土豪更加土豪。这样的花，你可以不喜欢，但不能不承认其花王的地位。

有个很著名的传说，说是某年武则天心血来潮，忽然打算搞一个反季节的花博会，她在冬天下令，要一夜之间百花齐放，并将拒不参加这项活动的牡丹逐去洛阳。

这个故事，我起初把它看作武则天在跟男人们较劲儿。我一向认为牡丹为男性之花，牡者，雄也。再仔细一想，又不像性别斗争，倒更像人间和花间的两个王者在撒娇使性子。女的说：“讨厌，敢拆老娘的台！滚，滚得远远的，滚到洛阳去，再不要看见你！”男的说：“去就去，朕还不想再见到你呢！”不过，武则天随即也跑到洛阳去了，连国都也迁了过去。除了政治上的原因，她大约还是依附了牡丹。再往后，武则天去帝号，恢复皇后身份，终老洛阳，还政李唐。

现在，我把这故事里的各种寓意，女权男权王权什么的都琢磨了一圈之后，又把它看简单了。它就是一个女人和花儿的故事，生动地表达了女人对春天的渴望，和对花朵“朝朝恨发迟”的急切心情。凡事不要瞎琢磨。

垫江女孩小周跟我聊天，讲起她小时候爱花，常去花农的园子里采下大朵的牡丹来戴；花农也由着她采，只是叮嘱她小心，别伤了花根就行。我听着不知怎么就想起了隋炀帝杨广的事儿。杨广对着镜子端详自己的英俊模样，忽然摸着脖子说：“好头颈，谁当斫之？”语气中透出帝王的自恋和自信，很有个性。不晓得骄傲的牡丹是否也这么想过。我倒是由此一下子冒出来两句诗：

凭一双纤手，轻轻/摘取了花中天子的头颅

没错，一双纤手！这正是天子们的短处。

小周要我送一幅字给她，我提笔写了四个字：香自天来。记得数年之前给一位姚姓女孩写字，那次我写的是：姚黄魏紫。都与牡丹有关，也算一种祝福。

他年我若能做一回李白，仍然要踏着月色设酒花丛；我的四周当为王者牡丹，层层叠叠灿然怒放，漫山遍野。试想那该是怎样的情景：天地间，山岭上，云影轻过，花语芬芳，独我一人举杯畅饮，从古至今。那时的境界，定然是意态纵横，物我两忘，千年万里中，月亮是魂，牡丹是身。

（2017年4月19日）

桃花林内有吾村

邓高如

“满树桃花红似锦，桃红又是一年春。人面桃花常相映，桃花林内有吾村。那缓缓的溪水明如镜，正好洗我花衣裙……”

这是川剧《桃花村》里姚小春的一段唱词。此戏说的是唐代才子崔护春游都城南庄，于桃林之内巧遇村姑姚小春，二人缠绵问答，互生爱慕之情的故事。

菜花黄，李花白。杏花细雨，桃花小汛。作家美女齐聚，才子佳人如流。原来姹紫嫣红开遍，有机农业景色如许……

近几年来，我只要应时回西充桑梓之地，总会多见桃红柳绿、人气日高的景象。假日周末，城里人来西充农村田原秀爱撒欢，锄地摘果的生活情趣，已成一道风景线。

当然，西充花样生活的景观，皆缘于有机农业的崛起。过去回西充，从乡亲们口中得知，县乡各级领导也曾号召兴农业，办企业，搞种养，富民生，招数换了不少，但往往劳而少功，成效不明，建设美好乡村成了一句空话。

原来，西充无大江大河，无舟楫之便，更无铁路运输，过去发展工业总是落后于邻县。于是县委调整思路，认清昔日的“三无”之地，正是现在发展新型农业必须具备的无污染之地。便决定通过转型发展有机农业，带动其他各项产业，把富民强县的目标落到实处。通过十年努力，方有了今天“游充国田园，享有机生活”的喜人景象。这才是“绿业乾坤大，林下日月长”啊。

那日，我回西充金华山登高远望。金华山位于县城西南面10余公里处，海拔450米，是四川省100个最佳摄影点之一，也是俯看全县概貌的最好位置之一。正巧，县委陈泽斌书记也在那里下乡。他说："高如同志，每当县里要决策某项重要发展项目的时候，每当我工作倦怠需要振奋精神的时候，每当有客人、朋友前来参观访问需要干部带路的时候，我都要登上金华山，远望周围的农业发展景象，那才真是清风徐来，万壑藏胸，眼界大开，知后而明进啊！"

他停了停，望着右前方说："前面是凤鸣镇，那一带土地肥美，向阳通风，若再种上几千亩玫瑰多好！"

我问："在乡下，那么多玫瑰花好销售吗？"

陈书记摇摇头说："这么多玫瑰花，若是仅在乡下销售，不知哪辈子才能卖完。你可知道，那玫瑰花正是提取玫瑰精油、制造法国香水'香奈儿'的主要原材料。精油优质，香水才能优秀。我们县出产的玫瑰花，正符合他们无污染的严格指标要求。因此商家已与我们签订好合同，我们产多少，他们收多少！"

随后，陈书记又目光前移，指向远处说："你看太平、古楼那边，既有山坡，又有平坝，要是在那里再种上万亩桃树、李树、梨树多好！几年后，又多了一个花果飘香，观花采果双受益的好去处啊……"

陈书记走后，我的心情久久难以平静。西充过去是穷乡僻壤，如今变成了半县山水半公园，一地风光一锦绣的中华名县，好生了得！

我举目北望，正前方的远处再远处，正是我的出生地中南乡。距家乡五公里处的槐树镇，是三国蜀汉大学者谯周的故乡。谯周年幼丧父，孤苦伶仃，随舅父生活。他发愤读书，废寝忘食，通晓五经，谙熟礼法，上懂天文，下知地理，被时人称为"蜀中孔子"。

蜀汉建兴二年(224年)，丞相诸葛亮推举他为典学从事，负责学校、生徒、训导、考核、升免等职事。蜀汉延熙元年(238年)，被调任太子家令。后历任中散大夫、光禄大夫等职。他曾对姜维多次北伐虚耗国力表示不满，并著有《仇国论》，力陈北伐之失。特别是当魏国三路伐蜀，兵临城下时，他力劝刘禅顺应历史，开城议降，避免了一场恶战，保护了成都百姓的生命财产，赢得了巴蜀百姓的普遍爱戴。

此时正值阳春三月，花红柳绿，草长莺飞，在淡淡的云雾中，我想那大学者、人文主义先驱谯周的棺椁，不正安放在家乡那浓浓密密、漫无边际的松林翠柏之中吗？那一沟沟、一树树的桃花、梨花、杏花，不就是家乡亲人送给他的硕大无比的花环、花幔吗？

啊！这些年家乡漫山遍野种下果树花木，翠柏青松，除了给人们提供了大量的经济收入、休闲娱乐外，莫非还对长眠地下的纪信、张澜、鲜英等豪杰先贤的英灵功德，在无声地祭奠？

我将目光收回，落到了距我家几步之遥的雨台山小学。那天课堂上，吴老师正在讲述一个在家乡流传很广的故事。

古时候，一个财主请了三名匠人修宅子。宅子修好后，财主给他们送来了两篮又大又红的水蜜桃，并说，你们吃完这两篮桃子，就来领工钱吧。

那时家乡人还不会种桃树，这三个匠人也从未见过这种稀罕物，便各自有了心思。木匠先对石匠、泥水匠说，今天是竣工的好日子，既要发工钱，又要吃桃子，你们先在工棚好好待着，我去买回几样酒菜庆贺庆贺。果然，木匠出门不大一会儿，就买回了酒菜，刚一进门，不想那石匠、泥水匠便抡起大棍子，一同将这木匠打死。

原来，当木匠出门买酒菜的时候，那二人就商量：这桃子只有两篮，三人不好分配，不如我们共同将木匠打死，便能一人分一篮了！于是便出现了刚才那一幕。谁知，当这石匠、泥水匠吃下酒菜，还来不及分桃子、领工钱的时候，就双双口吐白沫死在门前。显然，那木匠早已安下了杀死二人、自己独得桃子的歹毒心肠，在买回酒菜的途中就在酒菜里下了老鼠药……

吴老师讲到这里，神情严肃地说："同学们，这就是家乡版的'二桃杀三士'的故事。听完这故事，我要同学们思考三个问题，一是地主老财设下这毒辣的计谋安的是什么心？二是人性中的自私是多么丑陋，我们怎么从小培养自已向善向公的美好品德？三是为什么地主老财要选用桃子来诱杀三名工匠？"

我记得对于前两个问题，当时同学们都回答得很好，唯独在问答第三个问题时，莫衷一是。我也记不清那时老师是怎样归纳的了，但是多少年后的今天，在经历了三年困难时期、"文革"动乱时期和改革开放的今天，似乎可以这样回答：一是用"二桃杀三士"这个成语，来"旧瓶装新酒"，便于故事的传播；二是用那两篮"又大又红的水蜜桃"做诱饵，很具故事的诱惑力；三是西充这一带当时人们还不会种桃子，它还是"稀罕物"，如果像今天这样普遍，别说两篮桃子，就是有两车桃子也不可能因此去杀人夺命的。因此可以这样说，物质财富的丰富多样，总是人类文明进步的阶梯；创造更多更好的物质财富，既是提高人民的生活质量，又是提升人类的精神文明、道德情操和社会公德的不竭动力啊！

老师，这番道理，我是否懂得太晚、太浅了呢？

在西充有机农业的配套发展中，其新农村建设与改造工程的迅猛推进让我不能不惊喜。

今年3月初，我随《重庆晚报》和西充县有关部门组织的重庆作家团到家乡采风，沿途那一排排一幢幢带有江南风格的乡村别墅，真让人耳目一新。那青松翠柏、似锦繁花掩映下的农家小院，似乎比城里的高档小区更有吸引力，与当年崔护随兴所至的"南庄柴门"相比，更是不逊多少韵致。当连续参观完几处花样田园和人文景观后，我们来到了被誉为"中国有机生态循环第一村"的凤鸣镇双龙桥新村入住。

次日清晨一早，我起床唤上同行的作家、乡友马朗甫超，同去领略这小镇风情。这里小桥流水，杨柳依依，小巷幽幽。一排排形同小别墅，又似农家院的街区向前延伸，座座建筑皆是穿斗小青瓦、白墙坡顶房，腼腆而含蓄地展现在我们面前。漫步在春雨初停的小街小巷中，我多想遇见一个桃红色的仙子，或如戴望舒在《雨巷》中所描述的，撑着油纸伞，如丁香一样地结着愁怨的姑娘。

果然，我们前行到小街尽头，右边一拐，便见一座座稀疏有序的农家院展现在眼前。我们正入神地观看，路边有一年轻大姐轻声唤道："二位先生，请院里用茶。"我们见那农家小院清静敞亮，桌椅茶具干净整齐，大姐也干练清爽，一双儿女机灵可爱，便忙进院里坐下，边饮茶边细谈。谈中得知，大姐名叫何华平，三年前她除去以旧房抵资外，另花七万元购得这套168平方米、一楼一底的农家院，办起了农家乐，还在房前屋后栽种蔬菜果木。各项收入，除支付日常用度和供两个小孩读书外，还绰绰有余，是个典型的小康人家。

县旅游局副局长杨焰君告诉我们："这一带经过大力发展有机农业后，不少地方已是田园变花园，农区变社区，村民变市民了，人们的物质文化生活水平有了显著提升。"

几小时后，我们随采风团离别了青龙小镇，离别了西充故乡，真有些依依不舍。那青山绿水中的家乡美景，那桃林翠竹下的柴门情韵，何日才能长相陪伴呢？

（2017年4月29日）

有缘小城人和事

田健勇

今年初路过宜宾，同行的朋友要去看看一二十年前的老邻居。那个时候，两家人互为邻里，有什么事打个招呼，孩子相互照应，你家的盐我家的醋没有彼此，那真是多年邻居变成亲，人到难处邻里来的感觉。朋友对那段邻里时光的美好记忆，也让我们感同身受。

掩映在晚霞中的江城，水光潋滟，绚丽多彩，折射出山水的秀丽与灵动；三江缠绕，现代与古朴，酒香与竹美，让人遐想。正如一位作家所言："一个散发人情味的柔软城市，应该是一个有水的城市。"

宜宾人早晨有吃面条的习惯，其中最爱的就是燃面了。其实，在宜宾随便走进哪家面馆都能尝到地道的燃面，就像重庆的小面，你能说哪家好，哪家不好？大多时候都是在自家附近吃自己认为最好的小面。

朋友的老邻居推掉了先前的安排，非要陪着我们去李庄。她的这份热情、这份坚持，我们是推不掉的。

"相信你们去过许多古镇，但像李庄这样与抗战文化融为一体的绝无仅有。"她那清脆而悠长的话语，透过时空，把我们带进这融入了抗战文化的李庄古镇。

抗战时期，上海国立同济大学等机构已迁五次，仍被日机轰炸威胁，需第六次搬迁到川南一带。当时，有些地方已接纳了许多疏散的人口，拥挤不堪，自顾不暇。在这种情况下，李庄毅然决然发出电文热情相邀："同大迁川，李庄欢迎；一切需要，地方供应。"三千人的江边小镇，要接纳上万的外省籍文化人，这是何等开阔博大的胸怀和气概！

据说，当时国内外信件纷至沓来，信封上只要写上“中国李庄”就可准确无误地送到。此时，这个长江上游的千年古镇一时间成为与重庆、成都、昆明齐名的大后方文化中心。

彼时的古街小巷，不时有傅斯年、李济、吴定良、董作宾、劳干、梁思成、童第周，还有英国著名学者“中国通”李约瑟博士等大师的身影。他们掖着教案，总是匆忙地奔去讲堂，偶尔的闲暇和充裕，也许会坐下来尝尝小镇的美食。

历经六载，大师们“不废研求”“也蕴才情”，写出了很多重要的学术著作。在陋室的油灯下，梁思成的《中国建筑史》，和林徽因共同完成的《图像中国建筑史》在此诞生，成为这一领域的扛鼎之作和学术经典。本已粗茶淡饭、简陋清苦，仍有不能为继之日，还不时典当衣物。梁思成最后将陪伴了自己几十年的派克金笔和手表送进了当铺，但换回的不过是两条草鱼。提着两条草鱼回家，梁思成幽默地对林徽因说：“把这派克金笔清炖了吧，这块金表拿来红烧。”即便是在重病缠身、生活窘迫的日子里，夫妇俩仍不改其乐观豁达的生活态度。

一路走来，她用宜山、宜水，更宜宾的情感，如数家珍般地说着戎州和古镇的前世今生。她对故土的热爱和眷恋，是从心底里涌出的执着与坚守。罗曼·罗兰说：“真正的英雄是那些看清了生活的真相，却依然热爱生活的人。”

时近正午，在“方寸酒家”坐下，少不了黄辣丁和白肉。白肉，也叫“李庄刀工蒜泥白肉”，堪称李庄一绝。选用皮薄肉嫩、肥瘦适当的后腿肉，片成比巴掌还宽大的肉片，好的刀工厚薄不超过两毫米，堪称一绝。拈上一片，蘸上大蒜、辣椒、花椒调配的作料，顿觉清香爽口，肥而不腻。一片不够，还须再来，一片二片，大半斤白肉就这样下了肚。

有的时候，人与人之间没有过多的物质往来，往往一个微笑、一个点头，会让我们幸福好一阵子。这世上，许多事、许多人，这辈子都是擦肩而过；有得相见，更是缘分，缘是天意，分是人为，正应了“有缘千里来相会，无缘对面不相逢”的道理。

（2017年5月1日）

她从来不曾走远

祝绘涛

一直想为婆婆写点什么，却不知从何写起。几十年的光阴那么长，也不曾暗淡那些记忆，婆婆的音容笑貌，依然清晰如昨。就像一首歌里所唱的，“从来不需要想起，永远也不会忘记”。

小时候，父母在远离故乡的地方工作。十岁时，父母调回到故乡，我才第一次见到婆婆。但相见的一刹那，我对她却没有感到丝毫的陌生，一种天然的熟悉和亲切感传遍全身，好像我从未与她分离。多年后，我才明白，那是血脉关系使然。

不知是不是命运也会遗传，父亲十二岁时，我爷爷去世，在我十二岁时，我母亲也去世了。那段日子，我倍感悲伤、无助、惶然，特别是有了继母后，这种感觉尤甚。很多时候，我受了委屈，独自一人默默地坐在屋外漆黑的夜色中，没人知道，也无人理会，只有婆婆才会觉察。她悄悄出门来寻我，用她粗糙的手摩挲着我的头说，“快长大吧，长大就好了！”我靠在婆婆怀里，两滴清泪泫然而下。

待在家里实在难过，我去学校住读了。一个清冷的星期天，我正坐在寝室的床上发呆。突然，有同学跑进来对我说：“你家里人看你来了！”我疑惑着，“会是谁呢？”我向门外一望，不觉“啊”地叫了一声，是婆婆！她一身尘土，满面风霜，花白的头发在风中散乱着，却是满脸的笑意，每一个皱纹褶子里都装满了慈祥。自我住校后，婆婆就回了乡下老家，今天她是专程走了二十几里的山路来看我。婆婆撩起她尚还完好的外衣，露出里面补丁重补丁的衣服，撩了一层又一层，最后才从贴身衣袋里拿出一块牛皮纸包着的东西递给我，充满歉意地说："我没给你带啥好吃的，就买了块薄荷糖！"我接过那块薄荷糖，它是暖暖的，还带着婆婆的体温。我打开牛皮纸，看见了那块温润如玉，晶莹如雪的薄荷糖。是的，那是最廉价的糖，但在我人生最感寒凉的时候，给了我甘甜的慰藉。

国庆节放假，我悄悄跑回老家看婆婆，远远看见她坐在地坝缝补衣服，身边放着一个针线篼。我悄悄走近，叫一声："婆婆！"她抬起头来，看见我，欢喜得什么似的，站起身来团团转，想给我找点好吃的。但贫寒的家里什么也找不出来。最后，婆婆走进厨房，倒了一碗滚烫的开水，在里面重重地放了两勺猪油和白糖，搅匀了，双手颤颤巍巍地捧给我。我喝着那碗猪油白糖开水，那是婆婆唯一能招待我的东西。那浓厚的甜，滚滚的烫，隔了这几十年的光阴，如今似乎依旧停留在我的舌尖。

那天的午饭，除了两样简单的蔬菜，婶子给每人煮了一个咸鸭蛋，在当时的农村，那已是最好的东西了。绿壳的鸭蛋，翻了沙，汪着油，特别美味。午饭后，我要走了，婆婆拉着我的手，依依不舍，送了一程又一程，一直送到了村头的大黄葛树下。这时，她突然往我的衣袋里塞了一个东西，我本能地想拿出看看是什么，却被婆婆一把按住了手，她不许我看！"走吧，孩子！快快长大啊，长大了就好了！"婆婆的叮咛随风传来。我走远了，回头还看见她站在黄葛树下，手搭凉棚，朝我这边张望。我想起婆婆塞给我的东西，赶忙把手伸进衣袋。我的手指触摸到了一个圆滚滚的东西，拿出来一看，我的眼泪"唰"地就下来了。婆婆没舍得吃自己那个鸭蛋，把它留给了我！那一刻，我好想长大。长大了，让婆婆不再穿打补丁的衣服，让婆婆天天吃上鸭蛋。

时间像蜗牛一样，一寸一寸地走着，走得那么慢。但我终于长大了，有了自己的工作，生平第一次给了婆婆零用钱。我想，不久，我就可以把她接来，让她和我一起安稳地生活！但是，老天却并不给我这个机会，在我工作了两个月之后，婆婆猝然离世！

婆婆在世时，曾不止一次对我说，“二妹，今后我死了，你不会梦到我，我不想来惊扰你。”说来也怪，几十年过去了，我竟真的一次也没梦见过她！

梦中不见，又有什么关系呢，岁月会走远，一回头，又是一年。但婆婆在我心里，从来不曾走远……

（2017年5月1日）

针匠父亲

糜建国

“只要功夫深，铁杵磨成针。”其实，针不是磨出来的，是做出来的。父亲就是做针的。

那个年代，物资匮乏，不要说用铁棒磨针，就是细铁丝也难买到。父亲买回粗铁丝，把有细密小眼的钢模板绑在门框上，让铁丝穿过小眼，一头用钳子夹住，使劲儿拉细。开始一两公分，很好拉，但后面随着铁丝越拉越长，从几米到几十上百米，就不好拉了。看见父亲很费力的样子，我们跑过去打帮手。父亲看见我们帮忙，把声音吼得更大了，一二三，拉出一截。有时用力过猛，绑住门框上的钢板一下子松了，几爷子跌撞在一起，“滚远点！”父亲吼起来。

当然，也不只拉一个模子。针一般有三种，最细、最短的是小针；稍微粗点、长点的是大针；还有一种更粗、更长的，10来公分吧，用来缝铺盖、蚊帐等，叫行针。拉细的铁丝，父亲用剪子“咔嚓咔嚓”铰出不同的小节，再用小锉子，把铁丝一端锉成一个小尖。锉的时候，父亲左手食指和拇指捏住铁丝灵活地旋转，针尖就显山露水；锉好针尖，用精致的小铁锤，控制好力度，“啪啪”地把另一头敲扁。敲扁之后，用一钻头转针眼。父亲左手捏针，右手提转子，点一滴清油，提起转子挨到针屁股上，随着“呼呼”声起落，一个针眼就转好了。有了眼的铁丝不再死板，一下子鲜活起来。

在我们看来，转针眼是最难的。其他都可以打下手，唯独这个我们学不会。由于针是用手捏住搁在钢板上的，若掌握不好转子的旋转速度,钻尖和针屁股接触后,既是铁碰铁、硬碰硬,又因抹了清油,一滑就把手钻了,鲜血直流。看见我们“哎哟哟”地叫,父亲捻一个蜘蛛网沾在伤口上止血,嘴里骂道:没得出息!

钻好针眼,还须把毛边的针屁股锉光滑。和锉针尖一样,父亲挂一副眼镜,坐在小凳子上,一根一根地锉。夏天蚊子多,旁边燃盘蚊香;冬天冷,父亲用破袄子包着,下面烤一个火烘笼,由于太专注,经常被烤起洞洞眼眼。坐得太久,经年累月,除了喊腰杆痛,父亲屁股上还长了很多坐板疮,疮好后瘢痕累累。

打磨好针尖、针眼,处理好针屁股,没有刚度,还不叫针。一天天地,等装满一砂罐的时候,就煅烧。放药水里浸泡了,按照小针、大针、行针一小包一小包地包缠好,用砂罐装了,在专门修的煤炭灶里煅烧。清早把火生好,天擦黑的时候,差不多就好了。听说针匠烧的针要出炉了,邻村的也跑来看热闹。父亲穿一件洗得发白的蓝布长衫子,显得大气磅礴,用长镊子从灶里夹出红彤彤的砂罐,大吼一声,一火色倒入旁边盛满水的大锅里。只见火星飞溅,像天女散花,锅里“嗤嗤”地冒着白烟,很是壮观。随即,父亲从锅里选一根出来,用力一掰,“咔嚓”一声就断了,父亲连声说道,这一罐好!这一罐好!这就是淬火,淬火到位,针脆,就好,如果不脆,这一罐针就完蛋了。

淬火后,有了刚度的针还很黑,要磨。将几人才能围抱的树一分为二,做成一个案板,纵放一排针,撒上一些铁砂子,将手掌覆盖在针上,一来二往,把针磨得透亮。长年累月,那个树面,被磨出深深的沟槽,父亲的手掌也裂口纵横,像老槐树的皮。

白天不磨针,磨针安排在赶场头天晚上。鸡叫头遍,就起床磨。磨好后,趁着星月赶往各个乡镇去卖。一个背篼,上面放一张筛子,铺上牛皮纸,一排排针光芒清澈、生动鲜活。父亲叼着烟斗,蹲在那里等买主上门。买的时候,也有用鸡蛋调换的;也有家穷的,连一根针都买不起,心性像针一样刚直的父亲，就送，不收钱。

作为针匠，父亲在十里八乡都很出名，姑娘绣花、做嫁妆，妇人纳鞋底、缝补衣物，都说父亲的针做得精细，有灵性，好用。爷爷不到三十岁就死了，父亲十三岁当学徒、十六岁出师，靠做针挑起家的大梁。后来有了机器洋针，田地也下了户，就不做了。我们兄弟几个，也没有谁学，再后来和其他很多行业一样，失传了。父亲在世时，偶尔谈及那段针匠岁月，唏嘘不已。

（2017年5月1日，获璧山高新区杯第二届重庆晚报文学奖）

华盛顿街头的松鼠

成再耕

在美国首都华盛顿游览，有许多可供观赏的景致。比如，白宫、国会山、华盛顿纪念碑、林肯纪念堂、国会图书馆、国家艺术博物馆、自然历史博物馆、宇航博物馆等。每一处都独具特色，每一处都会为你打开了解这个国家的窗口。然而，我却对这个城市遍布大街小巷的小松鼠情有独钟，认为是它们的存在，增添了此处的活力。

从美国西海岸到东海岸，从洛杉矶、旧金山到费城、纽约，放眼一望，到处是挤挤挨挨的摩天大楼，到处是滚滚的车轮、匆匆的脚步。反倒是这作为政治中心的都城，比别处显得宽敞宁静。城里看不见高楼，最高的楼宇不会超过169米的华盛顿纪念碑。没有工厂，排除了污染的源头。五六十万人口，留足了相对宽松的空间。蓝天白云下，是大片清澈明亮的湖水，是绿色的树林、绿色的草坪。也许就是这样的环境，为松鼠这种能给人带来快乐的小生命，提供了家园似的栖息场所。

在华盛顿街头行走，随时随地都可看见上蹿下跳、无拘无束的小松鼠。或是从粗大的树干顺势蹿下，或是站立在碧绿的草坪四下眺望，它们举止悠闲，神态自若，与路上的行人各不相干，抑或偶有交集，都表现得见惯不惊，落落大方，当你从口袋里掏出一块面包，它会取而食之，慢慢咀嚼，慢慢品味，颇有绅士风度。总之，它的一举一动，能够让你感受到它们不是食不果腹的流浪者，而是这座城市吃喝无忧的主人。

我们一行四人，飞越太平洋，从美国的西部到美国的东部，走走停停，边走边看。去过洛杉矶的污水处理厂，也去过费城的造币厂。开阔了眼界，也增长了见识。我们这个小小的团队，其中三人年龄偏大，只有30多岁的小皮年纪较轻，且英语最好，我们开玩笑地叫他“皮特”，兼任对外交往的联络员和翻译。从“国会山”下来之后，我们来到拉法耶特广场，坐在广场边的长椅上小憩。刚刚坐下，三只黑色小松鼠，便从左、中、右三个方向走近身边，与三位年长者做了零距离接触。对于这些天性活泼的小家伙，谁会不满怀爱意？于是，瓜子、花生、饼干，自然成了见面的礼物。站在一旁的皮特见状哈哈大笑，在与松鼠亲密无间嬉戏的过程中，他见缝插针地讲述了不少自己搜集到的关于华盛顿松鼠的逸闻趣事。

原来，华盛顿的松鼠与华盛顿的人一样，都是从别处迁徙而来的。这是一座人造的移民城市。100多年前，为了使这座空空荡荡的都城更具生机，美国国家动物园从加拿大引进了18只黑松鼠。如今数量众多的黑松鼠恐怕就是它们的子孙。松鼠是个既有人喜爱也有人讨厌的动物。它的萌态，让人忍俊不禁；它的胡乱啃噬，也让人心生烦恼。近一个世纪以来，小家伙们在被喜爱与被讨厌之间反复折腾，历经驱赶和捕杀，也历经喂养和宠爱。最终，后者占了上风，这些可爱的小生灵才得以在此安心地繁衍壮大。出于对大多数民意的尊重，政府授权公园警察承担起给松鼠喂食的职责。并在松鼠聚集的地方，安装了专为松鼠设计的房子和铁质的饮水容器。松鼠们从此过上了舒适悠闲的幸福生活，与这座城市的人们相依相伴、和谐共处。换一个角度来看，松鼠在此惬意地栖居，也冲淡了这座城市的喧嚣与躁动，缓解了神经的紧张和身心的疲惫，让城里的居民和途经此地的过客，仿佛置身于山风的吹拂、溪水的浸润中，享受到散发着松脂香味的大自然带来的美丽及抚慰。

在充满矛盾、充满诡谲、充满变数的当下，我个人认为，“国会山”那些议员们一本正经地滔滔雄辩，远不如拉法耶特广场的松鼠们拥抱自由的玩乐潇洒有趣。匆匆走下“国会山”，久久坐在拉法耶特广场，这种选择,有着充足的理由。

我曾经在黄山的悬崖峭壁间偶遇松鼠。我忙着上山,松鼠急着下树,一条由山泉汇集的小溪将我们隔在两岸,彼此各忙各的,没有任何交流,分道扬镳,就此分手。回想起来,那种不期而遇,实属偶然,松鼠没有将游人看作朋友,游人也没有停下脚步观赏松鼠的思想准备。甚至,松鼠担心受到伤害,还会对人类敬而远之,予以防范。看来,在我们这个赖以生存的大千世界,长期有着相斗相残的历史,要做到相互了解、相互信任、相互尊重、相互友好,必然需要一个漫长的过程。

动物之中,我厌恶蛇类与鼠类。然而,我从未将大尾巴的松鼠和小尾巴的老鼠归并为同类。期待有一天,我所在的城市,也能绿意盎然、空气清新,在明丽的阳光爱抚之下,人们可以和无忧无虑的小松鼠一起在松林之间的草坪上快乐地打滚儿和跳跃。

(2017年5月8日)

菜市场的风景

贺芒

菜市场历来被文人讥为又脏又臭之所,汉朝刘向写道:鲍鱼之肆,久而不闻其臭。在梁实秋笔下,菜市场则集脏之大成,地窄人稠,污水横流,满地泥泞。青菜在臭水沟里淘洗,满手油污随便在柱子上揩擦。菜贩更是油滑狡狯,巧舌如簧,缺斤少两。也难怪,君子远庖厨,自然更要远菜市场,嫌菜市场脏与臭,无外乎嫌其粗陋、鄙俗。殊不知一日三餐的新鲜菜蔬、鱼肉蛋奶都来自菜市场,菜市场是市井生活的心脏,向整个城市输送富足的、热气腾腾的生活。

因为中国菜市场的脏乱差,所以梁实秋先生盼望着引进西方的超市,干净、整洁、物品丰富而又井然有序。如今超市早已遍及大江南北,然而菜市场并未被取代,其地位仍然坚不可摧。

其实,菜市场是一个极其鲜活的所在,它像一个宝库,身在其中,总能觅到不寻常的宝物。比如鲜嫩清香的椿芽,野地里拔来的侧耳根,常有农人背着背篼,里面盛着刚刚采摘的野葱、春韭之类的稀罕物什,还沾着泥带着露,散发着浓郁的乡野气息。只有几小把,卖完即止,只够农人补贴几个油盐钱,与超市山一般堆积的菜品完全是两样。买上一把这样的椿芽、春韭,拿回去洗净切细,或清炒或凉拌,味道鲜美,回味无穷。

每年端午,母亲必定一大早就上菜市,去买新鲜粽叶、陈艾、菖蒲、侧柏叶。粽叶拿来包粽子,后几味草药则用来煎汤沐浴,这些东西采摘不易,价格低廉,原以为早已买不到,可每次母亲总能在菜市场角落里如愿以偿,拿回家来青葱碧绿、清香扑鼻,以供我们“浴兰汤兮沐芳”。母亲时常抱怨这些东西一年年地贵了，但这般小众化的东西能在菜市场买到已经不错了，也只能在菜市场里买到了。

菜市场也是一个藏龙卧虎之地。小贩们不仅狡猾油滑，更是身怀绝技的民间高手。杀鸡的、宰鱼的，三下五除二，活鸡、活鱼变成了你要的鸡块、鱼片，鸡块大小均匀，鱼片厚薄适中。削菠萝的一手持水果刀，一手持菠萝，菠萝表皮那复杂的纹路在他手上只是按图索骥，顺着纹路，菠萝那身坚硬的皮变得柔顺听话，一圈一圈地剥落下来，露出一身金黄莹润、香气袭人的果肉，再用刀尖剔除镶嵌在果肉中的黑色簇状小点，一系列动作如行云流水，令人叹为观止。

家附近有个卖脐橙的中年男子，最擅长吆喝叫卖，简直就是一个段子高手："甜得遭不住，你莫走错路；甜得幺不倒台，你吃了还要来！""价格又不贵，尝又不收费，我喊起又还累，不喊又要打瞌睡……"这些生动诙谐、平仄押韵的段子张口就来，堪称民间说书艺人，围上来听他念打油诗的不在少数，顺带买上几斤脐橙，生意很是兴隆。大多数小贩不像这个汉子一样有才，但也善于在言辞中突出自己东西的特点：刚摘的脆芹菜哟，才来的甜菠菜，歌乐山的雪地萝卜哦……像作家一样将形容词用得恰到好处，活灵活现，栩栩如生。这样好的东西你若不买，就是有眼无珠，就会坐失良机。此乃民间智慧。

梁实秋写菜市场，还写到小贩们喜欢在蔬菜上喷洒清水，此举是为缺斤少两做手脚。此处梁先生未免气量狭小，小贩们凌晨三四点就要去农贸批发市场进货，等到上午八九点钟甚至更晚些时候，好几个钟头过去，风吹日晒，蔬菜打蔫卷边，洒上少许清水，让它们重新精神抖擞、青翠碧绿，就算是为了卖相好看亦无可厚非。我倒是欣赏小贩们这种举动，他们珍爱自己售卖的菜蔬，把它们当作有生命的东西一样宝贝着。将番茄上的泥土擦拭得干干净净，码得整整齐齐，让它们如红宝石一样发出璀璨的光芒，剥好的青豌豆大小均匀、颗粒饱满，很珍惜地放在小簸箕里面,珍珠般莹润,盈盈流光。甚至最不好摆放的青叶菜,也努力地摆放整齐,根茎部位朝里,叶子朝外,好像列队的士兵一样整齐划一。顾客一番挑挑拣拣,把这些队伍弄乱了,他们又重新拾掇好。就像给他们的孩子梳好头发,换件干净衣服一样,手上,眼里,总是充满爱意的,对弄乱弄坏那些菜蔬的顾客,他们难免会埋怨,甚至争吵。珍惜自己售卖的东西,意味着珍惜这份赖以生存的营生,即使里面暗藏着狡狯,以及斤斤计较,也是可以谅解的了。

(2017年5月15日,获璧山高新区杯第二届重庆晚报文学奖)

矿坑的涅槃

戴馨

真正的美不必刻意包装，也不需过分关注。

上善若水，水的品质是自在、包容、普爱。润泽万物苍生，播撒生命曙光。澄净的水流能抚平人心中的块垒，慰藉人心底最深的焦虑。何况是面前这样一潭碧水。它静卧于群山之中，如晦涩山体中荡漾流转的眼波，瞬间点亮人澎湃的情绪。

这是在渝北铜锣山里。只是千米之下的低山，山势并不嵯峨雄伟，植被也不算丰饶，通往山顶的道路更不崎岖。从石船镇兴文村沿319国道驱车10分钟，到达一个废弃的同乐山庄，顺缓坡上行五六分钟便可走到山顶。还没从“一览众山小”的惯常思维中回过神，前方陡然塌陷下去，蓦地出现一个近百米深的巨大窟窿。不是武隆喀斯特那样自然形成的天坑，有浓密的植被、秀美的景致，引人欣赏与赞美。这是从地心生生挖割而成的深深创口，一刀刀，一块块，壁立直下，黢黑或苍黄的岩石整体裸露，巨坑侧部还挖掘出大量岩石，堆积成座座小山。石壁上虽有少许野草点缀，深坑旁边还蔓生出灌木、苇丛，依然改变不了整座山体贫瘠苍凉的底色。

偶然从微信朋友圈中知晓这个地方，称此处拟打造矿山公园，心念一动，想起家乡煤矿生产的日益没落，地区十年艰难的转型之路，是否能从中寻找一些借鉴？

20世纪70年代，铜锣山矿区进行碎石开采，以满足工业建筑需求，导致了当地生态的严重恶化。几年前关停矿区后，遗留下大大小小39

个矿坑,占地约4000亩。可想而知当时是怎样一幅情形:曾经生机盎然的绿野变得千疮百孔,矿坑里寸草不生,一道道疤痕丑陋而狰狞。按常理推论,不知要经过多少年,这里的生态才可自然修复。所幸苍天有眼,这样的窘态并没有持续多久,天上的雨水,山间的地下水,这些天空和大地的眼泪或体液渐渐涌出,时日一长,竟然在深坑里积聚。更令人叹奇的是,因水中、岩石中的矿物质相互进行化学作用,水色变得明艳瑰丽。造化之手轻抚,即将39个矿坑变成39个美丽的湖泊,如天地间散落的几十颗璀璨的珠玉,使一方土地变得湿润而有光泽。

眼前由巨大窟窿生成的一潭深碧的湖水,远望静默温婉,与周遭沧桑岩壁互为映衬,产生强烈的视觉冲击。走近它,发觉它自有灵动之处。风从湖上袭来,阳光在头顶瞬息变幻,湖水的色彩时而灰蓝,时而油绿,加之云朵、山峰倒映其中形成平滑的剪影,交织成不同色彩与明暗的层次。再细看,湖心还有细细碎碎风过的褶皱,星星点点日光闪烁的印迹。这些一起朝眼底冲撞而来,恍然间疑似来到青藏高原上的湖泊。

回顾湖水的前世今生,很自然地令人联想到九寨沟、喀纳斯湖这些著名的水色绝美之地,在它们耀目的光环背后,谁又说不是经历无数苦痛与磨砺,经历亿万年的自然变迁,天塌地陷,才得以成就美名呢?多少事物被时光抛弃,多少奇迹在其间发生。

有一种美是痛苦的结晶,是造物主的悉心怜悯与补偿。眼前的湖泊,最深处达六七十米,加之湖面离山顶的近百米,使人们圆了在地心深处漫游的梦想,实在是难能可贵。毕竟,那是地球用自己的伤痕为代价成就出来的啊。敬畏自然,不再重蹈覆辙,我们唯一能做的,只有尽心去呵护。

(2017年5月15日)

无书可读的阅读

倪红艳

从小喜读书，但似乎并无书可读——我说的是除课本以外的书。也许因为无书可读，才倍觉读书的乐趣与珍贵。关于阅读的记忆寥寥无几却清晰异常。

最初的阅读从“画书”开始，“画书”就是大家所说的连环画。开始我家并无一册“画书”，村里有几户人家的“画书”却很多，我便常常往别人家跑。后晌没什么事可做时，一头钻进有“画书”的人家，一本接一本看，看得不知今夕何夕。等把庄里人家的“画书”看得差不多了，也偶用攒下的零钱去买一两册。那时候乡上商店里有卖“画书”的专柜，玻璃的。然我手里的钱只够买一本，于是蹲在玻璃柜前把每本“画书”的封面都认认真真看一遍。一边选，一边通过封面想象一下每本书里的内容。再三比较后最终选定一本，踟蹰离去。买到手的“画书”却是在回家的路上就看完了，意犹未尽，不免心里有些欠。于是再看一遍。

我读的第一本真正意义上的文学书是“偶遇”的《聊斋志异》。说是“偶遇”一点也不为过。那时上小学，在一个要好的同学家玩。同学家来了一位亲戚，他是路过进来坐一坐的。那位亲戚顺手把一本书放在席子上，便与同学的母亲闲聊起来。我有些做贼心虚地拿起书读了起来，书的名字就叫《聊斋志异》。一个一个故事读下去，便欲罢不能。一边读一边希望那位亲戚多坐一会儿，多谈一会儿。不知不觉，亲戚起身要走，同学的母亲热情地相送。然那位亲戚并没有来拿书，直接出门走了。此时我想他应该是忘记了拿书，我却没有出声。我仍然在看，我希望他明天想起来了再来拿书。可是希望落空了,那人不到一刻钟就返回来了。边进门边说,他忘了拿书。我此刻有些羞惭,起身把书递给他。他却和颜悦色地接过书走了。

可是以后很久再也没机会读到什么文学书了,直到上初中时父亲带回一本前后都缺了页、书页卷得像油饼一样的小说。这本连名字都看不到的小说写的是“杨家将”的故事。书虽然很破,却很厚。父亲初小毕业,认得几个字,也爱看书。在父亲不看的时候,我便也抓了书来看,竟然一下子吸引住了！杨家将的形象从那时候起就树立在心中了。

之后很长一段日子,并没有什么课外书可读。有一次到大外公家去,发现了一些杂志——《半月谈》,便也拿起来读。里面一些政论性的文章并不能读懂,于是先捡软性的带有生活味道的文章读。在那个年代的农村,一群孩子在院里酣玩,独我坐在门槛上拿着《半月谈》读。大外公高兴地夸我是个爱读书的好孩子,心中便也有了几分愉悦。

时隔几十年,每当儿时读书的记忆浮出来,便觉得更该多读一些书。汲取阅读带来的养分,似乎也弥补着曾经的缺憾,使生活不由得丰厚而润泽起来。

(2017年5月17日)

能不忆昆仑

朱一平

自驾车从重庆出发，在甘肃、新疆晃荡了20多天，不是赶路就是看景，有些人困马乏了。对于进不进藏，几个花甲老人有些纠结。

难道我千山万水来到了向往几十年的西藏边缘却不进去吗？自我交战一番，决定义无反顾地进藏。但我没告诉老公和儿子，因为之前老公一直不赞成我们从昆仑山进藏，一是海拔高，二是有大片无人区，三是很多地方没有信号。而我们又是千里走单骑。

“行车新藏线，不亚蜀道难。库地大坂险，犹似鬼门关；麻扎大坂尖，陡升五千三；黑卡大坂旋，九十九道湾；界山大坂弯，伸手可摸天……”老司机总结的顺口溜，幸亏之前我们没听说，但是，即使知道了，难道就不去了吗？箭早已绷在弦上了。

第二天，秋高气爽，阳光明媚，我们兴奋地向着“万祖之山”昆仑山进发。

我们的车孤独地盘旋在绵绵不尽的昆仑山上，眼前是一座接一座的褐色巨山，远处黑黝黝的凌厉山峰上白雪皑皑，雄壮寂寥荒芜险峻……这里是人头豹身的神仙西王母才能驾驭的圣地，我等凡人是参不透的。当惊诧地看见路边有一个骑自行车的男孩，翻过一座山又看见一个费力地踏动自行车上山的女孩时，我们心服口服地向他们竖起大拇指：强！

现代人为什么要到这人迹罕至、望不到尽头、险象环生的昆仑山？扪心自问，理不清，反正一路都是震惊与沉醉。

219国道全程都是柏油马路，也算是平坦，这就容易让人放松，不经意间就会被与路面颜色相近的坑洼或石头猛然颠簸，让人头昏眼花。我们两位掌握方向盘的都是业余司机加眼镜男，有一位驾龄才两年。一路走来真是多亏各路神仙的保佑。

突然，前方拐弯处驶来一辆重载大卡车，四人眼睛都紧盯卡车与路面。可以过，于是一轰油门与卡车交错而行。“嘭嘭”两声巨响！我们感到右前轮遭遇剧烈的撞击！下车一看，右前轮撞到一块半潜伏的石头上，内外胎都破了！大家无奈地下了车。

两位男士赶紧去上千斤顶，着急加寒冷，手背都被地面擦破了也没有顶起车来。我查看了手机上的指南针，海拔显示4600米，可能处于鬼门关的库地与“陡生5300米”的麻扎之间。莽莽苍苍的群山越发沉郁荒凉，风越发生硬刺人，稀薄的氧气加重了我们惶恐的心。一向自强自立的我们，只好准备向偶尔路过的车辆求救了。

黄昏之色越来越浓重，心里越来越发虚，期待地望着拐弯处。老天爷保佑，一辆中型卡车如救星出现了，大家毫不迟疑地举手求救。啊！居然停了。刚好是昆仑山219国道206道班的工人检修路面返回道班基地，而且他们是四川人。他们下车查看一番后，用一块石头放在右轮前面，然后他们的师傅上车一轰油门，破胎就越过石头到地面了，这样方便换胎。又指挥我们把千斤顶顶到正确的位置。手摇的千斤顶在斜面上有些力不从心。师傅拿出车上的液压千斤顶，用一根手指上下按压一会儿就把车顶起来了！

两位师傅帮我们换上轮胎时，天已经擦黑。我们千恩万谢，感谢他们工作劳累了一天还无私帮助我们，真是好人！他们连连摆手说，不用客气！他们比我们的父母都年长，我们遇到难处，帮帮忙是应该的。

告别好人，我们摸黑盘旋而上，又盘旋而下，四人都睁大眼睛，想为夜行昆仑尽一点儿力，好在一路都只有我们一辆车在踽踽独行，免去了两车交错的危险。一路黢黑，近处远山不见一丝灯火，真的是荒无人烟。

直到夜里12点多钟我们才惊喜地看到前方有一团灯光，大家长松了一口气。走拢看这里就是麻扎。

接下来的昆仑行也有很多值得记忆的地方，但尤其让我们难以忘怀的是库地道班的好人们。真诚地祝福他们一生平安。

（2017年5月20日）

秀山米豆腐

舒玲敏

岑溪是渝、黔边界小乡，杂居着土家族、苗族、瑶族、侗族等十八个少数民族。十里不同音，五里不同俗，一年都不赶场，但唯有在放社之日特别热闹。到了放社日，整个乡的人打扮得漂漂亮亮，喜气洋洋地聚在一起，小小的乡场上人头攒动，人流穿梭不息。

到了社场上，买东西吃是必不可少的。女人们则在这天去山上挖野菜，洗净后带回家去。到了下午，人们各自回家，准备做社饭的材料：腊肉、干豆腐粒、青菜、野葱、豆豉等。为什么要吃野菜？听老人们说，吃了野菜后，这一年就算误食了其他有毒的食物，也会得到化解。但我观察了一下，煮社饭的野菜有苦蒿菜、花菜等，这些野菜都属药材。我们小时候不小心被芭茅草划伤了，扯上苦蒿菜、花菜都可以止血。而所做的饭，叫芽子饭，极有讲究。用甑子蒸到米粒夹生，没有甑子的，便用锅煮至夹生，舀起来。把腊肉、豆腐干粒混合各种菜炒好，再把夹生饭倒进去，和匀，盖上锅盖。小火焖至熟，开锅即可食用。

做社饭最珍贵的东西就是腊肉、豆腐干。在农村要吃上豆腐，没有大半天时间是绝对做不出来的。要提前一晚把黄豆泡在水里，泡涨了再去石磨上推成浆，再在锅里煮。每次做豆腐，都会去石磨上推豆浆，这是体力活。豆浆磨好后，再去邻居家借一个十字架形的工具，挂在炕上。把一张白包袱的四个角系在十字架上，再倒进磨好的豆浆，扭着两个角不停地摇，豆汁从包袱里流出来滴进锅里，再煮。豆腐干还得在清油里炸一下。

和豆腐做法相似的还有米豆腐。不同的是，米豆腐的材料是用米做的。哪种米做出来的好吃，只有长期做米豆腐的人才知道，选对了材料，做出来的米豆腐才好吃，有韧劲。用刀切的时候，才光滑透亮。冷却后，切成小块，浇上辣椒、酱油、醋，味道爽滑可口，又酸又辣，是女人和孩子们特别爱吃的小吃之一。

小时候，为了能吃一盘米豆腐，孩子们挖空了心思。我算好的，每天有两角零用钱。这两角钱就买米豆腐吃。有些孩子没有零用钱，便想尽办法挣钱或寻相同价值的物件去交换。

到了秋季，麦子割了后，麦秆就会被挑回家里当柴火烧。这时便会有商人到学校外，贴上大大的广告标语，收购麦秆。村里的男孩子们都蠢蠢欲动。他们从家里把麦秆挑到学校外，卖给商人，卖得的钱就去吃米豆腐。

近年，米豆腐更是走进各区县市场和超市专柜，得到众多人的好评和青睐。更有去江苏、浙江等地务工的秀山人，把社饭和米豆腐作为创业的产品，向外推广。在外的游子们，只要一听到米豆腐的名字，就忍不住口水长流。为缓解嘴馋的毛病，米豆腐便开始放在互联网上，朝着有秀山人的地方飞去。

（2017年5月20日）

病榻上的思考

许大立

赤身如案台上一条顺从而无奈的大肉，躺在无影灯下。几张笑脸影影绰绰，亲切而庄重，在白色的光雾里晃动。有甜美的声音从幻境中传来：我们即将开始手术，这是一个豪华团队？我双手合十致谢，感谢海峡两岸的骨科大师。而后只觉得一股酥麻由腰间向下半身弥漫，鼻翼间有芳香袭来。于是，我去了一个无知无觉的世界。

其实，我已十分幸运。在沉浮近七十载的人生境遇中，这是我第一次正式住院，第一次躺在无影灯下。我没有一定要拿自己身体开刀的理由。但是，当渐渐衰老的肢体限制到你的行动自由时，古训“身体发肤受之父母”，不可轻易割弃，与寻求人生更自在生活的思绪便展开了激烈的角逐。

这一次，是创新的医学胜利了。

一年前，在海南的一次体育运动中，我听见了膝关节轻盈悦耳的脆裂声。而后是服药止痛，而后又是一次又一次远行。必须远行，人生可贵，须臾即去，必须抓住每一次机会去浏览你未知的世界。于是从春天到秋天，我行走在彩云之南，锦官天府，天路青藏，鄂尔多斯，苏杭故土。快乐的行走带来的是病腿疯狂地报复，于是有一天，我终于瘫软在高中同学会结束之后的几级台阶上。

检查的结果令人窒息：必须进行膝关节置换手术。市内著名医院一连串的检查诊断莫不如此，皆是著名专家，医界翘楚。命运使然，悉听尊便吧！

哪知故事居然有了改变。

人民医院中山病区的心血管专家陈灏主任,向我介绍了同院的骨科专家隆晓涛主任。他们都是市人民医院的知名中青年专家,技术骨干。

几番接触交流,隆晓涛向我介绍了一种时下已趋成熟的保膝微创HTO+PSI技术。他说,膝关节置换术已经很普遍,但对于相对年轻一点儿的患者,这项技术更加适合。因为置换毕竟有局限性,保膝之后会留有余地。

尽管心怀忐忑,但是别无选择。隆主任的悉心讲解则让我宽心,这项源于台湾的技术已经成熟,它的优点就是矫正你的骨骼受力角度,尽可能保住膝关节,让你的这一器官最大限度帮助你在你的余生完成它的使命。终于可以保住自己的膝关节了,终于可以毫无痛感地遨游在丽日蓝天之下,怀着这种企盼,我赤裸裸地暴露在无影灯下。

上午八点半进手术室,中午一点半回到病房,其间我一无所知。麻药消退后隐约可见左膝盖上那个厚重的包裹,唇焦舌燥,鲜血淋漓。还有从膝关节中取出的大大的游离体——学名"关节鼠"。忽然有一丝庆幸,从手术室里出来了,生命的火焰还在燃烧。这是昨日前日以及许许多多等候的日子所期盼的。健康真好!

而后便是蜷伏在三尺病榻上的苦苦煎熬,无休止的点滴,各种类型的注射以及许许多多的意想不到。偶尔还有后悔,后悔是否应该挨上这一刀。

病房是人生的另一个世界,社会上罕见的疾患,在这里都司空见惯。鲜血淋漓,骨肉分离,来来去去,生死之间,只有毫厘。生是喜悦,死乃常事,对于患者,摊在逼仄的病榻上思考人生,实乃最佳之选择。

人真是变化莫测的生灵,会有希望、决断、毅力与未来,当我义无反顾地住进病房,不由分说任由医生切开我外表完美的肌肤时,我是勇敢的。当我在方寸之地望着天花板读着秒挨过时光,祈望伤口早日愈合骨骼快点复生时,我又是脆弱的。

其实,我内心最真实的想法是,不管未来如何美好,除非不得已,最好不要挨上这一刀！呵呵,不信试试?

（2017年5月23日）

“铁包肉”与“肉包铁”

兰卓

“铁包肉”“肉包铁”，仿佛是谜语，是什么力量将血脉涌动的肉体与冰冷刚毅的金属扯到一起，而且充满了柔软与坚硬的对决？

驾驶培训中心有一位风趣幽默的“大师姐”。她在讲课时说，这是交通事故中专家们发明的专用术语，“铁包肉”指的是人在车辆中，如我们乘坐的汽车；“肉包铁”是指车在我们的胯下，如我们骑乘的摩托车、电瓶车等。

“铁包肉”与“肉包铁”是以人在车体的位置来区分的，是一种不动声色的、让人不寒而栗的冷幽默：肉与铁是两个不在一个等量级的悬殊对比，让人首先联想到鸡蛋与石头，在加速度的强大冲击力下，再健硕的血肉之躯都是柔弱无骨的，与鸡蛋遭遇石头无异。

“大师姐”举例说，她有个朋友以前开摩托，是个典型的“肉包铁”，很是看不惯某些“铁包肉”，因为发生擦剐或碰撞后，哪怕本来明摆着不是“肉包铁”的责任，但“铁包肉”显得相当理直气壮。后来，那位朋友立志成为“铁包肉”，但一直对“肉包铁”心怀敬意。

“大师姐”说，很多“铁包肉”没有“肉包铁”的经历，在车来车往的洪流里，相比“铁包肉”而言，“肉包铁”太容易受伤了——一两百斤的肉体在少有安全防护的状态下风驰电掣地狂奔，一旦发生意外可想而知。

驾驶培训的第一课是“安全与文明”，驾照考试的科目一、科目四里，要各做1000多道练习题。在看培训教材之前，也许很多人做练习题很快就摸到了“窍门”——安全、文明的内核是即使对方违规违法了，但你自己不能违规违法，你自身的安全文明驾驶才是第一位的。

掌握了这个“窍门”，2000多道练习题做下来正确率会让人满意的。由此看来，“铁包肉”在“肉包铁”面前不该有任何优越感，更不可欺负“肉包铁”。也有“肉包铁”肇事者做“可怜状”的，他一身臭汗、四个荷包一样重，楚楚可怜地在那儿磨蹭，等你从轻发落。“大师姐”的心得体会是，一般的小擦剐，最好“以礼相待”，尽快完事闪人。

没有哪种教育会像驾驶培训一样，从头到尾都是以各种各样猛烈的、稀奇古怪的车祸案例来警示大家的。培训老师谈到驾驶安全文明时显得有些“婆婆妈妈”，但绝对不是危言耸听。有一组庞大的、触目惊心的数据令人震惊：来自公安部门的数据显示，2016年我国共发生交通安全事故6万起、死亡4.1万人，行政处罚10.5万次……

很多车祸都是“速度与激情”酿下的苦果，指向的都是“肉与铁”的变形、解体或毁灭——“铁包肉”与“肉包铁”标注的只是肉的位置，而车祸不分肉与铁的质地或成色，带来的后果却是支离破碎甚至生命的消亡。

有人说，驾驶员和乘客们所处的环境，犹如站在悬崖上一样，随时都有生命危险。这一说法似乎有些危言耸听，但它道出了交通工具与人类的血肉之躯的密不可分、一旦处理不好又会相互伤害的隐忧。

目前车祸数量多，其背后是一个庞大的基数：目前我国驾驶人数量已达3.2亿人，数量位居世界第一，2020年预计全国驾驶人将达4.7亿。“醉驾司机”“马路杀手”是人们都害怕的——那些失控的灵魂脱离了肉体，也对“铁”失去了本能的敬畏，旁人再安全文明驾驶，但不知什么时候会被他们撞上。

对于单个的驾驶人而言，最要紧的是对自身生命的珍爱，唯其如此才不会害及他人——因为在“速度”和“铁不会缺席”的车祸面前，作为万物之灵的人，都是肉体凡胎的弱者。当你握住方向盘的时候，敬畏生命必须牢记在心。

（2017年5月27日）

警报拉响的时候

张俭

我踏着铃声走上讲台，防空警报响了。

刺耳的防空警报声尖锐、凄厉，在空气中久久回旋，所有车船也一起鸣响了喇叭汽笛……

6月5日上午10点30分。山城上空，已连续20年在此时拉响防空警报。为了避免不必要的恐慌，学校领导在广播里面已提前告知学生，因此，孩子们眼里没有恐慌，但我却看到了茫然和讶异。

“老师，为什么要拉警报啊？”一只小手高高举起，在征得我的同意后，一个孩子忍不住发问，稚嫩的童声充满了好奇。“是啊，为什么要拉警报啊？”其他孩子也随声附和，问号画在了一张张天真无邪的脸上。也难怪，生长在21世纪的今天，他们的天空没有战争的硝烟，衣食无忧的他们没有经历过颠沛流离、无家可归的苦难，尚在读小学的他们也不曾在教科书上得知中国历史上那一段惨痛的岁月，年幼的他们当然不知道为什么每年的今天，都会响起那令人揪心的警报声，我觉得我有必要说些什么了。

于是，我临时决定改变教学内容，抛开了教科书，说起了70多年前的重庆大轰炸。抗日战争期间，由1938年2月18日起至1943年8月23日，日本对战时中国的陪都重庆进行了长达5年半的战略轰炸。据不完全统计，在5年间，日本对重庆进行轰炸218次，出动飞机9000多架次，投弹11500枚以上。1941年6月5日，日军对重庆进行连续5个多小时的大规模轰炸，躲避在重庆较场口防空隧道内的市民因缺氧窒息，最后导致近3000人死亡，这就是震惊中外的“六·五隧道惨案”。据资料记载，死者多为青壮年。有的全家丧生，尸体无人认领；有的随身所带的一点财物不知去向。防空司令部派出的工兵营，清理尸体就花了近一昼夜，然后用卡车将尸体拖到朝天门河边，再改用木船装到江北黑石子去草草掩埋。

一位叫刘吉英的老人，今年84岁了。在那场大轰炸中，当年只有8岁的刘吉英看到日军的轰炸机排成“人”字形飞到城市上空，炸弹丢下来，把她姐姐耳朵炸聋了，姐姐的两个女儿炸死了，父亲的脚也炸伤了，刘吉英的脚炸残废了，至今还有3块弹片留在她的身体里，留下了终身的痛苦。

“为纪念那些遇难同胞，重庆市自1998年以来，在每年6月5日‘重庆大轰炸纪念日’都要组织全市防空警报试鸣放，还要组织悼念活动，就是要告诉市民，不要忘记历史，要珍爱和平。70多年前战争给我们造成了伤害，到现在我们的受害者们还在伤痛。”

我从大轰炸说起了重庆较场口“六·五隧道惨案”，说起了惨绝人寰的南京大屠杀、灭绝人性的“731”部队，说起了艰苦卓绝、悲壮惨烈的抗日战争，又由抗日战争说到了今天的钓鱼岛，我还利用多媒体找到有关文字资料和图片视频给孩子们观看，让他们最直观地感受那一段不堪回首的历史……

不知是因为我讲述时凝重的神情，还是“六·五隧道惨案”血淋淋的数据、图片让孩子们受到了震动，教室里面静悄悄的，连最好动、最顽皮的孩子，都变得规规矩矩。一双双天真的眼睛就那样直直地盯着我，生怕听漏了一句话。一张张稚气的脸庞不再有如花的笑靥，表现出与年龄不相称的沉重。有的泪流满面，有的轻轻啜泣……

“孩子们，老师希望今天的防空警报不只是响在你们的耳边，要时时回荡在你们的心里。牢记历史，勿忘国耻！落后就要挨打，是颠扑不破的真理。如何才能让祖国强大，如何才不让历史的悲剧重演，希望你们能够感受到自己肩上的重任，从现在做起，从每一件小事情做起……”

下课铃声响了，教室里还是静悄悄的，没有学生发言，也没有掌声，但我看到的是一张张陷入沉思的脸……

（2017年6月5日）

追忆春天

李雪梅

不知不觉，天气热了起来。看着耀眼的太阳，忽然想起在寒冬里翘首盼望春天的心情，等啊怨啊急啊，如今，“嗖”的一下，春天过去了，不由感叹：刹那芳华！

多少个春天里我都不曾细细体味。漫长的学生时代，讨厌的数学题让人懊恼，鸡兔同笼、方程式、不等式、函数、几何……分析、求证、反证，我总是被弄得云里雾里。在频繁考试的重压下，春天只是背影，星星点点、支离破碎。

为人母亲了，就有了一生的牵挂和责任，冷吗？热吗？饿吗？做人要这样，要那样，不断地询问，反复地叮咛，几乎要编一本《妈妈语录》天天念诵。做饭、洗衣、开车，努力操练，只为做个贴心的母亲。一天天盼着孩儿会说话，会走路，热切地看着她上小学、中学、大学，不知不觉，自己的无数个春天被分分秒秒地掰开揉碎，去促成一团稚儿向青春少女的蜕变。在女儿亭亭的背影里，我看见了自己的青春。

女儿的春天总是很早，还是春寒料峭的时候，她就急急地脱去冬装，穿着一件薄薄的单衣，露着胳膊，亮着脚踝。我担忧地问：你不冷吗？女儿骄傲地仰着脖子，坚定地回答：不冷！一颗执着爱美的心把母亲所有的焦虑担心都粉碎。青春里该有多少迫不及待啊！

在柔风细雨的春天里，有时会担心才冒出的新芽，刚绽放的花朵能否顶住酷暑严寒？在女儿备战高考的时候，她带回20份本市近年来的高考满分作文，那是语文老师精心挑选复印给孩子们学习的，我看了只是惊叹:后生可畏！原以为如同在温室里长大的孩子都是一棵棵豆芽菜,柔弱不堪,岂知那一篇篇文章里暗藏着一代人强劲的灵魂！对生活观察之细致、对人情体悟之透彻、对社会思考之深刻,让我这个“70后”汗颜！字里行间闪烁的锐气,处处显露着刺天破云的志向！事实证明,每个时代都自有其淬炼人的方式,不必忧虑。

多少年困居斗室,为生活奔波,被现实碾压,心生老茧,对春天几乎无感。今年却在文友的生花妙笔里敏感稚嫩了一回,等春、问春、走春、雪春、大河春来、大野之春、梅识、花树、迎燕……一篇又一篇关于春天的锦绣文章,让我足不出户却满眼春色,春心激荡!

“我说那里柳绿、杏开。他说他看见了燕子飞,牛耕野……”“我说,这春天就是一老农,你看他拿着一卷毡,从东南铺向西北。他铺到哪里,哪里一派新颜。”

“春翻过重重大岭,到了边地。我们的雪山脚下,干草初醒,河开马嘶。三天后,有小小的花儿睁眼在碧天长野。皑皑里绿绿,暖阳下淡香,久处荒寒的雪山也流下了长泪。”

在文字山河里,我做了一场繁华春梦。春天,如此绚丽多姿,如此温柔多情。

无奈,春已去。还好,春将来。还有无数个春天等着我,等着我,来一场春天的壮游,从南看到北,从东望到西,一年又一年,待我去细看那些山河,深吻那些花草。

(2017年6月6日)

两代人的高考

吕俊杰

又到了一年一度的高考季，青年学子们即将走进2017年的高考考场。今年是恢复高考后第四十年，高考作为选拔人才的主要途径，既实现了年轻人的梦想，也可为国家挑选人才。

我出生在1963年，1977年我正在读高一，作为当时的在校生参加了1977年12月9日、10日四川省的高考，准考证至今还保留着。由于学习的东西有限，我在1977年的高考中落选了。据统计1977年参加高考的考生有570万人，四川省有61.2万人。录取新生为27.3万人，录取率为4.7%。同时参加考大学的有夫妻、有父子，被录取的也有父子、兄弟、姐妹，涌现了许多的感人故事。后来出了一本书《高考1977》，同时拍成了电影。我读了这本书，也看了这部电影，很多感人的场面至今记忆犹新！

1978年7月7日至9日我也参加了全国统一的高考，可是没有考好，达到了中专(中师)的分数线。随后在1978年9月又回到学校补习，参加了1979年的第三次高考，于当年9月考入全国重点大学东北工学院(今天的东北大学)。

时间如白驹过隙，今天，我的儿子已经是重庆一所名校的高三学生，是2016年全国中学生物理竞赛的铜奖获得者，重庆地区的第三名。在当今手机普及的情况下，高三之前，儿子听话没有要手机。读高三后，根据我的建议，不能拥有智能手机，给他买了个老年机，他愉快地接受而没有任何意见。儿子高考三诊模拟时是全年级的第一名，更获得了2017年北京大学自主招生初审通过资格。而我当年是我所读的长寿县龙溪中学的第二名。当年我们全年级有6个班，儿子如今全年级有31个班，儿子比爸爸学习更优秀，也比爸爸更能吃苦！我希望他通过努力实现自己的清华、北大梦！

现在高等教育大众化了，招生人数大幅增加，重庆的高考录取率连续多年已超过了80%，有些年份达到84%。但是上重点大学，尤其是上“985”的著名高校还是很难。

儿子在6月7日将迎来他的高考，这与我第一次高考整整相隔了四十年。高考后的一个月我也将满54周岁。一代人有一代人的历史使命，长江后浪推前浪，一代更比一代强！个人小梦想，国家大梦想，人人有梦想，国家有希望。愿儿子今后能够成为一个对国家、对人民、对社会有用的人！

（2017年6月6日）

下浩老街的“下浩里”

罗光毅

“下浩里”,是南岸下浩老街深处的一间怀旧茶室书吧。走到下浩正街的尽头,拾级而上百十步,就到了“下浩里”。一间不大的茶室书吧,开张才一年光景就将面临拆迁。一群又一群游客来了,要看看这里的最后风景。

一间普通的茶室书吧,何来如此魅力吸引众多客人,答案是:有特色。特色何在?屋外侧墙上的几个不大的字给出了回答:我们回收历史。

书吧的屋里屋外,处处都回收着生活的历史,回收着下浩老街的历史。像一首歌在轻声吟唱,像一个故事在娓娓道来。

屋里,说简装都略显寒碜。从下浩老街的拆迁房里淘来的各种生活物件,经过主人精心捯饬组合,这些被遗弃的废旧床头、茶几、木板等,就搭成了吧台,瞬间构成别样风景。两台没了机头的旧缝纫机并列在窗前作了吧桌,只要坐上去轻踩踏板,咿呀声里,能听到昨日生活的叙述。

屋外,流淌着更多的历史和情趣。书吧门对面一段残墙的右下侧,一个废旧木抽屉靠墙斜躺着,抽屉底板上用红笔写有两行字:有人回收废铁,我们回收历史。

一个被捡回的旧药罐,种上花,是那么出乎意料的美丽;一个没了盖的白瓷茶壶,插上一束野菊花是那么协调;一个旧抽屉被钉在墙上充当花架,几盆多肉植物正享受着灿烂阳光。

一块被磨平了大部分齿痕的搓衣板静静地挂在墙上,看着它,唤起对生活中平平淡淡、相濡以沫的回忆；几个已被生活浸染得色泽深沉的小筲箕，反扣着挂在墙上，默默叙说着昨天的故事。

淘来的旧镜框，虽说仅剩下木框了，却派上了用场。一个连底板都没有的旧镜框钉在墙上，框内用广告色画就一个栩栩如生的猫头，远远望去还以为是一幅油画。

在这里，一切淘来的废旧物品，经过策划安置都被赋予了鲜活的生命，就不再是单个的废品，变身成为装点"下浩里"风景的不可或缺的成员。就连几个小瓶盖，敷上色，写上"请勿喧哗"，往门边一站，立马成为一道小小风景。

这间茶室书吧是几个志趣相投的年轻人搞起来的。一年前，相中这个地方后，他们就琢磨着打造出了这个广受游人喜欢的特色茶室书吧。

如果仅仅流连于对逝去生活的追忆，"下浩里"也不会受到众多游人的追捧和一些文化名人的关注。因为喜欢老街，喜欢亲切又温暖的市井烟火气息，他们来到这里后，被街坊的热情纯朴深深感染，惊叹老街深厚的历史文化底蕴，感慨老街背后那些藏龙卧虎的人文故事。

他们主动了解和挖掘一些下浩老街的历史，在与街坊邻居的摆谈中加深了对老街的认识和了解。知道了下浩不仅是一条眼睛里看到的百年老街，还是一条有着文化历史底蕴的老街。当得知从下浩葡萄院走出去的文化前辈张川耀先生正写的长篇里，有关于下浩老街的内容，就积极联系获知更多老街以及周边街区的历史。在此基础上，他们在公众号及时推出了《南岸龙门浩片区的历史与变迁》和张川耀先生的《重庆南岸下浩的前世今生》。又陆续推出一系列文章，引起更多关注。游人多了，关注这里的文化名人也多了。重庆著名画家潘登来茶室作画，创作了"下浩里"窗外那排吊脚楼和终日不歇息的瀑布；重庆著名书法家王道华为茶室书写了白居易《涂山寺独游》一诗和爱国将军冯玉祥游下浩老街时的诗作"双龙拱卫世难觅，古迹新貌处处景。世外桃源在那里，八方汇聚下浩兴”。去年夏天，著名作家虹影来这里，为她的书题下了“下浩里雅存”的文字。

“下浩里”凭借着环境氛围和文化氛围，与游人分享着老街的历史与茶室书吧的宁静和闲适。他们说，只要游人愿听，他们就会与游人一起分享下浩老街的历史故事，共度在“下浩里”的美好时光。

在书吧，坐窗边沏一壶茶，或闲聊或静默或观瀑或随意翻开一本书，都是游人想要的那种惬意。

书吧里，有一本“下浩里秘籍”，满满地记下了游人的感言和思念。一位游人说“管他城市喧闹，我自下浩里寻心”。“清心、清静，都市里难得的世外桃源——下浩里。”另一位游人感慨：“是各种影像里的重庆，是虹影笔下的南岸。是下浩里，有光有茶，有关于南岸的记忆。”

（2017年6月10日）

寻找那座城

彭月

星期六的下午，在重庆方所书店闲逛。方所的装潢总让我想起台北的诚品书店。

棕木色的书架，墙壁上的书垒得很高，成为一个壮阔的背景，人站在前面显得渺小。

在影像图书区翻看一位日本设计师的书。一个个子高高的男生向我走来，问我是不是重庆大学建筑系的。我停顿片刻，思索着哪里暴露出来我是重大的学生。

他说好像在重大建筑学院见过我。我说我不是建筑系，却是重大的。

他比我高出好几届，江苏人，毕业以后留在重庆。

我问他为什么留下来不回到东部。

他说，一是喜欢川渝地区的饮食，二是喜欢这里的生活方式。

他的话让我陷入回忆。我曾经疯狂地爱着一个地方——上海。事实上我现在仍然渴望能在那里居住，成为一个穿着精致服装，优雅地走进陆家嘴高级写字楼的白领。

我还记得四年前，那个扎马尾辫、背双肩包的自己。从旅行大巴上走下来，看到外滩边往来的穿着时髦的人，看到许许多多金发碧眼的人。我还记得，那天天很蓝，云朵的形状很好看，由黄浦江吹来的风戏弄着我的裙摆。那天的天气尤其清爽，没有属于七月的炎热。

那次以后，考上上海的学校就成了支撑我继续埋头苦读、奋笔疾书的动力。

而那时候，复习之余看一看上海的大学录取信息，就给了我足够的动力去继续解那些未解完的数学题。后来我的高考分数离上财、上外差很多,复旦、同济更是遥不可及。我了解我自己,我总是这样一个人,口口声声说想要,却又不肯做出牺牲。四年过去,我没有再去那里,但我总感觉曾去过许多次。

我知道某种神秘的东西已经变质。我不是害怕吃苦,不是失去了在大城市扎根的壮志豪情。我是担心自己为了一套房子殚精竭虑许多年以后,突然回过头,却找不到这一切存在的意义。

择一城以终老,哪里有这么容易!我喜欢的作家,他们都不是老老实实待在一个地方度过余生的。

作家木心出生于乌镇,求学于上海,后来远渡重洋,定居美国。晚年,再回到乌镇,直到离世。

他的人生地图并不只是中国、美国。他还曾写道:"啊,德国,我的少年是托付给你的,我们终究因为太相像而就此分别。"一句话怎可概括出他四海为家的一生。

我曾经在台湾一个叫外澳的小镇,夜色里,遇见一位背包独自旅行的老人。

他是台湾人,许多年前随儿子移民到加拿大蒙特利尔,而今落叶归根。他住旅馆、搭乘火车,他要去这片岛屿上自己还没去过的地方。

有时候会错过火车,然后再于寒风中等候一个小时。这是补偿,只为他当年与故土的不辞而别。

居住于以英语、法语为官方语言的双语区蒙特利尔,他也极少讲汉语以外的其他语言。他去华人超市,参加华人联谊会。这一个年逾半百的老人为了前半生的记忆而固执地不肯做出改变。

择一城以终老,哪里有这么容易!当被困在一个熟悉的地方时,我们总向往远方。可是漂泊久了,终要去寻找精神的故土。

(2017年6月10日)

稻米飘香

钟雄

“米”字，既象形又会意，每当看见四方饱满的“米”字，我就像看到了遍坡丰盛的稻谷。咬得菜根，百事可为，咬得稻米，万事可为！

稻是一种怎样的植物？历尽千辛万苦成熟了，仍将最富魅力、最具价值的精华部分——米，藏得紧紧的。

藏得更紧的是稻谷从前隐在深山人未识，不知过了好多好多年……

终于有一天，可能是一群彪悍的猎人潜入深山追捕狼、鹿等猎物时，逢山翻山，逢沟跨沟。茫茫山野中猎人又饥又渴，饮了一捧泉水后，顺手扯一把野草咀嚼起来。没想到植物外壳咬破以后，暴露出的米籽越嚼越有味，味道好极了。猎人们钻木取火，用火烧烤后，米粒酥脆甜香。就着清水下肚，一会儿吃饱了，遍体舒服，力气倍增。

民以食为天。有的猎人顺手将稻谷捎带些回家，撒了一些在居住地附近的山坡平地里。日晒雨淋，渐渐地新谷苗破土而出，后来竟结出了新稻谷。人是铁，饭是钢，吃了两碗硬邦邦。种植稻谷的人从此多了起来。“喜看稻菽千重浪”，我猜其他诸如小麦、大豆、高粱可能都是如此这般被发现、种植延续下来的。很难设想，倘若一直没有发现稻谷、小麦、高粱等农作物，人类将如何生存下来？

大自然难免会有动植物绝种，但稻谷等人类赖以生存的根基是不会绝种的。走出了深山老林，稻谷庄稼们只会越长越旺盛，年年都飘香。

（2017年6月10日）

敬畏一棵树

杨永雄

每次去仙女山，我必定去拜谒那棵年岁悠久的树。

那是一棵让人敬畏的火棘树，它原长在仙女山下一个叫向家坝的旷野里。如今，随着仙女山国家级度假区的开发，它生长在了度假区核心地段——度假区管委会的办公楼前。

火棘，蔷薇科，常绿灌木，性喜阳光，极耐干旱。初夏白花繁密，入秋红果累累。当地人叫红籽树、火把果、救灾粮，是村民遇上灾荒年救命的野生食物。因为生在严酷的环境下，它长不高，也长不粗，活得艰苦却不忘舍身济世。其果不仅药食兼用，就连它的根、叶、花都能入药，具有健脾消食、生津止渴、清热解毒、行气活血之功效。

但是，我要敬畏的这棵树，是另一类火棘，跟常见的火棘大有不同。它树不像树，藤不像藤。说是树，又没有香樟、古柏那样高大伟岸的身躯；说是藤，又比一般藤类长得巨大浓密。无论是远观、近看都无法看清楚树干。其主干像大蟒盘曲，闪鳞亮甲扭缠在一米多高的石桩上。麻花似的树身长到三米多高时，像池中的喷泉一样，汪洋恣肆喷射出伞状枝叶。所有枝叶都下垂到根部，宛若绿色波浪起伏的瀑布，倾泻而下。树下形成的空间，似幽洞、像庭院，可容十多人在其间小憩。它形单影只，顶天立地，孤傲地站在一片开阔地上，与炊烟缭绕的村庄患难与共，苦命相守。年复一年披星戴月，傲霜斗雪，仍然昂首向天，枝繁叶茂。

我与它不经意间地相遇，是十年前的事。那年夏天，我为寻找古时穿越乌江大地的大塘驿路上的“一楼九铺”遗址，从木根铺到钻天铺，再到白果铺。这棵树，就长在钻天铺与白果铺之间的古驿道旁。

一见到它，我就感到内心震撼：一棵树独自站在荒野中，像一位白发千丈的老者，昂然向天，伫立风中，默默地凝视着远方。更如一尊沉默无言的圣者，在广袤的苍穹下以庄严的气势和难以言说的神态，向世间昭示着一段无字的千年历史和亘古的人类命运。

那棵树并不高，只有七米；占地不大，约有半分，树冠蓊蓊郁郁，枝丫荫翳交叠，像是给大地搭起了密不透风的天棚。粗大的树干却缠在一个石桩上，无数的根须已将石桩包裹，盘根虬曲。这是怎样一个擎天立地、沧桑壮烈的生命啊！

十多年来，我已无数次去拜谒过它。特别是夏天，我入住仙女山度假区后，每天早晚散步时都要去看它，在这期间，我发现另外一群人——当地村民，似乎更敬畏它。

当地村民无法说清楚这棵火棘树活了多少年，有人说两三百年，也有人说上千年。反正是爷爷的爷爷，奶奶的奶奶都说小时候看见时就这么大。村里的人一代代老去，一代代诞生，唯有这棵树盘根错节，历久不衰，代表村庄和村里的人极有耐心地活着，直到活得根茎爆裂，孔穴丛生，巨大的树冠遮天蔽地，如同一团团蓬蓬松松的云停泊在村庄的上空；直到活成村庄的传说，村庄的历史，村庄的神。

然而，让我更没想到的是另一群人——仙女山度假区开发者，特别敬畏它。

时间拨回到2007年4月27日这一天，石梁子村阳光煦暖，仙女山旅游度假区管委会在这里正式挂牌成立了。一群陌生的人来到了一片蛮荒、闭塞、贫穷、落后的土地上，说要在这里开发出国家级旅游度假区。很快，首期规划面积4.6平方公里（后扩建为70.6平方公里）的规划图出来了。但规划师们遇到一个难题：一棵火棘树挡住了规划区核心地段一条主要公路。规划师们在规委会上向主政者汇报了这一情况。没想到主政者毫不犹豫，斩钉截铁地回答四个字：保树，让路。短短几个字彰显了何等的远谋和胸襟，更道出了主政者的心思：度假区的功能定位为“休闲度假、户外运动、生态环保”，要做到“显山、露林、隐城”。武隆是靠“生态自然”起家，自然要靠“生态自然”发家。“不要生态，那建个度假区又有何用呢？”这是人间的大爱和大善。于是，公路离树五米开外。

新区建设时，建设者们用精致的石栏将这棵火棘围起来，培上新泥，并挂上保护牌。这棵树仍然在原地傲然屹立在仙女山新区的天地间，安然地在时光四季里摇曳生姿。前些天，我再去看它时，在大树干的枝丫间大团大团绽放的新绿，竟比前些年我看到的更蓬勃，更茂密，也更欣欣向荣，仿佛新区建设的大潮势不可当地朝上涌。

仙女山度假区的建设者们不但保护生态，还注重培植生态。十年来，已栽种了数百万棵树，甚至路名都取为：香樟路、桂花路、银杏路、梧桐路……

度假区的人敬畏那棵树，是因为他们懂得古人向来都敬畏天意，其实在今人看来，所谓的天意就是人类必须遵循的自然规律。因为大家懂得，敬畏一棵树，就是敬畏生命，敬畏自然。它从种子发芽开始长成一棵大树，曾经受过无数风抽雨袭，电击雷劈……历经多少劫难，成活下来了，才能成为人们敬仰的树。

那棵火棘树正在恣意地生长，如今它早已不再是一棵孤独的树。在仙女山度假区里，无数的树木与它共浴阳光雨露。

（2017年6月13日）

荷花梦

贾昭衡

我美丽的荷花梦，竟跌跌撞撞地飞翔了十三个春秋。

儿时，老家小城公园里漂亮的荷塘，引发了我对荷花仙子的初恋；后来，吟诵“出淤泥而不染”“映日荷花别样红”等名言绝句，荷花在我心中，犹如怀春少年痴迷的西施貂蝉了。

那年，用多年积蓄买了套底跃洋房，主要青睐门前那百余平方米私家花园。栽竹种树后，又特意建了个十几平方米带假山和青石桥的池塘，次年春天便细心地在塘泥中埋下了藕芽。

当阳光变得灼热时，池塘里陆续钻出了一枝枝茎秆带着细小倒刺的立叶。当它们长到挤挤挨挨随风摇曳时，我只觉得酝酿多年的荷花梦，很快就要灿烂绽放了。

然而，一天天渴盼，却一天天失望。

院里的桂花树上，星星点点的金黄在枝叶间灿烂闪烁，池塘里的荷叶也洇出了团团深褐。我的荷花梦，无奈地画出了一个残缺的句号。

幸好从塘泥中挖出了十几斤莲藕，让全家享受了几顿莲藕炖排骨、猪蹄的美味，心中多少得到了一点安慰。

听说许多花木头一两年不会开花结果，第二年便继续筑梦。可最终仍上演了“有心栽花花不发”的悲剧。

找到藕农请教，分析是：要么是品种不对，有专供观赏和专供食用之分；要么是肥力不足。原来一开始就犯了盲动主义的错误。

当姹紫嫣红的春天到来，我特意从花市买了几枝观赏品种的藕芽和一些花肥，将它们播洒在了希望的池塘里。可哪想到，连续两年的四、五月，连绵春雨制造的低温，又使那些根基未牢的嫩芽纷纷烂叶断茎，荷花梦连连胎死腹中。

我又打响第五次战役。春天回来了，但水面上冒出的那些嫩芽，就像缺了营养的婴儿，迟迟不长个头。

追根寻源，原来这五年多，园里树木在池塘四周长成了一堵堵高墙，疯狂地抢走了阳光。尤其池塘东面，八米多长的石栏边的竹子已蹿到十几米高，霸道地捂在池塘上空。可怜的莲芽们，每天只能享受个把小时从枝叶间漏下的阳光，结局可想而知。

当初，是听信了东坡老先生的鼓吹：宁可食无肉，不可居无竹。现在只好忍痛砍掉几十根竹子，留出约五米宽的阳光通道，仅在花园东南角保留了一大丛。

逐梦第八个年头，小荷才露尖尖角，很快又莫名其妙地断茎烂叶。

每天三个小时的阳光且肥力充足，不该有此结局呀！我偏偏不信那个邪，又连着两年播种，仍连着两年失望。

上网一阵搜索，恍然大悟：专家告诫，要想荷花绽放，每天日照至少六到八个钟头。

我犯难了：至少六个钟头的日照，这不是逼着我对花园来一次大刀阔斧的变革吗？移树断枝，是否会伤及老树们原有的活力，是否能保证荷花梦如愿绽放？

权衡再三，我选择了破釜沉舟。

池塘西面，将三棵直接遮挡下午西来阳光的桂花树，带土移栽到花园南面栅栏一带；紧傍池塘西侧那棵直径三十公分的白兰，要移栽非吊车不可。于是请来工人，忍痛将主干十米以上的树冠截去，又将主干五米以下的枝丫剔净；而花园东南角上次保留的竹丛，连根铲除，新购了十几支不会长高的黑竹与斑竹取而代之。待第十二个春天款款走来，我又一番忙碌。

每天五六个小时，阳光从东、西、东南方向热情拥抱，荷芽们很快幻化出半塘随风起舞的莲叶。当秋风乍起，鱼儿欢游的池塘中，仍然没有升腾起期望中的那点浅红。

妻子终于忍不住抱怨："折腾那么久，怎么还是光长叶子不见花呀！"

"叶子怎么了？不也有一种独特韵味吗？"我当然不会认输，用阿Q精神胜利法反击。

私下里，我赶紧上网求救。杭州西湖的一条消息将我点醒：四月底，工人们驾船在荷花区投放漂白粉，以隔绝鱼群不让其啄食刚刚孕育的花苞。

呜呼，那些漂亮的鱼儿，竟是暗藏的荷花杀手！

第十三个春天，我用五十公分高的不锈钢丝网在池塘北侧围出约六平方米的禁区。此后，鱼儿们便只能望荷兴叹了。

浮叶，立叶，很快又点染出半塘翠绿。七月上旬那个早晨，密密的莲叶下陡然一枝跃出水面、顶尖状若火炬似的茎秆，让我眼前一亮：是苦盼多年的莲花苞蕾！

十三年啊！此后，周围又接二连三蹿出了一枝枝桃形的苞蕾。

八月初那个清晨，我步出客厅尚未靠近阳台护栏，池塘中一道耀眼的浅红倏地扑来。啊，最先那朵苞蕾此刻已尽情绽放，直径竟达到二十多公分。舒展开来的浅红色花瓣，金丝般花蕊衬绕的金黄色碗状莲蓬，加上周围含苞待放的花蕾，翠绿迷人的莲叶，相得益彰组合成的仙姿娇韵，一下子使整个花园变得光彩照人。

那半个月，五朵次第绽放的荷花，总是吸引着路过的邻居们驻足观赏，声声赞美顿时化解了我多年的郁闷。

那几天，妻子拿着手机在阳台护栏前“啪啪”拍个不停，其兴奋劲儿，像是自己创造的丰功伟绩。照片发到微信圈，赚得了不少点赞。

整个花园的布局已近完美，花木们相对公平地享受阳光，今后只需修枝施肥，便可相安无事了。看来，美丽的梦想，总需要不屈不挠地穿越风雨，才能悠然绽放。

（2017年6月19日）

又见炊烟

杨长虹

是的，我又坐在了炊烟里，和三十多年前一样，白米饭香甜的味道在村庄里弥漫开来，瞬间又回到我血液里欢呼雀跃。

又回到那片草坪，紫色的小野花如星星般洒了一地。打伞的蒲公英将我的皱纹撑开，我又看见自己年轻时的模样。还有泥土，亲切地粘满我的双脚。一些细小的石子也凑了过来，它们是最棒的按摩师，也是我最早的良师益友。教导我任何的道路都不可能没有坎坷，那些遭遇的艰险是多么不可或缺。它锤炼了我的意志。

这里的山不高，却刚好挡住外面的世界。

山峰上方就是天空，太阳、月亮和群星都是天空的座上宾。他们来来往往，周而复始，迎送人间生灵。

炊烟里的人们遵循着日出而作，日落而息的生活规律。晨有鸟鸣，夜伴蛙声，鸡犬相闻。炊烟把村庄里的人运出去，又把村庄外的人请进来，就是对路人，也慷慨赠予他们平安、吉祥。

炊烟，袅袅炊烟，它们手牵着手，在村庄里盘旋。抬头是浩瀚苍穹，低头是平凡尘世。茅舍或瓦屋里，勤劳朴素的子民养成了一颗平凡的心。

某个日出或日落，独坐山头，看炊烟袅袅，任思绪万千。这就是我，一个农民的女儿的幸福童年。

曾几何时，炊烟纠结了我们的情绪，束缚了我们的手脚，牵制了我们的梦想……一个个面朝黄土背朝天的青壮年们由怨生恨，开始逃离炊烟,逃离村庄,仿佛只要看不见炊烟就能扬眉吐气,过上高人一等的幸福生活。

老人、孩子们守护的村庄里,炊烟渐渐稀薄,鸡犬之声不再踊跃。田埂上,锄禾而归的身影变得佝偻、迟缓。

一年又一年,村庄变得慵懒,提不起精神。人们关心的重点不再是日出日落,二十四节气的准确把握,而是谁家收到的汇款单有几位数,谁家的楼房何时拔地而起,这是庄稼地里刨不出来的幸福新指标。

那些离开村庄的人,有的开始想念炊烟了,陆续地回来三五个。他们说着大棚蔬菜、人工养殖……说着说着,曾经的良田变成了鱼塘,麦地里长出各种蔬菜。有的还长出亭子,变身公园。村庄上空,炊烟开始缺席,烈日和暴雨不请自到,时而仰天长啸,时而大雨滂沱。

又见炊烟,是我眼前的这幅山水画,这多像我曾经的村庄。良田万顷,绿成一片海。金灿灿的麦地是村庄一片丰收的河流,在炊烟里缠绵。房前那条蜿蜒的小路通往村子里唯一一所小学……

是的,我又坐在了炊烟里,就像数十年后,我们都会简化为一缕青烟,飞离尘世,俯视人间。

(2017年6月19日)

在石头上写书法

李耀国

退休之后，总想找点事来打发剩下的日子，于是想到了书法。小时写过毛笔字，在文联工作期间，结识了不少书法家，经常看他们挥毫泼墨。耳闻目染，也学到不少知识。于是添置了文房四宝，把练习书法当作退休后的一种修身养性的生活方式。有一天，重庆书法家卢德龙看了我的字，对我说："你的字有一定功底，但是作为书法作品来说，你还缺一方印。"我当时使用的印章还是20世纪80年代初，为了到邮局取稿费和申办一些手续请人刻的，印章已有些残缺。德龙说："你那方章只能叫私章，不能作为书画印章。书画印章其实是很讲究的，是构成书画品味的重要因素，历代书画家都非常重视印章的作用。在书画作品中盖上几枚印章，往往能提起全幅书画的神韵，破除画面的呆板，进而起到画龙点睛的作用。"于是我求德龙找人为我刻一枚印章，并要求一定是名家高手。

过了几天，德龙带来一对印章，其中有一枚闲章，据德龙说也是书画家必备的。我抚摸着这两块光滑圆润的寿山石，看着刀锋挺锐、笔意劲秀的字体，简直有些爱不释手。尽管我已注意到边款上落有"肖润泽刻"的字样，但我一时想不起是谁。德龙说："你一定认识他，当年文联为了开展活动，请他刻了一百多枚章作为礼品赠送。"文联作为全市有影响的文化单位，赠送的礼品必须要达到一定的艺术水准。文联能够选用他的印章作为礼品，说明他的印章具有较高的收藏价值。

不久，我在参加重庆市书画研究会的活动时，终于见到了肖润泽。他瘦高个儿，戴着深度眼镜，显得十分斯文。当我向他表示感谢时，他笑了笑说:“为给你刻印,我还认真研究了你的书法,你的字是否学过魏宇平?”真是慧眼,一语道中。我的确很喜欢魏老的字,魏老生前,我常站在旁边看他写字,似乎受到了潜移默化的影响。润泽说:“为了使我刻的印章和你的书法在风格上接近,我要认真研究你的字,尽量达到印外求印的效果。”他为我刻这对印章费了这么多精力,我心存感激。

润泽是重庆市书画研究会副会长,我常被邀请参加他们的活动。相处的时间多了,对他渐渐有所了解。他出身于书香门第,四岁多时,便在父亲的严格管教下认真地读书、练字、绘画。上山下乡后一直坚持不懈。但他最钟情的还是篆刻。由于幼年家境清贫,无法购买篆刻专用的石料,只能随地取材。有的石质坚硬,常常磨破了他的手指,但也磨炼了他的意志,练就了他的刀功。使他的刀锋雄健有力,印文圆润苍劲,笔势挺拔。润泽后来考上大学,业余时间师从著名书法家毛峰先生,又得西南大学徐无闻教授赐教。认真研究中国传统文化中的象形文字、甲骨文、魏碑,使自己的书法和篆刻创作达到一个新的境界。

润泽对我说过:“要想成为一名篆刻家,必须首先成为一名书法家,所谓的篆刻艺术,就是用刻刀在石头上写书法。”我认真看了润泽的书法作品后,深刻领悟到他所说的“以书入印”的真谛。润泽的书法凝重遒劲,质朴浑厚,加上他自幼练就的刀法,使他的篆刻作品既有自己书法风格的笔意,又有刀法生动的雕刻神韵。

(2017年6月19日)

一蓑烟雨任平生

但远军

近来因诸多小事得罪了好几个朋友,说实在的,这不是朋友们的错,是我的错。是我太把自己当个人物看待了,把一些原本很小的事情看得过于严重了。长期伏案写作,多不和外界接触,不知道如今的世事和人际交往早已进入了"圈子"时代。有圈子就有圈子文化,不同的圈子是有不同的圈子文化的。于是,融进去非常难;所以,往往得罪了朋友自己还浑然不知。

偶读苏轼的词句,很感慨。苏轼说:"莫听穿林打叶声,何妨吟啸且徐行。竹杖芒鞋轻胜马,谁怕?一蓑烟雨任平生。料峭春风吹酒醒,微冷,山头斜照却相迎。回首向来萧瑟处,归去,也无风雨也无晴。"苏轼写此词时是遭贬至黄州的第三年。和友人出门游玩时,逢一场不期而遇的雨,人皆匆忙躲雨,唯独苏老夫子信步由缰,依旧观山观水,不以为然。他在词的前面,写了简短的文字说明。他说:"三月七日沙湖道中遇雨。雨具先去,同行皆狼狈,余独不觉。已而遂晴,故作此!"想想那老夫子也挺好玩的,雨来了,躲一躲不行吗?随了大流,不遭雨淋,不遭同行的朋友视为另类,多好!但假如真是那样,老夫子还是老夫子吗?在老夫子的笔下还会有"一蓑烟雨任平生"的千古名句吗?所以,文章千古事,妙手偶得之。你该遇到什么样的人和事,该写出什么样的文章来,许多时候是不在你的预料之中的。正所谓计划再好也不如变化太快,因此,一蓑烟雨任平生吧。学老夫子,该干吗还干吗,顺其自然,不强求自己,不难为自己,不跟自己过不去。

最近连续接到几个在外地还算权威的机构打来的电话，说我是怎样怎样有前途、有希望的作家。他们办了一个班，如果我去参加培训，将来定会写出如何如何优秀的作品，甚至还可能会获什么大奖。我问："需要交钱吗？"对方回答："当然要交钱呀，你不交钱，那些名家大腕谁肯来给你讲小说咋写、散文咋写、诗歌咋写？"我又问："那些名家大腕都写了哪些作品？他们屈尊大驾，来给一个从来不指望获什么大奖的放牛娃上课，讲写小说、写散文、写诗歌，也不怕损了他们的形象，委屈了他们吗？俺是个放牛娃，地地道道的放牛娃，没啥文化，是扶不起的阿斗，他们来教，真还是委屈他们了……""没事，老师，他们替你指点迷津，扶持新人，不怕受委屈……"我笑道："都老头子了，还新人呢，旧人了！"

的确自己是旧人而不是新人了。如果愿意，我现在就可递交申请，提前退休，然后东游西逛，颐养天年。即使不愿意，大不了也只能再干五六年。五六年，在人生漫长的岁月里，实在微不足道。都这坎儿上了，谁还来说我是"新人"，难道不是活撞鬼吗？因此，笑笑，还是笑笑，说声："年轻人，干点别的正经事吧，别再来忽悠老头子了，老头子这辈子是哪块料，自个儿心中是有数的！"

人到了一定年龄，会不断地回头看过去，反省自己的过去，然后思考自己的将来。许多事、许多人，明白了，看清楚了，只是闷在心里不说出来罢了。不说出来，不等于自己是马大哈、二百五，稀里糊涂的还在得过且过。比方说，约朋友聚一聚吧，一起吃个饭，聊聊曾经的过往。今天，朋友说有事；明天，朋友还说有事；后天，朋友仍说有事；那么，就知趣吧，别再约了。你在朋友心中有足够的分量，再有事都没事；反之呢，没事也有事。何苦呢，何苦委屈了自己也为难了朋友！固然，说不定朋友真的很忙，真的脱不开身，在朋友那里，吃饭的确是小事一桩，但于我却是一盘没有下完的棋，丢下可惜，不丢下又坚持不了……如此如此吧！

朋友交往以诚为贵，若设了圈套去套人，于我是天大的罪过，哪怕朋友无所谓，我也必定心里梗着，一辈子不舒服。我嘛，这辈子待人也许太真了点，这德性真还不好。能帮到朋友的忙，我立马回答："中，不急，我替你搞定！"若是帮不到呢，绝不含糊，直截了当说："没法，这事我搞不定，你另外找人吧！"太直截了当了别人往往受不了。遇上这样的事，情商高的人会做耐心细致的解释，我呢，好像没事一般，说完就自个儿忙自个儿的事去了，也不管人家接受得了还是接受不了。最近得罪的几个朋友，都是因解释不够惹出来的麻烦。

还好，这辈子嘛，看来是无风也无雨的了，正如苏老夫子说的那样："料峭春风吹酒醒，微冷，山头斜照却相迎。回首向来萧瑟处，归去，也无风雨也无晴。"原则性的事情，坚持；非原则性的事情嘛，能将就则将就，不能将就的呢，就笑笑，看在眼里，明白在心里，没必要再放嘴上非得说出来不可！

一蓑烟雨任平生，人情看淡，世事看开。不给自己添堵，不给朋友添麻烦，诸事不强求，万事不勉强，能把事情做到哪份儿上做到哪份儿上。平凡和琐碎的日子，不也同样是可以过得滋润的嘛！

（2017年6月24日）

雨中散步

郭久麟

早餐之后,大雨依然如注,风儿吹来,还有一点凉意。今年重庆气候很反常,已经6月中下旬了,还是经常下雨,气温一直不高。前两天北方一些城市都热到30多度了,可重庆才20多度。入夏以来,不但没用过电扇空调,甚至睡觉还得盖薄被子。

看来这雨还得下一阵子,我只好撑着雨伞,到小区花园散步。密集的雨点打在伞上,“哗哗”作响;花园小径上的流水,在胶鞋底下潺潺有声。这雨还真大哩!往日那么多散步的人不见了踪影,只有一两个打拳的人在亭子里打了一会儿拳,就回去了。这么大的一座茂密葳蕤的园林里,就只有我一个人在这大雨中散步了。

这已经不是第一次了。大雨中,我一个人在花园散步。有时候,在炙热的中午,往往也只有我一个人在炎炎烈日下的树荫中散步。甚至是在万里高空之上,在飞机的客舱之中,在吃完供应的餐食之后,我都会一个人在机舱那狭窄而颠簸的过道上走几圈,坚持锻炼。

我在雨中打着伞,健步独行,也许不被人理解,甚至会被人讥笑,可是我却毫不后悔,我甚至还感到骄傲和自豪!

是的,我为自己的健步感到欣慰和欢快!有多少年过古稀的老头,还敢在大雨中漫步,还坚持在烈日下悠游?

我为什么要这么苦自己,熬自己,在大雨中散步,在烈日下悠游?难道我不知道在书斋中看书更惬意,在床上躺着更舒服?我当然知道!但是我还是要在雨中散步,在烈日下坚持!因为,虽然我已经七十多岁,退休十几年了，可是，我还没有衰老。我还有悠远的梦境，还有更高的追求，我还想再写一些优秀的作品，奉献更多更好的精神食粮！而要实现这晚年的梦想，就必须要有健康的体魄和充足的精力！

而在雨中散步，在烈日下散步，正是实现我的理想和美梦的一个行动！它既磨炼了我的身体，又砥砺了我的意志！岂不快哉！

（2017年6月26日）

南山的雾

杨智华

南山雾多，是来南山工作生活一段时间之后才发觉的。无论春夏秋冬，不论天晴阴雨，从山巅到山麓，南山许多时日与雾相伴。尤其雨日，少有例外。

究其原因，南山雾多除了得益于居于山城多雨的气候，茂密的植被也是重要因素。林地常年土壤潮湿，遇冷遇热，易生雾气。南山雾的形状体态主要与天气密切相关，时而浓妆时而淡抹，时而洁净如棉雪，时而晦暗似灰帐。你猜不清何时来，又何时去。常常不让你有任何思想准备，就像无法判断天气之变化一般。若雨后天气久不放晴，雾总是沿着一条水平线，一动不动地长时间盘桓于两山腰间，把山体整齐切割。雾与天相接，云与雾相融，留下山间清晰可辨的景物。一半是天，一半是地。春夏季节多夜雨，天明后天气晴朗。早间起来就会发现，一团团白色的棉朵似的晨雾，如哨兵般各自踞守于远远近近各座山头，就像之前商量分配好了似的，谁也不干扰谁，谁也不抢占谁，静静待着。直到通红的朝阳冒出云雾顶端露出温暖的笑意，洒下万千霞光，给云雾边缘镶嵌一道闪闪发亮的光圈，衬映着更高更远天际的彩云万朵。整个天空被紫红、绯红、金黄、浅黄、深褐色的花团锦簇的片片云朵装点，璀璨无比。

然后这些包裹着各个小小山峰的雾团，在阳光照耀下，在你不经意间，不知不觉间悄悄散去。等你忙完手中事情再想去寻觅时，早已不见踪迹。朝霞也早已不见，投入眼帘的已是蓝天白云，以及蓝天白云之下布满整座山岭的墨绿色的森林，空气透彻而清新。白居易有诗云“花非花,雾非雾。夜半来,天明去。来如春梦几多时,去似朝云无觅处”。我猜诗人当时可能正是见此雾景才有感而发的。如遇连天雨日,整个雨雾就像一层厚不见顶掀之不尽的灰白色幕布,铺天盖地把两条平行逶迤的山梁、岭上密密匝匝的树林、山凹间远远近近的楼群电塔、行人车辆一概裹挟。整个人与眼前的世界完全被雾气锁住,落入一层穿透不破的朦胧幽静之中。

走在室外,迎面而来的满是潮润的气息,不见了平时的喧闹。偶尔行驶的车辆与人的声音从看不见的地方传来,闻其声不现影。如果再往雾的深处行去,一心一意去感受森林的寂静与阵阵雾气掠过脸颊时那温柔的抚摸,就连鸟儿也会停止歌唱。人在雾里什么也不思什么也不做,就那么静静待着,只留下呼吸与心跳。寻常恼人琐事早已消弭不见,短暂之间似乎觉得已化道升仙哉!而有风的时候,又会发现这些云雾居然可以轻盈似纱,犹如曼妙多姿身着素色裙裾翩翩起舞的少女。迅疾时又仿佛一群白色的骏马在山岭间欢快驰骋,一会儿从这个山头奔跑到了另一个山头。这个时候,你会发现,雾与山早已和谐一体,雾伴山生,山随雾动,整座山脉也灵动起来。

去年冬天的一个早晨,我曾花去一小时左右时间,专门细致观察过后山上雾的动静。夜间下了一些小雨,但不知何时停止的。地上沉积了些许雨水,雨量应该不算大,近的楼房远的林木被小雨清洗一遍,如人刚刚沐浴过后,精神焕发,干净而清爽。站在办公室窗边,透过窗户可仰视到山顶。我看到山上树林中不断有雾气冒起来。起先,似乎是从一棵树的树梢慢慢升腾起一小团被扯得纤细的棉丝般灰白的雾。紧接着,在邻近的几棵树的树腰处,一些雾气也跟着探出头来,与之前的那一小团连在一起。接着袅袅娜娜越过茂密的树冠,朝着身后仅有数十米高的山脊移动。那样子,像极了树丛下隐藏着一户人家,渗出屋瓦的晨炊的烟,只是颜色有区别。它们不停地升起,又不停地移动,不断分离,又不断融合，很快就消失在层层叠叠的树身背后，仅残留下一些余霭滞留在树木身上。一会儿，不知不觉间，靠近山顶的树木都被淡淡的云雾笼罩了。满山树木都是湿湿的，云雾并没有完全遮盖住它们深色的绿，反而更加增添了一种动人的勃勃生机。

后来，我又多次认真观察南山的雾，发现它并没有随季节的更替而显现明显不同的特征。基本只受天气影响，有雨多有雾，无雨时亦有雾。它总是低调行事，不比黄山、庐山、峨眉山云海之气势壮阔。一年四季，保持着安静、祥和，只是不声不响地悄悄享受属于自己的宁静。只为南山而生，生于斯长于斯消亡于斯，被人视而不见。我曾想，历史上南山也曾有不少名人寄居于此，无聊之时曾试图查找是否有关于南山之雾的诗词文章。或许是南山的雾实在太过平凡太过不起眼，无人为它动笔，或许即使有人写过，也早消失于尘世瀚海，无迹可寻。

这几日，又是连续雨水淅沥。站在窗前，注目迷蒙南山，只见一层浓淡不匀的雾气，覆盖在森林与那些浅黄或灰色的房屋之上。由远及近，颜色渐渐由浅入深，恰似一幅浸满墨韵的中国山水画。又是熟悉无比的风景，而告别近在咫尺，想挥手轻松再见却感不易。不限于雾，眼前一切，一草一木，一人一物，皆是。

（2017年6月27日）

最忆是梧桐

骆鹏

从1986年考上西师(今西南大学)算起,我在北碚待了30余年。大学毕业时有机会回四川当一名文秘,也有机会去南开中学当一名老师,可最终羁绊我的是这座小城的静谧,尤其是满街的梧桐。于是留在北碚,当了一名大学辅导员。

后来恋爱、结婚。记得领证的那天,下着小雨,我和丈夫走过中山路。梧桐树在人行道上温柔化雨,有雨却不湿衣衫,好像特意营造了爱和浪漫的氛围。再撑伞便有些多余,于是我们收伞,牵手走过梧桐树下。风吹叶舞,平添了几分诗意。街的尽头、树的旁边就是北碚最有名的兼善餐厅,我们吃了兼善包子,喝了兼善汤,也没举行婚礼。两个人就这样小小地仪式了一下,这一牵手就走过了26年的光阴。

再后来有了孩子,两三岁时带她去北碚公园坐摇摇车,梧桐树在她童年的时光里摇曳。再大一点带她去雅舍,阳光从树叶间隙筛洒而下,院子显得更加安宁。当她读书识字了,我们周末就去书店,记忆中似乎有树影投在书页上。以至于现在每每回忆起陪伴女儿成长的日子,那些梧桐就站在日子的后面成了背景。

2014年,上大学的女儿因交换项目去美国读书,上课第一天,班上同学们纷纷自我介绍,来自伦敦、巴黎、佛罗伦萨……那些有历史的城市常能引起共鸣。可当女儿介绍说:“我来自重庆。”她看到很多老外的眼中有些茫然。有人问,重庆有什么呢?她想了下,高楼大厦?现代交通?这些回答都不错,可它们不重庆。这时她想起电脑中存了一张照片,那是梧桐树郁郁葱葱的北碚。她儿时看《三国演义》时学到一个词，叫“童童如盖”，写作文时她就偏爱用这个词去形容梧桐树。看到满街法国梧桐恣意生长，她的同学们由衷赞叹，你的家乡很美！她告诉我，那一刻很有存在感，不是某个城市的翻版，也不是某个景观的缩影。它是自己的，有成长记忆的，重庆的。

一个城市有一个城市的面貌，但只有历史、文化或者独特的风貌，才能让这城市有景深，有生动的表情。才能让这城市与众不同，带着清晰而深刻的胎记。重庆是有丰富而独特的元素的：北碚有缙云山的巴山夜雨，南岸有南山的樱花缤纷，渝中区有十八梯弯曲盘旋，江北区有鸿恩寺江风恋桂。不同的景观不同的质地，叠加在一起，才成就了一个质朴的、生动的、独特的、文化的城市。

后来女儿在专业上选择了广播电视编导，她说想拍梧桐，想拍黄葛树，想用影像拍出城市的独特风致。北碚或者重庆，都不应只是一个名字符号，而应该是一种灵性的存在。即便将来有一天散落去天涯，归根落叶也会以自己的方式为人们留住乡愁。

那些从梧桐树上落下的清辉，不仅照亮着我30余年的记忆，也延续着，成为下一代成长的底色。我欣喜并祈愿，这世界不复制无粘贴，每个城市都长成各自的模样。而每个人的记忆，都被自己的那片绿荫温暖呵护。

（2017年7月1日）

故乡的小河

周志明

不经意间，额头就生出了条纹，那是深深浅浅记忆的年轮。记忆是什么？生命中走过的路。这些年，历经万事，沉淀的流水淹没了一切，早年的光鲜犹如燧石迸出的火星，稍纵即逝。

唯有它，家门前的小河，像我的眼睛，始终闪烁着不息的光波。它莹莹地划过夜的昏沉，在冬日的寒气里升起暖暖的热浪，精灵似的闪耀，兰花般的清韵，这便是我很小的、单薄的、永远的小河！

要说，它只能算一条小河沟，或是一条小溪，小得像母亲手里的镇纸石，要是放眼望过，更像是外婆纳鞋的线。它从上游的堰口，顺着窄窄的河床，绕过水中的绊石，纤纤地游来，躺在童年的心窝。

它很孤清，除一丛水竹、几棵零落的桑树外，四周空秃，寂寥得令人目涩。唯有那水，清之又清，一个个小圆，散开又复归，敲着轻音乐似的键盘，委着伶仃的身子，噙着切切的眼神，沥沥地汇入十里之外的花溪河，我相信，它最终归依了大海。

那时，我们家境不好，其实，所有人的家境都不好。我们常常在窘迫的浮光中束手无策。很饿的时候，小河从门前淌过，土坎的桑树上挂满紫色的桑葚，采下来，塞进嘴里，微甜略酸，觉得胜似蜜桃。河中有小鱼，有小鳅，被我们捞在背篓里，拿回家用油炸得酥松，一口下去，那个脆香，至今想来都馋涎。

夏季，我们从集市买来刚刚孵出的雏鸭，相约把它们赶进小河的清池，我们称之为放鸭。坐在竹影下，双脚浸入水中，不时溅起白花，讲趣事，看小鸭潜水，看它们觅食，听它们稚嫩的沙哑的唧唧的对话。这时，天蓝，风清，泥土的润气，上堰口荷叶的芳香，一路摩挲，我们三番五次忘记归时。

记得是个初夏，如银的月夜中，稻田的蛙声此起彼伏。一伙人从上游卡断，把小河圈成了大小不一的几个水凼，企图竭泽而渔，被我们发现。没有人吆喝，我们不约而同地冲进小河，用手扒，用脚踹，很快就捣毁了圈住小河的泥墙。我们和那伙人打了一架，流了血，那伙人落荒而逃，我们胜了。从此，小河的清澈，小河的鱼儿，小河的绵延在我们的捍卫中成为雕塑。摇篮的梦总是令人痴迷。然而，生计和需要，现实和梦想又总是难以合辙。为了营生，我们不得不离开小河。这一晃，竟是几十年。

当我和那个遥远的地方告别的时候，脚步已经蹒跚。回家了，回到光着腚子就相识的老地方，心底的围栏彻底打开。碰见儿时的伙伴，他们说，去看看小河吧。我问怎么了，他们说，小河不在了！

茫然无措，连依稀的印记都没有给我这个游子留下。注目岁月的风，风是一样的风，小河呢？时光把我们变老，也把一切改变。小河瘦弱的胸膛上，挺起一座研究所，一座高架桥，旁边是高楼，是宽敞的水泥路，是看不见尽头的车流，还有冬的花蕾，游走的灵魂。

我不知道说什么，世界很美，值得赞叹。我试图在小河的旧址上寻一片陈旧的绿叶——就像那结满桑葚的绿叶——哪怕半片也好，可是，我失望了。

我在眩晕的金光和漫天的声响中闭上了眼睛，眼角，一滴老泪飘然滴落。故乡的小河，依然在我的梦中。

（2017年7月2日）

武隆三维

杨犁民

山峦之巅，云朵之边，地心之间。这是领略武隆之美必不可少的三个空间维度。

我是在多次抵达武隆已经闻名遐迩的著名景点，并在武隆友人的引导下，踏进许多至今尚未开发，游客少有涉足的森林、草地、幽谷、地缝、天坑、石林等非著名的景点之后，发现这三个维度的。

我敢说，如果你不曾从这三个空间维度领略武隆，你就不能完全领略其大美，你就不曾真正意义上到过武隆。

山峦之巅

地理上，武隆位于大娄山与武陵山的交汇地带。莽莽武陵逶迤千里，在地球上留下了两段动人的传奇。一段是张家界，一段是武隆。

武隆是武陵山的另一种经典发育模式——隆起为山，塌陷为坑，撕裂为缝。

当然，还暗藏着无数数不清道不明也无法勘测的奇特溶洞。

如果站在天空中向下看，武隆的地面上除了隆起的山峰，塌陷的地坑，撕裂的缝隙，再无别的。最多，还有几条河流的飘带。它们错落交叉，山中有坑，坑下有缝，缝边有河，勾勒出一幅壮丽的画卷，孕出一方山水的奇迹。武隆的最高海拔为2033米，我想那一定是仙女山的主峰。而正在努力向2033米看齐的山峰没有数过，因为数也无法数清，干脆就不数了。

那么武隆最低的海拔是多少呢?

一定没有人能够说得清楚。不过可以肯定的是,它一定位于某个天坑的最低处,某条地缝的最深处。

说到武隆,就不得不提及仙女山。有人把仙女山称之为东方瑞士。还真有几分神似。不过仙女山只是仙女山。阿尔卑斯山高耸入云,仙女山诸峰也在努力长高自己。

概括地说,仙女山就是由一方草原、一片森林、一座城镇构成的。

这座坐落于山巅之上的城镇,又由许多片块组成,可谓镇中有镇,镇镇毗邻。据说,最多的时候这里住有十万人。一镇为邻又彼此隔离,隐逸得可以。

它只不过把人作为自然之子安放在这里,为他搭建了一个遮蔽风雨的巢穴而已。

住在仙女山上的人,洗心洗肺,在洗净身体的同时,也洗净了思想和灵魂;他的人生,已来到了另一个高度,从此获得了仙人的住址和身份。

云朵之边

我是个有精神洁癖的人。对森林和白云不可抵抗。看到成片的森林,就想住进去,搭个毛棚或者修个别墅。看见白云,便周身酥软,傻呵呵的,感觉到无缘无故的幸福。

武隆的白云是什么时候来的,什么时候走的,我不知道。我只是觉得它成天都在那里。不离不弃,若即若离。

早晨,我还没有起床,它就已经等在那里了。傍晚,它趁我不注意,一下子消失得无影无踪。我不知道它去了哪里。我找过了,在山顶,在地坑,在河流的倒影中,在地缝的最深处,可是我至今没有找到它的巢穴。

我有时候想,白云一定是住在山顶的。因为鹰也是住在那里的,鹰的高度和白云的高度差不了多少。它们的住所也一定隔不了多远。

有一天，我住在一个叫龙宝塘的村庄里。龙宝塘其实是块巨大的不规则的塌陷之地。去往龙宝塘，必须沿着悬崖绝壁从山顶蜿蜒而下。经历一阵心惊肉跳之后，才能落到大地，落到地底。

落地后站在龙宝塘的土地上向上看，那些建在悬崖绝壁上的房屋远在云天里。

那天一觉醒来，我发现白云和阳光一起来到我的窗外。它们没有像鸟一样叽叽叽喳喳地叫，它们只是趴在窗外笑，一下子把我笑醒了。

我洗脸出门，可是这时候白云却已经跑到悬崖顶上去了。记得我在石院天坑坑底的时候，有几片白云也待在悬崖上，可是我走出石院天坑的时候，它们却跑上了更高的天空。

我索性追到了仙女山的半山腰。那儿有个地方叫翡翠岭。白云离我更近了。一伸手，便可捉住它。可是临到我真正伸手去捉它时，它却又泥鳅一样溜远了，我拿竹竿也够不着它。

后来，我固执地跑到仙女山的山顶，还是没有够着白云。

如果我就一直这样走下去，期待着某一天能够追上白云，摸一摸它的脸庞和纱巾，我想这会耗尽我的一生。

白云对生态的要求非常严格。白云是在森林、草原、湖泊、湿地……上出生的。它的巢穴，也在那里。

地心之间

在武隆版图上，天坑和地缝，是比重很大的构成。

据说光是体型较大的天坑，武隆就有两百多个。至于有多少条地缝，则更无法说清楚了。

天生三桥和龙水峡地缝只是无数天坑地缝中的一个而已。

如果从空中往下看，那么多圆圆的塌陷，那么多撕裂的缝隙，该是多么壮观的图景,又该是多么疼痛的伤痕。

更有不少村民,干脆以悬崖绝壁为天然屏障,数百年,上千年,世世代代居住在这些天坑中、地缝里,组建成一个个自然的村庄,过着与世隔绝的生活。

一个村庄就是一段历史,一个村庄就是一段传奇。物理上的世外桃源和心灵上的世外桃源都在这里。只有旅游,才能逐渐唤醒早已沉睡的荒寂。

在下石院天坑的平地上,长着几棵巨大的白果树。有几百年的历史了。它们对着天空长了几百年,也没有想过要长到天坑外面去。只有雨雪和白云,不曾将它们遗忘过。

天坑在地理学上叫“岩溶漏斗地貌”。文绉绉的,不爱听。还是老百姓取的名字恰如其分。“天坑”只是其中的一个而已。还有“龙缸”“石院”“石围”“岩湾”等。

许多人一辈子就住在这里,选择做一个“院士”,或者“湾民”。当然,也有些天坑和地缝是不能居住的。许多天坑,都有一个细小的缺口。我想,应该是泄洪用的。完全封闭的天坑,中间也应该有个漏斗。否则,洪水就无法排泄出去。

下石院天坑南面,也有一个微小的缺口。可是缺口下面,紧接着的就是悬崖峭壁。大自然只给水流留出了一个通道。人要想进出,还得从绝壁上打主意。

我就是从缺口旁边的绝壁上出来的。绝壁下面,是一条细细的绿色地缝,深不可测,不见头尾。看得人心惊胆战。

我想,如果从地缝上扔颗石子进去,也许一天,也许一年,都不会听到石子落地的声音——

地球的心跳,不是想听就能够听得到的。

(2017年7月5日)

悼成琳

蒋春光

李成琳是《重庆日报》《重庆晚报》副刊的老作者。20世纪90年代，她常给我们写稿，同事们把她和李永英一起，并称“重庆二李”，两人是当时给本市报纸副刊写稿最勤的女作者。那时她还在复旦中学教书。后来听说她去了市人大编杂志，可能是忙于工作，来稿比较少了，也很少见面。只听说她出了一些书，得了一些奖，还会弹古琴。偶尔见着，也摆谈几句，问问彼此的近况。大体觉得她的气质和着装都有了一些变化，更优雅更自在了，笑容却是一贯的温婉可人。

后来我和她都被选进渝中区作协任副主席，她还兼任秘书长，交往更多了一些。一起参加了几次文学活动，发现她真是细心周到，处处为别人着想，让人感觉既温暖又舒适。感叹秘书长这个职务，于她真是太合适不过了。又陆续读到她散见于各处的文章，典雅清丽，有浓郁的书卷气。一些篇章堪称美文，私心称赞不已。

一次回家乡四川岳池。我的一个侄媳问我：“你认识李成琳吗？”我讶然，说熟得很啊。她说李成琳是她的亲堂姐。我一算辈分，大喜。回重庆后立即找到成琳，告诉她这个情况。逼她叫我蒋叔叔。原来她也从堂妹处得知这一层关系，只得老实地把我辈分往上升一级，清清楚楚地叫我蒋叔叔。后来若是一起吃饭，我必要坐在她身边，享受老辈子的福利：让她给我夹菜。她总是笑嘻嘻地尽她的晚辈之责，把那些好吃的菜夹到我的碗里。而且不惮于在一些公开场合，嘻嘻哈哈地主动表明这层亲戚关系，让我乐不可支。

后来就听说她生病了。但一起活动时，完全看不出来，笑还是原来那样的笑，对人是一如既往地关心体贴。文章照样一篇一篇地写出来，而且越写越好，频频在全国大刊上发表，还得了冰心散文奖。她亲口告诉过我她是如何抗拒病痛的:第一次术后朋友们去看她，发现她居然好好地坐在病床上看小说！她就是这样，一直以轻松坚强的面目示人，从未在任何场合听她说起过自己的病痛。然而那病痛，却是每时每刻都在啃噬着她的躯体。这可以从她越来越灰白的脸上，越来越低缓的说话声里判断出来。

去年我得了一场小病。她知道后热心地给我介绍医生，教我锻炼身体的方法。要知道，那时她已经做了几次化疗，身体已是非常虚弱了。想至此，心中好不悲痛。她的善良和为他人着想的习惯，是一生也改变不了的。

最后一次见成琳是今年5月31日，在黄建华先生的工作室里。约定去取黄先生为我新居写的一幅字。这也是成琳帮我请托的。我去的时候，她坐在椅子上审看她和黄先生合写的一部关于古琴的书稿的清样。逐页翻看，逐字校勘。有气无力的样子，强撑着的样子，衰弱之极。我忍不住劝她别这样辛苦自己，安心静养身体为上。她微笑，不说什么，继续看她的清样。我想，她这是在用她最后的仅有的力气，完成她喜欢的工作。

2017年6月30日，渝中区作协开第四次代表大会，作为副主席人选的她没有到会。我发微信去问。她简单回复:还在静养，谢谢关心。这是她留给蒋叔叔的最后文字。

成琳昨天(7月5日)傍晚8时，永远离开了这个世界，享年55岁。我虽然知道这是早晚的事，还是深感突然，不能接受。天不假好人岁月，是何道理?!

愿成琳在天堂里安好。

(2017年7月8日)

想念我的“癞癞花”

陈薇莉

那年我10岁，多梦而喜好“强说愁”的年纪。

妈妈说我的出生地在渝中区的和平路，但打从我有记忆开始，我就疯跑在山坡的野花乱蝶中，嬉闹在稻谷秧苗田坎边。

那时我家住在重钢的家属区“渝钢村”。那是20世纪50年代，渝钢村还紧邻大渡口农村。记忆中我就没有做过“小姑娘”，用妈妈的话说，我是个“儿马婆”。我从不喜欢和“村里”那些好哭又臭美的丫头们耍，成天就爱跟在比我大两岁的哥哥屁股后面，扯几根毛毛草扎起来晃动着追“丁丁猫”（蜻蜓）；田间地头乱窜和男孩儿们玩“官兵捉强盗”。最上瘾的还是撅着屁股在稻田的水沟沟里捧蝌蚪，并把那些长着小尾巴的蝌蚪放在玻璃瓶里，于是便有了期盼。期盼着它们早日变成青蛙。

几天后，那些在瓶里游来游去的小蝌蚪就会长出小脚。先是后脚，慢慢又有了两只更小的前脚，最后变成一只只小小的青蛙。这时，我就会和哥哥一道，去田坎边将那些长了脚的小青蛙放进田里，看着它们半游半跳地远去。

当然不是每只蝌蚪都能在我的玻璃瓶里变成小青蛙。每次换水时，总会看到一两只死去的小蝌蚪，我的小心脏便会感受到悲伤。正是这样的欢乐和悲伤，让我的童年变得格外有滋有味……

渝钢村紧邻的山坡上散漫地开着红、黄、蓝、紫色的野花，一眼望去，开得最多的是白色的“癞癞花”。大概是因为它的花朵是由星星点点组成的不规则的圆，有些像癞子头上长的癞子，于是人们就给它取了个俗名“癞癞花”。

总听大人们说，姑娘家家的不能去摸癞癞花，摸了要长癞子。印象中就从来没有看到哪个小姑娘去耍过癞癞花。

兴许是我从小就是个好奇心极强的“天棒”，有一天我竟动了要去扯一大把癞癞花来耍，看“癞子”会怎样长在我头上的疯狂念头。于是就一个人跑上山坡，很快摘了一大捧癞癞花，找了个僻静的地方坐下来，傻傻地等着头上长癞子。

等着等着，我睡着了，等我醒来，天都快黑了，摸摸头上，竟然没有癞子！

我惊讶无比地把这个“发现”告诉小伙伴们，结果竟没有一个人信我！

癞癞花“命贱”，加上它的“不吉利”，人们都躲着它，这让它可以在山间自由地怒放。自我发现耍癞癞花不会长癞子的“秘密”后，去山坡上摘下大把癞癞花玩儿，就成了我一个人的山间乐趣……

10岁那年，爸爸因工作变动调进了“城里”的公司。在小伙伴们极度羡慕的眼光中，我家从地处“乡坝”的渝钢村，搬到了“城里”的陕西路。

地处市中心的陕西路上，再也没有绿树成荫，再也没有蛙鸣狗叫，再也没有漫山遍野的野花花，再也没有田里游来游去的小蝌蚪。当然，我就再也看不到那片我独享其乐的癞癞花……

10岁，还是不识愁滋味的年岁，但我却真实地体会了被“不再拥有”撕扯得心痛的滋味。这滋味，几乎伴我走过了后来的童年时光。

后来，我下乡当了知青。生活的困苦，对前途的担忧，让我再难从劳作的田间地头里找到无忧无虑的快乐。再后来，我游历了许多国家的自然美景：水秀山清、碧海蓝天、似锦繁花，但那些之于我，不过是他乡他水，我只是远眺欣赏的匆匆过客。

或许，每一个人的童年，都该有那种在阳光灿烂的日子里，奔跑于山野繁花、梯田溪沟，嬉闹于蜂蝶蜻蜓之间的回忆，生命才算完满。可惜，对于今天那些出门满眼只见车水马龙，嬉闹玩耍在钢筋水泥的冷壁铁墙之间的孩子们，那样的童年恐怕只能是难以触及的梦。

我庆幸，我曾拥有那一坡自由怒放摇曳多姿的癞癞花！

（2017年7月10日）

炎炎夏日忆故人

胡雁冰

岁月是经历的沉淀，回忆是时间的礼物。

有人说，爱回忆是人渐老的表现。因为人到中年，人生往前，可期待的日子只会越来越少。尽管随着社会进步，这剩下的日子总体得到了延长。但如果向后看，也就是回看来时的路，内容却是更加丰富。多有念想，是不是年龄大的人爱回忆的原因呢？

人渐老的另一个表现是，昨天的事甚至今天刚刚发生过的事，转眼即忘。但过去的事，越久远记得越牢靠。微信中有一个段子，说四个老人在一起打麻将，一人上厕所，久不归来。三人着急，担心出意外，去厕所寻不得，只好散去。第二天按预约又聚，问及此事，那人说如厕完即回家，已忘记正在打麻将这事了。有人说这不是段子，身边就有这样的事。

七月的重庆进入炎夏模式，但如今重庆的气候已然发生了一些变化。四季分明的变化渐已模糊，似乎只有冷热两季了。这可不受“身材好、穿得刁”的重庆幺妹的欢迎，因为许多奇装异服少了上身展示的机会。但也有好处，只要看到她们的装束，不用看日历，也不用查天气服务号，便可大致知道天气了。

生老病死是自然规律，四季更迭也是，不以人的意志为转移。自然界的生物在适应，人也在适应，不过有积极和消极之分。过去有一首打油诗：春来不是读书天，夏日炎炎正好眠；秋有蚊虫冬有雪，收拾书箱等来年。揣测作者应是一个衣食无忧的公子哥，为不想读书找理由：春天要赏花，夏天好睡觉，秋冬坐不住，明年再说吧！

讲这首诗的人是我的幺外公，就是外公的亲弟弟。老人家教过私塾，在当地算得上文化人。当时是暑假，我去他家玩，还有表弟表姐表妹等多人。我虽然主动带了假期作业，但因贪玩没怎么做。老人家等我们玩累了停下来后，专门把我和表弟喊到一起，拿出一张写有字的纸让我们抄：春来正是读书天，夏日炎炎好攻关，秋不畏蚊勤耕读，冬看成绩胜往年。讲完了有趣的打油诗，他又自创了这首让我们抄写。还给我们讲"书中自有黄金屋，书中自有颜如玉"；也讲"耕读传家久，诗书继世长"等道理。虽然我们听不太懂，但"要好好学习"这个意思是明白了。于是大家庭里同龄孩子中最爱学习、最听话的我们从此更努力了。表弟初中毕业即考取中专，改变了自己一生的命运。我虽然受了一些曲折，后来也考上了大学。

幺外公改写的这首诗，成了我终身铭记的励志诗，也成为我教育子女的一个重要内容。

今天，我偶尔也提笔学写儿歌和打油诗，这要感谢老人家给我的启蒙，因为一张白纸勾勒的素描，已在我幼小的心中烙下深深的印记。

还要坚持，仍需努力。希望有一天，自己能捧出令人稍微满意的文字，呈于老人家的灵前，告慰他谆谆教导的良苦用心。

（2017年7月11日）

雅舍与月亮田

张昊

山城有很多颇有趣的地名,譬如“四公里”“五公里”“六公里”之类。更多的则是一些随着城市化而渐渐“失踪”的地名。

2010年我来碚城参加研究生复试,在老城街头购得的第一本书正是《失踪的上清寺》。重庆有很多如“上清寺”般“几乎每个重庆市区的老百姓都能叫出它的名字,却没有任何人找到过”的地方。于北碚而言,于我而言,“月亮田”正是其中一例。每每坐公交车从雅舍路过,总能听到“月亮田”的站名,恍惚间总觉得此处应有一片秀雅如弯月的美田,在夕阳下粼粼泛着微光。目中所见的却偏偏是密密的楼宇和繁华的街市人群,着实令人“出戏”。

幸而某一日,偶于学校图书馆的一版《雅舍小品》中读到梁实秋的长女梁文茜的《忆雅舍》:“鸡公山下有一条长长的小河,两侧都是整齐的梯田,左右两边梯田层层往下会合在最低处,成一圆形水田,名曰月亮田,正好面对雅舍,据说这最下一层的月亮田,水土最肥,几乎是四季常青,收成最好,每到收割之时,打舂之声不绝于耳,牵着水牛、穿着草鞋的村童往来田陌之间,俨然是一幅天然的图画。”原来如此。

我常以为一个有文人的城市是幸运的,一个有文人“旧居”的城市是极幸的,一个有很多文人旧居的城市简直要以手加额,三呼万幸了。所谓“读万卷书,行万里路”,文学诞生于一定情境之中,而品文学者唯有尽力回到那一情境方能有切身体会。可惜世事变迁愈演愈烈,实可谓沧海桑田。幸而文人的文字、文人的旧居,使得我们得以午夜梦回,溯得那一段段旧时光。

“逝者如斯夫，不舍昼夜。”意外的是，多年之后雅舍“公路北侧山坡上”的地理尚存。依然是“雅舍所在公路往西通歇马场，往东可至北碚市里，每天公路上都有公共汽车和骑马代步的行人往来。”可惜当下虽然公共汽车繁忙依旧，“骑马代步的行人”却不知去何处寻了。

雅舍不远处“鸡犬相闻”的老舍旧居也依然如故。可以怀想“老舍就住在我们家东边……老舍晚上经常上我们家去，闲着没事儿有时候打麻将、聊天”。只是老舍旧居的地理却不如雅舍这般依稀可辨，放眼望去，四面高楼如壁立，俨然成了“都市盆景”。而老舍旧居曾鼠患严重，老舍戏称其为“多鼠斋”。雅舍同样“入夜则鼠子瞰灯，才一合眼，鼠子便自由行动……”而两处相邻旧居一个诞生了《雅舍小品》，另一个诞生了《四世同堂》，都可谓文学史上的皇皇巨著。

现而今，雅舍成了“旧居”，虽依然是“极普通的四川平房”，幸而，梁实秋先生笔下静谧的月夜和绵绵细雨倒也尚存。仍如先生所述，“‘雅舍’最宜月夜——地势较高，得月较先。看山头吐月，红盘乍涌，一霎间，清光四射，天空皎洁，四野无声，微闻犬吠，坐客无不悄然！”实可供我们这些后人怀想前人雅趣。

（2017年7月12日）

阿依：一个词语的时空穿越

张者

“阿依”这个词到底是什么含义？它的发音是那么柔软和甜腻，如绸缎般丝滑。它是一个好词，它通过人们温润的唇齿，口口相传，成了一个让人爱恋的词语。

阿依在彝族和土家族人的嘴里成活了，干脆就成了“姑娘”的代称。彝族和土家族人生怕阿依这词还不够娇，不够媚，不够软得让人心儿融化。在阿依的前面又加了一个“娇”字，阿依就变成了“娇阿依”，娇阿依就是娇姑娘。彝族和土家族人想把世界上所有美好的东西都和阿依这个词联系在一起。姑娘是美好的，那就娇阿依，河流是美好的，那就阿依河。于是，一条河的名字也用阿依这个词命名了。

阿依在西北的维吾尔族人那里也在生活着，她被维吾尔族人用得也十分频繁。维吾尔族人把许许多多姑娘的名字都命为“阿依”；把许许多多小伙子的名字也命为“阿依”。比方：阿依古丽，阿依努尔，等等。于是，在维吾尔人族那里就有了成千上万的阿依古丽和成千上万的阿依努尔。“阿依”在维吾尔族人那里是月亮的意思，“古丽”是花的意思，阿依古丽就是月亮花；“努尔”是光的意思，阿依努尔就是月亮光。

两个民族相距千山万水，隔着大漠雪山，可是，他们不约而同地把阿依这个词用到了极致。

如果维吾尔族人中的阿依是一种比喻，他们用月亮代表心意，指代美女和帅哥；彝族、土家族人却来得那么直截了当，阿依就是姑娘，没有比喻了，也不要通过月亮来转换。

阿依在维吾尔族人那里叫月亮，月亮被汉族人称之为婵娟，上面住着嫦娥。月亮在我国古代诗文中有许多有趣的美称：辛弃疾称玉兔，屈原称夜光，陆游叫冰轮，苏轼干脆给月亮起一个姑娘的名字叫“婵娟”。但愿人长久，千里共婵娟。一句诗词照亮所有的民族。此外，月亮还有许多别致的雅号，如玉弓、玉桂、玉盘、玉钩、玉镜、广寒宫、嫦娥等。

汉族人最后终于把月亮叫嫦娥了。嫦娥当然是美女，可望而不可即，是一个让人欲罢不能的美女。也许彝族人和土家族人从汉族人那里得到了启发，既然汉人把月亮称为嫦娥姑娘，那就把阿依这个维吾尔族人叫月亮的词，直接就指代姑娘吧。阿依这个词穿越了时空，让两个历史上不可能频繁交往的少数民族共同喜爱着。

维吾尔族人一般把人命名为阿依，彝族人和土家族人把自己喜欢的一切都命名为阿依。美丽的姑娘称为娇阿依，美丽的河流就叫阿依河。

阿依河原名长溪河，发源于贵州省务川县分水乡，向东北蜿蜒而入重庆市彭水县境。经长旗坝、舟子沱、三江口，最后由万足乡长溪滩注入乌江。

我来到阿依河，首先被河的名字吸引了，因为阿依这个词离我太近了。阿依就埋在我的心中，它时刻都能从我的笔下脱颖而出。在我的长篇小说《老风口》中，我虚构了一个叫阿依的泉，就是月亮泉。“阿依泉”在大漠深处，那泉水只有在月亮升起的时候才会喷涌，善良的人喝一口阿依泉水，泉水就如蜜一样甘甜；贪婪的人喝一口阿依泉水，泉水会像药一样苦涩……

我来到阿依河时心下便一动，难道阿依河早就在这里等待着我了。从阿依泉到阿依河，它们不但穿越了时空也穿越了我的心灵。阿依泉从我的内心一直流淌到了眼前的阿依河，它们通过一条暗渠穿越洪荒之源头一下就打通了。我的阿依泉，我的阿依河。

乘上竹排，下到河里，放下一切，随波逐流。江面绿水清幽，两岸翠竹环绕;山高谷深间奇峰怪状,悬崖嶙峋,古树繁花。那些状若擎天的石笋,形似嬉戏的群猴,稳坐岩上的石佛,深不可测的溶洞,让人忘乎所以。竹排行于水上,滩塘相连,水碧山青,波光粼粼,绝壁连绵,仿佛置身于山水画中。

阿依河的意思就是姑娘河。姑娘河里自然有姑娘,她们会唱歌。唱山歌,唱水歌,唱情歌。

上了竹排你就想唱,唱的是什么也许你自己都不知道,歌声会从嗓子里随风飘出。有人说只要你放声高唱,这阿依河里就会有娇阿依出现,只要你能唱就可以唱出娇阿依来。这难道是神话传说吗?半信半疑中,几个嗓音好的同伴真的就引颈高歌了。平常那些被烟熏火燎的破锣嗓子,这时候在阿依河水的滋润下,在两岸美景的感召下,在艳阳柔风的呼吸中,居然高亢有力,明亮甜美了。竹排上至少有五个民族的声音,纯自然,原生态。

这时有人发挥了自己的出口成章的特长,真的就唱了。

“阿依河啊阿依河,娇阿依在哪里?现身来相会……”

水面安静,轻风袭来,只有鸟儿歌唱,没有阿依应答。

“阿依河啊姑娘河,阿依河中无姑娘,让我来这干什么?”

这时,一个意外出现了,远处居然真有娇阿依的歌声传来,歌声甜美,悠扬动听。竹排上的人一阵骚动,定眼望去,一片竹筏,一位着民族服装的姑娘真的出现了。大家不由欢呼,鼓动着竹排上的人再唱:“天上有雨又不落,情妹有话又不说,是好是歹说一句,让我心里有着落。”

那划竹筏的姑娘近了,真是个娇阿依,她边划边唱,居然也出口成章:“天上有雨早就落,阿依有话不能说,哥有情来妹无望,家有情哥等着了。”

大家都笑,竹排上我们这些城里来的就唱起了流行歌:“你到我身边,带着微笑,也带来了我的烦恼,我的心中早已有个他,哦……他比你先到。”大家唱了笑了。事后，我了解到刚才的这一唱一和其实就是阿依河上的旅游节目。只是这旅游节目却能让游客如此入戏，现场感极强，栩栩如真。应该给一个大大的赞。

（2017年7月16日）

母亲的百草汤

郑维山

端午晚上,母亲又熬百草汤了。

不一会儿,百草熬出的中药味,就像奔跑的孩子,开始满屋子地飞转。墙上、地上、空气中,到处弥漫着一种熟悉的味道,盛满了一家子的温暖和祥和。

百草汤,顾名思义,是以百草为原料,熬煮以用于洗浴的汤水。从小时开始,我就对母亲的百草汤再熟悉不过了。老辈有言,"端午百草汤,百病身上消"。在这一天,家家户户都会根据自己家庭成员的身体状况,结合自己的泡洗经验,采来各种功效不同的植物的枝叶茎蔓,洗净搭配,放入锅中,大火煮沸,小火久熬,用所得的深褐色汤水,浸泡全身,驱湿气,活筋络,除病菌。

记忆中,每年端午早上,母亲就背起背篓走进荒山野岭,只要见到鲜嫩的艾草和长相好的菖蒲,就收割起来。我们放学回家,母亲也总是安排我们,爬上桉树、橙子树弄桉树叶和橙枝叶。不仅如此,还要扳柏树枝、柳树枝,割银花藤,扯荨麻、薄荷、九节枫,刮桑皮摘桑叶,挖侧耳根,掐野菊花、黄菊花,等等。

有时天气好,采的人多,近处的百草就被人采光了,只得到远处山上采。山里树木草叶明亮,溪流清澈泛光。我和母亲一路巡山,采野薄荷、艾草、野菊和金银花藤等。"五月遍地是草药",有桃枝、车前草、侧耳根、铜钱草、灯芯草、半边莲等。村头河边,山谷河湾,坎上坎下,一簇簇鲜嫩的草在粼粼波光下油绿生辉。母亲见了就弯腰嚓嚓割起来,动作熟练如收稻割麦。然后逐一洗净，摇匀，按一定比例分装成几个背篓。回到家，吃过晚饭，母亲搬出家里最大的铁锅，架起火灶，把装好的百草倒进锅里，用菜板或者洗净的石头压住百草，再把铁锅盛满水，就点火开熬了。熬百草汤，得用大火把水烧开，然后用小火久煮。约莫一个时辰，方才完成百草汤的熬制。

那会儿，农村没有天然气，母亲熬百草汤，烧火煞是辛苦。火大了，水劈劈啪啪涨开了，水流出了锅沿，就浪费百草汤汁了；火小了，水只冒着热气，半天不见水开，自然也熬不好一锅百草汤来。偶尔，我见汤水不开，帮着用锅盖把百草盖住，以期望汤水的热气少跑掉些，结果总是被母亲责叱。说煎熬百草汤的时候，是不能盖锅盖的，盖了锅盖，百草中的毒素不能随水汽排出去，会降低百草汤的药效，严重的还会有副作用。

熬好的百草汤，颜色呈现出深褐色，本草香味浓郁。于是，母亲用簸箕将百草的残渣过滤掉，把清爽的百草汤倒进大脚盆里，然后再熬第二锅。母亲备好第二锅，一般就会令我们脱了衣服裤子泡在脚盆里。有时还烫，母亲就用百草汤浸透毛巾，提起两个角，拉起来在空中来回晃摇两下，等水温一降，就把粘有百草汤的毛巾裹在我的身上，不停擦拭，直说汤水好，对身体有用。有一年，我不知感染了什么真菌，皮肤总是痒痒的。母亲就用百草汤给我连续洗泡，几次之后，自然痊愈。后来，我查有关资料，才知道桉树叶、麻柳叶、九节枫、柳叶、荨麻等百草，有祛风除湿、活血消肿、杀虫止痛、止痒嫩肤等作用。

去年端午，父亲母亲都没有回农村。母亲提前一周就开始到小区里里外外转悠，希望能采到百草。但事与愿违。偏远一点的菜市场有箬叶、艾草出售，但始终没有母亲期待的那些百草。

今年端午节前几天，母亲打电话给正回乡省亲的父亲，让他端午那天早上带着香樟叶、艾草、鸡冠茎、柳树枝、柏叶、桉树叶等百草赶回主城，说要熬一锅地地道道的百草汤给她的孙子孙女们好好泡泡洗洗。

“洗了百草汤，身体好似钢。”儿时泡洗百草汤的我，蚊虫至今不喜叮咬，也少有生病，则是事实。或许，通过代代相传的百草汤，我们也能够彼此触摸到生命里的另一种温暖。这温暖有一股草香的记忆，让人刻骨铭心。

（2017年7月18日）

那片纳灰村庄

王福梅

纳灰，布依族语，意即美丽的田园。

汽车驶入一道约三公里的鲜花路，两旁三角梅盛放，四周麦田呈八卦阵。天尽头山峰雄奇，层峦叠嶂。徐霞客到此云：天下山峰何其多，唯有此处峰成林。亿万年前沧海桑田形成喀斯特峰林，山峰如将士身披铠甲，兵阵兀立，与田园呼应。

纳灰村依山而建，布依族人居多。大山将村庄簇拥入怀，村口六株千年古榕树，与群山一起守护这片神秘村庄。

蓝天、田园、小河，与村社相互依偎，鸡犬相闻，天人合一。这山这水这麦田，养育了村民，而大山子民又赋予了这片土地怎样的情怀？奇异风景令人流连，我们继续行驶，触摸风景深处的灵魂。

村庄安静，如小酌微醺，沉睡在大地的怀抱。唯村头河水轰鸣，欢唱着宣示它是醒着的。傍晚吃过饭，男人坐门口矮凳抽烟叶，烟筒足有两手掌合围成圆那么大，长约一米。两三个女人对坐拉家常。偶尔碰见游人，商店开着门，有的无人看守。

次日晨，村庄宁静，远山巅雾气氤氲。村庄呈V形，小河流过端口，从此出发，仅需十分钟来回走完两条街。沿街店门都没开张，村尽头汪二姐食店已然升起灶火。我们点两碗面条，嘱多放点叶子菜。二姐的女儿旋即到屋后菜地摘两棵小白菜，洗净后放锅里，顿时飘出一股清香。一碗面足有三两，加一勺骨头汤，一勺肉末，撒上葱花，仅七元钱。

汪二姐手脚麻利，黝黑的皮肤泛着红光，一边忙活一边聊天。她家有二层楼房，底楼开食店，出租自行车，楼上住家。她在家经营食店，租自行车，做农活。男人在外挣钱，女儿在读师范学校，寒暑假便回家给她帮下手。

吃完早饭，到村里溜达，在河边看见汪二姐蹬着双人自行车洗姜。她还要去麦田施肥、打药、锄草。她邀请我去她家吃晚饭，实在不敢前往。早餐她不肯收钱，几经说服好歹才收下。

其实，村民都如她般热情好客，走过其屋门前，跟他们搭话，便邀请你进屋坐下来吃饭喝酒，拉家常。路途问道，他们耐心指路，唯恐你不知。下榻的客栈夜晚不上锁，租自行车不交押金，老板说从来没有发生过被盗事件，人们没有戒备心。

《桃花源记》中，游人返回找寻，再无此地，纳灰村庄却真实存在。布依族没有自己的文字，纳灰村庄有三百年历史，如今的民舍崭新，均为灰白色砖瓦两层楼房，焕发新的生命。

汪二姐家旁有一个男孩开的手工店，墙上挂着他制作的装饰画。男孩侧坐门口，十分安静，目不转睛地一针针缝制手工制品。木架上挂着他家染织的布匹，绵实、色泽饱满，深与淡蓝相间、渗透，如水墨画，梦幻悠远。他将布匹剪裁成大小各异形状，缝制成手包。男孩长得帅气、干净，他告诉我，他大学学习艺术，毕业以后回到养育自己的土地，把手艺传承下去。他还告诉我他家乡大人不强求孩子读书，若孩子读书成绩好，家里再苦也供孩子念书，读多高都行。若不能读书，成年以后出去打工挣钱，养活自己。

来此五日，转眼即过。明日将离开村庄，沿盘曲山路驱车近一小时，到南龙古寨。寨子有五百年历史。古寨为原汁原味两层架空木楼，隐匿青山之中。青壮年和小孩搬迁至山下新居，寨子已人去楼空。走遍寨子，遇见一位八旬老人。老人因腿受伤，不便走动，独自在老寨生活。几位老姐姐来探望他，他们坐在简陋的木楼里，谈笑着欣赏电视播放的布依族歌舞。

老寨门口立着一块石碑，刻着乡约，内容大意为村民必须遵纪守法，尊老爱幼，参加劳动，学习进步，教育子女等。汪二姐的女儿也来此，她说每年放假都来古寨，这里存放着布依族的历史和根脉。她打算将来开办幼儿园，把村民和大山的故事讲给孩子们听。

大山选择了布依族人，人与自然和谐，与土地紧密依偎。山川、田园和大地永恒，他们守住生活之根。从村庄到老寨，走过漫长的历史。布依族历代相传，简单生活，耕耘、劳作，坚守美丽的田园。

（2017年7月18日，获璧山高新区杯第二届重庆晚报文学奖）

久违的山水

戚玉龙

久违了山水。几月来，杂事缠身不得清静。今日余暇，与朋友们见面，用文字来说说山水。让我们一起回味那时清凉的东西。

很久没动笔写文字了，汉字的魅力在于表达的美。我始终在想一个问题，我们今天所见之山水，是真正意义上的山水吗？

有一天，我静坐在书屋阳台，眼下是碧澈的乌江，眼中尽是青山绿树。但恍惚间，山不再是山，而树也没了树该有的样子。

我不喜欢人工做的植被，诚如一个人说话，怎么遣词造句，就是表达不清一句朴素的话来。

有一次，路过石阶旁的一棵紫荆，枝干舒展，叶子翠绿。一束淡蓝色小花像极了一阕宋词，每一瓣花都是诗意的，天然无修饰。

这并非一个美学观，是眼睛的问题。

我喜欢这种野性的美。山需要高古的静远，水需要恬淡的深流。

现在我面对的山，就屹立在乌江岸边，至今我也叫不出一个确切的名字来。有时候，无名反倒是好的。

水也如此。家乡的河水从小流到现在，时涨时落，但就是无名。大家习惯性地说去河坝里，就是到河边去。再自然不过的了，没有人在意它缺少一个名字。好像无名就是名，它本该叫河。无论大小，也不计较久远。

但古镇的水叫乌江，色彩多变，往昔是惊涛拍岸的激流，如今是静如镜面的潭水。

很羡慕吴冠中来龚滩时的乌江，以及那些陈旧了的故事和吊脚楼。

我在想，如果吴冠中遇见如今的乌江，那么在他笔下的《老街》就失去了魂，说不出老街的乡愁何在。

再往回想，山水画里的山水，是寄情于山水的。寄情山水而情深，言及云山而永恒。

在这夏日清风骄阳里，山不再高，水无由长，情难以寄。因为我在乌江岸边，独对青山，却“只在此山中，云深不知处”。

小时候，在家乡的山坡上，云起雾来，山遮水隐，至空蒙处，天地皆为一片，万物浑然一体。静下来，只听得呼吸心跳。耳畔风声呼呼，数声鸟鸣，极有太古之感。

那些眼前的细小，如展卷观画，草青，树绿，土埂灰暗，斜坡明晰，松叶垂露，石头，溪流，动静相宜。山朦胧而静穆，水深流而沉寂，如斯山河，自有庄严之相。

之前的万物于人有沟通，有交流。

山水寄情于人，而人归于自然朴素，陶潜是也。

人寄情于山水，而山水归于情味深长，宋画是也。

木心的《从前慢》，不是从前的日色变得慢，而是人心平静，与时光同步。

也不是车马、邮件都慢，也不是锁的样子好看，是万物皆好看，各有各的精美模样，那么，人自然也就好看。

为文则境界全出，成诗则意境深远。

那时的山水都好看，山有山形，水有水色，花有花香，鸟有鸟语，人有文言，心有心思。

如今到处是人声，行色匆匆的人们，没有心思去观花看山，临水亲言。听不见物语，看不到物候，自然就浮躁而喧哗，只见山水之形，却难见山河之魂。

于是，夏天还是那个夏天，人却因怕热而躲进了空调屋，隔绝了自然。

所以，在楼上观山，是关照内心；看水，是回归本心。

（2017年7月19日）

谁该成全谁

谭竹

我在这个炎热的夏季赴银川参加第十五届中国戏剧节，观看了秦腔《大秦文公》、话剧《大清相国》，还听到了花儿艺术团演唱的花儿民歌。而让我最难忘的一部戏却是闽剧《双蝶扇》。

闽剧，又称“福州戏”，已有四百多年历史，列入首批国家级非物质文化遗产保护名录。原本以为听不懂唱词看起来比较无趣，谁知一开始就被唯美的画面、跌宕起伏的情节吸引入戏。少女林梦卿和书生陈子霖自幼青梅竹马，以双蝶扇为定情信物许下终身：寄语相知者，同心莫相违，此情比双蝶，双飞永不分。这一段虽然是很短暂的情节交代，画面却如诗如画。两只蝴蝶在幕布的右下方，左边是古色古香的格子，配着古雅的三个字：双蝶扇。中间是大片的留白，身着淡色古装的演员置身在这个留白中，举手投足间每一个造型都好像一幅画，让人感受到艺术的美。

戏的节奏很快，马上风云突变。就在二人婚期将近时，陈子霖蒙冤身涉命案，被官府羁押入狱。父母瞒着林梦卿，把她另嫁给当地乡绅吴玉山。还是原来定好的出嫁之日，所以林梦卿误以为自己嫁的还是陈子霖，在半醉迷糊中失身于吴玉山。第二天早上惊闻噩耗，林梦卿不能接受这个残酷的现实，决心再见一面陈子霖就自尽。然而在监狱里，陈子霖得知原委后谅解了她，使她鼓起了活下去的勇气。在娘家待了几个月后她回到吴家，求吴玉山休了她。吴玉山对瞒婚之事很内疚，同意了她的要求，决心成全两人。然而就在此时，她发现已有身孕。不忍伤害无辜小生命，也为了三代单传的吴家，她决定生下来。感动之余，吴玉山立志把陈子霖解救出狱。

在吴玉山的努力下,陈子霖终于洗去冤情出狱了,高高兴兴地来到吴家。此时林梦卿已生下儿子,孩子的啼哭让她魂不守舍,陈子霖意识到如果让林梦卿跟自己走,意味着母子分离。他强忍悲痛离去,决心让她和吴玉山一家团聚。这一段剧情不停反转,悬念迭起。而每个人的选择都有合情合理的交代,充满了人性的光辉,让人感受到善良与温暖。用现在的话说就是充满了正能量,或者像歌儿里唱的:有一种爱叫作放手。但是接下来的结局却看得人郁闷之极。两个男人为了成全对方,一个留书说带着孩子回老家另娶,一个送信来称已经金榜题名另结新欢。林梦卿万念俱灰决心自尽之时,才看到两封信末都说是为了她能安心和对方在一起,于是她又决定珍重自己好好活下去。

情节多次反转之后,结尾有点编不下去了。面对道德考验、情感抉择,编剧也不知道该让林梦卿选谁,或者说,该让谁去成全谁。而之所以让人郁闷,是明明有两个深爱自己的男人,却要让这个坚贞痴情的女人最终落得孤身一人,岂不是命运太捉弄人了!其实,林梦卿就算跟了其中任何一个男人,也难以得到幸福。跟了陈子霖,如何舍得下自己的亲生骨肉;跟了吴玉山,又如何放得下深爱的情郎……正如《红楼梦》里所言:叹人间,美中不足今方信,纵然是齐眉举案,到底意难平。这让我想到,人生很难重新来过,带着过往的一切经历和记忆,强行重新开始,终究是很难真正圆满的。

同伴说:其实现实中金榜题名后另结新欢的更多。如果这样来写这个结尾,那就是一个悲剧了,可能对人性的探索还更加深刻一些,但这明显不是编剧的初衷。我也觉得虽然现在这个结局不尽如人意,但看到颂扬人性的善,坚守道德准则,让人在风雨中感受到阳光的温暖,还是很感欣慰。

(2017年7月23日)

谁还记得同桌的你

鲁静

记忆中,所有难忘的事情都发生在那两张窄窄的课桌之间。

高中时代,就像台湾的小清新文艺片,我的眼前总是不由得浮现出这样的画面:

窗外的知了在茂密的枝叶间不知疲倦地歌唱,数学老师在讲台上扯着嗓子、唾沫横飞地讲解一道道艰深枯燥的立体几何或三角函数题。头顶老旧的电风扇发出巨大的噪音,而我则目光呆滞地望着黑板上密密麻麻的解题步骤昏昏欲睡。这时你用笔戳了戳我后背,我旋即清醒过来,然而不到两分钟,却又开始犯起困来。"快,快使劲儿掐我一下。"我伸出手给你,"最讨厌下午上数学课了,本来就听不懂,又老是犯困……"你只是冲我笑笑,露出整齐而洁白的牙齿,小心翼翼地问我:"痛不痛?"我摇了摇头,萎靡不振地说:"再用力点儿。"

晚自习时更是闷热无比。头顶的电风扇呼呼地转动着,惨白的灯光下,所有人都在埋头完成一张又一张的试卷。我的手心里满是细密的汗珠,每写完一页练习册,便要在裤子上蹭一蹭。"数学作业写完没?借我抄一下。"我扭过头,低声问你。你机敏地瞥了一眼讲台上的老师,小声说:"自己做,不准抄,不然永远都不会。"我笑吟吟地说:"你明知道我不会。""哪里不会?我给你讲。"你低着头,在我耳边轻声细语,不时扭头看我。时间就这样在这一道道枯燥的数学题和温热的指缝中溜走。待到下课铃声欢快地响起,我拉着你的手,一起朝小卖部冲去。我们捧着巧克力和香草口味的冰激凌,站在凉风习习的教学楼阳台上,看着夜空中闪烁的星星,有一搭没一搭地聊着天,方才因数学作业带来的低落情绪很快一扫而空。

有时我们也会在晚自习时一边做作业一边悄悄地用MP3听歌。我们都留着披肩长发,因而老师看不见我们耳朵里的耳机。我向来喜欢校园民谣,你笑我太文艺但又太“out”。校园民谣的歌词虽然简单却有味道,像是一首首美丽的小诗。《同桌的你》里老狼的歌声粗犷沧桑,总让人想起一张张泛黄的老照片。

明天你是否会想起
昨天你写的日记
明天你是否还惦记
曾经最爱哭的你
老师们都已想不起
猜不出问题的你
我也是偶然翻相片
才想起同桌的你

这首歌伴我们走过了很多年,直至高中毕业。我曾经在一个又一个被数学作业折磨的夜晚,气馁地想,我这个样子,怎么考得上大学。这时你安慰我:“你其他科目都很好,只是数学差一点嘛。只要好好努力,肯定能考好的啊。”这让我想起《那些年,我们一起追过的女孩》里沈佳宜与柯景腾的对话:“你该不会常翘课吧?”“当然啊,我本来就不喜欢念书啊。我是为了你才念呀。”

高考成绩公布的那天晚上,我流了很多泪,彻夜未眠。我考了一个从未有过的低分,十余年的寒窗苦读和不可一世的骄傲都付之一炬。我突然又想起了《那些年,我们一起追过的女孩》里沈佳宜哭着对柯景腾说:“我一直那么用功读书,可是还是考不好。”那些日子,我躲在家里不敢出门见人,更怕面对亲友的询问,而只有你,在电话里一直安慰我,对我说:“文穷而后工,真的,相信我。”

你去了一个陌生的城市,在一所师范院校念英语系;而我则得过且过,来到一座海滨城市,亦念了一所师范院校,只是好在专业是自己喜欢的中文系。每每与你打电话,彼此除了感叹大学生活的无聊、怀念高中的充实与纯真外,便是对未来的规划。这时你说:“还能怎么样呢,大不了毕业回家当个老师嘛,反正女孩子也挺适合做这个的。”

这时候我突然想,等来日我们站在讲台上,看着那一个个埋头苦读、偶尔窃窃私语的身影时,会不会想起当年的自己,也是这般单纯宁静,无忧无虑。

那时候天总是很蓝
日子总过得太慢
你总说毕业遥遥无期
转眼就各奔东西
谁遇到多愁善感的你
谁安慰爱哭的你
谁看了我给你写的信
谁把它丢在风里
……

我有时还会用电脑循环播放这首《同桌的你》,虽然早已对它的歌词和旋律烂熟于心。校园里的凤凰花开了一季又一季,蒲公英被风吹落天涯,香樟树在微风中吟唱着不朽的诗篇。所有的爱和眷恋,所有的大雨里潮湿的回忆,所有的眼泪和拥抱,都已变成青春记忆里一朵伶仃的花。

青春若有张不老的脸,该多好。哎呀呀,我在唱歌,你听到了吗?

(2017年7月25日)

写给即将上大学的女儿

杨贤明

你在电话里叫我到学校领录取通知书，拿着通知书，我心里的一块石头终于落了地。这是真的吗？牙牙学语时的你还在眼前，叛逆捣蛋爱做坏事的你还在眼前，不知不觉中你已长大。此时，真的感觉光阴好快呀，十八年弹指一挥间。按理说，你考上大学，我应该高兴，邀上亲朋喝个痛快，大赞你的优点，但我还是感到一丝丝的担心。琢磨着要与你深深地谈一次心，写一封带有经验之谈的信。

善良是人性之本。乐于助人要重于行，更要认清对象的真伪。在大千世界里，有爱心乐于助人一直是我们给你的言传身教，看着你有爱心，我们很开心。但有爱心和助人是一种美好的社会实践，善行不仅存于内心，更在于行动，特别要判断花样百出的行骗之术。记得你小时候，我俩坐着车去买书，在车上谈兴正浓，一个颤颤巍巍的老者走过来，我及时起身让座时，看到你满脸的惊讶。此时，我已看出了你的心思，便反问一句，这有什么惊讶的？老师不也这样教你们的吗？你点点头，还低声说了句：我也想这么做，可总觉得有点儿不好意思。我理解你当时的心理，和我第一次帮助别人时是一样的。现在想来，根本不必要。做一件好事，不存私利，有何担心？怕啥议论？生活中有很多小事，只要信手拈来，就是一种善行。当你可以帮助别人时，不要吝啬。世界将因你的举手之劳，变得更加美好。但社会是复杂的，手机网络诈骗、恋爱中假装纯情行骗等等，花样百出，防不胜防啊，你可千万要当心。

朋友是人生之源。大学是读书之所，也是交友之地。常言说：在家靠父母,出门靠朋友。人有了朋友,就不会感到孤单,心情不好时,可以告诉朋友,一起分担。有什么难做的事,也可以找朋友帮忙。特别是能交到知心的朋友,在人生的路上一起走,那是多么快乐的事情啊。宝贝,你在家有七大姑八大姨还有一大群哥哥姐姐宠着你,给了你太多的关爱和娇惯。所以,你身上比别人多了太多的孩童个性,建议你减去一半的任性,才能交往到真心的朋友。交友首先要记住别人的名字,能够在再次遇见的时候准确地叫出对方的名字,对方会感觉你是一个有心之人,就愿意与你交往,同时也会对你有好感。二是要学会倾听,多听对方说的话,不要随意打断对方的谈话,一定要等到别人把话说完,并经过思考再下结论。三是要友善、诚恳待人。用心与别人真诚沟通,善于接纳不同的意见。四是要付出真心。朋友间应互相帮助而不能一味索取。多为别人着想,别人才会对你付出真心。古人说:人生得一知己足矣。要想交到真心和知心的朋友,你必须先了解他们,知道他们到底是不是值得交,如果值得,那么你就要用自己的真心去对待他们。如果遇到知心朋友,那一定要好好珍惜和把握。大学里,大家来自四面八方,是前世修来的相遇。遇事能让则让,有难可帮就帮。赠人玫瑰,手有余香。

竞争是人生的主题。人生若没有竞争,那将是一杯无味的白开水。前段时间经常给你说要"享受高考",就是这个道理。竞争是痛苦的,也是刺激的,有酸甜苦辣,也有豪情万丈。我在这里说的是,竞争的主体是人,就是要告诉你,树立正确的竞争观念,是多么的重要。社会上有一些人为了达到某种目的,不顾一切,这是多么狭隘的竞争观念啊。人生有竞争而精彩,你要用正确的竞争手段和方法参与,不要用"阴招",要用"阳谋"——用智慧,用能力战胜对手,要让对手最终佩服,为你点赞,这才是竞争的最高境界。

恋爱是人生之花。爱情很美好,你现在已经成人了,爸爸希望你在大学里来一场真真切切的恋爱,能找到意中人。孩子,只要你幸福,我的一生就圆满了。恋爱很严肃，对待须认真。感情不是拿来玩的，恩爱不是用来秀的。真爱深沉而非浅薄，真心无私而不贪婪。你所爱的人不是你的私有品。你可以想他，但不要轻易打扰他，你可以爱他，但不要牢牢限制他。恋爱会让人做出各种傻事而不自知，你是女孩子，要懂得洁身自好，什么事可以做，什么事不可以做，在去约会的路上就要想清楚。

《诗经》中说"于嗟鸠兮，无食桑葚。于嗟女兮，无与士耽。士之耽兮，犹可说也。女之耽兮，不可说也"。感情失败，女人总要伤得深一些。男孩追女孩，花样繁多，攻势凌厉，有时让人十分感动。你的决定应该基于平时细致的考察，而不是一时的冲动。希望你将来的男朋友正直、有涵养、有责任心、有上进心，你们是灵魂知己，也是生活伴侣。希望你像《致橡树》中的那株木棉树，自强自立，和他相伴风雨，我会祝福你们。

宝贝，说一千道一万，都不如你亲自去实践。爸爸不能教会你所有，也不能陪伴你一生。时光流逝，生命不会常在；总有一天，别离会成永远。希望这些建议能有益于你。无论何时何地，都要快乐幸福。你若安好，我便幸福。

（2017年8月6日）

难忘露天电影

陈劲

20世纪七八十年代,农村地区的文化生活十分贫乏。在夏夜看露天电影,是那个年代一种难得的精神文化享受。

只要听说哪个地方晚上放电影,我从下午开始就无心上课做作业了。放了学,回家放下书包的第一件事,就是到左邻右舍找小伙伴传递消息,约好吃完饭一起去看露天电影。哪个小伙伴家的饭晚一点,我们就站在他家门外急得直跳,一个劲儿催小伙伴“搞快点! 搞快点!”

从家里到放电影的地方,往往要走几里甚至十几里路,但我们一点也不觉得远。由于路远,好一点的位置早被邻近的人占了,我们只能站到远处或银幕后面去看。露天电影开始了,全村几乎一半的人都来了。有一大家人挤在一条长凳上的,有肩上扛着幺儿幺妹的,还有将就在土堆上垫上一张报纸的。大家全神贯注地盯着银幕,连眼皮都不眨一下,生怕漏掉一个镜头。有时候一晚只放一个片子,有时候会放两个片子。尽管要站一两个小时,甚至三个小时以上,但我们一点也不觉得累,只觉得时间过得太快。

记得一个夏日的晚上,村里晒谷场连续放映了《地道战》《地雷战》两部影片,放完后已经很晚了。村里一个十来岁的男孩,可能是太疲倦了,竟然倒在回家路上的墓地里睡着了。第二天天未亮,有个村妇挑菜去卖路过时,被坟头边传出的呼噜声吓得不轻。她慢慢抽出扁担,蹑手蹑脚前去看个究竟,发现了那个睡得正香的男孩。闻讯赶来的父亲找到孩子,问:

“你在坟边睡了一晚，不怕鬼吗？”

“鬼子都被咱们八路军消灭了，哪里还有鬼！”周围的人哈哈大笑。

我和小伙伴们还深受战争片的影响，喜欢模仿电影里面的情景，玩打仗、抓汉奸等游戏。那些游戏，现在想起来还暗自好笑。

在电视、网络普及家家户户的今天，看电影只是人们文化娱乐的选择之一了。不久前，当我把那时人们看露天电影的情景讲给女儿听时，她还以为我是在编故事呢。

（2017年8月8日）

买葱情愫

陈鱼乐

小雨绵绵，下个不停。周末，打伞到农贸市场溜达，仍旧淋湿了下衣。在场口一角，我就看见他打着伞蹲在街边卖葱。

那是一种老旧的阳布伞，老叟在伞的陪伴下赶场。盛着葱子的竹篮也非常破旧不堪了，肯定盛载了许许多多的岁月。我回想起父亲经常用竹篮售卖葱子，母亲常用竹篮在劳动之余下地割草喂猪。但这篮芬葱大根大根的，嫩嫩胖胖，葱绿滴翠，好似芬芳圆润、魅力四射的女人，煞是逗人喜爱。

老人的阳布伞，竹篮和葱子，使我想起了我的故乡与童年，心里有一种温和的暖流在沸腾。但这阴雨滴答，一连几天不停，我无心买这葱子的，因不是专门而来。当然，顺路买点回家当作料未尝不可。主要是水分太重，又遇雨天，再说买多了吃不完，容易腐烂。我从老人面前径直走过，忍不住又回望了他一眼。我顿时发呆，他那期待的眼神，简直就像身在家乡的老父亲，那种眼神分明是善良的、慈祥的、卑微的、谦和的、含笑的、夹杂着期盼与渴望。

父亲也是卖过葱子的。老屋侧边的菜地、坡地，每年都会种着很多人见人爱的芬葱。春天、夏天、秋天，父亲都要将它从地里拔出。因量多费功夫，母亲也常常帮助淘洗葱子夹带的泥土。逢星期六回家，我也要力所能及地理葱、淘葱，然后随父亲到市场上售卖葱子。而后用卖葱的钱，换些油盐酱醋，主要用作我的书本费、生活费。偶尔，父亲会下馆子，我们一人一碗米饭、二两面条。或者买几颗水果糖，让我甜蜜一整天。

“葱子多少钱一斤?”我停下来问价。他显得很高兴,说本来人家都卖八块,下雨天,你就给五块吧! 我爽快地连声说:“称一下,有多少,我全都要了。”他眼睛一亮,激动得连声说:“好、好、好!”他提起这一竹篮葱子过秤的时候,手不停地颤颤抖抖。我连忙说:“老人家,让我来提起,你只管称!”他笑着说:“要得,这才好呢!”一称足有四公斤多,除去竹篮的重量后。我给他三个贰拾元面额的钱。他说只要四十五块,还找你十五块。我说:“大爷,不用找补了。你快回家吧,秋雨天,挺凉的。”他笑道:“又是一年秋草黄,一场秋雨一场凉。”

但他依旧坚持找我十五块钱。我眨眨眼说:“老人家,农村挣钱真不容易,你恁大年纪了还要赶场卖葱,奔波劳累。”他笑了笑说:“我们都是劳动惯了的,闲不住。倒是你们城里人挣钱才不容易。水、电、气、油、盐、米都要花钱。不像我们农村,好歹是自己产的,不要本钱。多的钱我更不能收。”我接过他找补的钱,再次被他淳朴、敦厚、善良的心感动了。他收拾东西,撑着旧雨伞,提着竹篮消失在茫茫秋雨中。

父亲是个闲不住的庄稼人,不知道他是否像这老人一样,在集市上卖着葱子、绿豆、鸡蛋、向日葵? 父亲的“老寒腿”定然受到这层层叠叠的秋凉。大热天里,他的膝盖处围着一层层的棉布,那严重的关节炎是年轻时患起的,现已深入骨髓了。要是父亲在集市上卖葱啊,豆啊,也能有好心人一次购光,让他好早点回家,多好啊!

怎么买这么多葱子,你要开食店吗? 回到家里,妻子、孩子都不解地问。我说,葱子,喜欢吃,你不也想我常常精神好吗? 妻子偷偷地笑了。但这复杂的买葱情愫,我怎么也不会告诉她。

(2017年8月13日)

下浩的记忆

曾宪国

走进下浩，那里有黄葛树下的老屋，有卖小食品的百年老店，夹壁墙上有画者即兴的涂鸦，小巷深处有悠闲度日的老街坊。

从小我就知道与渝中区望龙门隔江相望的南岸上、下浩。上浩现在也仅剩个虚名，被后来的上新街所替代，怎么可能在城市化拓展的今天，在车水马龙的东水门大桥脚下，在以时尚生活闻名于世的南滨路旁，留有一处下浩老街！莫非时光唯独走到这里便停住了脚步，并使出障眼法，让它在人们的视野中隐去，成为一块潜藏于现代化都市里的飞地？

我去了，果不其然，我先有的置疑遭到冲击。

在进街口的黄葛树下，用手机请人给我拍下了在下浩百年老街的第一张照片。当时，太阳从南山上照射下来，洒在黄葛树上，刚冒尖的新叶被染成发亮的橘红。一阵风过，像无数彩蝶在飞舞，仿佛能闻到鲜花在青草丛中怒放，渲染得老街犹如在新的一天中醒来。可是这景象并不太久，太阳一会儿就被旁边工地上高耸的围栏挡住了，树上的嫩绿也失去了亮度，彩蝶带走了花香，老街又回到沉闷。这时，胸中填满的是一种莫名的愁绪：相见恨晚哟，这些年，我到哪儿去了？是不是这些年，我的脚步已习惯了新城闹市瓷砖地的光滑和平坦，却再难去适应老街陋巷被时间磨损的破旧和凸凹？

徜徉街头巷尾，我去寻觅它当年的容颜。然而只给了我短短的一段老街，几幢旧房，蜿蜒于山丘间的十来级石梯路。它当年的容颜，大多被时光之水淹没，沉淀在岁月的褶皱之中，显影在自己历史的底片上。

我尽管讨厌年华似水，也只有无可奈何地看着它远去不可回流。而依附它衍生的记忆，却顽固地存留下来，继续伴随人生，折磨着人度过愁烦的余生。

下浩，它经历了很多，送走还将继续送走无数的春冬。如果它在天地日月中已获得了生命，能感知世界，那么它也定会遭受记忆的纠缠。当江上轮船的轰鸣和周边腾起的喧嚣，乃至一丝轻轻从它胸膛上掠过的风的叹息，以闻所未闻的另一种声调将它从沉睡中闹醒时，它睁开年迈的双目看见的现实，还能与记忆重叠吗？

这些，它不会告诉我，我也不得而知。

不过，我知道，从本市一家媒体老总位上退下来的张川耀，每每一回到下浩，那些远去的记忆，一点点地又闪回心间，使他不断地在过去与现在之间对话。老街区面临改造，许多东西将随之逝去，乡情和记忆似乎也要与他割裂。他发现自己将迷失于缅怀，这让他升出一番难以言说的复杂滋味。

张川耀出生在下浩葡萄院，半个多世纪已随四季逝去，他从未远离过出生地。而那些院落里的葡萄架上，是否在记忆里又结满累累硕果？下浩街上有两条清澈见底的小溪，溪边垂柳依依，与穿叉叉裤的同伴搬螃蟹的快乐，是否又在记忆里重现？就连街上那座唯一的官茅厮（厕所），是否还在记忆里存在？大概这些，时刻都在他的记忆里复活，酿成不安的情绪，紧紧萦系于胸。

张川耀这一两年来，多次邀请好友来做客。带他们看的是现实的下浩，讲述的全是下浩记忆。语气和神情，完全充满当年生活的气息。在他的述说中，仿佛老街的每个角落，都刻录下了他成长的身影。他的内心，彻底被下浩记忆所填满。但他害怕下浩记忆将弃他而去，同时也害怕自己将下浩记忆淡忘,因此无时无刻不在增强这种记忆。他用他的笔和手机,为下浩,也为世间和自己,留住将要消失的下浩记忆。他先后写出了《下浩的前世今生》《下浩的吊脚楼》《梁思成在下浩》《下浩的饮食》等下浩系列共几万字的纪实作品。这些作品都被他陆续挂上网,在国内外读者中产生了积极反响。有读者说,这些文章唤起了人们对下浩的关注,特别是当今年轻一代对下浩的亲近,帮他们打开了思考的目光。透过历史烟尘,去探究我们从哪里来,又要到哪里。

来下浩游玩的,其实也多是年轻人。下浩老街留给他们的原貌少得可怜,给他们展开联想的空间很有限。他们对下浩的历史也知之不多,却三三两两相约前往。这里有什么在吸引他们,或者来这里又是为了寻找什么？其中的原因耐人寻味。

在下浩靠长江边的街尾,有一家小小的茶舍,名曰下浩里。茶舍是租用的一家平街的民房,分隔成里外三间,摆设了几张茶桌,满打满算,能坐十来位茶客。来这里喝茶的,多是年轻人。茶舍老板是一位姑娘,渝大文科毕业生。用她的话说,来这里经营,就是看好这块有人文历史积淀的地方,以茶会友,共同捡拾下浩记忆的碎片,去重构下浩故事。

有一陈姓老板,在下浩正街中段开了一家餐馆,专卖豆花鱼和很少的几种卤菜,生意好得火爆。这样一家地处偏僻的餐馆,卖的也不是饮食行"独门冲"的东西,为啥食客还频频光顾？不外乎,食客更多的是冲着下浩这老地名来的,来品读它特有的码头文化,品味那段人们不可忘却的历史。

老街坊们,都在用自己的方式搜集、整理着下浩记忆。在他们心目中,大千世界,唯有承载家族亲情和自己度过难忘岁月的那一方小天地,才与命运休戚相关,才是灵魂的栖息地。其实,是他们在固守自己人生的归宿、精神的家园。

在重庆主城区，像下浩老街这样原汁原味的，已经屈指可数了。

走出下浩，站在东水门桥头回望，有些怅然若失。

下浩，不知在随后的岁月里，记忆又会留下哪些忘却哪些。而在张川耀们的记忆里，又将会怎么样呢？

（2017年8月15日）

他是一个顶“真”的人

——怀念杨钟岫(牛翁)老师

黄铁军

牛翁去世前四十多小时的经历,简直就是一个传奇故事。从8月13日到14日晚8时许,他的头脑特别清醒,除觉四肢无力、呼吸不畅外,无其他异常。据他的子女介绍——

13日晚他将全家人召在一起,一一叮嘱,仔细交代:如果病危不要抢救,绝不进重症监护室;一旦去世,后事从简;告诫子女不要花钱买墓;只说了声“衣服汗湿,需换”,说完即让大家散去……

8月14日,心情甚好,三餐顺畅。下午,家人告知与他相交甚笃的一位老友几天前因病去世,他立刻要家人“拿纸笔”,他要撰写挽联。惜力不从心,只好口述,子女记录,等一切办妥牛翁才放心了。不一会儿,牛翁昏迷,再未醒来。8月14日晚10时,医生宣告:牛翁逝世……

听后大家惊不已:临终前如此清醒、淡定,毫无痛苦,以95岁高龄笑着去往天国,也真算是喜丧了。

我与牛翁是“亦师亦友忘年交,相识共事三十春”。2016年我年满八十,他亲手撰书竹枝一阕,裝裱成轴相赠,其中小注称:“三十年前共创晚报共事十载,退休后复义务老新协十余周岁。台端以贤内助病弱辞归助家务,两袋者菜袋米袋也。”这是牛翁2016年4月15日书赠我的,再看倍感亲切。

在与牛翁几十年相处中,我觉得他一生都是一个顶“真”的人——

他一辈子从事新闻工作,始终坚持新闻的“真实性”原则。1985年参与创办《重庆晚报》时已63岁,他每天耕耘于版栏之间,审大样,做标题,勘正误,名为顾问,实是一线“当家编辑”,把关尺度,点滴不漏,一定要做到事实准确,不违规矩。

牛翁晚年新闻事业成就之一,是他三次参与“时评专栏”写作。他认为时评是纸媒的“魂”,如果魂没有了,报纸的生命何在?他为《重庆晚报》的《朝闻夕议》栏目坚持四年多,写稿上千篇,每篇四百字,天天上报端。他为《重庆广播电视报》开辟专栏《听看信笔》79篇。为《重庆晚报》老人周刊“晚风”开专栏《牛斋絮语》29篇,是最短的一次,仅半年时间。

在重庆新闻界,牛翁讲真话,不作违心之论。他担任市老新闻工作者协会会长,直到去世,24年,可谓“鞠躬尽瘁,死而后已”。2003年老新协成立10周年,他赋诗表达心迹:“龙钟入镜背看弓,下马扶鞍让后雄。休笑白头忙无事,不甘寂寞众姑翁。退归未必便全休,偶可旁敲鼓舌喉……”

牛翁是一个做事很认真的人,从不当“跷脚老板”“甩手掌柜”。他担任市老新协会会长24年,凡事亲力亲为,组织活动精心规划,每开年会报告工作,他都亲自撰稿、宣读,从不让人代劳。他作诗比喻老新协是“试看百姓梁间燕,贫富无拘岁岁还”。

牛翁是性情中人,待人真诚真情,凡事真切自然。2016年,牛翁94岁,这一年他规划很多,不甘落伍。为了弥补耳背,他增音以听;为能提高视力,看书看报,他冒风险以94岁高龄摘除白内障,“治眼希能助读钞”。这一年他学会了玩微信,加强了与外界沟通,“善于温故知时尚,乐为趋新缓步前”。每次与牛翁相聚,他都要拿出他写就的诗书作品一一展示。我们最后一次相聚是今年7月中旬,他95岁生日刚过。我去他书斋看望,他为听力好转,视力增强欣喜,只说他循环末梢不畅,脚背浮肿,饭量难增,始终消瘦,几乎是“皮包骨头”,睡觉时硌得生疼,但他仍然乐观、旷达。我们最后两次通电话是8月7日立秋这天,到8日,天真的有些凉意了,他要我“等天气凉快了就过来吹吹”。他不喜寂寞,爱热闹,去年我们还常以“转转会”形式在书斋相聚。到了今年春节前，牛翁就有“故人零落座常寥”的感叹，不愿“独咏清斋”，他喜欢这样的日子：“虽然屋窄应酬宽，挚意谐群不厌烦。恳具热肠亲众庶，漫睁冷眼对喧天。”

在与牛翁相识相知的三十多年中，常听他讲他的“传奇人生”。他说他一辈子把钱财看得很淡，他一生做了两次“富翁”。新中国成立前他是物质上的“富翁”，出生在号称“杨半城”的富庶之家；到后半生他是“精神上的富翁”，人脉很广，著述甚丰，家和事兴，四世同堂。他一生只看重一个头衔——记者，一生只做“平头百姓”，自称“一介布衣”，从无“当官发财”之念想。在名利面前他彻底做到了“与世无争”。他经常坦率地告诉我每个月的退休金是多少，说是“比上不足，比下有余”，够了，还争什么。他戏说自己是“无位公卿”，在全国二十多个省市区老新协的会长、主席中，他是唯一没有官位、级别的，说罢哈哈大笑。

牛翁去世，让人惋惜。回想他的一生，留给我们许多值得学习的东西，那是一笔精神财富。在悼念杨钟岫（牛翁）老师的时候，我想起了上海作家郑拾风悼念中国晚报界前辈赵超构的挽联：“落笔爱憎分明，几曾见半根俗骨；处世荣辱淡泊，依然是一介书生。”

牛翁十分崇敬赵超构先生，交谊深厚。1985年赵超构笔耕五十年，牛翁撰诗志贺：“贺林放（赵超构）笔耕五十年：风流文墨耐推敲，放句吴渝素誉骄。沪上三年谈未晚，延安一月识更高。南山着意歌红橘，东海怀情趁巨涛。五十春秋斯健笔，平书直写到明朝。”

1985年初《重庆晚报》筹办时，他和几位同事专程赴沪取经，学习《新民晚报》办报经验，赵超构热情接待。今天借用挽赵超构的联语来悼念牛翁，是再恰当不过了。

（2017年8月18日）

母城，锁孔中的烟云

哑铁

雨中访周公馆

如果要寻找重庆的母城记忆，很多人会从曾家岩50号周公馆开始。

恍若一部老电影里某些情节掠过眼帘，小雨中，周公馆肃穆内敛，低调中略显一丝神秘，周恩来的笑容像小雨一样委婉、纷纷扬扬，周公优雅的手臂，仿佛在瞬间突然向前一挥。我们这本来散漫不羁的一行，心弦突然被倏忽升起的敬意紧紧抓住。

在导引的指挥下，我们向周公馆走去，想象着，在革命战争年代，进入周公馆，一定要提防后面的暗哨，回头望望，除了同行的朋友，再就是雨滴落在树叶上的沙沙声，以及初夏时节刚刚舒开手脚的风摇动树梢的簌簌声。

没有暗哨，惴惴不安的是我们自己的内心，盯梢与被盯梢者都已完成了自己的历史使命。睿智的周恩来，是怎么在那个白色恐怖的年代，游走于魑魅魍魉之间，纵横于沧海横流之际的呢？我始终觉得，史家的笔撰近乎高冷，看似还原了历史的原貌，其实是剑走偏锋，有投机取巧之嫌，真实情境里，周公当时的艰难，是用笔触无法模拟的，周公浩瀚的心灵世界，大海般翻涌着不息的波澜，举手投足间，将个人安危浑然忘却，这种淡然，非至圣不能为，有人说，是革命者大无畏的精神锻铸了周公的韧毅，我认为这种说法只得其形而不得其神。文友们的快速穿行打断了我的思绪，我抬头看了看周公馆上空，希望看到周公一丝首肯的笑意，但从空中飘下来的，唯有冷凝的雨，混合着院落外被雨水浇得透湿的车流声。

曾家岩是母城之母，这里完好地保存着很多老房子，周公馆在这些老房子中并不十分起眼，一边是国民党特务头子戴笠的别墅，另一边是国民党警察局的派出所，相比之下，周公馆倒显得很有些拘谨，岁月的投影洒落在这些老房子上，将昔日危机四伏、大敌环伺的恐怖气氛，湮染为一帧帧剥蚀的烟云，广场上塑有周恩来铜像，清癯的脸庞，深邃的目光，一代伟人的瞬间定格，和我们心中固化的高大形象契合得如此惟妙，形神毕肖。

作为中共中央南方局在市内的主要办公地点，这处院落有些局促。跟随簇拥的人群走进小院，十平方米左右的天井显得捉襟见肘，外面临江，一道围墙踞崖壁立，天井左面，一暗道可蜿蜒而下至江面，现已封堵，据说是当时中共中央南方局用来逃避追捕，在遇到危险时，撤离革命同志的秘密通道。玉兰树早过了开花时节，在雨中心事凝重，其他的矮冠花木也各自退到墙脚，用叶片护住被雨水早已淋透的根须，有一丛月季，坚强地从自己怀中举出两株含苞欲放的花蕾，给我们被梅雨裹紧的身心一丝慰藉，虽然很轻，但能让人感觉得到那种柔软。

参观完楼上革命文物陈列的文友开始向外涌，我也只有拍了拍老墙转身离去，母城记忆寻访的第一站，我的记忆是凌乱的，但我认为，只要坚持沿着这些老房子老建筑一路找下去，一定会找到那把属于母城的钥匙，翻捡出掩埋在岁月深处的旧日时光。

站在二厂的高处

我试图走进二厂的隐秘地带，剥开缠得越来越紧的时光的茧，但混迹于人流中，头脑浑浑噩噩，大体与木偶并无二致。因孤陋寡闻，之前对二厂的了解完全是一片空白。随着参观线路的展开，我慢慢对二厂产生了兴趣，希望通过它的前世今生，与它结缘。

但这完全是一厢情愿，要了解它的前世今生谈何容易，二厂坐落在鹅岭半山，以前是国民政府的印钞厂，蒋介石政府发行的金圆券，就悉数出自这个地方，金圆券不但没有达到平抑物价的作用，反而加速了国民党政府的垮台，蒋介石的梦想在人民的声讨声中最终幻灭了，就像那些狐假虎威的金圆券，落得匆匆谢幕，一文不值，人们弃之如敝屣。新中国诞生后，二厂获得了新生，更名为印制二厂，成为西南地区最大的票据印务中心，计划经济时代使用的粮票、布票、油票等票券，绝大多数属于二厂印制。二厂曾经拥有属于自己的辉煌时代，风光无限，志得意满，整个鹅岭，也跟着占尽了山城的烟雨风流。

改革开放后，计划经济向市场经济转型，罩在二厂头上的光环逐渐失去色泽，时代抛弃了它，它斜靠在鹅岭半山，看星云流变，无奈光阴荏苒，昔日的繁华处，不得不零落为荒草野径。三十多年的落寞后，二厂突然再一次获得了新生，渝中区委区政府看到了二厂这样的属于母城记忆的老式建筑的潜在价值，和尘封在岁月深处的商机，成立电创园管委会，负责挖掘提炼、规划设计、项目招商，管委会把二厂作为他们唤醒母城记忆的一把钥匙，在设计上花大功夫，下大本钱，二厂开始复苏，进入发展的快车道，以酒吧书吧琴吧为主题的创意产业纷至沓来，各路商贾云集，八方神仙大显身手，二厂又开始春风化雨，变颓废为神奇。

这是不是二厂的前世今生，我不敢肯定，就算是我迷糊中的痴言妄语吧！在导游引导下参观完各类主题吧，我们来到二厂的制高点，五尺见方的平台，站在平台向下看去，烟雨朦胧的嘉陵江尽收眼底，目力所及处，雨中的远方仿佛有丝丝凉意在浮动，山风拂面，层云荡胸，这真是一个值得人流连驻足的地方，只此一个理由，我愿意紧紧握住二厂的手。

（2017年8月21日）

三国的回响

周山河

“砰——”一声浑厚悲壮的巨响震颤了整个溪湖，湖面上烽烟滚滚，烈火熊熊，战马萧萧，狼烟四起，刚劲的马蹄声里，一个个俊杰次第出场，曹操、孙权、刘备等一批三国人物接连登场，波澜壮阔，惊艳无比，如众星捧月一般，烘托一个滋养了中华民族千百年的忠义英雄——关羽。

夜幕渐渐降临，我坐在碧波滟潋湖面移动和旋转的舞台上，以天子山和翠屏山为背景的大型实景的“烽烟三国山水实景演出”正在上演。现代声光电水火歌舞诵的惊艳特效，将云阳版的三国故事演绎得精彩绝伦，我们要穿越两千年斑驳的历史画卷，来聆听大争之世传来的遥远巨响。

关羽为何能穿透一千八百年，传来震天绝响？不仅仅是他那丹凤眼、卧蚕眉、美髯须，手持青龙偃月刀，胯下追风赤兔马，在一个物欲横流的时代，足以让小鲜肉汗颜。也不仅仅是桃园三结义、温酒斩华雄、三英战吕布、斩颜良文丑、千里走单骑、华容释曹操，忠肝义胆薄云天。处于艰危时世，他行必高义，行事必为他人着想，行为总体现出宏达的格局，行动不沾染一丝奸猾猥琐的卑微习气，这样的强者风范，如五色光芒直射任何时代的人心！

舞台在旋转，历史在挪移，梦幻一般的人物，从天空飞入眼帘，惊艳的场景后，耳旁萦绕着一个无私英豪的阵阵回响——

夜幕深沉渐次拉，
湖中座椅浸余霞。

三国往事成佳话，
两岸青山载落花。
如戏人生登舞榭，
独依利器走天涯。
秉持忠义行无碍，
羡慕云长万世夸。

也许是导演担心战斗场面过于刚烈，几幕三千美人的戏，也惹得些许惆怅。游历三峡，浸润三国文化，不到忠州，不看“烽烟三国”大型实景演出，不亲耳听见三国的回响，实在是个太大的遗憾。

（2017年8月23日）

金刚坡下“抱石皴”

罗毅

两年前的冬天，在沙坪坝西永镇全家院子郭沫若旧居里消磨时光，从国民政府军事委员会政治部第三厅组织机构那发黄的示意图上，见到过傅抱石的大名。今天，驻足重庆中国三峡博物馆，拜谒《金刚坡下——傅抱石重庆抗战时期画展》，对七十余年前的金刚坡和傅抱石深感亲切，产生了即视感。

20世纪三四十年代，风雨如晦，战乱频仍。1939年初拖家带口来金刚坡避难的傅抱石，三十有五，青年才俊，供职于第三厅办公室，其直接领导，便是后来的大编剧家阳翰笙先生。客居金刚坡八年，傅抱石宣传抗日，痴心国画与篆刻。在这里，面对群山万壑、松风涛鸣、雨雾环绕，傅抱石“搜尽奇峰打草稿”，将山水画从传统的“线”转到“面”，从形式上突破，把水、墨、设色三者密切结合，泼墨挥洒，工写并用，突破传统的皴、擦、点、染技法程式，用散锋乱笔表现山石的结构，演绎出独门绝技——国画创作技法“抱石皴”。可以肯定，金刚坡的山山水水，孕育出大师独树一帜的画风。这种师古而不泥古的画风，以气取势，磅礴多姿，自然天成。金刚坡时期，是傅抱石绘画艺术实践飞跃，创作成就显著的重要时期。

生存于金刚坡，傅抱石不忘外敌入侵，于民族文化的深深思索中，寻觅民族精神与绘画之间的关系。作为文弱书生，傅抱石高擎“在学术上战胜敌国”的旗帜，以画笔为枪，坚守民族文化的阵地，自觉捍卫了民族艺术的自信心。其性格，有内向、忧郁和孤独的一面。性格使然，画家嗜饮酒，借助酒力荡涤胸中的愁闷与块垒，消泯人生世间的是非之累，进而达到心无旁骛，将内心思绪形诸笔端，把绘画转化为自我韬晦的媒介。为此，傅抱石取法石涛诗句“每于醉后见天真”，自制闲章“往往醉后”以钤印自己的心血之作，寄寓了“往往醉后见天真”。

行走于金刚坡，傅抱石钟情中国古典题材绘画，将人性的激情和现实的观感巧妙融入传统文脉，使作品充溢着浓烈的古代气韵。他说：“作一幅画就应该像写一首诗、唱一阕歌，或作一篇散文。”他把诗的意境移入绘画，将古典浪漫的人文情怀投射到创作之中。观其作品，如置身高雅古朴的情境之中，时时刻刻感受到映照时代的人文光辉。

其实，国难当头抵御外侮的日子，贫困始终与国人不离不弃，画家哪能有良好的创作环境？因居住地狭小，抱石作画，得让家人外出，然后在小饭桌上挥毫，甚至还要卸下门板当画板，面对房前屋后的青山绿水泼墨。在这穷困潦倒的境况下，傅抱石就地取材，大胆创新，笔头、笔锋、笔根并用，结合山形、山脉的分布走向，皴擦、勾斫、渲染并施，大处落墨，细处收拾，使水、墨、彩在快速的用笔下有机地融为一体，尽收淋漓酣畅，气象万千之效。有人说，傅抱石独创“抱石皴”，虽以散锋笔作画，却追求了画理的完备，摆脱了形象的束缚，表达了真实的心意。其画面中迸射出来的无穷生命力，就是他打破传统形式的限制，追求创作精神和情感的净化升华。

傅抱石自诩“山水画家”，创作了大量气势磅礴的山水大画，也“偶然画画人物”，作为山水的点缀。他将自己与人物类似的情感融入绘画，通过高士、仕女等形象构思，将奔放的冲动转化为想象的驰骋，生动地表现出难以言传的人物气质。其人物画，构图大胆、简练，笔下人物全是表现诗词歌赋中气节高尚、性情潇洒的文人逸士，宣扬了中华传统文人崇尚自然、守志不阿的高尚节操。如《五柳先生图》(1942年作品)，作品右上端全文抄录东晋诗人陶渊明的散文《五柳先生传》。画面顶端是郭沫若为此画的题诗。又如《松荫消夏图》(1943年作品)——葱郁的松树旁，一高士侧坐其中。画面苍幽深邃、水墨淋漓，山岚氤氲，山雾在山间丛林中弥漫着、流淌着，增加了画面的飞动与空灵。层层递进的山峦，烘托出了画面的苍茫与雄阔感，突出画家“天人合一”的思想主题，充分体现了傅氏画风的特色。可以说，傅抱石描绘传统历史人物如屈原沉江、苏武牧羊、湘夫人等时，服饰是古人，意态神韵亦是古人，在充分展现古朴博雅气质的同时，不失现代人的浪漫气息。品读抱石作品，真切地感到大师不是在画古人，而是在画自己。

抱石先生是1946年秋天离开金刚坡迁返南京的。1965年驾鹤西去，在人世间度过了短短的61个春秋。金刚坡八年，先生留下精品绘画约400件。这些价值连城的力作，当下实在无法用金钱衡量。此刻，面壁先生遗存，后学连连惊叹，唯念斯人已去，其画永存。现在，经有识者多方斡旋，“抱石皴”终于回到了她的诞生地重庆，让乡亲们一饱眼福，那么，我们是不是该再去金刚坡，思古凭吊呢？

(2017年8月23日，获璧山高新区杯第二届重庆晚报文学奖)

高天上流云

梁国兰

窗外是连绵不断的大青山，辉煌灿烂的晚照夕阳，白云悠悠荡荡在更加高远的天空，满耳的蝉唱，以及楼底下些微絮括的人声，听不清，我就又摊开随笔集，随心所欲地，写字，漫无涯际的思想……

酷暑来临，我们一家人离开重庆主城，驱车近四个小时来到此地，丰都县都督乡，住在了这金钟山酒店。冰爽都督，清凉一夏，感谢当地朋友的盛情接待，这家人满为患、位于状似金钟的大山脚下的避暑消夏酒店，真的为我们一家大小匀出来了两间房。有三餐供应，有房间休憩，驱车出游，或是徒步旅行，都能够收获意想不到的风物和人情。接下来近一个月时间里，我们就准备在这里度过一个没空调、没电扇的三伏天了。

都督乡因纪念唐朝太子李承乾的随军都督马炟而得名，地处丰都、石柱、彭水、武隆四区县的交界处，属于典型的喀斯特地貌，最低海拔1040米，最高海拔1680米。都督于2015年被被评为中国最美乡村，也是重庆周边区县继武隆仙女山、南川金佛山、万盛黑山谷、石柱黄水凤凰山森林公园之后，新近开发出来的又一避暑胜地。三伏天主城温度经常达到40度以上，而这个偏处于渝东南武陵山系七曜山脉的古老高寒山区都督乡的气温不过维持在20—30度之间。近年，越来越多的游客来到此地，一来摒弃城市里的酷暑尘嚣，享受大山深处乡村里难能可贵的宁静安谧；二来饱览都督星罗棋布的风景名胜，感受当地淳朴厚道的风土人情，乐而忘忧。

对于我来说，如此散漫悠闲的时光，令人沉醉。

上午，阳光闪亮耀眼，清风淡淡拂面。我们在都督乡文化站刘姓导游的引领下，驱车匆匆浏览了玉龙洞、月亮湖、观音殿、进士书院，欣赏了飞瀑流泉一线牵的风姿，感受了土家族老院的古朴厚重、观摩了千年银杏树的坚韧挺立……在刘导游的热情详细讲解下，我们大致领略了这个深藏于武陵山腹地的古老乡镇引人入胜、富于传奇色彩的地标性景点。我深深地感觉到，往往就在那些不经意的、不显眼的山坳里、村落里，零星散落着令人津津乐道的、脍炙人口的古老秘密，等着人们去品味、去解读。因此，余下的大部分时光，我们就随性所致地去寻幽探胜，悠然自适吧。

下午，我们驱车半小时连续爬山；来到离都督一二十公里的太平坝七跃山林场，温度更舒适，在一家露天茶馆消磨掉三四个小时，然后折回都督。一路风景令人流连忘返，先前还是阳光闪亮耀眼，突然天气转阴，山雨欲来，刹那间，高天上光芒隐退，乌云翻滚，雷声隐隐。我们开着车行进在七弯八拐的山路上，万千种绿意盎然的植物在大风中摇曳生姿，我们并不觉得害怕，倒觉得好玩，尤其是六岁半的儿子，一路大叫着告知我们路两旁和天空中的景象，兴奋异常。倏忽间，我们眼前闪过一片又一片白花花的植物，盛放着，在风中散发开来迷人的幽香，是雏菊！

"停车，停车，快停车！"我吩咐先生赶紧停车，我们去欣赏这平生所见的最大规模的野生雏菊。我除了在韩国电影《雏菊》里，看见过类似大片大片的雏菊外，真还没想到这种平时在田坎边、旮旯里毫不起眼的小花草，竟然真能如此大规模地怒放在天地间！这里是它们的世界，不管我们看见或者看不见，但是我们终究看见，在雷阵雨即将袭来的几分钟前，我们为它们的傲然绽放的身姿赞叹！我心里说不出的喜欢，满心满眼地击节称赏，但是自己不舍得，也吩咐儿子不要摘掉一小朵花儿，以免破坏了它们整体和谐的气象！

"人生代代无穷已，江月年年只相似"，我喜欢都督。这里的人们淳朴厚道，这里的风景原生古朴，不管外面的世界如何风云变幻，这一方天地千百年来始终保持着中国乡村的基本底色。随意缀饰的烂漫山花，自在的蜂飞蝶舞，勤劳的普通山民……自有他们存在或者消隐的路数。只不过，中国乡村，我不陌生，我自小生于斯，长于斯，我就自然而然地热爱这些风物人情，就如同热爱自己的成长历程。

城市历史远没有乡村历史来得悠远绵长，山水乡村才是人们心灵上的故乡。我相信，只要你来到都督，在那些清风流霓里，在那些日出夕照间，在那些布谷鸟不分白天黑夜的啼鸣里，你就能感受到一次重返心灵故乡的奇妙之旅。

（2017年8月26日）

三峡藏着我的乡愁

向求纬

“天下有乡愁，人人有乡愁，我的乡愁在三峡，三峡藏着我的乡愁……”

从出生开始就置身三峡；18岁到38岁作为三峡的游子，到大巴山区待了20年；38岁到眼下的70岁，又回到三峡过了30多年；后半生还有几十年，就在这三峡定根了，定点了，定论了。

生长在三峡就亲近三峡，了解三峡，熟悉三峡，命运和三峡纠结在一起。离开三峡就怀想三峡，思念三峡，渴望三峡，总想为三峡做点什么，多做点什么。乡愁，就是生长在一个地方就完全融化在那个地方，离开一个地方就老是情牵那个地方。家乡万州是个好地方，处于长江中上游结合处，三峡库区腹心地带，历史上享有“万川毕汇，万商云集”的美誉。天下人素来就知道的“万县”——以一当十，以一胜万的一个地级“县”。

对我来说，这可是一个不寻常的所在。

我在江河交汇处一个土墙泥瓦的黄葛树小宅院里长大，如一把巨伞的黄葛树遮盖了半边天。苎溪河哼哼唱唱地注入长江，和苎溪河“平行”的热闹的三马路来到江边，却往右拐进了更加热闹的二马路。往左呢，就是小手工业一条街一马路了。读小学中学的日子，空了就常去这三条路上走走。后来到大巴山区落户回家探亲后，临走的头天晚上，也一点东西不买、一点事情不办地到万州最繁华的二马路走一趟才甘心。

如今这三条马路连同山城万州的下半城，都已经淹没在库区水下了。故居老宅院的“上空”已形成波光潋滟的大湖，将三峡之子丝丝缕缕的追忆和思念，变为深藏在水底，深藏在心底的乡愁。

“乡愁是夔门的轴，吱吱嘎嘎转不够。出门一首歌，进门一碗酒，历经沧海闯天下，游子归来白了头。夔门呀我的家门，手扶门框我热泪流！”

还记得夔门吗？乘江轮溯流而上，进了夔门，就进了家门了，老家就到了，家门口母亲的身影就依稀可见了。江水从夔门之侧流过，微波叩岸，游子听得见老宅院的门轴在吱吱嘎嘎地转动哩！那是开门的声音，那是母亲于冥冥之中感觉到儿子要回来了，颤巍巍过来预先开门了（其实母亲每天都在这样开门，都在重复这个动作）。20年最青葱、最青涩、最青春的年华过去，游子重回三峡，重进家门，鬓已白，志未酬。38岁不晚啊，快快拿酒来，犹如土家族的“摔碗酒”，一饮而尽，啪地摔碎碗。金石迸裂，豪气在胸，我要在三峡继续大展我自己的宏图，了我自己的夙愿！

“乡愁是神女的袖，咿咿呀呀立山头。裁下一片云，化作一江水，截断巫山出平湖，故人归来情难收。神女啊我的初恋，牵着水袖你跟我走！”

神女的传说确实多年来令人神往。在山头上伫立千年也好，在恋人肩头痛哭一晚也好，你总得要有想法有行动啊，你老是在痴痴地守望什么呢？莫非你在关注三峡来来去去的游子，在关心亘古长江三峡的变迁？是的，有多少三峡之子从你身边走出三峡，闯荡世界，尔后又从你身边回到三峡，建设家乡，报效国家。三峡年年都在变样，特别在新的历史时期发生了翻天覆地的变化，这一切，千古神女都站在巫峡的高处看着哩，她心里可有数哩。传说中的家乡的神女啊，你那飘飘洒洒的水袖是什么做的呢？是朝辞白帝的彩云吗？是巫山的雨雾吗？是道是无晴却有晴的竹枝吗？是三声猿鸣沾湿的裙裾吗？不管怎样，你水袖挥舞之间，截断巫山云雨了，高峡出平湖了。三峡变了，新了，美了，盈盈的江水已荡开了舒展的酒窝，库区的山水已弥漫着层层叠叠的喜气，连游子的乡愁也漾开了一丝一丝的笑纹。我家当年老宅院里长大的兄弟姊妹们，早已在175米淹没线以上的重庆、万州等地安了新家，现都已退休在家，安享天年。而后代们正在各自的岗位上奋力拼搏。老家的黄葛树早被园林部门移到平湖滨江路栽下，每年都照旧绽出新绿。

三峡藏着我的乡愁。于是我把我的乡愁写下来，谱成歌，唱出来，传下去。“天下有乡愁，人人有乡愁，我的乡愁在三峡，三峡藏着我的乡愁……”

（2017年8月27日）

聆听，在鄂尔多斯博物馆

邹安音

一

七月流火。我把自己变成鸟儿，抖落一地的酷暑和湿热，逐放于蜀地，飞翔。山侧目，水荡漾，花盛开，向漠北，向高原。

鄂尔多斯，在康巴什。青春山的风骨剑刺了我的心脏，乌兰木伦河的波浪翻卷了我的翅膀。是草原上不落的太阳，耀亮了我的双眼，沐浴了我的身体，让我泊航。

山水长天共一色。在康巴什中心，在中心的制高点——鄂尔多斯博物馆，仰望苍穹，天的蓝，云的白，像草原飘来的蒙古包，裹住了我的心灵。泉流边，格桑花灼灼开放；广场上，有群雕石刻一代天骄，成吉思汗。刹那间，大漠狼烟，铁蹄声声，崛起的马背民族，让我匍匐在地。

我呼吸着大地的气息，感受着高原清风送来的凉爽，审视着一个新城的美丽，吮吸着远方牧人奶茶的清香，聆听着沙漠深处的驼铃声声响。

康巴什，一座高原自然的博物馆，生动地诠释着一个民族的华彩和乐章。

二

天苍苍，野茫茫。

渺远的天宇，飞来一个仙碟，稳立康巴什中心，傲视寰宇。康巴什的白云笑了，清风歌唱了，小河弹奏着小曲儿，去向远方。

它如磐石，任凭岁月变迁，风云更替，战火硝烟……坚定地固守着一个民族的历史，倾诉着一段段感人的故事，呈现出深厚的文化根脉。在高原上，它抒写着一个大气而响亮的名字：鄂尔多斯博物馆。

它拥有古铜色的肌肤，深邃的眼眸，博大的胸怀。在它的面前，我的呼吸不由得粗重，我的脚步不由得缓慢。我仿佛变成时光的巨人，而眼前流淌的是一条高原的河流，我想要打捞逝水的华年！

三

聆听，在鄂尔多斯博物馆。

听鄂尔多斯先民生活史诗般的吟诵声。看横陈的石刀、石斧、石锥、青铜器、陶罐……生活在这片天空下的蒙古先民，心是一样的火热，情感一样的奔放，音调一样的高亢。哪怕茹毛饮血，哪怕食不果腹，哪怕风餐露宿！

听山与山的倾诉，河与河的交融，清风和晚霞的拥抱，自然和人类的对话。我忽然泪流满面，我看见时光的长河中，文明高昂着头颅，文明在一路狂奔，文明在呼唤着远山，文明在风云际变中突围，新生，焕发光彩。

黄河流过的地方，有高原，有坦途，有沙丘，也有草原；历史发展的进程中，有战争，有和平，有鲜花，有荆棘。河套人及其文化，乌仁都苏文化，朱开沟文化，鄂尔多斯——青铜器文化……以及党项、鲜卑、匈奴、蒙古人……他们像影像的镜头，在这里聚焦，在这里呐喊！

四

在鄂尔多斯博物馆，聆听凤凰涅槃的声音，看一座新城的崛起与诞生。

历史的足音渐行渐远。先民的呐喊渐次微弱。我是一只高原上的大鹏，正展翅翱翔。

看华灯初上时刻，当晚霞染红天边的蒙古包时，康巴什流光溢彩。喷泉、音乐、舞蹈、歌唱……高原的酒文化、古城文化、红色文化、传统国学文化、体育文化、奇石文化、书画文化……在这里全新演绎。

在鄂尔多斯，在康巴什，在这个蒙汉民族智慧的博物馆，一个个建设者们正放飞心中的希望和梦想：铁西植物园罕台寺、铁西亿昌现代城博物馆、老东胜古城文化园、康巴什文化艺术园、康巴什酒文化风情街……在中国北方，成吉思汗的故乡，等待着全世界的人们，相遇、相知、相识！

聆听，在鄂尔多斯博物馆。它像一条河流，载来高原的繁华和沧桑，文明与富强。

（2017年8月28日，获璧山高新区杯第二届重庆晚报文学奖）

阿尔茨海默病的挑战

阿蛮

2008年初冬的一天，巴南区苦竹坝，一条幽静的绿色小道上匆匆走来一个年轻人。年轻人个头高大、敦实，眉眼之间透着一股睿智和英气。他边走边拿笔在一个小本上记下什么，最后走到一栋高大的门楼前停下，掏出照相机把门前那块标志牌拍下。标志牌上写着“社会福利院”。

年轻人是重庆医科大学一名在读博士，名叫蔡志友，来社会福利院是为他的病理研究采集标本，为博士论文准备素材，研究对象正是目前困扰着很多老年人，俗称“老年痴呆”的疾病——阿尔茨海默病。

他与一位看上去神情清朗、步态稳健的老者交谈，请他回忆自己年轻时的经历。老者茫然地盯着他看了一会儿，却拉起他的手直叫战友。还有一个老人独自躺在一个房间里，两眼睁着看天花板，半个小时里目不转睛，蔡志友关切地向他询问，他却没有一点反应。护理人员给他喂饭，他就张开嘴接受食物，机械地咀嚼、吞下。护理人员介绍说，他这样躺着已经快五年了，亲人朋友来看他，他全不认识，也说不出话来，但身体没有什么大问题，真是奇怪。蔡志友判断他属于阿尔茨海默病的严重类型，脑神经萎缩已经导致记忆功能、语言功能、交流功能全面衰退。

走出福利院，蔡志友更加明确了自己的研究方向，他希望能为老年健康事业做出一点自己的贡献，把针对中国内陆人群阿尔茨海默病的发病机理说清楚一些。

2009年，蔡志友博士毕业，怀着建立自己研究团队的抱负，一边看病一边做研究。远在外地的蔡志友了解到重庆市人民医院有一个享誉西南的专业病室，与自己的研究方向一致，就是老年病科。这个始建于

1952年的专科，曾经为很多功勋卓著的老红军、老八路、解放战争和抗美援朝老战士的身体康复疗养做出过突出贡献，也有十分专业的研究成果，而这正是研究阿尔茨海默病所必备的条件。蔡志友向重庆发出应聘申请，并根据自己在美国堪萨斯大学、隆基大学做访问学者时确定的研究计划，提出了在人民医院建立阿尔茨海默病研究室的建议。慧眼识珠的重庆市人民医院很快对蔡志友的申请做出了回应，决定聘任他为新设立的神经中心主任。

2016年，中国65岁以上的老年人口超过4亿，中国已提前进入了老龄社会，阿尔茨海默病成为老年人健康的最大威胁，很多人因此病出现记忆力衰退，行为异常，情绪反常，甚至大小便不避人等症状。如何阻止老年人群的非正常衰老，减少记忆力衰退带给老年人家庭和社会的麻烦，是全世界神经科医生共同面对的课题。

对此，蔡志友深有所感："对于阿尔茨海默病的防治，当前神经科医学界公认的最好办法，不是药物和手术，而是从家庭到社会对老年人的普遍关爱。重庆市人民医院有一个好的传统，医患关系融洽，尤其是对待老年病人，医生、护士给予的关爱，常常让家属感动不已。"蔡志友提出了自己的规划：首先，针对本地实际情况，把重庆以至中国西南地区阿尔茨海默病的发病机理尽可能说清楚；其次，为阿尔茨海默病患者，特别是老年病人提供最佳治疗方案，尽可能不用昂贵的药物，让医疗服务惠及更多普通病员。最后，从医院做起，尽力为老年人群创造一个良好的生活环境。

两千多年前，中国圣哲孔子曾对弟子说："今之孝者，是谓能养。至于犬马，皆能有养；不敬，何以别乎？""敬是什么？就是关爱啊。面对阿尔茨海默病的挑战，医生的责任不只是给病人药物，更要给病人爱心。"年轻的神经中心主任蔡志友如是说。

（2017年8月28日）

如穗的母亲

徐文峰

刚跨入建新苑的院门，迎面走来的潘阿姨急匆匆地喊住我：“峰儿，赶快去劝劝你妈，自己身体恁个不好还在扫楼梯。不要扫了！”我三步并作两步抢进楼舍，看到母亲正低着头，佝偻着身子，左手撑着腰，右手缓慢地移动着扫帚，一阶一阶地清扫着公共楼道……母亲满头的白发，苍白的脸庞，伴着我眼中噙满的泪花定格在那个昏暗微风的冬晨。

母亲命运多舛，像生长的稻苗被无情地霜冻霜打。外婆42岁那年生下了她，以后的日子，外公家的生意一落千丈，家里很快就揭不开锅。无奈母亲被迫辍学三年，跟着外婆纺棉花、打毛衣、织发套出售，尝尽了生活的艰辛，有时一天只能吃一顿饭。母亲矮小的身躯或许就是那时营养严重不良造成的。

复学后，初中毕业的母亲凭借聪慧和勤奋以优异的成绩考取了重庆市煤炭学校。中专毕业，母亲被分配到荣昌建井公司当技术员。不久，为照顾家庭，母亲申请调回家乡梁平。

母亲心地如晶莹的稻粒，纯良、质朴、饱满。母亲在竹器社(后改为塑料厂)当营业员的日子是很长的。记得还是“小小少年”的我常到门市玩耍，看上去方正的竹凳子，坐上去舒适的竹椅子，睡上去凉爽的竹凉板，还有门市部巷道里一棵高大茂盛的黄葛树，我们灵巧地爬上去幸福地躲猫猫……都给我留下了美好的印象。

但记忆中挥之不去的还是母亲如穗的品性。竹器社征订了几种报纸，诸如《人民日报》《解放军报》《四川日报》等。邮递员每每下午送报，自行车铃铛一响，母亲总是高兴地接过报纸，小心翼翼地收藏好，待到几个读高中的子弟放学后再拿出来供他们传阅。有两位读红旗中学高中的大哥哥每天下午放学后都要来看报，我依稀记得一个名叫兴光，一个姓张，母亲常常夸奖他俩，还不时给他俩留点吃的。据母亲说，他俩语文、政治成绩特别好，兴许是喜爱读报的缘故吧。在高考门槛很高的年代，他俩在1980年左右都考上了理想的大学。

母亲心底无私，心肠好，常得到表扬。因门市部是对外窗口服务点，经常有粗心的顾客丢钥匙、钱包什么的，母亲都小心谨慎地给他们收捡好，等到他们回来询问时，再“完璧归赵”。一次，驻地的一位解放军同志在门市购物时丢了600元现金（当时普通干部每月工资三四十元）被母亲发现，母亲焦急地等待失主的到来，还专门托人打电话到部队寻找失主。翌日，失主来了，母亲才放下心来。随后这位解放军同志还专门给母亲单位写来了感谢信。

母亲为人如低垂的稻穗。我女儿性格乖巧，从小由我的母亲带大，同奶奶关系最是亲密。她常夸奶奶品行最好，谦恭、善良、实在，像稻穗。小女还说：“低头的是稻穗，昂首的是莠稗。”的确，母亲像稻穗一样从土壤中拼命吸收营养是为了结出累累果实。培养子女也是一样，不能养高高在上的“稗子”。她教导我们三姐弟最多的一句话是：“勤劳有饭吃，善良可平安。”

记得小时候，母亲只打过我一次，那是我快读小学时。20世纪70年代我们同住一个院子的小伙伴家庭条件都差，都喜欢买“小人书”，但是手头没有钱，怎么办？一个比我大几岁的街坊哥们儿告诉我，他有办法。一天，他神神秘秘地带我去了热闹的街上，在一辆自行车旁蹲下。趁过路人不注意，我看见他从口袋里熟练地摸出一根比圆珠笔芯细点、三厘米左右长的短棍子迅速插入自行车气门里，又变戏法似的从怀里掏出一些泥巴一样的东西敷在气门芯周围，随后高兴地将一个扣子粒大小的东西拿走了。哥们儿自豪地告诉我，“这是自行车气门螺丝，是铜的，可以拿去卖钱。”我问他，泥巴一样的东西是什么？他说：“笨蛋，这是肥皂，敷在气门上是为了堵住轮胎冒气的声响，避免被行人发现。”这哥们儿怂恿我照着他的方法去做，我心生歪念，如法炮制并获得了成功。

随后，我们将一个个铜制的气门螺丝锤成几块，和着捡来的其他废铜，跑去日杂门市卖了三角五分钱。这哥们儿分给我一角五分钱，我用它去书店买了两本《三国演义》的连环画“小人书”。后来，母亲询问钱的来历，知道我去搞“破坏”后，用竹条子狠狠责罚我，并让我保证不再做此类事。那夜，母亲的心情像挂在树梢上的月亮，昏暗暗、黄蒙蒙的，像长了绒毛似的。我知道，今晚的月亮哭了，哭得很伤心。母亲是“恨铁不成钢”啊！

如今，母亲早已退休。由于操劳，身体也一日不如一日，结石痛、眩晕症常困扰着她。尽管如此，母亲还是保持了爱清洁的习惯，坚持打扫公共楼道卫生，为邻里服务，赢得了口碑。她还支持父亲参加公益、志愿服务活动，汶川大地震后，母亲提出要父亲捐款一个月退休金1300元奉献爱心。

孙辈都大了，母亲却老了；儿女生活好转了，母亲身子却不灵活了。但她依然宽厚着、善良着，俨然一望无垠的田野里金灿灿的成熟稻穗，在太阳的光环下谦逊地低垂着沉甸甸的希望……多美的风景，犹如诗人郭小川在诗中吟唱的：“谷穗熟了，蝉声消了；大地上的生活更甜、更好了！”

（2017年9月4日，获璧山高新区杯第二届重庆晚报文学奖）

静静的抚仙湖畔

樊家勤

一天上午，我从避暑地的渔村散步去波息湾，需要经过一条奇特而幽静的道路。左边是高高的笔架山，右边是波光粼粼的抚仙湖。

从道路口进入不久，可以仰望笔架山，悬崖上露出很多蜂窝眼的石头，呈深灰色，似乎在给人们探究抚仙湖的形成带来一点佐证，至少也是遐想。悬崖上面长着很多清香木、黄葛树、碗口粗的仙人掌等。它们在那乱石缝中顽强地生长着。

最为突出的是黄葛树，那根须从石缝处扎进去吸收着养分。如没有石缝，就在那石头的蜂窝眼里面寻找到缝隙后努力扎进另一个蜂窝眼。在扎进去的这一头形成一个赭色的球形状，在出来的那一头也形成一个肥厚的球形状。球形状上面还有一个个小苞，尖部是红褐色，底部是灰白色，显出一圈一圈的纹路。颜色有深有浅，深色的出现一块块暗淡的快要脱落的皮壳，暗示时间较远。浅色的光滑、细腻、湿润，暗示时间较近。这里面潜藏的坚韧值得思考。

路边有很多上百年的黄葛树，树叶密密麻麻的，把这条本身不嘈杂的道路衬托得更加静谧。有一棵夫妻树，有一根树干从路的左边高出人头伸向路的右边，多数成人从树下路过不会碰头，但太高的不低头是过不去的。这夫妻树仿佛在诉说生活的艰辛、幸福、甜蜜。

路上还有一些碎石坑，长三四米，深一米多，最宽处有两米多，最窄处不到一米。这是专门用来车水捕公式鱼的。公式鱼是抚仙湖独一无二的鱼，很贵。传说，康熙因为这种鱼，曾经暗访过这里。这就是公式鱼的来历。石崖边还放有用蔑条编织的渔网，但看得出来好久都没有用了。

右面抚仙湖边的堡坎是坚硬的石头，湖浪来时发出轻柔的响声，浪来浪退，反反复复，好像在给人哼歌，让人舒心。又好像在述说生生死死，死死生生，永无止境。

这里的水都很清亮，湖下的青苔看得一清二楚。湖面泛起波浪，呈深蓝色，好像无数鱼儿在网内蹦跳，快乐极了。远望，水面还带有轻雾。听人说，登上笔架山的高处看日出，如果运气好看到了，有如蓬莱仙海的美景。清朝诗人赞道："飞岩有意迎朝旭，出岫无心挂碧峰。"当地人知道抚仙湖带来的是无比的美好，尊称为"处女湖"或"母亲湖"。

说到日出，我还真看到过一次。一天早晨，我来到抚仙湖边，朝湖面看去，发现湖水好绿好静。湖对面的山是黛色的。感觉山顶有一处是红色的，把眼睛移到那里，啊，一轮红日刚刚冒出一小半。我看着那粉红粉黄的红日逐渐升高，中间那一团好像刚从火炉中夹出来的铁，深红，还有点儿刺眼，四周的红环像一层薄雾由浓到淡地向外扩散。红日使天空变成金黄，远山像一条青鱼的背脊，少许的云朵也增加了斑斓的色彩。湖水在红黄绿的微波中荡漾着鳞片，湖边的树叶出现墨色，边缘似黑色的雪花形状。只有两三分钟的时间，那红日便完全升出了山顶，照在湖面上，形成一根长长的粗大的火树干，从湖的那面一直延伸到湖的这面。火树干光滑、整齐，与水之间变成一块块波动着的金片，美丽极了。

走完这条僻静的道路，我就来到了波息湾。这里三面环山，一面朝湖，青山绿水，微风拂面。

进了山庄门，看见别墅建在树林里，只露出黄色、白色的房顶。这里感觉特别静，静得让人听得到虫子的叫声，听得到一根针落地的响声。那一棵棵如脸盆粗的黄桷兰树，把不同风格的别墅群遮挡得凉悠悠的、静静的。那茂密的树叶上面没有一点灰尘，绿得醉人。树上的和散落在地上的花瓣，缤纷馨香，沁人心脾。那一棵棵桂花树上开着一串串粉黄粉黄的细细的花朵，香气扑鼻，令人陶醉。整个波息湾处在芬芳之中。

来到波息湾前面的抚仙湖边，我静静地坐在蘑菇形状的凳子上，欣赏着泛起涟漪的抚仙湖，呼吸着湖面送来的清新空气。有道是："风生水起时，最静波息湾。"传说诸葛亮擒孟获时，曾在此发过兵。出兵前，风吹不止，波浪滔滔，出兵后却风息浪止，湖水平静。诸葛亮的奇兵能大获成功，这波息湾也助了一臂之力。

（2017年9月19日）

遇见你，我的城

余炤

在一个小城市居住了四十几年，突然换了个地儿，几多惊喜几多惶恐。初入重庆，对这座大都市的新奇惊叹之后，自己很快就陷入茫然。发现这座城市的繁华与时尚，火辣与快节奏，让我这个从小城初来乍到的人，跻身其中，跌跌撞撞的。每天上班，我都要路过一面广告墙，上面有一句特别醒目的话："多数人向往，少数人拥有。"每次经过，我都会默念一遍，也不知道我是属于多数人，还是少数人。我自问，难道我本就不属于这个城市？难道我仅仅是一个过客？

我早上一睁开眼，首先考虑的是以什么方式去上班。公交大客，轻轨，还是开车去？总不能走路去吧？虽然有此想法，但毕竟十多公里的路程，就算我清晨起来跑步前往，也需要消耗时间和精力呀。等我到了单位，不就半天工夫已去，精疲力竭，还怎么工作？此种想法只能是幻想，不现实。

选择乘公交车。上车后，我常常会在车后找一个座位坐下，蜷缩在一个只能容下屁股的地方，头晕沉沉的，在车的走走停停，弯弯绕绕中到达目的地。最窝火的还是费劲挤上之后，车厢里插竹笋似的，密不透风，只能一站到底了。两条腿支撑着这百好几十斤，在摇摇晃晃中前进，不轻松啊！

乘轻轨，还好，正好家就住在起点站附近。但程式化的步骤，就是每次得把包过一下安检设备，以至于没有带包的时候，还不习惯。每次看到安检机器，就让我想起了医院的CT机，真想蜷缩身子爬上去，让那神秘的暗箱检测我身体有没有问题。不过,坐轻轨还有个好处,就是可以免费领取一份报纸,看完后就在出站前放到指定地方,便于工作人员回收。因为时间短,也不能细读,只是浏览一下,或者看看十二生肖每天的运程,权当娱乐,也为自己讨个好心情。

坐轻轨要经过几次换乘站,每个换乘站都十分拥挤,有人要冲出去,有人要拱进来。让我想起来钱锺书先生的小说《围城》,里面有一句非常经典:城外的人想进去,城里的人想出来。坐车的人也是如此。此时壮汉的吆喝,美女的尖叫,此起彼伏。这个时候,我特别有幸福感,并且感到幸福指数特别高。因为我是从起点站上的,不用站着,不用和他们汗流浃背地挤成一堆,自己可以安稳自得地坐在座位上,漫不经心地浏览报纸。

但好景不长,我也需要换乘。一个大男人还没来得及冲出车厢,就反被涌进的人流带到了下一站。即使我使出浑身力气挤出了车厢,在比肩接踵的人潮中,也是根本迈不开步子。每当从地铁站约30米深处到达地面时,感觉外面的世界好精彩！即使下雨,也有阳光明媚的幻象。

当然,我也偶尔会开车上班。为了不给大家添堵,我很少选择这种方式。这样也是想让自己自豪一点吧,虽然收入不高,但也算是有车一族。四个轱辘,喝的是汽油,刹车一松,给点油,还是可以突突的。不过开车上班,有时难免自惭形秽。大客车得让吧,公交车优先嘛。还有就是这家伙个头大,你敢和它较劲？他(她)突然一盘子打过来,眼看要碰着了,吓得你汗毛都立起来。他(她)再一盘子打回去,这个时候,才发现抓着方向盘的手心已湿润,全身冷汗直冒。所以,我开车时,一对“二筒”鼓起,也从不敢加速,生怕自己成了倒霉蛋。所以,此种情况下,我只好偶尔开车上班,就把车当作养的宠物狗,闲时才会开出去遛一遛。

现在公共交通更便捷了,虽然说赶不上人们购车及常住人口增长的速度,但相比之下,还是算可以的了。特别是像我这种“移民”来的,一时半会儿还跟不上节奏。但我相信，人与城市之间，也是讲究缘分的，生命历程中，我遇见了你——重庆，这里有朝天门、解放碑、观音桥、杨家坪；这里有长江、嘉陵江、南山、歌乐山；这里是中国桥都、温泉之城，这里还有麻辣鲜香的火锅，俏皮乖巧的妹子，耿直爽朗的汉子，绚丽璀璨的夜景。

重庆，既然命运之神把我安放在此，我将不负这段大城小民之缘。

这就是重庆，我的城！

（2017年9月25日）

龙骨坡抬工号子

熊魁

如果你来到巫山之巅，展现在眼前的就是挺拔峰峦、幽美林壑。游走在梁峁溪谷，不时有一阵清澈、干净、醇厚的沧桑之声，震颤着空气，穿透万里长空，直逼耳膜。任“哟嗬嗬——哟嗬嗬——”的生命呐喊犹如浪潮一浪一浪抚过肌肤，钻进毛孔，融入血液，在大脑皮质的沟谷旅行。

如果你再去某个传统村落，在田埂坡坎平坝场院，看到一些群体劳作的场面：伐木运输，采石开山，建房造屋，架桥铺路，抬猪售卖，装卸货物……一群汉子卸衣搭布，站成人数相等的左右两行，中间是绳捆链绑的重物，他们肩扛碗粗的抬杠，以马步起肩，脚踩人字式步伐，齐整而有节奏地负重前行。走在最前边的人从唇齿间挤出一句：“哟嗬——”后边的人就相互接应：“哟嗬——哟嗬——哟嗬哟嗬——”一阵铺排规整的浑厚乐音混合着呼出的热气，飘向空中，那是撼山动地的肺腑之音，高亢响亮。

如此，你是有幸的，目睹和欣赏了独具特色的民间艺术瑰宝——巫山龙骨坡抬工号子。

巫山是一片古老神奇的土地，是国家级旅游胜地。在江南距县城约60公里有个地方，四周山峦起伏，中间为平坝，这里静默着一处遗址——著名的龙骨坡“巫山人”遗址。在距今200多万年以前，“巫山人”已经完成从猿到人的过渡。这里被考古学家定义为“东亚型直立人”的进化摇篮，也是龙骨坡抬工号子的发源地。“巫山人”世代勤劳耕作、繁衍生息，在长期的生产劳动中孕育和形成了这一非物质文化遗产。

在刀耕火种的远古时代，先民们野外狩猎、制作工具、田间劳作、修造洞穴、搬运重物，往往需要群体合作。人类的生产生活从一开始就蕴含着文化因子。有人说，人类某个祖先在劳动时发出“吭唷吭唷”的声音，别人听到这个声音，就知道他在干活。在干活中，通过这种声音协调了集体步伐，提高了劳动效率，缓解了疲累，释放了感情，大家感觉轻松愉悦，于是就相互效仿传递。于是“吭唷吭唷派”形成了，这是最早的口头文学。不干活的时候，只要人们高兴和愿意，也可以“吭唷吭唷”，并由此产生了歌曲和舞蹈。龙骨坡抬工号子旋律优美、节奏明快，有时配以合辙押韵、内容朴实的唱词，风格粗犷、生动幽默，给人以极为和谐的美感。它赖以存在的劳作形态，直接开启和孵化了一系列民间歌谣和舞蹈动作。

“巫山人”在漫长的农耕社会，在繁重的体力劳动中，世代传唱号子。龙骨坡抬工号子蕴蓄着“巫山人”特有的精神价值、思维方式、想象力和文化意识，凝聚着劳动人民的智慧，是具有古巴楚传统文化特色的民间艺术，随着土著居民的沿江上溯、顺水出峡以及历史上数次移民迁徙而广布、传播。现在，龙骨坡抬工号子经历了从劳动中产生音乐到成为可以独立存在的民间音乐形式的演变历程。以它为基本素材的音乐、舞蹈作品《三峡抬工号子》《三峡抬石歌》等，已经成为极受欢迎的原生态舞台表演艺术并的次获奖。2008年，重庆巫山龙骨坡抬工号子(又名搬运号子、抬帮号子)经国务院批准被列入第二批国家级非物质文化遗产名录。

有的抬工世家，弟兄齐上阵、父子相传、子孙相系，常常东方发白出发，披星戴月回家。衣服往肩上一搭，扛起木杠，夹着榴子(一种分力工具)，提上铁杵、马杈，一副抬工的模样跃然眼前。抬工人数、杠子和榴子的多少根据重物的大小和重量来确定，走在第一杠最前面的叫“尖子”，把持最后一杠末端的叫“把子”，撑持中间一杠的叫“窝子”。“尖子”是灵魂人物，负责领唱，指挥整个队伍，控制行进速度，协调抬工步伐，负责通报路况。后杠根据“尖子”通报，用号子回应，相互配合，克服困难。“把子”相当于舵手，掌握行进方向，队伍动作整齐划一。“前靠左，后靠右”“前面一个拐，你拐我也拐”“前面一架坡，后面慢慢梭”……这些呼喊强烈、领合紧凑、气息匀整、精悍简短的号子乐句，至今律动在抬工们的心间血脉里。

龙骨坡抬工号子根据音乐速度分为快腿号子和慢腿号子，路面宽平、较好上路的采用快腿号子，路窄崎岖、下上陡滑的采用慢腿号子。领唱者在每句开头稍有变化，应和者用同样的曲调以衬词伴和，而在终止时把节奏拉长，仿佛一根越来越细的铜丝盘绕而上，升到空中却被一把剪刀剪断。用这种戛然而止，表示一段唱完又起一段或中途休息。“扛上肩啦，哟嗬；挺起腰杆儿，哟嗬；走起来啰，哟嗬；前面拐啦，哟嗬；后面摆起，哟嗬；溜溜路呀，哟嗬；慢慢来啰，哟嗬；脚踏稳呀，哟嗬；停下来啰，哟嗬……”抬工们憋着一股劲儿，从胸膛迸发出铿锵的号子，再陡峻再艰险的山路，也健步如飞。

千百年来，马杈的铁头，沉重的脚步，把古道青石踩出深浅不一的窝子。如今，当你来到巫山，在龙溪、大昌等古镇以及保存完好的传统村落里，依稀可辨这些历史的印记。与劳动伴生的龙骨坡抬工号子就是劳动之歌，抒发着劳动者发自肺腑的生活情感，是人们在繁重的劳动中乐己娱人的幸福之歌。

（2017年9月30日）

家乡小面

吴越

俗话说:“民以食为天。”在我的家乡重庆,面条估计能顶半边天。

重庆吃面的地方到处都是。街口巷前,天桥洞里,根深叶盛的黄葛树下,但凡能塞下一口大锅,摆上两张方桌的空当,这面摊便能“豁”地长了出来。

不用吆喝,亦不用招摇地写个大大的“面”字,那铁皮桶做的煤炭炉子往路口一摆,食客自然懂得。面摊的面卖给街坊,一日里便寒暄不断,热络得不行。

“张家的大爷,李嫂子早,王家小子菜多面少。”

店家飞扬着口舌,麻利地抓起把把面条,匆匆一抖,偌大的漏勺拍开菜叶,滚水下锅。

“二两小面下锅啰,稍安勿躁,马上就好!”

面条在锅里翻腾,阡陌交错地搅在一起,像是故乡永远转不出的弯弯拐拐,永远爬不尽的坡坡坎坎。

面条在锅里由白泛黄,面香扑来。家乡人离不开面,一日三餐,两顿坐在面摊前的人算不得稀奇。

正宗的重庆面食,小面也好,抄手也罢,都是红汤头。所谓红汤,那便是一碗货真价实的麻辣汤,厚重的一层辣椒油里,花椒的碎末清晰可辨。辅以酱醋葱蒜,赤红中透出一丝黝黑的亮光,像那火山里冒出来的岩浆,望一眼便垂涎欲滴。

擎一柱面条入口，辣中带麻，麻中带鲜，鲜中酸甜。一时间五味云集，直教人“唰唰”地落下泪来。那万千的感慨里，却有让人欲罢不能的魔力。边吃边嘘，一嚼三叹，直至唇舌发麻，额头发汗，腾起几缕得道的青烟。再一回头，那吓煞人的红油汤头，却也已经见底。只留胃里的翻腾和满唇齿的香。

去过面摊吃面的人，那景象过眼便再难忘。面熟起锅，腾起在锅里的白雾，水汽还没散去，“豁”地又腾起在碗里，最后腾起在食客的头顶。终于萦绕在每个乡人心头，成为永远也舍不得离去，魂牵梦系的乡情。

朋友家楼下有一家面摊，每天只卖到中午，浇头只有切得丝薄的猪耳朵。因为刀工了得，味美实在，几年下来名声在外，早几年便是车水马龙、门庭若市了。那店家却是个倔脾气，不光依旧每日开半天，那几斤面的配额也没变过，卖完打烊。老板成天乐呵呵地对着众人，无论是开车来的老板，还是蹬三轮的脚夫，在他眼里都没有区别。

“烂桌子烂板凳迎客，笑脸一张；巴掌大耳丝片下酒，二两一份。”这联子是前几年我一位文友吃完留下的。这位福建爷们儿让红汤辣到大汗淋漓，却还不忘手舞足蹈大呼“过瘾”。

故乡的面条还有些颇为传奇的故事，说的是一位香港的名导，因为恋上了一个美丽的重庆女人，千里迢迢来到这里一处小镇，夫妇二人，开了家面摊糊口。但凡有影迷慕名而至，这位曾经的名导只是笑着摆摆手，操着半生不熟的重庆话说：“兄弟，你认错了吧。”然后就又低头煮他的面了。

距离我现在上班的地方不远处有一家面摊，店家是一位心宽体胖的老妇人，终日笑对众人。她煮的面很酥软，嚼到嘴里，好似一段漫长而平淡的人生。我和工友们时常在这里吃面，听着东家小子挨了打，西家姑娘成了家，社区里稀罕的、不稀罕的事儿。或者，只为就着老太太的笑脸，吃一顿饱的。

有一天，老太太的面摊突然关门了，大半月也没再开过，一打听，原来已经驾鹤西去了。

如今我们只好去更远的地方吃面，依然滚水下锅，依然白雾袅袅，依然满口留香。面熟起锅，面条依旧绵长如似水年华，卿可知生之有涯？

（2017年10月3日）

家乡的冰薄

游刚

每年中秋，我都会将家乡的月饼寄向远方，让亲人和朋友分享这份来自家乡的甜蜜和美好。

家乡的月饼有一个诗意的名字，叫冰薄。京剧《贵妃醉酒》选段中，杨贵妃千娇百媚，面对空中那轮圆月抒怀："海岛冰轮初转腾，见玉兔，玉兔又早东升。那冰轮离海岛，乾坤分外明……"这里的冰轮，是指空中如冰似玉的月亮。而家乡的月饼，居然叫冰薄，高雅而诗意，如那唱腔中的冰轮。

冰薄月饼是家乡的特产，始于明朝末期，距今已有400多年的历史，深受当地父老乡亲们的喜爱。记忆中，只要到了中秋前后，无论访亲走友，还是举杯赏月，都离不开冰薄月饼。在家乡，过中秋节，冰薄是不可或缺的美食，更是团聚和圆满的象征。

冰薄形如其名，很薄，厚不过一寸，小碗口大小。饼子用面粉做成，外面一层芝麻，配上熟黄的油脂，散发着诱人的色泽。取一个月饼在手里，立即就有盈盈桂花香，有淡淡蜜饯香，还有缕缕果味香，一阵儿一阵儿地萦绕而来。将月饼撕开一小块，即可见熟黄密匝的芝麻，和着如金似玉的内馅。里面有着融融柑橘橙，隐隐菊花黄，浅浅冰糖银，瓣瓣玫瑰红，还有点点花生碎。似乎把各种各样的美食，尽都蕴藏其中。轻轻咬一口，顿时蜜饯的甜、果肉的酥、花瓣的香、芝麻的脆，纷纷盈于唇齿间。

小时候在乡下，一年四季很难吃上冰薄这样的美味。快到中秋时，父亲会从集市上买一封冰薄月饼回来。月饼用黄色的牛皮纸封好，外面用麻线仔细地绑住。那月饼往往会放在家里最隐蔽的地方,但都逃不过我和弟弟馋猫似的嗅觉。我和弟弟打开牛皮纸,看着油黄澄亮的饼子,涎水直流。想吃,又怕被发现,不吃,又禁不住那甜香的诱惑。只好一人伸出一个指头,悄悄地去摸,手指头就会沾上许多芝麻粒。连忙把芝麻放进嘴里,轻轻一嚼,那个香甜,感觉把人泡进了蜜罐。吃了一会儿芝麻,怕被大人们发现,又小心地包好牛皮纸,缠上麻线,放回原处。大人们不知不觉,我和弟弟乐在其中。

许多年以后,我和父母一起,在中秋之夜赏月,桌子上摆着许多封冰薄月饼。冰薄还是那个味儿,只是包装更精美。和父母谈及小时候偷尝冰薄的事,引得父母一阵儿叹息。

家乡的冰薄月饼,数百年来经久不衰,靠的是传统的手工技艺,生产工序繁多,做工讲究,要求极高。现在家乡政府将冰薄月饼列为非物质文化遗产,采取了许多措施保护,才使得美味的冰薄,能在每年的中秋,香飘天涯,甘甜如饴。

转眼,又是一年中秋近,远在他乡的家乡人,一定都在期待和回味着家乡的冰薄。

（2017年10月3日）

访阆中古城客栈

陈与

八天的国庆中秋长假里,我和几个朋友到四川阆中古城旅游。当我们走进张飞牛肉故乡,仿佛就进入了“古树高低屋,斜阳远近山,林梢烟似带,村落水如环”的世外桃源。阆中古城的四合院如星光璀璨,有孔家大院、秦家大院、李家大院、杜家大院、马家大院、田家大院、张家大院等。白墙灰瓦,在秋阳中安详舒适,就像张家大院的百年榕树、通透天井,里面有安静低调的井水。屋后的茂密修竹,簇拥着古院的戏台祠堂。

我们沿着阆中南街下行百米,到了丁字路口的下街,一座气势恢宏的杜家客栈迎面扑来。这是典型的唐宋建筑格局,也拥有明清风貌。据考证,在建造杜家客栈时,设计师讲究风水,因地制宜、巧借地势,顺山势高低错落,使杜家客栈的建筑层次丰富,视线开阔,达到了天人合一的境界,因而形成了“处处轩窗临锦屏”的胜景。

我们走进杜家客栈,这是串珠型的四合院。推开老式厚重的叽嘎木门,踏入一尺多高的门槛,就看到一个散发着书卷气和线装书味道的厅堂,上面挂着杜家客栈的内容简介,八仙桌上摆放着瓷器和文房四宝。明末清初,阆中商会主席杜保山长期在这里居住和经商,唐朝诗圣杜甫曾住于此,留下墨迹华章《阆山歌》和《阆水歌》。称赞阆中的山“已觉气与嵩华敌”,赞赏阆中的水“阆中城南天下稀”。

杜家客栈占地3000平方米,八字形街门,门中置照壁。院内是大院套小院,天井连天井,形成院中院和门中门,曲径相通。有47间大小房,7个天井,整个古院是穿斗式和抬梁式的木结构。前庭屋宇高大,气势雄浑，梁柱粗直，庭院曲径幽深。庭院的街门、吊檐、瓦当、桐橙、牙子、屋挑、门窗上都有精致图案，千姿百态，栩栩如生。明代的神龛供桌、满院的红灯笼高悬、神秘大气的木墙青瓦，刻在一个平面，每一道划痕都记录着一个史实。

穿过三道天井往右转，我们进入侧院。木本色的墙体陪衬着蓝天白云，侧院有红木家具、八仙桌、青石地板。歌舞升平的杜家客栈里传来民族乐器的二胡、竹笛、扬琴、琵琶的声音，一台贯穿阆中的文化特色演出在此举行。台下的游客在天井里喝着清茶，吃着张飞牛肉，啃着卤鸡翅膀，一种怀古的繁华烟云像藤蔓植物攀附在风烛残年的二楼。仿佛看到杜甫凭栏远眺，古院里的烟树、叶片、天井、翘起来的屋檐，就是古院的一朵云。

我们还参观了与杜家客栈毗邻的水码头客栈，它占地3600平方米，始建于明朝。水码头客栈是嘉陵江船帮的住所，嘉陵江船帮曾控制着阆中航道最大的物流中心。走进大门，水码头客栈是青砖碧瓦，庭院穿斗四合，9个天井呈串珠式联通，曲径通幽，灵秀婉转，浑然一体。天井之中傲然的银杏，桂树飘香，扶疏翠色掩映于一派清宁之际，淡静中丝竹管弦悠扬，令人出尘之思顿生。水码头客栈的每一扇窗棂、每扇雕花门楣都是故事，都是寓意。临轩远眺，丹青城廓对锦屏，江天一色收眼底。

水码头客栈的“华夏水博物馆”吸引着我们的眼球。“华夏水博物馆”从水系、水石、水船、水道对中国水文化进行全方位的呈现，亿年冰川石则采集于蜀中风水结穴处的蟋龙山，与嘉陵江交汇的亘古地带。阆中的船帮文化沉入了历史深处，再度崛起的水码头客栈曾是船帮的活动中心和联络站，他们负责调配货物、船队、解决码头纠纷等事务。

这里怀旧、豪爽、深邃、邈远、古朴、幽静、舒适、温馨。这里是嘉陵江上游船帮习俗的集萃之地，是船帮民风文化的展示，更是了解船帮生存之道的文化大餐。那些拉着纤绳的纤夫，唱起嘉陵江的号子，就是嘉陵江畔的一个个鹅卵石。

我们来到上华街和下华街之间的华光楼上，它紧靠嘉陵江岸，正对南岸南津关连峰楼。据传，此楼建在唐滕王元婴所建设南楼的旧址上，故明以前称南楼，自清以后称华光楼。历代迭遭火焚，现为清同治六年(1867年)重建，占地8亩。华光楼是一座过街门楼，高36米，三重檐歇山式屋顶，翠绿色琉璃瓦，脊饰繁复，并有回廊周匝，有“阆苑第一楼”之称。

（2017年10月9日）

阿依蝶恋

李燕燕

我怀疑眼前的这群蝴蝶该是从地铁站的大幅广告里飞出的吧？那图景我印象深刻。那天刚走出暗淡的隧道，抬头白亮的灯光格外刺眼，恰好与其下映照着的大挂彩图形成对比，彰显了画面的柔美明媚——黑色彩斑的大蝴蝶婀娜地展着翅膀，嬉舞于一片极富层次感的峡谷，背景有青的山、青的水，还有毛茸茸的青竹子。当时想着，这蝴蝶与这山水，多半是电脑制作的吧。

此刻，阿依河畔，这群从广告中飞出的蝴蝶就欢聚在我的身边，复活了画面中的那片山水。午间的灿然阳光从群山之巅倾泻而下，被峡谷丛生的林木遮蔽切割成了若干星光般的闪耀，点点滴滴，或投射到河边山石上，或肆意地将岸边小水洼变成一方倒影鲜活景致的玲珑明镜。张着翅膀的黑蝴蝶，竟有小巴掌大，拖着凤尾，翅间点缀蓝色或橘黄，就像一旁步道上背竹篓、穿黑衣、戴着厚重银饰、走路伴着脆响的苗家“娇阿依”，自然而然地生长在这条峡谷。

蝴蝶结伴，十几只为一群，在投射阳光的嶙峋岩石上起起落落，仿佛这里是聚光灯照耀的舞台；偶尔成双成对地掠过水面，想要在温柔碧水间窥见自己的窈窕姿容。

我遥想着，不觉走近一只正悬停在低低岩壁上的蝴蝶，它合拢翅膀安静地挂在一截嫩绿的枝蔓上。我刚朝它微微倾斜身体，它便飞起朝我靠近，最后落在了我的衣袖上，那里绣着一朵盛开的夏花。停留着，直到我走上河边靠停的一架竹筏。水面荡过的山风吹拂，那只蝴蝶才展翅离开。

竹筏行进，碧水缓流。阿依河夹在青山之间，虽有些狭窄，却似姑娘般分外秀气。一路上，蝴蝶们美丽的踪影始终与我相伴。我去过阿依河下游将要汇入的乌江，那里宽阔壮观，不时有身形较大的飞鸟跃过。而清秀的阿依河，似乎只有娇小的蝶影才能与之相配，阿依河本是女儿魂。蝴蝶徜徉河面，时不时与岸边的翠竹缠绵。许是千百年来见惯了娇阿依的美丽多情，两岸本应挺直的翠竹也变得格外纤细柔美，它们长长的竹梢如柳般低垂，随风摆动，发出沙沙的声响。据说，此行一段，山高谷深，内有奇峰怪石，古树奇花，状若擎天的石笋。嬉戏的猴群在两山群居，庄严的石佛稳坐中岩。更有深不可测的几个溶洞，内藏奇特石钟乳。

忽然，撑竹筏的苗家汉子们扯起嗓子吼燃了山野情歌。调子充满乡土气息，歌词直白炽热，带着最初始的男女情怀。淳朴的几句之后，“娇阿依”的对歌缓缓传来，歌声清亮婉转，盘旋在山水之间。四下张望，却只闻其声不见其人。仿佛对歌的女子在山的那边，甚至让我以为火热的苗歌能够翻山越岭。情歌来去之间，片片随风飘落的竹叶晃晃悠悠伴着节奏，蝴蝶们也上下跃动表达着兴奋——是的，它们千百年前也曾在踩花山节上，从情郎歌声中听出那痴痴的表白。情歌对了两三个来回，几个盛装打扮的苗家姑娘撑着竹筏从河道拐弯处乍现，她们笑着唱着。原来对歌人不在山那边，却在河那头。我也跟着她们，在这阿依河上学会了一首苗家情歌。

（2017年10月10日）

陈家湾记事

吴向阳

我初到沙坪坝陈家湾，是在20世纪80年代初。从三角碑到杨公桥，一条直马路下来，路叫“渝碚路”，路两边的狭长区域是陈家湾。当时陈家湾一带有重庆三大百货公司之一的沙坪坝百货公司，一个叫作“渝碚旅馆”的沙坪坝最高档的酒店。这些已经纳入后来兴建的三峡广场的范围。再往下，是重庆师范学院、重庆三中和重庆建筑专科学校。

我历来认为老地名是不骗人的。既然“陈家湾”这个名字落在一个“湾”字上，那说明肯定有，或者至少有过，这么一个“湾”。“湾”，从水，《广韵》曰：“水曲也。”由是可以推断，陈家湾这个地方，曾经是有水的，可能是一条大河，也可能是一条小溪，而且还弯成一个美丽的弧形。不知何朝何代，陈家的先民从远处漂泊至此，看上了这块风水宝地，不走了，于是陈家湾得名。

我来陈家湾时，大河、小溪都没有了，但大大小小的池塘还有不少。后来搞开发，填池造楼，这里就只剩下两三个小池塘。有池塘，就说明这里有水源，有河有溪也不足为怪，这也才符合先民“逐水而居”的生活习惯。

但我翻来覆去看陈家湾的地形地势，我实在想不出“湾”这三点水该从哪里流到哪里，那一个美丽的弧形又该摆在哪一个位置。会不会是陈家湾的地名随着时间的推移发生过移动？这是常有的情况。我大胆设想，最初的陈家湾在下坡方向靠近杨公桥的地方，有一条水道叫“清水溪”，那个美丽的弧形就在清水溪靠现在杨公桥立交桥附近。陈杨两家隔水而居，各自生儿育女，繁衍壮大。两家通好、通商、通话、通风、通气、通航、通婚,甚至为了通行方便,杨家出资修建小桥,以加强双方沟通。也许是两家人丁兴旺、地盘扩大,各自向背后发展;也许是两家逐步生疏,渐行渐远。反正结果是陈家湾的地名慢慢上移,中心点转移到了一里开外的现址。

久远的事情难以稽考,但至少从抗战时起,这里确定就是连接重庆主城与卫星城北碚的交通要道。老舍、梁实秋、卢作孚、冯玉祥、林语堂,你能想到的各界名人或急或徐,或车或马打街上经过,当然还少不了迁至北碚夏坝的复旦大学一众师生。外来人口大量迁入,此地当然不能再由一家一姓独占,繁华随之而来。

我从一本介绍抗战时期重庆工业状况的书中读到,陈家湾地区建了不少工厂,以中小型民营企业为主。到20世纪90年代,这里仅剩一家酿造厂,当地人叫它豆瓣厂。陈家湾的居民最熟悉的就是从厂区飘出的发酵气味,说不上坏,但也说不上好。后来有一天突然意识到已经有那么一段时间没有闻到这股熟悉的味道了,一打听,厂子搬走了。这大概是陈家湾最后的工业。

20世纪80年代中期流行摆地摊、搞夜市,陈家湾公路边也张灯结彩搞了一字长蛇阵的小吃摊。一口锅,三两张饭桌,一盏白炽灯,就是一个档口。主打产品是烩饭,也有小面、米线、汤圆等物,每家从口味到吆喝声都雷同。我那时读大学,吃腻了食堂的大锅饭,无力抗拒这些吃食的诱惑。但限于财力,只敢每个周末来奢侈一次。

在三峡广场修建之前,沙坪坝的中心在三角碑;三峡广场让商圈向陈家湾移动,现在这里是市井,更是商都。

重庆叫“湾”的地名多——当然,其他城市也不少——而且大都有一段掌故值得说。但是,随着岁来月往,那些老地名之下的老故事逐渐被人遗忘。陈家湾亦然。

(2017年10月11日)

那年花开状元府

疏影

渝中区桂花园的那棵黄葛树名气很大。十多米高的躯干，虬根蜿蜒交错，树干呈弹弓状仰天挺立，枝繁叶茂，就像一面旗帜，高高飘扬在姐姐学校门口。

那一年的那一天，和姐姐在树下站定，忽然听到有人惊呼："宋小弟掉缸里了，快来人啊！"等老师们把宋小弟从缸里捞出来，我没忍住"扑哧"一声笑了出来。班主任马老师早就告诫过大家不要去对面的52中学，宋小弟偏偏不听，偷偷跑去玩，还掉进大水缸里了。这确实是一个透着神秘气息的学校，这口大青石缸就是证据。

"宋小弟事件"第二天，马老师在课堂上再次叮嘱大家。马老师梳着一对长长的辫子，一双水汪汪的大眼睛，笑起来两个小小的酒窝像盛满了酒，温柔得跟邻家大姐姐一样。

马老师的口头禅就是："读好书，当状元！""当状元？"看着大家对状元这个新鲜名词惊讶不解的表情，马老师告诉我们："状元就是读书考试得第一名的人。"最后总是免不了加上一句："咱们重庆可有个状元府哦！"我们问老师，状元府在哪里，老师却摇头不语。

回家问姐姐要不要当状元？姐姐笑起来："你说的就是我吧？我每次考试都是第一名啊。"我白了姐姐一眼："状元是学校教出来的，你们那儿像学校吗？"姐姐急得拉着我往她们学校走。

临近学校，两棵挺拔的古树左右侍立在大门口。一座复式二进四合院近在眼前，黛瓦红墙，古色古香。飞檐的古建筑，透出庄重的气质。大门右墙上挂有“重庆市52中学”和“重庆市教师进修学校”两块白底黑字的牌匾。

一抬头，映入眼帘的是雕梁画栋的大门，上面刻有“建国君民，教学为先；化民成俗，其必由学”的大字。大门内，满园子像白瓷碗一样的玉兰花，高大的楠木，苍翠欲滴。而那口大青石缸正稳稳当当地端坐庭院正中，四周是一间间教室和办公室。

这是学校吗？我心里嘀咕着。

“张老师好！”姐姐对迎面走过来的一位短发女老师问好。“来参观我们学校啊，你们马老师那么喜欢我们学校，怎么没过来啊？”张老师笑吟吟地问我。张老师是姐姐的班主任，也是我们马老师师范大学的上下铺同学。

姐姐得意扬扬地说：“怎么样？你们马老师都喜欢我们学校呢。”

一阵暗香迎面扑来。循香而望，院子东西两侧两株苍劲的蜡梅正凌寒怒放，婀娜的枝条上点缀着金钟似的朵儿，袅袅娜娜，羞羞答答，散发着清幽淡雅的香气。姐姐瞟了我一眼，又拉了我的手说：“走吧，里面还有其他年级呢。”

跟着姐姐顺着庭院穿过一道门，又是一座雕梁画栋的四合院，只是更玲珑剔透一些。门两边的圆柱上刻有“天下难事，必作于易；天下大事，必作于细”，门楣上刻有“慎终如始”四个遒劲大字。庭院中央有一个花团锦簇的小水池，水波涟涟。教室之间点缀着生机勃勃的翠竹和一些形状奇异的石头。一绺绺藤萝散漫地攀附在红墙绿瓦之间，风一吹，就悠悠地摆动起来，格外动人。

“姐，你们这儿是学校吗？怎么跟鹅岭公园一样好看啊？”我终于顺着眼睛细声细气地问。姐姐骄傲地说：“当然是学校啊，是一所好学校。张老师常常说我们学校从前培养了好多优秀人才！”

第二天班会的时候，大家都要求马老师给我们讲讲52中学。马老师沉思了一会儿，幽幽地说："这样吧，我给你们讲讲状元府。"

重庆有座状元府，是为清朝四川状元骆成骧修建的府第，又叫骆家花园。后来，重庆最早的高中——重庆联中迁到状元府。革命先辈萧楚女曾在重庆联中任教。再后来，西南博物院、教师进修学校都设在这里。最后，马老师还是那句老话："但是，我还是要再一次提醒同学们，不要去52中，如果确实想去，不要在里面嬉戏打闹，更不要像宋小弟那样翻进那口大水缸玩。"

宋小弟红着脸低下了头。我终于忍不住问："为什么啊？"

马老师一字一顿地说："因为那口大青石缸和那些老房子都是历史文物，因为那就是状、元、府！"

（2017年10月14日）

外公改名

陈晓莉

记忆中,外公总是坐在一个特制的木凳上,用臀部摆动的力量一点一点地移动木凳,代替脚步前行。

母亲说,外公的双膝有严重类风湿。当时,为治疗外公的病,家里变卖了所有值钱的东西,可外公的双膝经过无数次手术后仍不见起色。被人抬回家的他一言不发地躺在床上,双膝已变形蜷曲成小山丘的模样,永远无法伸直平放。

突如其来的变故让外婆不知所措。大儿子才2岁,小女儿,也就是我的母亲才怀在肚子里6个月。

雨淅沥沥下着,但没能淹没外公的意志。一天,外公用手臂支撑着起床,坐在床沿上,叫外婆拿来纸和笔。好多年以后,外公告诉我,他在纸上写下了一个“刚”字,告诉不识字的外婆,以后他的名字就改为这个字。外公说,他要用这个名字,时时提醒自己刚强、坚韧。

至今我不明白,为什么外公会选择用木凳作为自己的行走工具。也许在物资匮乏的年代,木凳在家家户户都是那么普通而平常,把它作为行走工具既经济又实惠。可坐在木凳上行走并不是想象中那么轻松简单。我曾在外公休息时,坐在木凳上学他的样子走路,双脚屈膝左右用力摆动,每前进一步臀、腰及上身都会十分费力向外侧扭动一下,尾椎骨刺痛一下,不一会儿汗水便从额头渗出,腰、大腿也开始酸痛起来。

为了让木凳牢靠耐用,外公亲手将其改良加固。先在4根长方体木块两端凿出榫头和榫槽,木块中间凿出大约长20厘米、深5厘米的槽条。

根据槽条深浅、长度，用刀削出一根根长短相等，厚薄一致的竹片。经过砂布打磨光滑的竹片镶嵌进槽条内，整整齐齐，嵌合、上胶，严丝合缝固定在木凳脚上。由于竹片两端宽，中间窄，每根竹片之间都有1厘米左右的缝隙。木凳有了“呼吸”，这样就能避免长期坐在木凳上的外公会因木凳透气不好而患褥疮。

外公开始尝试着坐在木凳上做力所能及的事情。很快做饭、洗衣、缝补衣物样样在行，甚至修缝纫机、编筲箕、做甑子、锅盖、勺子、铁桶、配钥匙……无一不精通。外公说，我的脚不能走路，可我的大脑可以思维，我的手可以动。

病魔继续侵蚀外公的身体，由下往上，外公的手也开始弯曲变形，不能像正常人的手指那样交叉、伸直。窗台上的花竞相绽放，用最艳的身姿，最美的芬芳抚慰外公经受的疼痛。牡丹面色红润向外公微笑，金弹子摇曳着果实向外公问好，茉莉花散发出淡淡清香给外公唱歌……每一种花卉植物外公都会亲手培土、浇水、施肥、打药，就像对我一样悉心照料。

小时候我体弱多病，三天两头感冒发烧。每次生病在家，外公就会手拿湿毛巾，磨动着木凳到我身边。“咔咔……”木凳发出清脆的声音，越来越响，我故意闭上双眼，显出生病难受的模样。外公伸出手摸摸我的额头，再摸摸自己的额头，把湿毛巾放在我的额头上，左边压一压，右边压一压，捋一下我的头发，按一按覆盖在我身上的棉被角。“咔咔……”声音离我而去。过了一会儿，熟悉的声音又出现在耳畔。外公端着水杯和药片，磨动着木凳靠近我。“吃药了”，声音那么亲切，那么温柔，我再也忍不住，泪水肆意从眼眶里流下。

待在家中的外公常常坐在窗台边，带着渴望的眼神，遥望几十米外的楼房、公路、农田。每天收听广播、看报纸、看新闻是外公必做的事情。一家人吃饭时，外公便会滔滔不绝地讲述所知的新闻消息。我参加工作之初，每天从外公家到单位需要乘车、乘船，路上要花费两个多小时。得知重庆长江二桥即将开工建设，外公兴奋地告诉我，等长江二桥通车后，上班就不用再乘过江轮渡耽搁时间。几年后，长江二桥通车，可外公已离开了人世。

倦鸟衔着最后一片夕阳归巢，外公的身影依然在我脑海中浮现。刚强、乐观、宽容、善良……外公带给我人生最珍贵的品格，成为我奋斗的动力、精神的支柱、爱的源泉。

（2017年10月17日）

父母的爱情

周成芳

父母第一次见面时,伯母拉着母亲的手,温和地说:“我家兄弟虽看上去显老,其实才23岁,在铁路局工作,为人忠厚、老实。”伯母正滔滔不绝,一旁的父亲不客气地打断她。他清了清嗓子,认真地对母亲说:“实不相瞒,其实我已30岁,收入低,且有短暂婚史,你得好好考虑。”听闻此言,一旁的伯母急得双脚跳,心里暗想,怎么得了哦,这门亲事又泡汤了。

多年以后,母亲告诉我,因为父亲那番话,她决定嫁给这个年长她10岁的男人。在母亲的眼里,坦诚、忠厚的男人才能托付终身。

父母年龄相差10岁,但他们的生日却在同一天,莫非这就是传说中的缘分?

20世纪70年代,父亲远在安徽铁路局工作,母亲独自在家抚育三个子女。父亲是文化人,性格内向却情感细腻。他给母亲写的每封信都饱含深情。我曾在母亲的衣柜里无意中读到那些泛黄的信笺,每封信的开头,都是同样一句,“吾爱妻:你好吗?”

两地书,夫妻情,靠着这些书信和对彼此的牵挂,父母一起度过了那段清贫却又浪漫的岁月。

80年代,父亲调回原籍,安置在离家30公里之外的供销系统,通常几天才能回家。他在家的日子,母亲总是满心欢喜。每次离家时,母亲会装满满一瓶腊肉炒咸菜外加一份烧肉让他带走。母亲笑称这是拿他当学生娃对待。父亲省吃俭用,常以稀饭、面条充饥。母亲烧制的咸菜腊肉成了父亲最好的佳肴。

为了有更多的时间顾家，父亲在55岁那年学会了骑自行车。从单位到家，要骑1个多小时，沿途还有很多上坡路。父亲进门第一件事就是接过母亲手中的活。他说母亲为了这个家付出得多，只要他在家一天，就多担当一天。

父亲退休那年60岁，母亲50岁。农历七月十二那天，父亲去镇里的有线电视台，为他们共同的生日点播了歌曲《一路上有你》，还特意请工作人员在字幕上留下“执子之手，与子偕老”，以此纪念夫妻牵手相伴的岁月。

退休后，热爱文学的父亲奋笔疾书，创作了《离休三部曲》《我这一辈子》等自传体散文，还专门去文印店打印成册。在《我这一辈子》中，他用大量的笔墨抒写了与母亲相濡以沫几十年的幸福时光，还将母亲的照片设置成了书的封面。

2005年，母亲因病需做手术，父亲陪同她来到主城区，日夜守护在病床前。手术后，母亲感觉脚心冰凉透顶，盖几床厚厚的棉被也无济于事。父亲当即敞开衣服，将母亲的双脚放在他的胸膛上，他说：“这样暖和点儿。”

2006年，父母结婚四十周年，在亲友的鼓动下，他们到县城拍了一套婚纱照。照片上父亲身穿笔挺的西服，配上红色的领带，显得英俊潇洒、风度翩翩，母亲略施粉黛，光彩照人，仿佛回到了如花似玉的少女时代。

一个月后，父亲脑溢血突发，丢下母亲去了另一个世界。之后，母亲一下子像老了10岁。她在父亲的坟前种满鲜花，每隔几天去清理一次杂草，时不时地说几句：“你看你，独自在这里躺着，连说话的人都没有啊！”每次就餐前，她会在桌上多摆一套碗筷，边往碗里夹菜，边说：“这是你最爱吃的菜。”有时也会往杯里倒些酒：“你有高血压，但今天来客了，你可以少喝点儿。”

母亲说，尽管父亲已去，但她总感觉父亲并没有离开。

（2017年10月17日）

北碚豆花好安逸

陈远鸿

“北碚豆花土沱酒。”这是老北碚人都可以朗朗上口的言子。

作为土生土长的北碚人，一说起北碚豆花，不由得就想起了自己的童年。第一次吃豆花是在幼儿园的时候，我跟着婆婆到缙云山一户农家做客，觉得特别好耍的就是跟着大人推磨做豆花：一个大石磨放在堂屋前，一个人推磨，一个人把泡好的黄豆添进磨眼，推出的豆浆端进厨房，倒进一个蒙着白纱布的大铁锅里。白布的四个角捆在一个呈十字架的木头上，然后不断地加水搅拌摇动，豆浆就直接流进了大铁锅。

柴灶升起了大火。不一会儿工夫，豆浆就“河翻水翻”地沸腾起来。我看见大人端一个盛了水的碗，拿汤匙将水往锅里慢慢加，这就叫点豆花。碗里那个水，后来才知道是胆巴水。几分钟后，雪白的豆浆就变成了白嫩嫩的豆花。

豆花被一碗接一碗端上了八仙桌。人们在堂屋坐起，每人面前一个油碟，鲜香麻辣的豆花下新米甑子饭，热气腾腾的，可以敞开肚皮整。那个香啊，一碗不够来二碗，三口并作两口吞。我吃得肚儿滚圆，回家两天不思饮食。婆婆叹息，说我积食了，将普洱茶放进铁锅炒了，熬水给我喝了，这才慢慢消了食。

20世纪80年代初，北碚唯一一家国营豆花馆在下半城正码头附近的花市旁，店堂足有两三百平方米。这里每天早晨总是人山人海，豆花还没点好，就有人进店买票占位置。有几个老人总占据着店门附近的位置，吧着长长的叶子烟杆，一股呛人的烟味就飘了过来。

待豆花上桌，“服务员，还来二两老白干”“来一碗荷叶”的吼声便此起彼伏。所谓“荷叶”也就是嫩豆花，需吃豆花的高手才夹得起。话音刚落，但见一位白衣服务员两手左右开弓，一口气端着七八碗豆花飘然而至，麻利地一一上桌。而后跑进跑出上菜收碗，全套动作利索得如行云流水丝毫不乱。

豆花馆里永远都是那样人声鼎沸，天天像过节一样人来人往。吃豆花时，我观察了一下食客，除了那些老人，多是一些来赶场的村民。当时一斤蔬菜只卖几分钱，对于村民们来说，吃一碗几角钱的豆花绝对算是打牙祭了。我发现有的村民吃豆花不要调合，而是放点儿大堂里免费的酱油，这样可以节约几分钱。有的菜没卖脱的村民路过豆花馆时，只是伸长脖子朝里面望一眼，吞口干口水就走了。每次看到，我总在心里想，要是将来我有钱了，一定要招呼他们都进来吃一碗！

真正能让大家尽兴畅快地吃豆花，还是这近二十年的事。北碚个体经营的豆花馆如雨后春笋般一家接一家地开，但真正做得好的也就那么几家。所谓的好，就是豆花味道正宗，绵扎细嫩滚烫雪白，调合味道安逸巴适。

近年，我走南闯北也品尝了不少地方的豆花，感觉很多味道都不合口。粗糙、多渣甚至掉渣，吃到嘴里索然无味。在我心目中值得称道的，也就自贡富顺的豆花。那里的豆花和北碚的相似，绵扎、白嫩、回甘，夹上筷子不落。

夹筷落不落，既是对食客吃豆花水平的考测，更是对豆花质量是否过关的检验。尤其是吃“荷叶”，“荷叶”吃完，仅存清清亮亮豆花水一碗，那才叫水平。当然豆花水也是不能落下的，大口喝酒、大块吃肉之后喝上一碗豆花水，有清热解毒、醒酒解腻之功效。

吃豆花，调合是非常讲究的。不好吃的豆花，除豆花点得孬，调合也是不敢恭维。所谓好的调合，要老板大气，舍得拿好材料制作。据说好调合要用上二十几种食材，有丁香、广香、安桂、肉桂、胡椒、花椒、大料、砂仁、紫草、甘松、甘草等。按一定比例粉碎，配以现舂现炼的油辣子、葱花、蒜泥、姜汁、芝麻、花生仁、麻油、盐、味精等十余种作料。有的再配以鱼香，闻之清香扑鼻，食之麻辣鲜香。啧啧。

据说，卢作孚先生曾先后在北碚文昌宫以豆花宴请过老舍、梁漱溟、梁实秋、晏阳初等一众名人，令其大饱口福，纷纷赞叹不已。这也成为有关北碚豆花的一段佳话。

（2017年10月21日）

慈母赶蛙

刘泽安

蛙声此起彼伏地响彻在山村的田野，那是夏夜多么美丽的乐曲，只有夏夜的山村才有这样的风景。可在三十多年前，我的母亲则是想方设法要使山村的夜晚多一点儿宁静，让我安静地学习。

那是高考前的最后一个月。我对物理科目的测试成绩不甚满意，老师批评我、帮助我，说我骄傲自满了，不求进步了。我自己也说不清是什么原因没有考好。回到家里，书包一丢，坐到里屋生自己的闷气。母亲从地里回来了，把锄头搁在墙壁上，整整齐齐地与其他农具放在一起，没有问我的考试成绩，只问我想吃点儿什么。

“随便吧，妈妈。”我有气无力地回答。我也知道，家里没有什么好吃的。

“那好吧，狗娃子，蒸个鸡蛋花。”妈妈也没再征求我的意见，径自下厨房了。

没有多久，桌上摆了一碗嫩生生的鸡蛋花，面上还撒有一点儿葱花，真香啊。我端起一碗米饭，也没有和母亲说话，只顾自己吃起来。母亲则坐在一旁，看着我吃饭，也没有问我的考试成绩，究竟复习得怎么样。

母亲知道我的压力很大，一家三姐弟只有我尚在农村，哥哥和姐姐都已外出上学。我何尝不知道眼前的现实状况，只有努力读书，考出好成绩，才能减轻妈妈的压力。

晚饭后，母亲把桌子收拾得干干净净。我在桌子上摆开学习战场，让母亲看见放心，我确实在努力学习。

母亲则端起针线盒到外面的堂屋去了，把清静让给我。我坐在桌前，眼前始终晃动着老师批评我的画面，精力怎么也集中不了。我尽量地克制着，看书、背古诗，读文言文，不管用什么办法，可怎么也静不下来。把笔不经意地搁在课本上，双手抱着头摇晃着。

母亲虽在外屋，可也察觉到了我的烦躁。她轻轻地走进来，走到我的身边。

“狗娃子，怎么啦？不顺心吧！”

“没有，妈妈。我就是感觉心里静不下来。”突然间，我听到了外面青蛙不停地“呱、呱”“呱、呱呱”，它们像赛歌一样，田野任由它们鸣叫，一浪高过一浪。我为自己找到了借口：蛙声变成了噪声，是我躁动的原因。

“妈妈，青蛙的声音太大了，吵得我心烦。”

妈妈愣了一下，苦涩地笑着说：“可青蛙每天晚上都这么叫的，没听说影响了你的学习。”

是啊，青蛙都这么叫，在乡村的夜晚从来都是这样叫的。而且在以前学习时都没有听见青蛙的叫声，好像遗忘了蛙声，蛙声从未入耳。

今天是怎么啦？连我自己也说不清楚。

妈妈看了看我，放下针线盒，开门出去了。在黑夜中，妈妈的影子很快就消失了。

我又重新投入书本中去，埋头攻城拔寨。

渐渐地，我忘记了乡村的夜晚，忘记了母亲黑夜中去了什么地方。真正地把心锁进了书本里。

蛙声哪儿去了？我根本就没听见，忘记了蛙声。

门“吱”的一声打开了，我惊讶地抬起头，是妈妈从黑夜中回来了。灯光下，她手里拿着一根竹竿，裤脚上还能看见浅浅的、新鲜的泥巴。妈妈干什么去了？怎会有如此装束？

“狗娃子，没听见蛙声了吧？”妈妈问我。

陡然间，我明白了妈妈干什么去了。那样的装束，那样的神情，是为了她的儿子——我的那一份安静，那一份实际早已存在的乡村的安静，只是缘于我的心躁而没有感觉到的安静。

夜静了下来，我得感谢妈妈，可没有更多的话语。

“妈妈，你去赶它们了吗？”母亲当然知道我的意思。

“它们呱、呱、呱呱地叫个不停，我响了响竹竿，把它们赶得远一点，免得打扰你学习。”蛙声影响了我的学习？妈妈是不会相信的，但为了我有一份自己觉得的宁静，母亲居然去赶走蛙声，剥夺青蛙夜晚鸣叫的权利。

“妈妈，我会努力的。其实，我只是心烦，跟青蛙没什么关系。”我歉意地对母亲说。

“我知道，妈只是在田坎边上响了响，低低地哼了几声，青蛙的叫声，夏天夜晚怎么少得了呢？又怎么赶得跑啦？你心静吧。”

是啊，山村的夜晚怎能没有蛙鸣。

如今想起三十多年前的事情，我真是羞愧与动容。就是从那时起，我记住妈妈的话：你心静吧。

心静了，蛙声就是美妙的音乐，伴着我走出大山，走向人生的一个又一个舞台。

（2017年10月22日，获璧山高新区杯第二届重庆晚报文学奖）

竹琴流淌的人生

马卫

长江流经万州，一派浩渺平湖，倒映灯火辉煌的城市。一个中年男人，伫立江边，一手琴筒，一手简板，“咿咿呀呀”地唱。

挡定将军把话讲，愚老言话请听端详。

只因为荆襄一块地壤，吴蜀二国动刀枪——

男人清癯，声音高亢。他，就是蒋其书，重庆市国家级非物质文化遗产竹琴的传承人之一，一个从艺40多年的曲艺艺术家。

提琴、风琴、口琴什么的，大家熟。而竹琴是啥？差不多99%的人都不知道。

竹琴艺术，源远流长。传说它的发明人，竟然是八仙里的张果老。他修道时抒发情感，用竹和肠皮做成琴，打击伴奏。所以竹琴早先叫“道情”。

唐朝时，道情主要流传在西安一带。至明末清初，湖广填四川，各地道情纷纷流入，与四川本土民间文化相融合，逐渐演变成为四川民众所喜爱的民间曲艺。民国初年，鉴于道情是竹制器乐，更名为竹琴。

1927年，四川的竹琴艺人云集梁山(今重庆梁平区)，举行规模盛大的全省竹琴比赛，参加的艺人多达100余人。选出了驰名全川的竹琴高手“三根半杠子”(杠子是竹琴的民间叫法)。这四人在唱腔、讲纲、敲琴、嗓音等各方面技艺超群，因而得到同行敬重。此次竹琴界的风云际会，影响极其深远。

重庆竹琴以万州为活跃中心。过去的茶馆,必有竹琴演唱。后来政府建立曲艺队,竹琴成为正式的曲艺形式。直到今天,万州曲艺团仍然保留了多名竹琴演员。熊子良(师承胡新成,原万县曲艺队队长)将竹琴唱进中南海,受到老一辈革命家热情赞许。华国秀(万州曲艺团副团长),因天生一副好嗓子,最擅长现代剧目演唱。她演唱的《双枪老太婆》《华子良传奇》《八阵图》等长期在四川人民广播电台播出。

2005年,万州区政府将"川东竹琴"列为申报国家非物质文化遗产名录,2008年竹琴这一古老的民间艺术被正式批准列入国家级非物质文化遗产名录。

2017年9月15日晚,年过六旬的蒋其书,一身唐装,白衣对襟布扣,步履轻盈地走向南浦剧场。他演唱的一曲毛泽东的《沁园春·雪》,赢来了热烈的掌声。

蒋其书1956年出生于万州,父亲是木匠,手艺超群。母亲是针纺厂织工。父亲爱坐茶馆,他从小跟班似的相随,耳濡目染,喜欢上了竹琴。据说,他父亲能记得的竹琴戏名,不下50个。

1973年,蒋其书初中毕业。喜欢坐茶馆听竹琴的父亲,见儿子想学竹琴,也不反对。因为竹琴艺人,深受欢迎和尊重。

于是蒋其书拜万州杨裕国为师。杨裕国,酷爱戏曲、民间文化艺术,一生专事竹琴艺术研究、演出。对传统竹琴艺术做了许多革新,将传统竹琴的"九板十三腔",发展为20多种唱腔,30余种板眼。能演唱90余场竹琴剧目。杨派是万州竹琴大流派。

光阴荏苒,几十年过去。由于老一辈竹琴艺人的去世,如今,除了蒋其书,已很难有人能表演大戏——唱50分钟及以上的竹琴。他在南浦剧场唱的《经堂杀妻》,本来应是二人对唱,男女两角,可惜没有女竹琴艺术家来唱,只好独唱。他现在能唱的有20余部戏,年轻时能唱40余部戏。据他所说,竹琴有100余部戏。有名的有《花子学相》《大审苏三》《杜十娘投江》《华容放曹》等。

现在蒋其书除了带徒,希望能找到好的衣钵传人外,就是研究竹琴。比如,他将词的调,化入竹琴的唱腔,大大丰富了竹琴的表现力。《沁园春·雪》就是他独创的竹琴唱腔。在万州区政府的支持下,他曾经出过一本竹琴专著,探寻竹琴历史,记录竹琴名家,记述腔式板调,剖析竹琴艺术。

今天在万州,以蒋其书及其师兄弟和他徒弟为代表的一批中河调竹琴正宗传人,仍然活跃,积极参与本地的各种演出活动。在2009年"重庆市第二届戏剧曲艺大赛"中,蒋其书和付开国、吴永发三人演唱的《三国》竹琴联唱获得一等奖。媒体评介说"来自万州的几位老人用原汁原味的川东竹琴征服了评委"。

为了传承竹琴,现在凡有人请其演出,蒋其书绝不推辞。为了抢救竹琴,凡谁愿学,他坚决教,且几乎免费。他坚信,竹琴这门艺术,会传下去,世世代代。

蒋其书,因为竹琴,有了一段充实而快乐的人生。

(2017年10月22日)

亲爱的稻草

周玉祥

我又梦到了稻草，刚刚晒干的稻草。稻草的清香里混合着泥土的气息，雨水的气息，日月的气息，以及虫吟蛙鸣和鸟儿的歌声。一觉醒来，枕边仿佛还留着稻草的丝丝香气。顿时，睡意全无，思绪一下子飞到了乡间的田野。

在老家，当秋风吹黄田野的时候，就该收割稻谷了。稻田里，男人们甩开膀子挥汗如雨。脱尽谷粒后的稻草被他们整整齐齐地搁在挞斗一侧，堆上三五把稻草后，只见他们弯腰下去，双手一拢。左手握住稻草梢头，右手从草捆子里面逮出一束，绕一圈，打个结，一个稻草把子就绑好了。提起来用力一抖，顺势一扔，稻草把子便乖乖地立在田里，下大上小，像舞台上歌星的莲蓬裙。

我们把草把子从水田里拖出来，支在田坎或者旁边的空地上。空气中飘荡着新草的芬芳，无处藏身的蚱蜢，惊慌失措，在草把子上飞来飞去。螳螂仗着有两把大刀，大胆多了，等你一靠近，就抬起上半身，舞动两把大刀，毫无惧色。为了让稻草尽快干透，我们每天都去翻动一次。父亲巴巴地祈盼老天不要下雨，害怕谷子晒不干，也害怕稻草晒不干。

等稻草晒干，就该扎草树了。我们把晒干的稻草背到父亲选定的树旁，父亲在树子底下离地面一尺来高的地方，用木棒和树枝扎扎实实地绑好底盘。他赤脚站在底盘上，像一个高瞻远瞩的建筑师，精心地谋划着每一个草把子的位置，然后用脚踩紧。底下几圈基础打牢后，就沿着树干把草把子按梢朝里，秆朝外摆放，呈圆柱形，密不透风。要不了多久,堆得小山似的稻草,全部被请上树。从远处看,真像从树上长出了稻草来。

可别小看这树稻草,它的用处多着呢。

寒冬腊月,青草早已无处可寻,圈里养的牛还等着草吃,怎么办?有办法,去草树上扯几把稻草回来丢进牛槽,只要保证饮水充足,整个冬天牛都饿不着。牛出力气耕田种稻,稻草用自己的身体回报了牛。

天冷了,母亲去草树上扯些稻草,把床铺得厚厚的。那些普通的稻草,帮我们度过了一个又一个严冬。我读师范的时候,一到冬天,就有人到学校卖草垫。每年,我都会买一床来御寒。

母亲善养蚕,她曾被乡里评为"养蚕能手",得到过一张大红奖状。蚕吐丝前,我们去草树上扯来稻草,用竹篦梳理后,剪成段,用一个简易的机械将稻草用篾条扎成"草龙",铺在楼板上,供蚕子在上面吐丝结蚕。草龙上结的蚕茧一个个雪白发亮,每每送到收购站,总是被评为上等。

我与稻草还有一段不解之缘。

那年,为了孩子读书,我和妻子双双办理调动,结果她调动成功,我却继续留在乡下。这样一来,只能由她一人带着孩子上学。她既要适应新的环境,又要照顾刚上小学的女儿,天天累得疲惫不堪。我只有周末才能进城与她们团聚,平时根本帮不上忙,心里焦急万分。时间一长,我开始失眠,整夜整夜睡不着。

一天,我回老家看望父母,晚饭后,天黑尽了。父亲和母亲都挽留我在家住一晚,我担心第二天上班迟到,犹豫不决。但母亲一句话让我最终决定留下来:我昨天才铺的床,今年的新稻草!夜里躺在床上,新鲜稻草的清香无遮无拦地钻进我的鼻孔,直抵五脏六腑。在那种熟悉的气息里,我感觉我不是睡在床上,而是躺在摇篮里,摇篮伴随着虫子"唧唧吱吱"的叫声慢慢晃悠。泪水不由自主地流了出来,湿了我的脸和脖颈,滴落到稻草上。那晚上我奇迹般地睡了一个好觉。接下来,睡眠不好的时候，我就回老家。一躺到铺着稻草的床上，我就会安然入睡。稻草渐渐抚平了我内心的焦虑，让我学会了从容面对一切。

第二年，我如愿调动了工作，跟妻儿团聚了。虽然离稻草越来越远，可我并没有忘记它。我常常想起稻草，一想起它，心里就觉得特别温暖。

（2017年10月24日）

丛林深处秋意醉

吴凤鸣

秋风凉，秋意更浓了。驱车往丛林而去，我们便与大山里迷人的秋色撞了个满怀。

丛林是一个镇，位于万盛经开区东北部，森林覆盖率达49.3%，辖着6个行政村。随着丛林菌谷的建设开放，以及对万盛的生命工程——白龙湖的保护，镇里的好多人都迁往城区。曾经鸡犬相闻的热闹场景少了许多，但山里的植被却越发地丰茂，空气也越发地清新了。

沿着盘曲的山路，汽车缓慢行驶，正好迎合了我们欣赏窗外美景的愿望。车窗外，山连着山，树挨着树，叶子挤碰着叶子。层层的绿，片片的黄，簇簇的红，不时闯入我们的眼。那是一些高大的栾树，这个时节，正是它们生命的黄金时期。远远地瞧着它们，就是一种美的享受。有些顶上是它们开出的花，金黄、透亮；有些顶上是它们结出的果，深红、润泽。这些鲜艳的色彩，和着山中其他的树与灌木，让秋天顿时丰盈而饱满。就这样，一路的秋色迎着山风，一阵接一阵朝我们簇拥而来。

大约行有半小时，汽车在公路的尽头停了下来，我们的眼前出现了一条路。路用石块铺成，但铺得很整齐。同行的小张说，沿着这条石级路上去，有两棵古树，若干年来，也不知树名。我们对小张的话颇感兴趣，就沿着石级而上。向上行50余米，路的右边便得见一片青幽的竹林。应该有几百棵竹子吧，或大或小或高或矮地长成一片。竹子们秉持着“风过不折，雨过不蚀”的风骨与气节，竹节清晰，笔直生长，轻轻一摇，竹叶便簌簌作响。跟着小张的指点，我们在路的左边终于见到她说的两棵古树。那是两棵高大的树，挺拔、粗壮、繁茂。两棵树看起来有些相似，但仔细瞧去，又不是同一种树。它们一上一下，相距十来米。有一棵离路边近，有朋友试了一下，要两个人才能合抱得过来。

我走近路边的这棵树，轻轻拍打着它壮硕的树干。这么大的树，应该有上百年的时间了吧，我们都这样猜测。看它的树冠，张弛有度，枝叶疏密有致，毫无杂乱之感。枝蔓先向外伸展，再一股儿向上，错落分明。我们都说，这么大一棵树，能长得这般规矩，真是难得。这是一棵什么树呢？小张说不上来，同行的朋友博学多识，他仔细瞧了一会儿，肯定地说，应该是麻柳。我也仔细对照了下，那像洋槐一样的叶子，确实有些像麻柳，却没有麻柳那像流苏一样倒挂的花或果。这个季节，正是麻柳开花结果的季节呀。因山里没有网络，用软件也无法查实这树的真实名字，就暂且相信它是麻柳吧。再看另一棵树，虽和这棵麻柳一般高大，却明显不是同一树种。它的枝干挺直，斜斜向上，毫不弯曲。叶子宽大，一片片细看，倒像桐叶，又比桐叶厚实。小张介绍说，这树开白花，每到春天，一朵一朵地在枝头盛放，煞是好看。我们虽也叫不出它的名字，但想，能开出这么美的花朵，一定有一个好听的名字。我想象着春天来临，这棵树开满白花的奇异景象。

正在我们感叹之余，一座砖木结构的房子出现在石级的尽头，正对两棵古树。房前是一块院坝，干净整洁，显然是有人经常清扫打理。院坝边沿种着各色的花，月季、黄花槐、大丽菊、山茶……只有山茶正孕育花朵，其他都或浓或淡地开放着。院坝再远一点，几只白鹅围圈在竹篾编织的栅栏里，时而引吭高叫，时而低头吃食，它们丝毫没有因我们的到来受到影响。一只灰黑色的小狗站在一旁，摇着尾巴。院坝的右边角上，一条小溪缓缓从山上流下，溪水清澈，潺潺作响。水流之处已让人用水泥修葺过了，形成干净的水沟，弯弯曲曲地向山下流去。

院坝里很安静，房门倒是开着，我们叫了几声老乡，从里屋传出咳嗽声。我们轻轻地走了进去，只见一位老人躺在床上，但精神矍铄，见我们来，她连忙坐起来请我们落座。我们擅自闯入，有些不好意思，倒是老人显得热情。她得知我们从山下而来，便和我们山上山下侃侃谈开了。老人说，她已七十有五，因腿脚不方便，很少下床。孩子们都在城市，工作、生活称心。孩子们多次邀他们下山颐养天年，两位老人均不答应，去了几次后最终都回到山里，才得以安心。每说到老伴和孩子，老人的脸上就充满了笑容。除了聊家人，毗邻的地方特色以及当地的风土人情，她都娓娓道来。这么大年纪了，依然口齿清楚，思路清晰。

走出这户山里人家，秋日的阳光穿过灰蒙蒙的天空洒落下来，眼前顿觉明亮了许多。满山的秋在阳光下，显得静谧而美好。我回头看看那两棵古老的树，那户安静的人家，听着路旁水流的声音，以及空中时断时续的鸟叫，我的心顿时陶醉了……

（2017年10月25日）

感知秋韵

黄宁兰

持续下了几场雨，雨过天晴，秋更深了。

阳光收起金色的芒刺，温顺了很多；风，依然不安分，追逐着蓝天上的白云，催促山坡上的灌木藤蔓杂草老去。行走在秋阳下，闻着桂花香，风儿也香香的，挠人痒痒般舒适惬意。大人、小孩儿都追着太阳的温暖，边晒太阳边玩儿，小狗儿颠儿颠儿地跑前跑后，欢喜得很！

这样的天气，芙蓉白色、粉色花朵灼灼，黄桷兰又芳香袭人，山茶花的叶子被几场细雨洗涤得绿油油的、亮闪闪的，枝枝叶叶里藏着嫩绿的小蓓蕾。如果天气继续晴好下去，也许过不了多久，它的花儿也会一朵一朵地开在这秋天里。就连吊兰，叶子也嫩蓬蓬的，透明的茎秆伸出柔软的枝条儿，米粒般的花蕾绽开白色小花儿。真是十月小阳春啊，这西南的秋啊，到处晃荡着春的气息。

这样的天气，最惬意的事就是在有阳光的午后，到江边去走走。以往，长江的水一到秋冬季节，便天寒水瘦起来，日渐枯瘦的水将江岸的沙石袒露出来。而高峡出平湖的今天，水面宽阔如湖，岸边青山倒映，一江水绿汪汪的。风过之处，一波波细浪卷起阵阵涟漪，格外迷人。

这样的天气，在城郊或者乡村，秋味愈加浓郁。那收了苞谷、花生的地，那立着谷桩的田块，那一天比一天枯黄的杂草，那树林铺着苍黄的、火红的、黯褐的落叶，踩上去厚厚的、软软的，窸窣作响。那一串串小灯笼似的红灯刺，以及房前屋后的红橘和黄柚，还有雁群呼朋唤友排队划过的天际，它们将秋天一天天地发酵、晕染，染出一个五彩斑斓的秋。

当然，最美的莫过于经霜过雨的红叶，一蓬蓬、一团团、一片片，在悬崖峭壁间如花朵般绚丽烂漫，惹人注目。这样的秋天，农人忙着秋冬的农事，感叹着这秋天一过，冬天就来，这一年又过完了。城里人却成群结队，不辞山高水远地赶去，一边欣赏秋景、秋色、秋韵，一边寻觅着野果、野菜、野物，纵情领略大自然的慷慨馈赠，心潮泛起别样情愫。

似乎秋天还没怎么过，北方的寒流来袭，几乎一夜入冬。阴沉的天空，雾浓成霾，细雨般飘落。冷飕飕的，行走的路人，穿短袖的、长袖的，都不由得抱紧了胳膊，一副缩手缩脚缩脖子的委屈样子，让人泛起无限愁绪。这样的日子，火锅、汤锅、毛血旺或者麻辣小面是最温暖的陪伴，从舌尖上的诱惑一路演绎下去。鼻尖通红，冒着油光光晶晶亮的汗珠的脸，灿烂如花。

呵，这样的秋，就是春的一个孪生姊妹，只是韵味更深沉、厚实、丰沛，也更浪漫迷人！

（2017年10月29日）

石板溪

陈刚权

那几户人和白果树，生活在石板溪里，像朋友，也像主仆。人有老幼，树有高矮。那几户人和白果树一起扎根、成长、荣枯，记录着石板溪的沧桑。

石板溪人都爱种白果树。孩子出生时，长辈给他们种白果树，孩子就有了朋友，有了依靠。白果树和孩子一起成长，树长高，孩子长大。孩子长大了也种白果树，他要为自己的孩子种白果树，种了白果树，孙子才得益。公孙树，爷爷种树，孙子受益。

孩子长大了爱和长辈比力气，比蹚河的耐力，比爬山的高度。他们种的白果树，也和长辈的树比着长，比壮，又比高。日月交替映照，白果树长高了，长辈的腿脚也不利索了。他们依着白果树，仰望树叶间是否结起了白果。白果树理解老人的心思，摇动着树枝，告诉老人，快了，快了，等你有了孙子，我也有果了。

树虽不能走动，但它有主见，有耐心。长大的孩子走了，白果树的根还扎在溪边，树遮掩着吊脚木屋，年年结出金黄的果实，吸引流动的商贩。二十元一斤的果仁，老人沟壑纵横的脸笑成了菊。

看见那十数棵百年老白果树，就想到石板溪曾经的热闹。不管是本土的谭氏，还是外来的马姓，他们都在石板溪安营扎寨。栽树，种玉米，刨洋芋，日出而作，日落而息。天热了，大人们坐在白果树下摆龙门阵。山顶上双石人的故事，山外的稀奇古怪，让老人们津津乐道，年轻人百听不厌；孩子们梭下石板溪，打水仗，摸小鱼，捉螃蟹。冬天里，山上白雪皑皑，溪沟冷风飕飕，一家人围坐在火炉边，煮鼎罐饭，炖老腊肉，炊烟袅袅，其乐融融。

人往高处走，水往低处流，这是颠扑不破的生活哲理。山外的沸腾传进山里，年轻人的心潮也在翻腾。他们追随缓缓流淌的溪水走出石板溪，翻越大缺门，蹚过龙河水，去寻找精彩的世界。

走了年轻人，带走了小媳妇，在城里生了孩子，再不会到石板溪种白果树。老人踟蹰在石板溪畔，播一捧玉米，种小块洋芋，再喂几只鸡鸭，白天同白果树说着往事，夜里窝在木屋里盼天明。白露过去，白果叶开始泛黄，白果一颗一颗往下掉，一阵秋风吹来，稀里哗啦，满地滚动着金黄的白果。

“枯藤老树昏鸦，小桥流水人家……”回到石板溪，泡上一杯清茶，坐在白果树下，聆听潺潺流动的溪水，凝望追逐戏水的鸭群，天热了还可赤裸着身子，躺在光滑的石板上，任由溪水顺着肌肤滑过。这般神仙的生活，不会勾起你浓浓的乡愁吗？

（2017年10月31日）

盲人的手电光

徐光惠

三十多年前的那个冬夜，格外寒冷却又温暖。

那时我18岁，刚去到离家几十公里外的一个小镇上班。小镇偏僻、落后，人烟稀少，时不时就会停电，日子单调而乏味。一个人在异地他乡，人生地不熟，没有父母的关心和朋友的陪伴，心里总感觉落寞和惆怅。那时候，冬天出奇的冷，灰色的天空萧瑟、凄清。

镇上有个小电影院，非常简陋，每个月会放映一场电影，我和同事们每月都盼着那场电影，看电影成了我们平淡日子里最开心的一件事。电影院在小镇中心，离我们住的地方要走二十多分钟的路，途中要穿过一条狭窄的小巷，巷内光线阴暗，路面凹凸不平，左弯右拐很难行走。

那个冬夜，又是电影院放映的日子，我和同事小美看完电影，匆匆忙忙往宿舍赶。那天气温骤降，寒冷、刺骨的风从耳边呼啸而过，吹得人透心凉，手脚冻得冰冷，牙齿“咯咯”响。我把手揣进口袋，裹紧了棉衣。一路上没有路灯，黑黢黢的。手电发出微弱的光，我和小美小心翼翼地往前走，走到那条巷口时，手电筒不知怎么突然熄了，任我怎么拧也拧不亮，急得我直跺脚。

巷子里静悄悄的，伸手不见五指，没有一个人和一丝亮光，从小我就特别害怕走夜路，我心里直打鼓。“小美，怎么办?”不知是因为冷，还是心里害怕，我感觉自己的声音有些发抖。“没事儿，小惠，走吧。”小美大我几岁，比我沉稳。

没办法，我只好硬着头皮跟她走。巷子里高低不平，我们紧贴墙壁，深一脚浅一脚地往前摸索挪动。突然，一团黑乎乎的东西从我脚边一掠而过，发出“喵”的一声。“啊！我的妈呀！”我一下跳起来，感觉头皮发麻，吓得魂飞魄散，哇哇大叫。

“别怕！是只流浪的小野猫。”小美说。我紧紧抓住她的手，惊魂未定。平复一下情绪继续忐忑地往前走。前方隐约出现了一束灯光，左摇右晃。灯光慢慢朝我们移动，虽然不是很亮，却照亮了脚下的路。我们欣喜不已，快步向灯光奔去。快要接近那灯光时，我看到一个人影，还听见“笃笃笃……”一阵奇怪的声音，声音越来越近。正当我满腹疑惑时，我们与对面来的人相遇了。

那人停下来，侧身靠在墙边，举着手电，明显是在给我们照路，示意我们先过去。我们仔细一看，不觉大吃一惊，原来他是个盲人，两眼朝天上望着，左手举着手电，右手拄着一根竹棍，声音就是竹棍敲击地面发出来的。

盲人在夜里打手电，我还是第一次见到，这不是“瞎子点灯白费蜡”吗？我忍不住问他：“你拿着竹棍，眼睛看不见吧？”“我以前看得见的，15岁那年我出了一场车祸，眼睛就失明了。”他移动了一下手里的竹棍。

“你什么都看不见，走路靠这竹棍，干嘛还打着手电？有用吗？”我愈加不解，追问他。“有用，用处大着呢。虽然我的眼睛看不见，但别人有了这手电光，就看得见路，我打着手电，别人老远能看见我，就不会碰到我了，我走路也方便了。”盲人笑着回答。“你真有心，谢谢你！”我感激地对他说。

我们从他身旁绕过去后，他并没有立即往前走，而是站在原地，朝着我们的方向高举手电为我们照路。我不再害怕，借着灯光我们很快走出小巷。回过头，才见他拄着竹棍转身离开，“笃笃笃……”的敲击声渐渐消失在小巷尽头。

盲人自己看不见，却给别人照亮。我不觉动容，虽然耳边寒风瑟瑟，但一股暖流瞬间在心间流淌。后来，再也没遇到那个盲人，但那个冬夜，他带给我的温暖却永远留在我的记忆里。

我时常提醒自己：做一个温暖的人，多给予他人帮助，温暖他人同时也温暖自己。

（2017年12月4日）

黑山初雪

罗昭伦

黑山雪，是那么美，它心无纤尘，沧桑中从来没有改变过自己最初的色彩。把一身素妆铺在大地，装点如梦如诗的黑山。它不浮夸也不张扬，只在空灵的夜晚独酌幽情，只在寂寥中静看流年逝去。

我喜欢冬天，确切地说是喜欢冬天的雪。

前几日，期待已久的初雪，终于驾着西风急匆匆地赶来，轻轻落入黑山的怀抱。在黑山的崇山峻岭中，鹅毛般的雪花漫天飞舞，弥漫黑山的天空，有些急不可耐地尽情飘着、舞着。轻舞的雪花，像无数小小的天鹅，静静地投入大地的怀抱。此时，我真想为雪写一首诗，但不知道如何描述此景此意。

“多美的雪，快点儿给我照相！”同行的朋友在我身后叫嚷道。我静静地细数着自己的心跳，早已沁入冬雪的芳香。此刻的大地，沉浸在白衣天使的亲吻中，是那样安详，那样忘情。她似乎已经忘却了大雪曾带给她的苦痛，依然以她博大的胸怀接受着大自然的恩赐。

雪落在树木、枯草、溪流上，一切便呈现出一种柔态，一种从未有过的妩媚。花草树木似乎早已感觉到了，充满了欢快。树枝摇曳着，轻舞着，就连那些岩石几乎也要笑出声来。洁白的雪地，把刚刚过去的夜晚和早晨连接了起来，给人以再生的新鲜感。而被夜晚过滤的空气，带着远方的气息，和着遥远的呓语，悠然而来。天地间一片洁白，显得神圣而又静谧。

雪，如同一个妙龄女子，你在等她的时候，她迟迟不来。而当你几乎灰心丧气的时候，她却鬼使神差地来到了你的身边，突然用手蒙住了你的双眼，让你猜猜她是谁。雪花就是这样，当你睡着的时候，在你入梦的时候，她来了。带着美妙的身姿，迈着轻盈的步伐，在空中翩翩起舞。顿时，黑山醉了，山上的一草一木醉了。它们呆呆站立，看着漫天飞舞的雪花；它们压抑住心跳，仰望着渐渐走近自己的雪花；它们屏住呼吸，感受着飘落在自己身上的第一瓣雪花。

在雪的安抚下，黑山盖着厚厚的棉被。大山、花草、树木轻轻地叹息了一声，一滴泪珠滚落。没有城市灯火的杂乱，没有来来往往车辆的喧嚣，没有熙熙攘攘人流的惊扰。黑山的雪，下得如此酣畅，如此恣肆，整个天空成了它们表演的天堂。或独舞，或群舞，或疾或徐，或南或北，或上或下。如同欢快嬉笑的儿童，又如羞涩的少女，轻轻从幕后走向前台。

走进黑山，嘎吱嘎吱的声音响起，总会有几片雪花飘落到你的眼前。雪地里，孩子们跑来跑去，在上面留下自己的小脚印。远远地，有人走来了，又走了过去，他并不在意自己身边发生的一切，只是很坚定地把自己的脚踩在雪地上。他匆匆地走过去了，从这个时空消失，自然也没有人知道他是谁，也没有人记得他是否曾经从这里走过。

雪花顽皮地打在我的脸上，落在我的睫毛上，然后慢慢地融化成一滴晶莹的水珠，为我带来了一丝清凉。仿佛是昨天，山的脉络还是五彩缤纷，像一幅浓妆艳抹的水彩画，这儿一簇，那儿一点儿。望着身边奇妙的雪景，我感慨万千，不由得在心底暗自赞叹着大自然的鬼斧神工。感谢上天在寒冷的季节，派来了冬季的精灵——白雪，让这喧嚣的世界暂时安静了下来。

雪中的美景，如一幅轻描淡写的水墨画展现在人们眼前，呈现出一种令人心驰神往的纯真美。雪花无声地飘舞着，掠过人们期盼的眼眸，再悄然融入如水的心境。此刻，你会感到生活中的一些无奈、浮躁与郁闷，都被纷纷飞舞的雪花轻轻拂去，留给这个世界的是一份宁静与安详。

看着树梢上、草尖上那闪着银光的珍珠，竟舍不得用手触摸，生怕伤害到她。那薄雪好像是草丛中绽开的朵朵小花，点缀了单调的大地，有的地方雪厚点儿，有的地方草色还露着。这样，一道儿白，一道儿绿，一道儿暗黄，仿佛一件带水纹的花衣。这小雪，薄薄的，把一切都装饰得诗情画意。一只麻雀抖擞着小小的翅膀从树枝上滑落下来，在一个还没有被雪完全覆盖的叶子上叼啄，然后惊慌地飞去。一片雪花落进眼睛里，凉凉的、润润的。整个世界全都是白的，天是白的，连眼睛也是白的。山在贪婪地睡着，而山上的一棵棵松树，却好像一个个调皮的孩子，把厚厚的雪花戴在头上，拍着手嘻嘻地笑着，不时地抟起一个雪团，向同伴扔去。而有的却难抑困意，哈欠连连，不断揉着惺忪睡眼，在雪花的呵护下，在黑山的怀抱里睡去。

初雪飘飘，如鹅毛朵朵，洁白茫茫的雪野，清新美丽。在雪花飞舞里，总希望自己长成一棵参天大树。然而，却在一次次的等待中失望，如石子落满心田。注定海枯石烂的誓言，总会被时间风化成尘埃。唯有初雪会如期赶来，一次一次安慰我受伤的心。雪花飘飘，依然窈窕多姿，犹如那温柔的恋人，在我周围轻轻絮语，温情脉脉，化解我心中的郁闷哀伤，留下一个清纯静美的世界。

雪落黑山，散落了一地的洁白。如同绽放的礼花，一团团、一簇簇细密优雅地画着弧线；如同银鹤般在枯树枝丫间肆意飞舞，飘洒着冬日的浪漫。黑山雪，是那么美，它心无纤尘，沧桑中从来没有改变过自己最初的色彩。把一身素妆铺在大地，装点如梦如诗的黑山。它不浮夸也不张扬，只在空灵的夜晚独酌幽情，只在寂寥中静看流年逝去。

（2017年12月18日）

夜读缙云

雨馨

黄昏时进山，山总是准备好玄妙幽深的酣息，在寂静处等我。

等属于我的那一点黑，那一滴墨，融进它森森茫茫的黢崖。黛色洇湿处，我总能找到一两声“布谷——布谷——”，入夜的蝉都奇迹般地止了合唱，止了阔浪滔天的嘶鸣，把一方着墨的绢袖，留给山蛙和蟋蟀。往暗处听，就连风也加入了这狂野宏大的协奏。

我的耳朵，此刻太熟悉这黑暗中窸窸窣窣，爬行如游蛇的一条条草径。崖边小坐，茶片两盏，松月倒挂，云霓斜倚，树影疃疃。云厚处压来，远处的灯火自山下绵延，不知不觉，就星星点点地沾在我眼睫上，烁成一片。低洼里，萤虫默默，盏盏簇簇，一闪一闪。再看，星不是星，月庞皎洁，一缕缕柔辉，汤汤缓缓。似一只慈母手，山上山下，摩挲熨帖。

一弯白银，锋利地在天幕中剜出咄咄美目。此刻的山气，温软起伏，沐面若绸，让我突然生出莫名的感动，孩童般耳伏面贴倾入夜色这层层围合的襁褓。故乡的襁褓，初生的襁褓，哦——想起来了，童年的无数个夜晚，我幼兽般的身体，偎依在祖母浑身散发的洁净的、旧棉布和洗洗刷刷混合的气息里。蒸熟的盛夏的夜里，祖母从不离手的大蒲扇，一下下在竹凉板上空挥舞出絮絮叨叨的童谣，风伴着檐角落下的几颗星子，我沉沉睡去……

山中听夜，无声的寂，竟猎猎作响。墨色的浓荫密团之中，竟似有一只萤蝶，翩翩扑浮，忽上忽下。夜太平静了，静得像一江翠绿将我徐徐浸染、吞噬，又分解开去，把我所剩无几的神志懵懵懂懂地拉进儿时的秘道。“你究竟要带我去哪里?”我问。

回流,回流,直到把数十年的成长,都抚摸成一张蓬松辽阔的兽皮。回忆难以抹平,天未褪尽,四周黑影扑簌,硕块如熊,如驼,如驯服的鹰翼,如盘踞的蚁类叠垒成丘……哦,一双神秘的巨臂将我揽入钝钝空寂的旋涡。

一只手,依旧在黑暗中,丝毫不让人察觉地摩挲,碰落桉树叶上的反光,摇下松间的皎月。那些在浓黑处埋头掘土的幼蝉,我熟悉的山下江腹中低缓的江水,低坦的山势,我乌黑的发辫,栀子花白的初恋,如今河滩上荡然无存。即使此刻我眼中有泪,也回不去了,回不去了,亦如那些行至河边渐渐消失的支流。

唯有在今夜,我发现,早已从少女时期开始,就是由这条绿浆的河流替我发声的。满山的萧瑟锁紧我的喉咙,我的身体早已隐没在突突跳动的山影里。

闭上眼,像山蛙一样屏息、打坐、站立,甚至忘了自己。我的腿脚渐渐消失,皮肤退化,身形模糊,我的身体缩小脱壳,直到小到不能再小。我欣喜地发现自己的耳部长出红色的腮来,我如痴如醉地吮吸空气里丝丝的甜。越来越近,平缓,悠长,磁石般的魔力将我紧紧吸附。

感谢那些香樟树和修长青葱的绿蕨,让我长出植物的腮来,让我轻易在黑暗中找到长久地居住在城里,就快退化的腮。

这也许就是我一有空就想把车开到山里,一头扑进这无边无际的夜,再也不愿回去的理由。总是在这一刻,向上天祈祷,让时间停下来,让一分一秒都没有杂质。只和这山,这林,这夜冥冥中煽动的气息相通。

还有一个理由,这夜,这条儿时秘径,这山巅黑暗处的默对与玄想,让我和天上的祖母,靠得更近。总觉得这缀满宝石花的星空,有一颗瓷蓝的星子,是从祖母摊开的手掌上,落到我的面前。总是在那个时刻,有好多话,在风凉若水处,说给祖母。

说着说着，这一坐，竟感觉去了半生。

河的两岸，隐约可见峭拔的尖峰拔地而起，耸立在起伏的山脊。小城的夏夜，万物敛了白日的酷暑，烈日下蒸腾腾几近燃着的大地，此刻销声匿迹。满山的夜阑，皈依了神的催眠，天籁的催眠调，喃喃香熟。熏着草木的耳廓，叶上的眼唇，林中的倦鸟，蝉声橘暖，甘柔温和。习习吹拂，夜风如扇，缙云山月半轮秋，让我怎不偎依它枕着它的鼻息入眠。

那个山下跑来的野孩子，如今正蹑手蹑脚，屏声止息地来寻她的黑仙衣……

（2017年12月27日，获璧山高新区杯第二届重庆晚报文学奖）

同心树

粟绿墙

出门在外久了，无论是白天，还是黑夜，故乡的影子越来越清晰地在脑海里萦绕。窄窄的小路，弯弯的溪流，成群的鸡鸭，葱葱的竹林，沉沉的暮色，冉冉的炊烟……便一波一波直往大脑里涌。那么亲近，那么温暖地滋养着我心底愈加浓烈的念想。

我举家离开村子已三十多年了。决意回去看看还是永德老汉接二连三的电话催促。我不知道是他迫切希望让我回乡感受新的面貌，还是其他什么缘由。其实很多次动念头都因各种各样的原因未能成行，以致成了我一块莫名的心病。

我终于得以回到我记忆中的这片土地。我的太平村，一个很偏远的地方，生长在乡村公路的末梢。星星点点的洋楼，俨然在陈述小村庄的变迁。小路消失了许多，晒坝依然在；村外的老井消失了，井沿上边的平坝上高高挺立的黄葛树依然在，像一把大伞，撑在村子的风雨中，成为村民们心里的依靠。三十多年前，我离开村子的那一刻，是黄葛树挥动着手臂，望着我走远，绿绿的枝条，几十年，总摇曳在我的心中。今天我分明感到它的沧桑，枝干盘虬，皱纹多了，纹路粗了，像一位老人，守望在村头。

几十年的岁月，黄葛树已然成了院子的一张名片。方圆几十里，只要说起太平村的黄葛树，无人不知，无人不晓。眼前这棵黄葛树，立即勾起了我对那段传说的记忆。

相传很多年以前，不知从哪儿来了一对男女乞讨到了这里。那时这个坝子上还没有树木。他们看见坝子平坦开阔,竟留了下来,还在坝子中搭起了一个简单草棚。他们住下不走了。院子里的好心人今天这家给送点儿吃的,明天那家给他们一点儿穿的,日子便一天一天这样过着。过了好久好久,一天早上,有村民发现这两人的窝棚被火烧了,而且被烧得面目全非的两人还紧紧地抱在一起,已经没了生命。村民们含泪安葬了两位异乡来客。奇怪的是,不知哪一天,这平坝上竟长出了一株嫩嫩的黄葛树苗。大家天天看着,呵护着,黄葛树长啊长啊,长到齐人高的时候,树桩就分叉长出了两根,长了一米多高后,竟又奇迹般地合拢了,然后伸向天空,向四面八方散开去。后来有心人发现,黄葛树分合的两枝就像站着的两人在亲切地拥抱。莫非是那两人的化身?一时间,村民们常聚在树下,议论着,有关的想象便丰富了起来。后来,村民们便索性给这棵黄葛树取名为同心树。每逢节日,村民们便在树下许愿,挂红布。黄葛树默默地守护着村民,村民们也将它视为神树。

永德老汉是院子里德高望重的长者。他笑着对我说:“认不出来了吧?”我点了点头。除了这个平坝子,这棵同心树,我什么也没有看见了。以前的大院子已经变成了一幢一幢的小楼房。从永德老汉的神情里,我已经感受到了他的高兴、自豪、快乐。

永德老汉又把目光转向了同心树,他默默地叨念道:“我们总算把你保护下来了。”他的话引起我的疑惑,难道还有什么隐情?于是,永德老汉给我讲述了一段故事。

那一年,几台推土机轰隆隆开进了村里,再一车一车地将烂砖烂瓦等杂物运走。后来推土机开到了坝子里,说是要把这棵同心树也推掉,坝子上要建楼房。一位老奶奶高声哭喊着:“不能推呀!不能推呀!”推土机的大擘停在了半空中。

后来,在全体村民的阻挡和恳求中,村镇建设的方案也随之作了调整。这棵有着传奇色彩的同心树才躲过一劫,继续活了下来。

听了永德老汉的故事,我陷入了深深的沉思。

永德老汉告诉我,近些年农村的发展建设让他们住进了楼房,让他们看上了电视,让他们也可以上网了,让他们也烧上了天然气,这一切的一切,带给他们的是甜蜜和幸福。而且,原来院子占地宽,现在楼房占地少了,又多出了些土地可以耕种了。我望着那幢幢楼房,全身上下涌动着一股巨大的热流。我的眼泪快要流出来了。

我绕着同心树走着,轻轻地抚摸着裂痕突兀的枝干,仿佛触摸着故乡深深浅浅的记忆。我感受着故乡温热的心跳,倾听着故乡走过风雨、颠颠簸簸的脚步。望着那拥抱着的恋人,不禁心生感动,从伸向苍穹的叶片中,我分明感受到了他们那勇敢执着的力量。他们并不孤独,我想,或许若干年后,我的灵魂也会安放在这里。

(2017年12月30日,获壁山高新区杯第二届重庆晚报文学奖)

喂鸟的故事

杜春成

今天是月末,又到了送稻谷回农村老家的日子。

刘成山来到粮店,买了五十斤上等稻谷。他把稻谷装上车,刚发动车子,突然想起一件事来,拿出手机,给儿子刘兴旺打了一个电话:“今天,你陪我回老家看望你爷爷。”

“我忙。回去不了。”刘兴旺是一家农业企业的负责人,平时很少回家。

“再忙,你今天必须和我一道回农村老家。”刘成山生儿子的气,说完就挂断了电话。

十年前,刘成山的父亲患脑溢血,住了两个月的医院。父亲出院后,每天傍晚,把家里的稻谷装在撮箕里,端到后山上,把稻谷撒在地上,让山里的鸟儿来吃。

这是什么原因?刘成山去咨询医生。医生告诉说:“脑血栓压迫脑神经,造成神经错乱,需要慢慢康复。”医生还叮嘱,家人尽量不要干涉病人的行为,病人康复起来才快。

父亲手脚行动不便,家里人担心父亲的安全,又因为父亲说话口吃,无法交流。父亲上山时,母亲只好陪着。

父亲生病后,就没有种庄稼了。家里的余粮,一年时间不到,就被父亲撒给鸟儿吃完了。

刘成山是个孝子,多次要把父亲接到城里居住。父亲总是用眼睛望着后山,闭着嘴不表态。这样一来,刘成山只好每月从城里买来稻谷,亲自送回家，任凭父亲把稻谷撒在山上，供山里各种鸟儿啄食。

十年来，父亲的手脚灵活了，说话清楚了。刘成山把父亲送到医院检查，结果身体健康。但是，父亲仍然不愿意进城生活，每天下午，还是端着稻谷出门，把稻谷撒在山上。

刘成山知道，父亲最疼爱孙子。于是，他打电话给刘兴旺，今天陪他回农村老家，由兴旺劝说爷爷进城生活。

刘成山和儿子刘兴旺回到农村老家，正是吃午饭的时候。刘兴旺一边吃饭，一边对奶奶说："农村的腊肉，比城里的肉好吃，菜的味道比城里的香。"

爷爷用筷子夹了一块瘦肉给兴旺，说："你回城里的时候，叫你奶奶洗一块腊肉，你们带回城里吃。"

说到城里，兴旺灵机一动，笑着说："爷爷，您和奶奶到城里生活，我们好尽孝心。"

"爷爷还有大事没有完成，不能到城里生活。"说着爷爷又给孙子夹了一块腊肉，"你多吃点儿。"

爷爷，还有大事要办？兴旺看了一会儿父亲，又看了一会儿奶奶，想从他们那里知道是什么大事。看着父亲和奶奶的一脸茫然，兴旺笑着对爷爷说："您老人家的大事，也是我们晚辈的大事，告诉我，由我们来完成。"

"赎罪！"爷爷说话的声音刚开始很低，随即又高了起来，"你下午随我进后山，我再告诉你。"

进后山的路是石头路，由山里的乱石铺成。爷爷走在前面，兴旺端着稻谷走在中间。花了二十多分钟，来到后山中的一块平地上。

山中平地上，上百只鸟儿已经在那里等候。它们看见爷爷来了，有的叽叽喳喳叫个不停；有的在爷爷头顶上盘旋；有的飞到爷爷肩膀上。

爷爷对兴旺说："把谷子撒在地上。"

兴旺顺从爷爷，把撮箕里的谷子撒在了地上。用不解的眼光望着爷爷：为什么要这样？

爷爷看懂了孙子的眼光，没有马上回答兴旺，而是指着啄食的鸟儿说："头上羽毛像花的是画眉，长尾巴的是喜鹊，小个子的是麻雀，大个子的是鸦雀。"刘兴旺从书上听说过这些鸟儿的名称，今天还是第一次近距离观看。他在心里想：原来，爷爷不愿意到城里，是因为鸟儿这么可爱。

地上的谷子还没吃完，有的鸟儿已经吃饱了。它们在爷孙俩的头上飞来飞去，不愿意离开。远处，又有不知名的鸟儿飞来吃谷子。

爷爷看着鸟儿吃着谷子，满意地笑了。他说："我为什么用谷子来喂它们，现在就告诉你。"下山的路上，爷爷给兴旺讲了一个故事。

在兴旺爷爷还年轻时，村民常常遇上饥荒年。没有粮食，人们吃草根、树皮。那时候，爷爷饭量大，他只好到山上找野果子填肚子。一天，爷爷在山上发现了一窝麻雀蛋。他把蛋数了三遍，六只麻雀蛋。一家三口人，一人有两只鸟蛋吃。爷爷兴奋极了，小心翼翼地把鸟蛋拿回家。

从此以后，爷爷隔两天就上一次山。爷爷说，他在竹林里掏过画眉蛋，上树取过鸦雀蛋。还在岩边找到过岩鸡蛋。爷爷面色严峻，声音沙哑地说："这些鸟蛋救了我们一家人。我现在是在赎罪、还债。"

原来是这样。刘兴旺回去后，对父亲刘成山说，每月末，他要买谷子回老家，陪爷爷喂鸟儿。刘兴旺计划着，明年再多投资点，把后山建成森林保护区，让鸟儿拥有一片自己的天地。

（2017年12月30日）

追忆父亲

高兴明

世界上的万般情感,唯有思念和内疚最吞噬人心。

2017年农历八月初一是我父亲91岁诞辰。1986年农历腊月二十二日10时45分,他老人家突然逝世,我们全家人极度悲痛,因为我们失去了一位好父亲。在他刚刚逝去的几年里,我曾经陆续写过几篇文字,但这些年来,我始终忘不了他。他的音容,他的慈祥,他的俭朴和他做人的原则,总让我有许多许多的话想说、要说。

那年冬天,一个很冷很冷的冬天。蜡梅花开了,天下着好大好大的雪,满山遍野,房前屋后简直就是一片银色的世界,那么清净,那么美丽。然而,只有60岁且身体一向强壮的父亲却不辞而别,离世而去。走得那样匆忙,竟未来得及和他在外地工作的儿女们说上一句话。

我接到他的病危通知已是下午快下班了,县政府的领导得知后派了一辆车,领导还一再叮嘱我:回去以后,如果有问题就把他老人家送到县医院来。可是等我回去,躺在当时的万县地区忠县煤矿职工医院病床上的父亲已经奄奄一息了,只有心脏还在微弱地跳动,其他几个姊妹在大声呼唤。尽管妈妈、大姐、二姐,还有两个弟弟和一个妹妹的哭天喊地能使山也垂泪,水也滞流,可他老人家还是一撒手走了。

父亲是去帮助附近一家姓刘的特困户修房子时从楼上掉下来的。那天是阴沉沉的雨天,天像要塌了,地也像要崩了。在我后来无数次的追忆中,父亲躺在病床上那格外发白的脸上分明映照着日辉般的亮丽,他的眼睛也明澈如水。当时,我蹲在父亲的身边,简直不敢相信他就要走了。但没过一会儿，我呆滞的神经突然被医生用力击了一下，我随同出门去，老医生在我肩上重重一按："我们已经尽力了，准备办后事吧。"接着就听到母亲和姐妹们在放声哭，放声呼唤。而我，仿佛被父亲的慈祥震慑住，竟不知老医生的那一声宣告，淹没了父亲操劳的一生。

回忆是一份痛苦的失落，咀嚼着往日所有的悲欢，才明白我们曾经忽视了父亲的多少美德。而回忆他极平凡的一生，才发现蕴含其中的是怎样的不平凡。

父亲是位忠厚老实、乐于助人的人。我读书时，每当我捧回"三好学生"和各种体育竞赛奖状时，他总是看了又看（其实他并没文化，只是上过几天识字班），继而眉开眼笑，然后为我单独煮碗苞谷米饭，不放任何菜，洋芋和红苕，以示奖励（那年月，家里实在很穷）。当我那年成为全村唯一一个穿上了那身又肥又大的草绿色军装的军人时，他又一次笑了，笑得满脸的皱纹全挤在了一堆儿。在部队的几年里，我始终没有忘记父亲那"好好干，要争气"的谆谆教诲，当我又立功、又入党、又提干，穿上了"四个兜兜"的军装回家探亲时，还有部队寄给乡政府和家里的喜报时，父亲那被岁月和艰辛犁了无数道深壑的脸上再一次荡漾出得意的憨笑。

有一次，我二姐来信告诉我，父亲病了，这次可病得不轻，主要是夜咳严重。还说信是父亲让写的，问我的情况，叫我不要骄傲自满，要积极向上。还说，父亲很牵挂我，一端起饭碗就难过。有时一连几夜睡不着觉，一个人坐在地坝边儿向着我们部队的方向（我探亲时曾告诉过他）出神。我知道，这是父亲在担心他这个当兵的儿子。尽管那样，为了多挣一些工资，父亲还是要拖着有病的身体去上班，下班以后又上山挖树疙蔸，然后劈成块块柴，风干以后就去卖，以换些盐米补贴家用。我每次读到家里的来信，手就颤抖，心就流泪。我想，我宁愿吃孬点，穿孬点，少用点，过艰苦点，也不愿看到父亲那疲惫不堪的样子。

多少次，我在睡梦中，父亲迎着寒风去，踏着霜雪归，往返于煤厂和家之间。晚上去辛辛苦苦钻煤窑，做最苦最累最脏最险的维修工种，白天又忙于家里的活计，打柴挑水，替母亲分担家务。几十年的矿工生活，他老人家一直坚持上夜班，从晚上八点一直到次日凌晨四点，单位领导不知多少次想换他上白班，或调整他在地面工作，他都不肯。我知道，因为白班没有夜班工资高，他这是为养活我们这个八口之家，用自己的生命在下赌注啊！每次夜班一回来，他就和母亲一起给我们几兄妹做早饭，吃了我们好去上学，我们当时上学要走六公里路。

我怎么也忘不了那一个晚上，那是我平生害的第一场大病。大概是九岁那年吧，不知怎么的从下午开始，我全身直打哆嗦，母亲苦苦地守在我身边。村里的赤脚医生看过之后说："要去山里采挖'五爪叶'(中药名)回来煎汤喝。"那时，我们那里的森林植被不错，深山老林的，经常有野兽出没。那晚父亲下班回来，大概不到凌晨五点钟，外面黑云翻滚，雷电交加，下着倾盆大雨。他听了赤脚医生的话，二话没说，披了件蓑衣，戴着斗笠，提着马灯，拿着点锄，便向七八里外的小山(地名)去了。天快亮时，雨仍在不停地下。父亲带着在山上挖的"五爪叶"回来时已经浑身湿透了。为了我，那雷，那电，那林，那野兽……他险些把命都给搭上了。每每想到这件事，我的心就怎么也平静不下来，难道仅仅能用"可怜天下父母心"这一句话去替代父母那沉重的爱、艰辛的爱和刻骨的爱?!

"锄禾日当午，汗滴禾下土，谁知盘中餐，粒粒皆辛苦。"我们家生活在农村，当年是渝东南有名的穷山沟。虽然父亲每月有三十来元的工资，但毕竟兄妹全在念书，人口又多，生活怎么也好不起来。有一年中秋节，父亲扛回几斤大米，煮了一顿大米饭，让我们几姊妹饱饱地美餐了一顿，父亲和母亲仍在灶屋里吃红苕，一颗米也没尝一下。不知为啥(现已记不得了)，我和姐姐吵了嘴，然后把饭打翻了。父亲和母亲几乎同时从灶房闻声出来，狠吵了我一顿，可我还不服气，觉得没吵姐姐。我边哭边说："倒了一碗饭有啥子了不起嘛。"父亲见我这样，更生气。我从没见他生过这么大的气，挺吓人的。我害怕得缩成一团，等着挨打。可是，只见父亲把扬起的手放下来，然后弯下腰去，把地上一颗一颗的米粒拾起来，用水淘干净，再煮热来吃。说实在的，那时的我只知道三个字——吃、玩、睡。哪里知道那顿大米饭竟是父亲在厂里一个月才省下来的，浸泡了他老人家多少饥饿和辛劳啊！可如今仍有和我当年一样不知柴米油盐贵的人，在继续失落一种东西，一种他们至今没有意识到的美好的东西，实在是有些让人心痛。

为了我们几姊妹，我的父母亲从不舍得穿一件新衣服，也从不舍得扔掉一件旧衣服。从我记事起，不论他去几十里外的坡口乡场赶集，还是进城办事，他从不舍得花一分钱去下馆子。哪怕只是吃碗面条或只买上一个馒头充饥，他都不肯，恨不得把一分钱掰成两半儿用。就是矿上每月供应的猪肉，因家里人多，他也要攒几个月积在一起一次买回家，让全家老小打一顿牙祭。他一生以节俭为乐，助人为荣。为他这些事，我还曾经不止一次地不屑一顾和不理解……

往事如烟，过去的岁月不堪回首。尽管那样，再艰苦，父亲还是和母亲一起，坚持把我们六个儿女抚养成人，供上了高中、中专、大学，成家立业。

父亲啊！您知道吗？我是怎样站在您的像前忏悔，又是怎样在掰开心来回忆从前的一切吗？

我多么期望能重新摸到父亲的脉搏。然而，悔恨的泪水已无法将时间倒转，父亲必定是走了。漫漫60年人生，遍尝酸甜苦辣，带着遗憾也带着期待，走了。他老人家终于没有能感受到我开始懂事以后的拳拳之心。

（2017年12月31日，获璧山高新区杯第二届重庆晚报文学奖）

从古老的河道醒来

重庆晚报副刊优秀作品选(2016—2017)

上卷

重庆晚报文艺部 | 编
胡万俊 | 主编

西南师范大学出版社
国家一级出版社 全国百佳图书出版单位

图书在版编目（CIP）数据

从古老的河道醒来：重庆晚报副刊优秀作品选：2016-2017 / 重庆晚报文艺部编；胡万俊主编. — 重庆：西南师范大学出版社，2020.5
ISBN 978-7-5697-0045-9

Ⅰ.①从… Ⅱ.①重… ②胡… Ⅲ.①中国文学－当代文学－作品综合集 Ⅳ.①I217.2

中国版本图书馆CIP数据核字（2019）第280852号

从古老的河道醒来：重庆晚报副刊优秀作品选（2016—2017）

重庆晚报文艺部　编　胡万俊　主编

责任编辑：李　君　李晓瑞
责任校对：曹园妹
装帧设计：王　冲
排　　版：重庆大雅数码印刷有限公司·瞿勤
出版发行：西南师范大学出版社
印　　刷：重庆荟文印务有限公司
幅面尺寸：160 mm×235 mm
印　　张：51.75
字　　数：740千字
版　　次：2020年6月 第1版
印　　次：2020年6月 第1次印刷
书　　号：ISBN 978-7-5697-0045-9

定　　价：168.00元

编辑委员会

序

这两年……

胡万俊

这两年，一群人，“风也过／雨也走／有过泪／有过错/还记得坚持什么……”

这两年：2016—2017，不长不短的两年；一群人：读者、作者、编者，领导、同事、朋友，你、我、他……很大很大的一群人。

这两年，我们风雨同舟，共同坚持。

请允许我们再回忆一下2016年4月9日那个轻寒薄暖的春天，首届(2015)重庆晚报文学奖颁奖典礼在合川成功举行。这是《重庆晚报》坚持深耕副刊30年开花结果的重要象征。我们也将之视为在新媒体时代打造品牌、融合发展的开篇之作。时任重报集团党委委员、《重庆晚报》总编辑任美荣和合川区有关领导出席颁奖典礼。25位优秀作家获得殊荣。次日开始，《重庆晚报》在头版头条等显要位置，对此次活动进行了组合式连续专题报道。“喧嚣的城市，匆忙的行人，难得的净土。”许多读者或来电，或来信，或在微信后台热情留言，至今让我们兴奋、自豪与感动。

“以正确的舆论引导人”，“以优秀的作品鼓舞人”。这是媒体应有的审美追求、文化自信与责任担当。坚持继续，继续坚持。2016—2017，这两年，《重庆晚报》“夜雨”副刊组织、发表了3000余篇各种体裁、题材的文学作品，其中30篇优秀作品获得第二届(2016—2017)重庆晚报文学奖。2018年4月21日，重庆市委宣传部副部长张洪斌，重报集团党委书记、产业公司董事长管洪，重报集团党委委员、《重庆晚报》总编辑陈兵等和璧山区有关领导出席了在璧山举行的颁奖典礼。专家学者们对获奖作品给出的评价与分析，让我们进一步坚定了信心。

与此同时，为长期吸纳精品力作，我们筹划并坚持了月度好稿奖、季度好稿奖评选机制，与重庆晚报文学奖一起，构成《重庆晚报》“夜雨”副刊作品质量评价体系。你手上的这两卷书，便是2016—2017这两年部分优秀作品的选集——《从古老的河道醒来》。

我们设计并坚持了一些新的举措，以便能更深入、更广泛地发现人才，推出作品。

比如“晒稿会”。这要从“群英荟”说起。“群英荟”全称“重晚副刊群英荟”，是2015年11月16日建立的微信社群，群成员目前已近500人。中国作协荣誉委员、重庆作协荣誉主席黄济人赞扬“这个微信群实际上代表了《重庆晚报》的胸怀与互联网时代的创造力”；中国诗歌学会副会长、重庆新诗学会会长、鲁迅文学奖获得者傅天琳满怀深情地说“这是重庆文化人的精神家园”；重庆作协副主席、西南大学教授蒋登科认为“这是一个虚拟而又实在的群体，这是一个温暖而又充满诗意的所在”……溢美之词较多。其实，建群初衷仅仅是便于通联工作，未承想功能日益扩大：除了群管发布工作消息外，群友之间还经常自觉不自觉地互通信息、交流探讨，共同爱好、共同语言使大家相见恨晚，甚而感受到了亲人般的和谐与温暖。

为改革传统、被动的组稿方式，体现公平公正公开的原则，“群英荟”于2017年初开始举行“晒稿会”，每周六晚8点至10点这个固定时段，鼓励群友们将自己的最新力作制成文档，直接发送到群里，晚报副刊部负责人在线主持、引导，责任编辑们即刻收集、整理、制表、归档，然后统一纳入日常编审、发稿流程。透明度高，互动性强，既完成了策划、组稿工作，又活跃了社群气氛。群友之间也增进了了解与理解，取长补短，比学赶超，好稿优稿源源不断。

“晒稿会”在一定意义上攻克了文人相轻的传统陋习，还打破了门户之见和圈子化壁垒，有效地激发了晚报副刊的生产力。

比如“作家采风团”。这两年，我们将媒体优势和区域外宣、城市营销结合起来，一共组织了10余个“作家采风团”，邀请了全国及重庆知名作家、诗人200余人次，赴重庆江津、巫溪、渝北、武隆、垫江、北碚等区县及四川西充等地，深入生活，采风创作，既创新了当地传统外宣模式，又定点定向生产了一大批接地气、冒热气、添生气的优秀作品。在报纸刊登和各类新媒体平台同步推广后，还精编成书，正式公开出版发行，取得了积极而广泛、长远的社会反响。这两卷书里的许多篇章，便是这些采风创作活动的结晶。

……

为做大做强，扩大影响，2016年底《重庆晚报》慢新闻上线之际，我们还邀请到了全国文学名家贾平凹、叶辛、舒婷和重庆文化大咖吕进、黄济人、傅天琳等担任文化顾问。他们对《重庆晚报》的品牌推广及发展计划提出了许多建设性的意见。

2017年年初开始，我们与重庆市作家协会联手合作，定期开设《重庆作家》专版，向社会集中推介、宣传了新中国成立后特别是重庆直辖20年来取得全国影响的一大批老中青著名作家、诗人、评论家，如杨益言、张继楼、黄济人、吕进、梁上泉、傅天琳、王明凯、陈川、李元胜、张者、郭继卫、冉冉、周晓风、蒋登科、小桥老树等(排名不分先后，恕未一一提及)。从某种意义上说，这种活动共同完成了对重庆文学事业发展的一次检阅，对广大文学新人也产生了重要的激励与推动作用。

这两年，工作经验与教训也给了我们一些珍贵的体会。比如，无论大事小事，只要方向正确，便要奋力开拓。只要付出，总有回报；只要坚持，总有收获。为证明这个真理，这两年，可资冒昧提及的，还有我们这个小小团队因为坚持而取得的各种荣誉。就个人而言，比如2016重庆市全民阅读推广大使、《重庆晚报》创新创业先进个人……细细想来，虽受之有愧，但聊以自慰。

必须分享一个最大的体会，是句老话：一个篱笆三个桩，一个好汉三个帮。我们能够取得这样的成绩，是因为得到了各方面的大力支持：单位领导、同事和来自四面八方的作者、读者；要特别提到西南师范大学出版社，出版社的领导和编辑们为《重庆晚报》策划的区域文化书系、晚报文选的出版，付出了大量心血，他们的敬业精神令人感动。我们的事业充满阳光，特别需要更多朋友的继续帮助。没有你们，我们可能一事无成。

故此，继续引用周华健演唱的歌曲《朋友》的歌词，以示继续坚持，并相互鼓励：

“朋友一生一起走/那些日子不再有/一句话/一辈子/一生情/一杯酒……”

2020年1月15日

目录

上卷

月亮上站满诗人

超时空恋人

云雾深处山茶香

灵魂栖息之地

下 卷

岁月深处

上卷

SHANGJUAN

月亮上站满诗人

写给永川的诗行 组诗

王明凯

茶山竹海

那山，是茶做的
每一座云岭，是茶
每一爿山坡，是茶
每一隅阡陌，是茶
甚至每一丫青枝、每一片绿叶，都是茶
每当春晖沐浴了三月
她就用茶魂，染绿心潮澎湃的山岗
照亮，轰轰烈烈的爱情

那海，是竹做的
一沟接一沟，是竹
一片连一片，是竹
一笼簇一笼，是竹
五万亩辽阔手牵着手，全都是竹
每当山坳有微风吹拂
他就情不自禁地唱起山歌

数十里绿海婆娑起舞，玉竹临风

那茶山竹海，是爱做的
茶是怀春的女子，竹是多情的男儿
她到竹海串门，他到茶山相亲
串来串去，你中有我，我中有你
相来相去，茶中有竹，竹中有茶
茶山和竹海后来结成了亲家
茶竹缠绕，山水相依
情意绵绵，永不离分

遇上茶山竹海，就遇上了梦中情人
兜里揣那几粒得意扬扬的文字
一进茶山竹海就傻眼了
在她的博大精深面前
那几粒羞涩的词，深感惭愧
我问茶山，如果我是你的茶
该怎样依偎，像哥哥一样的竹
你问竹海，如果我是你的竹
该怎样呵护，像妹妹一样的茶

神女湖

薄薄的雾，弥漫在湖面
淡淡的香，萦绕着楼阁亭台
我漫步在你的神秘里
耳际掠过，朦胧的鸟鸣
像桃花源中人，恍若隔世

突然走进了，陶渊明晋代的文字

暖阳一照，那文字就笑了
一湖波光粼粼的水
放牧在郁郁葱葱的茶山下
阳光，是茶神撒下来的吧
不然，哪来的一抹朝晖，万道祥和
水，是茶山上那把壶，斟满的吧
不然，哪会有茶一般的晶莹，
茶一般的香

手持茶花的神女，从仙霭中飘来
朱唇微启，呢喃着轻声细语
双目含秋，凝视着湖光山色
她一定是青瑟颜的化身
要给这美丽山川，镀满幸福吉祥
她那只挎在手肘的竹篮
一定装着，明前的第一篮秀芽
要沏出满湖的茶香，捧给广袤大地

松溉古镇

一条斑驳如昨的石板路
从明清的隧道口穿出
用五公里长的转弯抹角
串起一座古镇的千载文脉

在二十六条宽宽窄窄的老街
微笑着，向我招手致意

你把旧时的民居指给我看
吊脚楼晃晃悠悠，摇曳悬空美景
四合院稀开门缝，怒放一笼秀竹
穿斗房左右开弓，串起悬山式的青瓦屋
唯不见，那满街林立的商号与作坊
日有千人拱手，入夜万盏齐明

你把罗家祠堂和陈家大院指给我看
说"罗府祠堂"那块匾额
是当年的皇帝，派八府巡按送的
正殿后面的殿堂里
供奉着罗氏祖宗的神主和牌位
而陈家大院，已有150多岁的高龄
一棵沧海桑田的"家族树"
发出一个枝繁叶茂的大家庭
携《小花》一举成名的那位影星
就是它的第四代子孙

你还把永川古县衙指给我看
衙门口那油光石的圆墩
厅堂里那风化了的地基石板
围墙内那两棵老态龙钟的黄葛树
回响着县太爷惊堂木的威严

和衙役们威武雄壮的吼堂声
堂下,可能跪着翻墙入室的偷鸡贼
也可能跪着一位,忘恩负义的陈世美

(2016年1月2日)

我的林场 组诗

王老莽

青冈

这林子里的树
我都叫得出小名
把岩石撑开缝的那棵
叫青冈,属虎

青冈落叶的过程
像一场雪。叶子纷纷
从枝头跳下去
地上,血迹斑斑

那条被揍的虎,是否
还躺在宋朝呻吟
青冈,像一条好汉
兀立路口,等
前来和解的武松

五味子

三寸金莲,红齿恋足
本草纲目的密码,悬
于唇齿之间
五音不全的鹦鹉说的
不是人话
甜酸苦辣。爱。恨。
情。仇。
缺一味,终不成良药
宫商角徵羽。拨琴的
女子,才是
欲说还休,欲说还休的
五味子

鱼渡河

鱼渡河三个字,河和鱼
两个字,出现了歧义。中午
在烈神坝,我看见一
群寸寸柔肠的小鱼
在油汤里集体超度。
我感到胃部
一阵痉挛。老村主任
说:这一段河叫平溪
流下去才是鱼渡河

此时，河边传来一阵
歌声
——我愿逆流而上。
这流域
还有伊人
鸟语
五味子，像一串串的
露珠，挂在
明亮的时间上。一些
喜欢议论的鸟儿，在
林间
喋喋不休，像吟诵《论语》，
深奥，不好翻译
但真能打动人心的，
或许只有鱼渡河流域
啄食阳光和雨露长大的鸟语

（2016年1月2日）

像阳光一样灿烂 组诗

蒋芸徽

像阳光一样灿烂

季节的一个转身,襁褓中的婴儿
像阳光一样笑得灿烂,卖花的小女儿
都在初恋。我手心的那只蝴蝶啊,
在参禅

滚烫的土地带着嫩芽,从美人的皱纹里
钻出来,眼睛上的风光,撩开大片的沉寂
孩子们都举起了爱情的灯盏
三三两两地汇集成三月的草场

池塘里的一片鱼儿的叩问
是我高低不平的心跳
四叶草有我留在体内的一勺月光

一只鹰飞过蓝色的家
它呼唤过,许多人的名字

西池，我向你借个修辞

到了西池，我把流淌的感觉
交给路边的野草
把生长的时间交给青瓦楼
粗陋的土坯墙，建筑家在艺术的
缝隙里，种植一株小绿萝
稚嫩的叶片，递给你温暖的力量

我一直以为，只有上帝
才能创造出如此美轮美奂的境界
那些在“唯吾知足”的玄机里
重生的山野村舍，修饰了秋天的蝉鸣
命运中的那根秀竹，在瓦屋的
天井中，赋予谁的高风亮节

蝴蝶和鸟鸣，小道和流泉
都是我用来抒写爱情的辞藻
池塘里的鱼，是我童年的伙伴
我们拒绝失去童贞

秋日，在九龙桥听龙吟

秋日，与大片芦苇的摇曳
一同坐下。听大溪河

九龙齐吟
仿佛丝竹里的天籁之音
或行云,或闪电,或雁过,或泪奔
一点点地拉直我内心的弯曲

原本可以飞龙在天,却坚守
人间五百年,一直,一曲绝唱
保持着长吟的原韵
在铺满星光的河流里,发出干净的声音

仿佛叫着你好听的乳名
那是一种从容的暗示,此刻
你身体的回响,就会
在旋涡的柔软处,放下自己

陶家,被一块汉砖擦亮

陶家是晚秋小令,草摇词慢
那山、那水、那情、那爱
从一块汉砖的缝隙中
流淌出来

我一不住店,二不泡泉
我不走老路。直接穿过
大汉天子的楼台轩榭
奔向那块小镇的汉砖

旧时的桃花开了，香气飘逸
楼阁是虚拟的，老街传出犬吠
波浪、木船和纤夫是泥巴
捏出的生命本源

雨打骂俏者。那对紫鸳鸯
不离不弃，梦回秦朝
在陶家，我为一场热情过心
的午宴感怀

（2016年1月2日）

赠诗 外一首

宇舒

一

左手抱住虚无,右手用来触碰你
黏土做的花朵给你,旧盒子留给自己
左心房安放你,右心房安置
孤独和平静。左耳听你唱歌
右耳过滤时代的雾霾、风暴
忍冬花的寒意
上嘴唇说情话,下嘴唇保持天生的敦厚
与土的属性
左腿与心肺用来追赶、热爱
右腿与肝脾用来止步、收起双翼
这不是爱了一次又一次
碎了一遍又一遍
是上帝给我一个祝福
我给上帝的回信
写了,涂掉,再写一遍

二

其实我并不想要,这样歪歪斜斜的平衡
我想要把花朵、有你照片的抱枕

手机壳、小倾诉、寻找雪的诗
触摸星星的梦想
全部寄给你!
既然自救行动,源于一场火焰中的相遇。
而如果你倦于炙烤,请允许它
温和地唱吧,燃吧,呼吸吧
像冬夜的剧场
我变成一只温情而淡定的啄木鸟
轻轻啄了一下你的脸
轻轻拍了几下你的背——陌生人呵
我涉水踏歌而来,原本只为羔羊般倾听
你白天的嗓音,你夜晚的歌吟

“白色的蜜蜂,你不在
却在我灵魂中嗡嗡响着”

致我的影子

我低下头,看不见了影子,亲爱的你是否知道,我会多么惊恐。

——题记

一

一只金属器皿的内侧
生长苔藓
一个无辜的人
被我做成骨架

撑在我一下雨就淋湿的躯壳里
你这绿色的苔藓
被我用来覆盖
这锈的存在
你这臆造的悲哀
睡眠里的剧痛
哦,我知道,是我月亮巨蟹
的忧郁
没有边沿
硕大,黯淡
如同那件影子做成的大衣
装着我的一生

二

我穿着我黯淡的影子想你
我穿着我投射的幻觉想你
我穿着我的空虚
回忆你的柔软
我把我的倾吐
塞进大衣
灰色的棉里
可是怕冷的树,纷纷
出嫁,可是空虚的建筑物
开始倒塌,剩下些
要拆,但还没拆的
脚手架

（2016年1月2日）

致傅天琳七十大寿

张天国

她说她喜欢喝茶
但不会品茶
她说她会耍微信
但不会抢红包
她说她二十岁才照相
她说她年轻时有点乖
她说她不怕野猪不怕野猫
但怕人
她还说她一辈子没过过生日
她说她年轻时会写新闻
不会写诗
即使写也是口号似的顺口溜
一不留神到今天古来稀了
可她将笑容和诗一起笑
如大儿童
每一个细胞和表情的细节
都是诗在发酵
我问她是谁
有人说她是傅天琳
有人说她是爱情天梯

还有人说她是窦圌山
说得都对，但是
她只是一片
陪伴季节芳菲的叶子
一片黄灿灿的柠檬叶子

（2016年1月17日）

海螺沟的海螺哪儿去了

钟代华

雪白雪白的高耸
雪白雪白的挺拔
还有那静静的冰冷
还有那大朵大朵的白云
编织着天空的蓝纱

只是听不到海螺的歌声
海螺哪儿去了
急得海螺沟的海娃们
找啊　找啊
七零八落　山崩雪塌
到处都是伤心的海石花
阵阵山风
难道是海浪在说话
座座峰峦
难道是越长越高的海娃
天边跑来一群阳光孩子
捧出山泉揉出溪流
花开水边水中有花
那高高闪烁的雪的光芒

却始终难以融化

海螺哪儿去了
只剩下冰川
以及海湾一样的
弯弯曲曲有棱有角的
让人久久凝望的图画

哦　是不是海娃们
不愿离开贡嘎山妈妈
难道这里是大海的故乡
是海娃们的家
他们在雪山深处
倾听着山外

海螺吹响的远远的天涯
海螺沟的海螺哪儿去了
一个永远的谜
一个永远的神话

（2016年1月17日）

不在烈焰中成为灰烬

王银英

来自深山的柴火
用沉静与激情
用简单与纯真
融合成
渴望燃烧的魂

一堆篝火
携火热青春
——燃烧
噼啪声、欢呼声
在火光中跳跃、高歌、狂舞
袅袅烟火里
夹着飘散的魂

柴火成为核心
烧掉夜的冰冷
身姿变得袅娜
妖娆成魅惑的影

篝火醉了

烈焰与火苗醉了
篝火边的人群醉了
而柴火独醒
呻吟中
有清醒的疼

疼得呐喊
穿透灵魂
来场雨吧，把火浇灭
让我幻化为“碳”
不在烈焰中成为灰烬

（2016年1月17日）

2016 初雪

邢小燕

蓄力春秋夏，
冬来气自华。
南疆惊雪粒，
北国剪银纱。
手捧素娥锦，
心生简淡花。
相思偏逆解，
朵朵为君斜。

（2016年1月31日）

龙水谣

红线女

一

我翻越一百零八座岛屿，才看到龙水湖
并第一次认清自己如一面大镜子，奇迹般地
被时间虚构或摧毁，没有皲裂，没有洪灾
只有一束束高高的浪花
飞起，跌落，再飞起
像新生的歌谣
缓缓地爬上龙水湖
贴着日子从水面掠过，一漾一漾地

蓝色空气是真的，薄暮升起来
野花时隐时现
像繁星密布的小路，神奇而又春光年少
一百零八个岛屿也是真的
像懂事的孩子靠着妈妈
高大的松柏
黑色的刺丛
还有珍贵的桫椤树
和我的父母一样，在生活的苦难和狂喜中
与时间所具有的永恒性一样，永恒

野鸭去了哪里？白鹤呢？
它们在银质天空下翻飞，在斜风细雨中赶路
在晨曦中播种，在秋天里收获着收获
还有小鱼们
从水里一跃而起，“哦哧、哦哧”地泛着白光
打破了黄昏的宁静
哦，还有蛙声，战栗的蛙声
轻手轻脚就抵达了龙水

二

龙水的水醒了，一眨眼
就三十多年，淡褐色的岁月在舌下歌唱
飘散的疼痛，流过每一条小巷
我曾在这里迷路过
那些灰色的荆棘刺伤翅膀
我无法起飞，躲在暗夜产黑色的卵
并潜入水的底部，练习每一次发音，
吐出每一个废泡，扭曲自己
迎合生活的节奏和每一个细节

可是龙水的水呵，总像火一样
流过我，和我焦渴的心脏
剩下盐，浅褐色的盐
发出凄厉的声音，像龙水刀划破的伤
铁锤敲打的疾病和贫穷
硬生生地落在龙水的水里

而我拒绝溶化
像林立的高楼,像飞跃的桥,像奔跑的新兴工业
像穿梭的大汽车、小轿车、自行车、摩托车、人力板车
穿过废金属市场、五金市场,穿过叮当的声音
向前、向后、向左、向右

三

我喝着龙水的水
有时痉挛,有时咳嗽,有时惊悸
被生活呛出的红,连同豁达、坚忍和善良
以及我快速奔跑的习惯
栖息在龙水之上

有时红,有时黑
有时甜蜜,有时苦涩
有时宽广,有时狭窄
有时笔直,有时弯曲
像龙水的小五金,跨上飞马
撒开四蹄,奔向五湖四海
五金之乡,越来越美,越来越红
而龙水更红了
像流淌的血
被敲打,被锻造,被挤压成刀的形状
并发出各种声音
像生活一样低鸣、呻吟、尖叫

但他们绝不大哭
大铁炉流干最后一滴泪，漆黑的身子逐渐冰凉
大铁锤从高处落下，在最黑的黎明，完成毕生的沸腾
还有手拉风箱，在风中“呼哧、呼哧”地喘气
像极了铁匠们，高高挺起的脊梁

从手工作坊到工业园区
古老的歌谣一直闪耀着水的辉芒
镰刀亮了，铁锤红了
金忠刀、邓家刀、为民刀……
是他们的大名，是龙水人的名片
更是火种，从龙水
一直燃到远方

（2016年2月18日）

一个人走在山道上 组诗

柏铭久

一个人走在山道上

风吹动白杨树叶
自己的脚步声　在内心
山道上落下一片阴影

蝴蝶在花间翩跹的此刻
一株悬崖上的松柏
沉思得更青葱

鸟鸣阴晴
谁手持钥匙
打开天光云影里的空中楼阁
转弯　转弯
不管碰见谁我都笑

谷底蜿蜒的溪水
流出多少柳暗花明
我要在这里与你再续前缘
在溪岸安个家

蝉语

在太多众口一词中
唯有你以金刚钻揽着瓷器活

热血沸腾了
一个高潮接一个高潮
喂　喂　喂喂喂……
喊谁呢
犹抱琵琶　不需半边
只需露出一点点
想看别人的隐私
你就声嘶力竭拼命叫喊吧

绝色　看不看都不等于无
这片浓密的杉林更深了　不但遮挡了
滚滚红尘的幻象　也挡住
通往未来的高速
来不及表白　一团白云松开自己
露出蓝天的底细

突然笑起来

我突然笑起来
落叶落下
鹰飞入更高的天空

一个人走在山道上

不知不觉我笑起来
笑出了声
一辈子
我从来没有这样笑过
笑　抖擞自己

说到这里你还没想起什么
难道还想让她再兜老底
一屁股坐到地上
我摇摇头
转弯抹角　路没笑
跟踪了许久

浪波闪烁

蓄满水的大江　万顷碧波闪烁
仿佛有许多话要说
千万银鸽跳跃

无数动词在动
有什么主题要表达
如果是喜悦一个句子
一个人太孤单渺小

一群洗衣妇在水边捶打
岸上开满一树树桃花
一列火车在远处桥上通过　里边的
目光点燃谁的思乡之火
我爱　这片江山
两只鸳鸯在倒影间游弋
为此浪费一辈子
是值得的

（2016年3月4日）

微信时代的红包爱情

熊明国

这个城市　每天
有很多爱情
在微信　在陌陌
在每一个聊天工具
被复制，被粘贴
情歌赤裸裸泛滥
爱情被剥去注解和外衣
在每一个屏幕
播出

九百九十九朵玫瑰
是进入爱情之门的钥匙
模仿着书本上
爱情故事的某个情节
高呼着爱情的口号
“你爱我吗？”“我爱你！”
是的，我爱你
你的房子，股票，车子
我有理由不爱你吗？
你快过来吧

让我慢慢地亲你
像做一场过家家的游戏
爱与被爱
仿佛是一件极其轻松的事情
整天在嘴上念叨着:“我爱你!”
心里却想着给爱情加点颜色
加点浪漫和刺激
于是　无数准爱情　亚爱情
新时代的红包爱情
给不同的人说相同的台词
这个城市　每天
在微信　在陌陌
在每一个聊天工具上演
然后又剪辑　组合
制成新的拷贝
不知疲惫地翻版

（2016年3月6日）

庄稼汉 外一首

石春雷

五千年的日子
五千年的土
五千年的季节
五千年的风
庄稼和土地,农耕与农事
都在庄稼汉子醉意不眠中
那些尘封已久的心事
随着岁月流动开始播种

一冬的规划
包括对丰收的怀想
都浸泡在冬水田里
春天到来时
才随远道而来的满目苍翠
浮出水面
虔诚地感受着犁杖的温暖
和水牛肚里的草料味道

夏日的天空炽烈而高远
你对庄稼的热恋已奉上时光千年

冲动不再是温柔梦乡
弯镰教导的麦穗醉倒一排又一排
是致敬你浓烈如酒的汗熏体香
秋收的喜悦不止稻谷的丰满
那些随风飘飞的枫叶也在炫耀渲染
就是角落的草垛
也惊叹与你前世今生的不解之缘

五千年的云雨
五千年的爱
五千年的庄稼
五千年的汉
与生俱来的情怀生生世世的牵绊
土地庄稼是你的血脉
长河风烟是你的沉淀
你秉承祖训对拓土开疆的理解
日月星辰躬耕着你的担当与承载
禾苗佐证乡土为伴
有你地不老天不荒
因为你的名字叫庄稼汉

飞来飞去你都依旧吗

燕子,我的小精灵
昨天你飞离了我的窗口

是不是
季节太潮湿
是不是因为我的天空
没有撑伞的缘故
或许你需要去远方
丰满羽翼
或许你太爱湖的温柔
太恋海的涨落

只要你飞
向着明媚的春天
我时时都会闭上眼睛
随你的姿势
轻吟七月的那首夜歌
升降你需求的位置

飞去的日子
我正期待着你飞回的旋律
因为那一种节奏
是我梦中孤苦的渴求
任它归期多远
过去一天我就
减少十二个时辰的痛苦

总是想你去的方向

会不会延伸我苦恋的诗
我用血液熨烫自己火热的情愫
你的选择
永远是我的温度吗

（2016年3月7日）

春天，万物生 外一首

吴维

真的，只恍惚了一瞬
还未立起，就人到中年了
可你的心思，和小女孩一样
还在关心，去年的桃红
今年开在谁家枝头
乡村、城市，轮换着新颜
蛰伏的万物正在醒来，又是一个
暖风熏得游人醉的美好时节

嫩绿的草们，成片结串漫过山岗原野
姹紫嫣红的花苞儿，争着抢着绽放美丽
酷暑严冬的肆虐不曾摧毁，生命涅槃
返春的大地更明媚

万物生。万物都是你的前生与来世
哭过笑过期待过失落过苦过愁过欢喜过
酸甜咸辣生离死别聚散离合，还有什么
不曾经历不曾承受不能承受不敢承受
春风吹拂，春雨沐浴，春阳普照
春天到，万物生，万物
生生不息

想和你一起去踏青

尽管常常被忽略，尽管
一开口便言左右而其他
我还是想和你一起走在
春天的路上，手牵着手
风刚好，雨也刚好，远处
拔节的爱情正好需要，仅有阳光
花儿，不会开放
果子，也不会成熟

想和你一起去踏青，想和你
一起走在春天的路上，手牵着手
一首熟悉的老歌，一声沙哑的鸽哨
弯弯曲曲的小径，青草气息弥漫
也有一丝，若有若无的腐烂的气息
你的笑容有了沧桑，我的腰身不再俊俏
对面拈花微笑喁喁低语的小情侣
多像曾经的我们

（2016年3月8日）

在梨树坪及附近的村庄 组诗

谭岷江

最

梨树坪住在陡峭的山上
住在偏僻的山内
冬天,许多树都落光了叶子
谁也不知道这里是否有梨树
岁月中是否有很多的梨树?
包括这里的六个老人,三个家庭
在方圆十里之内
梨树坪是人口最多的村庄
是的,在梨树坪附近的村庄
每个村庄都只有一个老人
一位几乎缺了一嘴牙齿的老人很激动
激动得仿佛突然长满了牙齿——
梨树坪啊,在春节期间
是方圆十里内最不热闹的村庄
因为所有的人都要进城过春节

炊烟

田野里的任何一缕雾,都远比炊烟丰满
青瓦之间,许多年前炊烟的弥漫处
或者蔓延处
长出了许多株草,甚至还有一棵崭新的树

炊烟象征人烟,在这里
一缕炊烟就是一个家庭
而一个老人,竟然就是一个村庄

鸡

留守的老人,只能自己照顾好自己
在院坝里散步的,不是许多年前的那些鸡
不是那些善于歌唱的家禽
它们和曾经的家禽相比,只是模样十分相似

那是几只野雉,从竹林走到院坝
此时,反正村庄没有人影
它们看起来真的很美丽,长长的尾巴金黄燃烧
但歌声并不美妙,只能算是一种尖叫

它们会在草丛间留下一片羽毛
它们会飞过屋檐,灌木,甚至在树顶栖息
寒风吹来,它们也会陪着老人一起颤抖

狗

一只狗躺卧在院坝里
像当初丰收时留下的一粒麦子和谷子
不仅仅是渺小,像瀚海里的一滴绿意

近朱者赤,狗比老人显得更孤独
来了一只野猫,它会前去摇着尾巴
会专注地欣赏猫的噪音
陌生的人路过,它会忘记怎么示警,怎么吼叫
孤独让它忘记自己的职责
它发现自己只会转动睫毛

像老人常常看的动画片中,那些美女的睫毛
一个村庄,一个老人,一只懒狗
像一株草自然平静
他们的冬眠,不仅是在冬天进行

村支书

村支书是一部活字典,也是村志
至少我们的疑惑,他都能准确地回答
我们相信,他的答案注定很权威

九个村庄,全部都有人烟
但几乎都是一个人,宁静是这里的色彩

很多年前的一个冬天
有位老人拄着拐杖，到另一个村庄去拜访朋友
回来时倒在垭口，他的儿子四处寻找
直到三天后
才被进山收购药材的商人发现

五里外的村小，有个还隔两年就能退休的代课老师
每天放学后，就会回到孤独的村庄
有时回家迟了，小路狭窄
会被茂盛的树林遮住了光明
他只好提前打起手电，在林海里
就像一只萤火虫，提着灯笼飞回家

路

有些路已经被衰草覆盖
每天走过的风，或者从上面飘过的蝴蝶
都比走过的行人还多
许多年前的路很激动
在风声中，它多么好客
用荆棘留住我们的裤脚
我打量着它，就像打量着自己的衰老
生怕从旁边的村庄冒出一缕炊烟

（2016年3月27日）

巫溪行吟 组诗

向求纬

云台观

这个世界太平了
陡地站起
一道天下绝景

天在下
云在下
绝望在左
死亡在右
人这么轻易地
就踏往万丈深渊

来不及舍身
那魂儿早已出窍
一个个倒吸一口气

烧香拜佛又有什么用
人生至此才知道
超度

只有一块跳板

绝处逢生之处
原来可以作云台观

宁河夜啤

水在石上流
人在水边坐
一排啤酒瓶儿
歪在水里不起来

夜色好凉
水色好凉
随手拎起一瓶
咕咚一声
心都凉了半截

几个酒嗝一打
那销魂的水泡泡儿
顺着拍打的脚丫子
把体温带回河里了

这下宁河热闹了
这下一塌糊涂了
一群幽灵

搅得来酒花四溢
卵石飞溅
水光崩裂
月色晃荡

人生原来只求
一夜忘情
一夜忘我
一夜忘形
一夜忘忧……

宁厂盐泉

有一种味道
就这么喷涌五千多年
你说
从那时算起
这世界该有多咸

破败的屋梁知道
尘封的盐灶知道
锈蚀的铁锅知道
少盐寡味的日子
有多么难熬
富盐的生活
让现代人忘记了

这儿还有一股卤水
闪着晶莹的泪光
白花花地过往

看不见的颗粒
说不清的滋味
听不完的表白
诉不尽的衷肠……

竹筏漂流

如果将自己的视线
在水中一排竹子上
打湿
两岸的风景
怎么能不格外滋润

这个世界太干燥了
常常灼得人
眼睛生痛

我宁愿这样
飞快地看上一眼
让视网膜挂上一层
永远的甘霖
下次再看别处

才感觉得到
两侧急速后退的
湿润　温情

悬棺

上不沾天　下不沾地
原来是一种
死亡状态

那么在寻求生存的时候
今人
为什么也乐此不疲呢

看来人这个东西
即使盖棺论定
也不情愿落到实处

民居

几只
黝黑的倦鸟
在草甸上
忽闪

当年的志向栖息了

炊烟
吧嗒着烟斗
几缕无奈
几缕叹息

茫茫草海间
有一段历史
忽隐忽现……

（2016年4月5日）

带上家乡的花朵出发 外二首

左利理

我的家乡有无数的花朵
左边是芬芳右边还是芬芳
花朵周围全是阳光的味道

小孩左手牵一朵牡丹
右手牵一朵玫瑰
蓬勃的心里荡漾出一片芳香

少女干净的脸庞犹如含苞的花骨朵
红色的衣裙沾满露珠与花香
盛开的各色花瓣催开少女的心事
爱情的花蕊在梦境中幻化

小伙子与满山的花朵窃窃私语
在一瓣一瓣的花香里陶醉
片片花瓣飘过眉睫飘过肩头
融进一个灼热的心房

一朵一朵的花就是一句一句情话
小伙子的身体在花瓣中慢慢燃烧

簌簌作响的花开声音
点燃心中激情的火焰

落满樱花花瓣的小径
在花香的包围中蜿蜒
深深浅浅的花朵
揉进春天的思念

怀揣满面的春风推开厚厚的冰雪
打开春雨收拾春光
从葱绿的森林里走出
带上家乡的花朵出发

住在浪花里的鱼

浪花凝聚大海的力量
从不间断抚摸鱼儿闪光的鳞片
鱼儿一直抱住奔腾的浪花
希望抱住自己一生的幸福

鱼儿一直住在浪花的心里
在这片永不干涸的领域
与浪花一起欢呼雀跃
用心感受起伏和冷暖

有一天鱼儿在冰冷的海水里

为了寻找充足温暖的阳光想离开水面
可是眼泪总是顺着眼角无声滑落
随流淌的浪花飞啊飞

鱼儿在水草周围放逐
把高扬的头颅藏匿在自己的忧伤里
一次次抱紧自己
可是抱紧一次痛哭一次
鱼儿其实也不知道要去哪里
浪花的每一次拍打
鱼儿都会撕裂般疼痛
每一次追逐浪花的记忆总激荡在眼前

鱼儿游弋水面
掠过层层涟漪
欣赏朵朵浪花在心尖上的飞舞
一抹失落淡淡地滑落眉间

灵动的浪花叠满呼唤掀起巨浪
用朵朵清澈为鱼儿拂去泪痕
鱼儿轻轻翻滚在浪花的微笑里
感受到了浪花熟悉的呼吸

鱼儿心海有拍岸的浪花始终澎湃着
怀揣追寻阳光的梦想

期待海平线上壮美的日出
在诞生光芒的地方永生

行走云朵间的路径

通向云朵的路
很近也很远
云朵深处,有向往的人家

行走在云朵间
我用整个天空的云霞
制作美丽的衣裳
我扯下一片又一片蓝天
为你遮风,替你挡雨

我制止万钧的雷霆,阻挡你前行的脚步
安排阳光,温暖你所有的梦境
月亮悄悄路过你的窗边
无法掩饰对你的深情
让一颗颗星星,悄然住进梦里
丰富你行走的过程

飞鸟毫不犹豫发出鸣叫声
如同庞大的交响乐
铺满月光的银河
传来盈耳的天籁声

夜色簇拥下
凝望满天星辰
让内心的光芒,逼退黑夜
照亮行走云朵间的路径

（2016年4月18日）

在成都，我想我的诗

秦勇

在成都，我想我的诗
能像一尊三星堆的青铜神兽面具多好
千年的青铜锈，把我的虚伪
染成蜀绣。

在成都，我想我的诗
能像都江堰的“鱼嘴”那样分流多好
洪水，雪涛，飞沙，离堆……构成路标
指向我的田野。

在成都，我想我的诗
能像金沙通天神树上的金乌神鸟多好
逐着太阳的天梯，堕下羽翼
一羽也是图腾。

在成都，我想我的诗
能像一条蜀道，扶上青天多好
水道，陆道，樊道，茶道，盐道……来来去去
响彻着马蹄。

在成都，我想我的诗
能像宽窄巷子，一次变脸多好
白脸，黑脸，蓝脸，金脸……不变的
是一张蜀脸。

在成都，我好想我的诗
能像爬上春熙路大厦的熊猫多好
穿过城市的森林，不左也不右
向上而溯。

（2016年5月2日）

胡中华的诗

胡中华

走过

哇哇的哭啼震落老屋的几粒尘埃
屋瓦泄露的光束打在早出晚归的千脚泥上

我蹒跚地走过我的脐带之地新作坊
走过童年的乐园大屋基
走过母亲走过老住宅走过田埂
走过崎岖的乡间小路走过生我养我的土墙村

我走过庄严而恐慌的礼堂,走过土场镇
我走过山川,走过广场,走过熟人和陌生人
走过一个事件的发起人和终结者
走过物质的低谷和精神的高地
走过勇猛之兽,走过卑怯之心!
一个走过者被另一个走过者走过
一群走过的人被另一群走过的人走过
那些齐步走的人试图用他们撞击的力
超过一个自由走过的人的优美

我爱。我走过的地方,
有很多事物在降落消逝
还有很多事物在萌发升起

冬日里

八十六岁的母亲,坐在
木凳上,坐在下午的
阳光里。她的拐杖
安详地躺在干燥的草地上
她蓬松的白发,发出针尖
和麦芒的光。她干瘪的皱纹
像是村庄的沟壑,流淌着
深陷的光阴。在结板的土地上
在微风处,长出了
一丝青草。她翕动的嘴唇
像是要说出鲜花,说出
果实的秘密

一只小鸟,时而飞翔
时而栖息。它在草地上
跳了几下,披着阳光掠过
不锈钢栏杆,掠过母亲的视线
飞去了。八十六岁的母亲
看着日落的方向,而她的
影子,贴着地面
被慢慢拖长

蜡梅

从二十四楼的高空，抛却
昨夜的旧梦。电梯井
还在挤压着前夜筵席的
欲望。物质的车库和汽车的上层
是我们高楼荫蔽的花园。
在挤兑的小春天之后，在构想雨露的
燥夏之后，在干瘪的秋收之后，
我经过生活的小通道，看见了
你，在固结如冰的地方灿然地笑
有惊喜，有兴奋，
还有如花如瓣如雪的圣洁！
在我赶往生计的硬化路面上
在我走过繁华匆忙的希尔安大道的时候
你与汽车的尾气，和那些冷面孔
对决。蜡梅的笑，还有芳香
潜入我的心里，潜入童年的饥饿
和我，童年对胡萝卜的向往
那个时候，几个硬币叠加的压岁钱和
一枝蜡梅小小的要求，足以让而今
一个巨大的广场，羞愧！
临近办公室的刹那，关于蜡梅的记忆
荡然无存

（2016年5月9日）

安卡的诗

安卡

腾格里沙漠，我一个人的异乡

用黄河最古老的羊皮筏子
试着跟黄河最初的血液脉动
高空中呼啸而过的滑索
将黄泛逃荒的岁月甩得老远
其实我不着急
当我将脚丫小心地埋在腾格里沙漠
请允许我保持一种姿态
抬头　仰望　深呼吸
多年的痴迷瞬间在血液里东突西进
你可以想象
一种叫作初恋的战栗

在骆驼瘦弱的背上艰难跋涉
骆驼与我耳语
我认真倾听一个不太遥远的故事
这故事跟我有关
一个叫作三毛的女人
她的沙漠小屋　沙漠饭店　大胡子荷西

以及风情万种的长裙和牛仔
将我牵引至此
我用心打量
满眼黄沙中
唯有骆驼低语:来兮归去……

我确信我应该属于这里
一面是被风沙肆虐被尘世遗忘的荒芜与贫瘠
一面是被风沙遗忘被灵魂守护的葱郁与生机
两相辉映又相互对峙
沙漠巴士已风驰电掣般载着我开始了穿越
风与阳光都盛装出席
速度与炙热执意叫板
其实谁都无暇顾及
除了一路的尖叫声划过
车辙的痕迹也稍纵即逝
我还有什么不能舍弃?
比如帽子比如鞋子　比如布满的尘埃
以及罂粟般的厌世

我假装
这是我一个人的异乡
当我回望这片漫无边际的贫瘠
裸露的魂魄却洗净斑驳倍感富裕
并与沙漠相约
归去,来兮!

凤凰，一个人的村庄

思念成疾
我在一月翻阅古城凤凰
从四面八方声势浩大赶来与我邂逅的
不是人群，是暖阳
我任性地确定
这是我一个人的村庄

阳光那么干净，那么明亮地流淌
我与沱江相依而坐
看渔船上闲趣的鸟儿轻舞
闻吊脚楼晾晒的被单吐香
被煮透的金黄色汩汩地沸腾，我咬住下唇
始终一语不发
唯恐自己已经压得轻低的声音
惊扰了这一番和谐静谧
这不是一见钟情的欢愉
这是窖藏已久的醇厚陈香
需要不动声色
缠绵悱恻地　品尝

夜色那么质朴，那么婉约得撩人
我将自己彻底交给凤凰
赏沱江沿岸旖旎的灯饰

听零星酒吧安静的民乐
被城市遗忘的我，和我的凤凰
神情清淡　彼此评说着额头的皱纹
以及皱纹间流泻的时光

坐在四月的云端

四月。我与克莱普顿对峙
自戕式对生命的残酷抽取
涅槃后的乐曲
*Tears In Heaven*仿佛真正来自天际
我决定采取俯瞰的方式
坐在四月的云端
听自己和一个名字暗语

清明只挥了挥手
视力就遭遇了一场浩劫
云堆幻化成荒冢　群鸟盘旋
在光阴之外　在音乐之外　在天堂之外
我听见脚步声声　步履匆匆
谁在快马加鞭向岁月回赶
阵阵雷雨　被天幕下的阴云合谋制造
脚步声骤停　叹息声骤起
我终于承认
俯瞰不是最好的方式
山住在云里　云在人们心里

我坐在云端　云刺痛我身体
我与天堂对视　天堂遥不可及
四月。我永远没有最好的方式
抚摸我　和一个名字

（2016年5月9日）

柑橘颂

杨柳

橘·月色

一朵花有一朵花的命运，一枚果有一枚果的机缘。一粒种子，被天空和时间诞生，在一个春江水暖的月夜，落在夏朝，落在长江岸边。

那时贺兰山冷，北国一片荒寒。还没人唱关关雎鸠，也没有洛阳和长安。

而长江水暖，河流两岸，人民劈柴，击壤，耕种，渔猎。

那夜月华如练，江水已经流淌好几万年。

橘·人间

二月沐风，三月汲雨，四月的夜晚，星辰给予秘密启示，五月阳光黄金般铺满大地。

最初是两枚叶芽，贝壳一样缓缓开启，羞怯，慌乱，犹疑。它挺一下腰肢，长天明亮，大地开阔——这就是人间，多么奇异。

这神佑的萌芽，大地置于掌心，飞鸟停止鸣啭，敛羽谛听，兽类驻足凝视，神巫为它唱起颂词。

像所有的传说和宿命，山中走来一个老人，护之如心肝，呵之如赤子，壅之以厚土，灌之以清泉，暖其枝叶，蔽其烈日。再教它认识野草和蒺藜，谷子和稻米，认识牛羊和炊烟，神话和谣曲。春生秋发，枝繁叶茂，以一茎绿树，静静打量人世的悲喜。

刀斧,清水,麻皮。老人是它在人间的父亲,默默为它完成残酷的嫁娶。

刀下自断,去爱人的伤口里活。血里发芽,泪里开花,心房蘖生针尖密密麻麻。这痛苦的爱情与孕育谁能理会,年年春风,儿女绿遍山洼。

橘·流水

楚辞里开花,唐诗中著果。

光阴缓慢,长江是一道大幕,传奇轮番上演。舟楫穿梭,军令、圣旨和恩怨来来往往,兵士逃亡,诗人断肠。插满箭矢的船只破雾而下,怀抱琵琶的美人溯江而行。

当风烟俱静,荒草中埋着美人的衣冠,壮士的头颅,含恨的诗文。所谓世道,无非是得了荆州又失荆州,所谓人心,不过是朝为旦雨暮为行云。

江涛高一声,低一声,猿鸣此一声,彼一声。

逝者如斯夫! 你在岸边静静结实,静静酝酿,一根一根蘖生针晶,一间一间布列子房。寻常人间东边日出西边雨啊,黄昏的井边,才罢“竹枝”,又唱“横塘”。

橘·遇见

四月,橙花开放,十里白雪,百里芬芳,铿锵的香气横冲直撞,让遇见的人无不心怀暗伤。

你摇着船经过四月,经过一个开花的村庄,香气突如其来,船在江心打转转,你在江上无端迷茫。

四月,橙花开放,山峦温柔,河流庄严。橙花开放,橙花深处走来一个姑娘,绿绫罗裙,白玉花冠,语气洁白,容颜芬芳。

你想叫她的名字，第一声，哑口无言；

第二声："啊——"

第三声，你叫出第一个字："芸——"

你只能，把她的名字默默噙在心里——"芸香"。

如果世上的遇见都是恩情，请让她在春尽时节俯首恭谢，褪碧罗缨，卸碧玉冠，拆碧玉钗，折碧玉簪，以一枚玲珑冰心，在无边暗香里，默默孕育，默默酝酿，只为秋后圆满香熟，以命报答。

橘·蜜献

什么样的相逢，才有如此漫长的等待，你等了半辈子，我等了五千年。

你从河上等到岸边，从青春等到白发；

我从无等到有，从天上等到人间；从种子等到繁花，从一等到万，从夏朝等到今宵，从江畔等到天涯。

等我的姐姐，孕圆了腰腹；等我的妹妹，孕红了脸颊；等我把泪水孕成血液，等我把针尖孕成蜜糖，等我把心结孕成珍珠；

等我们熟到听天由命，到我们红到痛苦难当，等我们香到柔肠寸断，等我们甜到岌岌可危，剑拔弩张

——犹如瀑布，来到悬崖边上。

什么样的情义，才让我甘心走到你的刀下。五千年也短暂啊，只有粉身碎骨，才能永恒。

执你利刃，切我躯壳，破我心房，碎我肝肠，融我血肉，滤我琼浆。

当最后的种子珍珠一样捧在你的手心，这感人至深的道别，是否会让你想起我的夏朝，我最初的春江花月夜

—— 一片水声，半缕橙香。

（2016年5月13日）

故国 组诗

李苇凡

钓鱼城上

其实我喜欢说“山”，而非“城”。
我喜欢暮晚的钓鱼山，
被细雨淋湿后，水烟迷蒙的样子。
我喜欢这样的安静，与寂寥，
就像蝴蝶刚刚睡去，
所有的石头、树木、青草都隐姓埋名。
只有在这时，我才听不到阵阵喊杀之声，
我才可以忘记，身上的旧伤痕，
忘记日复一日的防守、夜袭，
忘记跟蒙古人对峙的
血肉模糊的三十六年……
我才可以安下心来，采桑，打鱼，获稻，
酿制春酒，祭祀上苍和祖先。
我看见弓箭长出了铜绿，
我看见嘉陵江上，繁星流动，
我看见一夜春风来，千树万树梨花开……
哦，这就是我八百年故国钓鱼城，
有人世的悲欢，衰老，与疼痛，绵绵不绝，

有奔涌的渠江、涪江、嘉陵江，
在我肺叶里穿行……
我爱这土地，如此真实，富含温度，
我爱这村庄、田畴，沃野千里，
我爱我的父兄姐妹，我的家国天下……
血，流尽了吗？
骨头都已化成了灰？
但我不会放弃这江、这山，
这废旧的城池，
这汹涌的草木，
这夏至与冬至，清明与春分……
我会常常穿过雨水，光线，和时间之墙，
站在这三江交汇之处，枕戈待旦，
任这雨的空钩，四处布撒——
独钓中原呵，
独钓我，一无所知的来世，与前生……

文峰塔下

书云：宝塔镇河妖。
文峰塔却别有深意。
嘉庆十九年，知州董淳于三江之畔建白塔，
计一十三层，取名“文峰”，
有“云路高骞”“欲穷千里”“更上一层”之题匾，
欲振合川之文风。
试想这巴国别都，

山川之秀，物产之盛，实为天地造化之眷顾，
然而"巴人好武，文风不盛"
几千年来，竟是一个甲子一个甲子地虚度了。
当年，杜甫过嘉陵而未至合州，
周敦颐在此仅居四年，为州人之憾。
近读张森楷《二十四史校勘记》，深茂博朴，
又，凌泽欣公《船夫杂诗》八首，
方知先人用心良苦。
每逢三五之夜，明月东升，江流婉转，
文峰塔下，必有文人雅集：
"紫竹林"里，品书论画，墨香淋漓，
"一席"精舍，擅禅弈，尚清谈，
"一心屋"内，不时传出诵诗之声……

雪落嘉涪

飞雪过嘉涪，这是多么稀罕的事。
站在涪水两岸，举目所见，皆是
雪，雪，雪，
大雪落在牟山，纯阳山和学士山，
大雪落在辽阔的江面上，
涪、嘉交汇，无限江山，不由让人
心生诸多野心，
感觉自己就是帝王，
置身这茫茫天地间，拥有如此众多的白雪女儿。
而此时，朔风正紧，青云如盖，

涪水不可渡,道路被大雪深埋。
我所居住的地方,叫濮岩,
在嘉水以西,涪水以北,
那儿曾是濮人的部落,
与西迁的巴人隔河相望,鸡犬相闻,
泥屋与畎亩之间,有灌木缠绕交错,
水边有小兽留下的足迹。
一百年一次的雪,多么稀罕,
穿着草裙的少女,多么像一只
慌乱的梅花鹿……

(2016年5月25日,获璧山高新区杯第二届重庆晚报文学奖)

情绪 组诗

刘清泉

安静

春天都快过完了,我才第一次
提起走马观花的兴致
三春湖已清淤,鸟叫声不再战栗
学生们一个个走过我身边
告诉我春天不需要真相

与我要好的朋友都过了四十岁
风好像都是往后吹的,有那么一刻
我又觉得五颜六色的风筝
才是真的了解并热爱风的人

我已知道油菜结籽是故意给烂泥看的
桃花山上的桃只负责绚烂不生产果实
万物都有自己的节奏,安静也在其中
我们说着已经说过多次的话
真不知道还有哪些应该绝口不提

就这样一点点过去,谁也不留遗憾

也不要得到什么
一号地铁线又往前延伸了数百米
终点和起点都叫尖顶坡

想象

你说想象会害人的
一害人就不会浅
石榴的红是笨笨的那种
跟贞节没有一点关系
也不是说出想你时,你脸颊细微的酡
或者小黄菊转过身去一点点变浓的娇羞
想象是几何级的
将拾级而上演绎成天马行空
面对你却手足无措
最难的时候
想象是越来越紫的马鞭草
把你诱入我的校园
或者紧挨着的家属区
在想象中死去,然后活来
就像巨鸟扇动小巧的两翼
一翼带走从前的风声
一翼继续向下,保持将来的纵深感
……

反应

太阳太好了，晒得人喘不过气来
更多的生活，它不在你的手里
也不在诗里
人穿行在人群中才能体会真的孤单
什么也不说，什么也不看
热浪滚滚，似在反复示意——
再见再见再见
多犹豫一分钟，世界就会多一百个疯子
更多的生活，在阳光照不到的角落
灯会发表一点亮，杂乱亦不在无章处
接近正午，图书馆顶楼的钟敲得很响
四散的声音恰好落在了阴影里
一会儿疼，一会儿又毫无反应

（2016年5月31日）

我想适可而止 组诗

泥文

我不知道你的名字

告诉我你的姓氏,别这样看着我
你说。你的沉默与冷漠让我害怕
那比针还利的芒,在你柔弱的外表下
直刺肺腑,让我的目光
无处摆放,说上一句会心的话吧
在这工业园的路上,我就想知道你的名字
来温暖一下,经年落不到地的根

我多想打乱我的生活

想打乱正在行走的步子
这守候在别人锅边的生活
每天站流水线,与工件流传单亲吻
我的收获,想着父母的乡下
想着儿子正在异乡的中学借读
嘴上那身份低微的香烟
一根烟丝对正一根劳损过度的经脉
吹出一缕春风,让我第二天仍能在车床前

上下工件，这一毛钱两毛钱垒加起来的幸福
我多想将它打乱，就像给静如处子的水面
加上风，微小时，有涟漪
狂情时，惊地动天

我想适可而止

我想适可而止。在这个机械加工厂
与它的亲近和拥吻
这些机床、零件、油污与它们的嚣叫
我用三年时间说，适可而止
与各种口音对弈
我低头弯腰应喏
一年、两年或更长时间
在呼来唤去的声音里
我用七年时间说
适可而止，我流过的汗
洒下的血，在车间的地面上
那块带着老茧的掌心皮
没喊疼也没有叫出声，适可而止吧
我用尽我的青春
我的头顶已露出了皮
张着嘴，层层叠叠缝补，留在过去的日历

（2016年6月13日）

外省 组诗

张守刚

外省

今夜泣血的人
一定是一个苦吟诗人
回不到故乡
他把圆圆的月亮
放在枕边
不忍心咬上一口

喝一口异乡苦涩的水
不幸染上风寒
枕着陌生的地名躺下
窗外的月光
打湿了
他梦中的衣裳

补丁

我把自己还原成当年的样子
裤子后面长出的两只眼睛

是母亲昨夜在煤油灯下
飞针走线打造出来的
它们羞怯
看着身后的大山
渐行渐远
在朴实的泥土里打滑
那一次我离开村庄
在无人的角落
脱下打着补丁的裤子
母亲就再也不要我了

小

我不能对它的行走
视而不见
这只小小的蚂蚁
它跋山涉水
用细微的触须探路
弄不出一点声响
它理直气壮地爬上我的身体
一路上给我挠痒痒
它用小占据了我巨大的内心
我可以轻轻一拈
结束它的卑微
但依旧无法显示我的强大

磨损的光阴

时光粗粝
踏着沉重的脚步
一步步走远
季节的肩上
一抹阳光咧着嘴微笑
缓缓移动
去时间的下半场
小憩

喘息出没的地方
岁月结痂
被光阴磨得
闪闪发光

（2016年6月13日）

一棵被锁着的树 组诗

何真宗

一棵被锁着的树

2016年5月21日，在重庆市万州区茨竹乡一古柏群景区，有民宅将一棵逾250年的古柏树围建屋内，留树冠在外，如生命囚禁深感痛惜，却又感叹住户生活艰辛……

一棵树　被锁着
它的头还昂扬着
伸向苍穹　自由与束缚的身子
没有抱怨　没有哀叹
活着就是一粒种子
向大地伸长
向高空追求

从铁门外打望
挺直的树杆
靠着墙　还是
墙依偎着它　一丝阴暗
一线光亮
生活的影子　从这里
挤进挤出

采茶女

到了茶乡　我总是四处寻觅
无数画面中的采茶女
清纯和朴素的青春,嫩嫩的美
仿佛喝茶的人,慢慢品味的
是一种意味深长的
浮想联翩

在茶乡
我不忍心去拍摄
这双粗糙的令我尊敬的手
这张沧桑的让我感动的脸
现实中的真实　与扮演出来的美
总让我想起
装在茶杯里的幸福
和生活里的痛

我要回到故乡去

二月春风似剪刀,温和的刀口
不动声色地剪开大地的脐带
"哇"的一声——春天的婴儿
就从雪地里生出来了
一声鸟鸣　一抹新芽　一树花蕾
一池绿水　将大自然

“报喜”的请柬一一发出
我是在窗外盆栽的花香中
和春天里的每一个面孔
一一相认　和一场绵绵的细雨
一一打招呼　前尘往事埋下
纷纷扬扬的欲念　总是在独处时
慢下身来　用深不见底的目光
望着远方茫茫的夜色
和俗不可耐的灯火
我无法逃离一种想象
故乡的野草和山花　如何视死如归地
占领村庄揪心的痛

我要回到故乡去　不再让乡愁
被一阵风吹丢了春天里的桃花
桃花里有一朵花瓣　是我
前世今生里的一片山河
我要回到故乡去　不能让诗歌
被无尽的乡愁填满了故乡荒芜的泥土
泥土里有我沉睡的爹和娘　我是他们
生前种下的一个春天

（2016年6月13日）

民工专列 组诗

凹汉

夜寒凉

夜寒凉,海风中夹杂一丝海鲜腥味
从民工专列的窗口飘进来
列车尖叫而去
落地是方向,回首是彷徨
故乡的良田又荒几亩
河水又瘦了几圈
父母衰老脸上的皱纹与鬓发又添几行
夜寒凉,一声嘶鸣划破空寂
多像是我不曾歇息,又等待出发的漂泊
我瘦削的大巴山啊!
看尘世众生芸芸
有多少等待与挣扎,在为你夜寒归程

民工专列

一个个挤破头的满头大汗,喘息粗气
一节节车厢的各地方言
汇聚成春运涨潮般的极度狂野与怒吼
一次次冲刷,我内心的不安

大包小包蛇皮子的口袋
在不断塞进车架、人行道、座位底下
胀鼓鼓的旧衣物与锅碗瓢盆
呈现着异乡生活，艰苦时光
一个小女孩也拥挤在母亲瘦弱的胸口
她惊愕茫然，东张西望
那明亮的眸子是否提前融进了民工潮
这个极度奔波、沧桑的词

亲人

这是从青岛出发的民工专列
一个两岁的小女孩脸蛋像红苹果子
只把坐在车窗边的奶奶，当亲人
奶奶鬓发苍苍是最美
奶奶一口的黄黑牙齿是最美
奶奶手掌上的老茧子，也是最最美
奶奶不说话她就不说话
奶奶笑起来她就笑起来
别人给的香蕉，要奶奶亲自喂才吃
有人拿着各种玩具哄她开心
而奶奶只起身去厕所
她的哭声，一下伴随泪花滚滚落地
夜深时她又想起炕头上
给她苹果给她亲吻的胡子拉碴的爷爷
哭泣得整列火车，也一夜未眠

（2016年6月13日）

云燕花语

李华

突然，我觉得那三月、四月，
你在花期开得过于浓烈，
引来众多的蝴蝶、蜜蜂围着你，
绕来绕去，而你，
竟然没有过半丝羞怯！

你伸开双臂拥抱着每一个来客，
全然不顾乡村的爱情，
应该比较含蓄、矜持，
你这样心花怒放，
谁知道孕育出的种子，
是不是飞花客絮？

所以，我决定，
拿一把镰刀，
割断我的烦愁，
把你的骨髓压榨成油脂，
检验你是否忠贞。

然后,在月色的夜晚,
怀念以前的你,
听云燕花语!

（2016年6月17日）

师妹

江省吾

在某个特定的季节
我都会想起师妹
就像花粉让我有了生理反应
师妹是我内心的过敏原

在这个季节的柔风里
洋溢着师妹的芬芳
想起师妹的明眸皓齿
便觉得那些花黯淡无光

我的目光越过那些花
越过城市的杂乱无章
望向远方的山间小路
想象那是师妹打马走过的地方

陌上花开如此繁盛
我却只想和师妹策马入林
让那条开满鲜花的小径
回响着并辔而行的蹄声

（2016年7月27日）

一品组诗

张建敏

一品的向日葵

从一品正街向南，至燕云村西去
丘陵绵延，雷阵雨淋湿了
八月的一小段川黔老路

朝远望去，雨中的向日葵
低着头，使我深信
是它们收集了垅间的雾岚
蝉鸣，山雀子的聒噪

这遗落世间的雨滴
珍藏着太多的风和日丽
待到骤雨初歇
一片昂扬的金黄
会邂逅一个最美的你
那不语的一朵
留着我注目过的羞涩

七田石刻

这么多的人
从四面八方赶来,看你。
杂草中醒着一道道石壁凿成的槽
从面红心跳到低下头颅
河山在颠覆着云层的涌动
子宫里游出无数尾划动双鳍的鱼
祖先们膜拜的姿势
挺立起传宗接代的希望
让我在沉默中贴紧泥土的呼吸

白寨子行

汽车在山脚停下的时候
雷鸣已经在山顶时隐时现
蜿蜒上行的石梯
被各种鞋踏出一曲乡间小路
灌浆的水稻,清香四溢
夹杂着芭蕉
翠竹,车前草一路迤逦随行
在这个高度上
呼出了留存许久的浊气
有人已经袒胸相向
而我们是大地投进怀里的几颗野草的
种子

(2016年8月28日)

月亮上站满诗人

傅天琳

看啊月亮升起来了升起来了
从湖水,从草地,从树林
从城市的上空升起来了

月亮上济济一堂,站满诗人
我一眼就看见了
李白、杜甫、王维、岑参、张九龄
他们发结高束衣袂飘飘
他们研墨展纸挥洒豪情

他们把一年一年的中秋月
吟诵得更圆了更亮了
他们站在各自的诗句上
一站就是永恒

我爱着的人们啊
想去你想去的地方
你就跟着月亮走
想见你想见的诗人
你就摘下几句月光仔细辨认

把明月泡进酒缸里的一定是李白
一身戎装守边关的一定是岑参
千里之外的婵娟还是留给苏轼吧
海上那轮大明月还是留给张九龄

今夜我最舍不得的人是杜甫了
因为是在渝州在我的家
我的家“露从今夜白，月是故乡明”

今夜我多想把月亮里的诗人
一一请回来，请他们
提着月亮带着桂花酒一起回来
我要和他们一样宽袍大袖，互行拱手礼
月亮还是那么圆那么亮

仿佛从未染上时间的沧桑
仰望万里清空，我泪水纵横
不用一兵一卒，一枪一弹
就占领了另一个星球的人只有诗人

（2016年9月15日）

中秋月 外一首

阿雅

无数的长廊、短亭都是用月光搭建的
它们承载着太多思念奔跑的脚步
它们汇集、变轻、盈满，成这一轮
中秋月

仔细听，里面有离人衣袍的
美妙鼾声
如果伸出手，你还摸得到仰望的诗句
比爱情美满　比苦难明亮

它把人间照成清水
照成深处的早晨，石头与草依偎
合欢花盛开
那些分别，正走在相逢的路上

从醒悟、安宁和喜悦里起身
谁的红唇挂满了露珠
谁的手指
尽是鸟儿的回声

中秋月下，我要再复述一次幸福
略去赞美的话

我只用一尘不染来清理
体内的泥沙
弯腰祷告，并轻轻地和人间说：“晚安。”

桂花开了

遗忘与铭记　别离与抵达
我的桂花，是重庆的八月天
是深夜里突如其来的一场大雨
是我的北方
高举清酒而来，是你和我一起
阅读、穿越和热爱生活

此刻，我满怀雨水
那一树、一枝、一粒
那由黄到白的心跳
都是我，是我等待的河流

别离，是我所热爱的
相逢在即
我要用桂花的手，桂花的唇
告诉你我的八月
再把日子酿成酒
埋在，你回家的路上

（2016年9月15日）

密州饮月

王淋

明月几时有　把酒问青天

苏轼《水调歌头　丙辰中秋》

密州离济南有多远
沙漏走了七年,我们
兄弟也没能见上一面
父母走了,按说长兄为父
可我这堂堂兄长
怎么就不能把你
护在身边

七年的马蹄声疾
七年的鸿雁往返
七年的牵挂成痛
七年的美酒难酣
我们的约定呢
那一天怎就如此遥远

又是一年月圆时
浊酒相伴夜无眠

儿时，母亲教我们
读《后汉书·范滂传》
我说要做范滂
母亲便以范母自居
想起父亲为我们取名
吾为轼，尔为辙
车上车下，都是跋涉
还有王弗，我的妻子
书香里的奇葩过早凋谢
子由，要是能用功名换回母亲
嘉祐二年我们怎会进京赶考
要是能用官位换回爱妻
还有才高八斗的父亲
我定然扔掉象笏
着布衣居家躬耕
我会孝敬在父母膝下
会为妻子遮风挡雨
可他们全都去了故园祠堂
冰冷在神龛之上
不再要我这儿子
不再要我这丈夫

我只有你了，子由
我的同朝为官的胞弟
虽说我为兄长，当扶尔诲尔
但我知道，论才华尔能改吾绝句

论治世“四海一子由”
你的嘱咐多过我的唠叨
你的关爱倒像是我的父兄
都说兄弟如手足，今夜
为兄面朝济南饮尽月光
子由，你是否斟满思念
遥望密州

（2016年9月21日）

奉节拾诗 组诗

洋滔

绝世奇观

——在奉节天坑地缝

天坑,收藏了666米深的夏凉
地缝,流淌37公里神秘童话

星罗棋布的都是怪异的风景
溶洞暗河千姿百态着丹青长卷

丛林青草播撒蔽日森然的繁荣
崇山峻岭中清溪涣涣人间仙境

石林瀑布天生桥诠释世外桃源
土家人纯朴地哼唱乡味浓郁的情歌

悬泉飞泻,2800级石阶通天街
一小句微雨拌合白云写下惊叹

在世上罕见的一线天坐井观天
茫苍穹,亘山间,石观音慈航远

奉节石板山，野花

伏天，野花像一只只粉蝶
从春心里飞出，随风潜入夜
画漫山遍野的绿，谁是它的作者？

野花不管这些，依旧美丽自己
摇曳风的追求，坚贞有关的故事
每一朵花想去的地方都有泥土拥抱

历史在山上铭刻阳光的体温
母亲的味道
怀抱里的闪电雷霆砥砺它的坚强
一种精神，几千年过去了，依然不老

小路仿佛一枚书签夹在山页里
飞鸟翅膀硬了，繁衍神性的光芒
在山下，我看见石板山就是一尊盘坐的佛

刘家河流着原始的静谧

刘家河清澈的苦难
流着原始的静谧
冰冷的水是我听不懂的叙述

鹅卵石把我看成沉默

我把岸边的观音山看成观音
辉隆在这里拾到了一地慈悲

转几个弯,刘家河绿绿地走了
不回头,对我视而不见
一只蜻蜓敛翅在莲花上

莲花睡了,没有喧嚣的鼾声
岑寂的处女地,与浪无关
时空之外,佛经凝成了秋

白帝城,托孤堂

在白帝城,青年诗人熊林清陪我看刘备托孤堂
无言的凄凉点燃白雪皑皑的心原和高山的想象

眼泪做了日月的铺垫,所有蛰伏都在翘首等待
刘备枯手托起的期望,没有香及他的江山

残忍,把一轮白帝月缓慢地放进三峡
击垮疼痛与死亡,拒绝污泥的埋葬

一面坚挺令牌蹁跹成诸葛亮的忠诚
时间,让奉节的旌旗高扬凛然豪气

熊林清说奉节来历

从白帝城出来,我说奉节叫白帝多好
熊林清说,不,奉节是纪念诸葛亮的

诸葛亮一生奉公守节,故名"奉节"
明代便将这部历史,装订成记忆

定名奉节之后,官员以诸葛亮为镜
春光写意晨曦,正大光明清官廉洁

看奉节夜景偶遇孔明灯

重庆站在山上,奉节挂在岩上
星星和夜灯布置的奉节夜景
在唐刚笔下汹涌成十万行诗意
船一样的楼房在星海里远航
三盏红亮的孔明灯缓缓升空
可是在为进取的奉节导航?

(2016年9月28日)

题西湖 组诗

郑洪

武松墓

绰一条哨棒,夜走景阳冈
回头看夕阳西沉
在三十碗透瓶香、七八斤熟牛肉之后
怕什么鸟!
待狂风起、大虫出,二郎啊
那一顿拳脚,打尽江河湖海,平生恩仇

而今在西湖的柔枝下,壮士,在小雨中
是否还在倾听
是否还有吊睛白额大虫出没
是否还会摔开毡笠儿
一跃而起,将平生气力
发于铁锤般大小的拳头
只顾打!

还是单手问讯:行者,你是否自清河县来
我家大郎可好

雷峰塔

每个人心头都有一座雷峰塔
要么镇住自己的妖
要么锁一生的爱
如果雄黄酒真能让爱现了原形
谁还敢说醉生梦死

除非你自己把它推倒。否则
当水漫金山,你再见不到
你的白娘子
或者小青
(兀那法海！何不拈花而笑)

在西湖、雷峰塔的倒影里
忽然觉得每个人都面目狰狞

灵隐寺

倚着飞来峰,灵隐寺在曦色中现出
宝相庄严。我不敢走进去
怕跌进某个禅语,某个谶

请相信那是劫。忘川尽头
不是三生石
没有孟婆汤,解谁的孤独与无妄

我看见弥勒佛一直在笑

笑苍生，还是周围的葱茏
笑世人，还是因风而皱的西湖水
还是不休的经义

灵隐寺在阳光中远远退开
退到钟声外，退到一株睡莲的倒影里
有蝴蝶飞起——我听见蝶语了
它们说：世人，你们走得越近
就离得越远

断桥

孤山于此一刀两断。传说迤逦而出
沿着桥的弧线，从牧笛的两端
从油纸伞，春天的邂逅还是劫后的重逢
初夏的夜不见残雪

唯有月光入水，轻咬柳尖儿
小小的疼痛蔓延
谁在桥的那头招手
谁把盟约浸在桥下碧水

和红药一起凋零。手起刀落
斩流水、青丝、新词

断口不见鲜血,唯有疼痛蔓延
千年之后仍不结疤

南屏晚钟

我在山外,远远听着南屏钟
钟声在山中,和夕阳一起静静落下来

在每一棵树下,在每一条小路
钟声不度人间年月

在草间,在湖面,和我的呼吸一样舒缓绵长
但钟声不度我,和我的念

循钟声而去。我在山中,一身苍翠
但钟声已在山外

已不可闻。有风吹起,月出,惊了山鸟
扰了来时的路,乱了去时的山

唯启明星如灯,明明灭灭
我在泛黄的经页边缘,进不去,出不得

(2016年11月14日,获璧山高新区杯第二届重庆晚报文学奖特等奖)

重登娄山关 外二首

谭明

怀念让人变高。重登娄山关，
我身上的巨岩峭石
重新陡险起来。霜风依旧凛冽
马蹄声还响在深刻的苍山和残阳之中
再一次惊裂那些带花的灵魂
云朵犹如炮状，杜鹃的硝烟红得很浓
鸟鸣中听得出子弹
呼啸的余韵。虽然，我的心中
养了那么多鸽子
它们和平的目光希望战火熄灭
虽然，我的诗句不再
哀伤地尖叫，多属于春天
但在这里，我仍热血汹涌
不敢忘了那场震撼古今的血战
不敢忘了那批刻在碑上
而高耸的名字。这是下午
我的头脑，高远辽阔
同上午一样明亮。这是沉思
云过大壑，风吹高峰
难逾的是惆怅，不动的是巍峨

我挺立关上，披襟向西
雪山、草地、六盘山
逶迤在雁阵下
一脉北上的光芒。我转首向东
似乎看见了新的黎明：红日滚滚
朝霞成阵，大地一派芬芳

杜鹃花

有的花开，看一遍就红完了
有的花开，刚刚相逢
就触目惊心，爱得入骨
今天，我在娄山关上
遇上的杜鹃花，它们开在高处
开在险处
花朵里红军的血还是热的
花蕊上
还隐隐约约地冒着硝烟
花香也有一大部分
属于那个年月。它们开在深处
开在低处，不择地方
不择风向，带着胜利的色彩开
带着今天的微笑开
开得哗哗地响
开得我想哭

娄山夜

有雁群正在经过,有白霜正在凝结
有哒哒的马蹄声
依旧在敲响如铁的漫漫征程
谁说十月的人,一定要睡得
如同枫叶那般鲜红? 谁说我的梦
不能超越溪水的流动
夜宿娄山关,我的壮志
根本没有睡着,它还伸出五指
在被子里
把硝烟弥漫过的群峰,一遍一遍地
抚摸。它还在腿上加铁,添钢
让头脑中的旗帜
顺着血液跋涉。夜宿娄山关
眼前有许多东西忽明忽暗
我并不认为
床头仅仅有一轮明月照耀就够了

(2016年12月3日)

你来了，就好

彦如

你是雨，淅淅沥沥
轻吻着我，挂在
眼帘的那一粒
期许犹如久别的相思

你是雾，缥缥缈缈
用霜一般的记忆
慢慢追回，那枚
守候在叶脉上的苦恋

你是雪，纷纷扬扬
用挂满树梢的洁白
举灯，照亮那些花朵
即将发芽的温暖

其实，我知道
是这个冬天，请你来的
你是一只鹰、一束光、一团火
从未心灰意冷
从未白发苍苍

爱意,一直驻在我的心头
从未离开

你来了,就好
雨,能映出彩虹
雾,能洇出水墨
雪,能飞出六棱形的花瓣
太阳不再赖床
寒意不再料峭
眉宇间的梅朵,就会抖落疲惫与忧伤
在心头,张开绽放的翅膀

(2016年12月5日)

迎风　走向冬

任飞雪

秋　优雅地转身
风　便捎来薄凉的问候
走过秋的温情
在十月的风里种下一个梦
许下　芦花如雪处相逢
风里摇曳过的独语清欢
些许是　搁浅的记忆
能否　在冬日暖阳再次遇见

挥别　秋的背影
作别　秋雨的缠绵
在虚幻的时空里等待
冬日暖阳
穿越无数的时光抵达
涉足西南边外的田野　山庄

风撩起炊烟在山野间炫起温馨的浪涛
那一望无垠的稻田
雀鸟在堆堆草垛旁跳来跳去打趣欢悦
是荡漾在心中的清喜

凉风徐徐　收获后的清空
生机依旧
谁说不是重启新的展望

站在岁月的渡口遥望摆渡
清风临水,水天已成一色的灰
清冽的寒风中已撑不住伞
双眸凝望着长空
南归的大雁一行行不见了人字影
嘉陵江上客轮依旧迎风带着诗意去远方
站在原地等久别的你　回应

天空之外　雪　如期而至
雪与山已构成一幅绝美的画卷
寻觅梅香幽幽深情　藏在了雪海深处
尘世的风已变得更加干净和清香
阳光奔跑在一排排轨道上
在时光的琴弦上尽情舞蹈
飞雪消散　梅香燃

微笑着转身
风奈我何　情为何堪
用爱在时光里修行
让心在季节的辗转中淡然
让昨天美好的故事在心中温润着
明天　依然会有新篇

一路淡定而从容　行走
无论走到哪里　都带上自己阳光
带着空杯的心
迎风　走向冬

（2016年12月9日）

省略 外一首

木木

我按下删除键

瞬间，落叶纷飞
银杏叶下坠的姿势
舒缓优美
美人已去
我们省略日常的问候
省略文字，表情
及一切抽象的幻影
片甲不留，现在
黑色的枝干指向天空
写意画的冬天
我们深谙空白之美
还有什么是不可省略的
除了身体
（当然这是上苍的旨意）
而终有一天
连身体也会被省略

我们漫步，我们荒芜

在某个小镇
一定会有他想要的雨
他撑着黑色的伞，湖泊倒悬
可是没有人
走进他的伞下
每个人都撑着各自的伞
漫步
漫不经心地荒芜
那么多草
从小径的两旁
从石板的缝隙，从颓圮
的墙角一一赶来
再也看不清一张脸上的悲喜
在曲折的小巷里
我们不停地转身，遗忘
把经年的古宅留在身后
它还会幽居
多少年，在雨里
在雨的阴影里

（2016年12月11日）

三峡红枫

田诗范

自秋霜打下蝉鸣
晨露,抖落红枫
就把夕阳的光辉
铭记在心形的叶片上
为大山,制一件
深秋的嫁衣
嫁与三峡

风来参加婚礼
把一件红枫的披肩
披在大山上
秋风飘成漫山红霞
映在江天上
等待绿茸茸的梦
在明年,抽出
第一丝嫩芽

（2016年12月12日）

新年快乐 外一首

杨康

蜡梅一开，腊月就到了
我在人群里闻到一阵蜡梅香
紧接着，就热泪盈眶
我还没来得及回头看一看
是谁手持一束蜡梅
年，就到了跟前

蜡梅开了，蜡梅开了
过年的氛围更浓了，城市里
灯光闪烁。一盏又一盏
的红灯笼，高高挂起
时间是个顽皮的孩子
迫不及待地
推开新年的大门

我却独自在蜡梅香中
沉醉不醒。闭上眼，让心
回到故乡，回到父母的身旁
我只能透过汩汩的泪花
朝着家的方向，说一声
新年快乐

我们回家吧

炉膛里的火苗已经燃起来
门口的春联已经贴出来
屋里的年货已经摆出来
我们还是回家吧,别让老父亲
一个人在村口等得太久

昨天他在那里等了一个下午
今天,天刚亮他就来了
他说,一定会回来的。从早到晚
光线依次暗下去,他嘴里念叨着
再不回来,天都黑了

我们还是回家吧,赶在
天黑以前,赶在新年的钟声
敲响以前。快些,再快些
向着梦里熟悉的村庄
幸福地归去

(2017年1月1日)

乡村年味

周斌

村口是打工的方向
岁末年尾，留守的人开始打望
与钱无关的老少团聚着等待
亲情牵肠挂肚了一年
习惯性地在这段时间流连

冬闲的乡亲其实忙碌着
品味刨猪汤的畅快
熏腊肉做香肠挤在冬腊月
农历的记忆无须唤醒
闲聊中乡情弥漫

收获只是与亲人有限的近距离中
一年的小插曲
失落化解在年货行囊里
岁月的步履匆匆
春运的印记挥之不去

老家是岁末年尾最好的符号
标注在季节深处

白雪的印证，霜冻的凝聚
都在乡村显眼的位置绽放
远离的乡愁归心似箭

（2017年1月3日）

你贴在玻璃上哭泣

孔兴民

曾只是寒冬里
未成形的雪，未成形的雨
一样的洁白，一样的多情
更温柔，更轻盈
铺天盖地而来
想把一切揽入，你的怀抱
朦朦胧胧，就像一首朦胧诗
撑大了，读你的眼睛
如今，依旧朦胧
却多了一身污秽浊气
让人不敢亲近，匆忙躲避逃离
逃出你的困扰
逃到候鸟落脚的地方
那里充满了你敬畏的阳光
我没有出逃，隔着紧闭的窗
呆呆地望着
你贴在玻璃上哭泣

（2017年1月13日）

此刻

彭敏

此刻
我趴在圆圆的地球上
闭眼
月儿发芽绕过身旁
晃到了哪个人间
此刻
我躺在倾斜的陆地上
打盹儿
海涛声开花摇摇晃晃
误入了哪个天堂
此刻
我卧在重庆的版图上
小憩
长江绽放一生的秘密
闯入哪朵花的新房
此刻
我挂在巴南的方言上
打坐
另一个我在谶语中重生
露珠的归途开始亮堂

此刻

幸福醉在一株枯荷上

酣眠

任风云翻滚接踵来去

巴茅托着村庄入梦乡

此刻

我是静的宇宙是动的

此刻

村庄是静的我是动的

（2017年1月16日）

守一座城

周睿

小年后的每一天,城市越来越空——
满街的小彩灯、红灯笼
年味儿
显得情深意浓

留一段时间给自己
把春运还给归乡人

留一个上午给睡眠,给家人
留一个午后到黄昏
守着一座城
带上一本书,饮下一杯茶
风起时读几首诗
送给回乡路上的你们:祝福,平安
新年快乐!

我还得留一个深夜给重庆
陪伴它等待的心情
过年,是人要过年,也是城要过年

在除夕守岁前
守住过去的一年
守着这座城
等待它的归乡人

（2017年1月26日）

今天，我们去梁平看李花

金铃子

今天，我们去梁平看李花
去看它的纯洁，它的茂盛
天空呈蓝色
春风还在寂寞
一坡一坡的李花却开得热闹
闹得箐箕湾的箐箕都叫了
闹得成群的野鸭，不甘示弱
对着花朵歌唱
随后是，红的桃花，黄的油菜花，小野花
五颜十色
流光溢彩，一如少女时代
它们的香气一旦弥漫
香了岂止
一个箐箕湾，一个梁平

它们开得如此干净
像刚出生的女儿
白得让雪羞愧，白得这群游览的人
也白了一遍

（2017年3月12日）

梁平纪行

唐力

李花的睡眠

我看到了李花的睡眠,在梁平
在一棵棵的李树之上
它的睡眠,是繁盛的,从一棵树到另一棵树
它的睡眠是连绵的,完整的
从山坡到山坡
比一个人的梦境更加辽阔,更加层次分明
它的睡眠,在李树之上
比一个人的梦想要高
它的睡眠是多么灵动,仿佛飞翔在
山坡之上,让我追逐着不断上升、上升
如同诗神引领我前行
它的睡眠是白色的,是素雅的
清新的,如同雪花的睡眠
那样纯洁,那样干净,那样纤尘不染
李花的睡眠是薄薄的,分成五瓣
每一瓣都孕育着,未来的甜蜜
而它旁边,幸福的形状
是筲箕形的,啊,是谁,用闪电的藤条
编制而成,盛满清风、明月

盛装着一个人的生活
哦,我看到了李花的睡眠,就看到了
自己灵魂深处的
那一份洁白与烂漫

（2017 年 3 月 12 日）

春的想象 二首

草可

洗被子

漂洗呼吸的重量给蓝天
捣碎噩梦的挣扎给大山
泼洒一些无眠给春泥
至于依附在
线缝的琐碎
在你们之前
要抖落个扬尘满屋
退却所有的攻陷
当漂洗的芬芳
浸染在白色花纹的枕头上
它们像一对恋人
在如风的缱绻里
环抱春天
像从未被打湿过的安静

春信儿

一些灯笼在傍晚
告别了霓虹
一些鸟儿从清晨
愉悦地欢歌
一些小草儿从湿润
中复苏
直到所有山脉从冷面
笑成花面

我在一杯白咖啡里
一览你们的清远
在季节一隅里冥想
花蕊怎样漫过
山岗的旖旎
柳絮怎样丈量
风的无邪

这些生的信仰
从一朵轻妙的芬芳
到果实沉重的厚味
有她最深沉的洁白

（2017年3月15日）

那年的故乡和春天

李美坤

当春风吹开桃红李白
一朵云，飘过土墙屋前的浅水田
田埂上的露水和虫鸟纷纷醒了
那时抬了新娘的花轿
正簇拥着锣鼓和唢呐

我换掉的乳牙
在草屋顶的一个角落
长出了青草和几朵小黄花
井沿的苔藓
覆盖过姐姐走神的捣衣声

那年的故乡
母亲的头发还没花白
我们在青青的炊烟下
说到如今到来的日子时
眼里闪烁过微尘穿过阳光的明亮

（2017年3月29日）

我是春天里的一滴水

杨辉隆

我是春天里的一滴水
比如花香,比如播种
比如在草尖上的呼吸

我在阳光下挥发
在草丛里滋润
在嫩绿的叶片上晶莹
我常常想到绿的流动
为花朵修正语言
为流水修正行为

多情的种子萌芽
我在土地里回味
我不要小桥一样的精巧
不要流水一样的舒缓
不要阳光一样的醉心

一滴水,晶莹剔透
跳跃在嫩绿的叶片上
我在土地里微笑

墙上的斑驳,地上的碎影
以及倾斜了的一望无际

我用我的卑微
以尘埃的方式
孕育了春天的一丝暖意

我是春天里的一滴水
比如花香,比如播种
比如在草尖上的呼吸
我勇敢地吸收倒春寒

天空,我想到了蓝
大地,我想到了绿
夜晚,我想到了静
料峭的早春
侵袭一滴水的孤单
一滴水就这样挥发
为春天酿造一曲悲壮
没留下一丝遗憾

春天也是一场战争
出发,直至万马奔腾
春天结束，我在一丛花的根部
回味人世间的烟火

(2017年4月4日)

小镇乡愁

谭萍

你,会不会也在初春
下着微雨的黄昏
撑一把油纸伞
走进我的小镇

高低斑驳的城墙
思念如藤蔓
攀缘而上
几朵黄花含苞欲放
可是在盼望
那个纯真年代小小的新娘

古老的戏台
静立一隅
再也无人咿咿呀呀
唱响曾经的辉煌

坐在凉亭的老者
用棋盘推演着过往

祠堂的木门半掩
里面的香火
永远不会打烊

书院的先生捻着胡子
将戒尺轻放
微笑定格在讲堂
谁家布帘被风掀开
飘出阵阵菜香

我的小镇啊
门楣镶嵌着我的姓氏
河水轻唤我的乳名
若是你驻足观看
一不小心就会
和那些守候在十字街头的故事
撞个满怀

打开岁月的天窗
扯一片闲云做衣裳
时光在这里
悄然停下脚步
生怕惊醒了小镇的魂
再也无处安放

（2017年4月4日）

抚摸旧信

寒露

感觉一切都还存在
那些鸟语花香的文字
躲藏在青葱岁月里
顺着浪漫的风，从未远游

喜欢你淡淡的落墨
像一骑红尘溅起的欢笑
唇红齿白，草长莺飞
一段一段的故事从来都不缺少主人
抚摸旧信

抚摸一页页深埋在心底的秘密
阳光灿烂的日子从来不需要守望
在红极一时的幸福中
哪怕你只给了我千树一叶
我也会把它当成浓荫

（2017年4月8日）

绿意渐渐醒来

谭词发

在你内心荒芜的季节，我不能
送你冰的剔透，雪的轻盈
冷峻的美，它融化
会让你的意境陷入冷的记忆
不能送你烈日的火焰
巨大的想象会灼伤你素淡的心
不能送你锦绣江山，它有
被人指点的瑕疵和漏洞。要送
就送鲜活的小草，接地气的小草
春风吹又生的小草。我还可以
送你小草佩带的露珠，怀抱的蛙鸣
绿意渐渐醒来。拥有小草
才能拥有完美的春天

（2017年4月8日）

花半开 外一首

周冬梅

花半开，词半阕
而我已微醺

爱情注定高高在上
我在诗的下半首痴痴地等你
我在词的下半阕切切地盼你
相思早已泛滥成灾

今生，唯有一场初恋般的雪
可以洗净我的杂质
唯有床前的明月光
才配熬制宋词
那不可一世的香

爱情的偏旁

你有盛世花颜
我有草木之心

在这个春天
爱情注定要发生

你有五个花瓣
我有七情，六欲
我有罪
我像宾语旁边那个动词
总是想入非非

蝴蝶从东周飞来了
风是唐朝的韵味
阳光也那么古典
醉了花阴

我像蝴蝶一样
用动词的方式靠过去

一靠过去
我就成了梨花的一部分
就成了爱情的偏旁

（2017年4月11日）

在东温泉热洞的黄昏

何房子

必须弯腰才能进入。以致敬的方式
锐角分割了热洞内外的黄昏

于外，暮色绵延到了洞口
天空吐出冷气
五布河像一块御寒的棉布
包裹着小镇的腰部
一年即将过去，只有赶路的人
竖起衣领，搓着手，向乡镇的四周
散开，遗下落叶的气息

于内，一股热雾突然逼近你
它弥漫了千年，从未降温
也许一个人的闯入
才叫突然
之前的寂静是不规则的圆形
现在则聚于一点，于我鼻尖
细微的热浪跳转到脚后跟

哒。哒。洞顶的水滴

打在地上，打在我体内的某个角落
哦，不，是角度
是点与面的垂线穿过了弯弯拐拐的岁月
神恩降临，大地之穴
用温泉的热度保存了一颗童心

并为他设计了逼仄的入口
以及入口之外起伏的丘陵和平地
所有的加法无非是
让地气更集中，更盈满胸怀

他赤身裸体，陶醉在热雾中
并分明感到张开的毛孔
有无数的大江奔流，又不断缩小
仅一池泉水，一滴汗
向着热洞敞开
黄昏的体积虽然趋于无限
但如果减去水分，黑夜就会变瘦
热洞就会梦到枯木逢春
石头独自开花，并不理会来来往往
并不默认天地之悠悠

一个沐浴的过客，幸运地加入了
山河重新排序，并见证
伟大的造化，无须推敲和浩荡

（2017年4月18日）

那些渐渐消失的老手艺 组章

冯琳

纳鞋底

一针一线，抽出月的清辉、梅的微笑、喜鹊的喳喳叫。

一线一针，绣在素白的恋人心上。

穿针，穿进去的是母亲头上黑瀑布挤出的银发。

引线，引出的是心上人站在村口望不尽的思念。

针针线线血肉连，一心一意总关情。

穿上鞋子，合脚的尺码走入辽阔的天地，吉祥如意的日子越走越幸福。

弹棉花

嘣哒哒，嘣哒哒——

一声弦响，敲醒熟睡的晨曦。

一弯巨大的弹弓，奏响生活的芳馨。

一缕花飞，舞动生命的流芳。

一把弹花棰，把片片瑞雪捶进长方形的温暖。

被褥盖在身上，是弹花匠千捶万捶的辛苦。

我背在背上远走他乡，被褥里装满旧时的美好记忆。

磨剪子

“磨剪子嘞，戗——菜刀！”蝉在林间聒噪的午后，门前传来磨刀匠悠长的吆喝。

一条长凳，一块磨刀石，在一双粗糙的手中，噗嗤噗嗤修磨生活的牵绊，磨出饭菜飘香的味道。

磨进溪流，磨出哐当锋利的光彩。

我回到老屋。

身披锈迹的砂轮，在墙角叹息。走失的童年，在铛铛作响。

画糖人

恰到好处的火候，经一勺一铲的功夫，配以饴糖，熬到水滴成珠，拿捏形象的图画。

一放一收，放进腾云驾雾的吉祥，收出运腕走勺的流畅。

忽高忽低，高出纷至沓来的想象，低到虫蚁期盼的芳香。

抑扬顿挫的快慢，苏三犹抱琵琶半遮面的场景，惊艳八方。

我舍不得放在口中融化，只把一气呵成的艺术，永远珍藏。

（2017年4月24日）

在垫江，我已历经几世轮回

聂也

牡丹之乡，田园垫江
这一世，我能想到的美都在这里
比如桃花红，李花白，菜花黄……阅尽春光
想到这，就惊心动魄；想到这，又心如刀割
年复一年，我这他乡过客竟已历经几世轮回
看惯了十里繁花，似锦春风
看透了落红纷飞，遍野如雨
这一世，我所要经历的冷、热、浮、沉
悲喜交加，她们竟都替我上演了
请原谅，我能想到的美都在这里了，这几世
这些年，始终没看够

（2017年4月25日）

交换彼此的春天

阮洁

草场之恋

雨后的仙女山
所有,都是新鲜的
天空的云朵
地上的绿
包括这湿润的,泛着微甜的空气

在辽阔的草场,我们不用刻意去寻找
四叶草和野草莓
散落的羊群,在不远处
开着白色的花

这时候,我更愿意和相爱的人躺下来
藏起自己的阴影
让薄薄的阳光完成一种仪式
替我们
交换出彼此的春天

小马驹

面对闯入者
它依旧走得极其缓慢
我们互为异类

靠近一些
片刻的对视
它漂亮的大眼睛
装着我

只停顿几秒，最终还是越走越远
草场的另一端，有它的至亲
我在它成长的投影里
是路人甲
也可能是路人乙

一线泉

看不到源头
泪珠一样，悬挂在峭壁

或许，你是龙女千年来流不尽的忧伤
你的表情，是孤绝

隔着两百多米的距离，我持续仰望之姿

着迷于你，从高空跌落的瞬息

我们之间，形成微妙的对峙
你有入世之意
我有飞升之心

珍珠泉

在遇到你之前
我一直深信
羊水河，毫无动人之处

静默，如死水
像我的心，泛不起一丝涟漪

转弯处，你突兀地以万千迷人的姿态出现
一粒粒闪亮的珍珠
汇聚成一帘
绝美的瀑

它是在蓄势啊，隐忍的羊水河
给我势利的眼球
以最漂亮的一击

龙水峡地缝

蜿蜒的石梯
越往下,越感到不可名状的颤抖
晚春的光
顺着陡峭从山顶落下来

意料中的事物
山风,激流,鸢尾花
指引心怀忧患的人一路向前

陷入深渊之境
银河飞瀑
以不可复制之势打破峡谷的寂静
而我,依旧不敢靠近

在低处
我终于亮出
自己,怯懦的一面

(2017年5月6日)

在西充的青山绿水间

兰采勇

很多时候，我们习惯说山说水
说盈盈绿意滴翠凝露
说雀鸟欢唱大地甜蜜
但，这些都不是我心里的主角
此时我只想说西充崛起的秘密
这个秘密渗入西充的每一截神经
经汗水的洗涤，衍生出一望无际的幸福

这个秘密剖开了农人几千年的痛
与现代思维结盟，从人们的体内跑出来
在时光的核心如蜜蜂般嗡嗡
让逢源的脚步裸露目光中的柔情
拿出所有的赞词认真地审视眼前的一切

有时候，面对别具一格的美
不得不说爱。说惊叹
那些结伴而来，仿佛一夜间长成的
桃花、梨花、樱花、玫瑰花、荷花
摆开一场又一场盛宴，给西充镶上边
还有交错的道路，靓丽的民居，串联的产业带

用自己独有的姿态营造出兴奋点
改变固有“在土里流汗洗澡”的印象
在白云和蓝天的映衬下
铺成一幅画，滋润那曾沧桑的日月

走进西充的脚步
总会时时邂逅那些农人朋友
将此前寂寥的旅途铺上锦缎
如此热闹，如此丰富

（2017年5月14日）

缝补

蒋兴明

母亲在油灯下缝补衣裳
那些扎眼的窟窿
她总会一补再补
补出花的形状
补出一片叶，一颗心的形状
或者就是一个温暖的笑脸

她总是这样
把阴霾补成阳光
把苦痛补成欢乐
把怨恨补成金子般的爱

她像一个称职的裁缝
也像一个园艺师一个建筑师
她那雕刻家的形象烙在了童年
和少年的心坎里

今天，我走在大街上
我穿梭小巷里
母亲，能否顺便为我缝补一下
那些走失的光阴

（2017年5月14日）

木墙 外一首

廖黑叔叔

一

那天晚上
操场上电影刚刚开始

木墙的这端
曾呼唤一个名字
寂静的走廊
回荡着怯怯的声音

仿佛走过了一万光年
走廊依旧寂静

操场上放映的电影
名叫《第一滴血》

二

从此生命中藏下
一个哑谜——

那天晚上
木墙的那端
那个名字是否听见了
那声呼唤

三

一万个日起日落
在没有了木墙的走廊
我想告诉那慌张的少年
我是为你而来
感谢你怯怯的勇气
感谢你人生中战栗的呼唤

飞蛾

梦惊醒的子夜
我看见一双灰白的翅膀
在窗棂上跌跌撞撞
我冰冷的蜗居
竟成你严冬的避风港

风敲门
雪咆哮
脆弱的灵魂在那里颤抖
突然好想抚抚你翅膀的伤

春天的花秋天的月
海边的誓山巅的盟
我们都不奢望
或许细微的生命有个梦想
不在今夜冻僵
明天依然飞翔

（2017年5月17日）

端午情思

王永平

小时候的端午
是婆婆一遍又一遍地刷洗粽叶
是后山上采回的艾草
是水井边割回的菖蒲
是一大锅熬得黑黑的药水
是洒在屋子周围的雄黄酒

年少时的端午
是《离骚》、是《天问》
是《九歌》……
是一行又一行
屈原的诗章
还有划龙舟的矫健的臂膀

长大后的端午
是商场、超市里炫目的广告中
“粽”子上精美的包装
是你明明就在故里
却似在他乡

（2017年5月30日）

走进六月

陈刚

一年一度的高考临近,谨草创此诗献给即将迎战的老师和同学。

——题记

六月,匆匆而来
如风铃一般响亮舒畅
我们一群风风火火的年轻人
不再属于儿童,不再属于幻想
不再属于父母的叮咛和老师的惆怅
进军号吹响,准备利剑出鞘
迎接高考,走向远方
站在属于自己的坐标上

天涯海角有尽处
唯有师恩无穷期
不能忘,怎能忘
高中三年,一千天时光
三尺讲台悦耳叮咚的山泉潺潺流淌
激越的江河奔向远方
杠杆的支点叩问星空苍茫
跳跃的音符在遥远的东方歌唱

化学反应将郁闷和困惑氧化分解
老师,您用信仰点燃信仰的力量
您是一座弓形的桥
我们踩着您前行,任劳任怨
您像一截截蜡烛
燃烧自己,温暖我们的心房
您是一个火种啊
点亮了我们心灵之光
加减乘除算不尽您的汗滴和泪光
诗词歌赋颂不完对您的敬仰

三年同窗,共沐一片阳光
我们相逢在陌生时
分手在熟悉的脸庞
昨天,我们肩并肩手牵手弥漫青春的畅想
明天,我们千军万马拼杀于无情的考场
抢占星图上属于自己的坐标
聚,不是开始
散,也不是结束
聚散依依两相望
三年友谊,一世守望
一朝同窗,终生难忘
春风吹拂,我们把六月眺望
六月,像长在深谷的兰草一样幽香
待到山花烂漫时,恰同学少年
高山流水把断肠人的思恋奏响

五彩缤纷写就今生今世守望的滚烫

寒窗苦读十余载
父母辛劳两鬓霜
父亲,我怎能忘记你把我托在肩上
当我恐惧时,你是一束明亮的灯光
当我失败时,你是一湾清泉沁润我的胸膛
当我成功时,你给我一记前行的鞭响
父爱如山如海如老酒啊
没有修饰,没有语言
默默地静静地为我抚平希望与失望
永远为我遮风避雨挡冰霜

母亲,我怀揣记忆与憧憬的母亲
不绝于耳唠唠叨叨的叮咛
伴我成熟,陪我欢畅
你在我的故事中满足,我在你的故事中成长
我是你藏在心中长久的梦想
你像一台机器家里家外匆匆忙忙
我常与你斗嘴赌气,常惹你淡淡忧伤
一日不见你又说太孤单太空旷
母爱如风如云如春雨啊
你用泪水和汗水为我串起一串闪光的向往

挑灯三更伏案苦读
笑看六月谁主沉浮

可爱的老师,可亲的父母
明天我们就要奔赴高考的战场
狭路相逢勇者胜
敢于亮剑豪气浩荡
也许金榜题名
也许名落孙山
胜要胜得理所当然
败要败得无怨无悔无懊伤
胜败荣辱无所惧
问心无愧挺起胸膛奔向诗和远方

相亲相爱的同学啊
昨天从五湖四海来
明天到天南地北不知何方
纷繁的生活并非十五的月亮
秋天的硕果也并非完全属于春天的阳光
但,我们必须坚信
六月的季节是我们的季节
明天的世界是我们的世界
展翅的雄鹰一定会展翅翱翔
终有一条路是属于自己的
终有一些人在互相欣赏
即使没有驼铃没有鲜花
也要奔向属于自己的海洋
大写人生的辉煌

（2017年6月3日）

重登仙女山 组诗

周鹏程

草场水墨

布谷的歌词是新的
老歌在四月薄薄的风里像流水
盘旋而下。山中的桃花窃窃私语

一个身披绿衣的人,在草地上打坐
模仿少年的黄牛,呼唤母亲
嫩草依附在春光之上

蓝天微微挤压无边的旷野
凡间的仙女正在把各自的新郎
拖到地老天荒

龙水峡感怀

我就是一只小虫子
在你撕裂的伤口里
听你旧年的呼吸

那飞流千尺的风景
分明是一个人痛苦淋漓的泪水

你的伤口注定无法愈合
打再多的补丁
也只是满足我们爬进来的好奇心

仙女造三桥

多么荒唐的结论，说你是天生
喀斯特不会开口
它若说话，一切都会重来

这里，原本是仙女留下的后花园
青龙、黑龙、天龙
是仙女捏出的三条小径

当凡夫俗子的思想沉下去
幽会的捷径便成了需仰视的桥
时间废弃的桥

仙女制造了繁华似锦
却在车水马龙中放弃了人间烟火
关键是她让我们常常想起往事

（2017年6月6日，获璧山高新区杯第二届重庆晚报文学奖）

仙女山的怀抱

吴明泉

蓝天伸手可触
青草就在身旁
大山静卧下来
敞开柔软的胸膛

我的欢乐
只有在这个时候放出喉咙
我的欢乐如此宽广
只有在这里吟唱我的忧伤
我的忧伤才会化为随风飘逝的云团

仙女山
高山上的草原
我姗姗来迟
我躺在你怀抱的那一刻
我看到了世界的辽阔

（2017年6月10日）

男人不哭 外一首

——写给自己的父亲节

潘昌操

小时候,不听话
母亲的竹片打得重
母亲打屁股,打奔跑的腿
眼泪掉下来,母亲没帮擦过
"是男人,你哭什么!"

男人成为男人了,才知道
男人为什么不能哭

男人哭了,天就会压下来
云朵会变成泪水,四处奔流

男人哭了,山就会崩
根根硬骨,截断奔跑的河

男人哭了,房基会塌,顶梁柱会断
瓦片和檩木会把脑袋打破

男人的肩膀

比头颅矮，比胸膛高
是两座山，比太行和王屋还重

脚往前，带动手背划破风
是两座山，就得像山一样耸立

倒下也溅起大地的积水和灰尘
让脚步从身上跨过

（2017年6月18日）

父子之间 二首

熊魁

背篼

八岁时，我背上半背篼土豆
去坡上点种，你给我卸下
十五岁时，你陪我各背一背篼行李
翻过雪岭，去求学
四十岁时，我看见你背上一背篼红薯
站不起来，我接过来放在自己肩上
现在，我找不见你旁边的背篼
你已看不到
背篼旁边的这个人

用我的老，喂养你们的幼

用我的老，喂养你们的幼
你们用欢笑和哭闹
覆盖我从日到夜的枯燥和单调
你们用色彩斑斓的涂鸦
接续我
用双脚一天天剪短的行程

我和你们,正在接力一场旷日持久的焰火
只是,你们才点着引线
即将从容地燃烧
飞腾,启爆,烛照满天空的黑
而在图画本上那只怪兽
伸展大地的舌头
舔出天际的鱼肚白之前
在朝阳的喉结于白昼的喉管里
上下滑动之前,我必须下落。掐灭。圆寂……

（2017年6月18日）

旅行 外二首

田金梅

打开回忆
阅读青春
走来的风景
原来一直住在梦里

没有嫉妒
也没有羡慕
只有在意
在意你对我的好
是不是被我辜负

何必去远方

风儿轻轻的一个吻
掀开了你储备万千的等待
五月的露珠
一滴一滴坠落花间
鸟儿追逐的目光
调皮地躲进花瓣里微笑

如果需要的只是一个用来判断的理由
就从此刻起
既然生命只给了爱的时间
没有你的风景再美于我也毫无意义
何必去远方
看看脚下的土地
流淌的温度足够滋养生息

绿叶上的思念

一棵树
站在我面前
独自高大
无悔的表情
闪动繁茂的光芒

我站在这棵树前
沉默着
独自一个的渺小
能有的表达
孤零零地蹲在风中

绿叶在风中微笑着
脸上写满生命的骄傲
一袭绿色的裙袂
张扬着天然的个性

鸟儿来了
带来你仗剑天涯的消息
这一刻我的眼里盈满泪水

（2017年7月16日）

花的表达 外二首

杨启灵

一束光,照在花的背面
从背后暖着。花蕊
依然在暗处,啜饮着冰雪
无法打开,花瓣的鲜艳与明亮
光,有自己旋转的时辰
与方向。无法折弯自己

低处的虫鸣,高处的飞翔
打开自己的歌声和翅膀
比一朵花,更幸福地表达自己
一朵花,颔首咬住的
是褐叶脉络清晰的回忆
和根部白色的琼浆。侧耳听
春风的马蹄,隐隐约约

最完美的缝合

莲叶青青,若不醒的梦
轻轻飘荡在水上
一尾彩色的鱼,漫溯摇曳着

彼时花开的影子

叶片天生的缺口
是上天，留给阳光的倾注
迷蒙混沌中，打开
生命膨胀的方向和明亮

交融的水。如何割开
一滴与另一滴的界限
或洁白，或嫣红。擎举的花朵
是缺口，最完美的缝合

花开，必有寂寂的等待

如果山峰，要繁茂自己的风景
愿是山谷里，低低的河流，无息无声

如果花开，必有寂寂的等待
愿在种子里休眠，默默度过，霜雪寒天

如果夜晚，是白天的休憩
愿在文字里，独抒月光，不惊酣沉的呼吸

如果圆，是两片弧线
愿是更长的那一片，跋涉更多的旅程

（2017年7月19日）

故乡 组诗

杨平

幸福河

以幸福命名的小河是幸福的
河里的浪花是幸福的
河里的鱼虾是幸福的
在河里嬉戏的童年是幸福的

一条明亮的小河
里面装着家乡的太阳和月亮
一条弯弯的小河
里面流淌着乡音、乡情和乡愁

而现在　幸福河在哪里
在我们的记忆里
它常常在我梦中流过
一个浪花过来
就把我的枕头打湿了

古渡口

捡起石子
打一个水漂儿
我就到达了对岸

对岸很近
但也很远
石板路记录着沧桑
黄葛树是最老的证人

而好多沉下去的往事
只能用桨声来打捞

离别在这里打了一个结
乡愁在这里打了一个结
历史在这里打了一个结

谁也解不开

炊烟

它升起
证明一个村庄
还活着

母亲的唠叨在里面
母亲的咳嗽在里面
母亲的呼唤在里面

在故乡的天空上面飘啊飘
是要让很远的人
都能看见

思乡

故乡在我眼里
是一个宁静的村庄
是一根袅袅升起的炊烟
是一条明亮亮的小河

故乡在我眼里
是桃花的红
是荷叶的绿
是稻谷的黄
是雪花的白

故乡在我眼里
是清晨公鸡的“喔喔喔”
是白天牛儿的“哞哞哞”
是夜晚狗儿的“汪汪汪”

故乡有一颗太阳
每天从东山升起
故乡有一轮明月
每晚都挂在村头的树梢

而现在
故乡越来越远了
越来越远啊
远得只能在梦里
才能看见

（2017年7月30日）

何时 外一首

唐敏

何时可以再次与你一起
去看那漫山遍野的山茶花
奔跑歌唱

何时可以再次与你一道
去看那自由奔放的大海
激荡牵魂

何时可以再次与你携手
去赞叹那夕阳的美好
血色沸腾

何时可以再次把你搂入怀抱
不再如那遥远的神话
如痴如醉

何时何时
思念的泪水
不再滑落在
梦的枕边

时间老了

时间老了
伴随父亲大半辈子的时间老了
它的老是从父亲的两根白发
在夕阳的余光下格外刺眼开始的

如今时间老人
像父亲的老朋友一样
双手搭在父亲的肩上
正一步步地细说着陈年老事

随着时间老人无休止地述说
父亲的腰却弯得更厉害了
说话的声音颤抖着
耳朵也聋了
满头的白发像雪一样
那么苍白与述说
一起消失在某日夕阳的血色里

（2017年8月7日）

放牧相思

何从花

秋雨纷飞
一滴一滴在追
追逐的脚步
放牧出相思
那说不出口的恋语
相连成串
一串又一串
都有你的存在

我们的相见
与雨丝缠绵
喋喋不休的言语
相向行驶
飘落在掌心的那一颗雨滴
是你快乐的吻
柔柔滑过红红的唇
拭不去烙刻在心中的名

雨丝一滴一滴在追
是我无尽的相思

那没有落尽的雨滴

是我们未完的甜蜜

（2017年8月14日）

耕者牛翁

王华东

其实你并不姓牛
但你却用最牛的方法
耕耘出了好看的土地
所以我想起1985[①]
想起寒冬里的开犁
在天津、北京、上海
想起五月的第一天
重庆街头传遍晚报消息

闲着的时候
和很多老茶客一样
你也常喝茶聊天
粘贴一点历史
粘贴一点现实
一阵笑声过后
书房外的兰花
不经意就开了几许

①1985年5月1日《重庆晚报》创刊。同年初，为办晚报，杨钟岫（牛翁）老师偕重庆报业同仁去了天津、北京、上海等地“取经”。

牛翁，虽然你并不姓牛
却一直在牛的谱系里

（2017年8月16日）

凤凰古城 外一首

袁宏

如果你不老去
定格在时光中，成为美好的记忆
我愿成为沱江，绕着你
日夜流淌

一江春水，宛如一帘幽梦
白天，你涉水而过，成为石墩
横卧江心，成为石桥
静默江岸，成为古街、古巷、古城墙

夜晚，你从梦中游出
披着叮叮当当的银子
我伸出双臂拥抱，融化成一河的烂漫
这炽热的爱，撑起了半壁河山

没有凤凰，怎能跳跃升腾，涅槃而歌
失去沱江，就失去了诗和远方
你是凤凰，我是沱江，我们拥有共同的名字
——凤凰古城
三生三世，不会分离

写给翠翠

翠翠,你守得住一生
却守不住一条河流

目光空洞,你深陷远方
十头牛也拉不回来
倾斜的身子,僵持在岸边
只有小狗才知道遥遥的归期

这个春天,我从酉水河畔走过
不敢端详你的容颜
害怕你俊俏的脸庞,淌出几滴清泪
砸伤这条河流

更不敢高声说话
怕你身边那条小黄狗,一时反悔
悄悄跟随我离去

(2017年8月21日)

费瓦湖的清晨

江娃

你是梦睁开的眼睛
透过千年菩提的叶
寻前世结缘的种子

风声雨声鸟鸣声如昨
双手合十诵经声如昨
唯有这如泉涌出的泪
不同于任何过往

我知道这是我
一颗无意间深埋湖底的种子
沉落时溅起的水花
穿过无数的昼夜寂静
经过无数的繁花荒芜
最后化作晶莹泪珠

好在此刻婆娑的光里
将你照见
将你寻到，与你相逢

（2017年8月29日）

夏日诗章 四首

蒋登科

在北碚散步

不就是傍晚出去沿着街巷漫步吗？
在这座叫北碚的江边小城，
嘉陵江在身旁，缙云山在远处。
但是，每一寸土地都有故事，
每一棵树木都经历了岁月的风霜，
感觉每一步都踩在历史上，
从科学到军事，从实业到艺术，从休闲到文学……
从文星湾，经过中山路，一直到水岚垭，历史的巷道好长！
靠近文学的时候，光线已然黯淡，
凑得很近也难辨分明。

从黄昏到暗夜

坚持。

对，就是这两个字。

这两个字很简单，都是由最普通的汉字笔画组成，横平竖直，左撇右捺，上方下正，中间穿插着曲里拐弯。

这两个字又很复杂，从纸上到口上，从手上到心上，从心上到行动，需要接受无数曲折与煎熬。

需要把爱字写在心上，从孩童到暮年，让高山自在地高，让小溪自在地流，让小草自在地生长。

需要将静字刻进生命，不为曲折而叹息，不为败北而沮丧，不为赞美而得意。

需要守护每一个日子，从早晨到黄昏；需要守护每一段旅程，从平坦到坎坷；需要珍惜每一份关爱，视之如酷暑甘霖，严冬暖流；需要收藏每一种表情，从讥笑、鼓励到鲜花、掌声。

不要错过了早来的朝阳，不要错过雷霆闪电后的宁静，不要错过暴雨强风之后的湛蓝，不要错过黄昏时分的归雁，更不要错过星空下的暂时悠闲。

从满头黑发到银丝飘飘，我们走过无数的路，我们涉过无数的河，我们见过无数的人。我们奔波，我们固守，我们委屈，我们无奈。所有的路都渐渐远去，所有的河终究流走，所有的面孔都会朦胧消失。

只留下沧桑。

只有遥远的星光。

只有不知深浅的波光粼粼。

那么，还不能趴下。

那么，坚持！

歇马观荷

这是一片天然的池塘,在农民自家的土地上。

道路是粗糙的,是田间小路,狭窄,曲折,还长着些缀着小花的杂草。

雨水之后的脚印清晰可辨,每一步都可以踩到泥土之上,而不是水泥的路面。

不时有鸡鸣犬吠,蛙鼓虫吟,懒懒的蝉声犹如优美的和声。

不用挽马,徐行即可。

我是顶着烈日出发的,踩着杂草,循着香气,一路追风而来。

见到这片荷田已是黄昏,刺目的阳光依然穿透丛林,箭镞一般斜照在这片绿海之上。

荷叶泛光,荷花傲立。空气中弥漫着一股混杂的清香,荷香、叶香、草香,以及淡淡的炊烟香。

就是那一朵,白里透红,含苞待放,傲然站立在荷叶之间,群花之中。

我本已走过暑气蒸腾的小径,还是折了回来,想再一次看看花开的模样,想再一次闻闻岁月的馨香。

是的,就是那一朵!与众不同的一朵!娇羞又矜持的一朵!似乎在微笑着呢喃自语的一朵!

应该感谢脚下的土地,还有阳光,空气。

不要指责淤泥,那里有最丰富的营养。

不要小瞧斗笠般的叶片,虽然颜色单一,但正是它们,接收了最多的阳光,雨露和空气。

这是不长莲藕的荷塘,不用扒开淤泥追根问底。

这是仲夏的黄昏,只需要关注亭亭玉立的花朵。

待到秋风至,叶枯枝残,花败絮凋,蝉去虫匿,大地必将失去生机和颜色。

我相信,那个最大的莲蓬就是曾经最娇美的那一朵。

莲子泛香,莲心含苦,最懂得生长滋味的那一朵。

川河盖归来

顶峰真的很美,离蓝天很近,离白云很近,有清风,有阳光,有一马平川的风景。

漫步在平坦的风光中,不能忘记登山下山的旅程。

登山好累,云遮雾掩,爬了一坡又一坡,前路茫然。

下山好难,脚下是悬崖峭壁,万丈深渊,只能绕着弯走,盘旋着走,走了一拐又一拐。

路是在峭壁上开凿出来的,凿了整整五十年。有些人离开了,有些人出生了。

无论上山还是下山,每一步都得同样的小心翼翼,每一步都是同样的大同小异,每一团雾中都迷茫晦暗,每一个弯道都见不到前面是坡还是坎。

但是,就是这些爬坡下山,就是这些迷雾急弯,连缀起来成了一条路,一条弯弯曲曲、坎坷起伏的路,也是我们走过的路。

沿途的风光很美。

我们可以忘记每一次的迈步,但不会忘记脚步丈量的道路,不会忘记沿途的风光和始终陪伴着我们走路的人。

(2017年9月2日)

无法完结 组诗

冉颖

一

如果错过某人
不必捶胸顿足
如果画一条延长线伸入往事
会看见错过必有原因
如果抱定美好的愿望
将延长线伸入未来
会碰见所有的美好
这无关生死
只关乎
坚持

二

一场雪月将落未落
在哪里落
一树风花将开未开
已经开过千百万次
一切将醒未醒

只等你来踏破

你当下快乐吗
如果不快乐　你醒了吗
你甚至看不见我听不见我
生命本身就是邀请函
恕不另行通知

三

你在他乡的阳台上读书
斜阳如金
青春一直照耀你洁白的衣裳
夕阳中你打开了温暖的灯光
突然想起一个人浅浅的笑

你明白了永恒
一切都没有改变
除了你的心情
黑暗降临
你被迫成为自己的恒星

（2017年9月6日）

秋天的吟唱

大窗

一

爱柔美的波光，宽容命运的波澜
像细小的沙子浑身温润，光线明媚
它们小小的内脏里蓄满水分
或似尘埃的喜悦，行走的线路简单
随遇而安

二

这是我仰望的高度。我从未到过那里
因为你的站立，我发现自己的轻率
就这么轻易地爱。你的云朵轻盈
每天都沐浴，更衣。阳光也更加明亮
爱你安排雨水清洁了的道路

三

在渡口。绵延的沙滩，仿佛要连接到天上的
浮云，闪电和雷声

河水将在我的身上流淌
但,我陷入沉思和迷惘之中
我乃一介弱书生,一个专程赶来的
投降者;在她面前,尽力承受流走的决绝

四

我竟然流连,这样空白的日子
依然喜欢,你喜欢过的
那一段铁轨。你一定看见了我
像飞蛾,沿途扑向你的光芒和爱

五

深夜,路过小区池塘
听见三两声蛙鸣。一定是几只老青蛙
舍不得旧时光,彼此问候照应
或者祝福秋安,有一点更年期和浓茶的意味
这,多么像我
正好途经它们的生活

(2017年9月11日)

秋夜 外一首

晓佳

风已远了
落叶还躺着
这条沙沙作响的小路
是否伸向
瘦削的深秋？

雨已停了
溪水还流着
那些飘浮落红的浪花
是否稀释
一个忧伤的邂逅？

茶已凉了
泥壶还守着
周遭潮湿的寂静
是否听见
窗棂边固执的等候？

夜已深了
床灯还亮着

一页页翻过去的日子
是否滋润
你杂草丛生的心头?

沙画

季节和日子,就这样
从指缝里
流下来
没有声音,也没有
色彩

而他讲述的每一个故事
都能震撼
人们的心灵
冷暖,抑或
沧桑

短暂的美丽
其实是融入骨髓的
这些图案无须理解
它们的结局
只有作者知道

(2017年9月13日)

有种牵挂，叫心有灵犀 组诗

李自平

相思草

我的心里
是一方净土
不长荒草
也不种禾苗

那里的泥土
充满灵性
在我的相思中
种下你的影子

一日不见如隔三秋
玩命的相思草
已长满每个角落
我沉甸甸地坐在窗口
等着你来丰收

思念如雾

窗外的晨雾
迷蒙而温馨
仿佛你的味道
充盈在我心间

缕缕思念
从窗棂透过心门
将我层层包围
直达灵魂深处

我双手合十
以痴情的姿态
顺着你的来路
望眼欲穿

我来了

我披星戴月
超越凡尘俗世
在你温暖的心间
收获对我的思念

茂盛的相思草
长满你的心田

我怀揣圣洁
慢慢采摘

浓郁的色彩
绿了整个江南
透了心的两岸

（2017年9月13日）

细雨秋色 外一首

回光时

细雨中的秋色
很自信　楚楚动人
一两枚飘坠的红叶
全是夏的相思泪
三五滴绿色
是无澜的秋水

山谷中有空灵的长鸣
我和谁在苦等　湿润的
那悠长寂寞的回声
风不动草却动
送暮归的钓鱼人

欧阳修画过你
你也惆怅了
窗烛前的李商隐
秋是色彩的思想者
秋是播种的季节　分娩
写《丑奴儿》的辛弃疾

雾

雾中,飘逸着故事
情节和结局都是倒叙
远处的花　身边的人
任朦胧泼墨
绰约似曾相识

水珠,雾的肉体
滚动的灵魂
一半浑浊一半透明
在风的经幡中
皈依尘世

我们前世是雾来生也是雾
随山峦起伏
行走自己的姿势
翠了鸟鸣润了裙裾
雾偶然有自己的个性

（2017年9月18日）

渝南画秋 二首

简云斌

如此明媚的秋天

如此明媚的秋天，在万盛山水间徐徐展开
被一阵微风阅读
又被一群鸟儿带到天空

纯白，湛蓝，明黄，绛红
大面积色块渗透这片收获的土地
只有鸟儿知道，那些芬芳是真实的

山在落叶中沉思。白云徘徊，流水安静
一棵栾树摇曳着，仿佛劳作的母亲
以温暖的双手安顿好家园

以朴素明亮的微笑
挽留那群拿着画笔的人，爱上万盛的山水
爱上一大片一大片彩色的秋天

山野，在画笔中流淌

来到渝南，这群画画的人
像一群喝醉酒的诗人，在山水中变得任性

他们在乡村一遍遍行走
要把这些山坡、梯田和森林统统装进画框

他们用色彩，随意修饰天空的明朗
大地的沉郁，河流的清婉

他们用线条，大胆勾勒村庄的呼吸
人世的安宁、悲欢，还有炊烟的影子

他们一遍遍挥霍万盛的风光，让画笔
在秋天的田野轻快地舞蹈

像悉心喂养的一只鸟儿，飞过渝南山野
洒下一串串欢乐、清脆的叫声

（2017年9月20日）

散文诗三章

冉仲景

悠然自得的口哨

“天上那个星星哟颗颗那个黄，

可怜那个情妹哟可怜那个郎。

可怜哩个星子它走夜路，

可怜哩个情妹呀她睡呀嘛睡空房……”

谁也不会想到，这舒缓而略显忧伤的旋律，竟是从一个正在干活的木匠口中流出来的。

而吹着口哨干活的木匠，他在乎的是横在面前的圆木，是斧头墨斗锯条刨子凿子与木头的关系，是工作进度，是正在制作的这件家具。

此时此刻，他已从圆木里，看见了木柱、木板、榫头和楔子，甚至是一件完整的家具了。

他专心致志地工作着，忽视了自己的口哨有多么迷人，更忽视了主人家的闺女那刚刚萌芽的爱情——

口哨声中，她颠三倒四，茶饭不思，辗转反侧，魂不守舍。

口哨声中，她的面庞由红润而憔悴，她的身体由丰腴而消瘦，她的青春由飞扬而歇下了活跃的双翅。

当他完成了工作，领取薪酬准备告辞的时候，他终于惊讶地发现：少女的目光是那样的迷惘，那样的失落，那样的哀怨，那样的凄凉，那样的绝望……

只有少女本人知道，木匠无意间吹吐出的口哨具有怎样的魔力。

请问：有没有木匠一样的诗人？

清洗瓦罐的女人

下一步，她必须把那只瓦罐清洗干净。

青菜、白菜、萝卜叶，都水灵灵地躺在菜篮子里。它们将被塞进罐子，在时间和水的作用下成为酸菜，为此，它们绿得更加慷慨，白得更加悲壮。那时，绯红的晨光从菜篮子里凸露出来，使菜叶上的露珠更为晶莹，更为诱人。

瓦罐似乎怀了孕，老是腆着大大的肚子，给人一种沉甸甸的感觉。当她想要把它搬出屋外时，我觉得罐子里肯定装满了东西，否则不会那么重。而让她挪着步子往外移，实在有点儿让人放心不下。事实上，瓦罐里没别的事物，只有经久的灰尘、蛛丝和黑暗。

她能用清水，将这些灰尘、蛛丝和黑暗全都清洗掉吗？我开始怀疑起来。

正如我想象的那样，她果真朝罐子里羼了好些刚从井里打来的清水。然后挽起衣袖，把一条藕色的胳膊伸进其中，哗哗哗地搅拌。那哗哗的声音，仿佛不是水发出的，也不是灰尘、蛛丝和黑暗发出的，而是过去的时光在里面回响。

片刻之后，她的手从罐中抽回，原先那藕白的胳膊好像在墨汁里浸染过一般，变成了黑色。面对这一事实，我惊诧不已：难道这只普普通通的罐子来自传说不成，要不然，它哪来的这般神奇？

羼水，搅拌，倒出。如此反复数次，她就拿出一条雪白的毛巾来，伸进罐内擦拭。每擦拭一次，她都要将毛巾凑到眼前，直到确认已经没有了任何尘埃留存其中为止。她的这一系列行为，彻底粉碎了我的怀疑，让我不得不承认:时间也是可以清洗掉的!

纵是这样,瓦罐也还是腆着肚子,并未因此而变轻多少,仍给人一种沉甸甸的感觉。

当瓦罐塞满了洗净的菜叶,她就封好罐口,将其倒置于屋角。她捋了一下额前头发,笑了。因为她已完成了今天的全部工作。接下来,她要让时间再一次进入瓦罐,与清水菜叶一道腌制全家人都爱吃的酸菜。

清洗罐子的女人并不十分美丽,但我却为她今天的工作着迷:清洗掉时间,又渴望时间重回,这算不算一种伟大的劳动?

扎进生命的钉子

我一开口说话,就会冷不丁地跳出一两个生硬的词语来,让你莫名其妙,困惑不解。其实,这些词语产自我的童年和童年的土地,它们土里土气,有一种野毛桃的涩味。尽管我上过学堂,念过语文课本,如今又在中学里教着语文,但它们的出现仍旧难以避免,纵使它们影响了我的表达,我也无能为力。

浪迹天涯的日子,我赞美过异乡的山水人物,也曾沉湎于无数次短暂的爱情。但每个夜晚的每个梦里,我都会无端端地回到故乡:哦,门前的香樟树,屋脊上吵吵嚷嚷的麻雀,瓦窑外黄色的泥浆,打柴归来的粗手大脚的农妇,野歌野调而又满面霞光的壮汉……

我得赶快回到父亲身旁。他老了,有一颗不太好用的心脏。母亲来信说,最近父亲要动手术,让医生剖开胸膛看看里面是啥情况。手术需要输血,镇上没人跟父亲血型相符,医生建议让我回去,从我身上采取。父亲只有我一个儿子,他把什么都给了我,我没有理由拒绝献出几百毫升血液。尽管此时我与父亲相隔数千公里,尽管明天要下暴雨。

语言,故乡,血液……我常常感到疼痛。当我打开自己,拆下一些关节或思想，到处检视，就发现了这些狠狠扎进生命里来的钉子！它们既不生锈，也不弯曲，牢牢地钉住我，让我无法翻卷，更不能飘飞。

即使给我一把钳子，我也拔不出这些钉子。

（2017年9月22日）

土地教会我歌唱 外一首

屿夫

纯净的蓝色天穹上
飘浮金色彩云
热烈的收割季稻香沉醉
灶火，昼夜不熄
土地裸露丰饶的胸膛
田垄，赋予我诗兴
奉献衷心赞美的感恩

哦呀，天空和大地
万物生长其间
结成争取幸福的联系
让我在你的田坎、湖畔
密林与河滨奔走吧
鸟儿说，一条路
是一个人的一篇史诗

地里只生产食物与歌谣
我将做你虔诚的耕者

秋歌

在秋天,要唱丰收之歌
为所有的果实,把颂歌献上
呼唤风啊,雨啊,秋虫啊
来伴奏,邀日月为客
给百鸟也分配一个声部
唱耕耘的坚韧,土地的恩宠
面庞若山岩,汗珠如朝露
生命的延续是最美的
挖下的每一锄,俱为光荣
忘情的农人,醉于歌也
身体化作田垄,果园,云雾
开垦出了新的田土
丰收,敬礼劳动的英雄
礼赞深挚的付出

稻谷,麦子,青稞,玉米
红高粱啊,散发清香的灵魂
藏匿颗粒之中,开始
游荡城市、乡村
讲述丰收的艰辛与欢乐

(2017年9月24日,获璧山高新区杯第二届重庆晚报文学奖)

缪斯的足音

——在川外聆听傅天琳诗歌朗诵会

易致国

今夜，注定无眠，我去川外约会。
山城的雨下个不停，大礼堂的廊桥上，
那个女神，举手投足，远处的高楼顿时矮了许多，
她正用诗歌的眼睛和双手，用诗歌与我握手。

我不知道柠檬是否黄了，
老姐妹的手啊，
就是那个在缙云山的果园姑娘，
她喂饱了土地，喂饱了森林，
她欢呼着母亲，她深情的孩子。
泪水在男人的眼眶里打转，母亲也是这样，
她从一个少女走入青年再步入花甲，女性的魅力永存。

今夜，川外已经无眠。
那些年轻的眼睛，黑夜里给了光明。
从远郊，从千里之外，带来的不只是一个个“粉丝”，
他们的心她们的灵魂，与你相依。
女神，这是你说的，这些座位坐过的同学，
此刻都被缪斯盘旋着。

大礼堂的上空，我看到久久不走的抒雁，李杜，他们的身影。

川外，窗外，都是雨声，那些和弦的柠檬，
今夜，明夜都与你连在一起。
每一个花田树下，每一个月上柳梢头，
都是天琳的目光和缪斯的足音。

（2017年9月25日）

窗外风景 外一首

韩继明

窗外，不再有山峦起伏
云说
我寻着风的痕迹
聚散离合
天，因我更蓝
夜幕下追着月
水墨染出我的影

窗外，不再有树影婆娑
雾说
轻纱薄幔
飘舞在今天的清晨
遐想，足以陶醉
当柔和的初阳触及脸庞
鸟语捎来花的芳香

窗外，不再有华灯流彩
风说
我是免费的精灵
总在恰当的时候

送走你落寞的叹息
有声或是无声
让你看见窗外的风景

初见，在幽静的山坳

喜欢你
优雅的深绿
在风中的孤傲
含而不露的矜持
在清亮的早晨
隐在幽静的山谷

归途，寒风中
虚构一幅春的图画
幻想你
在百花中争艳
还有夜里飘逸着暗香

风催，雨敲
羞涩的你一言不发
静静等待时间来唤醒
花蕾的妩媚

风雨，失去了耐心
浓郁的云遮挡月亮

清晨,时间去推开
沉重的大雾
在不经意间
你把寂寂的绿换成燃烧的红
轻吟漫步走到面前

（2017年10月31日）

秋风里的李市镇

黄海子

一

她老了
青瓦的房顶上一印一印的皱纹
像被秋风吹驼背的母亲

石板的街面
游人在磨损时光的印记

两边的街铺上
摆满了新鲜的纪念

童年的大铁环
叮叮当当地滚进巷子里

二

不用记住这个镇子
它的每一条道路都熟悉

茶馆里一杯一杯的茶
通向每一个村庄

小酒馆依旧操着老手艺
蜘蛛网还在墙的角落
过滤着生计

那条河一直随季节涨落
岸上那棵老黄葛树
静静地立在夕阳里

三

我是被镇子撒播出去的种子
落在远方,落在思念里

走到哪里都会成为
一片稻田,麦田,或者高粱地

在秋天,收获季
会呈现镇子朴实的声音和颜色

季风总是吹来吹去
我的镇子被风吹进血脉

(2017年11月5日)

情歌

诺布朗杰

我梦过的鹰鹫飞在天上
它不在天上的时候
天是空的

我牵过的骏马拴在湖边
它不在湖边的时候
湖是空的

我念过的姑娘藏在心头
她不在心头的时候
我是空的

（2017年12月4日）

入冬，为你披一件外衣

泣梅

靠得太近，我们像脚步和影子
像牙齿和舌头
溃疡越来越严重时，才想起
一些无心的伤害，留下了痕迹
想起，无数次，树一样并立，又无数次
水一样渗透，经年的风，目睹我们
相互纠缠，互相亏欠、互不妥协
染色层林，是给一座山的外衣
我羞于说出誓言的华美，简装前行
沿小路，丢下零乱的愧疚
冬天之前，你教会我看淡坎坷
并接受悬崖，以及急流或者险滩
于是，我明白雪花，就是
喜极而泣的眼泪，跳出了窠臼
于是，我们不在乎苍老，也不分辨距离
一只手，握紧另一只
默默地，爱滔滔江水，爱滚滚红尘
松动的牙，你有，我也有，它们把
咀嚼过的岁月，放进回忆的木纹，还原
一路欢歌，而我在歌声里，为你披上的
无一不是，淘洗不去的如烟往事

（2017年12月10日）

超时空恋人

青无花果

海清涓

进入罗盘村地界，公路越来越窄，弯道越来越多。路过一个小卖部，一棵姿态不凡、叶宽枝壮的灰褐色果树，吸引了我的目光。

我放慢车速，用手机快拍了张照片，准备发到朋友圈，问问果树的名字。

一条大黑狗突然从果树后的院子里蹿出来，汪汪乱叫一气。我一分神，突然加速的车子，生生撞断了果树靠路边的两根大枝。

倒下的树枝差点儿砸着车窗玻璃，吓出我一身冷汗，别把车子给砸坏了。小球似的青色果子，可怜巴巴地朝公路下方滚动，宽厚光滑的绿树叶，居然有乳白色的汁液渗出。

没想到，果树在受伤时，也会掉泪。我伤感地抓拍了一张照片，看到车身没有擦伤，便继续转动方向盘。

车刚开出十几米，一个扛锄头的中年男子不知从哪里钻出来，挡在公路中间大吼：停车！停车！

我吓了一跳，急忙解释，我不是故意的，我赶时间，我是来村里给……

管你是来干什么的，我只知道，你的车撞断了我家两根无花果枝，撞掉了那么多嫩无花果。男子面无表情地打断我的话。

我一脸惊讶，想不到，无花果树如此帅气。虽然吃过松软甘甜的无花果，却从来没有见过无花果树，更没有见过成长中的无花果。城里卖无花果的很少，那次吃无花果，还是一个乡下同学的亲戚送的。

男子把锄头放下来，握在手上，没好气地说，帅气，还鬼气呢。撞了无花果树就想跑，哼，你跑得出罗盘村吗？

两根树枝,赔你200元。我自觉地掏出了紫红色钱包。

男子瞪大眼睛,200元?你打发叫花子?

我看了看钱包,为难地说,那,你说应该赔多少?

男子眼珠一转,赔多少,你说了不算,我说了不算,得由无花果树说了算。

无花果树又没长嘴,它怎么说话?我纳闷间,陆续赶来的村里人已经替年轻男子算起了账。无花果树一年结多少无花果,两个姐姐一个哥哥,一家分多少斤,一斤值多少钱。读小学五年级的女儿吃不成无花果,身体和学习要受影响。每年卖给中医的50斤无花果,今年怕凑不够了。掉了的嫩无花果到成熟要卖多少钱,还要影响明年结果,最严重的是如果断了两根大枝的树子死掉,那可就亏大了。无花果营养好,可以治好几种病。无花果树很少见,整个罗盘村就这一棵,贵气着呢。七嘴八舌一算下来,我得赔男子18760元钱。

撞断树枝有错,赔点钱应该,可男子一张口就是18760元,这明明就是欺生和敲诈。打开钱包,看着钱包里的2000元钱,我一半愤怒,一半无助。如果不是有几十个留守女童在村小等我,我真想一气之下调转转向盘回城了。

好说歹说,赔了2000元现金,留下金项链和银行卡,我才脱了身。

20分钟后,我终于把车开到了目的地,罗盘村小学。随等候多时的校长走进一间大教室,几十个女孩齐刷刷站起来,一边鼓掌一边欢呼:许老师好,欢迎许老师!

同学们好,请坐下。看到这群留守的女童,想起那些散落在公路边的青色无花果,我的心微微地疼了一下。

打开笔记本,我开始给孩子们上课。这堂课与课本无关,是关于留守女童青春期的健康知识。到游戏互动环节时,我发现窗外站着一个人。仔细一看，居然是敲诈我的中年男子，他正目不转睛地盯着第二排的绿衣女孩。

撞断无花果枝的事已经了结了，他还追到村小来干什么。他会不会是想打绿衣女孩的主意，想到这里，我吓得声音都变调了。我急急走下讲台，准备向校长求助，男子一闪身不见了。

讲座结束后，我忧心忡忡地打开车门。刚才坐第二排的绿衣女孩突然跑了过来，我拉住她的手，想要叮嘱她几句。她却递给我一个黑色的塑料袋，许老师，爸爸让我把这个给你，爸爸还让我对你说，对不起。

打开塑料袋，里面是一叠钱、一根金项链和一张银行卡。

握着失而复得的银行卡、金项链和2000元钱，我的心里五味杂陈。转身看女孩时，她已经跑开了。

弯弯曲曲的山路上，女孩的背影，越来越小，越来越小，小成了一个青色的无花果。

我的眼镜，蒙上了一层薄薄的雾。

（2016年2月21日）

超时空恋人

刘婷

兰月最近有点儿精神恍惚,同时又感到甜蜜美好。因为,她爱上的这个男人是有限制的。

这像是一个虚拟的男朋友,他们好像不在同一个时空和星球。他们白天的手机总是处于麻木和昏厥冬眠状态,只有到了晚上八点半,她才可以浓妆艳抹,袅袅婷婷地出现在空无一人的夜色之中,投入他那温暖宽阔的怀抱里去。

难道他就是传说中的超时空恋人——来自星星的你吗?

她还记得在那个狂风暴雨的夜里,她才从飞机上下来,单身的她没有人来接机,一向高傲虚荣的她心里倍感凄凉。雨又大,她浑身都湿透了,是他撑着一把油纸伞来接她,义无反顾地帮才从丽江搭飞机回来的她提包拿箱,还脱下自己身上的雨衣给她。于是她加倍珍惜这份来之不易却又充满神秘诱惑的感情。

他们一起骑着摩托车去山上看星星,顶着风去山腰聊天,他们互诉衷肠,他带她去荷塘采荷花,去温泉城看电影,不过他常常告诉她说,我什么也不能给你,你还愿意和我在一起玩吗?

是真的爱,就不能计较,她大声回答他,在背后搂紧了他伟岸的身躯,看着路人艳羡的目光。她是幸福的。

不过这样的日子有时他们也会吵架,因为白天的时间毕竟总会比夜晚多。她思念他的时候,她竟然不能拨出那个电话号码,即使是微信,她也不能。这样暗无天日、鬼鬼祟祟的生活她也算是受够了。

不过每当她想要和他吵架时，她似乎又总有点儿于心不忍，因为他就是小说《左耳》里边的那种从小没有人管的单亲留守儿童，到处流浪，偷兔子卖，偷楼道里的鞋子的坏孩子。他低着头说，他的父母离婚后，大人都不管他，他没有吃的，只好出去要饭，露宿街头，这样的日子从小给他造成了很大的心理障碍和阴影。于是，他用了很多年才可以真正地走出来。说到这里的时候，她总是很黯然神伤。可怜的单亲孩子，可怜的留守儿童。

不过还是有一天，她突然莫名其妙被人打了。

小三，不要脸！女人和一个男人骂骂咧咧地走了。

她躺在医院的输液室里，眼泪横流。原来我是小三，我怎么就成小三了呢！真可耻。

她又发现，他很久都没有和她联系了。

难道他出了什么事情了吗？

她跌跌撞撞地找到了他说，你还好吗？

我很好啊！我有老婆和孩子照顾我呀！他说。

那你也不管我过得好不好？

没有遇到我之前，你一个人不也是过得很好的嘛！

是呀，我离婚后，一个人买菜，一个人做饭，自己吃饭，自己和自己看电影，散步。她自言自语地说。突然感觉自己好崩溃。

她惊醒了，原来从来没有人来打过她，她只是做了一场梦。

她彻底冷静下来，拨了个电话对他说，既然你们离婚的时候你不知道她有了你的孩子，那现在你们就复婚吧，我祝福你们。今后你每天八点半下班后，就不用来陪我了，去好好照顾她吧！

他说为什么呢？你要这样做！

难道你希望你自己的孩子今后再做一个单亲家庭的留守儿童？希望自己的孩子也重蹈覆辙？

你真好！他说，假如我们早点儿认识该多好，我一定陪你永远地走下去。

他们现在依然是朋友，也许，就是个特殊的亲人而已。

（2016年4月27日）

菜农与大桥

庞国翔

长江流到这里，拐了个弓形大弯，所以当地人将此段长江叫弯江。弯江将这里隔成南北两岸，南岸是一座很热闹的城，北岸是一个叫高坪的村庄。

高坪村王罗罗一家和其他村民一样，都是以种植蔬菜为生。他们每天早上很早就乘船过弯江，去城里卖蔬菜。中午在城里吃碗豆花饭，下午闲逛一阵后，在傍晚时分才乘渡船回到高坪。

弯江渡船每天只有早中晚三班。这也不知是谁定的，反正开始就如此。这对于种菜卖菜的菜农来说，很不方便。于是，他们梦想着城里的船舶公司每天增开过江船次，增开个两三班也好啊。但是，梦想归梦想，几十年都没有实现。

有一天，王罗罗在城里卖完菜后闲逛，看到了有一个叫交通局的牌牌，他就钻了进去。值班的问他干啥，他说找厕所撒尿。可他上完厕所后不走，值班的又问他还要干啥，他说要找局长。值班的又问找局长干啥，王罗罗没回答要干啥，只是诡谲地说了一句：局长是我老表！

局长接待了王罗罗。

五个月后，弯江过江渡船增加到每小时一班，南北两岸对开。南岸的菜农都说：感谢这个老表啊！

二十多年过去了，王罗罗快七十了。他不再种菜卖菜了。不过，他常与高坪村的菜农们讲起年轻时冒充老表独闯交通局局长办公室的事。最后他还会补充说道：局长说将来还要修桥呢！

儿子王小罗接班种菜卖菜。但他卖菜不用担子挑,而用摩托车载菜。在渡口上船过江后,摩托车载着菜筐开到菜市场。这比起老汉当年用竹筐担着上船过江卖菜,方便多了。

王小罗是一个实在的汉子,也很勤苦。一周七天,五天种菜,两天开着摩托车上渡船进城卖菜。但是,一年中总有些时候弯江涨水封渡,或大雾封渡。封渡不开船,他就会骂娘:封渡停船,老子的菜全烂了。

一天,弯江南岸高坪村来了一位六十多岁的老人,一看便知他是个城里人。他打听到了王罗罗家。

老伙计,还认识我不?客人说,我是老表哟……

你不是城里的交通局局长吗?你是给我倒过开水的最大的官。

客人笑了。他说他已退休多年,但这个"老表"的形象一直在他心中,于是他就来到了大江南岸的高坪村。

晚上,客人就住在王家。王家人围着客人侃话聊天。

客人说:"告诉大家一个好消息,政府要在这弯江上修座长江大桥,很快就要动工了。"

全家人都兴奋起来了。王罗罗端起酒杯说:"这下可好了,以后进城卖菜不用天天等船过江了。以前等船等得心慌啊!"

王小罗站起来点燃一支烟说:"这下可好了,我的摩托车可直接进城卖菜了……"

这时王小罗的儿子王幻幻也接上嘴:"大桥修通,我就到城里去读初中,上高中……"

王罗罗瞪了孙子一眼后说:"城里人喝口水都要钱,你以为你爷爷老汉是开银行的啊!王家祖祖辈辈都是种菜的!"

客人端起茶杯感叹道:"三代人,不同的梦啊!"

三年后大桥终于建成。老局长过世了,王罗罗也过世了。局长葬在城郊的公墓，而王罗罗却葬在高坪山上。山下面正是弯江，他能日夜看着大桥。

高坪村的地被征了，王小罗种不了菜就在城里买了房，在菜市场搞批发，算是个小菜老板。王幻幻，则进了城里的学校。

（2016年6月22日，获璧山高新区杯第二届重庆晚报文学奖）

枪手

程华

在吴宇森的暴力美学里，“枪手”是强悍神秘的。在大多数人眼里，“枪手”是冷血残酷的。枪，似乎代表着杀伐，代表着威势，甚至代表着一种强权。本文以数年前一起新闻事件为原型改编。隐去人物实名，以一次真实的人质解救事件为背景，刻画了一名警方狙击手的心态。

——题记

那是一个风和日丽的周末，下午三点半左右。正与妻子在郊外享受阳光的警察严欢突然接到指挥部急电，令其火速赶往中心现场。

严欢打个招呼就走了。多年养成的职业习惯让他对家人守口如瓶，家人也习惯了他的来去匆匆。

严欢驱车风驰电掣般赶到现场。只见工地的一圈铁板后，一个年轻男子正手持菜刀劫持一名五六岁的小女孩，还对着人群狂叫：“不要过来，不然一刀砍了她！”

据了解，该男子因情感纠葛心生恶念，遂持刀冲入闹市挟持了女孩。对峙一小时苦劝无效后，警方决定采取行动。

此时现场有上千名围观群众，喧嚣震耳。大批民警把守，中心地带和人群被一圈黄色警戒带隔断。男子的菜刀在女孩头顶不停挥舞。严欢嗅到了危险气息：一浪高过一浪的喧哗极易刺激男子使其发狂失控！

这已不是第一次临危受命。十多年前首次担任狙击手的经历还历历在目。最令严欢难忘的，不是真枪实弹千钧一发的对峙，而是在他一枪击倒持刀歹徒，与队友们冲进关押人质的屋子后。

那女子蜷在屋角，面色铁青抖成一团。一见严欢，她一下软瘫在地，被扶起后愣怔半天才“哇”地哭了出来，眼泪流得他一身都是。

那一刻，严欢明白了什么叫劫后余生。劫后余生的岂止是她？还有他。一条命就系在他手里，手指稍偏一星半点，后果会怎样？

此时，一把手枪又由战友手中交到严欢手中。交接瞬间，双方都沉默着，只交换了一个只有彼此才能读懂的眼神。

紧张、激愤的人群一点点涌向中心现场，被民警挡回去。人群趁民警转身又浪潮般回涌两步，马上又被推回去。在场民警声音嘶哑了。不断进退中，气氛紧张得令人窒息。

女孩脖子上被刀拉出两道细细血痕。她号啕着试图挣扎，激得男子更加狂暴，挥舞的菜刀好几次差点儿戳到她的头颈。她的母亲在一边惊惧交加两次昏倒，一醒来就不顾一切地撕扯试图劝阻她的民警，要冲过去解救女儿。

刻不容缓。现场指挥下令：一旦时机成熟，立即发起攻击！

攻击时机很难把握。稍一犹豫，女孩可能遭遇不测；打，若一枪打偏，男子一旦有时间反应，人质依然可能伤亡。

严欢清楚，他接过的不是一把不足千克的手枪，而是女孩的命，是一个家庭全部的希望。作为狙击手，他也清楚一次失败意味着什么。他只有一枪。没有第二次机会。

他把枪藏在身后，缓缓朝男子踱去。身材清瘦，一身便装，漫不经心，他看上去更像一个没有任何威胁的围观者。

这十几米，他走得很慢，边走边飞快地寻找最佳射击点。心底，一个冷冷的声音金石样划过：此刻你是枪手。心无旁骛才能人枪合一，才可能在这场生死较量中胜出。

几分钟后，他转到一棵大树背后。此时，随着最佳射击点渐渐凸显，他的眼里除了那把挥舞的菜刀和女孩惊恐的泪眼，其他的，已纷纷虚化、淡出。

指挥部意识到，严欢即将发动攻击。周围民警奉命不断从各个方向喊话，劝男子放下菜刀。男子的注意力开始分散，脑袋不停东偏西转。

男子再次转头，严欢果断举枪！然而对方突然又转回头，严欢迅速收枪。如果正面开枪，对方很可能看到，势必反射性躲闪，这一躲人质便生死难测。他只能趁对方分心转头的空当出手。

严欢没有强行攻击。他看客般悠然静立，脸上甚至掠过一丝不易察觉的笑，眼睛则死死盯住对方。

几分钟后，民警再次喊话，男子的脸又朝喊话的方向转过去。

举枪、瞄准，严欢迅速在对方转头瞬间扣动扳机！瞄准、击发，干净利落一气呵成，全程不足两秒。

枪响了，对方应声倒下。特警迅速冲上前将女孩抱上警车驶往医院。女孩得救了。

严欢面无表情，退到一边，退弹、验枪、还枪，然后消失。

待惊呆的群众反应过来，严欢已无影踪。

半小时后，听严欢轻描淡写提起刚才的一幕，严太太冷哼一声，骗人，这么一会儿你都救了人质了？编你的警匪片吧。他笑笑，端起茶又晒太阳去了。

当晚，看到电视新闻的严太太抹着泪说，欢，这是真的？你不怕？严欢依旧淡定，枪在我手，怕甚？

是夜，万籁俱寂，严欢久未入睡。男子倒下瞬间，女孩脖子上的血痕、大眼里的泪光，母亲嘶哑的哭喊，一幕幕在眼前交替叠化，越来越快越来越快……

纵是训练有素，也一时无法摆脱内心纠结。人都有情感，他也不例外。那毕竟也是一条性命。但当邪恶严重威胁无辜生命之际，除了攻击，他别无选择。

他无悔。

枪，就是警察的第二生命。枪，在警察手中，当是捍卫正义的武器。警察的一切都为使命而存在。举枪那一刻，已甘心放下所有。他们就像一把上膛的枪，随时准备，呼啸着，出击。

（2017年7月3日，获璧山高新区杯第二届重庆晚报文学奖）

云雾深处 山茶香

李菊洪的24只小板凳

汪渔

《欲望城市》里说:如果让她在一双鞋和男人之间做抉择,她一定会选择鞋。

但李菊洪不会这样。她从不要鞋。

她跟老公说:我要板凳。

老公寻了几座山,找到合适的木头,交给木匠。

他告诉木匠:凳高30厘米,长15厘米,宽8厘米,同一规格,要两只。榫头不能用楔子,否则时间略长,楔子松动,就会夹肉。

木匠一斧子劈下去,那木头差点儿溅出火星,才发现这是山里最结实的枣木。便说,木头硬,外加不用楔子,做工精,至少多耗一个工,你要多付一天工钱。

她老公爽快地答应了。

板凳到手,老公还是担心磨损太快,特地找来橡胶,为每只脚"钉掌"。李菊洪掂掂重量,比以往的重了许多,相信这回的板凳一定经用了。

于是她一手拎着一只,愉快地朝村民家中"走"去。

一

李菊洪本来也是用脚走路的。

1983年3月,命运发生了改变。

她好好地走在路上，一辆疾驰的大货车“呼”地把她卷入车底。醒来的时候，腿没了。小腿、大腿，全没了。

那时，李菊洪只有4岁。

8岁，她学会了一手撑只小板凳，“走”到邻居家和小伙伴玩。

此后，她就这样走进小学、中学。

1997年，通过考试，她走进重庆江津特殊教育学校。

在这里4年，李菊洪学了中医。

毕业之后，何去何从，她细细思量：若去外地，就算人家不是歧视，就算人家当作好奇，总会多看自己两眼。不如回到家乡，村里老少，看着自己从小长大，心理接受的就是没有腿的李菊洪。

从此，重庆市合川区清平镇瓦店村，有了一名无腿女村医。

二

正如盘算的那样，李菊洪没有腿，乡亲们早已接受。

但她没盘算到，一个无腿的人，能够给四肢健全的人治病，乡亲们打了问号。

村里李姓人家居多，排行下来，李菊洪辈分很小。腿脚不灵便，李菊洪嘴很甜。见人打招呼，尽管李菊洪嘴里“姑姑”“婶婶”不离口，但在求医问药上，大家还在考量。

李菊洪说：我身体不便，得到了大家很多帮助，现在我要尽力回报你们。我经历了九死一生，你们的病痛，我感同身受，我会努力减轻你们的病痛。乡亲们觉得此话对头。

一天黄昏，村里一位老伯，突然不省人事。凭借人生阅历，村里老人判断老伯“中邪”了，请来端公道士，作法驱鬼。

李菊洪据理力争：老伯是脑部出血，如不及时抢救，会有生命危险。

她径直呼叫了“120”。

经过治疗，老伯康复出院了。

李菊洪让大家长了见识，大家也叫响了她的名声。

三

乡亲们不断上门就诊。

李菊洪不但给他们看病，还供人吃饭。

行医伊始，她定下三条规矩：无论谁来看病，都要笑脸相迎、耐心细致；到了饭点时间，必须留看病的老人和孩子吃饭；困难户来看病，只按成本收费，特困者全免。

问她为啥要定这样的规矩，她反复讲一件事：

小时候每年都渴望春游、秋游。

每次出游，老师和同学总会一人背她一程，从未将她落下。

就这个理由，三条规矩，从2001年开始，至今已毫不走样执行了十多年。

当然并不是每次都是乡邻送上门来求治。

尤其是近些年，村医要承担国家11项基本公共卫生服务项目，任务要求她必须天天出门“走走”。

村卫生室的墙上，贴着一张大表：“家庭式”签约服务130户，高血压病人管理91人、重性精神病管理9人、预防接种106人……

李菊洪一口气背完了这些数据，随后跟了一句：这些人分布在哪个位置，我全都心中有数。

我们不禁惊诧起来。

瓦店村地处华蓥山麓，山峦挺拔，沟壑纵横，林木幽深。于常人，这些都是风景；于李菊洪，这些全是陷阱。

然而,她就这样每天坚持上午坐诊,下午出诊或深入村民家庭开展“随访”,竟然坚持了15年!

15年来,无腿的李菊洪走遍了这里的沟沟坎坎,走遍了全村和附近村庄的700多户人家,累计行程8万多公里,行医6000多人次。

镇卫生院院长说,全镇开展村医医技医德测评,李菊洪已经连续5年排名前三。

院长还说,2014年,电脑“摇号”,“摇”到瓦店村公共卫生服务项目接受国家验收。专家实地调查,结论为瓦店村“走在全国前列”。

李菊洪说,这不算啥,就是太费板凳。以前的松木板凳,几个月就“走”坏一对。行医15年,已经“走”坏了24只小板凳。

“谁有我这么多腿? 24只板凳96条腿。”李菊洪说。

“乡亲们的召唤,就是我行走的力量。”李菊洪还说。

四

有人关心她走得远不远,有人关心她走得累不累。

她的丈夫刘兴堰,既关心她的远,又心痛她的累。

2002年,李菊洪的坚毅乐观折服了刘兴堰。

他决定:放弃一生说走就走的旅行,拥有一场不管不顾的婚姻——入赘李家当上门女婿。

“我要背你一辈子。”

当初的一句承诺,刘兴堰已坚守了14年。

雨雪天随访,半夜里出诊,到镇上参训学习……丈夫并不宽阔厚实的背,便是李菊洪安稳晴朗的天。

即使坐在从不离手的小凳上,李菊洪身高也不足1米。

于是,家里所有电器的开关,离地不到1米。家里每扇门的锁,离地不到1米。家里凡是伸手能及的高度，严格控制为不到1米。

有一处设施，算是低调的奢华。

她的家里，有两个厕所。其中一个，是丈夫为她量身定做的。

考虑到李菊洪的特殊原因，当地“特事特办”，尽力为她提供方便。

李菊洪从家里去村卫生室，每次都要穿行公路，有安全隐患。大家便商量，直接把她家的底楼，改造成标准化卫生室。配置药架、药柜的时候，特地将储药层改到上面、常用药层改到下面。大伙给李菊洪配置了专门的轮椅，镇卫生院为她单独制订了培训计划……

五

2016年2月26日，星期五。

临近下班的时候，我接到国家卫生计生委通知。

“你们重庆‘无腿村医’李菊洪，行医15年走坏24只小板凳的事迹，刘延东副总理批示表扬了！”

此刻，远离中南海的李菊洪，正被老公、儿子簇拥着出诊归来。

宁静幽远的大山里，是一家三口欢快的对话。

“一块木牌五寸长，一条红蛇在中央，天热抬头往上走，天冷缩头往下降。”

——妈妈的温度计。

“橡皮管，挂耳旁，小圆块，贴心房，它对医生把话说，心脏跳得怎么样。”

——妈妈的听诊器。

“一只马儿四条腿，没有脑袋没有尾，一生只会供人骑，永远不用草和水。”

——妈妈的板凳！

（2016年03月19日，获璧山高新区杯第二届重庆晚报文学奖特等奖）

江上护鱼人

罗安会

长江上游江津水域，是濒危鱼类保护区。在水域内，有一艘执法快艇，白天、黑夜穿梭在百多公里水域内。驾驶快艇的是长江上的护鱼人——刘鸿。

一天傍晚，这位不惑之年的汉子站立船头，声音洪亮，指挥着志愿者们加快航速，向“线人”举报的江边驶去。快艇一到目的地，捕鱼者慌了神。刘鸿他们打开探照灯，用高音喇叭喊道：“不许动，我们是护鱼执法队的。”刘鸿出示执法证，当场收缴了非法捕鱼者的作案工具，拍照留下现场证据后，移交区渔政执法大队处理。

刘鸿何许人也？

他，在长江边长大。小时候，他常到河边同老表上船捕鱼。江津水域多少年来，是五百多条家庭渔船赖以生存的饭碗。

16岁那年，刘鸿拜师学徽州古建筑的绘画和雕刻。19岁时，去西藏当兵。四年的部队生活，他的擒拿格斗成为全团佼佼者；空余时间，美术、雕刻，仍是他的最爱。退伍后，他回到了镇上，在父亲支持下开办了一家古建筑公司。经多年历练，他获得了国家级古建筑营造师资质。

近年来一些非法捕鱼者用高压电流网鱼，几十斤重的鱼都会瞬间晕死，而渔民捕鱼却十分艰难，有些渔民被迫改行。刘鸿对非法捕鱼十分愤怒：“这种毁灭性捕鱼，破坏生态环境，会给子孙后代留下遗憾。”

有一年春节，刘鸿驾驶着渔船，逆行而上，巡视禁渔期的航道。他航行到回湾坝时，看见有人在撒网捕鱼。他上前制止，却遭到激烈反抗。

违法嫌疑人把船加大马力，撞翻了刘鸿的船，刘鸿掉入江中。他靠良好的水性，抓住对方船沿，一跃而上，并制服了船上人员，偷捕者被送交渔政处理。渔政领导见刘鸿是条汉子，聘任他作“编外”执法人员，并颁发了执法证。

此后，刘鸿获得了渔民的拥护，纷纷表示愿当“眼线”。为做好护鱼工作，他自费设举报奖；还拿出20多万元，经审批后购买了一艘执法快艇，他还在镇上发展志愿者，壮大了护鱼队伍。

禁渔期间，刘鸿接“线人”报告，有人在荀州坝撒网捕鱼。刘鸿带上一位志愿者，驾船将违法渔船拦下，违法者跑掉了，刘鸿他们在船上收网时，逃跑的人却邀约了十多人，将刘鸿他们拉上岸，团团围住，推推攘攘，想夺回渔网，抢夺刘鸿的照相机，销毁现场证据。刘鸿据理力争。此时，船上逃跑的那个人，捡起鹅卵石朝刘鸿头上猛敲下去，血流不止，肇事者见事态扩大，纷纷逃窜。刘鸿被送到医院缝了针。水上派出所的民警赶到现场，行凶肇事者被刑拘和罚款。刘鸿受到了水上公安部门和渔政部门的表彰。

春天，是鱼类产卵期，刘鸿常带志愿者配合渔政部门一起，在长江放养鱼苗，扎水草让鱼产卵，为后代造福。

刘鸿一身正气，恐吓，贿赂，说情，他都不买账。

（2016年6月10日）

三打文家寨

王国伦

1993年4月的一天，在北京一将军楼内的书房里，一个年逾古稀的老人在一张宣纸上写下了“文家寨”三个苍劲有力的大字，这位老人就是李德生将军。

远在北方的李德生为什么要为江津区四面山的“文家寨”题写寨门字匾？这里讲讲李德生将军三打文家寨消灭西南最后一支土匪武装的传奇故事。

李德生，中国共产党的优秀党员，久经考验的忠诚的共产主义战士，1930年2月参加革命工作，1955年被授予少将军衔，1988年被授予上将军衔。是中国共产党第十一届和第十二届中央政治局委员。2011年5月8日在北京因病逝世，享年96岁。

要说李德生与文家寨的渊源，还要从1949年说起。这年年底，蒋介石计划用残余的军队，固守西南，拒解放军于四川境外，等待国际局势的变化，再图反攻。但由于国民党军心涣散，卢汉、刘文辉等重要将领纷纷起义投向共产党，使得蒋介石保留国民党在中国大陆最后根据地的企图终归破灭。但是，一些顽固不化的土匪，在国民党军统特务的指挥下，仍负隅顽抗。江津各地土匪全面暴动，抢粮掠地，杀害工农干部、共产党员，枪杀解放军，无恶不作。

刘伯承、邓小平、贺龙等西南军区首长命令李德生的35师104团以及秦基伟的15军警卫团配合地方剿匪。于是，诞生了李德生三打文家寨的佳话。1950年，在解放军重兵打击下，江津北部的土匪主力很快溃不成军。小股残兵败将不甘失败，纷纷逃至四面山中，纠集在文家寨。一时间，文家寨成为以"反共救国军西南游击司令部"司令何清云为首的反共大本营，并与江津南部的土匪遥相呼应，形成掎角之势，企图凭借文家寨的天险和人熟地熟的优势，扩大地盘，伺机反扑。

1950年5月6日，何清云纠集残余土匪进攻四面山双凤会龙庄，杀人放火，抢劫粮食，被解放军击败，不得不退回文家寨，作困兽犹斗状。

文家寨坐落在半山腰上一条狭长的洞穴里，洞长一百多米，最宽的地方十多米，最窄的地方只有一两米。文家寨地势险要，四周悬崖峭壁，只有一条二三十公分宽、弯弯曲曲的羊肠石板小道通往匪窝，一道小寨门成了一夫当关，万夫莫开的死亡之门。

解放军104团的第一次进攻，就因山高坡陡，地势狭小，土匪凭借险峻地势，居高临下，我军又受到摩天岭和飞龙庙方面的土匪两面夹击等因素的限制而告失利。

经过短暂休整，解放军迅速发起了第二次攻势。土匪死守独路，用枪用滚石袭击解放军，再加上在摩天岭和飞龙庙的土匪趁机捣乱，策应文家寨的土匪，第二次进攻再次失利。

解放军走访当地百姓，找到一条从山顶通往洞穴的秘密通道，多次召开军事会议，集思广益，研究作战方案。又在当地群众指引下，切断文家寨里唯一的饮用水源。然后击溃摩天岭和飞龙庙的土匪，剪除其羽翼，再发动强大的政治攻势。把匪首何清云的母亲动员到文家寨脚下，当面给儿子何清云喊话，劝儿子投降。

在解放军前两次的沉重打击下，这时的文家寨早已不是铁板一块。眼看解放军重兵压境，攻势一次比一次猛烈，土匪知道自己被围得铁桶一般，大势已去，人心惶惶，军心动摇。

解放军经过周密侦察，制订了详细的作战方案，李德生将军运筹帷幄，见时机成熟，果断地发起了第三次进攻。猛烈的炮火，强大的攻势，何清云在走投无路的情况之下,不得不缴械投降。这一战,击毙了国民党军统特务卢专员,活捉了何清云。这就是西南剿匪史上著名的李德生“三打文家寨”的故事,也是西南剿匪最后一仗。

李德生三打文家寨成为佳话,引来了艺术家们的极大兴趣。某电视剧制作单位以“三打文家寨”为原型,以“文家寨”为背景,拍摄了电视剧《黎明绝杀》。

(2016年8月17日)

七曜山逸事

黎延奎

重庆人到亲朋家串门，快到饭点，眼见主人捞衣挽袖准备做饭，通常都会说上一句“下碗面就行了！”这一来可以把复杂变得简单，二来现在吃确实不是什么大问题，到别人家蹭饭打牙祭的人实在不多。但十多年前，在七曜山腹地憨厚老实的农民老杨家里，我却因为这句话，让主人很是为难了一番。

大约是1997年二三月间，刚由重庆代管的万县市(今万州区)，正推出一个先进典型——万县市五桥区普子乡党委书记谢茂林。谢茂林是孤儿，20世纪60年代响应上山下乡号召，到苦寒的七曜山区插队落户，因当地百姓对他有救命之恩，在知青返城时，他选择了留下，并与当地农村女子结婚生子，把根扎在了七曜山，并一步步成长为乡党委书记。1996年的夏天，谢茂林出差，为节省经费，他不用乡里的公车，而是天不亮去挤大客车，结果客车翻下河沟，不幸殉职。我去采访时，谢茂林已经去世半年多。那个年代，一个边远山区的乡党委书记是留不下什么影像资料的，我们能见到的谢茂林的唯一影像，就是一张谢茂林入党时贴在登记表上的一寸黑白标准照。当时去采访的记者较多，重庆主城的、万县本地的，前前后后去了近20人，但他们大都在乡政府周边转转，几个“知情人”被一些记者训练得只知道翻来覆去背那几句话。

如何呈现这个人物，让我伤透脑筋。当时听说七曜山顶上住着一家人，户主叫陈诗清，谢茂林为使他家脱贫，曾几次去他家帮助他种植烟叶。谢茂林是陈家见到过的最高级别官员。但陈家住的地方不通公路，走路要两天，并且全是陡峭的山路。凭直觉，我知道去陈家肯定有故事。那时年轻，新闻理想很执着，我丝毫没犹豫就决定去。但乡里去过陈家的干部很难找，后来总算找到一个大概知道路的工作人员，我要上山，摄像机、磁带、电池一大堆，一个人是肯定不行的，台上同行的驾驶员冯长青，平日和我私交不错，答应陪我走一遭。

第二天一早，乡里的一名工作人员带路，我特意脱掉皮鞋，花了12块钱在乡里一家代销店买了双帆布的解放鞋穿上。

山路难行，一上路就感受到了，弯弯曲曲，又窄又陡，羊肠小路真是一个绝妙的比喻。但沿途的场景和采访到的人物，却让我兴奋。记得路上碰见了几名赶马人，他们用自己的语言讲述了他们眼里的谢茂林，说谢是个“蛮对头的人，看到我们农民都是笑嘻嘻的……”。没有排演，直接从生活中抓取的人物和场景，鲜活、真实，有一种拂之不去的张力。我们边走边拍，不知不觉已是下午四点多钟，带路的乡干部告诉我们，不能再走，前面天黑前沿途再没有人家，只能在前面一杨姓农民家停下来歇息。

老杨40多岁，瘦瘦的、话不多、头发蓬乱，唇间和下巴的胡须稀稀拉拉，穿着件洗得有点儿发白、皱皱巴巴的蓝布中山服。他家的房子和另外一家人连在一起，老杨在右边的端头，两家进屋的门都不在中间，而是在内侧相对开着，土坯房，门不大，进屋的一间放了张裂出许多缝隙，还有些斑斑驳驳的小桌，堂屋里侧靠墙摆着一张大约1.2米宽的简易木床，床上挂着顶早已看不出原色的黢黑蚊帐。堂屋靠近入户这头开了道门，进去是厨房，厨房中比较零乱，用竹木搭了个简易阁楼，上面堆满了枯草。厨房中有一灶台，旁边是火塘。屋里的采光主要靠房门和火塘的光亮。我们一行与主人见过之后就围坐在火塘边烤火。高山人入冬之后，就不怎么干活，大部分时间围在火塘边烤火摆龙门阵，许多人的脸都被柴火熏得黑黢黢的，人也被烤得没了精气神，老杨也不例外。

走进杨家，坐定之后，乡干部客气地问："黎记者吃点儿啥子？"眼见主人家这般状况，我实在不想给主人添太多麻烦，脱口而出"不麻烦，下碗面就行了！"老杨略为迟疑了一下后说"要得！"随后就起身离开了。二三月间的七曜山，寒风刺骨，刚才因为赶路、拍摄，运动加上精力集中，没有感觉到寒意，坐下来后，汗水凉了，上午8点多钟吃的一点儿东西，也早已消耗殆尽，坐在那里连说话的力气都快没了。饥寒交迫，就想着快一点儿填饱肚子。等待是一种煎熬，一个小时过去了，还没有见到面条的影子，我有些沉不住气，悄悄地凑近同行的乡干部："怎么面还没有煮好，你让主人家简单点儿。"乡干部一听有些尴尬，压低嗓音告诉我："黎记者，我们七曜山条件好的人家才吃面条，老杨屋头没得面条，他找人借去了。"这是我万万没有想到的。吃面，对城里人来说无疑是最简单、最便宜的饮食方式了，在这里却成了难题，这里的农民居然这么贫穷，面条居然都成了他们的"奢侈品"。一阵内疚，饥饿感一下减弱了不少。

大约过了一个半小时，老杨才满头大汗地抱着一把用粗壳纸包着的挂面，面条厚薄宽窄不是很一致，一看就是乡村自制的那种面条。我有些不好意思，老杨却更不好意思。他喃喃地又有些如释重负地说："借到了，借到了。"细细一问，原来老杨为借面足足跑了十多里山路。

杨家的人因为有面吃，小孩高兴得跑进跑出，老杨的妻子脸涨得通红，显得很兴奋。我来到厨房看煮面。锅被烧得冒了烟，老杨把挂在灶台上的一块腊肉皮取下在烧热的铁锅里熟练地抹了几下，算是放了油，然后掺上水，水烧开后才小心翼翼地放面条，放几根，看一看，再放几根，再后来是一根两根地添加，生怕煮多了浪费，又生怕煮少了不够吃……等面快煮熟的时候老杨又放了些白菜和盐。

面条被盛在一个洗都没洗的脸盆里端上了桌。天很冷，面条因为油水太少，凉得很快，散发出一股铁腥味。说实在的，尽管很饿，但这样的面条，我实在是吃不下，与我同行的驾驶员老冯也没怎么吃。杨家的小女孩一边抹着鼻涕，一边香香地大口吃着……老杨见我们没怎么吃，很有些过意不去，一个劲儿地解释：我们农村人不会弄，你们没吃好……

吃完饭，已是晚上六点多，白天爬山，汗水湿透了内衣，没有洗澡更衣，冷风一吹，不停地打冷战。我们又赶紧围坐到火塘边，湿柴刚开始燃烧的时候，烟很大，熏得人直流泪，等柴火一烧旺，又感觉身体前面烤得发烫，背后却是冷冰冰的。围在火塘边我努力找一些话题聊，无奈老杨不怎么健谈，现场虽然火很旺，但我们的对话却没有多少温度。好不容易熬到晚上十一点多，我已经很累了，主人却还没有说怎么安排我们睡觉。好不容易等到老杨去了屋外，我赶紧问同行的乡干部：今晚我们在哪里睡？乡干部指了指外面，我吃惊地望着他：外面？他似乎看透了我的心思，顿了一下说：外面是堂屋，是我们山区农民拜客的地方，也是他们最好的地方。要贵客才能享受这样的待遇。我问：那主人到哪里睡呢？

乡干部又指了指背后的阁楼：他们睡上面的草窝子，农村叫"充壳子"，就是人钻到枯草堆里睡觉。

当晚，我和驾驶员老冯还有同行的乡干部三个大男人挤在杨家唯一的一张小床上。床不大，不到一米三。三个人同盖一床重重的散发着霉味的老棉絮，我个人睡一头，他们两人睡一头。太挤，翻身都困难，盖上被子，还浑身发痒，是藏在棉絮里的跳蚤在疯狂地吸食我们的鲜血。睡不着，睁着眼，好不容易迷迷糊糊地有了睡意，却被一阵阵吱吱声搅醒。原来是成群结队的老鼠在屋梁和阁楼的木棒上奔跑撕咬发出的声响，伴着老鼠的打斗奔跑声，我再次进入迷迷糊糊的状态，更奇葩的事情发生了，我隐隐约约感到被子上有什么东西在爬行，伸手一抓，竟然逮着个软乎乎的东西，稍稍用力一捏，原来是一只老鼠，慌不迭地松了手。起身检视，发现蚊帐的两头，一边一个窟窿，我们睡的床，是一条老鼠出入的重要通道。

这一夜，我再也无法入眠，睁眼看着蚊帐的顶部，想着被逮着的老鼠幸好没有咬我，同时提心吊胆地等着老鼠再次光顾，幸运的是老鼠可能受了惊吓，当晚再没有前来。真是难熬的一夜！

（2016年10月8日）

万州，一条河流魂兮归来

李晓

我和一座城，它的乳名叫南浦，有1700多年的历史了，现在唤作万州。我和万州，相依为命，生活了40多年，而今，它有湖城之称。

像我这样，一座城的土著居民，还在喃喃呼唤这条湖的乳名——苎溪河，因它的两岸，生长青葱苎麻而得名。现在，它叫天仙湖，是苎溪河的转世。我对一座城的记忆，就从这条小河开始。

水吻一座城。湖城的万顷碧波，簇拥在这座城市身边170亿个水立方的涌动之下，是一个城市涛声隐隐的记忆。一个城市的背影依稀，比如一条河流退役了，一条河流又重生了。在时光的川流不息里，让我，一个依偎在城市古墙边的怀旧者，来到天仙湖，一起回眸时光剪影，一起打捞水下记忆。

1976年10月，我7岁那年，趴在万县城一条老巷子表姨家的窗口，看见了窗外一条波光粼粼的河流，它在夕阳下缓缓流向长江。

这就是苎溪河，长江的一条支流，它蜿蜒的身段，约三十公里长。穿过青苔覆盖的石板路来到河边，河岸上还有一棵黄葛树，蓬勃苍翠的枝叶正在晚风中哗啦作响。

苎溪河，它把万县(今万州)老城一分为二，我从发黄的照片里，知道横卧在她上面的，共有七座老桥。当我从老照片里走出来时，忍不住拍打着想象穿在我身上的古旧长衫，只见纷纷古尘，在时光的暗影里，簌簌而落。苎溪河上七座桥，桥下的水，日复一日，奔流到一条大江，有多少光阴的故事，流淌到无垠的时光之海？有多少古城的倒影，与河水、天光、雷电、雨雾一起沉淀、消失、升腾、扩散，乃至无影无踪，无声无息。

蝴蝶穿过光阴，岁月落满白霜。苎溪河边小酒馆里的老土碗、花生米、红烧肥肠，老茶馆里的老荫茶，理发店里的藤椅，包子店里的小笼汤包、万县面，还有老房子、古树上的鸟巢、蜻蜓，河中的小木船、河里的鹅卵石，夏夜里的香吻，淅沥秋雨中沿着河边漫步时撑起的红油纸伞……这些昨日景象，也因为三峡两岸逶迤群山间上涨的大水而永久沉没。

三峡水漫，让我们来默念苎溪河、大桥两岸那些无声无息沉入水下的地名吧：大桥溪、大桥溪沟、大佛寺、文昌宫、万午台、杨柳嘴、东堡坎……水下这些地名，寂静无声，却时时刻刻响动涛声，漫到梦里来。

让我们来回眸苎溪河两岸那些消失的老城风情吧：三马路、一马路两边临街的平顶楼房，欧式建筑教堂，风雨中斑驳的交通岗，盘根错节的老树爬满了城墙，庭院深深，瓦缝参差，万安大桥旁琴音楼里的川东竹琴声，夜市上眼花缭乱的三峡石……在噙着波光一样的双眸里，这座城市的下半身沉入了滔滔江水中，一座座楼房与桥梁，一条条老街与古巷灰飞烟灭。深宅大院，雕梁画栋，也在水下长眠。这些老城的记忆，是一册册线装书，一旦风起，便会哗哗啦啦打开，扑入我的心扉。

大巷口的老居民程德元，今年62岁了。在我写这篇文字之前，他和我在太白岩上喝酒，当夜幕拉开，灯火次第亮起时，他才告诉我一件心事。程德元说，而今的梦里，常常是苎溪河哗哗流淌的水声，常常在梦里一个猛子扎入苎溪河水底，看见那么多鱼虾在他身前身后游来游去。

还是说一说我表姨家门前的黄葛树吧。它在苎溪河岸边，河水孕育着它庞大的根须，它与苎溪河，相亲相爱地相守了80多年。那是我姑奶奶，出嫁到三马路时栽下的黄葛树，算是姑奶奶与姑爷爷的爱情信物了。1994年3月，我的姑奶奶临终前，硬是挣扎着爬起床，来到树下，靠着树干坐了好大半天，久久不愿离去，好像是在作最后的告别。姑奶奶在城郊大桥溪边的墓地，也因为三峡水涨被淹没而迁移走了。2003年，三峡工程开始二期蓄水，156米水位淹没线下的三马路，移民大潮涛声逼人。我表姨家的院子里，这棵80多年的黄葛树，也要搬家了。表姨的大儿子，作为移民到了新城，临走时，他带走了黄葛树下的几把泥土。当黄葛树被工人们移走时，露出了硕大的根须，像是满嘴的牙齿在呼喊……我70多岁的表姨，抱住那粗大的树干，久久不愿松开。

一座崭新的城市，在175米的水位线上，在大水边徐徐浮现亭亭玉立，在大水边婀娜多姿翩翩婷婷，以植物一样拔节的姿态向上生长。后来，这棵树，被编号移栽到了滨江大道上。2016年11月，我在上海工作的表哥一家人，来到天仙湖。江水回流，苎溪河转世了，成就了今日的天仙湖。天仙湖，肯定延续着苎溪河的血脉，不信，你可以去检验一下河水里的DNA。

那些旧日的河水远逝，灵魂的河床，还在原地等待吗？那扇嘎呀一声被风掀开的木门，它在哪儿？那童年弱小而孤单的身影，他在哪儿徘徊……我陪同表哥全家，去寻找他在苎溪河边的老家，面对浩渺湖面，寻寻觅觅，我的表哥，上演了一出当代版的刻舟求剑，在水边20多米开外的地方，找到了他老家的遗址。在北滨大道，一排排黄葛树苍翠挺立，我的表哥，一路走啊一路看，终于找到了那棵被编了号移栽后且有身份证的黄葛树！风雨如刀，沧桑多年，我的表哥抱住那棵树，哽咽失声。

再说一说苎溪河上的一座桥吧，它叫万安桥，最初的名字似乎叫中山桥，是1927年7月建成的，当年万县人都亲热地叫它大桥。一座桥，横跨万县城东西，有了东城、西城之分。

三峡大坝，拦腰一截，陪伴万县人76年的大桥，就要和一个城市，悲壮地告别。2003年5月30日，我和数以万计的万县老城居民，顶着烈日，来到苎溪河边，聚集到拉起的警戒线外，与大桥作最后的诀别。各路记者和市民，端起了摄像机、摄影机……

上午10点38分，爆炸的烟尘腾起，轰隆一声巨响，记忆成了黑白。

当滚滚烟尘散去，万安桥东西两个小拱轰然垮塌，但中间的大拱却稳稳挺立在骄阳之下。围观的人群惊愕之后，一片哗然……我在报社的记者朋友侯兄流着泪说，万安桥，是舍不得走啊。爆破人员迅速钻炸眼，装炸药。下午5点多，再次爆破，主拱伤痕累累，但依然悲壮地屹立在苎溪河之上。40分钟后，新开的几十个炮眼再次引爆。烟雾散去，万安桥，和苎溪河，和一个城市，永别了。

晚上11点，我和朋友还在断桥的桥基边徘徊。苎溪河边夜风清凉，我和朋友突然失声痛哭。桥啊，记忆之桥，魂断"蓝桥"，这座城市关于昨天的记忆，该如何搭建起一座通向老城的桥？2016年秋天，我凝望着老报人方本良先生拍摄的旧照片时，顿时热泪盈眶……苎溪河的河水，再次滔滔而来，灌满了我的胸口。

2016年9月28日，我和苎溪河边吊脚楼上出生的妻子，在结婚22周年的日子，相约来到了湖水漫漫的天仙湖，这是苎溪河今天的名字。只见绿波轻漾，百鸟翻飞，我们找啊找，却总没有找到，那座水下吊脚楼的具体地址。不远处，只有平湖汪洋一片……我只能向天仙湖，深深地一次俯首：消失的苎溪河啊，请和我灵魂里的倒影一起流淌吧，抚平我内心的阡陌！苎溪河边的吊脚楼啊，我记忆里永远爱的城堡。

2016年的秋夜，当我漫步在滨江大道上，平湖里的波光，倒影摇曳着一个拔节城市的灯火，让我总觉得，这海拔高度175米的水位线，满满一湖大水，有深情的眼波婉转流动，眉目传情。她是在凝望一个千年老城的背影，还是在倾听水下脉脉私语？天仙之湖啊，她根本不是湖泊王国中的新贵，她带着一个城市昨天的记忆风尘和苍凉之水，呼之即出，泰然临世。

天仙湖边，机声隆隆，往来汽车推土机一派繁忙。沉寂已久的天仙湖，开始刨开记忆里那层土。开发这个湖岸的一个男人告诉我，总要为一座沉入水底的城市，提供一个打捞记忆的地方，总不能让天仙湖这么美的地方,变丑了啊。一个城市集体怀旧的地方,一个城市柔软心灵的港湾,她到底在哪儿?

一位作家说,一个散发人性味的柔软城市,应该是有水的城市。他还说,选择一个城市,就是投奔一种生活。而规划一座城市,就是设计一种生活。万州,平湖波涌,山水相依,是山之城,水之城。这对我来说,还有哪一座城,让我终身相许——她不是我的客栈,她是我的家。我生长的万州,从来就是一个面向未来而生的梦想之城。1700年的涛声相伴,激情澎湃的万州乐章里,天仙湖水再次深情呢喃。

我漫步在波光粼粼的湖岸,碧波喃喃中倒映着两岸的青山绿树,雅致小楼——我真想在此有一座精神绿荫里的小小别墅。这个生态大湖的水,这条柔软的"飘带"有数公里之远,水是眼波横,山是眉峰聚,这完全是一条鱼,在画廊中畅游。这不是惊鸿一瞥,这是长久凝望。沿途湖光山色,绿荫连绵,柳絮翻飞,这完全是梦想者投奔与安放灵魂的家园。

苎溪河啊,魂兮归来。一个湖的新生,我自始至终没有缺席。一个湖背后崛起的城,她有多沧桑和美丽。

这是属于我30多年前的河,像茶叶经历了岁月之水的浸泡,缓慢地舒展,若干年之后,成了湖。我其实一直在寻找苎溪河,我知道,她也在寻找我,穿过正在拔节的城市,无数的高楼与高压线,穿过记忆之城的城墙和胡同……终于,一个湖的水声,荡漾在我灯火通明的窗前。

一个沧桑重生的城市,轻轻荡漾城南旧事的水声。天仙湖之水声,有着一座城市的魂魄,一座城市的重量。

就这样吧,万州,我枕着湖水,也怀想着从前的河流,与你终老。

(2016年11月28日,获璧山高新区杯第二届重庆晚报文学奖)

一座山　一群人

马奇柯

让镜头顺着时光流淌的痕迹，溯流而上，回到十年前。

莽莽苍苍的武陵山脉，在赋予仙女山灵秀雅致的同时，也带给这片区域以蛮荒、闭塞、贫穷、落后，人们守着鬼魅的星星，驱赶着冷冽的寒风，在瘠薄的土地上艰难生存，这片严重石漠化的土地，已完全不能承受生命之重。这里，已成为当地人心中的痛，外界很遥远，外面的人，根本不知道世界上还有这么一个冷色调的角落，这是一个近乎被遗忘了的世界。

古人讲穷则思变，但古人也讲哀莫大于心死，对于当地居民来讲，他们无时无刻不在思变，求突破，虽越千年，却仍然挣脱不了贫瘠的土地强加给他们的困厄。人的命，蝼蚁的命，其实都如草芥一般，这是当地流传得最广的一句话。女人，都争先恐后往外嫁，她们以这种方式逃离，以这种方式摆脱贫困。据不完全统计，在这小小的十平方公里范围内，就有上百个老单身汉仍属未婚“青年”。他们内心也有略微的慌乱和不安。不过，随着一座山和一群人的故事渐入佳境，梦幻般的色调和缤纷绚丽的幸福生活敲开了老单身汉们的大门，他们娶到了貌美娇娘。

再将镜头往回收一点点，聚焦到2007年4月27日，这一天，晓风吹拂，阳光煦暖，仙女山旅游度假区管委会的前身，仙女山新区管委会宣布正式成立。旧的一页即将翻过去，那些像人们手上的老茧一样坚硬的贫穷和落后，也即将随着第一声开山炮的轰鸣悄悄溜走。一群陌生的人，一副副陌生的面孔，来到了这片土地上。对于当地土生土长的人来说，他们是地道的外来者，或闯入者，但这一群人固执地认为，他们是这里的主人。这是一群普通的人，在十年前，最好叫他们拓荒者，在今天，我们应自豪地称他们为建设者。我们必须记住“仙山流云”这个词，这是一个旅游房产开发小区的名字，这个词饱含着诗歌和远方，这个名字充满了诗意的栖居和度假的情调。正是那些拓荒者，催动了第一声炮响，在这里落下了优美的起笔。记得第一次在仙女山，有个个头高高，身着白衬衣的中年汉子，背上浸染着黄色汗渍，黑皮鞋上沾满泥巴，挽着裤管，他深一脚浅一脚，从远处的工地奔走过来，神态略显疲乏但又信心满满地给大伙介绍着情况，我用十分敬佩的眼光打量着他。

十年前，武隆旅游也刚好走过十年多一点，正呈上升态势。在旅游和扶贫之间，找到了一枚小小的纽扣，利用天生三桥和仙女山国家森林公园两个景区的近距离簇拥优势，首期规划面积4.6平方公里，用于旅游地产开发，建旅游配套设施，拉动消费，带动老百姓脱贫致富。现在看来，这个决策无疑是大手笔，但在当时，是促进发展最简单的使命感和责任感，牵动了决策层的神经，对这个决策的最好诠释是敬意，我们不需要不着边际地对他们进行溢美。

现在的仙女山旅游度假区，规划面积已通过两次提升，规划图纸上的一心一环多组团，是建设者丰满的内心世界荡漾的音符，这些优美的弧线每一笔划痕中，都凝聚了建设者太多的心血和汗水，都充溢着建设者内心的喜悦和浓浓的情意。

建设伊始，县委常委会只给了一张图纸和200万元启动资金。人定胜天！启动建设的第一年，拉通了主干道路，第二年，布齐了主管网和污水处理系统。按“一年初建成，三年出成效，五年大建成”的目标，和“休闲度假、户外运动、生态环保”的功能定位，争分夺秒，快速推进。来自各地的开发商接踵而至，22家开发企业齐头并进。2012年，仙女山旅游度假区实现了第一次华丽转身，从较为单一的旅游地产开发，转为地产开发与发展商业配套双管齐下。仙女山新区更名为仙女山旅游度假区，规划面积调整为15平方公里，建成4星级以上酒店15家，商业街2条，18洞72杆标准高尔夫球场一座，其他各类体育休闲运动设施若干。不分寒暑，都有管理者一丝不苟的身影在默默奉献，不论秋冬，都有建设者挥汗如雨的场面扣人心弦。

2015年，仙女山旅游度假区实现了第二次更为华丽的嬗变。经重庆市政府批准，规划面积调整为70.6平方公里，跻身全国首批17个国家级旅游度假区之列，引进投资30亿元以上的开发企业4个，功能定位进一步优化为“休闲度假、户外运动、生态环保、养生养老、文化产业”，从旅游地产开发到文化产业发展，旅游度假业态的链条延伸了，休闲度假的内涵和要素得以全面丰富。重庆主城游客“高铁进城，轻轨上山，一小时到家”即将实现；仙女山机场飞北上广，不再遥远。

时至今日，仙女山国家旅游度假区已成为名副其实的度假胜地，度假人数日最高峰达到了18万，这是一个比梵蒂冈全国人口还多得多的大数字。能吸引这么多人度假投资置业，本身就是一个奇迹，是一种独特的“仙女山现象”。万豪酒店等22家酒店，夜宴仙女山等6条商业街，天衢公园等6座生态动步公园，阳光童年等5大旅游文化产业项目，室内外体育场、高尔夫球场等众多户外运动设施，雪岭仙山、花漾的山谷等22家风格迥异的旅游房产，构成了仙女山旅游度假区惬意、酣畅的特质，成为可以邂逅，倾吐浪漫心语的梦幻之地。

天然氧吧润四海身心，度假胜地养五洲精神。人们向往仙女山，人们度假仙女山，人们看好仙女山！如今，他们在武隆旅游建设的主战场、主阵地，担当主力军、生力军，以强烈的精品意识、品牌意识、营销意识、服务意识、安全意识，朝着建设国际一流的山地型旅游度假区默默前行。

十年时间，一群人在仙女山上建起了一座丰碑！

仙女山国家旅游度假区这座丰碑上，应该镌刻上建设者的名字，他们中有的来自决策层,有的来自管理群,更有来自最基层的劳动者!度假区的每一片土地上,都有对他们深深的敬意,每一片林荫中,都有献给他们的鲜花和掌声。

(2017年5月22日)

武隆舞活了一条绿色的龙

——写在仙女山旅游度假区开发建设10周年

蔡正奋

春江浩荡暂徘徊，又踏层峰望眼开，风起绿洲吹浪去，雨从青野上山来。

2017年的春天，我又一次来到武隆。

站在仙女山的最高处，极目远眺，只见山峦逶迤，绿浪层叠，山峰之间云蒸霞蔚、烟波浩渺；看近处，绿草、碧水、骏马、游人，构成了一幅完美的画卷。

走入天生三桥和天坑地缝，就步入了一次地心之旅，飞瀑、深潭、溪涧、怪洞，千奇百怪，石头和草木形成的飞鹰、大刀、金元宝，惟妙惟肖，一步一景。

这是自然的神奇造化，更是上天赐予武隆的福分。

有福的武隆！

可仔细想来，这些景色也不是三年五载才有的，而是存在了几千年、几万年、几百万年，但多少年来一直都是“藏在深闺人未识”，在大山中默默沉睡。多少年、多少代，武隆人祖祖辈辈守着这只金饭碗，却在讨饭吃。

只是在近20年的发掘、打造，近10年的开发开放中，才渐渐唤醒了这片沉睡的大山，让这片神奇的土地、美丽的景色，风采飞扬地迎接八方来客。

武隆，正是以旅游为契机，以“绿色崛起”为抓手，舞活了一条绿色的龙。

20年的薪火相传

2007年6月28日。

在第31届世界遗产大会上,重庆武隆一下子站在聚光灯下,成为世界关注的焦点,它与云南石林、贵州荔波喀斯特一起作为“中国南方喀斯特”,同时列入了世界自然遗产名录。

一时间,武隆火了！声名大振。

但是,在这火热的后面,包含着多少武隆人的梦寐以求,寄托着多少武隆人的不懈努力。

把旅游搞上去,把发展搞上去。

当年,县里的领导这样说,村里的农民也这样说。

“上下欲同者胜!”

他们是这样说的,也是这样干的。

让我们把思绪拉回来,看看在岁月流逝中的几个镜头——

1993年5月26日,武隆县江口镇潘家岩村几个村民,对半山腰里一个经常冒白雾的洞子感到好奇,攀岩而上,打着火把走进这个洞子一看,里面没有想象中的妖魔鬼怪,只有数不清的奇峰异石,千姿百态。

时任武隆县领导得知这个消息后,马上前去打探。他们意识到,也许这个神秘的洞穴,正是一个发展的机会。

县领导随后做出决定,邀请国内外一流洞穴专家来武隆考察。

1993年8月22日,中国与澳大利亚联合溶洞考察团来到这里,经过几天的考察,得出的结论让人惊喜:“一座地下艺术宫殿和洞穴科学博物馆。”

不能再任老祖宗留下的馈赠,在大山中沉睡。

县委、县政府果断决策:奖励溶洞发现者;修建通达洞口的道路;启动旅游资源开发,全县大力发展旅游业。

1994年5月1日，这个洞，被命名为芙蓉洞，正式对外开放。

从此，也拉开了武隆旅游兴县的历史帷幕。

从1994年旅游创业开始之后，武隆发展旅游的步伐就再也没有停下来过。

接着，在随后的几年时间里，又开发了被誉为“中国十大漂流”的芙蓉江漂流、被誉为“山城夏宫，南国雪原”的仙女山、被誉为“世界最大天生桥群”的天生三桥等景点。

那几年，武隆旅游产业规模不断扩大，从1994年芙蓉洞开放到2007年，接待国内游客从12万人次上涨到164万人次，年均增长22.3%，旅游业创造的总收入在全县地区生产总值的占比从1994年的1.7%，上升到2007年的25%。

2007年，著名导演张艺谋执导贺岁片《满城尽带黄金甲》，把武隆作为唯一外景拍摄地。

那年春节前后，武隆美丽的景色，在银幕上大放异彩。人们佩服张艺谋的艺术追求，更惊奇于武隆的美轮美奂。

2007年6月，在第31届世界遗产大会上，“武隆喀斯特”世界自然遗产项目获全票通过，正式列入世界自然遗产名录，一跃成为世界级品牌，成为中国第6个世界自然遗产，填补了重庆世界自然遗产的空白。

10年的不懈努力

旅游带来的变化，不仅仅是游客人数，更重要的是思想的变化，认识的提升。

适应新变化，面向新未来，必须以全新的目光审视这一切。

2007年4月，仙女山旅游度假区党工委和管委会成立了。

管委会辖有70.6平方公里的范围，拥有世界自然遗产天生三桥和国家5A级景区仙女山国家森林公园，这里负氧离子含量十分丰富，景色绝佳、气候宜人，是全国首批、重庆唯一的国家级旅游度假区。

度假区成立后，紧紧围绕“休闲、度假、观光、养生”功能定位，强力实施“全域旅游、全民兴旅、山水结合、文旅融合、国际品牌”五大战略，助推度假区提档升级，加快旅游国际化步伐，促进项目实施，完善公共服务，努力打造成为产业特色鲜明、比较优势明显、基础设施完备、配套服务齐全、生态环境良好的国际知名旅游度假区。

目标精准，方向明确，就一个劲儿地向前冲。10年之间，度假区的发展一步一个脚印……

2011年7月，武隆喀斯特旅游区成功创建国家5A级景区。

2012年4月，大型山水实景演出《印象·武隆》开演，武隆以厚重的文化底蕴和独特的艺术氛围，让旅游借势走向世界。

2014年5月，湖南卫视《爸爸去哪儿》第二季，在武隆仙女山全程拍摄。

2014年6月，在武隆拍摄的《变形金刚4》，在全球各大院线公映，武隆一时声名鹊起。

2015年10月，武隆仙女山旅游度假区跻身全国首批17个国家级旅游度假区之列，这也是国家首批、重庆唯一的国家级旅游度假区，也是武隆在获得世界自然遗产、国家5A级景区之后，在生态旅游发展上获得的第3块金字招牌。

2015年12月，联合国开发计划署在华首颁“可持续发展城市范例奖”，武隆县“生态旅游可持续发展实践”获“可持续发展城市范例奖”，全国仅3个城市获奖，武隆的“绿色崛起”实践被众多城市借鉴分享。

2015年，度假区举行了仙女山音乐节。

2016年，度假区举行了第十四届国际山地户外运动公开赛、啤酒节等节庆赛事活动。适应了新常态下的旅游业由被动游览到主动参与的转变，带动了度假区人气，提升了度假区国际国内的知名度、美誉度。

2016年12月26日，“2016年仙女山旅游度假区啤酒节”获新浪“金图钉奖”最赞口碑营销奖，与此同时，武隆喀斯特旅游集团的“第二季武隆C-MART露营集市”“2016仙女山冰雪露营音乐节”获最赞事件营销奖、最赞整合营销奖。

2017年，武隆文旅融合又要实现新的跨越。

下月初，全国首部大型室外歌舞剧《仙女恋歌》将公演，该剧将与大型实景演出歌会《印象·武隆》遥相呼应，该剧公演后将进一步丰富度假人群的文化生活，不仅为人们带来一场更加震撼的视觉盛宴，更以“歌舞+旅游”的文化活动形式，为提升武隆旅游对外形象注入新鲜元素与活力，又将为武隆旅游新增一幅美丽的文旅画卷。

今年年初，“一带一路”影视创意文化产业城设计聚集资本汇入150亿元人民币，以创新型资本为纽带，以发展影视先进技术为支撑，以武隆原始山川自然景观为载体，在影视文化产业的基础上聚集与影视有关的一切外延产业，致力于打造“一带一路”沿线国家影视相关联所有文化创意产业与优质资本聚集对接的平台，将直接地拉动重庆影视文化产业、旅游休闲、跨境电商、创意产业、影视制作、养生度假等相关产业的发展，推动重庆大文化、大旅游、大商贸发展。

同时，随着旅游旺季的到来，一年一度的仙女山音乐节、啤酒节也将如期而至，另外，武隆乡村旅游、民俗文化节等的蓬勃发展，以及天坑民俗文化村寨、懒坝国际艺术主题公园、“阳光童年”“星际未来城”“一带一路”影视创意文化产业城等文化产业项目的进一步推进，将形成武隆旅游文化产业的新链条，以螺旋式的上升，推动武隆旅游业走向更高的境界。

如今，度假区已形成中式、法式、西班牙式、美式等多种建筑风格的高品质旅游房产，已建成西南地区规模最大的酒店集群，规划星级酒店

30家，已经营业有万豪、富雅云端、琥珀、依云酒店等17家，床位16370张，建成农家乐(公寓)163家，床位5630张，能满足不同人群的度假需求。度假区已建成6条特色商业街，仙女天街、夜宴仙女山、七色天街、雪岭仙山、仙山流云商业街、布鲁克林商业街。有餐饮、酒吧、咖啡吧、雪茄吧、红酒吧等各类商铺400余家。

美景后面人的故事

仙女山旅游度假区真是山美水美人更美，正因为有了许多人的默默无闻赤诚奉献，才使这一方景色在人流如织的情况下，依然美丽如初。

让我们来认识一下在仙女山工作的几个普通的人。

一、交警罗旦华

36岁的罗旦华，2007年6月参加工作，长期以来，始终坚守在仙女山的山路上巡查一线。

2014年11月22日中午，突发暴雨，导致路面湿滑，一辆重型半挂牵引车与旅行社大巴车在武仙路弯道发生剧烈碰撞，大巴车严重变形，13名乘客被困车内。

正在巡逻的罗旦华发现情况后，立即将情况上报指挥中心并通知“120”救护车赶往现场救护。

随后他毫不犹豫地从破碎的车窗翻进大巴车内，将受重伤的群众逐个救出。在紧急抢救中，罗旦华双手被破碎的玻璃和铁皮划破流血，衣服也被雨水完全淋湿。当伤员全部转移到医院后，为了尽快恢复交通，罗旦华仍然忍着寒冷和伤痛，坚持在雨中指挥过往车辆。

雨水、血滴顺着罗旦华的手势，洒向了大地。头上的警徽，却像温暖的火苗，温暖了在场的每一个人，他也成为游客眼里最美的风景。

二、景区扫雪人

2016年1月24日晚，由于受强降温影响，重庆市区也下起多年罕见的大雪，位于高海拔地区的武隆仙女山更是飘起了鹅毛大雪。

25日早晨，天刚蒙蒙亮，在景区值班的县委常委、管委会党工委书记、主任马奇柯就分别给管委会工作人员打电话，让大家早点起来，他说，今天大雪对仙女山旅游是个好事情，但是，上山的路不好走了。

打完电话，他穿起筒靴，操起铁锹，对身边的工作人员说，走，到路上看看。

其实大家都明白，越是旅游黄金期，越是大家最忙的时候。

由于大雪的降临，从仙女山镇下端到仙女山景区的路段被大雪覆盖，影响了车辆的上下。为了不耽误游客赏雪玩雪的行程，在马书记的带领下，景区工作人员一方面自己扫雪，一方面协调当地政府和群众，全力以赴地对道路进行了扫雪除冰工作，在大家共同的努力下，当日中午12点车辆开始缓慢通行，车辆有序进入景区。

兴奋的游客扬起雪花，堆起雪人，打起雪仗，欢天喜地。

此时，马书记才和景区工作人员吃当天的第一顿饭，大家端着饭碗，虽然很饿，却没有多少胃口，因为，连续干了六七个小时没有休息，实在太累了，都想要眯一会儿。

三、景区清洁工

国庆黄金周，仙女山每天接待游客量达3万到4万。

“这几天忙得很哟，每天早上7点就上班了，晚上七八点才能将景区垃圾清理干净。”2016年10月2日下午两点，正在仙女山景区步游道捡垃圾的王阿姨说，为了给游客们创造出干净卫生的旅游环境，景区工作人员几乎没有时间休息。

据了解，为了方便游客丢弃垃圾，仙女山景区在各个节点都设有垃圾箱。然而，总有一些“不拘小节”的游客把零食袋、竹签、纸屑等垃圾随意丢弃。

国庆期间与王阿姨同样负责仙女山景区环境清洁的工作人员多达60余人，而在仙女山大草原的清洁工数量多达20多名。由于大草原环境特殊，如果用扫帚清扫的话会破坏草的生长，清洁工们只能用钳子一点点将垃圾捡起来，装袋运走。

而节日里垃圾多时，一天就有40多袋。这些垃圾是清洁工一次次弯腰，一次次用钳子夹起来的，她们每天平均弯腰8000多次。

这不是一般意义上的劳动，而是超常的奉献。

从这个意义上来说，仙女山的美丽，不仅仅是大自然的厚爱和赐予，是无数喜爱仙女山、痴迷仙女山的劳动者深深的爱心和真诚的呵护。

发展旅游也是脱贫攻坚

“养儿不用教，武隆走一遭”，这是过去武隆贫穷的写照。 1997年重庆直辖时，武隆全县农民年人均纯收入仅为1482元，属典型的西部地区贫困县。

今天，武隆因旅游知名，旅游资源得天独厚、风景绝佳。

近年，特别是党的十八大以来，武隆深入贯彻落实五大功能区域发展战略，立足将资源优势转变为发展优势，坚持把旅游作为主导产业和富民产业，探索走出了一条贫困山区旅游扶贫的新路子，成为全国唯一同时拥有“世界自然遗产”“国家5A级旅游景区”“国家级旅游度假区”的县，被联合国授予“中国可持续发展城市范例奖”。

2015年，接待游客2160万人次，旅游综合收入达65亿元，以旅游为主导的服务业对经济增长贡献率达44.2%，全县3.1万农户，近7万农民靠旅游吃饭。

2016年，武隆完成75个贫困村脱贫销号，建卡贫困户人均可支配收入由4年前的2215元增长到6842元。

目前，仅仙女山镇的农家乐已有325家。景区及周边2万农民通过旅游实现了直接或间接就业。仙女山片区7个乡镇、50个行政村、近9万农民人均纯收入1.2万元以上 。

如果说武隆的旅游是大手笔，那么，看看几户普通人家，就知道大手笔之后农民生活的改变，这才是“大河有水小河不干”。

一、刘德友的农家乐

仙女山镇的银杏大道是上仙女山的必经之路，刘德友的农家乐就开在银杏大道旁。

34岁的刘德友对笔者说，他家这栋楼房共有三层，建筑面积近400平方米。可同时容纳200人就餐。二、三楼共有15个标间，可接待30人住宿。

他说，从仙女山开展旅游以来，过去偏僻贫困的小镇，一天天发生变化。“过去，经常有游客路过我家，问我哪里可以住宿。”刘德友常为找不到地方吃住的游客指路，有时候，他还腾出房间为实在找不到住处的游客提供免费住宿。

2011年夏末，刘德友东拼西凑凑齐了100万元，将自家住宅改装成了一个农家乐。

开业第一年,就迎来了开门红,盈利30万元,第二年,买了一辆20多万元的轿车。而在这之前,刘德友靠打零工和种烤烟,年收入不到3万元。

2013年,刘德友的农家乐生意更加火爆,盈利40多万元。

2014年到2016年,刘德友的农家乐生意怎么样?不用说,你也猜到了。一个字:火!

二、石登阳豆干

武隆有一道美食,也是当地的特产之一,它就是大名鼎鼎的武隆豆干。

石登阳利用祖传的手法制作豆浆,20多年来,为了保证豆干成品更加劲道,他一直坚持用卤水来点豆浆。

石登阳曾是一个下岗工人,为了生计,他继承了祖业,做起了豆干的生意,依靠祖传手艺,但是,一直没有多大起色。这几年,借着武隆旅游的春风,他的豆干生意越做越大,他在羊角镇街边小小的豆干门市店,每天都会有很多本地和外地的游客光顾。

旅游旺季,石登阳的豆干店每天能有一两万元的收入。

从1994年到2017年的23年中,武隆的班子已经换过7届,但"绿色崛起,富民强县"这个发展理念始终没有动摇。一届接着一届干,一张蓝图绘到底,在坚持发展中不断创新,不但优化了产业布局,加快推进了结构调整,也推动了经济持续快速发展,成为渝东南生态发展保护区的成功实践者。

2017年,是武隆撤县设区的开局之年,武隆明确提出,更好地实现国家和市委、市政府关于武隆"撤县设区"的战略意图,全面建成"国际知名旅游胜地、生态工业经济强区、生态文明示范名区、山水园林旅游新城”，实现全面小康社会目标，为建设“中国武隆国家公园”奠定坚实基础。

毫无疑问，武隆人正按照绘就的蓝图，昂首阔步，意气风发，舞活一条绿色发展的巨龙。

武隆，舞龙！

（2017年5月29日）

南洋漫记

——新加坡经验与现代转型

杜术林

一

在一个地方待得久了，也就不想挪窝，总是生出些懒惰的思维来。如今到东南亚岛国新加坡去学习，正巧可以换一个地方学习国家治理、区域治理、社会治理和城市的现代转型经验，也颇有益处。

10多年前，曾经到越南旅行过。匆匆忙忙，什么都模糊了，但是河内沿途的电视天线和大街上如流水般的摩托车留给我的印象很深，像极了20世纪80年代的中国。但在前进的步伐上，我们并没有多少值得炫耀的地方。如今的“南洋”，这个以中国为中心的地理名词也逐渐退出历史舞台，成为中国与东亚各国关系的历史写照。

当我们在现代转型中回望历史，回望故乡，来自历史和现实的差距，却也让人感慨。从1900年至1910年，孙中山先后8次来到新加坡，到处讲演，募集资金。一批曾经因逃难谋生长了见识的华侨，成为推动国家转型的重要力量。100年过去了，中国现代化轮廓逐渐明朗，但依然在路上，依然面临着现代转型的重任。身处异国他乡，让人感怀。

在华裔馆，南洋大学已经成为历史，述说着海外华人的家国之思、文化之痛。建校之初的南大，是当时海外唯一的最高华文学府，由南洋华人陈六使募资创立，首任校长为林语堂先生，它树立了海外华文教育发展的里程碑。不过，面对日益全球化的局面，文化终究敌不过吃饭的压力，海外中文高等教育式微。但哪想30年河东、30年河西，中国的崛起，让新加坡中文教育又开始兴旺起来。

在国家现代转型的痛苦嬗变中，给我们带来转型痛苦的是文化，让我们崛起的也必将是灿烂而悠久的中华文化。李光耀在回忆录里多次表示过类似的观点。无论我们如何热爱中华文化，热爱悠久的历史传统，都应该相信，因为历史和现实的原因，会有一些人离开这片土地，去探寻新的生活。中华文化的伟大正在于她的宽容，一旦重新纳入现代化的轨道，回归世俗理性的人文传统，中国人的潜力将无比巨大。华裔、华侨资本也将成为推动中国发展的重要力量。

中国曾落后于全球化，其中很大一个因素就是人口沉淀太多，人均资源贫乏。当年欧洲转移巨量人口到美洲，实现了人口与资源的大循环。中国南方的农民地少人多，活下去不易，也到南洋谋生，成就了华人的财富传奇和人口循环。可惜，明代禁海政策搞得太早，不然，华人在全球的生存空间会大大拓展。新加坡，华人先民大规模在此讨生活，如此一个弹丸之地，以35年时间创造了从欠发达到发达经济体的奇迹，在这片葱茏而美丽的土地上，体现了华夏民族的智慧与聪颖。

二

不少人探寻新加坡成功的奥秘：生态立国战略，组屋制度背后的非福利化社会政策，不断更新的产业战略，精英教育与人才战略。不少的标签让人眼花缭乱。其实，无论生态也罢，福利转型也罢，高水平的教育也罢，都不过是一个现代社会应有的特征和目标。

我们处于工业化中期的发展水平，而福利的不足、环境污染和城市治理滞后等问题，常常使得大家把目光聚焦到生态、公共福利等问题上。从发展阶段来说，经济改革取得重大进展后，无疑还有一个沉重的社会改革和社会建设，由此带来的社会领域公共产品缺失和民生福利短缺，与经济领域的资本过剩、产能过剩同时并存，反映出发展的结构性失衡，所以供给侧结构性改革就成了重要的政策目标。作为巨型国家，城乡二元社会现状使得我们很难同时高水平地实现经济发展和社会福利改进的双重政策目标，也就很难如新加坡这样的城市国家可以35年跑步进入现代化。我们的现代化之路，显然要艰难和曲折得多。

新加坡的发展经验给了我们深深的震撼。这种震撼，源自作为华人的同根同源与经济社会发展程度的参照，这种切肤之感，是中国现代转型的力量之源。

学习，首先得有态度。魏淑哲，一位来自内蒙古的女性，已入籍新加坡，是管理学院职员，30来岁，工作认真细致。她说，从来没有看到一个班像重庆的学员这么认真，每天八九个小时的学习没有一个人请假，提问也最多。最晚的一堂课，居然提问到了中午一点。虽然这让她感到累，但是很开心很感动。在同胞的身上，她感受到了祖国崛起的力量。当大家离开新加坡的时候，淑哲流下了热泪。迄今，仅中华总商会管理学院已经培训1100批次的中国学员，态度不可谓不虔诚，但是要真正学习好，也并不容易。

那如何学习新加坡的发展经验？正如新加坡国立大学教授杨建伟所言，主要是学习思维和方法。太多的不一样的约束条件，使得全盘接受和不假思索地拒绝都失之草率。

真正值得学习值得关注的，是管理者对战略机遇的把握，对“势”的把握。新加坡的起飞，与二战后的国际格局深刻相连。在全球化的大重组大整合中，也必然充满历史的惯性，从而使得东西方的二元对立结构成型。西方殖民势力退出东亚后，发现新加坡是一个不错的据点。新加坡顺势而为，在文化上强化国际观念和英语的学习，在经济上为跨国企业落户创造条件，由此直接积聚了这些先进要素，捡了浮财，从全球化的迟到者成为主动的接纳者。

第二波全球性的产业大转移经美国、德国、日本等在20世纪60年代—80年代转移到新加坡、韩国、中国台湾和中国香港，东亚文化圈勤劳善良的传统文化人格与现代大工业的结合，再次推动了新加坡的崛起。产业的高速转型升级带来城市的巨变。由于政府对民众“居者有其屋”的承诺，于是在城市化起步阶段储备了大量土地，为后期政府推行组屋制度创造了一个好的先决条件，这无疑有历史的偶然。中国前三十年的改革开放与石油危机之后的第三次全球性产业大转移终于历史性地契合了。在上一轮的发展中，是中国历史性地拥抱了全球第三轮产业转移，并顺势而为，改革相关制度和体系。开放成为改革和发展的强大动力。

30年后，在面临金融危机之后，再次迎来第四轮全球产业大转移。这是历史赐予中国内陆发展的大机遇，抢抓这一轮全球产业西进的大机遇，打造开放平台，增强开放功能，疏通国际通道，重组产业链、价值链，构建以服务跨国企业、重点骨干企业为核心的市场体系、产业体系、教育体系、行政体系，所谓与国际接轨的规则与体系，将是抢抓战略机遇，承接产业转移之本。

像新加坡一样，抢抓产业转型、城市转型、社会转型升级的战略机遇，当是其最核心的经验。

三

新加坡人，这个正在形成的群体由于多元种族的存在而在概念上显得有些模糊。人们更多会说华人、马来人、印度人、欧亚人等等。透过一些教师、一些居民，我们或许能从另外一个侧面了解新加坡人的严谨和诚信。

60多岁的刘纪鹏是一位幽默而认真的讲师，毕业于新加坡国立大学，主讲教育、产业和区域战略问题，颇有古文功底和绅士精神。他要求学员着正装，尽管是一天的流动教学，在车上边参观边讲，但其严谨的态度和颇具战略眼光的分析，让人印象深刻。

钟俊源老师曾经是一名高级警官，短短的一堂课后，他居然可以准确地喊出每一个人的名字。这种本事，让学习者劲头十足，学习效果极佳。

崔东红老师，一位来自河北大学的语言学博士，早已经入籍新加坡，语言生动，颇具感染力。

乘坐新加坡胜安航空的飞机抵新，我们不会填写入境单，空姐韦姗姗前来帮忙。几位同学大为感动，专门写了表扬信，把形容词都用完了。赞美是最好的通行证，于是就此结识，并相约在新加坡再聚。

不料周六，姗姗真的如约前来，大家在临近新加坡河不远的一个地方用餐。华灯初上，一场短暂的大雨后，空气更加清新。姗姗带来了两个朋友，我们一行共有四人，大家都希望从对方那里多了解一下当地的风土人情、民风民俗。

新加坡华人家庭大多已经移民三代，姗姗是70后，也是一位美丽的兼职空姐，飞行一次大约获得100多新元薪酬。男友刚从泰国回新，姗姗却放弃了与男友团聚的机会，如约而来，让我们感受到当地华人的真挚与信义。

这里真是一个东西交汇的好地方，中餐、西餐、东南亚当地的美食，应有尽有，的确是一个国际化的大都市。大家对新加坡的饮食倒没有显示出特别的兴趣。

不料在付账的时候，姗姗非要请客。大家推迟不得，只好顺了主人的意思，再次让我们感受到真诚和热情。

对于重庆人来说，让女性朋友付账，是一件让人郁闷的事情。我们无论如何要再找一个地方，答谢新加坡朋友，姗姗径直把我们带到了当地有名的老巴刹。“巴刹”在马来语中是“市场”的意思，如果用重庆话来说，就是大排档，喝夜啤酒的地方。老巴刹是东南亚现存的维多利亚时期最大的铸铁建筑，位于新加坡商业区中心的老巴刹最初是菜市场，现已改建为饮食中心。老巴刹的美食选择众多，聚集了各种当地美食摊档，从沙爹到海鲜烧烤，应有尽有。游客几乎可以在这里找到任何美食。由于它每天24小时开放，其特色更加明显。

老巴刹外面是露天的海鲜烧烤，颇像重庆的夜啤酒，空气中弥漫着香气。点一扎酒，十八新元，再点几个菜，大家边吃边聊，颇为尽兴。姗姗可以说汉语，当地叫华文，但是不能写，不能阅读。对中国的历史更是一无所知，于是大家急切地给姗姗讲起了历史掌故，希望帮助她恶补一下中国历史，场面很温馨。

对于我们这些热爱文化的人来讲，除了作为中华儿女的亲切感外，更希望有来自多元文化的交流。无论国家多么繁荣富强，文化才是一个国家的身份和灵魂。

不知不觉到了11点，姗姗坚持送我们。海风习习，树影婆娑，空气里有一种难以言说的友好和清新，大家几乎没有在异国的感觉，仿佛在解放碑喝酒后准备回家。鱼尾狮公园就在旁边，这份因人情之美带来的交流与友谊，让人品味到“海内存知己，天涯若比邻”的意境与旷达。

2014年，印尼、泰国、菲律宾、马来西亚和越南组成的“东盟五国”的名义GDP总和首次超越“亚洲四小龙”中国台湾、韩国、新加坡和中国香港的总和。而在10年前，这五国的名义GDP总和仅是“亚洲四小龙”的一半。这是继中国经济总量超越日本后，亚洲经济动力源再次发生的重大变化。

“一带一路”倡议的提出，给中国中西部和东南亚带来更多合作机遇。对于重庆来说，如今拥有自贸区和中新合作的机遇，已然是时不待我、只争朝夕了。

（2017年6月3日）

云雾深处山茶香

——记璧山区三合镇二郎村勤劳脱贫的王勇

阿海

雄鸡一唱，晨曦稀微，一个身影定时出现在蜿蜒的茶山路上。

闭眼，俯身，摩挲着翠绿得发亮的新芽，鲜嫩的茶香如云雾般弥散，黝黑的脸上绽放出憨厚的笑容。

他，就是重庆市璧山区三合镇二郎村二组村民王勇。他在区、镇扶贫干部的扶持下，用自己一双结满干茧的手，撑开了幸福生活的艳阳天。

人生就像这碗茶，总要苦一阵子

雷声咆哮，暴雨如注，一道闪电撕裂了黑沉沉的天幕。云雾山深处，半山腰上的土墙瓦房里，王勇的心一阵紧似一阵，他害怕这年久失修的老屋随时倒塌。每到这样的天气，哪怕深更半夜，他总把堂屋大门打开，一家老小偎依在门口，以便随时逃命。

屋漏偏逢连夜雨。2014年，王勇的母亲因高血压引发脑溢血导致瘫痪在床。此时，大女儿正上高中，小女儿刚就读江津一所职业技术学校，母亲5万元的治疗费用，两个女儿上万元的学费、生活费，让王勇急得如热锅上的蚂蚁。找亲戚，求朋友，夫妻俩在邻近打散工，从早累到晚，从春熬到冬。

“人生就像这碗茶，总要苦一阵子。”谈起不堪回首的往事，王勇吹了吹茶碗里的泡沫，狠狠咂了一口，眼里噙满了泪水。

借得梅上雪，煎茶别有香

“他们的苦日子，我们看在眼里急在心头哇，毕竟是一村人嘛！”二郎村党支部书记徐荣中如是说。

王勇所在的村，位于高高的云雾山，距三合场镇七八公里，是市级贫困村。随着精准扶贫、脱贫攻坚的号角吹响，“到2015年底，璧山区3个市级贫困村将全部摘帽！”区农委立下军令状。

2014年12月，王勇一家被纳入了建卡贫困户。2016年5月，三合镇政府花3.5万元将王勇家的土墙房修葺一新。区农委的爱心志愿者和镇扶贫办的同志为他家买化肥，送鸡苗，给他培训技术，介绍零工。徐荣中经常登门嘘寒问暖，他们忙上忙下的身影让王勇的心像挨过严冬的春茶盈满了新生的阳光。

茶靠炒制，人需磨炼

雪中送炭仅是权宜之策，激发内驱方为长久之计，帮扶人员心里十分明白。

“王勇很勤快，不怕吃苦，老婆也能干。”

“我们村有三十多年的种茶历史，镇里正在建设‘万亩标准化茶叶基地’。”

“他家一直种茶，平时他也长期在其他茶园打工，王勇有种茶的基本技术。”

“近年外出打工的多，王勇家附近有不少闲置土地。”

帮扶人员和村委会一合计，决定因地制宜，因势利导，“授人以鱼，不如授人以渔”——让王勇成为茶叶种植户。

立马行动。大家来到王勇家，原本以为要做一番思想工作，没想到淳朴如山茶的王勇听后兴奋得直搓满是干茧的手："我吃过这么多苦，还有什么可怕的，有你们的指点，我的心就亮堂了！"

接过政府产业扶持资金2000元，有了通过村里协商好的其他村民的闲置茶地，王勇说干就干。铲荒草，垒堡坎，栽幼苗，修枝条，除害虫，施肥料。"晨兴理荒秽，戴月荷锄归"，"衣沾不足惜，但使愿无违"。王勇和老婆憧憬着美好的生活，每天在自家茶园干得有滋有味。

"种茶不仅需要勤奋的老黄牛，更要靠科技这匹骏马。"区农委的农技员告诉他。

要干就要干出样子。王勇深知，科技出效益。学历不高的他横下心来，挤出时间，一方面积极参加扶贫办组织的技术培训，虚心向专家、技术员、种茶大户学习；一方面从村图书室借来相关书籍，自己慢慢琢磨。麻将桌前，没有他的身影；唠嗑人群里，没有他的声音。寒冬酷暑，王勇虔诚地守望着他的十亩茶园，像呵护儿女一样精心地照顾着他的数千株茶树："茶叶是我的生命，是我们一家的希望。"

斗转星移，寒来暑往，茶园一派青翠，茶树枝繁叶茂，茶香四处流淌。2016年，茶叶卖了2万元，加上空闲时间帮别人摘花椒、采梨子等散工收入，王勇一家还清债务，甩掉贫困，过上了其乐融融的幸福生活。

脱贫带动众乡亲

"我要种植白茶！"三合镇引进浙江安吉白茶项目后，作为茶农，王勇第一个向镇农技人员兴奋地表态。利用安吉白茶的品牌效应，种茶经济收入能增加2倍左右，王勇仿佛握住了创收的金钥匙。

"我要二三十亩土地种植白茶，请帮忙联系一下有荒废土地的农户。"王勇急切地找到村委会。

“我要考驾照。”听说镇里规划要将通往他家的3米宽的土路扩成5米的水泥路，王勇坐不住了，他筹划着买一辆跑运输的轻型货车。

“我要让二郎村34户贫困人家认识到感受到，在党和政府的关怀下，在利民惠农政策的支持下，撸起袖子加油干，我们的生活就会幸福得像花儿一样。”王勇深情地望着蓊蓊郁郁的茶林，黝黑的脸庞如热水中的茶叶舒展着幸福的笑容。

（2017年9月12日）

为你打开明亮的窗户

李文英

人生总有一些沟壑阻挡我们前行，如果有你带我跨越，我也能成就我想要的人生。

——题记

去璧山区七塘镇的路很美，两旁苍翠的绿荫不断延绵，又不时点缀几幢漂亮的农民新居，质朴的乡村气息让人沉醉。越建越好的道路让七塘和璧山城区的距离变近，美丽乡村一点点缩小着城乡差距。

建设村的钱大富主任叫我们把车停在路边，前面需要走路了。钱主任是建设村的村干部，看上去不过30出头，我夸他年轻有为，却获知他已四十几了。我大为惊讶，看来美丽乡村真的很养人。钱主任说他们每天都在田间地头跑，身体得到了很好的锻炼。

爬上一处很陡的高坎后，树林后藏着一座土墙房屋，和一路上我们看到的农民新居完全不搭调。一个手拿簸箕戴着眼镜的中年男子站在院子中央，钱主任大声地和他打招呼。原来他就是我今天要采访的对象：七塘建设村2014年的建卡贫困户曾永全。钱主任介绍说他们家早已经摘掉了贫困户的帽子，美好生活正在起步。

跨进屋内，许多农具凌乱地摆放着，占满了大半间屋子，想找张凳子坐下都比较困难。女主人没有在家，说是到镇上上班去了。曾永全找来三张小凳子，我们坐下来拉家常。

我心中依然疑虑：什么原因让这个家庭贫困多年？钱主任的话渐渐

消去了我心中的疑虑,原来曾永全有高度近视,没有单位愿意接纳他,而他的老婆体弱多病,也没有找到工作。一家人还要抚养两个孩子,因此这个家庭多年都在困境中挣扎。

曾永全说自己的儿子成绩还可以,也争气,考上了大学。儿子的学费是靠自己东借西凑的。女儿尚小还在读小学,家里贫穷的现状还是让他非常苦恼。两年前有个姓周的大姐突然来到了他们家,一同前来的还有一个胖胖的、黑黑的姓张的大哥。他们是璧山区政法委的干部,来帮助他们家摆脱贫困的。

从此,逢年过节,曾永全家也有人来串门了。扶贫干部带来的柴米油盐不仅缓解了一时的家庭之难,也让这个家有了笑声。送来的钱物曾永全都一一记在了心里,送来的鸡苗鸭苗他们在树林旁边圈出笼子喂养起来。鸡鸭在长大,仿佛希望也在生长。当时曾永全并不知道,对他们家的扶贫工作才刚开头。经过扶贫小组的四处联系,曾永全的老婆终于在七塘镇的清洁公司找到了工作。虽然清洁公司工资不算高,却相对固定,还解决了她的社保问题,对这个家来说实在是天大的好事。

一晃曾永全儿子也大学毕业了,在大家的帮助和孩子的努力下,儿子目前在江北的一家快递公司找到了工作,月收入有5000多元。去年璧山区残联开展了一次帮扶活动,又为曾永全专门配了一副特殊的眼镜,让他看清了这个精彩绚丽的世界,他的精神状态有了明显的改变。戴上眼镜后曾永全闲不住了,他把想干事的心愿化成了行动。在村里的协调下,他将周围外出打工无人耕种的闲置土地集中起来,每天早出晚归,辛勤劳作,仿佛想把以前的时光都补回来。曾永全得意地说自己种了40多挑谷子呢。我不懂40多挑是什么概念,经钱主任解释知道大约有8亩地,这让我不得不佩服眼前这个精瘦精瘦的斯文男人。钱主任也感叹:这家人都不是懒人!他们以前只是没有办法。我彻底明白了,难怪这一屋子堆满了农具。

我们要离开了，曾永全顺手端了鸡食盆随着我们走到院里，简单道别后我们转身离去，突然听见“哎哟”一声。唉，他去给小鸡喂食不小心踩空了脚，摔倒在树林旁的鸡舍前。幸好人没事！曾永全爬起来就开始捡地上的鸡食。钱主任叮嘱他以后做事一定要小心一点，慢一点，戴了眼镜也需要适应。我在一旁暗自感动，因为曾永全想让自己的家赶快脱贫致富的决心和行动如此强烈。曾永全家眼下已经告别了贫困，我相信，不久的将来，他家一定会过得更好，他们一家人终将过上幸福的生活。

如今，曾永全一家的生活渐渐步入正轨，他们全家都记得帮助他们的周大姐和张大哥。正是因为有千千万万个周大姐和张大哥，这几年璧山区的扶贫工作才做得如此有成效，让许许多多的贫困家庭过上了幸福的生活。

（2017年9月17日）

灵魂栖息之地

唯心而能转物

——观文涛画作有感

吕岱

记得一位高僧大德说过一句话,“唯心而能转物”。心,是凡俗之心;转物,一般意义上为实在的动作,但这个转,其实更多的是内心的转,是转变、转换之意。这句话,本质上是希望人们回到初心,在当下物欲横流的世界丢掉妄想、妄念,在精神上有一番蜕变,追求平静和自由。与文涛兄交流并观其画作,特别是西藏题材的画作,我以为他在心上有所悟,画中有所显,也许,这才是对的,是心的正途。

文涛曾经商海,弄潮外贸,后三次进藏,与雪域高原结缘。

文涛的画作,最大的特点是在自然状态与日常生活状态中反映和表现藏胞。或者说,是自然生活中的藏胞,是简单生活中的藏胞。六次自驾进藏的作家雷飞志反复强调,这个简单是自然而然的,是贯穿于生命之中的。更形而上说,大去永存,这是更高、更阔达的生命境界。这样观察与思考,画家才能由形入魂,刻画出真正的西藏形象。在《人物之一》(又名《一袭红袈》)、《人物之二》(又名《心愿》)、《人物之三》《人物之五》《色达小卖部》《大昭寺印象》等画作中,我们看到了画家描绘的藏胞生活的日常,其人物有背影、侧影等,去掉了强调、突出、夸张的惯常思维与模式。我以为,这是准确的,或者说是一种准确的表达。在中国,个人的、日常的生活往往更能窥见真实的人性及精神。当然,背影、侧影等也是有语言、有内涵的,亦是画家构思与选择的结果,完全可以传递出画家所要传递的信息。如《人物之一》(又名《一袭红袈》)、《人物之二》(又名《心愿》),其男女人物都是老者,虽勾头含胸,并无萎缩之感,其原因在于画家通过人物的雕塑感传递出坚毅自在的信息,通过大红或丰富多彩的色彩暗示了生命积极的倾向。在《扎巴兄弟》《笑在田间》中,画家选择的对象是青少年,更多地给我们展现出西藏孩子的天性——率真和欣悦。《笑在田间》这幅画,从构图、细节和色彩看都比较完整,孩子与整个画面充满了感染力,是率真和欣悦之作。总的看,在西藏题材中,文涛的人物造型和色彩运用都有以形写神的特点,这使他的画作与一般写实有所区别。文涛也相当迷恋高原的色彩,空气中通透的色彩纯度,自然中具有神性的大块色彩,经过岁月投射与打磨的人的质感肤色与人的轮廓中的色彩变化,都使他内心充满了绘画的冲动,也使他的观察和发现更加细腻。在《藏家》中,文涛选择了一个非常小的局部表现藏家趣向。窗前,简陋的木柴搭起架子,上面有锅、壶等日常用具,在光影投射与窗花映照下,显得唯美。雪域高原的人家,许多小角落都有小花存在,成为自然,而藏胞对色彩的需求可以说与生俱来,比如唐卡、经幡、服饰及各种五光十色的石头等等。色彩,已经成为西藏与藏胞日常生活中不可分割的重要组成部分,也是文涛画作的重要元素。

但愿文涛记其生活,绘其色彩,刻其体魄,塑其精神!

(2016年1月24日)

写作资源的有效调用及其他
——评徐庶诗集《骨箫》

李元胜

最近,青年诗人徐庶进入了一个写诗的喷发期,不仅写作强度大,短期内写出一本厚厚的诗集《骨箫》(中国文联出版社出版),诗也令人大吃一惊。

不止一个诗友,说他的诗前后变化很大,脱胎换骨。因为近水楼台,我比较方便接连读到他的新作,确实既为他高兴也觉得有点儿不可思议,他远不止是进步,更类似于一次羽化的过程。

这还真是个值得研究的案例,爱诗经年的诗人,在短期内迅速进境,这中间发生了什么?

徐庶爱上诗歌,是20世纪80年代,他时任云阳师范五峰文学社社长。

见到徐庶这个人,有些不容易将他和他的诗歌联系在一起。多数时候,他只是一个戴厚边框眼镜的人,有时像一个猜不透学生心思的班主任。离开老家,在城市折腾多年,他的乡愁和经验并没有简单地成为财富,他看待事物的角度,好像容易与现实略略错位,当然,是在一些看似无关紧要的细节上……我就是这样不负责任地猜测着,因为很少看到他享受轻快的玩笑。

我的写作朋友越多,写作时间越长,阅读他作品时就越会添愁绪,这样漫长地写作着,唉。我不担心写作,也不担心不写作,但是我担心的是无效的——往往也是没有享受的写作。好的写作应该是一个享受的过程，享受克服困难的喜悦，享受发现陌生道路的惊喜，享受孤独，享受回忆的欢悦。你写着，时而愤怒，时而哑然失笑。写作像一匹不肯驯服的马，你非常惊险地经历了一场狂奔，当人马都疲倦而又互相倚靠着漫步回来，你经过了多么有趣的事情。

很有缘分的是，徐庶和我做了半年的同事，我们有时因工作一起外出，不免闲聊，聊到写诗，他突然说起最近对写诗很上心，言语中充满了激动，这让我深感意外，所以也激发了谈写作的兴致，因为我也是一个有写作癖的人。

现在已经记不清楚具体聊了什么，总之是对一个爱诗多年的人的无情挑剔和自以为是的循循善诱，从阅读、写作资源一直聊到一些简便的检验文本的方法和工具。以我的经验，多数时候，这样的交流只会博得个轻狂之名，对自己无益，对别人的写作也无助。正是自不量力的写作癖患者的典型症状。

还好，如今我能想到的我们交流的正面作用，是恰好他也正对写诗上心，激发出了加倍的斗志。

到底是什么外力一下刺醒了徐庶沉默多年的诗歌神经？不妨来解剖一下个中缘由。

我觉得首先是他具备条件，长期来往于城市乡村之间，带着自己的乡愁和个性化的视角，储备了丰厚的个人化的写作资源。但是，在过去间断的写作中，这些资源没有得到有效的启用。如果一个写作者不能进入自觉和清醒的写作，那么再多的资源也形同虚设，白白浪费。因为写作，太容易在模仿的相对简便和不足够自信的时候，沦为一次复制，成为其他成功写作的影子。看起来，你在调用你的经验和资源，事实上，在你独有的经验被一次复制主导之后，最有价值的部分已被删除和排斥在外，徒有其形而已。所以，这是一个经常出现的冷酷的事实——写作很多年，写作资源并没有真正有效地被调用。那么，当你终于具备了调用它们的能力,你会发现,你有那么多需要被重写或新写的东西。徐庶应该就是在这样的情况下,逐渐积累了对写作和写作观的刷新和改进,使他突破了临界。他的可以信手拈来的题材是如此之多。

还有一个重要原因,是与有效调用写作资源同步的,是语言天赋的真正激活。破壁而出的人,自然会欢喜狂奔,他要反复体会这种在新天地中自由行走的感觉。在这个阶段,喷涌式的写作是相当常见的。如果你去研究一些诗人或作家的书信或日记,就会发现,他们高产时期的写作,都是写作进入了新的境界或领域。这是写作上升级的自信带来的左右逢源。

在谈完了徐庶的写作现象后,我们必须回到文本,看看全新的徐庶的写作面貌。读完整部诗集,我认为他的写作深植于中国当代社会现实生活,具备硬度和温度。

徐庶的写作姿态,就是全部身心关注着那些疼痛着的骨头,并让它们进入自己的诗句。这样的写作,多数走的是刚猛的路子:坚定、清晰地挖掘自己的目标,一锹下去一个天地,不达目的死不罢休。徐庶对此做了很有意思的修正,他同样刚猛和坚定,但同时又带着旁观者的冷静和自嘲,因而诗歌有了别致的趣味。

石头下山

石头,从山上气喘吁吁跑下来
这才人模人样,立正、稍息
它们站在广场上
全都被剃了光头
石头用诧异的眼光看来来去去花花绿绿的人
原来,人间多么奇妙

来这里踱步的人,心里悬着一块沉重的石头
石头不落地,他们的步伐略显慌乱
让一块石头放下自己的重
剃光头能行吗

这首诗能大致说明徐庶的写作策略,他能够控制自己的强烈诉说愿望,让诗歌保留言外之意。诗歌适合表达出尚未被充分发现的事物关系,而不适合用已被充分阐明的道理去代替复杂的被探测的事物。

而能够用来说明这是一个更关注疼痛的诗人的,是类似于这样的作品:

乌鸦

牛羊开口,对草原无尽的爱
都在一口咀嚼中
蒙古包的鼾声是白的,穹顶的云是
白的
乌鸦披着夜色,低飞
草原的悄悄话,铺展得一望无际
乌鸦不说话,它怕开口酿成一场风沙
撞上铺天盖地的私语

他在旅游中都没有放下过对世事翻卷的被动感和不认可。小诗的开头宁静,而随着诗歌的递进,被调用到的经验让一个风景小品面目全非,成为又一根疼痛的骨头。

真正让我欣喜,让我觉得诗人还有更多潜力的,是他那些信手拈来的闲笔式的诗句,比如《果实》中的:果实不同的颜色/是果木不同的哭

声 // 果木一生站着，憋着，易哭 / 哭着，也站着。他的很多闲笔，都有摆脱他一首诗的征召而独立存在的价值。同时也阐明了这样的一个状况，目前徐庶的写作，虽然是对写作资源和天赋的有效启用，但并不一定是最充分的启用，他还在上升过程中，应该对这位诗人抱有更大的期待。经验告诉我，冷静观察或许更有价值。

序在这里及时停住也是不错的。不管你处在哪样的写作中，克制始终是一个很好的老师。

（2016年2月21日）

“离地三尺的飞翔”

——张涌国画赏析

任正铭

“离地三尺的飞翔”，是江苏作家苏童说的一句话。苏童写作的中篇小说《妻妾成群》，被张艺谋改编成了电影《大红灯笼高高挂》后，曾蜚声中外。

我第一次听到用这句话来阐释美术创作观的是重庆画家张涌。张涌说，行走在大地，我们的视野难免被很多人与物遮挡，只有飞翔起来俯瞰大地才能看得更多更远。他非常赞同这个与大地若即若离的间隔，近了没有距离感，远了就成了不食人间烟火，所以“三尺”是最理想的维度关系。

如何让自己的艺术创作视野“飞翔”起来，张涌在这方面进行了30多年的孜孜追求。如果说在1998年，以张涌获得该年度重庆市师生书画大赛一等奖的国画作品《山乡秋色》，作为他走进重庆青年画家画坛之标志的话，那么朴实和本色当是他这一时期美术创作的明显特点。摇曳的竹林、流淌的小溪和伸手可掬的白云，似乎成了他早年画作的标识。也难怪出生于农家的张涌，童年时代是看着颇有绘画天赋的爷爷画在自家院墙上大红大绿的农村风俗画度过的，至今仍然可以看出张涌早期作品强调的据实性，是他绘画实践中较长时期的主旨。

照观生活并非就落入传统的窠臼，但艺术贵在突破，创新发展才是其蓬勃的活力。当张涌依稀明了这一点时，他已经师从著名画家雷九泰、陈道学了。注重作品的写意，凸显巴渝山水特色，是两位先生国画作品的共同特点。张涌反思自己的绘画，过去太偏执于物像的真实，而忽略了艺术的再现。先后在两位导师的指点下，张涌从明代的沈周、清代的石涛的作品中读出了悟性。前者疏秀明洁、潇洒隽朗；后者简粗豪放、气势雄强，无不带有敢于对物象大胆取舍的鲜明个性。

画家渗透在作品中的个性，当是其永恒的艺术生命力。为了将内心的蝶变，演绎为笔底的绘画张力，张涌利用他在中等职业技术学校和中等师范学校担任美术教师16年间的寒暑假，游历了祖国众多的名山大川，吸吮天地之精华，仅留下的速写本就有厚厚的20多本，共2000多幅。他先后在重庆师范大学、西南大学和中国书画函大获得多个专业文凭。丰富的创作实践、厚实的美学理论，不可避免地催生了张涌国画作品的华丽转身。

“外师造化，中得心源”，是唐代著名山水画家张操建立的绘画理论，意指画家在融入人文环境中要探究生活的本质，再修炼成胸中的万象，以获得艺术构思之启迪，形成饱含画家人格气质和学养的艺术形象。而今纵观张涌的国画，无论是《故乡行》《雨洗江村焕然新》还是《寒塘秋月明》《群峰沐朝辉》等，很容易读到他崭新的艺术品位：既有地理上的地域感，又有个人艺术创作的符号。如张涌笔下的树，不乏南方林木的丰茂，但更有画家独到的构成感。《家乡山野诗成行》块面的明显分割、《峡江清秋》笔墨上的苍凉，无不看出是画家有意模糊了一些笔墨界限，显得厚实中灵动透气，使作品浑沉而更耐看。细读张涌近年作品，在构思上注重强调“取其形而更达其意”，在运笔上多用中锋，少了些侧锋，很讲究枯润、起承与顿挫，不难发现画家是在追求一种独具个性的作品质感和肌理感。

张涌国画的转型，颇受业内人士的好评。他的国画获得过第五届中国山水画展创新奖，参加了庆祝《延讲》发表60周年全国美展，及中韩美术300家邀请展等，迄今已有200余幅发表于全国各地报刊，并被美国、加拿大、日本等民间人士或专业机构收藏。

或许，作为重庆民盟画院副院长的张涌，其美术创作已经步入了一个可阶段性理论总结的层面，我想若需总结，借用苏童“离地三尺的飞翔”一语，当是最好的注脚吧。

（2016年2月26日）

刻得青山与河川

——诗人梁上泉印象

刘扬烈

《梁上泉全集》和《梁上泉评传》的出版，这是重庆文学界，特别是诗歌界的一件大喜事。

重庆是全国新诗的一座重镇，著名诗人梁上泉是这支队伍的杰出代表，他一生都献给了中国新诗的建设和发展。他与公刘、雁翼、严阵、顾工等，都是在新中国成长起来的优秀诗人。他是大巴山的儿子，生长在这片红色土地上，从小接受大巴山文化的抚育，民间歌谣和传说诗词，教他走上了诗歌创作之路。

从事创作60余年，梁上泉共写下诗文集近50部。民间歌谣与传统诗词的养育、融合，铸就了上泉诗歌的创作追求和艺术个性，使他的诗达到了雅俗共济、歌诗并美的境界。喝大巴山的泉水长大，自有流泉的声音。诗人不愧是大巴山的儿子，一生不断探索，不停地进取，他的根永远不离肥沃的土地，他始终坚持现实主义的创作道路，才会成为祖国的歌者，人民的歌者，生活的歌者，才能不负时代的重托，取得可喜的成就。他写抒情诗、叙事诗，也写歌词，一首《小白杨》唱遍全国，家喻户晓。在艺术形式上，他不断地探索，六行诗《六弦琴》是这种实验的突出成果。他咏山水，咏人生，咏时代，咏爱情，把生活中的感悟融于心间，然后发而为诗。当泉眼中喷出新作，便奏鸣出人生的悲欢，唱出时代和人民的心音。

他一生勤奋、执着，对诗达到如痴如醉的境地。巴山文化的哺育，军营生活的锤炼，为他注入了天生的气质——憨厚、质朴、爽快、坚定、乐观的个性特征，从而形成质朴、明朗、真诚的艺术风格。他为我们树立了贴近生活，贴近人民，贴近时代的榜样，这在今天，是值得发扬光大的人文精神和艺术品格。

郭久麟的《梁上泉评传》写得全面深入，色彩鲜明。全书50余万字，洋洋洒洒，纵横捭阖，资料丰富，论述有序，对上泉的创作进行了全面评价。就纵向而言，论及上泉的人生和创作，抓住了他的根底、成长道路和创作历程，有板有眼地进行了全面介绍和评论，写得细致、扎实，从经线上对上泉的生平和创作做了深入的探讨和论述。它能使读者对诗人的一生和创作有一个全面了解，探知其成长道路和创作成就，便于研究其艺术才华和创作实质。对诗人的人品及如何攀登诗歌艺术的高峰，做了全面、客观、公正的评论，其中不乏久麟的独到见解。

就纬线而言，对诗人的创作艺术分章论述，由抒情诗到叙事诗，分别探讨，从而肯定其艺术创造和成就。这就使读者由他的创作历程，而深入创作的内容实质和艺术品格，进而探知诗人的艺术品格和重大成就。上泉说："搜尽巴山的奇峰，才刻得一座青山；望断巴河的流水，才刻得一条河川。"郭久麟在评论中就道出了，诗人是怎样刻出一座座青山和一条条河川的。评论对上泉创作的艺术个性和艺术风格，概括为"真诚、质朴、深情、清新、优美"，也正与诗人自己主张的"真、情、深、新、精、音"相吻合，也能让广大读者所认同。这些结论，都有许多作品证实，让人心悦诚服。

（2016年6月5日）

冉仲景的两个绝活

郭大章

认识冉仲景的人都知道,冉仲景有两个绝活:诗歌和山歌。

冉仲景的诗名很盛。多年前,我曾有幸参加重庆市首届青年作家班的培训,聆听来自全国各地的名家大腕讲课。我记得,著名文学评论家施战军和作家叶梅都曾在课堂上对冉仲景的诗歌赞不绝口,说是其诗歌代表和引领了某种潮流的写作,是一种独特的存在,值得认真阅读和研究。我坐在下面,一种身为冉仲景同乡的自豪感油然而生。

还有一次,我到云南昆明去参加一个会议,自我介绍的时候,我说我来自重庆一个叫酉阳的偏僻小县城,估计在座的大都没听说过。这时,一个云南作家站起来说,酉阳,你们那儿是不是有个诗人叫冉仲景?

这便是冉仲景,一个坚守在酉阳山区,却盛名远播的诗人。

我这儿还有一个故事,那是20世纪90年代的事了,那时,我还在读高中,冉仲景则刚刚从康定回到故乡酉阳教书。有一天,我们的语文老师有事请假,便来了一个代课老师给我们上课。代课老师走进教室,往讲台上一站,便开始做自我介绍,只记得他脸庞黑黑的,戴着一副黑框眼镜,笑起来爽朗而朴实。

这个代课老师就是冉仲景。

冉仲景的那几节语文课,可能是我整个中学阶段上得最有趣的语文课了。他在课堂上讲中国当代诗歌,讲到激动处往往手舞足蹈,有时还会不自觉地唱起来,弄得我们也跟着他一起激情飞扬。但,那时的我,并不知道他已是中国著名诗人。

当时，我有个同学很爱诗歌，在冉仲景给我们代课几天以后的一个深夜，他摇醒熟睡的我，递给我一张纸，上面工整地誊写着两首诗。他兴奋地对我说，你读读这两首诗，猜猜哪首诗是我写的，哪首诗是冉仲景写的。

我看了他一眼，说你疯了吗？大半夜的，不睡觉，读什么鬼诗歌！但我还是在他的坚持下把那两首诗读完了。读完之后，我指着其中一首诗对他说，这首诗肯定是你写的。他没说话，接过那张纸失魂落魄地坐在床上。

其实，那两首诗高下立判，只一眼便知哪首是他写的。只是我不知道当时的说法是否对他造成了伤害，那个同学最终没有走上诗歌创作的道路。

冉仲景对待诗歌创作的态度是异常诚恳的，诚恳到让我肃然起敬。比起现在一些诗人泡沫般的“高产”，冉仲景显得极不“合群”，他有时甚至一年都写不出一首“像样”的诗歌来。

再来说说冉仲景的山歌。

在重庆诗歌界，冉仲景的山歌唱得好，那是公认的。一旦大家聚会，只要是有冉仲景，从他那带着沙哑而粗粝的嗓子里“吼”出来的山歌，必定是压轴节目。

冉仲景把自己的山歌命名为“土家摇滚”。他的那些山歌，都是一些来自土家山寨最底层的原始文化，体现着山民们最为质朴而真挚的情感。这些山歌，经冉仲景那粗粝豪迈的嗓子一“吼”，足以震颤听者的灵魂。

一次，贵州一个作家代表团来酉阳交流，晚上大家聚在一起搞联欢，商定双方轮流着出节目。待到冉仲景出场的时候，他那一嗓子出来，全场顿时鸦雀无声，之后便爆发出雷鸣般的掌声。贵州一个作家笑着说，我们辛辛苦苦准备了两天的节目，却被冉仲景这一嗓子全部给“吼”回去了，真是不服都不行啊。

冉仲景经常拿自己的“黑”来打趣儿。他曾笑着说，他可能是整个中国诗坛最黑的诗人了。为此，冉仲景还专门给自己取了个网名，叫作“黑瓦”。

一个敢于拿自己的“缺点”来自嘲的诗人，一定是一个有着非凡胸襟和气度的诗人，此刻，冉仲景的形象在我面前变得无比清晰起来，他带着质朴而憨厚的笑容，在诗歌创作的道路上踯躅前行，为爱而歌，为土地而歌，更为家乡而歌：

燕子是我飞翔的灵柩
百合
是我含羞的墓冢
我必将死在家乡

《预言》

这便是冉仲景，以及他的两个绝活。

（2016年6月5日）

佳句如泉涓涓流

杜承南

我国是当之无愧的诗歌大国，诗词歌赋浩如烟海，仅以唐诗为例，《全唐诗》收诗四万八千九百余首。自《诗经》直到近现代的长歌短赋，更是恒河沙数，遍寻神州大地，也难有人通读。人生苦短，诗海无边，怎不令人喟然兴叹，怎么办？幸遇有心人花中选花，选名篇，摘警句，这本《诗词名句选读》就解决了这个诗歌领域的难题。

嘉陵诗词学会会长、耄耋之年的郑英材兄不辞辛苦，浏览历代诗集，精选名篇名句，满足了读者的需要，节省了读者的精力，可谓功德无量。

人的精力有限，读诗也要读有价值的好诗。俗话说得好："宁吃鲜桃一口，不吃烂杏半筐。"读好诗才能得到智慧的启迪和美感的熏陶。窃以为《诗词名句选读》有以下三大优点：其一，所选诗歌立意高远，给人以饱满的正能量，读后使人满怀豪情，激发报效祖国的壮志，深化对时代的认知和人生的感悟；其二，所选诗歌语言生动、形象鲜明、声韵铿锵，把握住了诗歌的本质，富有艺术感染力；其三，所选诗歌皆为警句，乃画龙点睛之语、振聋发聩之句，读后犹如醍醐灌顶，心神为之一振，如视死如归的"人生自古谁无死，留取丹心照汗青""粉身碎骨浑不怕，要留清白在人间"，百折不挠、宁死不屈的"千磨万击还坚韧，任尔东西南北风"，为锤炼艺术而呕心沥血的"二句三年得，一吟双泪流""为人性僻耽佳句，语不惊人死不休"，蕴含历史沧桑和人世变迁的"长城万里今犹在，不见当年秦始皇""是非成败转头空，青山依旧在，几度夕阳红"，关心民间疾苦、抨击权贵骄奢的"朱门酒肉臭，路有冻死骨""安得广厦千万间，大庇天下寒士俱欢颜”，歌颂友情的“海内存知己，天涯若比邻”“莫愁前路无知己，天下谁人不识君”“请君试问东流水，别意与之谁短长”“何当共剪西窗烛，却话巴山夜雨时”，赞美坚贞爱情的更是车载斗量、俯拾皆是，“我愿与君相知，长命无绝衰”“曾经沧海难为水，除却巫山不是云”“两情若是久长时，又岂在朝朝暮暮”“在天愿作比翼鸟，在地愿为连理枝”，描写人生惆怅和离愁的“问君能有几多愁，恰似一江春水向东流”，鼓励人们开拓心胸、不计较个人得失的“蜗牛角上争何事？石火光中寄此生”“牢骚太盛防肠断，风物长宜放眼量”……

书中的名言和警句经过历史大浪淘沙，流传至今，值得我们反复吟咏，细细咀嚼，深切领会其中蕴含的人生哲理和韵味。相信读者会从中受益，不仅会获得美的感受，更有智的启迪，知识的增长，心灵的净化。这本书的精彩就在于它的短小隽永，读者展卷细读，这些警句犹如一股股清泉，涓涓注入你渴盼甘霖的心田……

（2016年6月11日）

凌云健笔意纵横

——著名军旅作家邓高如将军的文学之路

马甫超

邓高如自戎马北国到走马南疆，从士兵到将军，一步一个脚印走过40余年军旅历程，除荣立1个二等功、5个三等功外，还有一手潇洒自如的文章扬名军中……

一

在西充、南部、盐亭三县交界处的西充县境内有个“中南场”，邓高如将军便出生在这场上。或许是因为那条奔流清澈的宝马河亘古至今绕场流过，使得他儿时就多了几分灵性和执着。

1969年邓高如参军入伍，他被接兵部队一眼选中接走，以独子投笔从戎而闻名乡里。

闷罐火车将他拉到中蒙边界。白天他趴冰卧雪，摸爬滚打；晚上站岗放哨，巡边执勤。深夜了，还常常独自一人藏到学习室看书写作。

连队干部认定，他是连里的“秀才”，应当重点培养。于是调他到连部当了通信员，一年后又让他做了文书，还送他参加师里新闻报道培训班的学习。

一天，连队正在农场收割试种的水稻，一辆吉普车开进田间小路，一位中年军人下得车来四处打听：谁是通信连的战士邓高如？

原来，中国人民解放军北京军区《战友报》刊登了一篇署名“巴石”的杂文《啄木鸟的启示》,文章很有见解和文采。师领导看文笔老到就请报社查对,没想到作者乃师通信连一名战士！于是让师宣传科高科长前来了解情况。高科长左看右问半天后得出结论:啊,原来是个新兵蛋子！个子不高,才气不小啊!

从此,通信连多了一名上级机关关注的战士。3年后,这名战士入了党,当了班长,成为训练标兵,并两次荣立三等功。

二

师里特别器重这位新调入的青年才俊,多次安排他参加各种学习培训并在大会上让其发言。仅一两年,师里图书全被他看了。有人说,营区旁边有个地区师范专科学校,那里的藏书恐怕你一辈子也读不完。邓高如如获至宝,几年下来,把馆藏的文学书籍全部读完了。到后来,连图书馆自己装订的《人民文学》《解放军文学》《延河》《火花》《汾水》等文学期刊合订本,也被他看了个遍。

1983年秋天,就在解放军报社拟调邓高如去当记者时,“红小鬼”出身的老红军、成都军区政委万海峰抢先一步将他调入了成都军区宣传部新闻处。恰在此时,全国统一组织新闻职称评定资格考试,成都地区的军地参考人员同堂应考。语文、政治、新闻3门考下来,邓高如一举拿下成都考区个人总分第一名、语文考分第一名的好成绩。

他至今仍津津乐道那次考题的生僻艰险:《三国演义》赤壁大战中给曹操献连环计的是谁?《红楼梦》中贾宝玉的《芙蓉女儿诔》是写给谁的?《阿Q正传》中阿Q最爱唱的一句戏文是什么？写出巴尔扎克《人间喜剧》中3部作品名称……

邓高如只因当年认真读过这些书籍,答案信手拈来。

三

邓高如担任成都军区新闻处处长后，他的工作超负荷运转，但他手中的笔却从未停下过。几年下来，他除了把四川以至全军、全国的新闻奖项拿了个够外，文学创作也是收获颇丰。

有人问，走上这么繁忙的领导岗位，哪来的时间搞创作？邓高如的回答是：忙里偷闲。

一次我和13集团军关春林干事陪他去南充某师采写一组训练稿件，采访完后他谈了稿子的思想构架和段落安排，便推开卧室房门去搞他的文学创作了。两个多小时后，一篇题为《圆的魅力》的杂文就脱手了。他客气地说：这是我酝酿多时的一个题目，但一直缺乏动笔的激情和写作的时间，上午住进招待所时，见卧室的台历上印有圆的几何数据资料，一下来了激情，便在你们写新闻稿的空当，一气写成了这篇杂文，请斧正。

我们看过文稿后，顿被其深刻的思想、鲜活的资料、鲜明的意象和激情澎湃、一咏三叹的语言风格所打动。不承想，就是这篇千字文被报纸刊用后，被选入全国语文高考模拟题库，进入了北大、川大、复旦等大学的阅读教材。

他在昆明某部队蹲点时写下的杂文《儿子要过圣诞节》，被高等教育出版社随同鲁迅的《文学和出汗》、萧华的《〈革命烈士书信〉序》、陶铸的《崇高理想》一起编入全国职业高中语文二年级教材。

四

2003年6月，中央军委任命成都军区战旗报社社长兼总编辑邓高如到重庆警备区担任政治部主任，并在一年后授予少将军衔，这是该社60

多年来从社长位置上直接提升起来的唯一的将军。

2009年10月，邓高如将军达龄退休，本该赋闲的他却显得更加忙碌。

李煜《菩萨蛮》中一句词可以表达他此时的心境："奴为出来难，教君恣意怜"，这么好的条件不干点事情太可惜了。于是他晨起读书，定时写稿。每天除了适当健身外，还是写作、读书。

他说，现在我已进入花甲之年，什么哥啊妹啊的抒情散文、婆啊妈啊的俗事散文、花啊草啊的游历散文，写起来都不合适了。而另有三类散文更适合自己去写，那就是"文艺类散文""文史类散文"和"文心类散文"。

邓高如写这类散文是用"心"去写的。近年间他创作的散文如一架架飞碟横空突起，绚丽多彩。那些谈艺人、谈艺风、谈艺术的散文，如《戏剧启示录》《先师在上》等，总在昭示一个真理：民族的艺术最高雅，质朴的艺术最高贵；他通过引经据典谈社会、军事、教育等各领域的散文，如《重剑无锋》《云蒸波撼钓鱼城》等，又总是把民主法治、生命崇高、教育至上、民生权益等重大现实而敏感的问题，解析得清澈见底，发人深省；还有那些描写社会风尚、道德情操、人生意义的散文，如《砍柴担水与做饭》《雅人深致》《家住平房》等，简直就是特制的心灵鸡汤，味鲜而意美，言简而理深。他的作品一举获得2014年"全国报纸副刊精品一等奖"。

"痍信文章老更成，凌云健笔意纵横。"我们祝愿邓高如将军老当益壮。其文更加遒劲酣畅，其学更加博大深广，其志更加奋发昂扬！

（2016年6月26日）

行医为官德为先

——读长篇小说《首席医官》

贾如兴

抽得空闲，总会随手翻上几页书，读得比较杂，有种信手拈来就读的随意。这种随意，自然也包括阅读小说。年初，有朋友推荐谢荣鹏的长篇小说《首席医官》(二十一世纪出版社，2014年6月第一版)。用朋友的话说，该书是当代官场小说的里程碑之作，是国内首部写草根医生到首席医官的长篇官场小说，医道官途，亦医亦官，医人医国，正气凛然，堪称独树官场小说正能量，引领官场小说新风潮。

上网查询，有评论家称《首席医官》为"一部气势恢宏、情节波澜起伏的长篇巨著"，有读者也称阅读《首席医官》是一次充满惊喜和愉悦的快乐旅程，会随着主人公的精彩人生，体会"救人救世救苍生，一蓑烟雨任起落"的快意与淡然。更有人称，明代凌濛初有《拍案惊奇》传世，极摹人情世态之歧，备写悲欢离合之致；而《首席医官》则始终围绕着一个传奇人物，演绎出一个个令人"拍案惊奇"的故事。

至此，胃口被吊了起来，好奇心被激发出来，到了不读不快的地步。购买时才发现，这部长篇小说的规模超出了自己的想象，全书共13册，是一部数百万字的皇皇巨卷。说实话，以笔者的阅读经历，这是自己碰到的篇幅最长的小说。面对这样的大部头，多少有些心生怯意，但也只能既"买"之则"读"之，否则便是浪费。不承想，翻开试读，便不舍放手，恨不得通宵达旦一口气将它读完。原因很简单，这是一部行文流畅、叙事清晰、情节引人入胜的小说。

小说主人公曾毅虽然年纪轻轻，却凭着祖传绝技和中西医兼修的学养，在高手如林的医学界脱颖而出，仅用三副中药便解除了省委书记夫人的病根，备受青睐，被破格聘请为省医疗保健专家组专家。上任后，他大显才能，连续治好多例令著名中西医专家头疼的疑难杂症，并以高尚的医德赢得中外患者敬佩，与社会各界诸多名人结下不解之缘，成为莫逆之交。曾毅治病颇有大将风范，对于疑难杂症每每出奇制胜，艺高人胆大。他的望闻问切功夫几乎出神入化；他的针灸技术和正骨技术常化有行为无形，无招胜有招，令人啧啧称奇。连顶级国医大师也对他另眼有加，着意提携。此后，他亦医亦官，医人医国，救死扶伤，淡泊名利，众望所归，逐渐成长为国内中医界翘楚，真正的首席医官。

虽然本书洋洋洒洒数百万字，归结起来就是讲述了一位德才兼备的年轻医生，坚守道德，悬壶济世，真正做到了为医一生，造福一方的故事。也可以说，本书塑造了一个独特的深受中医文化熏陶的医道仕途成功人士形象，主人公堪称“医者”与“官者”完美结合的典范。虽然作者撰写的故事过于传奇，但我们不正是渴望出现这样的“医者”和“官者”吗？

通常，我们认为“医”和“官”不在一个层面上。一代名医张仲景就说过：“进则救世，退则救民，不能为良相，亦当为良医”。直白地讲，就是指人生在世，如果有幸晋身为官为相，那就为国家做贡献，“先天下之忧而忧”，为天下百姓谋福利；如果命运不济，无法报效国家兼济天下，那就做个好医生，悬壶治病，救人活命。虽然良相和良医看似不在一个层面，但这两个职业都着眼于拯救天下苍生，情理实则一致。

古话说，行医仁为首，救死扶伤；为官德在先，公而忘私。其实，“仁”即“德”，从这个角度讲，无论是行医还是做官，都必须把“德”摆在首位。《首席医官》的主人公曾毅既行医又做官，始终把德摆在首位，把救人救世救苍生当作己任，才能做到无私无怨，无论顺境逆境，无论打击毁谤，他均能坦然面对，宠辱不惊，而最终可以化险为夷，左右逢源。正是他身上始终充满一种浩然之气、正义之气，才能逢山开路，遇水搭桥，才能把握住时代的机遇，迅速崛起和成功，才能在人生小舞台和社会大舞台上平步青云，铸就人生辉煌。在当下，随着社会不断变化，部分人也变得越来越激进，很多时候为了达到某种目的，而采用非正常的手段，但这些人只得到了现在，失去了未来，人不能为一点蝇头小利而丧失了做人的原则，而这个原则说到底就是一个“德”字。可以说，当下一些为官者正是因为“德”的丧失，才成了“老虎苍蝇”；一些行医者正是因为“德”的丧失，才会收受红包、对患者冷漠。如果行医者和为官者都能像书中的主人公那样，把“德”字摆中间，始终胸怀坦荡，坚守正义，又何愁老百姓不赞你是良医和好官？都说读书不只是收获愉悦，更应收获启迪。读完数百万字的《首席医官》，笔者看到了正能量，并获得了相应启示。正如作者在“后记”中所言：“曾毅没有远去，他就在我的身边，告诉我做人要谦虚正直大度，待人要以礼以德服人，面对困难要不慌不忙，智慧直面。”

（2016年6月28日）

火焰在他的血管里燃烧

——读柯愈勋遗著《边走边唱及病中杂诗》

万龙生

还是在两个多月以前，作家陆正英就把她先生、诗友柯愈勋的遗著《边走边唱及病中杂诗》寄赠给我。本来应该及时阅读，写篇读后感的，可不久我就身患重病，未能如愿，一直有一种负债之感。现在术后出院，身体恢复较好，终于可以临案码字了。那么就写点心得，以慰泉下英灵吧。

据正英的后记，得知此书之所以能够问世，是渝北区文化部门的善举。他们还记得自己辖区这位诗人，认识到他的价值，让这份遗产得以存留，在此我要对他们表示谢意。

也是从正英那篇由泪水浸渍而成的文字中，我得知这本诗集实在得之不易，且不说诗本身如何，这些作品的产生就着实令人感动。

诗集的第一部分《边走边唱》是2004年8月，儿子开一辆越野车带父母去河西走廊一路行吟所作，一共82首。可惜此行结束，柯兄就突发脑梗死，从此在自幼跛行之后又雪上加霜，离不开轮椅了。全靠正英悉心照料，顽强地挨过了十年。

就在这十年里，柯兄以超常的毅力，凭着对生活的热爱、对诗的迷恋与病魔抗争，用尚能执笔的右手以歪歪斜斜的笔迹，在19个练习本上写满了诗行！诗集的第二部分《病中杂诗》就是正英从这几百首诗中选出的128首作品。

正英以柯兄诗集《善良的玉米》中的《以后》一诗作为本集的序，真是太恰当不过了。可不是吗,“这些灵感！这些火焰／仍在我的血管里燃烧”,我们从字里行间能够“倾听”他“真诚的、热烈的心跳”,“感受”到他的诗,他“灵魂的素描”。这些最真实、最本真,丝毫也没有矫饰的心声,读起来是那样扣人心弦,令你不能不怦然心动。

柯兄的家我去过,再朴素不过了,也不宽敞。但是他坐拥书城,堪称精神的富翁。可以说,他一生的确是“沉迷于书籍的海洋”“痴迷于书,度过我的少年时光／我的青年时代,依然乐此不疲”。他由衷地赞叹:“世界有书,活着多么好!”(《世界读书日》)这就是柯兄的诗看起来造语朴素,却往往于平淡无华的背后透出芬芳馥郁的书卷气的原因。这是那些动辄引用名家名言以光门面者所不能望其项背的。

正英在《后记》中写道:“他对诗歌创作的痴迷和执着,实在令人感动！令人敬佩!”他在重病中不辍吟咏,与诗共度最后的岁月,谱写了生命的华章,创造了人生的奇迹。在这本诗集中涉诗的篇什触目皆是,算是一大特色。仅举其篇目就可知他涉猎的范围之广,也可见他腹笥之丰。看吧:《过玉门关怀诗人李季》;一位不是很知名的儿童诗人潘予庆写的《眼睛》引起他的诗情;胡风,鲁藜,蒲风,海涅,普希金,莫林,蒋光慈,查良铮,尹克轩,陈道谟,圣野,陈广澧,雁翼,孙静轩……这些中国的,外国的,知名的,不知名的诗人纷纷走进他的诗行,形成一道独特的景观。2013年1月,可能柯兄意识到自己已经快要油尽灯枯了吧,他这样总结自己的一生:“日日月月,我在病中煎熬／对自己说:我活过了,写过了／这一生,有诗为伴,与诗同行／这一生,过得,还算可以……”从1964年发表处女作《一幅速写》,到2014年1月29日(除夕)写的最后一首诗《大年三十》,整整半个世纪如一日,始终“有诗为伴,与诗同行”,这样的诗人太可贵了,太值得我们尊敬了。不要轻言“学习”,这样的精神不是那么容易“学”到的。

《边走边唱》中有一首《草原上的牦牛》:

任日晒任雨淋的/是草原上的牦牛//日餐风夜露宿的/是草原上的牦牛//生在草原长在草原/一生，和草原厮守//健壮体魄风雪塑就/牦牛，草原上的黑珍珠

柯兄没想到，这牦牛正是他自己的写照：草原，是诗的园地，而他，就是一生和诗园厮守的纯真的诗人。只不过，他体魄并不健壮，但是他的精神却无比旺健！

在1995年，我写过一篇文章，题为《柯尧放：不该被遗忘的诗人》，发表后收入诗论集《诗路之思》。而柯尧放先生正是愈勋的父亲呢。这个题目用在愈勋身上也是再贴切不过了。咱重庆有这样的诗人父子，父子诗人，也算一奇吧。我们不但不应该遗忘他们，还应该珍惜他们的诗歌遗产。我想，如果什么时候能为他们出版一本精选的合集才好！

斯人已远，功德长存，怀念永续。

（2016年7月29日）

看电影

蓝焱

《我不是潘金莲》轰轰烈烈上映了，好评不多，观众疑问：和潘金莲有什么关系？

还真没关系。

范冰冰演的李雪莲打了十多年的官司，变成小县城有名的上京户，一开始是为一桩荒诞的离婚案，为多分房子假离婚离成真的了；中间为前夫说她像潘金莲，这在县城是巨大的侮辱；结尾又说为了生二胎，婚离了，前夫另娶了，胎儿也没保住。李雪莲一直愤怒，一直委屈，甚至想杀人，非常偏执地从县级法院一直告到北京去，从状告前夫到状告她因此事纠缠过的各级政府领导，不少官员因此被撤职。一件程序上毫无错误的离婚案，受到各级政府的高度重视，做了许多工作，不能说不周到，可是事情十多年没有解决，结束全因一个意外：前夫车祸死了，李雪莲没有了状告的主体。大家终于松了口气，李雪莲却失去了生活目标，不想活了。

这个故事的中间，李雪莲有两次是想放下不再告京状的。第一次是听了她养的牛的话，主要是告疲了，一直喜欢她帮过她的赵大头从北京回来，又不时陪在她身边，她空落落的家依稀有了温度；第二次是她听进了赵大头的话：不再告状就不再生活在仇人身边，可以和爱的人开始新的生活。但第一次，周围的人都不相信她不想去告状了，她设计逃脱监视，有抗议也有戏弄的成分；第二次放下心结，因为她真心想和赵大头过日子了，却意外发现赵爱她是假的，至少是有目的的，想通过帮政府阻止她告状,好给儿子安排工作,于是她愤怒了,不要命地进京告状。

这个故事,编剧弯弯绕绕讲了很多,其实李雪莲执拗于告状的所有理由都不是理由,关键在于这个假离婚案让她失去了所有的希望,她想要一个完整的家,一个真诚的老公,一个可爱的孩子,可前夫给不了她,前夫说她像潘金莲,是于她暗淡的生活中又添的一道伤疤。她中间试着放下,也是因为生活给了她依稀的希望。所以,在所有希望破灭,连唯一让她坚持十几年的生活也因前夫的意外死亡失去理由的时候,李雪莲崩溃了。

各级政府十多年的努力,不可谓不用心良苦,想到的办法几乎都用过了,但如果没有意外事件,根本就破不了局,原因在于他们给不了她想要的东西。县法院的贾聪明想到可以给她一个男人、一个家,打消她的怨念,但在现实生活中,真诚、纯粹的感情难以寻觅。没有希望,就是死局。这就是一个关于死局的故事。李雪莲最后没有死,在北京开了饭馆,是听了果园老板的话:不在一棵树上吊死。李雪莲离开了那个对她来说死局已成定局的小县城,重新生活,再见故人,也没有过多的情绪。但如果当事人不能离开死局之地呢?

这是一个破不了局的故事。故事的框架是个好故事。冯导为了彰显黑色幽默,为了囊括更多想法,甚至在画面结构上都动用了隐喻的手段,用心拍了。但是,想表达的太多,可以纠结的点太分散,李雪莲的故事反而云山雾罩看不清楚了。

冯导用第三人的视角去看李雪莲这个故事,原本想让观众带着窥视的感觉观影,但在冯导画外音下,总觉得那个窥视的镜头是属于冯导一样的大神,高高在上,见多识广,全然是看破世事的感觉。但我等吃瓜群众恐怕更属于被窥视的镜头下的群体,原本就困在一些破不了局的地方,于是看着看着就有了一些对大神们的情绪:你倒是指点江山,把这死局破了啊!

冯导这些年过来，的确成了中国影坛神一级的人物，他的周围也聚集着各色精英，久而久之，高高在上的态度成为自然状态，带到他的电影中，感觉要么“端着”讲故事，要么“自嗨着”讲故事。

同样的电影案例比如叶京最近拍的《与青春有关的日子》，讲的是冯导、叶京、王朔等一干人的往事，冯小刚客串了中年的冯裤子。片中用了三个女人反串“文革”时的他们。用反串可以理解为总要有些宣传的噱头，雌雄不辨是一个点吧，但故事内容，对于以前北京大院出来的那帮人说，可以引发满满的回忆，但对于广大平均年龄二十来岁的观众来讲，这样自嗨、找不到共振点的故事，一样特没劲。

与《我不是潘金莲》同档期还有李安导演的《比利·林恩的中场战事》，宣传不多，排片量是《我不是潘金莲》的三分之一，不是李安最好的影片，但豆瓣评分高于《我不是潘金莲》。这部影片讲述的故事关于伊拉克、战争、大麻、橄榄球……也不是中国观众熟悉的生活，但故事以林恩的平行视角，剖析人性的困扰和冲突，正是在人性这个着力点上让观众有了共鸣。一个几乎没有故事高潮、没有任何噱头的影片，随着故事有序推进，让观众坐得住、看得进去，很了不起。

好的电影可以有代入感，可以引起共鸣。有数据统计，经济环境不好的时期，电影院的票房是最好的。观众走进影院，需要的是被引发情绪的宣泄：快乐、悲伤、紧张、幸福……电影需要构造一个共同宣泄的小时空环境，所以，电影不能只是编剧、导演的电影，好的电影一定是制片方和观众共同需要的。

（2016年12月4日）

川江，我灵魂的栖息之地

——《川江往事》自序

陶灵

在我内心深处有一个情结，一直不曾打开。

少年时代爱好文学开始练笔，后来因经商而搁下，连读书的时间也少了，但看报的习惯没丢。《重庆晚报》副刊有个“老重庆”专版，内容全是巴渝人文老故事，常看，久了，忍不住在2011年的一天，写了篇《桡胡子与重庆火锅》。桡胡子是川江船工的统称，我从小在川江边长大，他们的生活情形亲眼见过，他们的故事也听过许多，可以说耳熟能详，写起来得心应手。我把稿子发给了《重庆晚报》，几天后，当期副刊的“老重庆”版就登出来了。我因此有了兴致，打算再写写川江的绞滩站、木排与两岸的风水塔、信号台，这些东西或已远去，或离我们的生活虽近却又陌生，我想把它们写成适合报纸刊登的千字文。于是给素不相识的责任编辑打电话，把想法说了。责任编辑很热情，指导我从事物的历史渊源和发展变化状况去写，文字可以稍长点，作为头条稿子发表。我脑子开窍了，很快写出《悄然隐退的川江绞滩站》，果然刊发在“老重庆”版头条位置，并配发了川江的图片，效果非常好。后来我又陆续写出《川江标志性建筑——风水塔》《水文石刻题记　述说川江历史》《穿越时空记忆的三峡古桥》《根植川江的三峡信号台》《随时空远去的川江木排》《那些年，我们坐着江渝轮出行》，都在“老重庆”版头条位置刊发。其中《那些年，我们坐着江渝轮出行》一文，还获得第17届重庆市和第28届中国地市报新闻奖的副刊作品奖。

有一天空闲之中，我把《重庆晚报》刊发的这些稿子贴到了天涯社区，管理员把它们辑成一个《话说川江》系列，没想到帖子一下“火”了，点击率一下子数千，很快上万，许多川江人跟帖回复说流着泪在看：

“有一次我在巫山港趸船上买橘子，付了钱船开了，淳朴的卖橘子大娘用竹竿钩着那一袋橘子，使劲儿想递给我，我却没能接到。这么多年过去了，这位大娘可还安好？只有永远留下记忆在脑海了。”

“我曾在1957年坐当时川江最大的客轮‘民众’轮去上海，那时的川江还不能夜航，两天才从重庆走到万县。”

有一个回帖，让我感动：“陶大哥，你好，你的帖子让我泪流满面，读大学的时候，女朋友是巫山的，她回家的船半夜才到万州港，我就陪着她，吹着江风。和你那时候的心情一样，多希望船来慢点，再后来……我失去了她。14年过去了，不知道她还好吗。”

腾讯、新浪、搜狐等网站，转发了《那些年，我们坐着江渝轮出行》，并表述：陶灵的经历就是三峡人共同的经历，引起了大家的共鸣。网站转发帖文，是我没想到的。新华网重庆频道编辑看到《话说川江》系列后，联系我推出“新华关注”专题《川江，寻找城市性格来源之旅》，新华网也进行了转发。重庆地方杂志《今日重庆》以“拾掇川江往事”为题，给我做了专访，还有重庆晨报、重庆商报……

原来有这么多的人深深地眷恋着川江。

记得1985年4月14日，我坐着川江客轮第一次从三峡出川，瞿塘峡口的江面宽阔而水流平缓，轮船“呜”的一声清脆长笛后，静静驶进屹立峡口的夔门。我随船上的旅客涌向船头，夔门的擎天绝壁仿佛隔绝了一切嘈杂、喧嚣、烦躁，听不见风声，听不到水声，就连身旁旅客对夔门发出的赞叹声也在这宁静中被融化了，扑面而来的是一种厚重凝练、深邃古老与自然文化相融合的气息。从这一刻起，我的灵魂留在了三峡、留在了川江。

26年后，《重庆晚报》帮我拾起灵魂，再帮我打开了川江这个情结。

我生在川江边，长在川江边，并在川江边成熟，也终将在川江边老去！

川江，我灵魂的栖息之地！

（2017年1月1日）

同气相求　砥砺前行

——我与山城文学社

余德庄

20世纪80年代，在新时期的文学大潮中，生活在重庆渝中区的一群不甘平庸的文学青年，经常聚集在一起抒情言志，热议着要继往开来，在这片人杰地灵，曾经产生过无数瑰丽的古代民谣和诗家绝唱，留下过众多文坛巨匠的足迹和宏论华章的地方，用自己手中的笔，书写出不负时代，无愧前人的文学新篇。于是，山城文学社在一片激情绽放中诞生了！来自渝中的机关学校、工商企业和街道坊间的首批文学社成员，带着勃勃生气登上了当代重庆文坛。

韶光飞逝，宛如白驹过隙，不经意间，山城文学社已届满而立之年。当年的青葱苗圃在春风化雨中茁壮成长，已然成为硕果累累的文学园林。在今日的重庆文坛，具有“山城文学社”背景的中青年作家，已是一支不可小觑的文学劲旅。其创作成就令人瞩目，迄今已出版各种体裁的文学作品200余种，50余人次获得全国和省级文学创作奖，许多优秀之作已经载入现当代重庆文学的史册，不少作品的影响已波及全国，对推动重庆文学事业的发展繁荣做出了不可小觑的贡献！

我自幼在渝中长大，后来又长期在重庆从事文学工作。多年来，我和山城文学社的同仁交往频繁，尤其是在重庆文学院筹备期间和成立之后，一批山城文学社的重要成员如谭小乔、谭竹、李成琳、阿蛮、陈与、杜虹、谢向全、徐坚、岳芩、丁友成、冯地模、朱小茵、李贻渝等人都先后成为重庆文学院的创作员，这使我们有了更多的交流机会，也使我对他们的创作有了更为深入的了解，对许多人的作品，比如谭小乔的《小船飘摇》和《火药镇》，谭竹的《云顶寨》和《盐骚》，阿蛮的《依仁巷》和《纪年绣》，谢向全的《大码头》和《这一刻地动山摇》，陈与的《时间对话》和《亡命缅甸》，李成琳的《时间滴落》，丁友成的《晴空下的阴影》，冯地模的《艺术家的生涯》，樊家勤的《周恩来在重庆》和杜虹、朱小茵、张思遥、张乃心、罗琳的诗文等都曾阅读或推荐，还为其中的一些作品撰写过评论和序言。

我至今还清楚地记得，当年阿蛮将他的第一部长篇小说《依仁巷》的手稿交付与我，请我为其点评作序时的情景。因为此前我并未为人写过序，曾不无犹疑地问：怎么想起请我？他不假思索地回答：我看过你的不少小说，觉得我们的创作取向很接近，都注重反映本土平民百姓的生活，人物形象接地气，同时也有对于时代、社会的思考，我觉得这是当前重庆文学特别需要的！他的话使我有一种喜逢知音的感觉。当时重庆的一些有识之士和外地文友都认为重庆的小说创作堪忧，主要是跟风媚俗现象严重，缺少真正意义上的本土小说。身为重庆作家和当时分管创作的市作协副主席，我曾在各种场合指出并呼吁一定要改变这种状况。看完他的文稿，我由衷欣喜，立即写了《从〈依仁巷〉说到当代重庆文学》。后来该文以少有的通栏制版大标题在显著位置发表在《文艺报》上，引起各方关注。责编告诉我，文章之所以受到报社领导的如此重视，是因为其涉及了当前文学创作中的一些重要问题，将对一部具体作品的评论，推及对整个重庆文坛所出现的种种创作现象的评析思考，这对于其他地方乃至全国也同样具有借鉴意义。可以说《依仁巷》的出版和这篇评论的及时发表，在一定程度上改变了人们的看法——重庆作家并非不思进取，浑浑噩噩的一群，他们也在深刻反思并努力改变重庆文学不尽如人意的景况！

这件事也使我更清楚地意识到，文学是一种需要传承和交流的人类精神文化，大到国家民族之间，小到个人之间都是这样。我也曾直接受惠于前辈的经验和指教，而在剖析和评介他人作品的过程中，自身也会加深对一些文学理论和文学现象的认识。此后，我陆续为重庆中青年作家包括不少山城文学社成员的重要作品写了序评，比如《可贵的尝试和奉献——评陈与长诗〈时间对话〉》，《文学，一种存在的理由和爱的表达——评丁友成散文特写集〈晴空下的阴影〉》，《真情颦笑皆动人，大爱文章自缤纷——序李成琳的散文集〈时间滴落〉》，等等，它们在为重庆文学注入正能量的同时，也成为我和山城文学社的文友们在共同的事业追求中砥砺前行的见证。

在这个感怀诸多的时刻，我不禁想起了山城文学社的资深成员，也是重庆文学院二届创作员的谢向全兄。向全兄为人处事低调厚道，在文学上一直默默耕耘，不事张扬，只是当他的第一部长篇小说《大码头》推出后，我才不无惊诧地发现他丰厚的生活积累和深藏不露的文学功力。后来他又一鼓作气，写出了我认为比《大码头》更胜一筹的长篇小说《那一刻地动山摇》。读过手稿后，我感奋不已，与他进行了长时间的交谈。他恳切地请我为其写一个序评，我欣然同意，但因当时自己也在赶一部作品，将此事拖延了一些时日，不想因此留下终生遗憾：在没有任何先兆的情况下向全兄突发心脏病不幸去世！痛惜和自责之余，我仍然勉力完成了这篇题为《令人无语的命运调侃》的文字，并交给了发行量较大的《文学自由谈》，该刊决定发表后，我特意恳求编辑部破例在文章前面添加了这样一段文字：

谢向全，重庆作家，多年来犹如春蚕蜡炬，为读者默默奉献心血，继反映山城下层民众生活的历史长篇《大码头》问世引起广泛好评后，又埋头于反映进城农民工生活际遇的长篇新作《那一刻地动山摇》，不幸积劳成疾，英年早逝。细阅斯作，深感其思维之活跃，文笔之畅达，用心之良苦！本应为文坛冲出的又一匹黑马，倏忽间却阴阳两隔，岂不痛惜也哉！

清夜独坐，悠思不绝，特向各界读者推荐这一不应埋没的文学新作，并祈愿能告慰向全兄于九泉之下矣！

谢向全兄令人动容的文学情结和勤奋耕耘，精益求精的创作态度，其实在众多的山城文学社的同仁身上都有所体现，至少是在我的眼中，它已然成为一种群体特征。作家靠作品说话，作品须心血凝成。在文坛人心浮躁，玩虚弄巧等现象仍未绝迹的今天，这种群体特征显得多么可贵和可爱！我要说，这种真诚的文学追求，才是真正的作家所为，也才是真正的成功之道！

我相信，一个具有这种传承和风尚的文学群体，一定会不断地涌现出更多的优秀人才和精品力作，一定会有更加骄人的未来。

同气相求，砥砺前行。作为山城文学社的老朋友，我对此充满期待！

（2017年1月15日）

自命"狂夫"的"诗圣"杜甫

蓝锡麟

杜甫是一个什么样的人?

如此提出问题,似乎透着脑袋进水,思维短路。在当今中华,大凡读过小学的人都可以判定,杜甫是个诗人。翻检诸多文学史或者古代文学研究论著,甚至只需要上一上电脑,动一动手机,就不难知道,杜甫生在唐代,是自古及今中国历史上最伟大的现实主义诗人。从晚唐开始,就有人将他与同时代的诗人李白合称为"李杜",他与李白双峰并峙,双星同耀,光照古今,誉延中外。自宋及明,其人被尊为"诗圣",其诗被奉为"诗史"。所有这一切早已有公认,难道还须问吗?再加上苏轼领头,夸大其词,称他"每饭不忘君",仿佛他成天都在忧其君,忧其民,或者说忧国忧民,对他的为人还能拷问吗?

然而且慢,问一问终究还是正常的。因为上述的所有指认,都是社会性定位,标识出杜甫的社会身份、社会成就和社会影响,尚未触及他的个人性观照。而他作为一个具体的人,注定会跟其他任何人一样,有着个人印记的性格、气质、禀赋、经历之类的人生要素,或多或少,或显或隐总要渗入社会性发生作用,有的还会是重要的作用。

举一例便能明白了。孔子,"大成至圣先师"孔子,无疑是中华文化史上思想文化界的天字第一号"圣人",比杜甫的"诗圣"光焰更其煌赫。对孔子做社会性定位,通常是三个伟大,即伟大的思想家、伟大的教育家和伟大的社会活动家,置诸古今中外均当毋庸置疑。当今中国向海外传播汉语,五洲四海办学,也要打出"孔子学院"的文化旗号,即为一个明证。但即便对孔子，也可以从个人性上加以评判。

《论语·述而》有言："子温而厉，威而不猛，恭而安。"这是孔门弟子对于老师印象的综合体认。"温而厉"，讲的是待人接物，态度温和又处事严正。

"威而不猛"，讲的是言谈举止，既庄重有威仪又决不盛气凌人。"恭而安"，讲的是动静行止，既恭逊敬肃又安泰慈祥。七个字，三组词，概括描述出孔子个人的性格特征和气质特征。三重组合的六点个性特征，既贯注着孔子所倡扬的温、良、恭、俭、让的儒家君子共性，又彰显出孔子本人以身垂范的个性色彩。

对孔子能如此，对杜甫也一样。

而且，不一定非得几个字不可，只用一个字，从一个视角切入也行。《论语·先进》所记"柴也愚，参也鲁，师也辟，由也喭"，即为一个好例。其间，柴指高柴，愚的意思是过分耿直；参指曾参，鲁的意思是反应迟钝；师指颛孙师，辟的意思是言行偏激；由指仲由，喭的意思是性情刚猛。所涉及的四个弟子，都在孔门七十二贤人之列，孔子各用一个字就指出了他们主要的个性缺点。指出缺点可以一字以蔽之，指出优点同样可以一字以蔽之，道理不辩自明。

这样的道理，移到杜甫身上自当能适用，开篇提出的那个问题，正是基于此发出来的。直白一点说，即想拷问，如果用一个字概括指认杜甫的主要性格特征，那么他原本是一个什么性格的人？

着意于斯，既不为标新立异，也无关猎奇取异，只缘自性格对所有人都太重要了。按照《现代汉语词典》的解释，性格指的是"在对人、对事的态度和行为方式上所表现出来的心理特点，如开朗、刚强、懦弱、粗暴等"，通常又称性情。熟语所谓"性情中人"，其实就是性格特征鲜明的人。时无论古今，地不分中外，每一个具体的人都生存在社会关系谱系中，对人、对事惯于取什么态度，下意识地表现出什么行为方式，根基于先天的个性、气质所支撑，并经后天的经历、修为所陶铸，积聚而生成的心理定式取向，亦即所谓心理特点。心理特点具有复合性，不会太单一，但总有一种或者两种是主导性质的，主导性的心理特点便构成具体人的性格特征，如俗话说的“青山易改，禀性难移”。当今社会有一种说法，叫“性格决定命运”，虽然在普适度上略有夸张之嫌，但在不少人身上确是验之不爽的。比如前文所引《论语·先进》所记“由也喭”的仲由，即子路，便如《史记·仲尼弟子列传》所载，因为“性鄙，好勇力，志伉直”，后来在卫国战中临难不避，死得很壮烈。足见探究一个人的性格特征，对于知其人，论其行，进而延及论世，既是合理的，也是必要的。

（2017年3月30日）

《印象武隆》的神奇魅力

汪大波

我从武隆仙女山镇出发，驱车来到群山中的桃园大峡谷，观看《印象武隆》大型山水实景演出。

这个名为《印象武隆》的实景演出，是中国著名导演张艺谋当年在天生三桥拍摄电影《满城尽带黄金甲》时的设想后来又担当艺术顾问，由王潮歌、樊跃总导演的。自2012年正式公演以来，蜚声中外，先后获得了“最佳旅游演出奖”等荣誉，该景区也获得“重庆市旅游文化重点项目”“重庆市重点文化产业项目”“重庆市非物质文化遗产传承基地”等荣誉。

桃园大峡谷紧邻世界自然遗产地、国家5A级旅游景区天生三桥。夜幕下的接待中心灯火辉煌，有美丽的接待楼房、宽广的停车场，还有小型宾馆……我们沿着石梯，登上一块平台，来至演出剧场的独特的入口——长约200米、宽可通过汽车的“时光隧道”。隧道一壁，排列着数十幅巨型的川江纤夫(船夫)们沿着乱石遍地、悬崖险滩的江岸，赤脚裸身，弯腰躬背，艰难辛苦地拉纤的照片；另一壁是武隆仙女山、芙蓉洞等风景区的彩色照片。那些形象生动，在灯光映衬下极具吸引力的图片，又在我脑海中增加了印象。我想，《印象武隆》的演出实景和思想主题和这许多图片大概有联系吧。

穿过隧道，前行十数米，我们走进演出剧场。啊，这是我初次见到的别开生面的剧场——它建在“U”形的大峡谷中，依山就势，在斜坡上架建观众座位两千六百余席，对面那高大宽阔的山岩就是天然的屏幕，山岩至座位间的一块谷地以及座位两侧的中式房舍，就是天然的演出场地。它头顶浩渺高远的蓝天，四周山峦和巨峰铸成围墙，它的灯光设备也安装在四周的山岩和峰林之间。它不是一般的露天演出场地，而是独具一格的大型实景露天剧场。独特啊！这是我对《印象武隆》的一个新奇美好的印象。

我们在演出中看到了真山真水的实景，听见了雄壮洪亮的号子声声，川江纤夫们躬背弯腰，齐心合力，奋勇拉纤闯滩的情景再现。老船工对乌江船夫昔日生活的诉说，船夫儿子对父辈艰苦经历的讲述，把水上生命之歌——川江号子的豪放伟力，宏大气势，表现得惊心动魄，惟妙惟肖。它让我联想起鼓舞中国人民英勇抗日的《黄河大合唱》，川江船夫与黄河船夫一样，他们发自肺腑的雄伟歌声，是生命伟大力量的体现，是中华民族精神的体现，是激发鼓舞人民勤劳奋进的人间瑰宝，是世界非物质文化的奇葩。这正是《印象武隆》的主题思想。《印象武隆》还把"哭嫁""滑竿""棒棒""麻辣火锅"等极富重庆特色的民俗、民风及民间传说融合起来，通过实景再现，使演出节目的内容和题材，更加富有巴渝地方特点。难怪，演出过程中观众席不断发出一阵又一阵掌声，而且有一些人大喊："过瘾！"文艺作品越具有地方色彩，就越有独特性，越通俗平易，越有吸引力，越有魅力！《印象武隆》就具有这种魅力。这是我对《印象武隆》的又一个新奇美好的印象。

观看《印象武隆》，不但是丰富多彩的文化艺术享受，是芸芸众生的精神世界的洗礼，而且也是对现代科学技术运用于文艺演出美好成果的欣赏。我们坐在观众席上，随着剧情的发展，一会儿见到群星闪耀的浩浩夜空；一会儿见到波浪起伏的江水，木船航行水中；一会儿看到"重庆火锅"的表演现场……所有这些都是光、电、声与峡谷剧场实景的巧妙结合，是亦真亦幻的3D灯光的效果。先进的现代灯光设备，遍布大峡谷四周及山峦上下的两千多个特色光源，加上三维激光，点声源声像定位等多种科学技术的运用，让演出产生亦幻亦真的巨大魅力。这是我对《印象武隆》的再一个新奇美好的印象。

（2017年4月26日）

新时期的全国诗歌奖

吕进

现在的年轻朋友只知道鲁迅文学奖和茅盾文学奖。其实，在20世纪的新时期，中国作家协会还主办过三届全国文学奖，这可是当年的权威奖项。在诗歌的时代，这个奖项颇具影响，受到全社会的关注，也可算作今天的鲁奖和茅奖的前身。在1989年以后，全国文学奖暂停，再次出现就是鲁奖和茅奖了。

在全国文学奖之前，20世纪80年代初还由中国作家协会主持过一次全国中、青年诗人优秀诗歌评奖，评选范围是1979—1980年发表的诗歌。这是新时期的第一次全国奖，获奖作品有35首，包括雷抒雁的《小草在歌唱》、曲有源的《关于入党动机》等名作。四川占了6首，显示了在诗歌地图上的显眼地位，这就是骆耕野的《不满》(《诗刊》)、傅天琳的《汗水》(《星星》)、流沙河的《故园六咏》(《诗刊》)、杨牧的《我是青年》(《新疆文学》)、叶延滨的《干妈》(《诗刊》)和雁翼的《在工业区拾到的抒情诗》(《诗刊》)。

和鲁迅文学奖一样，全国文学奖以文体分设评委会，每届评委会的人选都是一时之选。评委会名单先要在《人民日报》上公示3个月，然后才能确定下来。新诗是只评诗集，所以全称是“全国优秀新诗(诗集)奖”。

全国新诗(诗集)评奖的程序是，由各省市自治区作家协会和全国重要出版社按分配名额推荐，每届推荐的总数都是两百多部。再由读书班子(也称专家班子)选定向评委会推荐的获奖书单，每本诗集附上500字的推荐语。读书班子全部由评论家组成，和后来的鲁迅文学奖的差额推荐不同，全国文学奖是由读书班子向评委会等额推荐。本届要评多少本，读书班子就只推荐多少本，最后由评委会阅读、评议、投票通过。

第一届评1979—1982年出版的诗集，最后评出一等奖7名（艾青、张志民、李瑛、公刘、邵燕祥、流沙河、黄永玉）；二等奖3名（胡昭、傅天琳、舒婷）。四川两名获奖诗人中，流沙河的获奖作品是上海文艺出版社出版的《流沙河诗集》，傅天琳的获奖作品是四川人民出版社出版的《绿色的音符》，都是受到读者追捧的作品。

我是第二届（1983—1984）的读书班子成员。读书班子很辛苦，每个人连床下都堆满诗集，在北京八里庄读书半个月。日夜读书，我的眼睛都有些红肿了。时有讨论，也有争论，甚至争得面红耳赤。但是读书班子成员的审美标准大体是一致的，所以总能取得共识。第二届评出16本诗集，作者分别是艾青、晓雪、牛汉、邵燕祥、周涛、林希、邹荻帆、张学梦、曾卓、李瑛、雷抒雁、张志民、陈敬容、刘征，四川的两本诗集获奖：杨牧的《复活的海》（人民文学出版社）、李钢的《白玫瑰》（重庆出版社）。在这些诗集里，牛汉的《温泉》在读书班子里呼声最高，评价最好，在评委会也获得了全票。颁奖以后，我把这个情况转告牛汉，他说："吕进，这个情况我知道了，谢谢啊！"

记得李钢从北京领奖回来后，给我电话，要在重庆市中区的两路口请我吃饭。那个时候"蓝水兵"李钢可是名满神州啊，在读书班子里根本没有异议。我所在的西南师范学院（今西南大学）位于重庆远郊的北碚，那个年代，往返市中区的两路口，何其艰难。当时又没有出租车，如果吃了那顿饭，还得赶最后一趟晚班车回学校。我在电话里对李钢说："算了，李钢，拉倒吧！"

1988年举行第三届（1985—1986）评奖，也就是最后一次全国文学奖了。我和阿红既是读书班子成员，又是评委，成了贯穿始终的"重要人物”。公示名单中，绿原是副主任，但是他本人报了奖，因此依例取消，改由公木接任。公木当时是吉林大学副校长。这届评委会仍是以北京人士为主，加了几个京外人士。除了吉林的公木，还有四川的吕进、辽宁的阿红和湖南的李元洛。评委会经过公示后的最后名单是：主任艾青，副主任公木，委员臧克家、冯至、李瑛、杨子敏、张同吾、谢冕、吕进、阿红和李元洛。李瑛当时是解放军总政文化部部长，出访日本，所以提前投票，他的选票事先密封在一个信封里，计票时由艾青当众拆开。

评委会在北京北纬饭店举行，年事较高的评委，如艾青、臧克家、冯至都不住在宾馆。有一天，我们几个年轻些的评委向冯至索要墨宝。冯至为我们每个人写了一个条幅。给我写的是郑板桥的“删繁就简三秋树，领异标新二月花”。第二天开会时，我正在就一本诗集的评价发言，李元洛开玩笑说：“吕进，讲话简短些，冯至先生不是叫你‘删繁就简三秋树’吗？”严谨认真、一丝不苟的冯至很为不安，连忙摆手，说：“不，不，我还有下一句嘛：领异标新二月花。”大家都笑起来。

评委会里不时有争论，个别候选人还征求了中国作家协会书记处的意见。但读书班子推荐的10部诗集还是全部获得通过，只是票数有差异。获奖作者是：绿原、叶延滨、李小雨、刘湛秋、郑敏、北岛、梅绍静、叶文福和晓桦。四川有个获奖者，我不知道，更不认识，叫吉狄马加，在凉山。

吉狄马加的获奖诗集是《初恋的歌》。我在评委会上详细介绍了读书班子和我本人的评价。这本写少数民族的诗集，不落通常套路，不是仅仅展示民族的风俗风情，而是展现了人性风采，所以，在少数民族题材的报奖诗集中，显然高出一截。“这本诗集也许告诉我们，一个值得注意的新人出现了。”颁奖后不久，我到成都参加四川省作代会，马加找到我的房间来看望，我们这才认识。他告诉我一个“秘密”：他可能从凉山调到成都，到四川作家协会工作。我很高兴，说“祝贺，祝贺”！近30年过去了，马加现在已成了中国作家协会的主要负责人之一，诗的视野已经扩展到全人类，咏叹着我们星球美好的寻觅，他的作品也译成了多种外语，还获得了国外的大奖。

（2017年5月2日）

吴国柱和他的川江号子

马卫

岁月沧桑，一晃就过去10多年了，那位叫吴国柱的男人，50岁了吧？

那时，我在《三峡都市报》工作，领导派我到涪陵建记者站。没有高速路，我坐船溯江而上。扶住栏杆，看大江东流，观重重青山隐没，心情爽快。

这时，前甲板上围着一堆人，在听一位男人吼“川江号子”。我曾经参加过《民间文学集成万县地区卷》资料搜集工作，听到过。

这高亢、激越、苍凉的歌声，让我再次血脉偾张——

脚蹬石头（嗨哧嗨哧）
手扒沙（哎，嗨哧嗨哧）
背上纤绳（嗨哧嗨哧）
把船拉（呀，嗨哧嗨哧）

当年，我们为了搜集民歌民谣，沿着长江走。在云阳的盘盘石找到了一位已70多岁的老船工，头须俱白，站在江边，对着长江高吼。号子不是唱出来的，是吼出来的，是生命的呐喊。我们的眼里，全是拉纤的身影，赤脚，躬背，上身裸露，一步一串汗水。

想不到，在这船上，又听到了“川江号子”。

一曲唱罢，他点上支烟，稍作喘息。听的人，在他面前的草帽上，放上五角一块两块的纸币，也有给硬币的，他一一鞠躬致谢。

我上前给了5块钱,是在场人给的最多的了。他红着脸对我说:“你要我唱啥? 我抽了烟就唱。”

我仔细地看了他,比我瘦,皮肤紫黑,额上皱纹重重。

我说:不用,等会儿,我们摆摆龙门阵如何?

他说,行呵,一定。接下来他唱《船夫歌》——

一出南津关
两眼泪不干
要想回四川
背个破沙罐
下去荷罗嘿
转来岩洞歇
没有铺盖盖
扯把梧桐叶

听的人无不为之动容。字字血,声声泪,那是纤夫和船工的苦难生活实录。

快吃中午饭了,我请他在船上就餐,他挺不愿意,说太破费。要拿出自己带的干粮,桐子叶苞谷粑粑,就开水吃。这个季节,早没有嫩苞谷,土地下户后这种老苞谷面粑粑吃的人极少。我劝他不要客气,算是我对他的采访付费,他才勉强同意,但坚决要求吃简单点。

一份泡姜肉丝,一份家常豆腐,一份炝炒青菜,一碗汤,我再拿出带的“诗仙太白”酒。

男人有酒,心自然敞开。

原来,他是船工的后代。他爷爷,他父亲,都是船工。爷爷是纤夫,父亲是水手。他是武隆人。他会唱船工号子,但他并不是船工,是地地道道的农民。从小听爷爷吼“川江号子”，他耳濡目染，熟记于心。

本来他在船上煮饭，是临时工，可是他偶然吼了“川江号子”被人听见，而且听的人丢下钱，让他找到了一条生财之道。当时他才300块钱一个月。

开始，他还有点不好意思，心里直想：这不是乞讨吗？

可是，家里的老人病魔缠身，让他不再想面子不面子。爷爷已80多岁了，一身的病，腰和腿都变了形，没法走路。父亲是新中国成立后的船工，身体好一点，但风湿病严重，跛脚了。全家人，只有他能外出挣钱，其余在家务农。

头天卖唱，收到了30多块钱，他感觉已是不少。如果天天如此，就是临时工工资的两三倍呢。

他说：如果家里没有老人要医病，日子还能拖起走，老人常年吃药，生活就艰难了。

我是从农村考出来的，因此十分理解他。在农村，不养老的，被称作忤逆子，人人可以斥骂。有脾气毛的老辈子，还可以打这种不孝子。

我说，你不是乞丐，不是乞讨，而是民间艺人。人们给你的钱，是对你付出劳动的回报，是你该得的。

他天真地看着我，然后说：你不会哄我吧？

我拿出记者证，他才相信了我的话。

他说，爷爷怕是活不了多久，这次回家，想把爷爷接到县城好好医治。可是，手里的钱，还真不够啊。面对生活，无可奈何，他一脸惆怅。

他只能不停地在各条船上卖唱。上至重庆，下到宜昌。有时还到小的机动客船上去“抢”点小钱。

我十分同情他，但也帮不上忙。所以离开他后，虽然一直挂念，却只能埋在心里。

生活就像江水，日夜奔流。2000年国庆后，我再次上涪陵检查我们报纸的发行站工作，在船上打听吴国柱的事，可是大家都不知道。在涪陵的文友聚会时，我一个个地问。只有一人说，他见过这名流浪歌手，不过他早不唱了，回家种地。因为他爷爷动不了，他父母也年纪大了，没有力气服侍老人。

可惜我太忙，没时间到他老家看望一下他。

吴国柱，属龙，一个质朴的武隆船工之后，曾用他粗犷苍凉的川江号子，奔行在长江和乌江之上觅求生活。他肩负着爷爷和父亲两代人的赡养责任。

10多年过去了，不知他还好吗，我只能遥遥祝福。

（2017年7月15日）